KB128049

딕타토르

DICTATOR

ROBERT HARRIS

로마사 트릴로지 Vol.3

딕타토르

로버트 해리스 지음 | 조영학 옮김

Media Review

"강력한 테마와 흥미진진한 드라마…
그리고 복잡한 역사적 맥락과 폭력의 강력한 장면이 함께한다.
작가는 현재를 살아가는 우리 시대의 갈등을 풍부히 조명한다."

– 퍼블리셔스 위클리

"로버트 해리스는 소설 속의 세상과 갈등을 완전히 정복했다…
이 시리즈의 전작, 《임페리움》과 《루스트룸》은 고대사를 흥미롭게 만들었으며
《딕타토르》는 이보다 더 나아가 지혜와 위안을 안겨준다."

– 워싱턴 포스트

"희대의 이야기꾼 로버트 해리스.
그는 필생의 역작 로마사 3부작으로 다시 한 번 자신의 위치를 확고히 했다."

– 데일리 익스프레스

"놀랄 만한 문학적 위업! 이 3부작은 고대세계를 상상력으로 재현했다는 점에서
로버트 그레이브스와 메리 레놀트의 작품들과 어깨를 나란히 한다."

– 가디언

"해리스는 무미건조한 삼두의 음모를 장엄하게 풀어내는데,
당사자들이 참혹하게 최후를 맞이할 때만큼이나 섬뜩하다."

– 월스트리트저널

"해리스는 《딕타토르》로서 역사와 현대 스릴러,
모두에 대표적인 대가임을 완벽하게 증명했다."

– 데일리메일

"해리스는 고대 역사에 현대 스릴러,《왕좌의 게임》의 느낌을 더한다.
하지만 특유의 화려한 기교에도, 심오함과 정확성 또한
마르그리트 유르스나르에 비견할 수 있다."

- 벌처

"《딕타토르》와 함께, 키케로 3부작은
위대하면서도 매우 감동적인 대단원의 막을 내린다.
이 3부작은 누가 뭐라 해도 영어로 만든 고대 로마 소설 중
단연코 최고이지만…《딕타토르》는 그 자체로 완성작이므로
두 소설을 읽지 않아도 얼마든지 즐길 수 있다."

- 스코츠맨

"기막힌 결말에 소름이 끼친다. 카이사르에 대한 묘사도 탁월하지만
딕타토르의 진정한 힘은 우유부단한 주인공으로부터 비롯한다.
해리스는 이 3부작으로써 경쟁자들을 무지하고 무감한 작가들로 만들어놓았다."

- 선데이타임스

"위대한 3부작에 걸맞은 결말. 해리스는 독자들을 실망시키지 않았다.
《딕타토르》는 전작들만큼 교묘하고 영리하고 흥미로우며, 지극히 감동적이다."

- 메트로

"로마 공화국이 3인에서 2인, 마침내 1인 지배로 무너지는 과정을
키케로의 시선으로 완벽하게 재현했다."

- 스펙테이터

Contents

제2부 귀환 REDUX

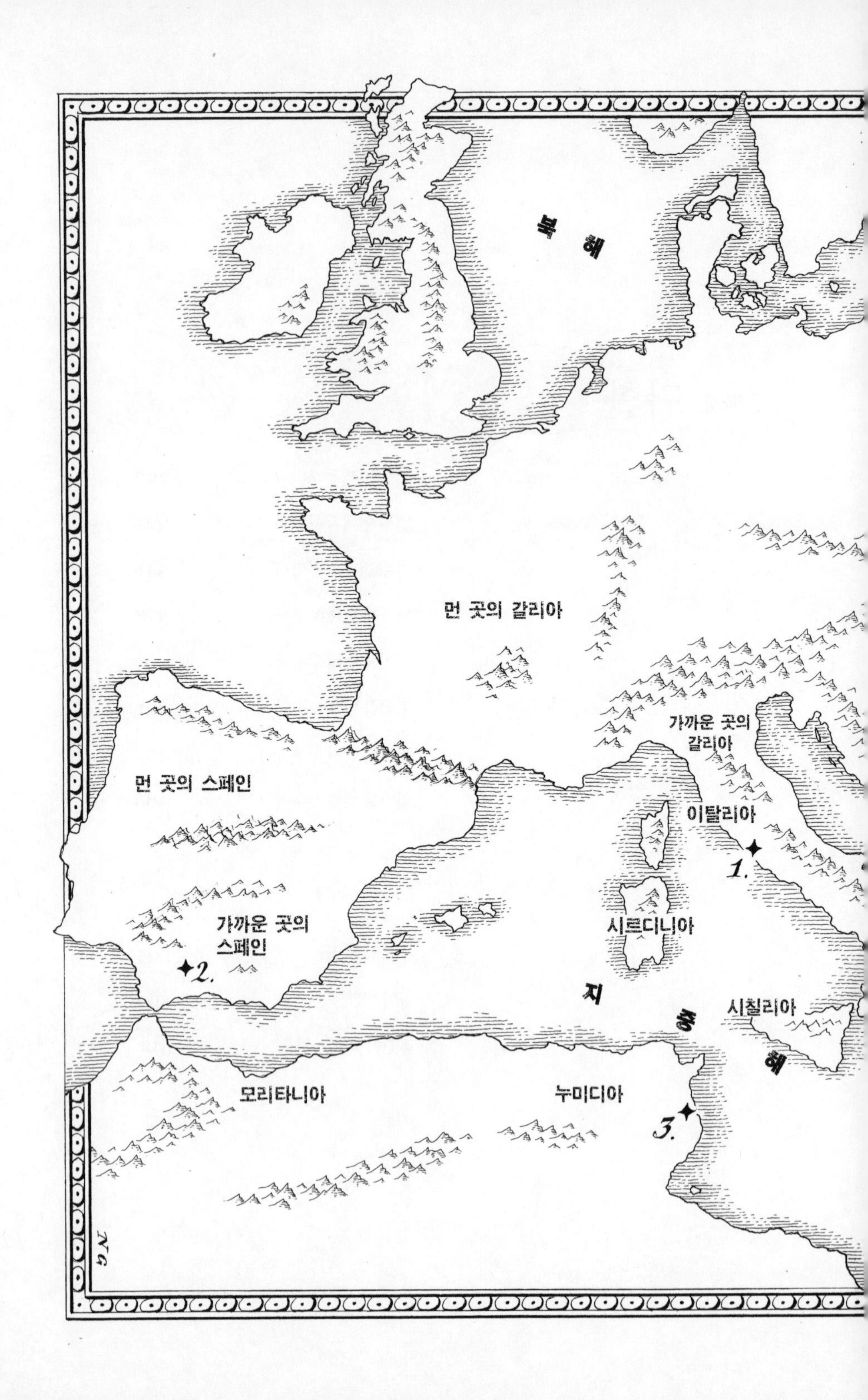

북해
먼 곳의 갈리아
가까운 곳의
갈리아
이탈리아
1.
먼 곳의 스페인
가까운 곳의
스페인
2.
사르디니아
지중해
시칠리아
모리타니아
누미디아
3.

로마 제국, 서기전 44
1. 로마
2. 문다
3. 타프수스
4. 디라키움
5. 코르키라
6. 파르살루스
7. 파트라이
8. 아테네
9. 테살로니카
10. 로도스
11. 라오디케아
12. 카레
파노니아
다키아
흑 해
일리리쿰
모에시아
트라키아
비티니아&폰투스
마케도니아
갈라티아
에피루스
프리지아
타우루스 산맥
킬리키아
시리아
리키아
아카이아
키프러스
유대
지 중 해
키레나이카
이집트

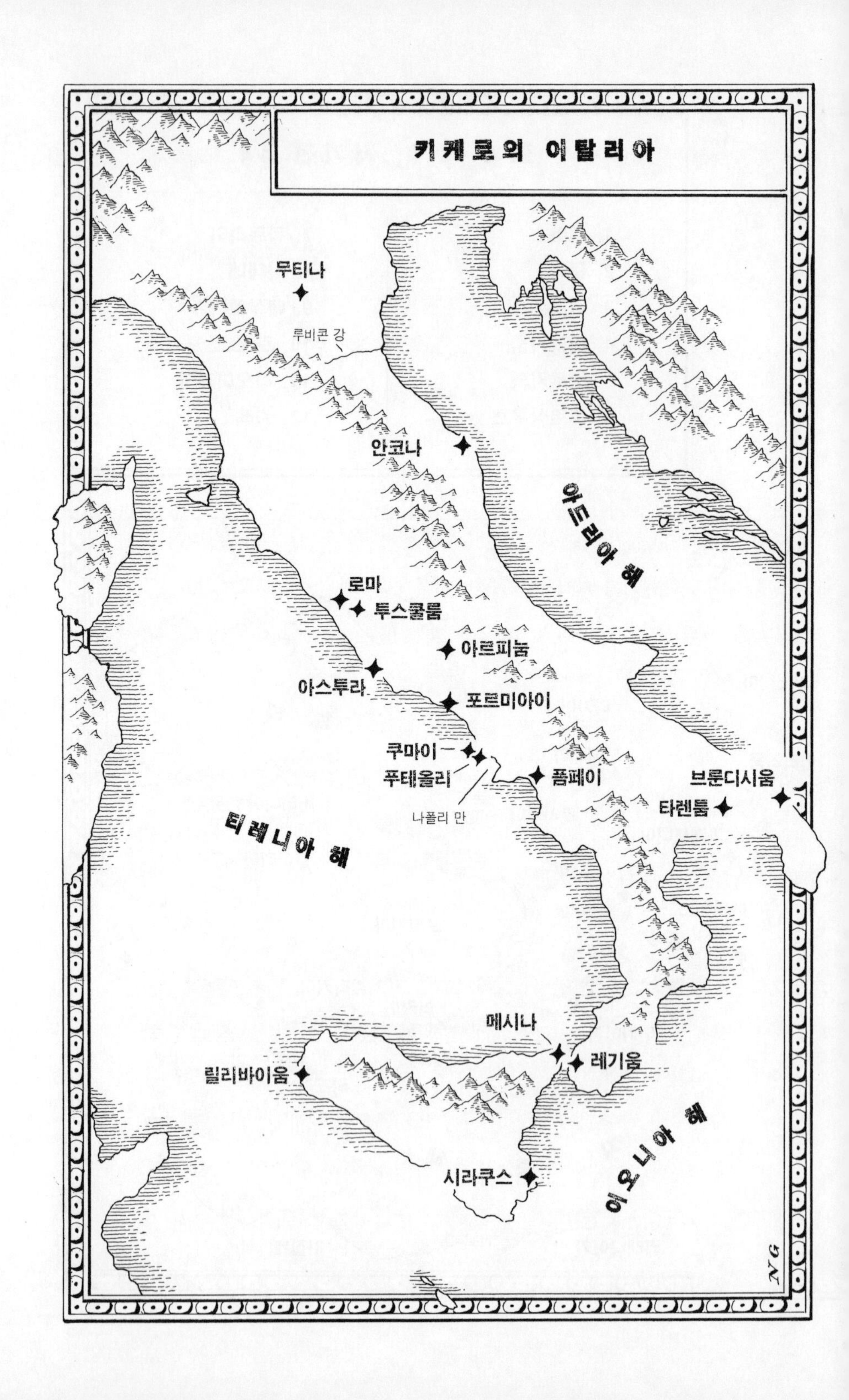
키케로의 이탈리아
무티나
루비콘 강
안코나
아드리아 해
로마
투스쿨룸
아르피눔
아스투라
포르미아이
쿠마이
푸테올리
폼페이
나폴리 만
브룬디시움
타렌툼
티레니아 해
메시나
레기움
릴리바이움
이오니아 해
시라쿠스
NG

◈작가 노트◈

《딕타토르》는 로마 정치가 키케로의 생애 마지막 15년을, 비서 티로가 전기를 기록하는 형식으로 이야기한다.

티로라는 인물이 있고 그런 책을 썼다는 사실은 충분히 증명이 되었다. 티로는 키케로 가문 영지에서 노예로 태어났으며 주인보다 세 살 어렸지만 훨씬 오래 살았다. 성인 히에로니무스에 따르면 그가 임종했을 때 나이가 100살에 가까웠다.

'나를 위한 너의 봉사는 가없구나. 집 안에서 밖에서, 로마에서 외국에서, 그리고 사적이든 공적이든, 연구와 집필 어느 면에서나….' 서기전 50년 키케로는 그렇게 기록했다.

티로는 원로원 연설을 그대로 기록한 최초의 인물이다. 그의 속기 체계는 '*노타이 티로니아내(Notae Tironianae)*', 즉 '티론 속기'로 알려졌으며, 6세기 교회에서 활용한 바 있다. 그리고 그 흔적, 예를 들어 & 기호와 NB, I.e., e.g. 등은 오늘날까지 남아 있다. 그는 또한 라틴어의 발달과 관련해 논문도 몇 편 작성했는데, 키케로의 생애를 다룬 수 권짜리 저술은 1세기 사가 아스코니우스 페디아누스가 원전으로 참고했으며 플루타르크도 두 차례 인용한 바 있다. 아쉽게도 티로의 여타 문학작품이 그렇듯 그 책 역시 로마 제국이 무너지면서 휩쓸려 사라지고 말았다.

그 책은 어떤 내용을 다루었을까? 당연히 궁금하다. 키케로의 삶은 당시의 격변을 기준으로 보아도 아주 특별했다. 귀족 경쟁자들에 비하면 상대적으로 출신이 미천한 데다 군사 문제 또한 관심과 경험이 절대적으로 부족했다. 그럼에도 웅변가로서의 기술과 총명한 지혜를 발판 삼아 로마 정치 무대에 혜성처럼 나타났으며, 그 이후 온갖 역경을 이겨내고 마침내 원로원이 규정한 최연소 나이 마흔두 살에 집정관으로 등극하였다.

공직 생활도 평탄치는 못해서 서기전 63년에는 세르기우스 카틸리나를 필두로 공화국을 전복하려는 음모와 맞서야 했다. 원로원은 키케로의 지휘하에 반란을 진압하고 저명한 시민 다섯 명을 사형에 처했다. 이 사건은 그 후에도 계속 그를 괴롭혔다.

로마 최고의 권력자 3인방, 율리우스 카이사르, 폼페이우스 그나이우스, 마르쿠스 크라수스가 소위 삼두를 이루어 국가를 지배하려 할 때도 키케로는 그들과 맞섰다. 카이사르는 보복으로 대사제로서의 권한을 이용해, 야심만만한 귀족 선동가이자 옛 정적인 클로디우스를 풀어 키케로를 파멸시켰다. 클로디우스는 카이사르의 교사에 따라, 귀족 신분을 버리고 평민으로 탈바꿈한 후 호민관에 당선됐다. 호민관은 시민을 대중 앞으로 소환해, 괴롭힐 권한이 있었다. 키케로는 재빨리 패배를 직감하고 로마에서 탈출했다. 소설 《딕타토르》는 그가 가장 불운했던 바로 이 시기에서 출발한다.

내 목적은 소설이 허용하는 내에서, 키케로와 티로가 겪었음 직한 경험을 토대로, 최대한 정확하게 로마 공화국의 종말을 그려내는 데 있다. 또한 서한과 연설문, 사건 기록들을 원전에서 인용했다.

논쟁의 여지는 있겠으나, 적어도 1933~45년의 세계대전이 있기까지, 《딕타토르》는 인간 역사상 최대 격랑기를 그리고 있다. 용어 설명과 등장인물들을 책 뒤쪽에 실었는데, 독자들이 당시의 광범위하면서도 혼란스러운 세계를 항해하는 데 도움이 되었으면 한다.

2015년 6월 8일

킨트베리에서 로버트 해리스

고대 세계의 우울증은 근대보다 심각해 보인다.
근대인들이야 어느 정도 저 어두운 허무 너머 불후가 있다고
믿으나 고대인들에게 '블랙홀'은 그 자체로 불후였다.
그들의 꿈은 불변의 암흑을 배경으로 어렴풋이 나타났다가 스러진다.
절규도 없고 격동도 없다. 그저 시름에 젖은 시간이 이어질 뿐.
신들이 멸종하고 기독교가 아직 도래하지 않았을 당시
역사적으로 독특한 순간이 있었다.
바로 키케로와 마르쿠스 아우렐리우스 사이이다.
그때는 오로지 인간뿐이었다.
다른 시대는 그런 식의 장엄함이 없었다.

—귀스타브 플로베르 저,《로저 데 쥐네트 마담에게 보내는 서한》에서, 1861년

키케로는 살아서 삶을 풍요롭게 만들었다. 지금 그의 편지들도 가능하다.
현재의 참혹한 절망에서 벗어나, 버질의 토가 입은 사람들,
즉 더 큰 세상 절망의 대가들 사이에서 살게 해주기 때문이다.

–D. R. 섀클턴 베일리, 《키케로》에서, 1971년

제1부

망명

서기전 58~서기전 47

"Nescire autem quid ante quam natus sis acciderit, id est semper esse puerum. Quid enim est aetas hominis, nisi ea memoria rerum veterum cum superiorum aetate contexitur?"

"태어나기 전에 어떤 일이 있었는지 무지하다면 우리는 어린아이에 불과하다. 역사 기록을 통해 선조의 삶과 얽히지 않는다면 인간의 삶이 도대체 무슨 가치가 있단 말인가?"

– 키케로, 웅변가에 대하여, 서기전 46년

EXILE
58~47 BC

01
첫 번째 두루마리

어두운 라티움 들판 너머 카이사르의 전투나팔 소리들이 지금도 들려온다. 야수들이 피에 굶주린 채 울부짖는 소리. 나팔소리가 그치면 얼어붙은 길에서 미끄러지는 소리와 가쁜 숨소리만 들렸다.

동포 시민들이 키케로를 비난하고 폭행하는 것만으로는 저 불후의 신들도 만족하지 못했다. 이 어두운 밤, 신들과 조국으로부터 쫓겨나는 것으로도, 심지어 맨발로 로마에서 달아나다가 뒤를 돌아보았을 때 그의 집이 불길에 휩싸였건만, 그것으로도 부족한 모양이었다. 이 혹독한 고문에도 마지막 화룡점정이 필요했던지, 키케로는 적군이 마르스 광장에 진지를 구축하는 소리까지 들어야 했다.

무리 중 제일 고령임에도 키케로는 우리와 마찬가지로 걸음을 재촉했다. 얼마 전만 해도 카이사르의 숨통을 쥐고 흔들었건만… 정말이다. 카이사르 정도는 달걀처럼 손쉽게 깨뜨릴 수 있었다. 이제 둘의 운명은 완전히 바뀌어버렸다. 키케로가 정적을 피해 황망히 남쪽으로 달아날 때, 그를 파멸로 내몬 당사자는 갈리아 속령들을 관장하기 위해 북쪽으로 행군했다.

키케로는 걸으면서 고개는 숙이고 말도 한마디 하지 않았다. 절망이 깊은 탓에 입을 열 힘도 없었을 것이다. 새벽녘, 보빌라이에서 우리 말과 만날 수 있었다. 비상 탈출이 다른 국면을 맞이한 것이다. 그때서야 그가 마차 입구에 발을 대다가 멈칫하며 이렇게 물었다.

"우리가 돌아가야 하는 걸까?"

그 질문은 나로서도 의외였다.

"모르겠습니다. 그런 생각은 해보지 않았습니다."

"그래, 한 번 생각해보자. 음… 우리가 왜 로마에서 달아나고 있는 거지?"

"클로디우스와 폭도들 때문이죠."

"왜 클로디우스가 그렇게 힘이 세졌을까?"

"호민관이니까요. 주인님께 불리한 법을 통과할 수 있죠."

"누가 그 자를 호민관으로 만들었더냐?"

나는 머뭇거렸다. "카이사르."

"그래, 카이사르. 그 인간이 정확히 지금 순간 갈리아로 떠났다. 정말로 우연의 일치일까? 아니, 그럴 리 없어! 간자(間者)들한테 내가 로마를 떠났다는 보고를 듣고 나서야 군대를 움직인 거야. 이유는? 지금까지는 내가 반대 연설을 했기 때문에 클로디우스를 부추겨 보복을 한다고 생각했는데… 진짜 목적이 나를 로마에서 몰아내는 데 있다면? 내가 달아났다는 사실을 확인한 다음 떠나려 한다면 어떤 계획이 필요할까?"

그가 왜 저 말을 하는지 이해하고 당장 돌아가자고 말하고 싶지만, 나도 크게 지친 터라 아무 생각도 할 수 없었다. 솔직하게 말하면 문제는 그것만이 아니었다. 로마로 돌아가다 클로디우스의 개들한테 들킬 경우 어떤 험한 꼴을 당할지 상상만 해도 무섭기 짝이 없었다.

나는 대신 이렇게 대답했다. "좋은 지적이긴 합니다만 솔직히 잘 모르겠습니다. 어쨌든 사람들한테 작별 인사까지 해놓고 갑자기 다시 나타나면 우유부단해 보이지 않을까요? 그리고 지금 막 클로디우스가 주인님 집을 불태웠는데… 어디로 돌아가죠? 누가 우리를 받아주겠습니까? 제 생각엔 원래 계획대로 최대한 멀리 달아나는 편이 좋을 듯합니다."

그는 마차 옆에 머리를 기대고 눈을 감았다. 도로에서 밤을 보낸 탓일까? 뿌연 여명 탓일까? 너무도 초췌해 보였다. 머리카락과 턱수염은 몇 주 동안 깎지 않고 토가는 검게 물들었다. 이제 겨우 마흔아홉 살이건만 근심 탓인지 훨씬 더 늙어 보이기까지 했다. 그 옛날 탁발 성자가 저런 모습이었을까?

한참 후, 그가 한숨을 내쉬었다. "나도 모르겠다, 티로. 네가 옳을지도 모르지. 오랫동안 잠을 못 잔 탓인지 머리가 혼란스럽기만 하구나."

우리는 그렇게 치명적인 실수를 범했다. 뭔가 결정해서가 아니라 결정을 미뤘기 때문이었다. 그렇게 그날은 물론 그 후 12일 동안 남쪽으로 남쪽으로 내려가 위험과의 거리를 넓혀놓았다.

시선을 피하기 위해 일행도 최소한으로 줄였다. 마부와 무장 노예 셋. 노예 한 명이 마차 앞, 둘이 뒤를 지켰다. 작은 금은 상자는 의자 밑에 숨겨두었는데, 키케로의 오랜 벗이자 절친인 아티쿠스가 경비로 쓰라며 준비해주었다. 밤에는 믿을 만한 사람 집에서만 묵고 그마저 하룻밤 이상은 아니었다. 위험 지역은 최대한 피해 다녔다. 예를 들어 포르미아이 해변이 그렇다. 키케로의 별장이 있는 터라 추적자들이 그곳부터 뒤질 가능성이 크다. 나폴리 만 주변도 겨울의 햇살과 따뜻한 온천을 찾아 매년 로마 향락객들이 북적거리는 곳이다. 우리는 이탈리아 구두 끄트머리를 향해 최대한 빨리 내려갔다.

이동 중에 키케로도 계획을 급조했다. 우선 시칠리아에 가서 머물다가 여론이 좋아질 때까지 기다린다.

"폭도들도 결국 클로디우스와 갈라설 거야. 폭도들이야 늘 그러니까. 놈이 죽을 때까지 적일 수는 있어도 언제까지나 호민관일 수는 없다. 그 점을 잊지 말자고. 아홉 달 후면 공직에서 물러날 테고 그럼 돌아갈 수 있어."

키케로는 시칠리아가 기꺼이 그를 받아주리라 확신했다. 이유라고 해봐야 그 섬의 폭군 총독 베레스를 권좌에서 끌어내렸다는 정도였다. 하지만 그 빛나는 승리 덕분에 정치 발판을 다지긴 했어도 이미 12년 전 얘기다. 클로디우스는 보다 최근에 이 속령 행정관을 지냈다. 나는 먼저 편지를 몇 장 보내 키케로가 은신처를 찾고 있음을 알린 뒤 레기움 항에 도착해 여섯 노짜리 소형 선박을 빌렸다. 해협을 건너 메시나로 갈 계획이었다.

우리는 어느 춥고 맑은 겨울 아침에 부두를 떠났다. 눈이 시리도록 푸르른 아침. 바다와 하늘. 밝음과 어둠. 수평선이 그 둘을 칼날처럼 선명하게 갈라놓았다. 메시나까지의 거리는 기껏 5킬로미터라 한 시간도 걸리지 않았다. 배가 가까이 다가가자 지지자들이 암벽 위에 줄지어 서서 키케로를 환영했다. 그런데 부두 입구에 전함이 한 척 멈춰 섰는데 시칠리아 총독, 가이우스 베르길리우스의 적색 · 녹색 깃발들이 휘날렸다. 우리가 등대에 접근하자 전함도 닻을 올리더니 천천히 앞으로 다가와 우리를 가로막았다. 베르길리우스는 릭토르들의 호위를 받으며 난간에 서 있었다. 그가 키케로의 추레한 행색을 보고 움찔하는가 싶더니 큰 소리로 인사를 건넸다. 키케로 역시 친근하게 답을 해주었다. 두 사람이 원로원에서 안지도 오랜 세월이다.

베르길리우스가 키케로에게 어떻게 할 생각인지 물었다.

키케로는 당연히 상륙하고 싶다고 대답했다.

"그렇다고 들었습니다만 안타깝게도 허락할 수 없습니다."

"이유는?"

"클로디우스의 새 법 때문이죠."

"새 법이라니, 그건 또 무슨 법인가? 너무 많아 다 챙길 수가 없군 그래."

베르길리우스가 부하를 불러 서류를 건네받은 뒤 내게 건넸다. 나도 곧바로 키케로에게 넘겨주었다. 나는 지금도 그날을 기억한다. 서류는 마치 살아 있기라도 한 듯 그의 손에서 파르르 떨렸다. 깊은 정적 속에서 종이를 넘기는 소리만 들렸다. 키케로는 천천히 읽은 다음 아무 말 않고 내게 넘겼다.

키케로와 관련된 클로디우스 법령

M. T. 키케로는 변론 기회도 주지 않은 채 무고한 로마 시민을 사형에 처하고, 이를 위해 원로원의 권위와 법령을 조작한 바, 다음과 같이 지시하는 바이다.

1) 로마에서 600킬로미터 이내는 불과 물을 제공하지 말 것.

2) 부두에 정박하거나 집에 들일 경우 사형으로 다스린다.

3) 죄인의 부동산과 재산은 모두 몰수한다.

4) 로마의 집은 철거하고 그 자리에 자유의 신 사당을 짓는다.

5) 음모, 선동, 투표 등 그를 다시 불러들이려는 행동은 여하를 막론하고 공공의 적으로 간주한다. 단 키케로가 불법으로 죽인 사람들을 다시 살려낼 경우는 예외로 한다.

치명적인 타격이었다. 하지만 키케로는 차분하게 손짓 하나로 예봉을 꺾어버렸다.

"이 개소리가 언제 발효된 건가?"

"여드레 전 로마에 방이 붙었다고 들었습니다. 제 손에는 어제 들어왔죠."

"그럼 아직 효력이 없네. 세 번은 공표해야 법이 될 수 있으니까. 내 비서가 확인해줄 걸세. 티로, 총독께 언제 법적 효력이 있는지 말씀드려라."

날짜를 계산해보았다. 법안을 투표에 붙이기 전에 장날마다 포룸에서 세 번 공개적으로 낭독을 해야 한다. 그런데 편지 내용에 크게 충격을 받은 터라, 장날은 고사하고 그날이 무슨 요일인지조차 기억이 나지 않았다.

"오늘부터 스무 날 이후입니다. 25일경?" 나는 대충 넘겨짚었다.

"알겠나? 법이 통과하더라도 3주의 유예기간이 있지만 어차피 그 법은 통과 못 해." 키케로는 뱃머리에 서 있었다. 갑판이 흔들리는 바람에 두 다리에 힘이 잔뜩 들어갔다. 두 팔은 호소하듯 넓게 벌렸다. "이보게, 베르길리우스. 과거의 우정을 생각해보게. 어차피 여기까지 왔으니 적어도 상륙은 하게 해주게나. 지지자들과 하루 이틀만 지내고 싶어서 그러네."

"아뇨, 말씀드렸듯이 모험을 할 수는 없습니다. 전문가들과 상담을 했는데 섬 남단 릴리바이움이라고 해봐야 로마에서 500킬로미터 이내입니다. 결국 클로디우스가 나를 잡으러 오겠죠."

그 말에는 키케로도 목소리가 달라졌다. 그가 차가운 목소리로 말했다. "법이 있는 한, 아무리 자네라도 로마 시민의 여행을 막을 권리는 없다."

"제 속령의 평화를 보호할 권리는 있습니다. 아시겠지만, 이곳에서는 제 말이 곧 법입니다…."

분명 미안한 표정이고 당혹해하기도 했지만 총독은 요지부동이었다. 키케로도 화를 내며 몇 마디 더했으니 결국 레기움으로 배를 돌릴 수밖에 없었다. 우리가 떠나려 하자 해변이 왁자지껄해지기 시작했다. 키케로도 처음으로 불안한 표정이었다. 베르길리우스는 오랜 친구였다. 친구마저 그런 식으로 나온다면 곧 이탈리아 전체가 빗장을 걸어 잠글 것이다. 법을 어기고 로마로 돌아가기도 너무 위험했다. 아니, 로마를 떠난 것부터 너무 늦었다. 여행 자체가 물리적 위험을 내포했지만, 일단 법이 통과하고 나면 법이 규정한 한계인 600킬로미터 밖에서 오도 가도 못할 것이다. 망명 조건을 지키려면 즉시 외국으로 달아나야 했다. 카이사르 때문에 갈리아를 논외로 한다면 동방이 유일한 해답이다. 그럼 그리스 아니면 아시아가 남는데, 불행하게도 반도 반대편에 위치한 탓에 그곳으로 가려면 변덕스러운 겨울 바다를 이겨내야 했다. 그 경우 반대편의 아드리아 해 브룬디시움으로 가서 장거리 항해가 가능한 대형 선박부터 찾아야 하므로 상황이 최악이라는 얘기였다. 틀림없이 클로디우스의 후원자이자 창조주인 카이사르가 의도한 바이리라.

고생 끝에 산맥을 넘는 데만도 2주가 걸렸다. 길도 험한 데다 툭하면 폭우가 쏟아졌다. 어느 곳이든 매복의 위험도 신경 쓰이는 문제였다. 그나마 작은 촌락을 지날 때면 다들 친절하게 대해주었다. 밤이면 여인숙을 찾아 연기 자욱한 냉방에서 잠을 청하고 딱딱한 빵과 기름투성이 고기로 끼니를 때웠다. 와인을 곁해도 먹기가 고역인 음식들. 키케로의 기분은 분노와 절망 사이를 오갔다. 그때쯤 로마를 떠난 사실 자체가 치명적인 실수였음을 확실히 깨달았다. 클로디우스는 키케로가 '변론 기회도 주지 않은 채 무고한 로마 시민을 사형에 처했다'는 중상모략을 제멋대로 퍼뜨렸다. 사실 반역자 카틸리나 5인방에게도 변론의 기회가 있었다. 사형 역시 원로원 전체가 인준한 사항이었으나 도주는 죄를 인정한 것과 진배없었다. 카이사르의 진군 나팔소리에 처음 잘못을 깨닫기 시작했을 때 본능에 따라 돌아갔어야 했다. 키케로는 자신이 어리석고 우유부단한 탓에, 부인과 아이들이 고초를 겪는다며 흐느꼈다.

자책을 마친 다음엔 분노의 화살이 호르텐시우스와 '귀족 패거리'를 향했다. 놈들은 내내 나를 미워했어. 미천한 가문에서 태어나 집정관에 오르고 로마를 구했다는 이유로. 나보고 달아나라 종용한 것도 파멸시키려고 꾸민 짓이야. 맙소사, 소크라테스의 교훈을 잊다니. 쫓겨나느니 차라리 죽으라고 했거늘! 그래, 차라리 로마에서 자결해야 했어! 나는 아무 대답도 하지 않았다. 자결하겠다는 위협도 심각하게 여기지 않았다. 키케로는 타인의 피도 보지 못하지만 자기 피는 더더욱 아니다. 평생 동안 전쟁, 경기, 공개 처형, 장례 등, 그의 도덕심을 자극하는 것은 뭐든지 피해오지 않았던가. 고통을 무서워한다면 죽음에는 경기를 일으킬 것이다. 무례한 짓이기에 딱히 지적은 하지 못했지만 애초에 로마에서 달아난 근본적인 이유도 그 때문이었다.

마침내 브룬디시움 요새 성벽이 시야에 들어왔다. 그래도 아직 성 안으로 들어가지 않기로 했다. 그곳 항구는 너무 크고 분주했으며 어디나 이방인들 투성이었다. 요컨대 황천길이 될 가능성이 크다는 뜻이다. 키케로도 분명 암살단이 노리고 있다고 확신했다. 대신 우리는 해변에서 조금 위 성막에 숨기로 했다. 그의 옛 친구 마르쿠스 라이니우스 플라쿠스가 사는 곳이라, 그날 밤은 덕분에 버젓한 침대에서 잠들 수 있었다. 3주 만에 처음으로. 우리는 다음 날 아침 다시 해변으로 내려갔다. 시칠리아 쪽보다 바람이 강하고 파도도 세차게 아드리아의 암초와 조약돌을 때렸다. 키케로는 가급적 바다 여행을 피했다. 더욱이 이번 항해는 특히 위험천만했으나 달리 도리가 없었다. 일리리쿰 해변은 수평선 너머 200킬로미터 밖이었다.

플라쿠스가 키케로의 표정을 읽고 위로를 했다. "키케로, 기운내셔야 합니다. 법안은 통과하지 못할 겁니다. 호민관 중 누구든 거부권을 행사하겠죠. 로마에도 원로님을 지지할 사람이 있지 않겠습니까? 폼페이우스는 당연할 테고요."

키케로는 바다에 시선을 고정한 채 아무 말도 하지 않았다. 며칠 후 법안이 통과했다는 소식이 들렸다. 플라쿠스는 범인을 가내에 들였다는 이유만으로 중범죄자 신세가 되고 말았다. 그럼에도 클로디우스 따위에 겁먹을 필요 없다며 키케로가 그냥 머물러 있기를 종용했으나 키케로는 그 말도 들으려 하지 않았다.

"친구여, 자네 충성심에 감사하네. 하지만 그 악마 놈은 법이 통과하는 순간 용병들을 고용해 사냥에 나설 걸세. 시간이 없어."

브룬디시움 항구에서 상선을 보아두었다. 베테랑 선장은 보수만 두둑하다면 얼마든지 겨울바람을 뚫고 아드리아 해를 건너겠다고 큰소리를 쳤다. 우리는 다음 날 새벽, 거리에 아무도 없을 때 배에 올라탔다. 배는 튼튼하고 후미도 넓었다. 선원은 스무 명 정도로 이탈리아와 디라키움 사이의 무역로를 정기운항 한다고 한다. 그런 일에는 문외한이었지만 어쨌든 배는 매우 안전해 보였다. 선장 얘기로는 항해는 하루 반 정도면 충분하지만, 바람이 좋으니 지금 당장 출발하는 게 좋겠다고 했다. 그래서 선원들이 출항 준비를 하고 플라쿠스가 부두에서 기다리는 동안 키케로는 황급히 부인과 아이들에게 편지를 썼다.

'좋은 시절, 좋은 경험이었소. 이런 신세가 된 것도 악해서가 아니라 좋은 일을 했기 때문이라오. 사랑하는 테렌티아, 누구보다 정숙한 아내, 사랑하는 딸 툴리아, 그리고 우리의 마지막 희망, 어린 마르쿠스… 안녕!'

나는 편지를 필사해 플라쿠스에게 건넸다. 그가 손을 들어 작별을 고했다. 이윽고 돛을 펼치고 삭구(索具)를 풀었다. 조수(漕手)들이 선창에서 힘껏 배를 밀어냈다. 동녘 하늘이 뿌옇게 밝아오기 시작했다.

※

처음에는 속도가 빨랐다. 키케로는 갑판 조타수 플랫폼 위에 올라가 선미 난간에 기댔다. 브룬디시움의 거대한 등대가 저 멀리 멀어지고 있었다. 시칠리아 방문을 제외한다면, 어렸을 때 이후로 이탈리아를 떠나는 건 처음이었다. 그때는 몰론을 떠나 로데스로 갔는데 물론 웅변을 배우기 위해서였다. 내가 아는 한, 키케로는 그 누구보다 망명 기질과 거리가 멀었다. 살아남기 위해서라도 그에겐 문명사회의 이기들이 필요했다. 친구, 소식, 소문, 대화, 정치, 파티, 연극, 목욕, 도서, 좋은 건물… 문명과의 작별을 지켜보는 것만으로도 고통이었으리라.

어쨌든 한 시간도 채 되지 않아 모두 떠나고 우리는 허무 속으로 빨려 들어갔다. 바람이 힘차게 배를 앞으로 내몰았다. 나는 흰 파도를 가르며 호머의 '뱃머리에 하얗게 부서지는/군청색 파도'를 떠올렸다. 아침 해가 중천에 오를 때쯤 배는 조금씩 추진력을 잃는 듯했다. 갈색의 대형 돛이 축 늘어지자 조수 둘이 양쪽 노대에 서서 불안한 듯 시선을 교환했다. 잠시 후 수평선으로 짙은 먹구름이 몰려들었다. 그 뒤 한 시간쯤 지났을까, 구름은 뚜껑 문처럼 머리 위를 덮고 하늘은 어두워졌다. 기온도 급강하했다. 바람도 다시 강해졌다. 돌풍이 얼굴을 때리고 파도에서 차가운 물보라가 일었다. 급기야 우박이 사선으로 갑판을 때리기 시작했다.

키케로는 몸서리를 치더니 급기야 상체를 숙이고 토악질을 했다. 얼굴도 시체처럼 창백했다. 나는 팔로 그의 어깨를 부축하고 갑판 아래 선실로 데려갔다. 사다리를 반쯤 내려가는데 번개가 어둠을 가르더니 곧이어 빠직 하고 뼈가 부러지는 듯한 굉음이 이어졌다. 아무래도 돛대가 부러진 모양이었다. 순간 우리도 이리저리 구르고 주변의 검은 산들이 번갯불 속에서 번쩍이며 치솟거나 무너져 내렸다. 바람 소리가 얼마나 강한지 말을 할 수도 들을 수도 없었다. 나는 키케로를 선실 안으로 밀어 넣고는 넘어지듯 그 뒤를 따라 들어가 문을 닫았다.

일어나고 싶었지만 배가 기울어졌다. 아래 갑판은 물이 발꿈치까지 차올라 자꾸 미끄러지는 데다 좌우로 크게 요동쳤다. 우리는 벽에 딱 달라붙은 채 어둠 속에서 앞뒤로 흔들렸다. 각종 연장들, 와인 단지, 보리자루 따위가 마치 우리에 갇힌 맹수처럼 달려들었다. 우리는 모퉁이에 웅크리고 누웠으나, 배가 흔들리고 곤두박질칠 때마다 물을 뒤집어쓰며 바들바들 떨어야 했다. 나는 이제 끝장이라고 확신하고는 두 눈을 감고 넵튠을 비롯해 온갖 신들을 들먹이며 살려달라고 기도했다.

얼마나 지났을까? 모르겠다. 적어도 그렇게 날이 저물고 밤을 지새우고 그다음 날이 밝은 모양이다. 키케로는 완전히 의식을 잃은 것 같았다. 여러 차례 뺨을 확인했지만 얼음같이 차갑긴 해도 다행히 숨은 붙어 있었다. 그때마다 잠깐씩 눈을 떴다가 다시 감기도 했다. 후일의 술회에 따르면, 키케로는 익사까지 각오했다지만 정작 심한 뱃멀미 덕분에 두려움을 느낄 수도 없었다. 어머니 자연은 그런 식으로 곤경에 처한 이들을 망각의 두려움에서 구원하고 죽음을 자애로운 해방으로 보이게 했다. 다음 날 정신을 차렸을 때 폭풍이 걷히고 자신이 살아 있음을 깨닫고는 평생 그렇게 놀란 적이 없었다는 말도 덧붙였다.

"삶이 이렇게 비루할 바에야 그렇게라도 죽는 게 낫겠건만."

폭풍이 지나간 뒤 우리는 다시 갑판으로 나왔다. 선원들이 때마침 어느 불쌍한 선원의 시체를 뒤집고 있었다. 흔들리는 활대에 맞았는지 머리가 박살이 나 있었다. 아드리아 해는 기름처럼 매끄럽고 고요했으며 잿빛의 하늘 그림자를 드리웠다. 시체는 거의 물보라도 없이 물속에 미끄러져 들어갔다. 그때까지는 몰랐으나 찬바람 어딘가 썩는 냄새가 배어 있었다. 2킬로미터쯤 멀리 파도 위로 우뚝 솟은 검은색 주상절리가 보였다. 바람에 휩쓸려 다시 고국으로 돌아온 걸까? 문득 그런 생각이 들었다. 저곳은 분명 이탈리아 해안인데… 하지만 선장은 내 무지를 비웃으며 일리리쿰이라 일러주었다. 주상절리는 고대도시 디라키움의 입구를 보호하는 그 유명한 절벽이었다.

키케로는 남쪽 산악국가 에피루스로 향할 생각이었다. 아티쿠스의 거대한 영지가 있는 곳으로 마을이 요새화되어 있다고 했다. 그 어느 곳보다 황폐한 고장. 여전히 100년 전 원로원이 내린 끔찍한 저주에서 벗어나지 못한 상태였다. 로마는 당시 반역죄를 물어, 70개 도시를 동시에 박살내고 15만 인구를 모조리 노예로 팔아버렸다. 키케로야 아무리 섬뜩하고 외딴 곳이라도 개의치 않았겠으나 이탈리아를 떠나기 전 아티쿠스의 경고 때문에 그마저도 소용이 없었다. '유감스럽게도' 한 달 이상 머물지는 못한다. 자칫 키케로가 여기 있다는 사실이 드러날 경우 클로디우스 법 2조에 따라 아티쿠스 자신이 범죄자를 수용했다는 죄로 사형을 당할 것이다.

디라키움에 상륙하면서도 키케로는 두 가지 방향 사이에서 갈팡질팡했다. 남쪽 에피루스는 임시 피신처에 불과했다. 아니면 동쪽에 마케도니아가 있다. 그곳 총독 아풀레이우스 사투르니누스는 옛 친구이며, 마케도니아에 갔다가 그리스와 아테네로 넘어갈 수도 있다. 결국 결정은 엉뚱한 곳에서 이루어졌다. 선창에 급사(急使)가 기다리고 있었던 것이다. 젊은 남자는 한눈에도 무척이나 불안해 보였다. 그는 먼저 좌우를 돌아보며 미행자가 없는지 확인한 후 우리를 재빨리 텅 빈 창고로 끌고 가 편지를 건넸다. 총독 사투르니누스의 편지였다. 지금 그 편지는 문서보관소에 없다. 내가 읽어주자마자 키케로가 빼앗아 산산조각 찢어버렸기 때문인데, 그래도 핵심 내용 정도는 기억할 수 있다. '유감스럽지만' (그 표현을 다시 쓰자면) 그간의 우정에도 사투르니누스는 키케로를 영지에 들일 수 없다. '범죄자에게 피난처를 제공하는 행위는 로마 총독의 존엄성과 양립할 수 없기 때문'이었다.

그렇잖아도 바다를 건너오느라 배고프고 춥고 지친 터였다. 키케로는 편지 조각을 바닥에 집어던지더니 곤포다발 위에 철퍼덕 주저앉아 두 손으로 머리를 감쌌다.

그때 급사가 쭈뼛쭈뼛 이렇게 말했다. "저, 편지가 한 장 더…."

총독의 부하, 재무관 그나이우스 플란키우스의 편지였다. 그와 키케로 가문은 고향 아르피눔에서부터 이웃이었다. 플란키우스의 편지 내용은 다음과 같았다.

'몰래 편지를 써서 급사에게 건넵니다. 급사는 믿을 만한 사람입니다. 플란키우스는 상관의 결정에 반대하며 조국의 아버지를 보호할 수 있다면 영광으로 여기겠습니다. 다만 반드시 비밀을 지켜주셔야 합니다. 이 편지를 받을 때면 이미 길을 떠났을 테니 마케도니아 국경에서 만날 수 있습니다. 그동안 마차를 한 대 수배해 키케로를 디라키움 밖으로 보내드리겠습니다.'

"원로님의 안전을 위해서입니다. 부디 한 시간 이상 지체하지 마옵소서. 직접 뵌 후 자세하게 설명하겠습니다."

"이분을 믿습니까?" 내가 물었다.

키케로는 고개를 떨군 채 기어들어가는 목소리로 대답했다. "아니, 하지만 선택의 여지가 있나?"

나는 급사의 도움을 받아 짐을 배에서 내린 뒤 재무관의 마차에 옮겨 실었다. 마차는 바퀴 위에 작은 방을 얹은 것처럼 조잡하기 짝이 없었다. 완충 장치는 없고 쇠창살을 창문 위에 못 박아 안에서는 밖을 봐도 밖에서는 들여다볼 수 없게 했다. 우리는 항구를 떠나 덜커덕거리며 도시로 들어간 뒤 혼잡한 에그나티아 도로와 합류했다. 비잔티움으로 이어진 넓은 국도였다. 진눈깨비가 내리기 시작했다. 며칠 전 지진에 폭우까지 겹친 탓에 마을은 처참하기 이를 데 없었다. 원주민들의 시체가 매장도 하지 않은 채 도로 옆에 버려지고 살아남은 사람들도 폐허 사이에 임시 막사를 만들어 피신하거나 연기 자욱한 화톳불 주변에 몰려 있었다. 바다에서 맡은 냄새가 바로 이 파멸과 절망의 악취였다.

마차는 들판을 가로질러 눈 덮인 산악지대로 들어가 산정 분화구 안쪽의 작은 부락에서 밤을 보냈다. 여인숙은 누추하기 짝이 없었다. 아래층 객실은 아예 염소와 닭들이 차지했다. 키케로는 거의 먹지도 않고 말도 하지 않았다. 낯설고 황폐한 땅, 야만인 같은 원주민들… 끝내 절망의 깊은 수렁 속으로 곤두박질치고 만 것이다. 다음 날 아침 어렵사리 그를 침대에서 일으켜 세운 뒤 겨우 여행을 이어갔다.

이틀 내내 도로는 등산길이었다가 마침내 넓은 호숫가에 도착했다. 호수 가장자리는 벌써 얼음이 얼었다. 호수 반대편이 리키니도스 마을로 마케도니아와 국경을 공유했다. 바로 이곳 포룸에서 플란키우스가 기다리고 있었다. 30대 초반에 좋은 체격, 군복 차림이었으며 등 뒤로 군단 병사 대여섯 명이 대기 중이었다. 그런데 갑자기 병사들이 성큼성큼 다가오는 통에 그만 식겁하고 말았다. 제 발로 덫에 걸렸다고 여겼으나 플란키우스가 눈물까지 흘리며 키케로를 포옹하는 것을 보고 그제야 마음을 놓았다.

플란키우스는 키케로의 행색을 보고 적잖이 충격을 받은 눈치였다.

"기력부터 회복하셔야겠지만 우선 당장 이곳을 빠져나가야 합니다." 그러고는 편지에 적지 못했던 얘기들을 들려주었다. 믿을 만한 정보를 손에 넣었는데, 카틸리나 음모 가담죄로 추방당한 반역자 중 아우트로니우스 파이타스, 카시우스 롱기누스, 마르쿠스 라이카, 셋이 모두 키케로를 죽이겠다고 찾아나섰다는 이야기였다.

"안전하게 지낼 곳은 세상 어디에도 없다는 말인가? 이제 우린 어떻게 살아야 하지?" 키케로가 한숨을 내쉬었다.

"말씀드렸듯이 제가 보호해드리겠습니다. 함께 테살로니카에 돌아가 제 집에 계시면 됩니다. 지난해까지는 저도 군사 호민관이었고 여전히 현역 군인이기도 합니다. 원로님께서 마케도니아 국경

안에 계시는 한 병사들이 호위할 수 있습니다."

키케로는 가만히 그를 바라보았다. 플라쿠스의 환대를 제외하면 몇 주, 아니 실제로 몇 개월 만에 처음으로 진정한 도움의 손길을 받은 셈이었다. 폼페이우스 같은 옛 동료들이 등을 돌리는 판에 거의 안면도 없는 젊은이가 나섰으니 어찌 감동이 없을 손가. 그도 무슨 말이라도 하고 싶었지만 갑자기 목이 메는 통에 괜스레 딴청만 부렸다.

에그나티아 도로는 마케도니아 산악지대를 250킬로미터 달려가 암팍시스 평원으로 내려섰다. 암팍시스는 테살로니카 항 입구이기에 이로써 우리 여행도 끝난 셈이었다. 로마를 떠난 지 무려 2개월 만이었다. 플란키우스의 별장은 마을 북쪽 번잡한 도로에서 한참을 벗어나 외진 곳에 있었다.

5년 전, 키케로는 명실공히 로마의 통치자였으며, 국민들의 인기도 폼페이우스에 이어 두 번째였다. 이제 그는 모두 잃었다. 명성, 지위, 가족, 재산, 조국, 심지어 평정심까지. 안전 문제 때문에 낮 동안은 어쩔 수 없이 별장에 갇혀 지내야 했다. 입구에 보초까지 서 있었다. 플란키우스는 식솔들한테 익명의 손님이 옛 친구이며 지금 쓰라린 상실감과 우울증으로 고생한다고 얘기해두었다. 최선의 거짓말이 늘 그렇듯 그 말에도 일면 진실이 담겨 있었다. 키케로는 거의 먹지도 않고 말도 하지 않았다. 방에서 나오지도 않았다. 가끔 발작적으로 울기까지 했는데, 그럴 때면 집 끝에서 반대편 끝까지 들리기도 했다. 방문객도 만나지 않았다. 동생 퀸투스가 아시아 총독 임기를 마치고 로마로 돌아가는 길에 들렀지만 끝내 나오지 않았다.

"네가 아는 형은 이곳에 없다. 그 사람은 흔적도 자취도 없고 그저 살아 있는 시체 한 구뿐이다." 키케로는 그렇게 전했다.

나도 어떻게든 위로하고 싶었지만 소용이 없었다. 나 같은 노예 놈이 그의 상실감을 어떻게 이해하겠는가? 애초에 소중한 것을 소유해본 적이 없는데? 돌이켜보면, 철학을 빌려 위안을 제공하려던 시도조차 분노를 키운 데 불과했으리라. 실제로 스토아학파의 논리를 빌려, 행복을 위해 소유와 지위는 불필요하며 미덕만으로도 충분하다고 주장하자 키케로는 내 머리에 의자를 집어던졌다.

테살로니카에 도착했을 때 봄이 막 시작하는 무렵이었다. 나는 키케로의 친구들과 가족들에게 편지를 보내 키케로가 어디에 숨어 있는지 알리고, 답신을 보내려면 수신인을 플란키우스로 해줄 것을 요청했다. 편지가 로마에 도착하는 데 3주가 걸리고 역시 3주가 더 지나 답신이 들어오기 시작했다. 소식은 하나같이 절망적이기만 했다. 테렌티아는 클로디우스가 팔라티네 언덕에 (아이러니컬하게도) 자유의 신전을 짓겠다며, 숯덩이가 된 집 벽까지 부쉈다며 분노를 토했다. 포르미아이의 별장과 투스쿨룸의 영지도 약탈당했으며, 심지어 정원 나무 몇 그루는 이웃 사람들이 베어 수레에 싣고 갔다. 집을 잃은 후 그녀가 동생과 함께 피신한 곳은 베스타 신전이었다.

저 불손한 불한당 클로디우스는 신성법까지 모두 무시했어요. 사원에 들어와서는 나를 무례하게 바실리카 공회당으로 끌고 가 군중들 앞에서 신문하더군요. 재산을 어디 숨겼느냐면서!

대답하지 않았더니, 이번에는 고분고분하게 굴지 않으면 어린 아들을 볼모로 잡겠다며 윽박질렀죠. 그래서 대답 대신 그림을 가리켰어요. 발레리우스가 카르타고 부족을 무찌르는 그림… 그리고 내 선조들이 저 전쟁에서 싸웠으며, 내 가족이 한니발을 두려워하지 않았듯, 그런 식의 위협에 굴하지 않는다고 쏘아줬답니다.

아들이 곤경에 처했다는 얘기엔 키케로도 크게 흔들렸다. "사내라면 모름지기 자식부터 보호해야 하거늘, 이렇게 무기력하다니."

마르쿠스와 테렌티아는 현재 키케로의 동생 집으로 피난하고 사랑하는 딸 툴리아는 시댁에서 지내고 있었다. 하지만 툴리아도(어머니처럼) 애써 아무렇지 않은 척하고 있지만 행간을 읽고 사실을 파악하기가 쉽지만은 않았다. 그녀는 병든 남편, 착한 프루기를 간호하는 중이었다. 늘 병약하기도 했지만 급기야 긴장감을 이기지 못해 무너진 것 같았다. 키케로는 부인한테 이렇게 편지를 썼다.

'아, 내 사랑, 내 갈망이여! 사랑하는 테렌티아, 한때는 곤경에 처한 이들의 수호자였건만, 당신이 이렇게 고통을 받는다고 생각하면! 당신은 밤낮으로 내 눈앞에 있다오. 안녕, 내 곁에 없는 사랑이여, 안녕.'

정치적 시계는 여전히 깜깜했다. 클로디우스와 지지자들은 포룸 남단의 카스토르 사원을 점거, 사령부로 삼고는 유권자들을 협박해서 제멋대로 법안을 통과하거나 봉쇄했다. 예를 들어 소위 클로디우스 신법은 키프러스의 합병과 '로마인을 위한' 복지세 신설을 요구했다. 말하자면, 시민 모두에게 곡식을 무료 배급할 테니까 그 비용을 대라는 얘기였다. 심지어 마르쿠스 포르키우스 카토를 절도죄로 기소하기까지 했다. 물론 법안은 통과했다. 타인에게 징세를 해서 나눠주겠다는데, 세상에 어떤 유권자들이 거부하겠는가. 카토가 거부하자 클로디우스는 법에 복종하지 않으면 기소하겠다고 위협했다. 카토 역시 무엇보다 법을 신성시하는 인물이라, 울며 겨자 먹기로 복종하고는 젊은 조카 마르쿠스 유니우스 브루투스와 함께 키프러스를 향해 배를 몰았다. 그가 떠남으로써, 키케로는 로마 최고의 지지자이자 웅변가를 잃어야 했다.

클로디우스의 전횡을 보면서도 원로원은 무기력하기만 했다. 심지어 폼페이우스마저(한때는 키케로와 아티쿠스가 '파라오'라 칭하기도 했건만) 저 무소불위의 호민관을 두려워하기 시작했다. 자신이 카이사르를 도와 창조해낸 괴물이건만! 소문에 따르면 폼페이우스는 하루 종일 카이사르의 딸이자 어린 아내 율리아와 섹스를 하는 데 몰두했으며 그동안 대중의 인기도 시들었다. 아티쿠스가 키케로의 기분을 풀어주겠다며 폼페이우스에 대해 편지를 보냈는데, 그중 하나가 아직 남아 있다.

기억하는가? 몇 년 전 파라오가 아르메니아 왕을 다시 왕좌에 앉혔을 때 아들을 볼모로 삼아 로마에 데려왔네. 얌전히 굴겠다는 징표였지. 자네가 떠난 직후, 젊은 친구를 한 지붕에 두기가 껄끄러웠던지 신임 법무관 루키우스 플라비우스에게 넘기기로 했다네. 당연히 우리 꽃미남 아가씨(키케로가 클로디우스에게 붙여준 별명)께서도 얘기를 들었고, 그래서 플라비우스를 꼬드겨 디너파티에 초대를 받았어. 그리고 식사가 끝날 즈음 왕자를 어디

론가 데려갔다더군. 냅킨 가져가듯이 날름! 이유가 궁금한가? 아버지 대신 왕자를 왕좌에 앉히기로 결심한 걸세! 그래야 폼페이우스의 수입을 모두 독차지할 테니까! 기가 막히지 않나? 다행히 전화위복이기는 했어. 제시간에 왕자를 배에 태워 돌려보냈는데 폭풍 때문에 항구로 돌아왔거든. 폼페이우스는 플라비우스한테 얘기해서 직접 안티움으로 내려갔네. 물론 볼모를 되찾으려 했는데, 클로디우스의 부하들이 기다리고 있었던 거야. 결국 아피아 도로에서 싸움이 벌어지고 사상자가 많이 났다네. 폼페이우스의 절친 마르쿠스 파피리우스도 그 와중에 목숨을 잃었지.

그 이후 파라오의 운은 악화 일로를 치달았지. 어느 날, 지지자의 재판에 참석하기 위해 포룸에 나갔는데(클로디우스가 전방위적으로 파라오의 지지자들을 기소하고 있어), 클로디우스가 깡패새끼들을 불러 모아 노래를 부르기 시작하더군.

"음탕한 임페라토르의 이름이 무엇이더냐? 남자 꽁무니를 핥는 사내의 이름은 무엇이더냐? 손가락 하나로 머리를 긁는 이는 또 누구란 말이냐?" 질문이 나올 때마다 놈은 토가 주름을 흔들어 대답했네. 바로 파라오의 습관이 아니던가. 그러면 폭도들은 서커스 합창단처럼 한 목소리로 대답을 연호했지. "폼페이우스."

그 점에서라면 원로원도 어쩌지 못한다네. 오히려 자네를 버렸으니 당해도 싸다는 식이었지….

그런 소식에 키케로가 위안을 받으리라 생각했다면 아티쿠스의 오판이었다. 그 반대로 키케로는 더 외롭고 무기력해졌다. 카토가 떠나고 폼페이우스는 겁쟁이가 되고 원로원은 무능하고 유권자들은 뇌물에 약하고 클로디우스 일당이 법을 제멋대로 주무르고 있으니, 도피 생활에서 벗어나는 것도 요원하기만 했다. 생존 환경도 열악하기는 마찬가지였다. 테살로니카는 봄에 잠깐 머물기엔 괜찮을지 몰라도, 몇 개월이 지나고 여름이 오자 습도와 모기가 장난이 아니었다. 바람은 한 점 없고 채소는 바짝바짝 타들어갔다. 이러다가는 질식사라도 할 것만 같았다. 더욱이 성벽이 열기를 가둔 탓에 밤은 낮보다 훨씬 무더웠다. 나는 키케로 옆방에 묵었는데 도무지 잠을 잘 수가 없었다. 작은 침실에 누워 있으면 마치 부뚜막에서 통돼지처럼 익어가는 기분이었다. 등은 땀으로 흥건해 마치 살이 녹는 것만 같았다. 한밤중이면 종종 키케로가 어둠 속에서 엎치락뒤치락하는 소리가 들렸다. 문을 열어둔 터라 모자이크 타일 위로 두 발을 끄는 소리도 들렸다. 그러면 나는 침대에서 빠져나와 몰래 그가 괜찮은지 확인부터 했다. 키케로는 안뜰 마른 수영장 가장자리에 앉아(샘은 흙먼지만 남은 지 오래였다) 반짝이는 별들을 올려다보았다. 흡사 그 좋던 운세가 왜 이렇게 갑자기 그를 버렸는지 별자리를 통해 실마리라도 얻으려는 사람 같았다.

그런 밤이면, 다음 날 아침 나를 자기 방으로 불러서는 내 팔을 꼭 잡으며 이렇게 하소연을 했다. "티로, 이 똥통에서 빠져나가야겠어. 도무지 제정신을 차릴 수가 없잖아."

그렇다고 어디로 가겠는가? 키케로는 아테네를 꿈꿨다. 적어도 로데스라도. 하지만 플란키우스가 어떻게 받아들이겠는가? 무엇보다 암살 위험이 어느 때보다 중했다. 키케로가 이곳에 숨어 있다는 소문이 퍼진 탓이다. 무엇보다 어느 정도 시간이 흐르자, 문득 이렇듯 위대한 인물을 좌지우지한다는 사실에 고무되어 플란키우스가 우리를 놓아주려 하지 않는다는 생각도 들었다. 키케로에게 그렇게 말하자 그는 이렇게 대꾸했다.

"어리고 야심만만한 친구야. 로마 상황이 바뀌면 나를 보호한 대가로 정치적 입지를 기대할 수도 있겠지. 정녕 그렇다고 해도 그야말로 망상인 셈이다."

어느 날 늦은 오후였다. 한낮의 폭염이 다소 가라앉을 때쯤 나는 로마에 보낼 편지 다발을 챙겨 읍내에 갔다. 키케로를 설득해 답장을 쓰게 하는 것도 일이었다. 도통 기운을 내지 못하기도 했지만 행여 편지를 쓴다 해도 대개는 불평, 불만으로 가득했다.

"난 아직 이곳에 갇혀 있네. 얘기할 사람도, 생각할 거리도 없이. 나같이 비탄에 빠진 사람이 자살하기엔 더할 나위 없이 좋은 곳이야."

아무튼 편지를 쓰면, 나는 에피파네스라는 마케도니아 상인을 만나, 편지를 보내줄 믿을 만한 급사를 수소문했다. 에피파네스는 로마와 수출입 사업을 했다.

이 고장 인간들이 대개 그렇듯 이 자도 철두철미한 게으름뱅이 사기꾼이었다. 내 판단엔 그럴수록 뇌물이 충분해야 했다. 그래야 이런 자들도 정신을 차리기 때문이다. 그의 창고는 부두 인근 비탈 위에 있었으며 그 근처가 에그나티아 성문이다. 그곳의 올망졸망한 지붕들 위로 적회색 먼지가 뿌옇게 가라앉았는데 바로 로마와 비잔티움을 오가는 마차들이 뱉어낸 것들이다. 나는 그의 사무실에 가기 위해 마당을 가로질렀다. 짐마차들이 짐을 부리는 곳으로,

지금은 오후의 폭염이 벽돌을 달구고, 말들은 마구를 벗은 채 구유에서 벌컥벌컥 물을 마셨다. 그런데 그날 오후는 전차가 한 대 보였다. 평소의 우마차와는 확연히 달랐기에 나는 보자마자 걸음을 멈추고 그곳으로 가까이 접근했다. 한눈에도 오래 탄 흔적이 역력했다. 흙먼지를 잔뜩 뒤집어썼기에 원래의 색을 알 수도 없었으나, 전투용인 것만은 확실했다. 빠르고 튼튼한 전차. 에피파네스는 2층에 있었다. 난 그에게 전차 주인이 누구인지 물었고, 그가 묘한 시선으로 나를 보았다.

"이름은 안 밝히더군. 그냥 잘 지켜보라고만 했네."

"로마인입니까?"

"당연하겠지."

"혼자?"

"아니, 동행이 있었어. 검투사 같은데 둘 다 젊고 튼튼했네."

"언제 도착했습니까?"

"한 시간 전."

"그럼 지금은 어디에 있죠?"

"누가 알겠나?" 그가 어깨를 으쓱하며 누런 이를 드러냈다.

문뜩 끔찍한 생각이 들었다. "혹시 내 편지를 열어본 적이 있습니까? 그래서 미행이 붙었을까요?"

"이런, 어떻게 그런 말을… 어떻게 그런 일이 가능하단 말인가?" 그가 두 손을 들어 무고를 주장하더니 마치 있지도 않은 배심한테 하소연하듯 주변을 둘러보았다.

에피파네스! 거짓말로 먹고사는 자이건만 정말 거짓말은 젬병이었다. 나는 그대로 방에서 뛰쳐나와 계단을 달려 내려간 뒤 별장이 보일 때까지 죽어라 달려갔다. 거리에 험상궂은 인상의 건달 둘이 어슬렁대고 있었다. 나는 걸음을 늦추었다. 두 놈이 나를 돌아보았다. 한눈에 봐도 키케로를 죽이려고 온 놈들이었다. 한 놈은 눈썹에서 턱까지 흉터가 얼굴을 갈라놓았고(에피파네스 말이 맞았다, 분명 검투사 막사에서 바로 나온 싸움꾼이다), 다른 놈은 대장장이로 보였다. 아니, 저 거드름을 보면 불카누스 신이 직접 내려왔을 수도 있겠다. 허벅지는 햇볕에 그을리고 팔뚝은 울퉁불퉁하며 얼굴은 검둥이처럼 새까맸다.

그가 나를 불렀다. "키케로가 사는 집을 찾고 있다." 그래서 모른다고 거짓말을 하려는데, 그가 말을 끊고 이렇게 덧붙였다. "그분께 전하라. 티투스 안니우스 밀로가 경의를 표하기 위해 로마에서 왔다고."

키케로의 방은 어두웠다. 공기가 부족했던지 촛불마저 꺼진 채 그는 벽을 향한 채 옆으로 누워 있었다.

"밀로? 무슨 이름이 그래? 그리스인인가?" 그가 무덤덤하게 중얼거렸지만 어쨌든 옆으로 돌아누워 팔꿈치를 괬다. "잠깐, 그런 이름의 후보자가 얼마 전 호민관에 뽑히지 않았던가?"

"동일인입니다. 바로 그 사람이죠."

"호민관 당선자가 왜 여기 있지? 공직 임기가 3개월 후면 시작할 텐데?"

"주인님과 얘기하고 싶다고 했습니다."

"잡담하러 오기엔 먼 거리야. 그 친구에 대해 아는 게 있나?"

"아뇨, 전혀 없습니다."

"나를 죽이러 왔을까?"

"어쩌면요… 검투사와 같이 왔더군요."

"그렇다고 무조건 단정할 수는 없잖아." 키케로는 똑바로 누운 채 잠시 생각에 잠겼다. "그래, 무슨 상관이야? 어차피 죽은 몸이나 다를 바 없는데."

오랫동안 방 안에만 있었다. 그래서 내가 문을 열자 눈이 부시는지 키케로는 손을 들어 두 눈을 가렸다. 수족은 뻣뻣하고 힘이 없었으며 반쯤은 기아 상태였다. 머리와 수염까지 잔뜩 엉켜서인지 이제 막 무덤에서 빠져나온 시체처럼 보이기도 했다. 내 부축을 받으며 방에 들어갔을 때 밀로가 알아보지 못한 것도 어쩌면 당연한 일이겠다. 손님은 키케로가 낮익은 목소리로 인사를 하고 나서야 헉 하고 숨을 삼키고, 손을 가슴에 댔다. 그는 고개를 숙이며 지금 이 순간이야말로 평생 가장 중요한 순간이자 최고의 영예라고 말했다. 법정과 뱃부리연단에서 수도 없이 연설을 들었지만 감히 국부를 직접 만나리라고는 상상도 하지 못했다는 말도 덧붙였다.

"게다가 (바라건대) 조금이나마 도움을 줄 수 있다면…."

찬사가 계속 이어지자 마침내 키케로가 반응을 보였다. 그런 모습은 실로 몇 달 만에 처음이었다. 그가 웃은 것이다.

"그래, 좋네. 젊은이, 그만하게나. 충분히 이해했어. 나를 만나 반갑다니 나도 기쁘이. 이리 오게나."

그가 앞으로 나서며 두 팔을 벌렸다. 두 남자가 포옹을 했다.

몇 년 후, 키케로는 밀로와의 우정 때문에 엄청난 비난에 직면한다. 실제로 젊은 호민관 당선자는 오만하고, 폭력적이고 부주의했다. 하지만 신중함, 냉정함, 조심성 등의 가치보다 그런 성격이 더 소중했던 시절도 분명 존재했으며, 당시가 바로 그랬다. 더욱이 밀로는 그를 보기 위해 먼 곳에서 왔다. 키케로가 감동하지 않을 이유는 없었다. 무엇보다 희망의 불씨를 다시 보았다. 키케로는 그를 저녁 식사에 초대했다. 그때까지는 할 말을 아끼기로 했다. 심지어 몸단장도 조금 했다. 그래봐야 머리를 빗고 덜 우울한 옷으로 갈아입는 정도였지만.

플란키우스는 타우리아나 내륙지방에서 순회 재판 중이기에 식사하는 사람은 우리 셋뿐이었다. (밀로의 검투사, 정확히 비리아라는 이름의 검투사는 부엌에서 식사를 했다. 키케로가 때때로 배우와 함께 식탁에 앉을 만큼 개방적이었으나 검투사만큼은 분명하게 선을 그었다.) 우리는 모기 방지용 망사텐트에 누워 몇 시간 동안 밀로의 얘기를 들었다. 왜 이렇게 부랴부랴 1,300킬로미터를 달려왔는지 이유도 알았다. 그는 가난한 귀족 가문 출신이었다. 외할아버지가 입양했으나 돈이 없기는 마찬가지여서 캄파니아에서 검투사 학교를 운영하고, 로마의 장례식 경기에 검투사를 제공하며 생계를 꾸렸다. ("그러니 이름을 한 번도 들어보지 못했지." 후에 키케로는 그렇게 말했다.) 도시에는 업무 때문에 자주 오갔는데, 그때마다 클로디우스가 휘두르는 폭력과 전횡에 학을 떼고 말았다. 키케로가 약탈당하고 결국 칼을 쓴 채 로마에서 쫓겨나는 모습을 보고는 펑펑 울었다. 직업이 직업인지라, 자신이 로마의 질서를 회복하는 데 일익을 담당할 수 있다고 생각하고 그래서 매개자를 폼페이우스에게 보내 제안했다.

"지금부터 하는 얘기는 철저히 비밀에 부쳐야 합니다. 단어 하나도 이 방을 벗어나면 안 됩니다." 그가 말하면서 나를 흘겨보았다.

"내가 누구한테 말하겠나? 요강 비우는 노예? 음식 배달하는 요리사? 여긴 우리 말고 아무도 없어." 키케로가 반박했다.

"예, 알겠습니다."

그리고 그가 폼페이우스한테 어떤 제안을 했는지 들려주었다. 폼페이우스한테 고도로 훈련된 전사 200을 넘기겠다. 그러니 그 병력으로 클로디우스의 입법부 장악을 끝장내달라. 보답으로는 비용을 충당할 돈과 호민관 선거에서 폼페이우스의 지지를 부탁한다.

"아시다시피, 민간인으로 이 일을 할 수는 없습니다. 그럼 당장 기소될 테니까요. 그래서 공직 사면권이 필요하다고 말씀드린 겁니다."

키케로가 그를 뚫어져라 보았다. 음식에는 거의 손도 대지 않았다. "폼페이우스가 뭐라던가?"

"처음에는 들으려고도 않으시더군요. 그저 생각해보겠다고만 하셨습니다. 그러다가 아르메니아 왕자 일이 터지고 파피리우스가 클로디우스 부하한테 살해당했죠. 그 얘기는 들으셨습니까?"

"조금은."

"예, 친구가 죽자 폼페이우스께서도 다시 생각을 하신 듯합니다. 파피리우스를 화장하던 날, 제 집을 찾으셨더군요. '호민관이 되겠다고 했지? 그래, 어디 한 번 해보자'라고."

"자네가 당선되니까 클로디우스가 어떻게 나오던가? 자네 속내를 알고 있을 텐데."

"음, 제가 이곳에 온 이유도 그 때문입니다. 이 얘기는 듣지 못하셨을 겁니다. 사건이 일어나고 곧바로 로마로 떠났으니 그 어떤 급사도 나보다 빠를 순 없겠죠."

그는 말을 끊더니 잔을 들어 와인을 더 청했다. 이야기를 하기 위해 먼 거리를 달려온 사람이다. 말을 잘하기도 했는데 이 기회에 자신의 능력을 확실하게 보일 참이었다.

"2주쯤 전, 그러니까 선거 직후였죠. 폼페이우스가 포룸에서 사사로운 일을 처리하는데 클로디우스의 부하들이 밀어닥쳤죠. 그런데 가볍게 승강이가 있던 와중에 한 놈이 단검을 떨어뜨렸답니다. 당연히 사람들이 보고는 폼페이우스를 암살하려 했다며 다들 목청을 높여 소리쳤습니다. 수행원들이 그분을 재빨리 빼돌려 댁으로 모시고 보안을 강화했죠. 제가 알기로는 지금도 그곳에 계십니다. 율리아 마님과 함께."

"폼페이우스가 집에 숨어 지낸다고?" 키케로가 놀라서 되물었다.

"우습죠? 당연히 그렇게 생각하실 겁니다. 다들 그러니까. 원로님의 추방은 어느 모로 보나 지나친 처사입니다. 그건 그분께서도 아십니다. 제게도 그렇게 말씀하시더군요. 클로디우스가 원로님을 도시 밖으로 내몰 때 구경만 했는데, 아무래도 일생일대의 실수 같다고."

"폼페이우스가 그렇게 얘기해?"

"그래서 제가 3개국을 거쳐 달려왔습니다. 거의 먹지도 않고 잠도 자지 않았죠. 장군께서는 원로님의 추방을 뒤집을 수 있다면 뭐든지 하겠다고 말씀하셨습니다. 지금 한창 분기탱천하신답니다. 원로님께서 로마에 돌아가셔야 합니다. 함께 클로디우스 일당과 싸워 나라를 구하겠다고 말씀하셨으니까요. 어떻게 생각하십니까?"

그는 마치 이제 막 주인 발밑에 사냥감을 갖다 바친 사냥개 같았다. 꼬리가 달렸다면 카우치 가죽을 부지런히 때렸을 것이다. 하지만 키케로가 기뻐하거나 고마워하기를 바랐다면 당연히 실망할 수밖에 없으리라. 키케로가 외양도 초췌하고 사기도 바닥이었지만, 그래도 문제의 핵심을 꿰뚫어보는 능력까지 죽지는 않았다. 그는 와인을 벌컥벌컥 들이켠 후 잠시 인상을 찌푸렸다가 입을 열었다.

"그래서 카이사르도 동의했나?"

밀로가 조금 자세를 바꾸었다.

"아, 예, 그건 원로님께서 해결해야 할 문제입니다. 로마에서도 몫을 다 하겠지만 원로님께서도 도우셔야 합니다. 카이사르의 반대가 심하면 그분도 밀어붙이기가 쉽지 않다고 하셨습니다."

"나보고 카이사르와 화해를 하라고?"

"장군의 말씀은, 카이사르의 마음을 '풀어주라'는 것이었죠."

얘기를 나누는 도중 날이 어두워졌다. 노예들이 정원 주변에 불을 밝혀놓았으나 탁자에 등잔불이 없기에 키케로의 표정을 제대로 볼 수는 없었다. 한동안 정적이 흘렀다. 언제나처럼 날씨는 끔찍할 정도로 무더웠고 마케도니아 특유의 소음도 간간이 들려왔다. 매미, 모기, 개 짖는 소리. 이따금 사람들이 거리를 지나며 특유의 거친 외국어로 떠들어댔다. 키케로도 나와 똑같은 생각을 하고 있을까? 문득 궁금해졌다. 이런 곳에서 1년만 더 있다간 키케로는 죽고 말 것이다. 분명 그도 알았으리라.

결국 그가 체념의 한숨을 내쉬며 이렇게 말했다. "그 인간 마음을 풀어주려면 어떤 조건을 내걸어야 하지?"

"원로님께 달렸습니다. 적절한 표현을 찾아낼 분도 결국 원로님뿐이시죠. 다만 카이사르가 대장군께 언급하신 말씀은 있다고 하시더군요. 명문화된 문서가 있어야 지금의 입장을 재고해보겠다고."

"자네도 로마에 가져갈 문서가 필요한가?"

"아닙니다. 이 문제는 원로님과 카이사르 두 분이 해결하셔야 합니다. 폼페이우스께서는 원로님께서 비밀특사를 갈리아에 보내야 한다는 쪽입니다. 물론 믿을 수 있는 사람이어야겠죠. 그래서 명문화된 조건을 카이사르에게 직접 전달하는 겁니다."

카이사르… 뭐든지 결국 그에게 귀결되었다. 마르스 광장을 떠날 당시 그의 나팔소리가 다시 들리는 듯했다. 그런데 이 답답한 어둠 속에서 두 사람이 동시에 나를 돌아보았다.

02
두 번째 두루마리

공무에는 늘 타협이 따라다닌다. 공무를 담당하지 않는 사람들은 타협을 우습게 여긴다. 키케로는 원칙을 지켰다. 카이사르, 폼페이우스, 크라수스가 '삼두정치'로 나라를 좌지우지하겠다고 할 때도 합류를 거부하고 대중 앞에서 그들의 범죄행각을 비난했다. 그들은 클로디우스를 호민관으로 뽑아 보복을 가했다. 카이사르가 갈리아의 특사 자리를 제안하며 클로디우스의 공격을 법적으로 피하게 해주겠다고 제안했지만 키케로는 그마저 거부했다. 제안을 받았다면 말 그대로 카이사르의 개가 될 수밖에 없기 때문이었다.

하지만 원칙을 고수한 대가는 추방, 빈곤, 고통이었다. 밀로가 잠자리에 든 후 폼페이우스의 제안을 검토하는데 키케로가 이렇게 말했다.

"난 스스로 권력을 내버렸다. 그래서 얻은 게 뭐지? 이 생지옥에서 평생을 썩고 있는데 내 가족과 빌어먹을 원칙을 어떻게 지킨단 말인가? 오, 물론 언젠가는 빛나는 모범이 되어 따분해하는 학생들이 배우기야 하겠지. 타협을 끝내 거부한 양심의 사나이. 어쩌면 죽고 나면 뱃부리연단 뒤에 조각상을 세워줄 수도 있겠군. 아니, 기념물이 되고 싶지는 않아. 내 기술은 정치다. 그러니 살아서 로마에 있어야 해. (잠시 침묵) 그런데 또 카이사르한테 무릎을 꿇어야 한다고? 참으로 견디기가 힘들구나. 이 고통을 다 겪었건만 겁먹은 개새끼처럼 기어서 돌아가야 하다니…."

키케로는 방으로 물러날 때까지도 망설였다. 다음 날 아침, 밀로가 찾아와 폼페이우스에게 어떤 대답을 가져가야 하는지 물었을 때 그는 나조차 상상도 못 했던 말을 했다.

"이렇게 전하게. 난 평생 국가를 위해 헌신했네. 정적과 화해하라는 게 국가의 요구라면… 그럼 화해하겠다고."

밀로는 키케로를 포옹하고는, 옆에 서 있던 검투사와 함께 전차를 타고 항구를 향해 떠났다. 로마를 절망에 빠뜨리고 산하를 피로 물들이고야 말 싸움. 그 싸움을 갈망하는 야수 두 마리.

결국 여름 끝 무렵, 전투 시즌이 끝나자마자 내가 테살로니카로 건너가 카이사르를 만나기로 정해졌다. 그때까지는 카이사르가 군단을 거느리고 갈리아 내륙 깊이 들어가 있을 테니 가봐야 소용이 없다. 더욱이 병력 이동까지 잦은 편이라 카이사르가 어디에 있는지 정확하게 알 수도 없다.

키케로는 몇 시간씩 편지를 썼다. 몇 년이 지나, 그가 죽은 후 정부 당국은 그 편지를 압수했다. 키케로와 카이사르가 교환한 편지들도 모두 빼앗겼다. 아무래도 딕타토르 카이사르는 천재여야 했기 때문일 것이다. 당연히 그에게 반대한 사람들은 하나같이 어리석고 탐욕스럽고 배은망덕하며 근시안적이고 반동적일 수밖에 없었다. 내 생각엔 모두 파기했겠지만 어쨌거나 그 이후로도 전혀 듣지 못했다. 다행히 나한테는 속기집들이 남아 있다. 그곳에는 키케로를 위해 일했던 36년간의 기록이 대부분 들어 있다. 무지한 관료들에게는 해석 불가의 상형문자들인지라, 당시 기록보관소를 뒤질 때에도 무해한 낙서로 여겨 건드리지 않았다. 그 덕분에 수많은 대화와 연설, 그리고 편지들을 복원해 키케로 전기를 쓸 수 있는 것이다. 그해 여름의 이 굴욕적인 편지도 없어지지 않았다.

테살로니카
발신 : M. 키케로
수신 : 카이사르 총독

총독과 군대의 무운을 기원합니다.

불행하게도 최근 우리 사이에 오해가 많이 쌓였습니다만, 어쩌됐든 이것 하나만은 풀고 싶군요. 총독의 지혜와 지략, 애국심, 열정과 통솔력을 의심해본 적은 한 번도 없습니다. 우리 공화국의 최고 권력자가 되신 것도 지극히 당연한 일입니다. 또한 총독의 노력이 전장뿐 아니라 국가 경영에서도 성공으로 보답받기를 진심으로 기원하며 당연히 그렇게 되리라 믿습니다.

카이사르, 기억하시죠? 내가 집정관으로 일할 때 원로원에서 논쟁을 했죠. 공화국을 전복하고 나를 암살하려던 반역자들을 징계하는 문제였습니다. 사람들은 흥분하고 여기저기 폭력이 난무하며 서로가 서로를 불신했는데 놀랍게도 총독께도 부당하게 의혹의 눈길이 향했죠. 예, 그때 개입하지 않았던들, 총독의 영예는 미처 꽃을 피우기도 전에 잘려나갔을 겁니다. 물론 기억하시리라 믿습니다. 설마 아니라고는 못하실 겁니다.

이제 운명의 바퀴가 서로의 입장을 바꿔놓았습니다만 차이는 있습니다. 난 이제 늙었습니다. 그때는 총독도 젊고 앞길이 창창했죠. 내 역할은 끝났습니다. 로마 사람들이 나를 유배에서 풀어준다 해도 더 이상 공직을 찾지는 않겠습니다. 어느 당파나 파벌의 수장 역할도 사양하겠지만, 총독의 이해에 반하는 무리는 더더욱 아닙니다. 총독의 집정관 시기에 발효한 법들도 파기할 생각이 없습니다. 바라건대 여생은 불쌍한 가족을 보듬고 법정에 선 친구들을 지원하고, 공화국의 안녕을 위해 이바지할 것입니다.

이 편지는 내 개인 비서 M. 티로 편에 보냅니다. 티로, 기억하죠? 행여 답신이 있으면 그 친구한테 믿고 맡기시길 바랍니다.

"여기 있네, 굴욕의 편지. 하지만 언젠가 이 편지를 원로원에서 읽는다 해도 크게 얼굴을 붉힐 필요는 없으리라 믿겠다." 키케로는 편지를 다 쓰고 이렇게 말했다. 그리고 직접 편지를 필사해 밀봉한 후 내게 넘겼다. "눈 똑바로 떠라, 티로. 어떤 표정을 짓고 누가 함께 있는지 살펴라. 정확한 설명을 원한다. 만일 내 상태를 묻는다면 머뭇머뭇 쭈뼛거린 다음에 대답해야 한다. 심신이 완전히 망가졌다고 해. 내가 끝장이라는 사실을 확신해야 돌아갈 가능성도 커지니까."

편지를 다 쓸 때쯤 우리 상황은 또다시 훨씬 더 위태로워졌다. 카이사르의 장인이자 키케로의 정적인 선임 집정관 라키우스 칼푸르니우스 피소가, 클로디우스가 조작한 투표에서 마케도니아 총독으로 뽑혔기 때문이다. 새해 초에는 공직을 수행해야 하기에 그의 전위부대가 당장이라도 들이닥칠 텐데 물론 키케로를 잡을 경우 현장에서 죽일 것이다. 다른 쪽의 문이 닫히고 있다는 뜻이다. 그로써 나 또한 출발을 더 이상 미룰 수 없게 되었다.

나는 떠날 때 감상적이 될까 불안했다. 키케로도 마찬가지였기에 우리는 암묵적으로 그 순간을 피하기로 했다. 떠나기 전날 밤, 함께 마지막 식사를 한 후 그는 피곤하다는 핑계로 일찌감치 침실에 들었다. 나는 아침에 일어나 작별 인사를 하겠다고 말했으나 실제로는 동이 트기 전에 빠져나왔다. 집은 여전히 깜깜하고 조용했다. 키케로도 이런 식의 작별을 원했을 것이다.

플란키우스가 호위를 붙여주었다. 우리는 산을 넘어 디라키움에 갔다가 그곳에서 배를 타고 이탈리아로 향했다. 이번에는 브룬디시움을 가로지르지 않고 북서쪽 안코나로 돌아갔다. 횡단보다 훨씬 거리가 멀어 일주일 가까이 걸렸지만 그래도 육상보다 빠른데다 클로디우스의 부하들과 맞닥뜨리지 않는 이점도 있었다. 전에는 혼자 장거리를 여행해본 적도, 배를 혼자 탄 적도 없었다. 나도 바다를 두려워하지만 키케로처럼 난파나 익사 때문은 아니다. 그보다 바다의 대낮은 수평선이 너무도 공허하고 밤이면 무심하게 반짝이는 우주가 너무도 광활했기 때문이다. 그때쯤 나이가 벌써 마흔여섯, 우리 모두 저 무저갱 속으로 여행하고 있다는 정도는 알고 있었다. 갑판에 앉으면 종종 죽음에 대해서도 생각했다. 지금껏 너무도 많은 죽음을 보았다. 덕분에 육신도 나이가 들었지만 영혼은 훨씬 더 늙었다. 그때만 해도 살아온 날보다 살아야 할 날이 더 많이 남았다고는 상상도 못 했다. 그런데 지금껏 살아남아 저 옛날 찬란했던 영예와 사건들이 지극히 무의미하고 사사롭게만 보일 줄이야….

날씨는 괜찮았다. 우리는 별 사고 없이 안코나에 상륙했다. 그곳에서는 북쪽 길을 따라갔으며 이틀 후 루비콘 강을 건너, 공식적으로 속령 갈리아 키살피나에 진입했다. 나한테도 익숙한 곳이다. 6년 전 키케로가 집정관 선거를 앞두고 아이밀리아 도로를 따라 이 마을 저 마을 순방할 때 함께 여행했기 때문이다. 도로 옆 포도밭은 몇 주 전 수확을 끝내고 지금은 겨울을 나기 위해 덩굴을 잘라두었다. 들판 너머 덩굴 태우는 연기가 모락모락 피어 흡사 군대가 후퇴하며 마을을 불태우는 것처럼 보였다.

나는 클라테르나라는 작은 촌락에서 밤을 났다. 그곳에서 총독이 알프스 산맥 너머에서 돌아와 플라켄티아에 겨울 기지를 구축했다는 소식을 들었으나 워낙에 활기가 넘치는 사람이었다. 이미 교외를 돌며 순회재판을 여는지라 다음 날 무티나 옆 마을에 나타난다고 했다. 나는 일찍 출발해 정오쯤 그곳의 요새화 한 성벽을 통과하여 광장 공회당으로 향했다. 성문을 지키는 군단병들만으로도 카이사르가 이곳에 와 있음을 알 수 있었다. 군인들은 용건도 묻지 않았다. 나는 곧바로 안으로 들어갔다. 채광창 여기저기 차가운 회색 불빛이 길게 늘어선 청원자들 위로 떨어졌다. 맨 끝 열주들 사이에 카이사르가 행정관 의자에 앉아 판결을 내리고 있었다. 너무 멀어 얼굴을 볼 수는 없었으나 지역민들의 우중충한 겨울옷과 달리

토가가 무척이나 밝고 하얘 유독 시선을 끌었다.

어떻게 접근할지 몰라 일단 청원자들 줄에 합류했다. 카이사르가 어찌나 빨리 판결을 내리는지 줄은 거의 끊이지 않고 앞으로 이동했다. 가까이 접근해보니, 그는 한 번에 몇 가지 일을 처리했다. 청원자의 얘기를 들으며 비서가 건네준 자료를 읽었으며, 장교가 투구를 벗고 접근했을 때는 잠시 대화를 나누고 상체를 굽혀 귓속말로 뭔가 속삭이기도 했다. 나는 키케로의 편지를 꺼내려다 문득 장소가 썩 좋지 않겠다는 생각이 들었다. 이 농부와 상인 무리들의 사사로운 불만과 함께(물론 다들 가치 있는 사람들이긴 해도) 청을 넣는다면 전임 집정관에게도 예의가 아니었다. 장교는 보고를 마치고는 허리를 펴고 투구를 쓰면서 문 쪽으로 가기 시작했다. 그러다가 언뜻 나와 눈을 마주치더니 깜짝 놀라 걸음을 멈추었다.

"티로?"

나는 젊은이의 이름을 기억하기 전에 먼저 부친의 모습부터 떠올렸다. M. 크라수스의 아들 푸블리우스, 지금은 카이사르 군의 기병대장이었다. 아버지와 달리 교양 있고 상냥하고 고결했으며 키케로를 존경해 예전에는 자주 집을 드나들었다. 그가 무척 상냥하게 나를 맞이했다. "무티나에는 무슨 일인가?" 그래서 대답하자, 그가 자진해서 곧바로 카이사르와 비밀 면담을 주선하고, 그를 따라 총독과 수행원들이 머무는 별장에 가자며 고집을 부렸다.

"정말 만나서 기쁘이. 종종 키케로 생각을 했지. 너무 부당한 처사였어. 그래서 아버지한테도 얘기해서 그분 복귀에 반대하지 말라고 설득까지 했다네. 자네도 알겠지만 폼페이우스도 지금은 복귀를 지지하지. 지난주에는 호민관 당선자 세스티우스를 여기로 보내 카이사르에게 명분을 설명하지 않았겠나."

이런, 또 카이사르로군.

"요즘엔 만사가 카이사르께 달린 듯하군요."

"그분 입장을 이해하게나. 자네 주인한테 개인적으로 반감이 있어서가 아니야. 오히려 완전히 그 반대라네. 하지만 내 부친과 폼페이우스와 달리, 로마를 떠나 있기에 자기변호가 불가능하잖나. 그래서 행여 정치적 기반을 잃고 여기 일을 마무리 짓기 전에 소환당할까 봐 불안하셔서 그래. 키케로를 최대의 위협으로 보고 계시지. 이리 안으로 들어오게. 뭔가 보여줄 테니."

우리는 보초를 지나 집 안으로 들어갔다. 푸블리우스를 따라 혼잡한 대기실을 지나자 작은 서재가 나왔다. 그는 상아 재질의 상자에서 문서들을 꺼냈다. 모두 보라색 원통에 들어 있었으며 원통은 검은색으로 화려하게 가두리를 장식하고 주홍색 글자로 '갈리아 전쟁기'라는 제목을 새겨놓았다.

"카이사르의 개인 원고들이라네. 어디를 가든 함께 움직이지. 갈리아에서 벌인 전투 기록인데, 정기적으로 로마에 방을 붙이기로 하셨지. 언젠가는 모아서 책으로 출간도 하시겠다더군. 대단한 자료들이야. 직접 보게."

그가 두루마리 하나를 꺼내 내가 읽게 해주었다.

손이라는 강이 있다. 아이두이와 세콰니 지역을 가로질러 론 강으로 흘러드는데, 유속이 어찌나 느린지 어느 방향으로 흐르는지 눈으로 확인할 수 없을 정도다. 헬베티 족들이 뗏목과 배를 함께 묶어 강을 건너고 있었다. 간자들의 보고에 따르면 놈들은 이미 세 번에 걸쳐 병력을 옮겼으며 네 번째 병력이 아직 손 방향에 남아 있었다. 카이사르는 3개 군단을 이끌고 기지를 떠났다. 적들은 짐도 많은 데다 공격을 예상치 못한 터라, 거의 괴멸 지경에….

"자신의 얘기를 놀랍도록 초연하게 기록하는군요." 내가 감탄하며 말했다.

"그렇네. 자랑처럼 보이고 싶지 않아서라네. 적절하고 균형 잡힌 표현이 중요하다고 여기시지."

나는 일부를 필사해 키케로에게 보여줘도 되는지 물었다.

"로마 소식을 궁금해하십니다. 거의 들을 수도 없지만 어쩌다가 들어도 다 늦거든요."

"물론… 공개문서들인걸. 꼭 카이사르를 만나게 해주겠네. 아주 좋은 분이야. 자네도 알게 될 걸세."

그가 떠나고, 나는 작업을 시작했다.

《갈리아 전쟁기》로 보면, 어느 정도의 과장을 감안하더라도 카이사르가 경이로울 정도로 승전을 이어가는 것만은 분명했다. 원래의 의무는 헬베티를 비롯해 5개 부족의 이주를 막는 것뿐이었다. 부족들은 전사들뿐 아니라 노인과 여자, 아이들로 이루어졌고 새 영역을 찾아 갈리아를 가로질러 대서양까지 꾸준히 서쪽으로 밀려들었다. 카이사르는 새로 모집한 5개 군단을 이끌고 이 엄청난 행렬을 추적하다가 마침내 비브라크테로 끌어들여 전투를 벌였다.

일이 잘못된다 해도 그도 장교들도, 병사들을 포기할 생각은 없었기에, 기병대를 멀리 뒤쪽으로 빼내고 오로지 보병으로만 싸웠다. 카이사르의 설명에 따르면, 헬베티를 봉쇄하는 데 그치지 않고 무조건 학살했다. 후에 이주민의 전력을 기록한 목록이 폐허가 된 적군 기지에서 발견되었다.

헬베티	264,000
툴링기	36,000
라토브리기	14,000
라우라키	32,000
보이	32,000
	368,000

기록에 따르면 그중 살아서 고향으로 돌아간 사람은 기껏 11만 명이었다.

그런데 그때 아무도 상상도 못 했을 일을 그가 시도했다. 지친 군단을 강제로 이끌고 갈리아에 돌아가 게르마니아 족 12만 대군과 맞서게 한 것이다. 헬베티의 이주를 틈타 로마 관할 지구에 침투를 시도하고 있었기에 당연히 끔찍한 싸움이 일어났다. 일곱 시간을 이어진 싸움에서 젊은 크라수스는 기병대를 지휘했고 그 결과 게르마니아 족은 완전히 괴멸당했다. 살아서 라인 강을 넘어 달아난 자는 거의 없었으며, 그 이후 라인 강은 자연스레 로마 제국의 국경으로 변했다. 카이사르의 설명을 믿는다면, 여름 한철 동일 공간에서 30만의 인명이 사라진 것이다. 그해가 끝날 때쯤 카이사르는 겨울 기지를 새로 구축했다. 갈리아 트란살피나의 옛 국경에서 북쪽으로 160킬로미터나 떨어진 위치였다.

필사를 끝낼 때쯤 어두워지기 시작했는데도 별장은 여전히 북적거렸다. 병사들과 민간인들이 총독과 약속을 잡으려 몰려들고 급사들이 황급히 드나들었다. 나도 어두워서 더 이상 쓸 수가 없기에 서판과 첨필을 챙기고 어둠 속에 앉았다. 키케로가 로마에 있었다면, 이 일들을 어떻게 받아들였을까? 이 찬란한 승리를 비난하면 반애국적으로 보였을 것이다. 반면에 원로원의 동의 없이 그런 식으로 인명을 말살하고 국경을 조정하는 것은 당연히 불법이다. 푸블리우스 크라수스의 말도 곰곰이 따져보았다. 카이사르는 키케로가 로마에 있지 않기를 바랐다. '일을 마무리 짓기 전에 소환당할까' 두려웠기 때문이다. 그런데 이 상황에서 '마무리'는 무슨 뜻이지? 그 말이 어딘가 섬뜩하게만 들렸다.

상념은 젊은 장교 때문에 끝이 났다. 겨우 서른 살 정도의 나이에 짧은 곱슬의 금발. 신기할 정도로 깨끗한 군복 차림이었다. 그는 카이사르의 부관 아울루스 히르티우스라 자신을 소개하고, 키케로의 편지를 가져왔다고 들었다며 자기한테 주면 카이사르께 전해드리겠다고 말했다. 내가 카이사르 총독께 직접 전하라는 엄명을 받았다고 말했지만, 대답은 불가하다였다. 나는 그렇다면 어디든 총독을 따라 다니며 직접 말씀드릴 기회가 생길 때까지 기다리겠다고 응수했다. 히르티우스는 인상을 찌푸리더니 군화로 바닥을 두드리다가 나가고, 한 시간 후 다시 나타나 따라오라고 간단하게 말한 뒤 방을 나섰다.

밤이 깊었건만 저택 대기실은 어디나 방문객들로 혼잡했다. 우리는 통로를 내려가 육중한 문을 열고 어느 방으로 들어갔다. 방은 따뜻하고 향이 짙고 카펫이 두텁게 깔렸으며 100개가 넘는 촛불로 조명을 밝혔다. 그 가운데 테이블 위에 카이사르가 똑바로 누워 있었다. 지금은 완전히 알몸으로 흑인 마사지사가 피부에 오일을 바르는 중이었다. 그가 나를 힐끔 보더니 손을 내밀었다. 히르티우스에게 키케로의 편지를 넘기자 그가 봉인을 뜯어 카이사르에게 주었다. 나는 존경의 표시로 시선을 바닥으로 향했다.

"여행은 어땠나?" 카이사르가 물었다.

"좋았습니다, 감사합니다."

"이 집에 와서 대접은 섭섭지 않더냐?"

"충분히 환대를 받았습니다, 감사합니다."

그때야 처음으로 용기를 내어 그를 제대로 보았다. 그의 몸은 윤기가 번드르르했다. 근육은 잘 발달하고 체모는 완전히 제거해 온몸이 매끄러웠다. 아무래도 전쟁터에서 얻은 흉터와 상처를 강조하게 위해 저렇듯 무모한 허세를 부렸으리라. 얼굴은 매우 인상적이었다. 핼쑥하고 각진 얼굴과 꿰뚫어보는 듯한 검은 두 눈. 전체적인 인상은 지성과 의지를 겸비한, 위대한 영웅상이었다. 남자와 여자가 왜 하나같이 그의 매력에 빠지는지 충분히 이해가 갔다. 그 당시 기껏 마흔세 살이었다.

그가 나를 향해 돌아누웠다. 도무지 군살이라고는 하나도 없었고 배는 돌처럼 단단했다. 그가 팔꿈치를 괴고 손짓을 하자, 히르티우스가 휴대용 잉크스탠드를 꺼내 가져왔다.

"그래, 키케로는 건강이 어떻더냐?" 그가 물었다.

"황공하오나, 지금은 최악이옵니다."

그가 웃었다. "오, 세상에, 그 말은 믿지 못하겠다! 그 양반 우리보다 오래 살걸? 적어도 나보다는 장수할 거야."

카이사르는 잉크에 펜을 찍어 편지에 뭔가를 적은 뒤 히르티우스에게 주었다. 장교는 젖은 잉크에 모래를 뿌리고 나머지는 입김으로 날린 다음 편지를 말아 내게 돌려주었다. 정말로 무표정한 친구였다.

"머무르는 동안 필요한 게 있으면 얼마든지 얘기하게."

카이사르는 그렇게 말하고 곧바로 돌아누웠다. 마사지사가 다시 마사지를 이어갔다.

나는 머뭇거렸다. 그렇게 먼 거리를 왔는데 뭔가 더 있어야 하지 않나? 키케로에게 얘기해줄 만한 일화라도 하나 있을 것 같건만…. 그때 히르티우스가 내 팔을 건드리며 문 쪽으로 고개를 끄덕였다.

문을 열고 나가려는데 카이사르가 나를 불렀다.

"아직도 속기인지 뭔지 하고 있더냐?"

"예, 그렇습니다."

그러고는 끝이었다. 문이 닫히고 나는 히르티우스를 따라 복도를 걸어갔다. 갑자기 죽다가 살아나기라도 한 듯 심장이 요동을 쳤다. 나는 묵을 방을 안내받고 나서야 그가 편지에 뭐라고 썼는지 확인할 생각을 했다. 단 두 단어였다. 어떻게 해석하느냐에 따라 간결하고 기품이 있을 수도 있고, 전형적인 능멸로 보일 수도 있겠다 싶었다.

'승인, 카이사르.'

•

다음 날 아침 깨어났을 때 저택이 고요했다. 카이사르는 수행원들을 거느리고 벌써 이웃 마을로 떠났다. 나도 임무가 끝났기에 곧바로 떠나면 귀국길에 올랐다.

안코나 부두에 도착하니 키케로의 편지가 기다리고 있었다. 피소의 첫 번째 군대가 이제 막 테살로니카에 도착했기에 예방 차원에서 곧바로 디라키움으로 떠난다. 디라키움은 일리리쿰 속령에 속하는 곳이라 피소의 영향력이 닿지 못했다. 나도 그곳으로 가야 했다. 카이사르의 대답과 로마의 추이에 따라, 그다음 어디로 갈지 결정해야 하리라. '칼리스토처럼, 영원히 떠돌아야 할 운명이로구나.'

악천후 때문에 열흘간 발이 묶인 탓에 디라키움에는 농신제 시기가 되어서야 도착했다. 도시 유지들은 언덕 위 바다가 훤히 내려다보이는 집을 키케로에게 제공하고 보초까지 세워두었다. 다시 만났을 때 키케로는 아드리아 해를 바라보고 있었다. 내가 다가가자 그가 돌아섰다. 유배 생활에 얼마나 늙었는지 잊고 있었던 모양이다. 그 바람에 당혹스러워하는 표정이 역력했던지, 그가 나를 보자마자 인상부터 찌푸렸다.

"그 표정은 실패했다는 얘기더냐?" 그가 씁쓸하게 물었다.

"아니, 그 반대입니다."

나는 그에게 원래의 편지를 건넸다. 여백에 카이사르의 낙서가 적힌 편지. 그는 두 손으로 잡고는 한참 동안 노려보았다.

"'승인, 카이사르.' 너도 봤느냐? '승인, 카이사르.' 정말 마지못해 허락하는 것 같구나. 애들이 억지로 심부름하는 꼴이라니."

키케로는 금송 아래 벤치에 앉아 내 외유에 대해 하나하나 캐물었다. 그러고는 카이사르의 《갈리아 전쟁기》에서 필사한 발췌문들도 읽고 이렇게 말했다.

"거칠기는 해도 글이 좋아. 그렇게 무도한 자한테도 예술 감각이 있다니… 덕분에 평판도 좋아지겠구나. 다음 전투는 어느 곳이 될까? 그 친구는 점점 더 강해지기만 하는데, 폼페이우스가 조심하지 않으면 결국 호랑이 새끼를 키운 꼴이 될 게야."

우리로서는 기다리는 수밖에 도리가 없었다. 그때를 떠올리면, 키케로는 늘 같은 모습이다. 우울한 표정으로 테라스 난간에 상체를 기대고 있었으며, 늘 로마에서 온 새 편지를 잔뜩 움켜쥔 채 수평선을 내려다보았다. 마치 의지만으로 이탈리아를 보고 이 사건 저 사건에 간섭이라도 할 사람 같았다.

처음에는 아티쿠스가 소식을 보내왔다. 주로 새 호민관을 욕하는 내용이었다. 그중 여덟이 키케로 지지자들이고 두 명만 정적이었는데 문제는 둘만으로도 그의 망명 철회 법안에 거부권을 행사할 수 있었다. 그다음은 동생 퀸투스였다. 호민관 밀로가 클로디우스를 폭력과 협박 혐의로 고소했다. 클로디우스는 깡패들을 보내 밀로의 집을 공격하는 것으로 대응했다. 새해가 되자 신임 집정관들이 취임했다. 렌툴루스 스핀테르는 굳건한 키케로 지지자였으며 메툴루스 네포스는 오래전부터 정적으로 알려졌다. 하지만 누군가 구워삶았는지 원로원 취임 논평에서 여전히 키케로를 좋아하지 않지만 복귀에 반대할 생각도 없다고 선언했다. 이틀 후 폼페이우스가 키케로 추방을 철회하는 법안을 발의하고 원로원은 이를 공개투표에 부쳤다.

그 순간만은 키케로 유배가 곧 끝날 것만 같았다. 그래서 이탈리아로 떠나기 위해 조심스럽게 준비를 하기 시작했으나 클로디우스는 악랄한 데다 집요하기까지 했다. 집회가 열리기 전날 밤, 그와 지지자들이 포룸을 차지했다. 광장과 연단. 요컨대 공화국 입법부의 심장을 점령한 것이다. 그리고 키케로의 친구와 동지들이 투표를 하러 왔을 때 무자비하게 폭력을 휘둘렀다. 호민관 파브리키우스와 키스피우스를 공격하고 두 사람의 수행원들을 살해해 티베르 강에 던졌다. 퀸투스가 연단에 오르려 했으나 놈들이 끌어내려 흠씬 두들겨 팼다. 퀸투스는 죽은 척해서 간신히 살아남았다. 밀로가 검투사 부대를 풀어 대응하는 바람에 로마 중심지는 곧바로 전쟁터가 되었다. 싸움은 며칠간 계속되었다. 그 결과 클로디우스가 처음 중벌에 처해지기는 했지만 그렇다고 완전히 쫓겨난 것도 아니었다. 거부권 행사가 가능한 호민관이 둘이나 있지 않는가. 결국 키케로 귀국 법안은 폐기될 수밖에 없었다.

아티쿠스를 통해 상황을 전해 듣고 키케로는 다시 절망 속으로 곤두박질치고 말았다. 테살로니카 이후 두 번째 절망이었다. 그는 이렇게 답신을 썼다.

'형 편지도 그렇고 소식들도 그렇고, 아무래도 난 끝난 모양이오. 가족한테 형 도움이 필요할지 모르니, 그 문제라도 부디 신경 써주구려.'

하지만 정치가 다 그렇지 않은가. 정치는 절대 멈추는 법이 없다. 호시절이 영원하지 않다면 고난도 마찬가지다. 자연이 그러하듯 정치 또한 성장과 쇠락의 주기를 따르게 마련이다. 정치가가 아무리 교활한들 이 주기를 벗어날 수는 없다. 클로디우스가 오만한 고집쟁이에 야심가였기에 그렇게 높이 올라갈 수 있었겠지만 일단 정치의 법칙에 걸린 한 바로 그 때문에라도 결국 곤두박질칠 수밖에 없다.

봄, 플로라 축제가 시작되자 로마는 이탈리아 전역의 방문객으로 넘쳐났다. 클로디우스 패거리도 이번만은 수적 열세를 깨달았다. 그들의 폭력 전술에 학을 뗀 시민들이 더 많아진 것이다. 실제로 클로디우스 자신은 극장에서 조롱을 당하기까지 했다. 지금껏 오로지 알랑방귀에만 익숙해진 터라, 아티쿠스가 보아도 사람들을 보며 놀라는 표정이 역력했다. 그도 그럴 것이 사람들이 천천히 손뼉을 치는가 하면, 그를 조롱하고, 휘파람을 불고, 저속한 흉내를 내는 것이 아닌가. 결국 그도 위험을 깨달았지만 이미 때는 늦었다. 황급히 달아나긴 했어도 그로써 그의 지배도 종지부를 찍기 시작했다. 원로원이 그 자를 어떻게 몰아낼지 깨달았기 때문이다. 도시 평민들이 아니라 일반 국민 모두에게 호소하는 것.

스핀테르가 적시에 법안을 발의했다. 최고 의결기구로서 공화국 전체 시민을 요구하는 법안이었다. 193개 백인조, 이제 그들이 키케로의 운명을 일거에 결정하게 되었다. 법안은 원로원에서도 413 대 1로 통과했다. 반대는 클로디우스뿐이었다. 심지어 키케로의 복권 투표를 여름 선거와 동시에 치른다는 데까지 합의가 이루어졌다. 그때면 백인조들이 마르스 광장에 모이기 때문이다.

로마의 상황을 전해 들은 순간 키케로는 구원을 확신하고 제물을 신들께 바치기까지 했다. 이탈리아 전역의 일반 시민 수만이야말로, 키케로 자신이 입지를 다져온 기반이 아니던가. 절대 실망시킬 리 없다. 아내와 가족에게도 브룬디시움으로 마중 나오라는 편지까지 보냈다. 일리리쿰은 소식이 당도할 때까지 2주나 걸리기에 투표 당일은 아예 배를 타고 고국으로 떠나기로 결심했다.

"흐름이 한 방향으로 흐르면 재빨리 올라타야 해. 아니면 썰물처럼 빠져나가고 말거든. 게다가 자신감을 보여야 사람들도 좋게 보겠지."

"투표 결과가 불리하면, 이탈리아로 돌아가는 것 자체가 불법이 됩니다."

"그럴 리 있나. 로마 시민들이 내 유배생활을 찬성할 리 없다. 행여 그렇다 한들… 그럼 더 살아갈 이유도 없잖아, 안 그런가?"

그래서 디라키움에 상륙한 지 15개월 되는 날, 우리는 부두에 나가 삶을 되찾기 위한 여행에 나섰다. 키케로는 머리와 턱수염을 깎고, 원로답게 보라색 줄무늬에 흰색 토가를 입었다. 우연이 다 그러하듯 귀국 횡단 역시 우리를 이곳에 데려온 바로 그 상선이었으나, 그 차이는 극과 극만큼이나 극명했다. 이번에는 하루 종일 바람도 잔잔하고 바다도 평온해, 밤에는 시원한 갑판에 누워 지내기까지 했다. 그 이튿날 브룬디시움이 시야에 들어왔다. 이탈리아 최대의 항구 입구가 거대한 가슴을 활짝 열어젖힌 것처럼 보였다. 그렇다, 배는 오래전 헤어진 절친의 품속으로 달려들고 있었다. 마을 전체가 항구와 축제에 몰려든 것 같았다. 피리와 드럼 소리가 들리고 처녀들은 꽃을 나르고 청년들은 나뭇가지를 총천연색 리본으로 장식해 흔들었다.

처음에는 나도 환영 인파인 줄 알고 크게 흥분해 그렇게 전했더니, 키케로는 내 말을 끊고 바보 같은 소리 말라며 꾸중했다.

"우리가 오는지 어떻게 알겠냐? 잊었어? 오늘이 바로 브룬디시움 식민지 건립 기념일이자 지방 축제다. 내가 선거 운동을 했다면 너도 당장 알아챘을 텐데."

그럼에도 몇 명은 원로 의상을 보고 곧바로 그를 알아보았다. 그렇게 소문이 퍼지면서 이내 군중들이 모여 키케로의 이름을 연호하고 환호를 보냈다. 배가 정박하는 동안 키케로도 갑판에 선 채로 손을 들어 화답하고, 이리저리 방향을 틀며 사람들이 모두 볼 수 있게 해주었다. 나는 무리 중에서 키케로의 딸 툴리아를 보았다. 툴리아는 사람들과 함께 손을 흔들며 아버지를 불렀다. 심지어 아버지 시선을 끌기 위해 껑충껑충 뛰기도 했으나 키케로는 사람들의 환호에 흠뻑 젖은 탓에 딸을 보지 못했다. 부두의 소음과 혼란도 극에 달한 데다 키케로는 이제 막 토굴 감옥에서 풀려난 죄수처럼 눈까지 반쯤 감고 있었다.

03
세 번째 두루마리

키케로가 무남독녀를 알아보지 못했다 해도 특별히 이상할 일은 아니었다. 떠나 있는 동안 툴리아도 많이 변했기 때문이다. 예전에는 얼굴과 팔이 통통하고 소녀다웠으나 지금은 가늘고 창백했으며 상중인지 검은 장식까지 쓰고 있었다. 우리가 도착한 날은 마침 스무 번째 생일이기도 했다. 하지만 나도 잊고 있던 터라 키케로한테도 알려줄 수 없었다.

배에서 내린 후 그는 먼저 무릎을 꿇고 땅에 입을 맞추었다. 이 애국적 행동에 박수갈채가 이어지고 그도 환호성에 고개를 들었다. 상복 차림의 딸을 본 것은 바로 그때였다. 그는 딸을 보자마자 울음부터 터뜨렸다. 키케로는 정말로 딸을 사랑했다. 사위도 사랑했다. 그런데 딸의 옷 색과 모양을 보고 사위의 죽음을 직감한 것이다.

키케로가 딸을 끌어안자 군중들이 환호를 보냈다. 그렇게 한참을 있다가 그가 한 걸음 물러나 딸을 살펴보았다.

"사랑하는 딸아, 이 순간을 얼마나 그리워했는지 너는 상상도 못 할 게야." 그는 딸의 두 손을 잡은 채 어깨 너머를 둘러보며 누군가 찾기 시작했다. "네 엄마도 이곳에 왔더냐? 마르쿠스는?"

"아뇨, 지금 로마에 있어요."

이상할 것도 없다. 그 시절이라면 여성에게는 쉽지 않은 여행길이다. 로마에서 브룬디시움까지 2~3주가 걸리는데 도중에 강도를 당할 우려도 무시할 수는 없었다. 오히려 툴리아가 이곳에 있다는 사실이 더 신기했다. 그것도 혼자서. 비록 숨기려고 했지만 키케로의 실망은 눈에 보일 정도였다.

"상관없다, 전혀. 네가 왔으니 됐어."

"저도 아버지를 뵈어 좋아요. 제 생일에."

키케로가 나를 힐난하듯 노려보았다.

"네 생일이라고? 깜빡할 뻔했구나. 그래, 맞아, 네 생일. 오늘 밤 축하를 하자꾸나." 그리고 그가 딸의 팔을 잡고 부두를 떠났다.

추방령 철회 여부는 아직 몰랐기에 공식 확인이 있기까지 로마에 갈 수는 없었다. 다시 한 번 라이니우스 플라쿠스가 브룬디시움 외곽 영지를 내주고 영지 주변에 무장 군인들을 세워 키케로를 보호했다. 그 후 며칠은 대개 툴리아와 지냈다. 정원과 해변을 산책하면서 유배생활을 하는 동안 툴리아가 얼마나 힘들게 지냈는지도 들었다. 예를 들어, 남편 프루기는 키케로 지지연설을 하려다가 클로디우스의 부하들에게 호되게 당했다. 벌거벗긴 채 온갖 욕설과 함께 포룸에서 쫓겨나기까지 했는데, 그 후로 심장 박동이 이상해지더니 몇 달 후 툴리아에게 안긴 채 숨을 거두었다. 툴리아한테는 자식이 없었다. 때문에 보석 몇 점과 되돌아온 지참금은 테렌티아에게 주어 가족의 빚을 갚게 했다. 테렌티아는 재산 상당 부분을 처분했다. 심지어 클로디우스의 누나를 찾아가 동생한테 얘기해 자신과 아이들에게 자비를 베풀게 해달라며 사정까지 했다. 클로디아는 오히려 그녀를 조롱하고 키케로가 자기를 유혹하려 했다며 자랑까지 늘어놓았다. 같은 편이라고 생각했던 친척들까지 두려움에 질려 문을 걸어 잠갔다는 등, 얘기는 끝도 없었다.

어느 날 밤 툴리아가 잠든 이후 키케로가 슬픈 표정으로 그런 얘기를 모두 들려주었다.

"테렌티아가 오지 않은 이유가 있었어. 사람들 앞에 나타나고 싶지 않은 거야. 그래서 동생 집에 남아 있기로 했겠지. 툴리아를 위해 어서 빨리 새 남편을 찾아주어야겠다. 아직은 젊으니까 남자한테 아이를 선물할 수 있어." 그가 이마를 문질렀다. 긴장할 때면 늘 그랬다. "이탈리아에 오면 근심도 끝이라 생각했는데 오히려 시작인가 보구나."

플라쿠스의 손님으로 지낸 지 6일, 퀸투스가 급사를 보내 소식을 전했다. 클로디우스 일당이 최후의 발악을 했지만 백인조들은 만장일치로 키케로에게 시민권을 돌려주었다. 그로써 키케로는 다시 자유인이 되었으나 기이하게 그다지 기뻐하는 눈치가 아니었다. 내가 그 사실을 지적하자 그의 대답은 이랬다.

"내가 왜 기뻐해야 하지, 애초에 빼앗기지 않았어야 할 권리를 되찾은 것뿐인데? 게다가 그때보다 힘이 약해지지 않았더냐."

다음 날 아침 로마를 향해 출발했다. 그때쯤 복권 소식도 브룬디시움 사람들에게 퍼진 터라 별장 밖에 수백 명이 모여 그를 배웅했다. 키케로도 마차에서 내려 지지자 하나하나와 악수를 나누고 짧은 연설을 한 뒤에야 다시 길을 떠났다. 그런데 채 10킬로미터도 가지 못하고 다음 정착촌에서 다시 군중과 부딪쳐야 했다. 역시 그와 악수를 나누고 싶다며 환호를 보내고 그도 요구에 따랐다. 그날 하루는 온통 그런 식이었다. 아니, 그 후에도 다르지 않았다. 오히려 키케로가 지나간다는 소식이 퍼지면서 인원도 점점 많아져가기만 했다. 사람들은 주변 몇 킬로미터 밖에서 몰려오고 산에서도 내려왔다. 베네벤툼에 도착할 때쯤엔 무리는 수천 명으로 늘었으며, 카푸아에서는 거리가 완전히 막히고 말았다.

처음부터 키케로는 사람들의 진솔한 애정 표현에 감동했지만, 그 이후로는 기쁘고 놀라고 마침내 생각까지 깊어졌다. 이탈리아 시민들이 보여주는 이 엄청난 사랑을 로마에서 정치적 영향력으로 바꿀 수 없을까? 하지만 그도 알다시피 인기와 권력은 완전히 별개의 문제다. 국가 최고 권력자도 거리를 지날 때 아무도 몰라볼 수 있고, 별로 중요하지 않은 사람이라도 어디에서나 유명세를 떨칠 수 있다.

캄파니아를 떠난 직후 우리도 뼈저리게 느낀 사실이다. 키케로는 포르미아이에 들러 해변 별장을 확인해봐야겠다고 했다. 테렌티아와 아티쿠스한테서 습격 얘기를 들었기에 집은 분명 폐허가 됐을 터였다. 키케로도 각오를 하는 모양새였다. 그런데 정작 아피아 도로를 빠져나와 마당에 들어가 보니 건물은 잠겨 있고 외관은 완전히 깨끗했다. 그저 그리스 조각상이 없어진 정도였다. 정원은 깨끗이 정돈되고, 공작새들도 여전히 숲에서 재잘거렸다. 멀리서 파도 소리가 들려왔다. 마차가 멈추고 키케로가 내리자 식솔들이 집 안 여기저기서 모여들기 시작했다. 마치 어딘가에 숨어 있기라도 한 것만 같았다. 그들은 주인을 보고는 땅바닥에 몸을 던지며 엉엉 안도의 울음을 터뜨렸다. 하지만 키케로가 현관 쪽으로 이동하려 들자 몇 명이 부디 안에 들지 말라며 한사코 길을 막아섰다. 키케로는 손짓으로 노예들을 물리고 어서 문을 열라 지시했다.

제일 먼저 맞닥뜨린 충격은 악취였다. 연기와 습기, 인간의 오물. 두 번째는 소리… 텅 빈 집의 공명 사이로 벽돌과 자기가 발에 밟히는 소리, 비둘기들이 서까래 사이에서 구구거리는 소리들이 섞여 나왔다. 덧문들을 열기 시작하자 한여름 오후의 햇살이 헐벗은 방으로 한눈에 들어왔다. 툴리아가 놀라 손으로 입을 가렸다. 키케로는 딸에게 마차에 돌아가 기다리라 일렀다. 실내로 들어서니 가구는 물론, 그림, 설비까지 하나도 남아 있지 않았다. 심지어 모자이크 바닥까지 뜯어내 마차에 싣고 달아났단다. 맨땅이 드러나며, 새똥과 인간의 배설물 사이로 잡초까지 여기저기 무성했다. 벽은 불붙인 자리마다 까맣게 그을리고 역겹기 짝이 없는 그림과 낙서들로 가득했는데 낙서마다 시뻘건 물감이 질질 흘러내렸다.

식당에서는 쥐 한 마리가 벽을 따라 부랴부랴 달려가다 쥐구멍 속으로 사라졌다. 키케로는 잔뜩 인상을 찌푸린 채 놈을 노려보았다. 그러고는 갑자기 집을 나가 마차에 오르더니 마부에게 다시 아피아 길로 가라고 지시했다. 그 이후 한 시간 이상 아무 말도 하지 않았다.

이틀 후 로마의 변경, 보빌라이에 도착했다.

다음 날 아침 깨어보니 또다시 우리는 군중에 이끌려 도시 안으로 들어갔다. 마차에서 내리자 여름 아침의 열기가 쏟아졌다. 덜컥 겁도 났다. 포르미아이의 별장 문제로 가뜩이나 무기력해진 탓이었다. 그날은 또한 로마 경기 전야, 즉 공식 휴일이었다. 거리는 사람들로 북적였다. 식량 부족 탓에 폭동이 일어났다는 소식도 들려왔다. 클로디우스라면 혼란을 틈타 매복을 시도하려 들 것이다. 그래도 사람들이 보호하리라 믿었기에 키케로는 차분했다. 심지어 마차 지붕을 벗겨달라고 주문도 했다. 툴리아가 파라솔을 들고 그의 옆에 앉고 나는 마부 옆자리에 앉았다. 드디어 마차가 출발했다.

거짓말 하나 보태지 않고, 아피아 도로는 사람들로 인산인해였다. 그 후로도 두 시간 가까이 북쪽으로 향하는 동안 박수 소리가 끊이지 않았다. 알모 강을 건너 위대한 어머니 키벨레 신전을 지날 때는 군중들이 서너 겹으로 에워쌌다. 마르스 광장 계단은 어찌나 사람들이 많은지 마치 원형 경기장 스탠드처럼 보였다. 성벽 밖의 공도 옆, 수로 주변에는 젊은이들이 아치 꼭대기에 위태롭게 앉거나 야자수에 매달려 손을 흔들었다. 키케로도 손짓으로 화답했다. 소음과 더위와 먼지는 끔찍할 정도였다. 결국 우리는 카페나 성문 밖에서 멈출 수밖에 없었다. 인파가 너무 많아 도저히 뚫고 들어갈 수가 없었던 것이다.

나는 성문을 열 생각으로 마차에서 뛰어내린 뒤 마차 옆으로 돌아가려고 했다. 하지만 사람들이 키케로에게 접근하려 하는 통에 움직이기는커녕 숨을 쉬기도 어려웠다. 마차도 들썩거리며 당장이라도 뒤집어질 것만 같았다. 로마를 불과 열 걸음 앞두었건만 시민들의 과도한 사랑에 키케로가 죽을 수도 있겠다는 생각마저 들었다. 그 순간 문 뒤쪽에서 동생 퀸투스가 등장했다. 뒤이어 10여 명의 수행원들이 군중을 밀어내고 공간을 마련해 키케로가 내릴 수 있게 해주었다.

두 사람이 만난 것도 4년 만이었다. 퀸투스는 더 이상 어린 동생이 아니었다. 포룸에서의 싸움으로 코뼈가 내려앉기도 했지만, 술도 많이 마신 탓에, 지금은 흠씬 두들겨 맞은 늙은 복서처럼 보였다. 그가 키케로에게 두 팔을 내밀었다. 둘은 서로를 힘껏 끌어안았다. 감정이 벅차 말은 못 하고 눈물만 두 사람의 뺨을 흘러내렸다. 둘은 조용히 서로의 등을 두드려주었다.

퀸투스는 포옹을 풀면서 준비를 마쳤다고 얘기했다. 우리는 걸어서 도시 안으로 들어갔다. 키케로와 퀸투스는 서로 손을 잡고 툴리아와 내가 뒤를 쫓았으며 양쪽으로 수행원들이 자리했다. 퀸투스는 키케로의 선거참모를 많이 한 터라, 지지자들이 키케로를 잘 볼 수 있도록 통로를 확보해놓았다. 원형 경기장을 지나는데 여기저기 깃발들이 펄럭이며 경주의 기대감을 높였다. 팔라티네와 카일리우스 언덕 사이 혼잡한 계곡을 따라 천천히 이동할 때는, 키케로가 변호를 해준 사람들이나 호의를 베풀어준 사람들, 선거 때 악수라도 했던 사람들까지 모조리 밖으로 나와 환영하는 것처럼 보였다. 그렇기는 해도 모두가 호의적이지는 않았다. 여기저기 평민들이 삼삼오오 모여 인상을 찌푸리거나 등을 돌렸다. 특히 카스토르 사원 근처가 그랬다. 클로디우스의 본부가 있는 곳인데 지금도 새 슬로건이 신전을 가로질러 걸려 있었다. 포르미아이에서와 똑같이 새빨간 물감이었다.

'M. 키케로는 민중의 빵을 빼앗았다. 민초들이여, 배가 고픈가? 그러면 키케로를 비난하라!'

한 남자가 우리를 향해 침을 뱉었다. 튜닉 자락을 교묘하게 들춰 칼을 드러내는 자도 있었다. 키케로는 애써 못 본 척했다.

포룸을 가로지르고 카피톨리네 계단 위 유피테르 신전에 오를 때까지 수천의 군중이 환호를 보냈다. 신전에는 제물로 바칠 튼튼한 흰 소가 기다리고 있었다. 난 매순간 긴장을 놓지 못했다. 누군가 습격해 들어올 수 있기 때문이었다. 물론 자살행위다. 그런 식으로 키케로를 해칠 수는 있겠지만, 그랬다가는 지지자들에게 갈가리 찢기고 말 것이다. 그럼에도 안전한 실내에 들어갔으면 하는 마음을 버릴 수 없었다. 역시 불가능하다. 그날 키케로는 로마의 소유였다. 제일 먼저 사제들이 기도를 하고 그다음 키케로가 머리를 가리고 나아가 신들에게 감사의 예를 바쳤다. 그가 일어나 지켜보는 가운데, 장복관들은 소를 죽이고 내장을 꺼내 점괘를 실험하더니 상서롭다고 선언하였다. 사원에 들어간 것은 그다음이었다. 그는 작은 미네르바 동상 발밑에 봉헌했다. 추방당하기 전 직접 지시해 설치한 동상이었다. 마침내 다시 밖으로 나왔지만 이번에는 원로들이 에워쌌다. 복권을 위해 열심히 싸운 원로들… 세스티우스, 케스틸리우스, 쿠르티우스, 키스피우스 형제들을 비롯해 선임 집정관 렌툴루스 스핀테르가 모조리 끌고 온 것이다. 키케로는 원로 한 사람 한 사람에게 감사 인사를 전했다. 원로들은 눈물을 흘리며 그와 키스를 교환했다. 행사가 끝나고 집으로 걸어가기 시작할 때는 정오가 훌쩍 지났지만 스핀테르와 원로들은 집까지 동행하겠다며 고집을 부렸다. 툴리아는 아무도 모르게 먼저 떠난 모양이었다.

당연한 얘기지만 팔라티네 비탈 위에는 더 이상 '집'이 없었다. 예전의 고급 저택은 클로디우스의 사당을 짓겠다며 철거한 지 오래였다. 우리는 그 아래 퀸투스의 집에서 묵어야 했다. 아무래도 집터를 되찾고 재건축을 시작할 때까지는 그곳에서 살아야 하리라. 거리 역시 지지자들로 북적였기에 문지방까지도 고난의 길이었다. 문지방을 넘어서자 안뜰 그늘 안에 부인과 아이들이 기다리고 있었다.

키케로가 이 순간을 얼마나 기대했는지는 잘 알고 있었다. 그만큼 자주 들었기 때문이나, 실제로는 얼마나 서먹서먹했던지 차라리 쥐구멍에라도 들어가고만 싶었다. 테렌티아는 제일 좋은 옷을 입고 있었는데 아무래도 몇 시간 동안 기다린 모양이었다. 어린 마르쿠스는 따분했는지 안달을 부렸다.

"마침내 오셨군요." 그녀는 가볍게 미소를 지으며 인사를 하고 아들을 거칠게 잡아당겨 똑바로 서게 했다. "가서 아버지한테 인사해야지."

그녀가 마르쿠스한테 이렇게 말하며 앞으로 밀었지만 아이는 곧바로 달아나 엄마 치마 뒤에 숨었다. 키케로는 몇 발짝 앞에 멈춰서서 소년을 향해 팔을 벌렸다. 아이가 어떻게 반응할지 자신이 없었던 것이다. 결국 어색한 분위기는 툴리아가 나서서 해결하였다. 그녀가 아버지한테 달려가 입을 맞춘 뒤 손을 잡고 어머니한테 끌고 가 두 사람을 만나게 해주었다. 마침내 가족의 상봉이 마무리되었다.

퀸투스의 별장은 넓지만 두 가족이 여유롭게 지내기엔 아무래도 무리가 있었다. 첫날부터 알력이 생기기도 했다. 형이 나이도 지위도 높기에, 퀸투스는 존중하는 차원에서 키케로와 테렌티아에게 내실을 양보하겠다며 고집을 부렸다. 그가 아내이자 아티쿠스의 여동생 폼포니아와 함께 쓰던 방인지라, 폼포니아는 크게 반발해 키케로한테 변변히 인사도 하지 않았다.

개인의 추문을 다룰 생각은 없다. 그런 문제들은 내 고귀한 주제를 더럽히기 때문이다. 허나, 키케로의 삶을 제대로 조명하려면 그때 어떤 일이 있었는지 알아야 한다. 바로 이때부터 그가 가정불화를 겪고 불화는 곧 정치 경력에 영향을 미친다.

그와 테렌티아가 결혼한 지도 20년이 훌쩍 넘었다. 그간 말다툼도 있었으나 저변에는 늘 서로를 향한 존경심이 깔려 있었다. 테렌티아는 돈이 많았다. 그가 그녀와 결혼한 것도 외모가 뛰어나거나 성격이 사근사근해서가 아니라 바로 돈 때문이었다. 키케로가 원로원에 입성한 것도 순전히 아내의 재산 덕분이 아니던가. 물론 키케로가 성공한 덕에 그녀의 사회적 입지도 좋아졌다. 그런데 그의 몰락이 가뜩이나 아슬아슬했던 관계에 균열을 내기 시작한 것이다. 그가 없는 동안 테렌티아는 재산을 팔아 가족을 부양했을 뿐 아니라, 욕을 먹고 모욕을 당하며 시동생 집에 얹혀살아야 했다. 친정보다 훨씬 신분이 낮은 가문 집안에 말이다. 그런데 키케로가 살아서 로마에 돌아왔다. 당연히 그녀한테도 반가운 일이었으나, 그래도 그녀는 남편의 정치 생명이 끝났다는 견해를 노골적으로 드러냈다. 다만 대중 인기라는 안개에 갇혀 그 사실을 모르고 있을 뿐이었다.

첫날 저녁에는 나도 함께 식사를 하자는 청이 없었다. 사실 두 사람의 긴장을 볼 때 별로 내키지도 않았다. 더욱 당혹스러운 일은, 지하실 노예 막사에 침대를 갖다놓고 테렌티아의 노예 집사 필로티무스와 함께 침실을 쓰라지 않는가! 놈은 뺀질뺀질하고 욕심 많은 중년이었다. 서로 싫어했기에 그도 나만큼이나 달갑지 않았을 것이다. 그가 테렌티아의 성실한 경영 관리자로 지낼 수 있는 까닭은 돈을 너무도 사랑했기 때문이었다. 그런데 매달 돈이 줄어들었으니 심정이 오죽했겠는가. 키케로가 여주인을 이 지경으로 몰아넣었다며 성토할 때는 나도 짜증이 났다. 그래서 참다못해, 입 닥치고 상전 무서운 줄 알라고 짧게 말하고는 함부로 입을 놀리면 주인한테 일러 채찍질을 해주겠다고 협박까지 했다. 잠시 후 잠도 못 이루고 놈이 코 고는 소리를 듣는데, 문득 의문이 들었다. 조금 전 불만 중에 어디까지 놈의 생각이고 어디까지 여주인 말을 그대로 전한 것일까?

밤새 뒤척이다가 다음 날 늦잠을 잤다. 난 화들짝 일어났다. 그날 아침 키케로가 원로원에 참석해 공식적으로 감사를 표하기로 되어 있었다. 대개는 쪽지 없이 연설문을 외어 발표하지만 대중 앞에서 연설한 지가 워낙 오래라 혀가 꼬일까 봐 걱정이 되었다. 때문에 이번 웅변은 브룬디시움에서 올 때 받아 적어놓았다. 나는 송달함에서 연설문을 꺼내 빠진 문서가 없는지 확인한 뒤 위층으로 달려 올라갔다. 동시에 퀸투스의 비서 스타티우스가 방문객 두 명을 서재로 안내 중이었다. 하나는 테살로니카에 찾아온 호민관 밀로이고 다른 사람은 루키우스 아프라니우스, 폼페이우스의 수석 참모였다. 아프라니우스는 키케로보다 2년 늦게 집정관에 오른 바 있었다.

"키케로 주인님을 만나러 오셨답니다." 스타티우스가 내게 말을 걸었다.

"가능하신지 알아보겠네."

그 말에 아프라니우스가 톡 쏘아붙였다. "가능하지 않으면?" 나로서도 달갑지 않은 말투였다.

나는 곧바로 안방으로 갔다. 문은 닫혀 있었다. 테렌티아의 하녀가 손가락을 입으로 가져가더니 키케로가 방에 없다고 알려주었다. 그녀는 나를 복도 끝의 거실로 데려갔다. 키케로는 그곳에서 시종들의 도움을 받아 토가를 입는 중이었다. 손님이 기다린다고 보고를 하다 보니, 그의 어깨 너머로 작은 임시 침대가 보였다. 그가 내 시선을 보고 이렇게 중얼거렸다. "뭔가 틀어졌는데 무슨 일인지 도통 얘기를 않는구나." 그러고는 고백이 머쓱했던지 부랴부랴 가서 퀸투스를 불러오라고 지시를 내렸다. 손님들이 무슨 용무인지 미리 알고 싶다는 얘기였다.

회담은 처음에는 화기애애했다. 아프라니우스는 폼페이우스가 안부 전하라 하셨다며 인사부터 챙겼다. 곧 로마에 돌아와 직접 키케로의 복권을 축하하겠다는 말도 전했다. 키케로도 고마운 말씀이라 화답하고 밀로에게도 자신의 귀향을 위해 수고 많이 했다며 감사 인사를 하고, 교외에서 시민들이 열성적으로 환영해주었으며, 어제 로마에 돌아왔을 때도 엄청난 인파가 나와 환영해주었다며 소회를 전했다.

"마치 완전히 새 삶을 시작하는 기분이라오. 폼페이우스께서 원로원에 계시면, 비록 보잘 것 없는 연설이나마 찬사와 감사를 들으셨을 텐데 아쉽구려."

"폼페이우스께서는 원로원에 참석하지 않으십니다." 아프라니우스가 무뚝뚝하게 대꾸했다.

"그러게, 유감이로군."

"새로 제안할 법안도 있고 해서 참석이 부적절하다고 판단하셨죠." 그리고 그가 작은 가방을 열어 법안을 건넸다.

키케로는 서류를 읽고 크게 놀라는 표정이었다. 키케로는 서류를 퀸투스에게 넘겼고 끝내 마침내 내 손에까지 들어왔다.

> 따라서 로마인들은 곡식을 충분히 배급받지 못한다. 이 상황이 국가의 복지와 안보에 중대한 위협을 초래하며, 또한 로마 시민은 누구나 최소한 하루에 무료로 빵 한 덩어리를 배급받는다는 원칙에도 어긋나므로, 이에 폼페이우스는 곡물 판무관으로 부임해 전 세계를 통해 충분한 식량을 장악하거나 확보해 로마에 더 이상 식량이 부족하지 않도록 할 것이다. 폼페이우스의 임기는 향후 5년간 보장하며, 장관은 판무위원 15인을 임명하고 위원은 판무관의 임무 수행에 차질이 없도록 충실히 보좌한다.

"당연하신 말씀이지만, 오늘 원로원 연설을 하실 때 직접 발의해 주시리라 믿고 계십니다." 아프라니우스가 말했다.

"기막힌 한 방입니다. 동의하셔야 합니다. 클로디우스한테서 거리를 되찾았으니 놈이 더 이상 빵으로 표를 사지 못하게 뿌리를 잘라내야죠."

"특별법이 필요할 만큼 식량이 그렇게 부족한가?" 키케로가 퀸투스를 보며 물었다.

"사실이에요. 빵도 구할 수 없지만 있다고 해도 엄청나게 비싸니까요."

"그렇다 해도 국가의 식량공급권을 한 사람한테 집중하다니. 전례도 없지만 너무나 막중하지 않나? 아무래도 견해를 밝히기 전에 상황을 좀 더 파악해야 할 것 같군그래."

키케로가 법 초안을 돌려주려 했으나 아프라니우스는 받지 않았다. 그가 팔짱을 한 채 키케로를 노려보았다.

"솔직히, 이보다 나은 대접을 기대했습니다. 원로님을 위해 그만큼 애쓰지 않았습니까?"

"당연한 말씀이지만, 원로님도 15인의 판무위원에 포함되실 겁니다." 밀로가 덧붙이며 엄지와 검지를 비비는 식으로 그 임무가 얼마나 수지맞는 일인지 암시했다.

이후의 정적은 불편할 정도였다.

마침내 아프라니우스가 나섰다. "법안은 두고 가겠습니다. 원로께서 연설하실 때에도 당연히 관심 있게 경청할 것입니다."

그들이 떠난 후 퀸투스가 먼저 입을 열었다. "적어도, 대가가 뭔지는 알았네요."

"아니, 이 일이 대가가 아니다. 이건 첫 번째 할부금에 불과해. 내가 얼마를 지불해도 놈들은 절대 빚을 다 갚았다고 생각하지 않을 게야."

"그럼 어떻게 하실 겁니까?"

"음, 결국 악마의 선택이잖아? 법안을 상정한다. 그럼 다들 나보고 폼페이우스의 개라고 하겠지. 입을 닫는다? 그럼 그 양반이 내게 등을 돌려. 어느 쪽이든 지는 시합이로구나."

종종 그렇듯, 원로원을 향해 출발할 때까지도 그는 어느 쪽을 택할지 결정하지 못했다. 키케로는 연설하기 전 늘 실내 온도를 느껴보고, 마치 의사가 환자를 다루듯 그 맥박에 귀를 기울였다. 마케도니아를 방문했을 때 밀로를 수행했던 검투사 비리아가 동료 셋과 함께 호위병처럼 따라붙었다. 키케로의 의뢰인도 20~30명 정도가 모여 인간 방패 역할을 했으니 그보다 안전할 수는 없었다. 원로원으로 향하는 동안 비리아 일당은 노골적으로 무력을 과시했다. 밀로와 폼페이우스도 마르스 광장 막사에 수백 명의 검투사를 대기시켜, 클로디우스가 장난질을 할 경우 재빨리 대처하도록 조처했다.

원로원에 다다른 뒤 키케로에게 연설문을 건넸다. 키케로는 건물 안으로 들어가다 말고 낡은 문설주를 손으로 건드리고 소위 '세상에서 가장 위대한 방'을 둘러보았다. 살아서 다시 만나 고맙고 신기하다는 뜻이겠다. 제일 앞쪽 집정관 연단 바로 옆, 그가 늘 앉던 자리로 향하는데 주변 원로들이 일어나 악수를 청했다. 그날은 참석률이 좋지 않았다. 폼페이우스도 나오지 않았지만 클로디우스와 마르쿠스 크라수스도 보이지 않았다. 크라수스, 폼페이우스, 카이사르 무리는 여전히 공화국 최고의 권력이었다. 그런데 왜 멀리서 지켜보기만 하는 걸까?

그날 주재 집정관은 메텔루스 네포스였다. 키케로와는 오랜 정적이었으나 지금은 공개적으로 화해한 상태였다. 물론 대다수 원로들의 위협 때문에 마지못한 선택이기는 했다. 그는 키케로를 아는 척도 하지 않고 곧바로 갈리아 트란살피나의 카이사르로부터 새 소식이 도착했다고 알렸다. 장내는 조용해지고 원로들은 그가 서신을 읽는 동안 조용히 귀를 기울였다. 저 음산한 숲과 홍수로 불어난 강 여기저기에서 비로만두이, 아트레바테스, 네르비 족같이 이름조차 생소한 야만 부족들과 치열하게 싸웠다는 내용이었다. 카이사르는 과거 어느 로마 사령관보다 훨씬 북쪽, 그러니까 거의

혹한의 북해까지 밀고 들어갔으며, 이번에도 승리는 말살에 가까웠다. 그의 주장에 따르면, 네르비의 6만 대군에서 살아남은 자는 기껏 500에 불과했다. 네포스가 낭독을 마치자 원로원이 가까스로 숨을 쉬기 시작했다. 그제야 집정관이 키케로를 불러 연설을 청했다.

연설하기에는 난감한 순간이었다. 키케로는 대체로 감사 인사만 나열했다. 집정관, 원로원, 시민, 신들, 동생 등등… 카이사르를 제외하고는 거의 모두를 거명했다. 그가 특별히 감사를 전한 인물은 폼페이우스("그분의 용기와 명성과 업적은 어느 나라 어느 시대에도 유래가 없을 정도입니다")와 밀로였다("호민관 임기 내내 내 안녕을 위해 불굴의 의지로써 용감하게 싸웠습니다"). 하지만 식량부족 문제를 거론하지도 않고 폼페이우스에게 여분의 권력이 필요하다는 제안도 하지 않았다. 마침내 그가 자리에 앉자 아프라니우스와 밀로가 일어나 건물을 빠져나갔다.

그 후 퀸투스의 집으로 돌아가는데 비리아와 검투사들이 보이지 않았다. 이상한 일이었다. 위험이 여전하건만. 구경꾼들이 봇물처럼 밀려들었다. 그 사이에 거지들도 상당히 많았다. 잘못 봤을 수도 있겠지만 키케로를 바라보는 표정과 동작도 그 어느 때보다 훨씬 적대적이었다.

무사히 집 안에 들어오자 키케로가 말했다. "할 수가 없었어. 어떻게 평생의 신념에 어긋나는 일을 하겠느냐. 게다가 그런 제안을 하기에는 시기도 좋지 않았고. 모두가 그저 카이사르 얘기만 하지 않더냐? 카이사르, 카이사르, 카이사르. 잠시나마 혼자 있도록 내버려두면 좋으련만."

그날은 길고도 무더웠다. 키케로는 대부분 정원에서 책을 읽거나 애견에게 공을 던지며 놀았다. 마이아라는 이름의 테리어 종으로, 놈의 재롱에 어린 마르쿠스뿐 아니라, 퀸투스와 폼포니아의 독자인 아홉 살배기 퀸투스 2세도 크게 즐거워했다. 마르쿠스는 성격이 자상하고 올곧은 반면, 퀸투스는 어머니가 응석을 받아주는 탓에 어딘가 심술궂은 데가 있었다. 어쨌든 둘은 그럭저럭 사이좋게 놀았다. 때때로 언덕 맞은편 계곡의 원형 극장에서 관중들의 환호가 이곳까지 들렸다. 수만의 목소리가 한꺼번에 함성을 지르거나 탄성을 토해냈는데, 호랑이의 포효처럼 우렁차기도 하고 위협적인지라 목덜미와 두 팔에 모골이 송연해졌다. 오후 느지막이 퀸투스가 찾아와 키케로가 경기장에 나가 모습을 보여주고 적어도 한 경기라도 봐야 하지 않겠느냐며 제안했다. 키케로는 별로 생각이 없었다.

"낯선 이들 앞에 나서는 것도 지쳤다."

아이들은 자기 싫다고 버텼지만 키케로도 오랫동안 떨어져 있던 터라 다그칠 생각은 없었다. 저녁 식사도 느지막이 준비가 되었다. 이번에는 폼포니아의 반대에도 키케로가 나를 불렀다. 원래부터 노예와 겸상을 싫어하는 터라 식탁에 누가 합석할지는 시동생이 아니라 바로 그녀가 결정했다. 그래서 모두 여섯 명이 되었다. 키케로와 테렌티아, 퀸투스와 폼포니아가 카우치 하나씩 차지하고 툴리아와 내가 다른 카우치에 나란히 앉았다. 평소라면 폼포니아의 오빠이자 키케로의 절친 아티쿠스도 합석했겠지만 키케로가 귀국하기 일주일 전 에피루스의 부동산 문제로 로마를 떠났다. 급한 일이라고 핑계를 대긴 했으나 막연하나마 가정불화를 예견했을 것이다. 늘 평온한 삶을 추구하는 양반이었으니.

어스름 녘. 노예들이 촛불을 들고 다니며 등잔과 양초에 불을 붙이고 다녔다. 멀리 어딘가에서 휘파람, 북, 피리 소리와 합창이 시끄럽게 울려 퍼졌다. 처음에는 경기장에서 나거니 했는데, 아무래도 소음이 바로 집 밖에서 나는 것 같았다. 다른 곳으로 멀어지지도 않았다.

"도대체 이게 무슨 소리지?" 마침내 테렌티아가 물었다.

"설마 플라기타티오는 아닐 테고… 이젠 별스런 관습도 다 있다니까! 티로, 네가 확인해봐라." 키케로가 학자다운 호기심으로 지시했다.

지금이야 그런 풍습이 없겠지만 공화정 시절엔, 사람들이 마음대로 사정을 호소할 수 있었다. 플라기타티오는 억울한 일을 당했지만 가난해서 법에 호소하지 못하는 시민의 권리였다. 그러니까, 피해를 준 상대의 집에 찾아가 억울함을 호소하는 것이다. 오늘 밤 그 대상은 키케로였다. 노래 속에 그의 이름이 섞여 나왔는데 문을 열자 어떤 내용인지 정확히 알아들을 수 있었다.

더러운 키케로, 우리 빵을 꿍쳤다!
더러운 키케로, 우리 빵을 훔쳤다!

100명 정도의 인원이 좁은 거리를 메우고 같은 소절을 계속 되뇌었다. 다만 이따금 '더러운' 대신에 더 더러운 표현으로 변화를 주기는 했다. 내가 지켜보고 있다는 사실을 깨닫자 조롱은 더욱 커졌다. 나는 문을 잠그고 빗장까지 건 다음 거실로 돌아와 보고했다.

폼포니아가 놀라 일어나 앉았다. "그럼 어떻게 해야 하지?"

"아무것도 할 필요 없소. 저들은 떠들 권리가 있어요. 그냥 저렇게 털어내면 제풀에 지쳐 떠나겠지."

"그런데 왜 당신이 빵을 훔쳤다는 거예요?" 테렌티아가 물었다.

대답은 퀸투스가 했다. "클로디우스 짓입니다. 형 지지자들이 로마에 들어왔기 때문에 빵이 부족하다고 비난하는 거죠."

"하지만 저 사람들이 지지자는 아니잖아요. 그저 경기를 보러 왔을 뿐이에요."

"늘 그렇듯 정확한 지적이오. 하지만 설령 나를 보러 왔다고 해도, 내가 아는 한 로마 축제일에 식량이 부족했던 적은 없소."

"그런데 왜 그렇게 된 거죠?"

"누군가 가로채기 때문이겠지."

"누가 그런 짓을."

"클로디우스. 내 이름에 먹칠을 하기 위해서. 아니면 폼페이우스일 게요. 이번 건을 핑계로 곡물 배급을 장악할 속셈일 테니까. 어느 쪽이든 우리가 나설 일은 아니오. 자, 식사나 하고 저들은 잊읍시다."

일행은 아무 일도 없었다는 듯 농담도 하고 웃기도 하며 대화를 이어갔지만 잠시 얘기가 끊길 때마다 외부의 노한 목소리들이 실내를 가득 채웠다.

개자식 키케로가 우리 빵을 훔쳤다.

개자식 키케로가 우리 빵을 먹었다.

폼포니아가 참다못해 신경질을 냈다.

"저렇게 밤새도록 떠들 건가요?"

"어쩌면." 키케로가 대답했다.

"이 동네는 언제나 조용하고 점잖았어요. 아주버님이 어떻게 좀 해봐요."

"도리가 없어요. 저 사람들 권리니까."

"권리!"

"알다시피, 난 시민들의 권리를 존중한다오."

"어련하시겠어요? 그럼 난 어떻게 자죠?"

키케로의 인내심도 결국 바닥이 났다.

"밀랍으로 귀라도 틀어막아요, 제수씨!" 그가 투덜대고는 나지막이 이렇게 덧붙였다. "내가 제수씨하고 결혼했다면 나도 그렇게 했을 것 같군."

퀸투스는 많이 취한 상태라 억지로 웃음을 참았다. 폼포니아가 곧바로 그를 흘겨보았다.

"그런 소리를 듣고도 가만히 있어요?"

"그냥 농담이잖소."

폼포니아는 새침하게 냅킨을 내려놓고는 아이들이나 챙겨야겠다며 카우치에서 일어났다. 테렌티아도 남편을 째려보며 폼포니아를 돕겠다고 선언한 뒤 툴리아한테도 따라오라고 손짓했다.

여자들이 떠난 후, 키케로가 퀸투스에게 사과했다. "미안하다. 그런 식으로 말하지 말았어야 했는데. 나가서 사과해야겠어. 게다가 제수씨 말이 옳다. 네 집에 근심만 가져왔구나. 내일 아침에 이사하도록 하마."

"아니, 안 돼요. 내가 이 집 주인이니까 내가 살아 있는 한 이 집은 형 집이요. 개새끼들 짖는 소리는 전혀 신경 안 써요."

우리는 다시 귀를 기울였다.

날강도 키케로가 우리 빵을 꿍쳤다.
날강도 키케로가 우리 빵을 팔았다.

"놀랍도록 운율이 유연하다고 말해주고 싶군. 얼마든지 변형이 가능하잖아?"

"형도 알겠지만 밀로한테 사람을 보낼 수 있어요. 그럼 폼페이우스의 검투사들이 순식간에 거리를 청소하겠죠."

"그래서, 나보고 그 밑으로 더 깊이 기어들어가라고? 그럴 수는 없다."

우리는 헤어져 잠자리에 들었지만 누구도 편안하게 잠을 자지 못했다. 키케로의 예견대로 시위는 그치지 않았다. 오히려, 다음 날 아침경 인원도 늘고 더 과격해졌다. 폭도들이 자갈을 긁어모아 벽에 던졌다. 심지어 흉벽 너머로 던져 서재나 정원에 딱 소리를 내며 떨어졌다. 상황은 점점 일촉즉발의 상황으로 치달았다. 아이들도 밖에 나가지 못하게 했다. 나는 키케로, 퀸투스와 함께 지붕에 올라가 상황을 가늠해보았다. 마룻대 타일 너머로 조심스럽게 고개를 내밀면 포룸이 내려다보였다. 클로디우스의 폭도들이 무력으로 광장을 점거한 후였다. 원로들이 개원을 위해 원로원에 들어가려다가 욕설과 모욕을 들었다. 그 말이 우리에게까지 들렸다. 요리 도구를 두드리는 소리도 들렸다.

우리에게 빵을 달라!
우리에게 빵을 달라!
우리에게 빵을 달라!

갑자기 아래층에서 비명이 들렸다. 부랴부랴 지붕에서 내려와 아트리움으로 달려가 보니, 노예 하나가 흑백의 물건을 치우고 있었다. 주머니나 작은 가방처럼 보였는데 조금 전 홈통을 통해 낙수받이 안으로 떨어진 모양이었다. 바로 난도질당한 마이아의 시체였다. 두 아이는 아트리움 구석에 웅크리고 앉아 두 손으로 귀를 덮은 채 울고 있었다. 커다란 돌이 연신 나무문을 두드려댔다. 드디어 테렌티아가 키케로를 노려보았다. 저렇게까지 경멸스러운 표정은 한 번도 본 적이 없었다.

"고집도 고집도, 저런 멍청한 고집이 세상에 어디 있담! 가족 걱정 따위는 아예 안중에도 없어요? 아니면 나라도 엉금엉금 기어가 저 쓰레기들한테 제발 살려달라고 빌기라도 할까요?"

키케로는 아내의 분노에 멈칫해야 했다. 그 순간 아이들이 다시 울기 시작했다. 그나마 툴리아가 재빨리 동생과 사촌동생을 달랜 덕에 일단 불화는 넘어가는 듯했다.

그가 퀸투스에게 물었다. "뒤창을 통해 노예를 하나 내보낼 수 있을까?"

"문제없어요."

"혹시 실패할지 모르니까 민첩한 놈으로 둘을 보내. 마르스 광장, 밀로의 막사에 가서 검투사들을 당장 보내달라고 전해라."

노예들을 보낸 뒤 키케로는 아이들에게 건너가 두 팔로 어깨를 안아주며 공화국의 영웅 얘기들을 들려주었다. 그렇게 한참이 흘렀다. 문을 두드리는 소리도 점점 커졌다. 그러던 중 거리에서 새로이 고함이 들리고 비명이 뒤를 이었다. 밀로와 폼페이우스의 검투사들이 달려온 것이다. 그런 식으로 키케로는 자신과 가족을 구했다. 그렇지 않았다면 폭도들이 집 안으로 들어와 우리를 모두 학살했을지도 모른다. 거리에서는 잠시 실랑이가 있었지만 폭도들은 무장도 훈련도 변변치 못했기에 걸음아 날 살려라 줄행랑을 치고 말았다.

거리 청소가 끝날 때쯤 키케로와 퀸투스, 나는 다시 지붕으로 올라갔다. 싸움은 엎치락뒤치락하며 포룸까지 이어졌다. 검투사들이 양쪽에서 쏟아져 들어와 칼등으로 폭도들을 두드려 패기 시작했다. 폭도들은 흩어졌으나 완전히 물러나지는 않았다. 놈들은 가대식 탁자, 벤치들을 모으고 인근 가게마다 덧문을 뜯어와, 카스토르 신전과 베스타 숲 사이에 방책을 세웠다. 전선은 쉽사리 무너지지 않았다. 어느 순간 금발의 클로디우스가 모습을 드러냈다. 그는 토가 위에 동체 갑옷을 걸치고, 철제 장창을 휘두르며 직접 싸움을 이끌고 있었다. 그를 알아본 까닭은 그의 아내 풀비아가 옆에 있었기 때문이었다. 어느 사내보다 극악하고 잔인하며 폭력을 좋아하는 여자. 여기저기 불이 붙고 연기가 여름 폭염을 떠돌며 아수라장에 혼란을 더해갔다. 쓰러진 사람들만 일곱을 확인했으나, 정말 죽었는지 부상을 당했는지는 알 수 없었다.

한참이 지난 후 키케로는 더 이상 지켜볼 수 없었다. 그가 지붕을 내려가면서 조용히 뇌까렸다. "공화국은 끝났어."

우리는 집에 있었지만 포룸의 싸움은 하루 종일 이어졌다. 무엇보다 충격적이라면, 불과 1.5킬로미터 거리건만 그동안 내내 로마 경주는 아무 일도 없다는 듯 그대로 진행했다는 사실이었다. 폭력이 정상적인 정치행위로 굳어졌다는 뜻이다. 황혼 녘, 다시 조용해졌지만 키케로는 그래도 문밖에 나가지 않고 다음 날 아침에야 퀸투스, 검투사들의 호위를 받으며 원로원으로 걸어갔다. 포룸은 이제 폼페이우스의 지지자들로 가득했다. 그들은 키케로를 부르며, 폼페이우스를 보내 위기를 해결하고 다시 빵을 배급받게 해달라고 다그쳤다. 키케로는 반응하지 않았지만, 손에는 폼페이우스를 곡물 판무관으로 만들 법안이 들려 있었다.

그날도 출석률은 저조했다. 어제의 폭동 탓에 원로 절반 이상이 불참했다. 제일 앞줄의 전임 집정관도 키케로를 제외하면 아프라니우스와 M. 발레리우스 메살라가 전부였다. 주재 집정관 메텔루스 네포스는 전날 포룸을 지나다가 돌에 맞아 붕대를 감고 있었다. 그는 식량 폭동을 순서지 최우선 과제로 올렸다. 행정관 몇은 실제로 키케로 자신이 도시의 곡물 공급을 이끌어야 한다고 주장했다. 키케로는 멋쩍은 표정으로 고개를 저었다.

네포스가 마지못해 제안했다. "마르쿠스 키케로, 연설하실 의향이 있으십니까?"

키케로는 고개를 끄덕이며 일어나 연설을 시작했다. "우리는 물론, 용감한 네포스 가문 누구도, 어제 있었던 참담한 폭력 사태로 도시가 마비되었다는 사실을 부정할 수는 없습니다. 식량 부족, 즉 근본적으로 인간의 가장 기본적 욕구에 기인한 폭동이었죠. 애초에 시민들이 무료 배급을 받았을 때가 만병의 근원이라고 여기는 분도 있을 겁니다. 인간의 본성 때문이죠. 처음에는 감사히 받았어도 이내 당연지사가 되고 결국 자기 것인 줄 아니까요. 지금껏 늘 그랬습니다. 클로디우스의 법을 철회하라는 말이 아닙니다. 그러기엔 너무 늦었습니다. 하지만 도시의 질서를 유지하려면 적어도 식량 공급은 끊어지지 않아야 합니다. 그 일을 하려면 권위와 재능과 조직이 있어야 하는데, 우리나라에 그럴 만한 위인은 단 한 사람입니다. 바로 폼페이우스죠. 따라서 다음과 같이 법안을 상정하는 바입니다…."

이쯤에서 그는 법안을 읽고 여기저기 원로들이 일어나 박수갈채를 보냈다. 이미 원로원 절반은 폼페이우스의 개들이 점거한 터였다. 나머지는 인상을 잔뜩 구긴 채 앉아 있거나 나지막이 투덜거렸다. 다들 이전부터 폼페이우스의 권력욕을 불안해했다. 박수갈채는 밖에까지 퍼져 포룸에서 대기 중인 무리들까지 가세했다. 법안을 키케로가 상정했다는 사실을 알고는 그의 이름을 연호하며 밖으로 나와 연단에서 연설을 하라고 떠들었다. 호민관들도 일제히(클로디우스 지지자 둘을 제외하고) 정식으로 연설 초대장까지 보냈다. 원로원에서 요청문을 낭독했을 때 키케로는 미처 준비를 하지 못했다며 극구 사양했다. (사실, 키케로는 연설문을 작성해 내게 맡겨두었기에 이미 연단에 오르기 직전 그에게 건넸다.)

엄청난 환호가 그를 맞이했다. 덕분에 입을 열기까지도 한참을 기다려야 했다. 박수갈채가 잦아들 때쯤 그가 연설을 시작했다. 그 후 길목에 다다라 사람들의 지지에 답하는데("지금껏 흔들림 없이 평온하게만 살아왔다면 여러분께서 내게 허락하신 이 놀랍고도 자애로운 기쁨의 향연을 만끽하지 못했을 것입니다") 그때 군중들의 끄트머리에 다름 아닌 폼페이우스가 서 있지 않은가! 그는 보란 듯이 혼자 서 있었다.

사실, 포룸이 그의 검투사들로 가득했기에 경호원이 따로 필요 없기도 했지만, 그보다 일반 시민의 자격으로 키케로의 말을 경청하러 온 것처럼 보이고 싶었으리라. 물론 그렇다고 사람들이 가만있을 리 없었다. 결국 마지못한 척 연단에 올라 키케로와 포옹을 했다. 지금껏 폼페이우스가 얼마나 체격이 좋은지 잊고 살았다. 거대한 상체와 마초적인 태도. 크고 잘생긴 얼굴 위로 전함 뱃부리처럼 우뚝 솟은 저 짙고 뻣뻣한 흑발.

상황 자체가 아첨을 요구했다. 결국 키케로가 일어나 폼페이우스의 팔을 들어주었다.

"여기 미덕과 지혜, 명성 어느 면에도 지금껏 대적할 자가 없는 사내가 있습니다. 물론 앞으로도 없을 것입니다. 바로 그가 공화국에 선물한 모든 것을 내게도 주었습니다. 아무리 친한 친구라도 불가능한 선물이죠. 바로 안전과 존엄성입니다. 시민 여러분, 전 그에게 빚을 졌습니다. 한 인간이 누군가에게 질 수 있는 가장 위대한 빚을 말입니다!"

박수갈채는 한참을 이어지고 폼페이우스의 미소는 태양만큼 넓고 따뜻해졌다.

그 후 폼페이우스는 키케로와 함께 퀸투스의 집에 가서 와인까지 한잔했다. 키케로의 망명과 건강에 대해 묻지도 않고 몇 년 전 키케로를 버린 데 대한 사과 따위는 없었다. 키케로에게 재앙의 문이 열린 것도 애초에 그 때문이었건만. 그는 오로지 자기와 자기 미래 얘기만 했다. 곡물 판무관 보직, 그리고 향후 얻게 될 여행과 애국심의 기회에 대해서도 애들처럼 들떠 있었다.

"키케로, 당신도 내 15인 판무위원에 속해. 그래 어디로 가고 싶나? 어디든 말만 하라고. 사르디니아? 시칠리아? 이집트? 아프리카?"
"감사합니다. 친절하신 말씀이나 거절할 수밖에 없군요. 지금은 제 가족이 먼저입니다. 집도 되찾아야 하고 아내와 아이들도 돌봐야 하고, 정적들에게 복수도 하고, 하나하나 제자리를 찾아가야 하니까요."
"재산쯤이야 곡물사업이 제일 수지맞을 텐데? 장담해."
"그렇다 해도, 전 로마에 있고 싶습니다."
폼페이우스가 넓은 얼굴을 찡그렸다. "실망이야. 아무리 생각해도 아쉽군. 이번 임무에 키케로의 이름이 필요하거든. 뭔가 무게감이 있어 보이니까… 넌 어때? 너는 할 수 있지?" 그가 갑자기 퀸투스를 돌아보며 물었다.
불쌍한 퀸투스! 아시아에서 두 차례 임무를 마치고 이제 막 돌아온 터였다. 그런데 또다시 해외에 나가 농부와 곡물상인, 하역업자들과 싸워야 한다고? 그가 난감한 표정으로 그 자리에 맞지 않는다며 난색을 표했다. 키케로에게 지원도 요청했으나 그도 폼페이우스의 두 번째 요청까지 거부할 힘은 없었다. 결국 아무 말도 하지 못했다.
"좋아, 그럼 됐어."
폼페이우스는 두 손으로 의자 팔걸이를 때리는 식으로 문제가 해결되었음을 선언하고는 끙 하고 신음을 뱉어내며 자리에서 일어났다. 점점 뚱뚱해지고 있다는 얘기다. 벌써 50세. 키케로와 동갑이 아닌가. 그가 형제의 어깨에 두 팔을 얹었다.
"우리 공화국은 지금 격변기지만 어쨌든 헤쳐 나갈 수 있어. 늘 그랬으니까. 물론 두 양반 다 일조를 해야겠지."

그리고 두 사람을 끌어안고 한참을 그대로 있었다. 형제는 장군의 넓은 가슴 양쪽에 묶인 채 옴짝달싹도 하지 못했다.

04
네 번째 두루마리

다음 날 아침 일찍, 키케로와 나는 언덕을 올라가 옛집을 둘러보았다. 재산과 명성을 쏟아부어 지은 저택이건만 지금은 완전히 흉가였다. 넓은 마당도 대부분 잡초와 잡석뿐이었다. 우거진 잡초들 탓에 원래의 벽 설계를 구분하기도 불가능해 보였다. 키케로가 상체를 굽히더니 땅에서 불에 탄 벽돌 하나를 빼냈다.

"이 집을 복원할 때까지는 저들한테 굽실거릴 수밖에 없다. 돈도 위신도, 독립도 없어… 나는 밖에 나갈 때마다 이곳을 올려다보며 오늘의 굴욕을 상기할 것이다."

그의 손에서 벽돌 가장자리가 깨져나갔다. 손가락 사이로 붉은 먼지가 말라버린 피처럼 흘러내렸다.

마당 맨 구석의 주춧돌 위에 젊은 여인의 조각상이 서 있었는데, 누군가 바닥에 새로 꺾은 꽃들을 놓아두었다. 클로디우스는 그곳을 자유의 신전으로 봉헌해 신성불가침으로 만들면 아무리 키케로라도 소유권을 주장하지 못하리라고 믿었다. 대리석상이 아침 햇살에 선명하게 드러났다. 기다란 머리카락과 투명한 드레스가 미끄러져 내리며 여자가 맨 가슴을 드러냈다. 키케로는 두 손을 엉덩이에 대고 여자를 바라보았다.

마침내 그가 입을 열었다. "자유의 여신은 모자 쓴 부인 아닌가?"

난 그렇다고 대답했다.

"이런, 그럼 이 여편네는 누구야? 차라리 내가 더 여신에 가깝겠다."

그 순간까지도 우울해했건만, 갑자기 그가 웃기 시작했다. 그리고 퀸투스의 집으로 돌아오자 내게 임무를 맡겼다. 클로디우스가 석상을 어디에서 구했는지 알아낼 것. 그날, 그는 대사제 대학에 집을 돌려달라고 청원을 넣었다. 봉헌 과정에 오류가 있었다는 이유였다. 그 달 말 청문회 날짜가 정해졌다. 클로디우스도 나와 자기변호를 해야 했다.

재판일. 키케로는 준비도 연습도 부족하다고 실토했다. 서재가 아직 창고에 묶인 탓에 법 관련 자료를 충분히 검토할 수 없었지만, 내가 보기엔 클로디우스와 대면한다는 사실 때문에 더 초조했다. 거리 패싸움에서 두들겨 맞는 것과는 또 다른 문제다. 법정 싸움에서마저 진다면 그야말로 재앙이 아닐 수 없다.

대사제 대학은 로마에서 가장 오래된 건물로 당시 옛 레기아에 위치했다. 건물은 사크라 도로에서 포룸으로 진입하는 갈림길에 근대의 계승자처럼 서 있으나, 창문 하나 없는 높다란 벽에 완전히 막혀 내부 소리는 전혀 들리지 않았다. 경내의 어두운 촛불에 의존해 살다 보면 성 밖에 태양 빛이 환하다는 사실조차 잊게 만든다.

그래서일까? 저 무덤처럼 섬뜩한 분위기에서는 왠지 성스러움마저 느껴졌다. 600년 이상 아무도 침범하지 못한 곳이 아니던가.

대사제 열다섯 중 열넷이 혼잡한 경내 맨 구석에 앉아 우리를 기다렸다. 빠진 사람은 대사제의 수장 카이사르였다. 따라서 가장 웅장한 의자도 빈 채였다. 내가 잘 아는 인물도 사제들 중에 몇 있었다. 집정관 스핀테르, 대장군 루키우스의(최근에는 이성을 잃고 로마 외곽 자신의 성에 갇혀 지낸다고 했다) 동생 마르쿠스 루쿨루스, 두 명의 떠오르는 젊은 귀족, Q. 스키피오나시카와 M. 아이밀리우스 레피두스. 그리고 이곳에서 드디어 세 번째 삼두, 크라수스를 만났다. 대사제들은 전례상 동물 가죽 소재의 묘한 뿔모자를 썼는데, 덕분에 그의 독특한 인상이 묻혀버렸다. 크라수스는 대머리였다. 교활한 얼굴엔 표정이 전혀 없었다.

키케로는 대사제들과 마주 앉고 나는 그의 뒤 스툴에 앉아 필요한 자료를 건넬 준비를 했다. 우리 뒤쪽으로는 폼페이우스를 비롯해 유수한 시민들이 구경꾼으로 참관했다. 클로디우스는 보이지 않았다. 어디 있을까? 어쩌면 오지 않을 수도 있다. 어차피 제멋대로가 아닌가. 그러다가 잠시 후 그가 으스대며 걸어 들어왔다. 우리를 그 참혹한 고통으로 몰아넣은 자였기에 나 역시 그를 보는 순간 온몸에 소름이 돋았다. "땅딸보 꽃미남." 키케로는 그렇게 불렀지만 중년의 나이 탓인지 지금은 그런 모욕도 쓸모가 없어 보였다. 화려했던 금발 곱슬은 바짝 깎아 마치 황금 투구를 보는 듯했고 붉고 두툼한 입술도 매력을 잃은 지 오래였다. 지금은 오히려 괴팍하고 마르고 역겨운 모습이었다. 타락한 아폴로가 저럴까? 가장 극악한 정적이 종종 그렇듯 처음에는 키케로와도 친구로 지냈다. 그 후 법과 윤리를 너무 자주 깨뜨렸다. 심지어 여자로 위장해 선한 여신, 보나 데아의 성스러운 의식을 모독했다. 키케로는 증거를 수집해 그를 기소했으며 그 이후 클로디우스는 복수를 다짐했다. 그가 키케로한테서 세 발짝 거리의 의자에 앉았으나 키케로는 계속 앞만 노려보았다. 두 남자는 한 번도 서로를 보지 않았다.

나이에 의거, 선임 대사제는 푸블리우스 알비노바누스가 맡았다. 나이가 여든은 됨 직했다. 그가 떨리는 목소리로 공고 사실을 낭독했다.

"M. 툴리우스 키케로가 반환을 요구한 부동산에 최근 자유의 신전을 지은 바, 그 봉헌 의식이 절차에 따라 이루어졌는가?"

클로디우스가 먼저 자신을 변론해야 했다. 그는 한참 동안 그대로 앉아 이런 일로 불려나온 데 불만을 드러낸 다음에야 천천히 자리에서 일어났다. 말투는 세속적이면서도 귀족처럼 느렸다.

"고귀하신 사제님들, 솔직히 끔찍하고 당혹스럽지만 놀랍지는 않습니다. 살인자이며 유배자인 키케로는 집정관 시절에도 뻔뻔스럽게 시민의 자유를 말살했습니다. 당연히 자유의 석상을 무너뜨리고 양심의 가책을 덜고 싶겠죠…."

그는 과거 키케로에게 가했던 중상모략을 하나하나 다시 거론했다. 불법으로 카틸리나 반란자들을 살해하고("재판 없이 시민 다섯을 처형했습니다, 원로원의 재가가 면죄부는 될 수 없습니다"), 허영심이 끝을 모르며("사당을 반대한다면 순전히 질투 때문입니다, 저 자는 자신이 곧 신이며 따라서 오로지 자신만을 숭배해야 한다고 믿고 있죠"), 정치적 신념도 없이 오락가락했다는 얘기였다("자신의 복귀로 원로원의 권위를 되찾았다고 믿는 작자입니다, 그런데도 첫 번째 행동이 폼페이우스에게 독재 권력을 안겨주는 짓거리였죠"). 충격이 없지는 않았다. 포룸이었다면 꽤나 반향이 있었으리라. 하지만 문제의 법적 핵심을 해명하는 데는 완전히 실패했다. 사당을 적절한 절차에 따라 봉헌했는가?

그가 한 시간을 변론하고 이제 키케로의 차례가 되었다. 클로디우스의 비난을 잠재우기 위해서라도 우선 임기응변으로 변론을 시작할 수밖에 없었다. 폼페이우스의 식량 위원단을 지지한 이유, 그 비난에 답을 해야 본 사건으로 돌아갈 수 있었다. 사당은 애초에 봉헌이 불가능했다. 이유는 봉헌 시점에서 클로디우스가 법적으로 호민관이 아니었기 때문.

"귀족에서 평민으로 신분 이동은 대사제 대학의 어느 교의로도 재가가 불가능하기에, 이는 대사제 규칙 일체를 향한 도발이며, 따라서 무효입니다. 또한 신분 이동이 근거가 없다면, 클로디우스의 호민관 당선 또한 무효가 될 수밖에 없습니다."

사실, 위험한 지적이었다. 클로디우스의 평민 신분을 가능케 한 사람이 바로 카이사르 본인이 아니던가. 그래서일까? 크라수스가 상체를 숙이며 경청하기 시작했다. 키케로도 위험을 감지했다. 어쩌면 카이사르와의 부채를 기억해냈을 수도 있다.

그가 논점을 살짝 빗겨나갔다. "카이사르의 법이 모두 불법이라는 말씀이 아닙니다. 절대로! 사실, 더 이상 제 관심사도 아닙니다만, 의도적으로 내 인격을 모독하기 위해 만든 법들은 예외입니다."

그는 계속 밀고 나가며 클로디우스의 전략을 공격하기 시작했다. 드디어 그의 웅변이 날개를 달았다. 팔은 앞으로 쭉 내밀고 손가락으로는 적을 가리켰으며 언어는 열정과 함께 봇물처럼 터져 나왔다.

"오, 이 역겨운 국가적 재앙이여, 만민의 창남이여! 도대체 내 불쌍한 아내가 네게 무슨 해코지를 했기에, 그렇게 무지하게 괴롭히고 약탈하고 고문했더란 말이더냐? 아니면, 사랑하는 남편을 잃은 내 딸이 그랬더냐? 내 아들이? 지금도 밤에 깨어나 흐느껴 우는 아이가? 그런데도, 네가 괴롭힌 건 내 가족만이 아니었다. 내 집의 벽, 문설주와도 혹독한 전쟁을 벌이지 않았더냐!"

진짜 한 방은 클로디우스가 세운 석상이 어디에서 비롯했는지 밝힌 데 있었다. 나는 제작에 참여한 자들을 추적해 석상을 기증한 인물이 클로디우스의 형 아피우스라는 사실을 알아냈다. 아피우스는 보이오티아, 타나그라에서 들여왔는데 원래는 그 지역의 유명한 창녀 무덤을 장식한 물건이었다.

키케로가 그 사실을 밝히자 장내는 한바탕 폭소가 터졌다.

"저 자가 생각하는 자유는 바로 그런 겁니다. 이국 땅 어느 무덤가에서 창녀의 형상을 훔쳐와 신성모독의 손으로 다시 세우죠! 게다가 저 여자야말로 나를 내 집에서 내몬 당사자가 아닌가요? 친애하는 제사장들이시여, 행여 제가 그 집을 빼앗긴다면 국가에 대한 모독이 아닐 수 없습니다. 제 귀향이 불후의 신들과 원로원, 로마와 이탈리아 시민들에게 위안이 되었다고 믿는다면, 부디 여러분의 손으로 집을 찾아주시길 바랍니다."

키케로가 앉자 여기저기 관객들이 중얼거리며 동의를 표했다. 클로디우스를 힐끔 훔쳐보니 잔뜩 인상을 구기며 마룻바닥을 노려보았다. 사제들이 상체를 숙여 협의에 들어갔다. 크라수스가 회의를 주도하는 듯 보였다. 곧바로 판결을 내릴 줄 알았는데 알비노바누스가 상체를 일으키더니 대사제 대학은 좀 더 숙의 후 결론을 내리겠다고 선언했다. 판결은 다음 날 원로원으로 전달할 것이다. 이번에야말로 클로디우스한테 제대로 한 방 먹인 셈이다. 그가 일어나더니 키케로 옆을 지나며 허리를 숙여 으르렁거렸다. 애써 미소를 짓기는 했지만 그가 한 말은 끔찍한 저주였다.

"그 집을 복구하기 전에 죽여버리겠어."

클로디우스는 그 말을 끝으로 강당을 나섰다. 키케로는 아무 일 없는 척했다. 옛 친구들과 대화도 해야 했기에 그도 마지막 그룹에 섞여 밖으로 나왔다.

마당에는 흰색 게시판이 붙어 있었다. 당시 전통적으로 선임 사제가 국가의 공식 소식을 게시하는 것으로 유명했으며, 카이사르의 부하들이 주인의 '전쟁기'를 올리기도 했다. 그런데 그곳에 크라수스가 서 있었다. 겉으로는 최근 소식을 읽는 척했지만 사실은 키케로가 나오기를 기다렸다. 그가 모자를 벗자 둥근 두개골 드문드문 갈색 털들이 붙어 있었다.

"그래, 키케로. 연설에는 만족하시나?" 그가 물었다. 불길할 정도로 흉겨운 표정이었다.

"예, 최선을 다했습니다. 감사합니다만, 제 연설이 무슨 가치가 있겠습니까? 결정이야 대사제님과 동료 사제들 몫인걸요."

"아니, 내가 봐도 충분히 효과적이었소이다. 카이사르가 듣지 못한 게 유감이긴 하지만."

"제가 사본을 보내겠습니다."

"그래, 꼭 보내도록 하구려. 어쨌든 모르는 것보다야 낫겠지. 그런데, 그 친구라면 이 건에 대해 어떻게 투표할까? 그게 바로 내 고민이라오."

"대사제께서 왜 카이사르의 결정을 고민하십니까?"

"나한테 투표권을 위임했거든. 내가 옳다고 생각하는 대로 따르겠다고 했소. 동료 사제들도 내 눈치를 볼 터이니 무엇보다 내가 올바른 선택을 해야 하지 않겠소?"

그가 씩 웃으며 누런 이를 드러냈다.

"당연히 그러시리라 믿습니다. 좋은 하루 보내십시오, 크라수스."

"잘 가시오, 키케로."

대문을 나서며 키케로가 나지막이 욕설을 내뱉었다. 그리고 몇 발짝이나 갔을까? 크라수스가 갑자기 큰 소리로 부르더니 황급히 다가왔다.

"아, 하나만 더. 카이사르가 갈리아에서 엄청난 승리를 거두었다는 얘기는 들으셨지? 그래서 말인데… 축하 행사 중에 원로원에서 그 친구를 위해 지지 연설을 해보지 않겠소?"

"제가 지지한들 무슨 의미가 있겠습니까?"

"당연히 힘이 실리겠지. 당신과 카이사르의 관계를 생각해보시오. 사람들이 당연히 귀를 기울일 테지. 그리고 당신 편에서도 고귀한 선택이 될 터이니 카이사르도 크게 고마워할 게요."

"축제 기간이 어떻게 되죠?"

"음… 보름 정도는 되어야 하지 않겠소?"

"보름? 폼페이우스가 스페인을 정복했을 때 결정한 것보다 두 배나 되는데요?"

"그렇지. 카이사르의 갈리아가 폼페이우스의 스페인보다 두 배는 중요하다고 믿는 사람도 많으니까."

"폼페이우스가 좋아하지 않을 겁니다."

"그 친구도 알아야 해. 삼두는 세 사람으로 이루어졌소. 하나가 아니라." 크라수스가 하나를 강조하며 이죽거렸다.

키케로가 이를 갈며 고개를 숙였다. "저로서는 영광입니다."

크라수스도 고개를 숙여 답례했다. "당신이 애국적 선택을 하리라 믿었소."

다음 날, 스핀테르는 원로원에서 대사제의 판결을 대독했다. 사당을 봉헌하려면 로마 시민의 가르침을 따라야 한다. 그 점을 클로디우스가 문서로 증명하지 못하면, '집터를 키케로에게 돌려준다 해도 신성모독에 해당하지 않는다.'

미친놈이 아니라면 포기했을 터였다. 불행히도 클로디우스는 정상이 아니었다. 더욱이 지금은 평민 흉내를 내지만 여전히 클라우디우스, 즉 정적이라면 무덤까지 따라가는 가문 소생이 아닌가. 처음에는 사람들을 모아놓고 판결이 실제로는 자기한테 유리하게 나왔다며 거짓말을 하고 '민중의' 사당을 지켜달라고 호소했다. 그 뒤 집정관 당선인 마르켈리누스가 키케로에게 세 건의 재산권… 로마, 투스쿨룸, 포르미아이의 부동산을 돌려주되 '배상으로 이전 상태로 복원하라'는 법안을 원로원에 상정하려 하자, 클로디우스는 발언권을 독점하는 식으로 무산시키려 들었다. 사실 성공했을 수도 있었다. 그런데 혼자 떠들기 시작한 지 세 시간, 한 원로가 참다못해 욕설을 퍼붓는 통에 그만 자리에 앉고 말았다. 그의 전략이 효과가 없지는 않았다. 평민들의 반발을 우려해, 원로원이 배상금을 대폭 삭감하기로 한 것이다. 파라티네 자택 복구에 200만 세스테르티우스, 투스쿨룸과 포르미아이는 각각 25만… 당혹스럽게도 실제 비용에 훨씬 못 미치는 액수였다.

지난 2년간, 로마의 건축업자와 기술자는 대부분 마르스 광장에 대규모 공공건물 단지를 조성하느라 분주했다. 폼페이우스가 주도하는 사업이었기에 결국 그도 마지못해(건축 기술자들을 고용해보면 안다, 절대 감시망 밖에 두지 말 것) 그중 100명을 키케로한테 양도했다. 팔라티네 저택 복원은 곧바로 시작했다. 첫날 키케로는 직접 도끼를 휘둘러 자유의 여신 목을 쳐서는 상자에 담아 감사의 말과 함께 클로디우스한테 보냈다.

클로디우스도 당하고만 있을 위인이 아니었다. 며칠 후 아침, 키케로와 내가 퀸투스의 타블리눔에서 법조문을 작성하고 있을 때였다. 쿵쿵 육중한 지붕을 가로지르는 발소리가 들렸다. 나는 거리로 나갔다가 하마터면 벽돌에 맞을 뻔했다. 하늘에서 벽돌이 비처럼 쏟아졌다. 노무자들도 놀라 달아났다. 클로디우스의 개들이 공사장에 난입해, 새 벽을 파괴하고 잔해를 퀸투스의 집 안으로 마구 던지고 있었다. 키케로와 퀸투스도 밖으로 나와 상황을 확인했다. 이번에도 결국 밀로에게 급사를 보내 검투사를 불러들였다. 그나마 다행이었다. 급사가 달려가자마자 머리 위에서 불꽃이 연이어 터지고 나무떨기와 뭉치들이 활활 타오르며 사방에 떨어지기 시작했다. 지붕에도 불이 붙었다. 식구들은 당장 건물을 빠져나와 키케로는 물론 테렌티아까지 물 양동이를 들고 거리 분수에서 물을 기어와 손에서 손으로 나르기 시작했다. 그렇지 않으면 집이 무너져 내릴 판이었다.

크라수스는 도시 소방시스템을 독점했는데 다행히 집이 팔라티네였다. 그도 밖이 어수선하자 상황파악을 위해 거리에 나왔다. 그리고 대충 튜닉과 슬리퍼 차림으로 소방 노예와 함께 급수마차를 끌고 나와 펌프와 호스로 물을 뿌렸으나 애초부터 건물은 구제 불능이었다. 사실 물과 연기 때문에라도 이미 거주가 불가능했기에 이사를 피할 수는 없었다. 저녁나절, 우리는 수레에 이삿짐을 싣고 계곡을 가로질러 퀴리날리스 언덕으로 옮겼다. 아티쿠스의 집에 임시 거처를 마련한 것이다. 아티쿠스는 여전히 에피루스에서 돌아오지 않았다. 집은 좁고 낡았다. 늙은 홀아비야 온건하고 절제된 삶을 사는 데 문제가 없겠지만, 두 가족은 식솔이 많고 부인들은 불만이 많았다. 키케로와 테렌티아는 그 좁은 건물에서도 각방을 썼다.

8일 후, 사크라 거리를 걷는데 갑자기 등 뒤에서 시끄러운 고함과 후다닥 하는 발소리가 들렸다. 돌아보니 클로디우스와 일당 10여 명이 몽둥이에 칼까지 들고 달려오고 있었다. 키케로와 나를 공격하려는 것이다. 언제나처럼 밀로의 검투사들이 호위 중이었기에 가까스로 제일 가까운 집으로 피신할 수 있었다. 서두르는 와중에 키케로가 머리를 다치고 발목을 접질렸지만 그 밖에는 무사했다. 집주인 테티우스 다미오가 놀라 우리를 안으로 들이고 와인을 내왔다. 키케로는 침착하게 그와 함께 시와 철학을 논했다. 경호원들이 불한당들을 해변에서 모두 몰아낸 뒤 우리는 주인한테 사례를 하고 집으로 돌아왔다.

키케로는 오히려 활력이 넘쳤다. 죽음의 문턱에서 가까스로 돌아오면 이따금 그런 모습을 보였는데, 다만 그날 몰골만은 말이 아니었다. 이마에 피가 흥건하고 옷은 찢기고 더러운 데다 절룩거리기까지 했으니… 테렌티아는 보자마자 놀라서 비명부터 질렀다. 대수롭지 않은 일이라 해도 막무가내였다. 클로디우스는 달아났다. 그런 저급한 시도까지 했으니 놈의 인생은 끝났다고 해도 테렌티아는 듣지 않았다. 포위에 화재에 이런 일까지. 그녀는 당장 로마를 떠나자며 고집을 부렸다.

"잊었소, 테렌티아? 한 번 그랬다가 지금 어떻게 됐지? 우리 희망은 이곳에 남아 지위를 회복하는 수밖에 없다오." 키케로가 조용히 이야기했다.

"그러다가 백주 대낮에 제대로 걷지도 못하게 되면요?"

"방법을 찾아내리다."

"그사이에 남은 식구들은 어떻게 살죠?"

"평소처럼 살면 되오! 평소처럼 살면서 놈들을 무찌르리다! 우선 부부니까 오늘부터 함께 자는 거요!"

키케로가 갑자기 목소리를 높였다. 나는 난감해 시선을 돌렸다.

"왜 당신을 방에 못 오게 하는지 알고 싶어요? 자, 봐요!"

그러더니 테렌티아가 지존의 부인 신분에도 갑자기 허리띠를 풀기 시작했다. 하녀를 불러 도움까지 받았다. 그녀가 남편을 향해 돌아서서 가운 앞섬을 열자 하녀가 가운을 목에서 허리춤까지 끌어내렸다. 그녀의 가는 어깨가 드러났다. 맙소사, 무자비한 채찍자국이 적어도 10여 개가 여전히 생생하게 얽혀 있지 않는가!

키케로는 흉터를 보고 그대로 얼어붙었다.

"누가 이랬소?"

테렌티아가 다시 옷을 입자 하녀가 허리띠를 묶어주었다.

"누가 그랬지? 클로디우스?" 키케로가 나지막이 되물었다.

테렌티아가 돌아서서 남편을 보았다. 그녀의 눈은 촉촉하기는커녕 마른 장작처럼 불타올랐다.

"6개월 전, 그의 누나를 보러 갔어요. 여자 대 여자로 선처를 빌기 위해서였죠. 아뇨, 클로디아는 여자가 아니라 분노의 화신이더군요. 나도 반역자와 다를 바 없다고 합디다. 내가 와서 집이 더럽혀졌다며 집사를 불러서는 그 자리에서 채찍질을 하더군요. 그 여자 친구들도 있었는데 내 굴욕을 구경하며 마구 웃기까지 했어요."

"그 자들이야말로 굴욕적이오! 왜 나한테 말하지 않았지?"

"당신한테 말해요? 아내보다 로마를 먼저 챙기는 사람 아닌가요? 원한다면 얼마든지 이 도시에 살다 죽어요. 난 툴리아와 마르쿠스를 데리고 투스쿨룸에 갈 테니. 그곳인들 못살겠어요?"

다음 날 아침, 그녀와 폼포니아는 아이들을 데리고 떠났다. 그리고 서로 눈물만 펑펑 흘리다가 퀸투스도 며칠 후 폼페이우스 지시에 따라 곡물을 확보해야 한다며 사르디니아로 떠났다. 키케로는 빈집을 어슬렁거리다가 문득 가족의 부재를 절감했다. 나한테 이런 말도 했다. 테렌티아가 매질을 당했다고 했을 때 마치 직접 한 대 맞는 듯한 기분이었다고. 그래서 복수하기 위해 머리를 쥐어짰건만, 방법이 없었다. 그런데 어느 날 불현듯 기회가 찾아왔다.

그 즈음 사건이 있었다. 유명한 철학자, 알렉산드리아의 디오가 로마에서 피살당했다. 그것도 친구 티투스 코포니우스의 집에 머물 때라 사건은 엄청난 반향에 휩싸였다. 디오가 로마에 왔을 때 당연히 외교 면책권이 있었다. 100인의 저명한 이집트인으로 구성된 사절단장 신분으로 원로원에 청원하기 위해서 왔기 때문이다. 그들은 추방당한 파라오, 프톨레마이오스 12세, 소위 '플루트 연주자'의 복권에 반대했다.

당연히 프톨레마이오스 본인한테 의혹의 눈길이 쏠렸다. 그는 현재 알반 언덕에 폼페이우스와 함께 머물렀다. 파라오는 가혹한 가렴주구로 백성의 원성을 산 인물이며, 로마가 복위를 인정해준다면 금화 6만 달란트라는 엄청난 보상금을 바치겠노라 선언한 바 있었다. 원로원으로서는 부자가 굶주린 거지들한테 동전 몇 닢 던져주는 것만큼이나 의미 있는 액수였다. 프톨레마이오스의 복위를 선두 지위하겠다며 벌써 후보자가 셋이나 나타났다. 집정관 렌툴루스 스핀테르는 퇴임 후 킬리키아 총독으로 부임하기에 이집트 변경에서 합법적으로 군사를 통솔할 수 있다. 마르쿠스 크라수스는 폼페이우스와 카이사르만큼 부와 영예를 누리고 싶어 했다. 마지막으로 폼페이우스 자신. 겉으로야 별로 관심 없는 듯 딴청을 부렸으나 물밑에서는 누구보다 열성적이었다.

키케로는 그 일에 휩쓸릴 생각이 전혀 없었다. 그에게 이로울 바가 없기 때문이다. 다만 스핀테르 덕분에 유배를 벗어났기에 그를 지지하기 위해 역시 물밑에서 로비를 펼치던 참이었다. 그런데 폼페이우스가 파라오와 함께 디오의 죽음을 얘기해보자며 소환하자 도저히 거부할 수가 없었다.

그 집을 마지막으로 방문했을 때가 거의 2년 전이었다. 클로디우스의 폭력 때문에 도움이 필요했지만 폼페이우스는 집에 있으면서도 만나주지 않았다. 폼페이우스가 겁쟁이처럼 굴던 기억 때문에 난 여전히 혼란스러웠으나 키케로는 별로 개의치 않았다.

"그 생각을 하면 씁쓸하기야 하지만 그래 봐야 다치는 건 나뿐이야. 우린 미래를 봐야 한다."

별장까지 터덜터덜 기다란 진입로를 걷는 중에 황갈색 피부의 남자들이 여기저기 모여 있었다. 남자들은 이국적인 겉옷 차림이었으며, 험악하게 생긴 그레이하운드들을 훈련했다. 이집트인들이 그렇게나 좋아하는 개라고 들었다.

프톨레마이오스는 폼페이우스와 함께 아트리움에서 기다렸다. 키는 작고 통통했으며 인상은 부드러웠다. 조신들과 마찬가지로 얼굴은 가무잡잡했다. 토가를 로마식으로 착용했는데 말을 조곤조곤하는지 시종 하나가 상체를 잔뜩 숙인 채 귀를 기울였다. 키케로가 절을 하고 그의 손에 입을 맞추었다. 나도 그렇게 하도록 허락을 받았다. 손은 향수를 바르고 두텁고 아기처럼 부드러웠으나 손톱은 깨지고 아주 더러웠다. 어린 딸이 그의 허리를 꼭 끌어안은 채 숨어 주변을 훔쳐보았다. 목탄처럼 검고 큰 눈에 루비처럼 붉은 입술 때문인지, 마치 늙지 않는 매춘부의 열한 살 때 모습처럼 보였다. 아니, 그건 불공평하다. 아마도 그 이후의 역사로 내 기억이 뒤틀렸을 수도 있겠다. 바로 이 아이가 클레오파트라 여왕, 즉 엄청난 재앙을 몰고 올 여자이기 때문이다.

흥밋거리가 사라지자 클레오파트라는 하녀들과 물러나고 폼페이우스도 곧바로 용건을 밝혔다.

"디오가 죽는 바람에 조금 난감하기는 해. 나도 그렇고 여기 폐하도 그렇고. 결국 티투스 코포니우스, 그 친구가 묵던 집주인과 그 동생 가이우스가 기소를 했거든. 하나같이 터무니없는 노릇이지만 그 인간들 아무리 설득해도 포기하려 들지를 않아."

"누굴 기소한 겁니까?" 키케로가 물었다.

"푸블리우스 아시키우스."

키케로는 가까스로 누군지 기억해냈다.

"대장군 댁 부동산 관리인 아닌가요?"

"맞아. 그래서 난감하다니까."

키케로는 교활하게도 아시키우스가 유죄인지 아닌지 묻지 않고 그 문제를 순전히 변호사로서 바라보았다. 그러고는 프톨레마이오스한테 이렇게 말했다.

"이 문제가 잦아들 때까지 폐하께서는 가능한 한 로마에서 멀리 떠나셔야 합니다."

"왜지?"

"제가 코포니우스 형제라면, 제일 먼저 폐하께 소환장을 보내 증언을 요구할 테니까요."

"그게 가능한가?"

"시도는 할 수 있죠. 난감한 상황에서 벗어나려면 출석을 요구할 때 멀리 떨어져 있어야 유리합니다. 아무래도 이탈리아 밖이 좋겠죠."

"그럼 아시키우스는 어떻게 하지? 유죄가 되면 나한테도 별로 좋지 않을 텐데?" 폼페이우스가 물었다.

"그렇겠죠."

"그럼 무죄가 되게 해줘. 당신이 사건을 맡을 거지? 그럼 나도 신세진 것으로 할게."

키케로가 원한 바는 아니었으나 폼페이우스는 고집이 쇠심줄이었다. 언제나 그렇듯 이번에도 마지못해 받아들이고 말았다. 우리가 떠나기 전 프톨레마이오스가 감사 표시로 키케로에게 작고 낡은 조각상을 선물했다. 비취를 깎아 비비원숭이를 재현했는데 설명에 따르면 집필의 신 헤디베르였다. 무척이나 값이 나가 보였건만 키케로는 전혀 마음에 들지 않았다.

"이따위 원시 신들이 왜 나한테 필요하겠나?"

그 후 어딘가 내버렸는지 통 보이지 않았다.

피고 아시키우스가 우리를 찾아왔다. 폼페이우스의 군단 사령관 출신으로 스페인과 동로마에서 복무했다는데 한눈에 보아도 얼마든지 살인을 할 자였다. 그가 키케로에게 소환장을 보여주었다. 기소 내용을 보면, 그가 아침 일찍이 가짜 소개장을 들고 코포니우스의 집을 찾아갔으며, 디오가 편지를 개봉하려 하는 순간 소매에 감춰둔 단도를 꺼내 목을 찔렀다. 디오는 즉사하지 않아, 그의 비명에 사람들이 뛰쳐나왔다. 아시키우스는 현장을 빠져나가기 전에 사람들한테 정체를 들키고 말았다.

키케로는 기소 내용이 사실인지 아닌지 묻지 않고, 무죄를 얻어내려면 확실한 알리바이를 만들어야 한다고 조언을 해주었다. 살해 당시에 누군가 함께 있었다고 증언을 해야 한다. 증인은 많을수록 좋지만 폼페이우스, 키케로 자신과 관계가 없어야 할 것이다.

"그야 얼마든지요. 얼마 전 그런 친구를 하나 포섭해두었죠. 폼페이우스뿐 아니라 원로님과도 사이가 좋지 않다고 알려진 친구입니다."

"누구?"

"원로님 옛 제자였죠? 카일리우스 루푸스."

"루푸스? 그 친구가 이 사건과 무슨 관계요?"

"상관있습니까? 어쨌든 그 영감이 죽을 때 나와 함께 있었다고 증언할 겁니다. 지금은 그 친구도 원로이니 증언을 허투루 듣지는 않겠죠."

아시키우스한테 다른 증인을 알아보라고 할 줄 알았다. 루푸스를 그만큼 증오했기 때문인데 놀랍게도 그의 말은 달랐다.

"좋소. 우선 나를 찾아오라고 해요. 입을 맞춰봅시다."

아시키우스가 떠난 후 키케로가 이렇게 물었다. "루푸스가 클로디우스하고 친하지? 지금도 그 인간 집에서 살지 않나? 클로디아와도 그렇고 그런 관계고?"

"예전에 그랬던 것만은 확실합니다."

클로디아를 거론하면서 그도 생각이 많아진 듯 보였다.

"그래, 내 생각이 맞았어… 그런데 루푸스가 폼페이우스의 대리인한테 왜 알리바이를 제공하려 들지?"

그날 느지막이, 루푸스가 찾아왔다. 스물다섯 약관의 나이에 최연소 원로로서 법정에서도 활약이 대단했다. 원로 특유의 보라색 줄무늬 토가 차림으로 거들먹거리며 들어오는 모습이 어딘가 생소했다. 9년 전만 해도 키케로의 제자였으나, 갑자기 스승한테 이빨을 드러내더니 결국 동료 집정관 히브리다를 기소하는 식으로 법정에서 그를 엿 먹이기까지 했다. 아니, 그 정도라면 키케로도 용서했을 것이다. 젊은이들이 변호사로 커가는 모습을 흐뭇하게 여겼으니까… 하지만 클로디우스와 가깝다는 사실만큼은 용서가 쉽지 않았다. 그래서 그를 맞이할 때도 무척이나 차가웠으며 루푸스가 내게 증언을 불러줄 때는 괜스레 이것저것 서류를 검토하는 척했다. 그래도 증언에 귀를 기울이기는 했다. 살인이 있을 당시에 루푸스가 아시키우스의 집에서 함께 뭘 하고 있었는지 설명하고 에스퀼리네의 집 주소를 알려주는데, 키케로가 갑자기 고개를 들고 이렇게 물었다.

"팔라티네의 클로디우스 집에 세 들어 살지 않았더냐?"

"이사했습니다." 루푸스는 아무렇지도 않은 듯 대답했으나 말투는 어딘가 퉁명스러웠다. 키케로도 곧바로 눈치를 챘다.

그가 손가락으로 옛 제자를 가리키며 지적했다. "싸웠구나."

"아뇨, 아닙니다."

"아냐, 그 악마 새끼 남매와 싸웠어. 그것도 피 터지게. 그래서 폼페이우스한테 빌붙으려고 하는 거야. 네놈은 옛날부터 거짓말은 젬병이었다. 네 속은 물 보듯 뻔해, 루푸스."

루푸스가 웃었다. 여전히 매력적인 얼굴이었다. 로마 최고의 미남으로 거론되는 청년이니 왜 아니겠는가.

"잊으신 모양입니다. 전 더 이상 선생님 댁에 살지도 않고 제가 누구 편인지 설명할 필요도 없습니다. 요구하신 대로 제 알리바이를 제공했으니 우리 용무도 여기서 끝입니다." 그가 벌떡 자리에서 일어났다.

"용무는 내가 끝이라고 해야 끝난다." 키케로가 젊은이의 등에 대고 외쳤다.

목소리가 흥겨웠다. 굳이 일어나려 하지도 않았다. 루푸스를 배웅하고 돌아왔을 때 그는 여전히 미소를 짓고 있었다.

"티로, 드디어 그렇게도 고대하던 기회가 왔다. 느낄 수 있어. 저놈은 괴물 남매와 깨졌다. 그게 사실이라면 결국 고생만 하다가 년놈들한테 당하고 만 거야. 정보가 더 있어야겠다. 은밀히 주변 사람들을 떠봐. 필요하다면 돈을 써도 좋다. 어떻게든 저 놈이 왜 그 집을 떠났는지 알아야겠어."

아시키우스 재판은 시작 당일에 끝이 났다. 어차피 몇몇 노예들이 원로의 증언을 이길 수도 없었지만 루푸스의 지원이 결정타였다. 법무관은 배심의 무죄 판결을 이끌었다. 키케로에게는 귀국 후 법정에서의 첫 승리였으며 그 후로도 승승장구를 이어갔다. 의뢰인도 크게 늘어나 전성기와 마찬가지로 거의 매일 포룸에 모습을 드러내야 했다.

그 무렵 로마의 폭력사태도 악화 일로였다. 시민들의 안전 문제로 개정하지 못하는 날도 빈번했다. 사크라 도로에서 키케로를 습격하고 며칠 후 클로디우스 일당이 밀로의 집을 습격해 불태우려 했으나, 검투사들이 몰아내고는 보복으로 마르스 광장의 투표장까지 점거해버렸다. 클로디우스의 조영관 선출을 방해할 참이었으나 결과는 무의로 돌아갔다.

키케로는 혼란 속에서 기회를 직감했다. 신임 호민관 칸니우스 갈루스가 법안을 올려 폼페이우스 전담하에 프톨레마이우스의 이집트 왕위 복위를 추진하려 했다. 법안은 곧바로 크라수스를 건드렸고, 크라수스는 클로디우스를 매수해 폼페이우스를 상대로 관제 데모를 조직했다. 그리고 마침내 클로디우스는 조영관에 선출됐다. 그는 행정관 자격으로 밀로를 기소하고 폼페이우스를 소환해 증언하게 했다.

청문회는 포룸에 시민 수천이 모인 가운데 열렸다. 나는 키케로와 함께 지켜보았다. 폼페이우스가 연단에 올랐으나 몇 마디 하기도 전에 클로디우스의 지지자들이 야유와 느린 손뼉 등으로 증언을 방해했다. 그래도 폼페이우스는 영웅의 면모를 잃지 않았다. 소란 때문에 아무도 듣지는 못했지만 그래도 어깨를 펴고 진술서를 끝까지 읽어 내려간 것이다. 증언은 한 시간 이상 이어졌다. 그리고 클로디우스가 연단에서 몇 미터 물러나 있다가 마침내 시위대를 움직이기 시작했다.

"누가 시민들을 굶주리게 했습니까?" 클로디우스가 외쳤다.

"폼페이우스!" 추종자들이 고함을 질렀다.

"누가 알렉산드라에 가려고 합니까?"

"폼페이우스!"

"여러분은 누가 가기를 바랍니까?"

"크라수스!"

폼페이우스는 벼락에라도 맞은 표정이었다. 그런 식의 모욕은 처음이었다. 군중은 악천후의 바다처럼 끓어오르기 시작했다. 이쪽과 저쪽이 부딪고 사소한 드잡이질이 여기저기 터졌다. 그러다가 갑자기 뒤쪽에서 사람들이 사다리를 몇 개 들고 나타나 재빨리 우리 머리 위로 기울이더니, 연단에 기대놓고 오르기 시작했다. 밀로의 악당들이었다. 그들은 순식간에 플랫폼에 이르러 클로디우스를 공격해 거의 3미터 거리의 관중들 쪽으로 집어던졌다. 여기저기 환호성과 비명이 들렸다. 키케로의 수행원들이 우리를 포럼에서 빼내 안전하게 피신시킨 탓에 그 후 어떻게 됐는지는 모르겠지만 나중에 듣기로는 클로디우스도 다치지 않고 무사히 빠져나갔다고 한다.

다음 날 저녁, 키케로는 폼페이우스의 집에서 함께 저녁 식사를 하고 돌아왔는데 뭐가 그리도 기쁜지 두 손까지 비볐다.

"그래, 오판이 아니라면 그놈의 삼두도 이제 끝장나는 모양이다. 적어도 폼페이우스 생각은 그래. 크라수스가 그를 암살하려 한다더구나. 이제 크라수스를 믿지도 않겠지만, 필요하다면 카이사르도 소환해서, 애초에 헌법까지 유린하며 클로디우스를 만들어낸 죄까지 묻겠다는 거야. 폼페이우스가 그렇게 화난 모습도 처음이다. 나한테도 그렇게 잘해줄 수가 없었어. 내가 뭘 하든 지지하겠다고 하더라. 술이 많이 들어가자 루푸스가 전향한 이유도 얘기해주더군. 짐작이 맞았어. 클로디아와 완전히 사이가 틀어졌어. 어느 정도냐면, 클로디아 주장이 루푸스가 독살하려 했다는 거야. 당연히 클로디우스는 누나 편을 들고는 루푸스를 집밖으로 내쫓은 뒤 빚을 갚으라며 닦달을 해댔지. 그래서 루푸스가 폼페이우스한테 붙었고. 이집트 금을 얻어 빚을 갚으려고. 기가 막히지 않아?"

기가 막히는 데는 동의했지만 왜 그 얘기가 그렇게 즐거운지는 이해할 수가 없었다.

"법무관 일정표를 모두 가져와. 어서." 키케로가 지시했다.

향후 일주일간의 소송 일정을 가져다주자, 루푸스가 다음에 언제 법정에 서는지 찾아보라고 지시했다. 나는 손가락으로 법정과 소송 일정을 짚으며 그의 이름을 찾아냈다. 헌법재판소에서 5일간 뇌물죄 심리가 있었다.

"피고가 누구야?" 키케로가 물었다.

"베스티아."

"베스티아! 그 개자식!"

키케로는 카우치에 누워, 평소 계획을 짜낼 때 늘 하던 자세를 취했다. 두 손을 깍지 껴 뒤통수에 대고 천장을 올려다보는 것이다. 호민관 출신의 L. 칼푸르니우스 베스티아는 옛 정적이자 카틸리나의 오른팔이었으나, 운 좋게도 5인의 반역자와 함께 처형당하지 않았다. 그런데 드디어 만난 것이다. 최근 법무관 선거에서 매표를 했다니 여전히 공직생활도 하고 있었다. 그런데, 베스티아가 왜 흥밋거리가 되는 걸까? 한참을 아무 말이 없기에 나도 참지 못하고 물어보았다.

키케로의 목소리가 무척이나 아련하게 들렸다. 내가 꿈을 방해라도 한 것처럼. 그가 천천히 대답했다.

"그냥 이런 생각을 해봤어. 그놈을 변호하면 어떨까 하고."

05
다섯 번째 두루마리

다음 날 아침 키케로는 나를 데리고 베스티아를 찾아갔다. 노쇠한 악귀도 팔라티네에 살고 있었다. 키케로를 보고는 크게 놀랐는데 그 표정이 어쩐지 우스꽝스럽기까지 했다. 그는 아들 아트라티누스와 함께였다. 아트라티누스는 영리한 사내로 얼마 전 성인의 토가를 입고 경력을 쌓으려 애를 쓰는 중이었다. 키케로가 곧 있을 기소건 얘기를 하고 싶다며 말을 꺼내자, 베스티아는 당연히 또 다른 소장을 받는 줄 알고 곧바로 이빨을 드러내며 으르렁거렸다. 다행히 그때 아들이 개입했다. 평소 키케로를 존경하던 터라 아버지한테 잠깐 앉아 귀한 손님께서 어떤 말을 하는지 들어보자고 설득한 것이다.

"이곳에 온 이유는 제가 변호를 할까 해서입니다." 키케로가 먼저 제안을 했다.

베스티아가 그를 보며 놀란 표정을 했다. "도대체 왜 나를 변호하려는 게요?"

"이달 말, 푸블리우스 세스티우스를 변론하기로 했습니다. 내가 망명 중에 포룸에서 결투가 있었다고 들었는데, 원로께서 그의 목숨을 구해주셨다고 들었습니다. 사실인가요?"

"그랬지."

"그럼 됐습니다, 베스티아. 우리가 같은 편이 될 때가 온 겁니다. 내가 변호를 한다면 그 사건을 길게 설명을 할 생각입니다. 그로써 세스티우스의 변론을 위해 근거를 마련할 수 있는데, 그 변론은 동일 법정에서도 듣게 됩니다. 또 다른 변호인은 누구죠?"

"기조는 헤레니우스 발부스. 그다음부터는 내 아들."

"좋습니다. 허락하시면, 세 번째와 최종변론을 내가 맡죠. 내 강점이기도 하니까 걱정 안 하셔도 됩니다. 멋진 쇼를 펼칠 테니. 하루 이틀이면 끝낼 수 있어요."

이때쯤 베스티아의 태도도 달라졌다. 처음에는 크게 의심하다가, 지금은 로마 최고의 변호사가 변호를 자처한다는 사실이 그저 믿기지 않는 눈치였다. 그리고 이틀 후, 키케로가 법정에 들어가자 사람들도 역시 놀랄 수밖에 없었다. 특히 루푸스가 아연실색했다. 무엇보다 키케로가 아닌가! 과거 베스티아가 암살 음모를 꾸몄던 당사자다. 그런 그가 이제 그의 변호사로 등정했다는 사실만으로도 무죄는 어느 정도 따 놓은 당상이었던 것이다. 결과도 다르지 않았다. 키케로의 변론은 화려했고 배심은 베스티아의 무죄를 결정했다.

폐정 후 루푸스가 키케로를 찾아왔다. 이미 평소의 매력은 사라진 터였다. 쉽게 승리를 거머쥘 줄 알았건만 경력에 오점만 더한 꼴이니 왜 아니겠는가. 말투도 삐딱하기는 마찬가지였다.

"만족스러우시겠군요. 허나, 이런 승리로 스승님께서 얻을 건 불명예뿐입니다."

"루푸스, 너는 아직도 멀었구나. 명예를 찾고 싶다면 법정보다야 차라리 레슬링 시합이 낫지 않겠느냐?"

"배우기는 했습니다. 스승님은 여전히 제게 앙금이 남아 있으시며, 정적들이라면 수단 방법을 가리지 않고 복수를 하신다는 정도지만요."

"이런 불쌍한 친구 보게나, 난 너를 적으로 여기지도 않아. 네가 꽤나 대단한 줄 아는 모양이다만 내가 노리는 물고기는 더 크단다."

그 말에 루푸스는 정말로 분노했다. "좋습니다. 의뢰인에게 이렇게 전해주시죠. 계속해서 후보자로 나선다면 내일 다시 기소를 하겠다고 말입니다. 그리고 그때도 스승님께서 저 자를 변호한다면, 예, 이번엔 제가 한 수 가르쳐드리겠습니다. 기대하셔도 좋습니다."

루푸스는 약속을 지켰다. 얼마 후 베스티아와 아들이 새 소장을 들고 키케로를 찾아왔다. 베스티아가 기대에 찬 목소리로 물었다.

"이번에도 변호를 부탁드립니다."

"오, 아닙니다. 그다지 좋은 생각이 아니에요. 충격 요법은 한 번으로 족하죠. 안됐지만 더 이상 원로님을 변호할 수는 없습니다."

"그럼 어떻게 하면 좋겠소?"

"음, 나라면 어떻게 할지 말씀드릴 수는 있겠죠."

"어떻게?"

"맞고소하겠습니다."

"이유는?"

“정치 폭력이죠. 뇌물 사건에 우선하니까 원로님이 법정에 서시기 전에 그 친구를 먼저 재판에 부칠 수 있어요. 그게 유리합니다.”

베스티아가 아들과 상의하고는 이렇게 말했다. “일단 맘에 들기는 하오. 허나 실제로 그 친구를 기소할 수 있는 게요? 정말로 정치 폭력을 범했소?”

“물론입니다. 듣지 못하셨습니까? 그 친구, 이집트 사절단 살인 사건하고 관련이 있습니다. 읍내에 가서 수소문해보세요. 증언할 사람은 얼마든지 있으니까. 허나 꼭 만나봐야 할 사람은 있습니다. 물론 내 입으로 누군지 발설할 수는 없지만 말하는 순간 이유를 아실 겁니다. 예, 클로디우스를 만나세요. 아니, 그보다 누이가 낫겠군요. 듣기로는 루푸스가 애인이었답니다. 그런데 열정이 식자, 그 친구가 여자를 독살하려고 했다네요. 그 가문이 어떤지 아시죠? 복수를 즐기는 가족이죠. 남매한테 가서 소송에 합류하게 해주겠다고 제안하세요. 클로디우스 가문이 버티고 있는 한 절대 지지 않습니다. 하지만 잊지 마세요… 난 이런 얘기 한 적 없는 겁니다.”

오랜 세월 키케로를 아주 지근거리에서 모셨다. 특유의 지략에도 크게 익숙해진 터라 더 이상 놀랄 일이 없으리라 확신도 했다. 그런데, 완전히 오산이었다.

베스티아는 크게 사의를 표하고 조심하겠다고 맹세까지 한 뒤, 기대감에 가득 차 돌아갔다. 며칠 후, 기소 공지가 포룸에 붙었다. 베스티아와 클로디우스가 공조를 해서, 알렉산드리아 사절단 습격과 클로디아 암살 미수 건으로 루푸스를 기소한 것이다. 그 소식에 로마 전체가 들썩거렸다. 다들 루푸스가 유죄를 선고 받고 평생 해외추방 당하리라고 여기는 분위기였다. 그로써 로마 최연소 원로의 운명은 끝장난 셈이었다.

내가 기소 목록을 보여주자 키케로가 이렇게 말했다. "이런, 불쌍한 루푸스, 지금 기분이 처참하겠군그래. 아무래도 우리가 가서 기 좀 살려줘야겠다."

그래서 우리는 루푸스의 셋집을 찾아갔다. 키케로는 벌써 쉰다섯이었다. 추운 겨울 아침이면 수족이 뻣뻣해졌기에 가마에 타고 나는 그 옆에서 따라갔다. 루푸스는 다세대 단지 2층에 세 들어 있었다. 에스퀼리네에서도 조금 외진 곳이고 장의업자들이 거래를 벌이는 성문에서도 가까웠다. 거처는 한낮인데도 무척이나 어두워, 키케로는 노예들에게 촛불을 밝히라고 지시까지 내렸다. 주인은 술에 취해서는, 희미한 불빛 속에서 카우치에 담요를 뒤집어쓰고 잔뜩 웅크린 채 잠들어 있었다. 그가 끙 신음을 내뱉더니 등을 돌리며 괴롭히지 말라고 애원했다. 키케로는 담요를 벗기고 당장 일어나라며 호통을 쳤다.

"일어나면 뭐합니까? 전 이미 끝났는걸요."

"아직 끝나지 않았다. 오히려 그 반대지. 우린 그 여자를 정확히 의도대로 끌어낸 거야."

"우리?" 루푸스가 되뇌며, 잔뜩 충혈된 눈으로 키케로를 흘겨보았다. "'우리'라시면… 스승님이 제 편이라는 뜻입니까?"

"그냥 편만 드는 게 아니다, 루푸스. 이제부터 너를 변호할 생각이야."

"잠깐." 루푸스가 탄성을 지르고는 손으로 제 이마를 짚었다. 혹시 이마에 열이라도 있는지 확인하는 사람 같았다. "잠깐만요… 지금까지 모두 스승님이 꾸미신 겁니까?"

"정치 교육을 받았다고 생각해라. 우선 우리 사이에 앙금부터 완전히 씻어내고 공동의 적을 무찌르는 데 집중하자."

루푸스가 욕설을 뇌까리기 시작했다. 키케로는 한참을 듣다가 끼어들었다.

"루푸스, 이건 우리 모두한테 유익한 거래야. 넌 그 여우를 완전히 떨쳐내고 나도 아내의 명예를 되찾을 수 있어."

키케로가 손을 내밀었다. 처음엔 루푸스도 움찔하더니, 입술을 내밀고 고개를 저으며 투덜거렸다. 하지만 선택의 여지는 없었다. 결국 그도 손을 내밀어 키케로와 악수를 교환했다. 마침내 클로디아를 위해 마련한 덫이 탁 소리를 내며 닫힌 것이다.

재판은 4월 초하루로 정해졌다. 때마침 위대한 어머니 축제가 시작하는 날이었다. 축제는 거세된 성인(聖人)들의 퍼레이드로 유명하다지만, 사실 어느 쪽에 더 관심이 쏠렸는지는 물어볼 필요도 없었다. 더욱이 키케로의 이름이 루푸스의 변호인단에 올라 있지 않은가! 키케로 말고는 루푸스 자신과 크라수스였다. 루푸스가 젊었을 때 크라수스 집에서 도제 신분으로 일을 한 적이 있었다. 그도 과거의 피후견인을 위해 이런 일까지 하고 싶지 않았을 것이다. 더욱이 벤치 바로 옆에 키케로가 앉아 있으니 더 말할 나위가 없겠으나 후견법 때문에라도 의무를 외면할 수는 없었다. 다른 쪽에는 우선 아트라티누스와 헤레니우스 발부스가 보였다. 둘 다 키케로의 이중성에 대해 분노했으나 정작 키케로는 전혀 개의치 않았다. 그러고는 클로디우스가 누이를 대변하기 위해 참석했다. 그도 위대한 어머니 축제에 끼고 싶었을 것이다. 조영관으로서 참관이 의무였으나 이번은 가족의 명예가 걸린 재판이었다. 그냥 나 몰라라 할 수는 없었으리라.

당시의 키케로를 다시 한 번 떠올려본다. 루푸스 재판이 있기 전 몇 주 동안은 흡사 전성기로 돌아가 삶의 활력을 두 손에 움켜쥔 사람처럼 보였다. 법정과 원로원에서 맹활약을 하고 친구들과 회식도 자주 했다. 심지어 팔라티네의 집으로 돌아가기까지 했다. 보수도 채 끝나지 않아 집은 여전히 석회와 페인트 냄새가 진동했다. 노무자들이 정원에서 흙을 묻힌 채 건물 안을 드나들었지만 그는 그마저 개의치 않았다. 가구와 책은 창고에서 꺼내 진열하고 가계의 신들도 제단에 모셨다. 테렌티아도 귀가 요청을 받고는 툴리아와 마르쿠스를 데리고 돌아왔다.

테렌티아는 조심조심 집에 들어와서는 코를 찡그리며 이 방 저 방을 돌아다녔다. 석회를 새로 바른 탓에 냄새가 지독했다. 처음부터 이 집을 싫어했지만 지금이라고 생각을 바꿀 것 같지는 않았다. 어쨌든 키케로가 간절하게 설득한 탓에 다시 떠나지는 않았다.

"더 이상 그 여자한테 시달릴 필요 없소. 다시 한 번 당신한테 손을 댔다간 기필코 산 채로 가죽을 벗기고 말리다. 맹세하오."

기뻐할 일은 또 있었다. 아티쿠스가 마침내 2년 만에 데피루스에서 돌아왔다는 소식이 들려왔다. 아티쿠스는 도시 성문에 도착하자마자 곧바로 키케로의 집을 찾아와 여기저기 살펴보았다. 퀸투스와 달리 아티쿠스는 전혀 변하지 않았다. 미소도 여전하고 매력은 더욱 커졌다.

"티로, 이 사람아. 내 친구를 그리도 성심성의껏 돌봐주었다니 고맙구먼."

체격은 날렵하고 은발은 매끄럽게 잘 다듬었다. 차이가 있다면 젊은 처자가 하나 옆에 있었다. 여자는 무척 수줍어했고 나이 차이가 서른은 된 듯했다. 키케로한테 소개할 때도… 약혼녀라고 했다! 키케로도 놀라서 거의 기절할 지경이었다. 이름은 필리아. 가문은 미미했으며, 돈도 없고 특별히 아름답지도 않은… 그저 얌전하고 소박한 시골 처녀였다. 그래도 아티쿠스는 홀딱 빠진 눈치였다. 키케로도 처음에는 크게 실망해 두 사람이 떠난 후 이렇게 투덜대기도 했다.

“말도 안 돼! 저 양반 나보다 세 살이 많아. 대체 아내를 만난 거야, 간호사를 만난 거야?”

내가 보기에 그가 화난 이유는 아티쿠스가 한 번도 여자 얘기를 하지 않은 데다, 여자 때문에 두 사람의 관계가 멀어질 것 같았기 때문이었다. 허나 아티쿠스는 너무도 행복해했고 필리아는 겸손하고 쾌활했다. 키케로도 곧 그녀를 받아들였다. 이따금 갈망에 가까운 눈으로 지켜보기까지 했는데 특히 테렌티아가 바가지를 긁을 때가 심했다.

필리아는 금세 툴리아와 절친이 되었다. 나이도 같고 성격도 비슷해, 이따금 산책을 하다가 마주칠 때면 늘 손을 잡고 다녔다. 툴리아는 과부가 된 지 1년이 지났는데, 필리아의 조언을 받아들여 기꺼이 새 남편을 받아들이겠다고 선언한 터였다. 키케로는 적당한 짝을 물색해 푸리우스 크라시페스를 찾아냈다. 돈 많고 젊고 잘생긴 귀족으로 유서는 깊지만 지명도는 높지 않은 가문이었다. 지금은 원로가 되기 위해 준비 중이며 최근에는 도시 성벽 너머에 괜찮은 집과 공원을 유산으로 받기도 했다. 툴리아가 내게 의견을 물었다.

“제 생각이 뭐가 중요합니까? 이렇게 질문해야죠. 아가씨는 그분이 맘에 드세요?”

“그런 것 같아.”

“그런 것 같습니까? 아니면 그렇습니까?”

“음, 그래요.”

“그럼 됐습니다.”

사실, 내가 보기에 크라시페스는 툴리아를 아내로 맞는 것보다 키케로가 장인이라는 사실이 더 맘에 들었겠지만, 그 생각은 누구한테도 얘기하지 않았다. 결혼 날짜도 정해졌다.

타인의 결혼에 어떤 비밀이 있는지 누가 알겠는가? 나는 아니다. 예를 들어, 키케로는 오래전부터 테렌티아를 흉보았다. 까탈스럽고 돈을 밝히고, 미신을 잘 믿고, 성정이 차갑고 말을 함부로 하는 등등. 그럼에도 오로지 그녀를 위해 로마 한가운데서 이토록 정교한 법정 드라마를 연출해낸 것이다. 자신이 패배한 탓에 그녀가 겪어야 했던 온갖 수모를 보상하기 위해서… 오랜 결혼생활 중 처음으로 키케로는 아내의 발밑에 자신이 줄 수 있는 최고의 선물을 바쳤다. 화려한 연설.

그녀가 그 연설을 듣고 싶어 했다는 얘기는 아니다. 남편이 대중 앞에 나서는 모습조차 거의 본 적이 없지 않은가. 더욱이 법정에서의 변론은 한 번도 듣지 않았는데 이제 와서 새삼 들을 이유도 없었다. 연설이 예정된 날 아침 테렌티아를 포룸으로 내려오게 하기 위해 키케로는 한참을 구슬려야 했다.

재판이 이틀째에 이를 때쯤, 검찰 측은 기소 이유를 설명하고 루푸스와 크라수스의 변론도 마쳐, 이제 키케로의 연설만 남았다. 그때까지 내내 앉아 다른 연설을 들었는데 조바심을 감추지 못하는 눈치였다. 사건 설명은 초점을 벗어나고 변호사들도 따분하기가 이를 데 없었다. 아트라티누스는 특유의 새된 목소리로 루푸스가 난봉꾼이며, 쾌락에 탐닉한 탓에 빚더미에 앉았다고 비난했다. "영원히 순금 양털을 찾아다니는 꽃미남 이아손." 루푸스가 프톨레마이우스한테 매수를 당해 알렉산드라 사절단을 협박하고 디오를 청부살해했다는 것이다. 클로디우스가 그다음에 나와 '순결하고 정숙한' 누이가 루푸스한테 속아 금을 내주기는 했지만, 순전히 선의였다고 주장했다. 루푸스가 그 돈으로 시민들을 즐겁게 해주리라 생각했기 때문인데 루푸스는 반대로 암살자들을 매수해 디오를 살해하는 데 썼으며, 심지어 노예한테 독을 주어 클로디아를 죽이고 흔적을 지우려고까지 했다. 크라수스는 언제나처럼 무덤덤하게, 루푸스는 특유의 열정으로 기소 내용을 하나하나 반박해나갔다. 하지만 대체로 검찰 측 주장은 설득력이 있고 젊은 난봉꾼은 유죄라는 의견이었다. 키케로가 포룸에 도착했을 때 그런 상황이었다.

내가 테렌티아를 안내해 의자에 앉히는 동안 키케로는 수천의 구경꾼을 헤치고 신전 계단 위 법정으로 올라갔다. 75인의 배심단이 자리해 있고 그 옆에 법무관 도비티우스 칼비니우스가 릭토르, 서기들과 함께 앉아 있었다. 왼쪽이 검찰 측, 그리고 그 뒤가 증인들이었다. 앞자리에 바로 클로디아가 보였다. 소박하게 차려입었으나 그날은 분명 관심의 중심일 수밖에 없었다. 벌써 마흔 가까운 나이임에도 여전히 아름다웠다. 특유의 크고 검은 눈으로 한순간 상대를 유혹하고 다음 순간 살심을 내뿜는 귀부인. 클로디아는 클로디우스와 유난히 가까운 것으로 유명했다. 그 때문에 사람들은 종종 근친상간을 의심하기도 했다. 키케로가 관중을 가로질러 자리로 가는 동안 그녀는 천천히 고개를 돌리며 그 뒤를 좇았다. 표정은 오만하고 무덤덤했지만 당연히 상황의 귀추에 촉각을 곤두세우고 있을 터였다.

키케로는 토가 주름을 매만졌다. 메모지는 없었다. 광장은 소음마저 잦아들었다. 그가 힐끔 테렌티아 쪽을 보고 다시 배심단으로 고개를 돌렸다.

"여러분, 법과 관습을 모른다면 아마도 왜 지금 여기 있는지 다들 의아할 겁니다. 그것도 시민 축제 기간이라 다른 법정은 모두 폐정한 마당입니다. 이 와중에 근면하고 총명한 청년 하나를 심판하겠다는데 그를 공격하는 자는 다름 아닌 그가 한때 기소한 자와 돈 많은 매춘부가 아닙니까?"

그 말에 노호가 포름을 휩쓸고 지나갔다. 경기가 시작하자마자 유명한 검투사가 처음 칼을 찔러 넣었을 때 관중들이 지르는 포효처럼 들렸다. 바로 그 장면을 보기 위해 저들이 이곳에 온 것이다! 클로디아는 마치 대리석이라도 된 듯 앞만 바라보았다. 키케로가 반대편에 설 줄 알았다면 클로디아와 클로디우스는 절대 소송을 걸지 않았겠지만 이제 빠져나갈 구멍은 없었다.

향후의 논조를 확실하게 드러낸 후 키케로는 다시 공소 사실을 설명하기 시작했다. 그는 우선 루푸스를 완전히 새로운 인물로 그려냈다. 루푸스는 성실하고 근면한 공화국 공무원으로서 불행하게도 '곱상하게 태어난' 탓에 '팔라티네의 메데아' 클로디아의 눈에 걸려들었으며, 그녀의 집으로 들어간 것도 그 때문이었다. 키케로는 루푸스 뒤에 서서 어깨에 손을 얹었다.

"이 젊은이는 이사 한 번 잘못한 덕에 온갖 불행과 추문에 시달려야 했습니다. 클로디아는 귀족 출신이지만 악명도 자자하지 않습니까? 그 점에 대해서라면 반론에 필요한 정도만 언급하고 넘어가겠습니다."

그는 잠시 말을 끊고 관중의 기대감을 끌어올렸다.

"다들 아시겠지만, 전 이 여인의 남편과 개인적 은원관계가…." 그는 말을 끊고 화가 난다는 듯 손가락 관절을 꺾었다. "남편이 아니라 동생입니다. 늘 이렇게 실수를 하는군요."

기가 막힌 수였다. 요즘에도 키케로를 모른다 해도 그 농담은 여전히 인기가 있다. 로마 사람이면 누구나 그동안 한두 번쯤 클로디우스 가문의 오만에 당한 경험이 있기에, 그런 식의 조롱이 즐겁기만 했다. 효과는 군중뿐 아니라 배심, 심지어 법무관까지 이어져 보기에도 장관이 아닐 수 없었다.

테렌티아가 난감해하며 나를 보았다. "사람들이 왜 웃지?"

난감하기는 나도 마찬가지였다. 어떻게 대답한단 말인가.

소란이 잦아들자 키케로가 말을 이어갔다. 이번에는 위태로울 정도로 친근한 목소리였다.

"음, 솔직히 이 여인과 원수지간이 되어 유감입니다. 만인의 연인이 아니던가요? 우선 그녀에게 질문 하나 해야겠습니다. 내가 옛 방식으로 매몰차게 몰아붙여야 할까요? 아니면 요즘처럼 부드럽게 나갈까요? 이 여인은 어느 쪽을 원할까요?"

그리고 키케로가 정말로 법정을 가로질러 그녀에게 걸어갔다. 키케로는 미소를 지었지만 클로디아는 완전히 공포에 질린 표정이었다. 그가 손을 내밀고 그녀에게 선택을 종용했다. 먹이를 갖고 노는 호랑이. 그가 불과 한 발짝 거리에서 멈춰 섰다.

"옛 방식을 선호한다면 턱수염 덥수룩한 고대인을 무덤에서 깨워 그녀의 죄를 물어야겠죠…."

그 시점에서 클로디아가 어떻게 대처해야 했는지 종종 생각해보았다. 돌이켜보면 아무래도 키케로와 함께 웃어넘겨야 했을 것이다. 농담 정도는 맞장구칠 수 있다는 여유를 팬터마임으로나마 보여주고 군중들의 공감을 얻어야 했다. 하지만 그녀는 클라우디우스 가문이었다. 지금껏 그 누구한테도 이렇듯 공개적으로 조롱당한 적이 없었다. 더욱이 평민들이 우글거리는 포룸이 아니던가. 그녀는 분노하고 당황했다. 결국 최악의 선택을 하고 말았다. 마치 샐쭉한 아이처럼 키케로에게서 등을 돌린 것이다.

키케로가 어깻짓을 했다. "좋습니다. 그럼 대신 이 여인의 가족을 하나 부르기로 하죠. 바로 맹인 아피우스 클라우디우스입니다. 이제는 그녀를 볼 수 없기에 슬픔도 느끼지 못하는 친구죠. 그가 등원한다면 바로 이렇게 말할 겁니다…."

그리고 키케로는 섬뜩한 목소리로 클로디아에게 말을 하기 시작했다. 두 눈은 감고 두 팔은 들어 앞으로 곧게 내밀었는데, 그 흉내엔 클로디우스마저 웃기 시작했다.

"오 여자여, 여자여, 루푸스한테 도대체 무슨 짓을 했더냐? 네 아들뻘밖에 되지 않는 애송이한테? 그런 아이와 어인 연유로 가까이 지내며 금을 내주고, 질투를 불러 일으켜 독살을 시도하게 만들었단 말이냐? 루푸스는 또 왜 그대와 그리도 가깝게 지냈단 말이냐? 그가 친척이라도 된다더냐? 사돈지간이냐, 그대 죽은 남편의 친구라도 된단 말이더냐? 그 어느 것도 아니다! 그렇다면 둘 사이에 무책임한 걱정 말고 또 뭐가 남더란 말이냐? 오, 통탄할지고! 내가 로마에 물을 들인 이유가 여기에 있더냐? 그대의 더러운 근친상간 끝에 목욕물로 쓰라고? 그렇게 어렵게 아피우스 길을 닦아놓았더니 다른 여자의 남편들을 실어 나르는 길로 보이더냐?"

그 말을 끝으로 아피우스 클라우디우스의 유령은 증발하고 키케로는 평소 목소리로 돌아와 클로디아의 등에 대고 연설을 이어갔다.

"좋아요. 좀 더 성향이 비슷한 친척을 원한다면 저쪽 막내 동생 목소리로 말해봅시다. 누구보다 당신을 사랑하니까. 실제로 어렸을 때 밤과 어둠을 무서워해서 늘 큰누나와 함께 잠을 자곤 했죠. 예, 그 친구가 당신한테 어떤 말을 할지 상상해보시죠." 이제 키케로는 클로디우스의 구부정한 자세와 평민 말투를 완벽하게 흉내 냈다. "뭘 걱정해, 누나? 어린 사내를 좋아하면 어때서? 그 친구 잘생겼고 키도 크잖아. 보고 봐도 또 보고 싶었겠지? 누나가 엄마뻘이기는 하지만… 그럼 어때? 돈이 많은데? 그래서 사랑을 얻기 위해 이것저것 사주었는데도 오래가지 못했어. 놈이 누나를 역겨운 할망구라고 불렀거든. 에이, 잊어버려. 다른 놈 찾으면 돼. 둘이든 아니면 열이든. 언제는 안 그랬어?"

클로디우스는 더 이상 웃지 않고 키케로를 노려보았다. 정말로 법정 벤치들을 타고 넘어가 목이라도 조를 표정이었다. 하지만 관중들은 배꼽이 빠져라 웃어댔다. 주변을 보니 남자고 여자고 눈물이 두 뺨을 흘러내리고 있었다. 공감은 웅변가의 핵심 기술이다. 키케로한테는 엄청난 지지자가 있었다. 그리고 그들을 웃게 만든 이상 그들과 분노를 공유하는 것도 어렵지 않았다. 이제 그가 사냥감을 향해 움직였다.

“클로디아, 당신이 내게 어떤 악행을 저질렀는지 잊으리다. 내 고통스러운 기억도 잠시 미뤄두고, 내가 없는 동안 내 가족을 얼마나 가혹하게 대했는지도 따지지 않겠소. 다만 질문 하나는 해야겠소. 예를 들어, 어느 과부가 뭇 사내들의 욕망에 집을 개방하고 공개적으로 매춘부처럼 살아갑니다. 툭하면 낯선 사내들과 디너파티를 즐기죠. 그것도 로마, 성 밖의 자기 공원, 나폴리 만의 혼잡한 인파 속, 어디든 가리지 않고 말입니다. 포옹과 애무, 비치 파티, 수중 파티, 디너파티 등등, 그녀가 그저그런 매춘부가 아니라 후안무치하고 방탕하기 짝이 없는 매춘부라는 증거는 얼마든지 있소. 그런데 한 젊은이가 그런 여자와 어울려 다닙니다. 그럼, 그가 방탕의 원흉일까요? 아니면 피해자일까요? 그가 유혹했을까요? 아니면 유혹을 당했을까요?

이번 재판의 원흉은 온전히 적대적이고 몰염치하고 무자비하며, 범죄와 탐욕으로 얼룩진 어느 가문입니다. 한 여인의 정서 불안과 타락이 이 재판을 날조했죠. 배심 여러분, 마르쿠스 카일리우스 루푸스를 그 여자의 욕정에 제물로 던져주지 마십시오. 루푸스를 나와 그의 가족, 국가에 안전하게 돌려주신다면 그는 여러분과 여러분 아이들에게 혼신을 다해 봉사할 것입니다. 그리고 결국 그 봉사와 노고로 말미암을 저 풍요로운 과실은 결국 여러분의 몫입니다.”

그렇게 연설은 끝이 났지만 키케로는 자리를 떠나지 않았다. 한 손은 배심, 그리고 다른 손을 루푸스를 향해 내밀었는데, 한동안 장내에 정적이 흘렀다. 이윽고 포룸 지하에서 거대한 기운이 샘솟는 듯하더니, 수천의 관중이 발을 구르고 함성을 지르면서 공기가 전

율하기 시작했다.

누군가 클로디아를 가리키며 계속 소리쳤다. "매춘부! 매춘부! 매춘부!"

그 소리는 이내 광장을 뒤덮고 시민들은 허공을 향해 팔을 내질렀다.

"매춘부! 매춘부! 매춘부!"

클로디아는 아연한 채 증오의 바다를 둘러보았다. 도무지 믿을 수가 없었다. 동생이 법정을 헤치고 옆에 와 있다는 사실도 깨닫지 못했으나, 그가 팔꿈치를 잡자 화들짝 몽상에서 깨어나는 듯했다. 그녀가 동생을 올려다보았다. 그리고 동생이 간절하게 달랜 후에야 마지못해 그를 따라 플랫폼에서 내려갔다. 이제 그녀는 사람들의 시야와 관심에서 벗어나 죽을 때까지 다시는 바깥세상으로 나서지 못할 것이다.

이렇게 키케로는 클로디아에게 복수하고 로마의 목소리로서 입지도 회복했다. 당연한 얘기지만 루푸스는 무죄 판결을 받았다. 반면 키케로를 향한 클로디우스의 증오는 배가했다.

클로디우스는 이렇게 위협했다. "어느 날, 등 뒤에서 소리가 들릴 것이다. 돌아보면 내가 그 자리에 있을 거야, 맹세코."

키케로는 같잖은 위협에 코웃음을 쳤다. 사실 클로디우스가 공격을 하기엔 너무 유명해졌다. 적어도 당분간은 아니다. 테렌티아는 키케로의 조롱이 천박하다며 타박했다. 또 군중들의 무례한 데에도 아연했지만, 그래도 자신의 적이 사회적으로 완전히 괴멸당했다는 사실은 기꺼워했다. 집에 돌아오는데 그녀가 남편의 팔짱을 꼈다. 그렇게 사람들 앞에서 애정 표현을 하는 것도 실로 몇 년 만이었다.

다음 날, 키케로가 원로원에 참석차 언덕을 내려가는데 시민들이 그를 에워쌌다. 원로원 밖에서도 원로 수십 명이 그를 기다렸다. 동료들의 축하를 받는 동안, 키케로는 정말로 과거 전성기의 모습 그대로였다. 내가 보기에도 사람들의 환호에 흠뻑 취해 있었다. 공교롭게도 때마침 원로원의 마지막 모임이었다. 그 이후로는 연례 휴가이기에 어딘가 잔뜩 들뜬 분위기였다. 복점관들이 하늘이 상서롭다고 점괘를 내고 원로원들이 줄을 서서 원로원으로 들어가기 시작했다. 그때 키케로가 손짓으로 나를 부르더니 순서지를 가리켰다. 그날 논의할 주요 의제는 폼페이우스였다. 국고 4,000만 세스테르티우스를 폼페이우스에게 지불해 곡물 구매를 지원한다.

"이거 재미있겠어." 그때 키케로가 크라수스에게 고개인사를 했다. 그때 막 원로원 안으로 들어가는데 표정이 잔뜩 일그러졌다. "어제 저 양반과 이 얘기를 했다. 처음에는 이집트더니 이젠 국고까지… 폼페이우스의 과대망상 때문에 화가 많이 나 있더군. 도둑들이 서로의 목을 조르는 격이지. 티로, 이러다가 재앙이 올 수도 있겠어."

"조심하세요." 내가 경고했다.

"이런, 뭘 '조심'해?" 그가 투덜대며 순서지 두루마리로 내 머리를 두드렸다. "어제 이후로 나한테도 힘이 조금 생겼다. 늘 얘기하잖아. 힘은 쓰라고 있는 거야."

그는 그 말과 함께 원로원 건물로 들어갔다.

회의에 참석할 생각은 없었다. 전날 키케로의 연설을 출판하느라 할 일이 많았기 때문이나 순간 마음이 변해 안으로 들어가 문간에 섰다. 주재 집정관은 코르넬리우스 렌툴루스 마르켈리누스, 구닥다리 애국 귀족으로 클로디우스를 싫어하고 키케로를 지지하며 폼페이우스를 의심하는 인물이었다. 그는 웅변가들을 모두 불러 폼페이우스에게 그런 막대한 자금을 제공하는 법안에 반대하겠다고 천명했다. 누군가 지적했듯 어쨌든 국고도 바닥이 난 지경이었다. 카이사르 법안이 통과하는 바람에 캄파니아 땅을 폼페이우스의 고참병과 도시 빈민들에게 내주어야 했고, 그 바람에 마지막 동전까지 탈탈 털리고 말았다. 실내는 점점 소란스러워졌다. 폼페이우스 지지자들은 반대파들을 비난하고 반대파들도 맞대응을 했다. (폼페이우스 자신은 참석할 수 없었다. 곡물 판무관은 임페리움의 지위인지라 당사자들은 원로원에 출입할 수 없었다.) 크라수스는 상황의 추이가 만족스러운 듯 보였다. 마침내 키케로가 연설 기회를 청했다. 일순 원내가 조용해졌다. 원로들도 상체까지 기울여가며 그의 말에 관심을 보였다.

"존경하옵는 원로 여러분, 기억하시겠지만 애초에 폼페이우스가 곡물 임무를 맡은 것도 제 제안 때문입니다. 따라서 전 반대를 할 입장이 못 됩니다. 언제는 일을 하라고 해놓고 이제 와서 그 일에 필요한 수단을 거절하는 것도 도리는 아니겠죠."

폼페이우스의 지지자들이 중얼중얼 동의를 표했다. 키케로가 한 손을 들어 보였다.

"하지만 원로들께서 분명히 지적하셨듯이 우리 자원은 바닥나고 국고 지원도 한계가 있는 법입니다. 전 세계에서 곡물을 사들여 공짜로 시민들에게 배급할 수도 없고 병사와 평민들에게 무료로 농장을 분양할 수도 없습니다. 카이사르 법이 통과했을 때, 그가 아무리 선견지명이 탁월하다 한들, 고참병과 도시 빈민들한테 공짜로 곡물을 배급해서 농장에서 곡물 재배할 필요가 없는 날이 오리라고는 아마 상상도 하지 못했을 것입니다."

"오! 오! 오!"

귀족 진영에서 탄성을 지르며 크라수스를 가리켰다.

폼페이우스, 카이사르와 함께 토지법을 밀어붙인 장본인이었기 때문이다. 크라수스도 키케로를 노려보았으나 표정이 없는 탓에 어떤 생각을 하는지는 알 수 없었다.

"상황 변화를 고려해, 이 고귀한 원로원에서 그 법을 재조명한다면 신중하지 않은 일이 될까요? 카이사르 집정관 당시에 통과한 법이니까? 지금 그 문제를 종합적으로 보기엔 시기가 좋지 않을 겁니다. 의제도 복잡한 데다 원로원 또한 폐회를 눈앞에 두고 있으니까요. 따라서 이렇게 제안하는 바입니다. 그 문제는 원로원이 재개정할 때 우선 안건으로 다루기로."

"찬성합니다!" 다미티우스 아히노브르부스였다.

카토의 매제로서 카이사르를 너무도 증오해 최근에는 카이사르한테서 갈리아 통치권을 빼앗아야 한다고 주장하기도 했다.

그밖에도 귀족 수십이 일어나 큰 소리로 지지 의사를 더했다. 폼페이우스 지지자들은 당혹스러워 아예 대응도 하지 못했다. 키케로 연설의 핵심은 어쨌거나 자신들의 주군에게 유리한 듯 보였다. 하지만 키케로가 실제로 짜놓은 판은 아주 깔끔하고 교묘한 덫이었다. 그가 자리에 앉으며 문간의 나를 내다보았는데, 정말로 내게 윙크를 보낸 것만 같았다. 집정관은 자신의 율법사들과 한참 동안 얘기를 하더니 마침내 5월 15일 안건을 논의하겠다고 선언했다. 집정관은 분명 키케로의 법안을 지지하는 입장이었다. 그 발표를 끝으로 원로원은 폐정하고 원로들은 출구를 향해 걸음을 재촉했다. 가장 빠른 사람은 크라수스였다. 그는 나를 밀치다시피 하고는 쏜살같이 빠져나갔다.

키케로 역시 휴가를 간절히 원했다. 벌써 7개월 동안 쉬지 않고 긴장과 투쟁을 이어온 터였다. 이상적인 휴가지도 정해두었다. 과거 징세원의 소송을 도와주었는데 그가 최근에 죽으면서 키케로에게 약간의 부동산을 유증했다. 나폴리 만, 쿠마이의 작은 별장으로 바다와 루크리네 호수 사이에 위치했다. (덧붙이자면 당시엔 변호사가 업무상 직접 보수를 받으면 불법이었으나 유증은 가능했다. 규칙이라는 게 늘 엄격할 수만은 없다.) 키케로는 한 번도 별장을 보지 못했으나 들은 바에 따르면 그 지역에서 전망이 제일 좋았다. 그래서 테렌티아에게 장관을 보러 가자 제안하고 그녀도 동의했다. 물론 내가 여행에 동행한다고 하자, 아니나 다를까 이번에도 잔뜩 인상을 쓰기는 했다.

"안 봐도 뻔해요. 당신이 공식 여편네와 붙어 지내는 동안 난 하루 종일 독수공방이겠죠!"

그녀는 내가 주변에 없다고 생각했는지 남편한테 그렇게 투덜댔다. 키케로는 그런 일은 없도록 하겠다는 식으로 아내를 달랬고 나는 되도록 그녀를 피해 다녔다.

떠나기 전날 키케로는 사윗감 크라시페스와 저녁 식사를 했다. 크라시페스는 크라수스와 매우 가까웠는데 문득 그 전날 그가 황급히 로마를 떠났다고 알려주었다. 어디로 갔는지는 아무도 몰랐다. 키케로도 대수롭지 않게 받아들였다.

"모르긴 몰라도 어느 늙은 과부가 죽어간다는 소문을 들었을 게야. 꼬임에 넘어가 재산을 싼값에 넘기겠다고 했겠지."

그 말에 다들 웃었지만 크라시페스만은 표정이 샐쭉해졌다.

"다른 분들처럼 그냥 휴가를 떠나셨을 겁니다."

"크라수스한테 휴가 따위는 없네. 이득이 없으니까." 키케로는 컵을 들어 크라시페스와 툴리아에게 건배를 청했다. "두 사람의 결합이 길고도 행복하기를. 아이들도 많았으면 좋겠다. 내 바람으로는 적어도 셋은 되어야지."

"아버지!" 툴리아가 웃으며 외치고는 얼굴을 붉히고 시선을 돌렸다.

"왜? 벌써 머리가 희끗거리잖니. 나도 손자들 재롱을 볼 나이가 됐단다." 키케로는 당연한 얘기 아니냐는 듯 항변했다.

그는 일찍 식탁에서 일어났다. 남쪽으로 떠나기 전 폼페이우스를 만나기로 했다. 무엇보다 퀸투스가 지방장관직을 내려놓고 사르디니아에서 귀국할 수 있도록 선처해달라고 애원할 참이었다. 폼페이우스 집에는 가마를 타고 갔지만 내가 나란히 걸으며 대화할 수 있도록 속도를 늦추었다. 날이 어두워졌다. 성 밖 핀키우스 언덕까지는 2킬로미터가 조금 안 되는 거리였다. 폼페이우스는 그곳 언덕에 새 별장(아니, 궁전이 더 정확한 명칭이겠다)을 지어놓고, 마르스 광장을 내려다보았다. 그의 광대한 사원과 극장 단지가 막 완공 단계에 접어들었다.

거인은 아내와 단둘이 식사 중이었기에 우리는 끝날 때까지 기다려야 했다. 안뜰에서는 노예들이 짐마차를 10여 개 세워놓고 짐

보따리를 옮겨 싣느라 분주했다. 옷가방, 식기와 카펫, 가구, 심지어 조각상들까지… 상자가 어마어마하게 많았다. 필경 어딘가에 또 새집을 지었다는 얘기겠다. 마침내 부부가 나타났다. 폼페이우스가 율리아를 키케로한테 소개하고 키케로는 나를 그녀에게 소개했다.

"그래, 당신 기억나."

그녀가 내게 말했지만 기억할 리 없었다. 율리아는 이제 겨우 열일곱 살이었음에도 무척 상냥했다. 우아한 매너는 아버지를 닮았고 사람을 꿰뚫어 볼 듯한 시선도 비슷했다. 그러고 보니 불현듯, 카이사르의 벌거벗은 상체가 기억이 났다. 무티나의 사령본부 마사지 테이블에 누워 있을 때였는데 섬뜩하게도 털이 하나도 없었다. 난 두 눈을 질끈 감고 애써 기억을 떨쳐냈다.

율리아는 내일 여행을 위해 잠을 자두어야 한다며 양해를 구하고 자리를 떠났다. 폼페이우스는 율리아의 손에 입을 맞추고(거인은 아내들한테 충실하기로 유명했다) 우리를 서재로 안내했다. 서재는 말 그대로 집채만 했는데 무수한 전투의 전리품으로 가득했다. 알렉산더 대제의 외투도 있었지만 진위는 누구도 알지 못했다. 그는 박제 악어로 만든 카우치에 앉았다. 그의 말에 따르면 프톨레마이우스의 선물이었다. 키케로한테는 맞은편 의자를 건넸다.

"마치 군사원정을 떠나실 위세입니다." 키케로가 인사치레를 했다.

"아내와의 여행이 군사원정이나 다름없잖아."

"어디로 가시는지 여쭤도 되겠습니까?"

"사르디니아."

"아, 우연의 일치로군요. 사실 사르디니아 말씀을 드리고 싶었습니다."

키케로는 화려한 언변으로 동생의 귀국을 호소했다. 구체적으로 이유도 세 가지 들었다… 퀸투스는 오랫동안 밖에 나가 있었으니 이제 아들과 지낼 시간이 필요하다, 아들이 문제아가 되었다는 얘기를 들었다, 마지막으로 퀸투스는 공무원보다는 군인에 가깝다.

폼페이우스는 이집트 악어에 기댄 채 자기 턱을 두드리며 얘기를 들었다.

"당신이 원한다면, 좋아 그렇게 하지 뭐. 어쨌든 그 말도 맞아. 그 친구, 행정은 별로더라구."

"감사합니다. 늘 그렇듯 감사드리옵니다."

폼페이우스가 묘한 시선으로 키케로를 바라보았다. "그런데 듣자 하니 며칠 전 원로원을 흔들어놓았다며?"

"예, 대장군을 위해 한 일입니다. 곡물 자금을 확보해야 하지 않겠습니까?"

"그래, 그런데 꼭 카이사르 법을 건드려야 하나? 당신, 너무 배은망덕한 거 아냐?" 그가 비난하듯 손가락을 흔들었다.

"카이사르는 신도 아니고 완벽하지도 않습니다. 그의 법이 올림푸스의 신탁도 아니죠. 게다가 대장군께서도 그곳에 계셔야 했습니다. 원로들이 대장군을 공격할 때 크라수스가 얼마나 좋아하던지… 그 모습을 보셨다면 어떤 수를 써도 좋으니 그 얼굴에서 미소를 없애달라고 지시하셨을 겁니다. 카이사르를 건드리니 미소가 걷히기는 하더군요."

폼페이우스는 곧바로 환해졌다. "그래, 정말 그랬을 거야."

"저를 믿으십시오. 크라수스의 야심과 대장군께 대한 불충은 제가 저지른 어떤 잘못보다 훨씬 더 공화국을 해롭게 할 것입니다."

"그래, 그 말도 맞아."

"사실, 대장군과 카이사르 동맹이 위험하다면 그 원인은 바로 크라수스입니다."

"어째서지?"

"음, 카이사르가 어떻게 뒤로 빠져나가 크라수스가 대장군을 음해하도록 조종하는지는 모르겠습니다. 무엇보다 그 자를 시켜 클로디우스를 고용했죠. 장인이니까 누구보다 대장군께 의무를 다해야 하지 않습니까? 크라수스가 계속 이렇게 나간다면 말썽이 생기고 말 겁니다. 기어이."

"그래, 이번에도 당신 말이 맞아." 폼페이우스가 고개를 끄덕이며 동의했다.

다시 의뭉스러운 표정을 지으며 그가 자리에서 일어났다. 키케로가 따라서 일어나자 폼페이우스가 거대한 앞발로 그의 손을 잡았다.

"와줘서 고마웠어, 친구. 덕분에 생각할 거리가 많아졌네. 사르디니아로 가는 동안 심심하지 않겠구먼. 자, 종종 편지로 연락을 하자구. 그런데 어디 있을 생각이지?"

"쿠마이."

"아, 부럽구먼. 쿠마이라… 이탈리아에서 제일 아름다운 곳이지."

키케로는 그날 밤의 성과에 크게 만족했다.

그가 귀갓길에 이렇게 말했다. "이번 3인 연합은 오래 못 간다. 자연스럽지 않으니까. 그저 계속 그 사이를 쪼기만 하면 돼. 그럼 조만간 틈이 갈라져 무너져 내리고 말 거야."

우리는 동이 트자마자 길을 나섰다. 테렌티아와 툴리아, 마르쿠스는 키케로와 같은 마차에 탔다. 키케로는 기분이 무척 좋았다. 이동 속도가 빠른 덕에 투스쿨룸에서 하룻밤을 보냈다. 투스쿨룸은 지내기에도 좋아 키케로도 흡족해했다. 그다음은 아피니움의 가족 영지. 그곳에서는 일주일을 머물렀다가 마침내 추운 아펜니누스 산맥을 넘어 남쪽 캄파니아로 내려갔다.

시간이 지날수록 겨울 구름은 걷히고 하늘은 푸르고 기후는 따뜻하며 바람은 솔과 허브향이 짙어졌다. 해변도로에 접어들면서는 바닷바람도 싱그러웠다. 당시 쿠마이 마을은 지금보다 더 작고 조용했다. 아크로폴리스에서 우리 목적지를 설명하자 사자가 루크리네 호수 동쪽으로 안내했다. 언덕 아래쪽으로는 석호와 그 너머 푸르레한 지중해까지 내다보였다. 별장 자체는 작고 초라했고 늙은 노예 대여섯이 돌보고 있었다. 벽 틈으로 바람이 들어오고 지붕 한 편은 깨져나갔지만, 경관만으로도 불편을 감수할 이유는 충분했다. 호수 아래로 작은 노배들이 굴 밭 사이를 떠돌았다. 뒤뜰에서 보면 베수비우스 산의 짙푸른 삼각형 또한 장관이었다. 키케로는 크게 기뻐하며 곧바로 그 지역 건축가들을 불러 보수에 들어갔다. 이른바 개조와 개장을 위한 대규모 작업이었다. 마르쿠스는 가정교사와 해변에서 놀고 테렌티아는 테라스에서 바느질을 하고 툴리아는 그리스어 책을 읽었다. 키케로 가족이 이런 휴가를 만끽하는 것도 실로 오래간만이었다.

그런데 이상한 점이 하나 있었다. 지금도 그렇지만 쿠마이에서 푸테올리까지 해변은 어디나 원로들의 별장으로 가득했다. 그가 왔다는 소문이 돌았을 테니 당연히 방문객들이 몰려들어야 했다.

밤이 된 후 키케로는 테라스에 나가 해변 위아래를 보고 언덕을 쳐다보더니, 불빛이 하나도 없다며 투덜댔다. 어디 파티라도 열린 걸까? 밖에 나가 양쪽으로 2킬로미터를 다녔지만 원로의 토가는 끝자락 하나 보이지 않았다.

"무슨 일이 있는 모양이오. 다들 어디 갔을까?" 그가 테렌티아에게 물었다.

"모르겠지만, 솔직히 말하면 난 좋아요. 당신이 정치 논쟁할 사람이 아무도 없으니까."

의문이 풀린 것은 다섯 번째 아침이었다.

테라스에서 키케로의 서한에 답하고 있는데 사람들 몇이 말을 타고 오다가 해변도로를 벗어나더니 이쪽으로 방향을 잡는 게 아닌가. 순간 머릿속에 떠오른 생각은 '클로디우스!'였다. 나는 자세히 보기 위해 일어났으나 예상과 달리 햇볕이 투구와 복갑을 비추고 있었다. 말 다섯 필. 군인들.

테렌티아와 아이들은 그날 여자 점쟁이를 찾아갔다. 무당 한 명이 쿠마이의 동굴 속 항아리 안에서 산다는 얘기를 들은 것이다. 나는 키케로에게 경고하기 위해 안으로 달려 들어갔다. 키케로는 식당에서 색을 고르고 있었기에 내가 찾아냈을 때는 이미 병사들이 따각거리며 마당에 들어서고 있었다. 지휘관이 말에서 내려 투구를 벗었다. 행색이 너무나도 끔찍했다. 먼지를 잔뜩 뒤집어쓴 덕에 마치 사신처럼 보이기도 했다. 코와 이마가 하얘서 얼굴의 검은 때와 극명하게 대조를 이루어 흡사 가면이라도 쓴 것 같았다. 어쨌든 아는 자이기는 했다. 원로이긴 해도 그다지 두드러진 인물은 아니었다. 연설은 하지 못하고 기껏 발을 굴려 동의를 표하는 계급. 이름은 루키우스 비불리우스. 폼페이우스의 고향 피케눔 태생으로 폼페이우스의 장교였다.

"얘기 좀 할 수 있습니까?" 그가 퉁명스럽게 물었다.

"물론. 들어오시게나, 다들. 뭐든 먹고 마실 걸 준비하겠네. 어서."

"난 들어가지만 이 친구들은 사람들이 접근하지 못하게 지킬 겁니다." 비불리우스는 그렇게 말했다.

걸음걸이가 어찌나 뻣뻣한지 흙인형이 살아 움직이는 것만 같았다.

"다들 지쳐 보이는군. 어디에서 온 건가?"

"루카."

"루카? 거긴 500킬로미터는 될 텐데?" 키케로가 깜짝 놀라며 되물었다.

그가 의자에 털썩 주저앉자 먼지가 쏟아져내렸다. "600킬로미터입니다. 일주일 동안 달려왔죠. 모임이 있었는데 마르쿠스 툴리우스, 원로님과 관계가 있었습니다. 그 결과를 알려드리라고 하셔서 이렇게 달려왔습니다. (나를 보며) 은밀하게 말씀드리고 싶은데…."

키케로는 난감해했다. 표정으로 보면 미친놈이 아닌가 의심하는 것 같았다.

"내 비서일세. 이 친구 앞에서는 뭐든 얘기해도 괜찮아. 그래, 어떤 회합이었지?"

"그러시다면야." 비불리우스는 장갑을 벗고 복갑 옆구리 버클을 풀더니 갑옷 안에 손을 넣어 서류를 꺼내 조심조심 풀었다. "루카에서 온 이유는 그곳에서 폼페이우스, 카이사르, 크라수스가 만났기 때문입니다."

키케로가 인상을 찌푸렸다.

"그럴 리가. 폼페이우스는 사르디니아에 가는 중이네. 나한테도 그렇게 말했지."

"동시에 할 수도 있겠죠. 루카를 거쳐 사르디니아에 가면 되니까. 아무튼 어떻게 된 일인지 말씀은 드리죠. 당신이 원로원에서 연설한 후 크라수스는 곧바로 라벤나로 달려가 카이사르한테 그 내용을 보고했습니다. 그 후 둘은 이탈리아를 가로질러가 폼페이우스가 피사행 배를 타기 전에 가로막았죠. 세 분은 여러 날 함께 지내며 여러 가지 문제를 논의했는데 그중에 당신을 어떻게 처리할지 얘기도 있었습니다."

나는 갑자기 울화가 치밀었다. 키케로는 좀 더 침착했다.

"아주 불손한 친구로군."

"요점은 이렇습니다. 입 닥쳐, 마르쿠스 툴리우스! 원로원에서 카이사르 법에 대해 이러쿵저러쿵하지 말고, 삼두 사이에 분란을 일으키려 들지 말고, 크라수스 얘기도 하지 마라. 뭐든 입 닥치고 있어."

"얘기 끝났나? 하나만 물어보겠네… 자넨 내 집에 손님으로 온 겐가?"

"아뇨, 아직 끝나지 않았습니다." 비불리우스는 잠시 수첩을 살핀 후 얘기를 이어갔다. "그 회의에 다른 사람도 있었습니다. 사르디니아 총독 아피우스 클라우디우스. 그가 참석한 이유는 동생을 위해서였죠. 결론만 말씀드린다면 폼페이우스와 클로디우스가 대중 앞에서 화해를 해야 한다였습니다."

"화해?" 키케로가 되뇌었다. 이제는 다소 불안한 목소리였다.

"향후 두 사람은 공화국을 위해 함께 일한다, 폼페이우스께서 나를 보낸 이유는 마르쿠스 툴리우스한테 크게 실망했다 전하고 싶어서입니다. 아주아주 실망했다, 정확히 그렇게 말씀하시더군요. 원로님을 망명에서 돌아오게 하려고 폼페이우스께서 크게 애를 쓰셨고 그 과정에서 향후 카이사르를 어떻게 대하라고 개인적으로 훈수까지 두셨죠. 훈수 말입니다. 그래서 원로님이 카이사르한테 그 내용대로 편지까지 써놓고는 이제 와서 깨뜨렸다고 하시더군요. 폼페이우스께서 실망이 크십니다. 당혹스럽기도 하시고. 그래서 우정의 표시로 당장 카이사르 토지법 관련 법안을 원로원에서 빼내고 직접 만날 때까지 절대 그 문제를 언급하지 말라고 하셨습니다."

"난 다만 폼페이우스를 돕기 위해서…."

"당장 폼페이우스께 편지를 써서, 지시대로 하겠다고 확인을 해주셔야겠습니다." 비불리우스는 서류를 접어 다시 동체 갑옷 안에 넣었다. "여기까지가 공식적인 임무입니다. 이제부터 얘기하는 부분은 철저히 비밀입니다. 제 말 이해하시겠습니까?"

키케로가 피곤한 듯 아무렇게나 손을 흔들었다. 이해했다는 표시였다.

"폼페이우스께서는 현 시점에서 얼마나 큰 힘이 작용하는지 원로께서 이해했으면 하셨습니다. 나를 보낼 때 카이사르와 크라수스가 용인한 이유도 그래서죠. 올 하반기, 폼페이우스와 크라수스는 집정관 선거에 이름을 올리기로 했습니다."

"이기지 못해."

"언제나처럼 선거를 여름에 치른다면 그럴 수도 있겠죠. 하지만 연기될 겁니다.”

“이유는?”

“로마에서 폭력사태가 일어납니다.”

“폭력?”

“클로디우스가 사고를 치니까요. 그래서 선거는 겨울에나 열리게 되죠. 그때쯤이면 갈리아 전투 시즌이 끝나고 카이사르도 고참병 수천을 로마에 보내 동료들에게 투표하게 할 겁니다. 그럼 당선은 따 놓은 당상이죠. 집정관 임기 말쯤 폼페이우스와 크라수스 모두 지방 총독에 부임합니다. 폼페이우스는 스페인, 크라수스는 시리아. 다만 평소처럼 임기가 1년이 아니라 5년이 됩니다. 당연히 형평성을 위해 카이사르의 갈리아 통치도 다시 5년으로 연장이 가능하겠죠.”

“그런 말도 안 되는….”

“연장 임기가 끝나면 카이사르는 로마에 돌아와 다시 집정관이 됩니다. 폼페이우스와 크라수스는 병사들을 보내 투표하게 하고. 루카 합의의 결과입니다. 합의는 7년간 유효합니다. 폼페이우스가 카이사르한테 약속했죠. 당신도 찬성할 거라고.”

“그래서 거절하면?”

“그분도 더 이상은 당신의 안전을 보장하지 못합니다.”

06
여섯 번째 두루마리

"7년." 비불리우스 일당이 떠난 후 키케로가 이를 부드득 갈며 되뇌었다. "정치에서 그 어떤 것도 7년 앞을 계획하지 못해. 폼페이우스가 완전히 미친 걸까? 이 악마의 계약은 온전히 카이사르한테 유리할 수밖에 없건만 정녕 아무것도 보지 못한단 말인가? 결국 카이사르가 갈리아를 완전히 약탈할 때까지 카이사르를 지원하기로 약속하고 마는군. 그럼 정복자는 로마에 돌아와 공화국 전체를 주무르겠지. 폼페이우스까지 포함해서."

키케로는 절망감에 테라스에 털썩 주저앉았다. 저 아래 해변에서 바닷새들이 쓸쓸히 울고 채취꾼들이 굴을 끌어올렸다. 왜 이웃 사람들이 보이지 않았는지 이제야 이해했다. 비불리우스에 따르면 원로 절반이 루카에서 어떤 일이 있는지 소문을 듣고 그중 100여 명이 떡고물을 얻으려 북쪽으로 떠났다. 캄파니아의 태양이 아니라 역사상 가장 따사로운 햇살, 즉 권력을 만끽하기로 한 것이다.

"멍청한 놈, 나라 저편에서 세상의 미래를 결정하고 있는데 여기 내려와 파도나 세고 있다니. 솔직히 인정해야겠다, 티로. 내 인생은 끝났다. 누구에게나 전성기는 있는 법, 난 이미 다 소진한 거야."

그날 늦게 테렌티아가 쿠마이의 점쟁이 동굴에서 돌아왔다. 그녀는 카펫과 소파의 먼지를 보고 누가 왔는지 물었고 키케로는 상황을 설명해주었다.

테렌티아가 두 눈을 반짝이더니 신이 나서 말했다. "당신 얘기를 들으니 신기하네요! 점쟁이 예언하고 똑같아요! 로마는 처음 세 명이 다스리고, 그다음은 둘, 다시 하나, 마지막엔 무주공산이 된다고 하더라고요."

동굴 속 항아리에 들어가 미래를 예언하는 점쟁이 얘기를 듣고 더 없이 얼빠진 짓이라며 비웃었건만, 그 말에는 키케로조차 감탄했다.

"셋, 둘, 하나… 그리고 무주공산이라… 그래, 셋은 누구인지 알아. 너무나 확실하니까. 하나도 알 것 같은데… 그런데 둘은 누가 될까? 무주공산은 또 어떤 의미지? 혼란을 그렇게 말한 걸까? 그렇다면 나도 인정해. 카이사르가 공화국을 갈기갈기 찢어놓으면 그럴 수밖에 없으니까. 하지만 무슨 수로 그를 막는다는 말인가?"

"왜 당신이 막아요?" 테렌티아가 물었다.

"모르겠소. 그럼 누가 하지?"

"카이사르의 야심을 통제하는 일이 왜 늘 당신 몫이 되죠? 로마 최고의 권력자인 폼페이우스도 도울 생각이 없는데 당신이 왜 책임을 지냐고요?"

키케로는 한참을 가만히 있다가 이렇게 대답했다. "좋은 지적이오. 어쩌면 기만일 수도 있겠지. 하지만 정말로 뒤로 물러나 아무것도 하지 않고도 떳떳할 수 있을까? 어느 모로 보나 국가가 재앙을 향해 곤두박질치는데?"

"그래요! 당연히 그래야 해요! 카이사르한테 대들었다가 실컷 고생하지 않았어요? 세상에 당신보다 더 고생한 사람이 있나요? 싸움은 다른 사람보고 하라고 해요! 당신은 이제 편안해질 자격이 있으니까. 안 그래요?" 테렌티아가 버럭 소리를 지르더니 조용히 이렇게 덧붙였다. "적어도 나는 자격이 있어요."

키케로는 한참 동안 아무 말 하지 않았다. 내가 보기엔 실제로 루카 합의를 듣는 순간 더 이상 카이사르와의 싸움이 불가능하다는 정도는 뼈저리게 깨달았을 것이다. 죽고 싶지 않다면 당연한 일이다. 그저 그 사실을 매정하게 주지해줄 사람이 필요했을 뿐이리라. 테렌티아가 지금 그랬듯이.

마침내 그가 한숨을 내쉬었다. 그렇게 허탈한 한숨은 나도 처음이었다.

"당신 말이 옳소, 아내여. 적어도 카이사르의 정체를 알아보지 못했다거나 그를 막지 않았다고 비난할 사람이야 더 이상 없겠지. 당신이 옳소. 그와 싸우기엔 너무 늙고 지쳤구려. 내가 뭘 하든 친구들은 이해하고 적들은 비난할 텐데, 그들이 뭐라고 생각하든 왜 신경 써야 하지? 마침내 이곳에 와서 가족과 함께 휴가를 즐긴다고 누가 뭐라고 하겠소?"

그가 아내의 손을 잡았다.

그럼에도 굴욕적 투항이 자랑스러울 리는 없었다. 그건 분명했다.

그래서인가 사르디니아의 폼페이우스한테 서한을 보내 마음이 바뀌었다고 보고하면서도(그는 '의사철회'라고 불렀다) 나한테는 보여주지도 않았다. 그래서 사본도 없지만 그 편지만큼은 아티쿠스에게도 비밀이었다. 그와 동시에 집정관 마르켈리누스한테도 편지를 써서 원로원을 소집해 카이사르의 토지법을 재심하겠다는 법안을 철회하고자 했다. 이유는 덧붙이지 않았다. 그럴 필요도 없었다. 정치 지형이 키케로한테 불리하게 돌아간다는 사실을 모르는 사람은 아무도 없었다.

로마에 돌아오니 소문이 무성했다. 폼페이우스와 크라수스가 어떤 음모를 꾸미는지 제대로 아는 사람은 없어도 과거처럼 두 사람이 집정관에 동반 출마한다는 소문은 이미 돌기 시작했다. 물론 두 사람이 서로를 끔찍이 싫어한다는 사실도 다들 알고 있었다. 그래도 원로 일부가 삼두의 전횡과 오만에 불만을 품은 탓에 집정관 속령 배분을 논의하고, 카이사르한테서 갈리아 키살피나와 트란살피나를 모두 박탈하자는 법안도 제출하기로 했다. 물론 키케로가 원로원에 나갈 경우 틀림없이 견해를 밝히라고 할 것이다. 처음에는 발을 뺄 생각이었으나 그렇게 되면 머지않아 인기마저 잃고 말 일이었다. 결국 정면 돌파를 결심하고 연설문을 쓰기 시작했다.

그런데 토론회 전날, 마르쿠스 포르키우스 카토가 로마에 돌아왔다. 키프러스에서 2년여를 떠난 끝이었다. 귀국의 모양새는 그럴듯했다. 보물선 소함대를 이끌고 오스티아에서 티베르 강을 거슬러 올라오고 조카 브루투스도 대동했다. 브루투스는 당시에도 뭔가 큰 인물로 보였다. 원로와 행정관, 성직자들 모두, 그리고 시민들까지 카토의 귀국을 환영했다. 착륙장을 마련하고 열주에 새로

칠을 한 뒤 리본까지 매달았다. 이제 그곳에 내려 집정관들과 만나기로 했건만 노대가 여섯 개나 되는 왕실 갤리선은 인파를 그냥 지나쳐버렸다. 카토는 검은색의 낡은 토가 차림으로 뱃머리에 선 채 정면만 응시했다. 사람들은 처음에는 헉 하고 경악하고 거만한 모습에 실망도 했지만 보물이 상륙하기 시작하면서는 그마저 잊고 말았다. 마차가 끝없이 이어졌다. 은으로 7,000달란트. 행렬은 나발리아에서 사투르누스 신전의 국고 창고까지 굽이굽이 이어졌다. 카토는 단 한 번의 기여로 국가 재정을 바꿔놓았다. 그 정도면 시민들에게 5년 동안 무료 급식이 가능했다. 원로원은 즉시 회의를 열어 그를 명예 법무관으로 임명하고 특별히 보라색 마감의 토가를 착용할 권리를 부여했다.

마르켈리누스가 대답을 요구하자 카토는 원로원 선물을 '싸구려 뇌물'로 치부하고는 단칼에 거부해버렸다.

"나는 로마 시민이 부여한 의무를 이행했다. 나로서는 청한 적도 없고 떠맡고 싶지도 않았지만 어쨌든 모두 끝났다. 더 이상은 동로마의 아첨도 필요 없고 저 여봐란 듯한 의상을 걸칠 생각도 없다. 의무를 완수한 것만으로도 보상은 충분하다. 당연한 얘기 아닌가?"

다음 날은 원로원에 나와 속령 논의에도 참여했다. 마치 밖에 나간 적도 없는 사람처럼 제 자리에 앉아 회계보고서를 훑어가며 공공 비용에 누수가 없는지 꼼꼼히 체크도 했다. 장부를 옆으로 밀어놓은 것은 키케로가 일어나 연설을 시작할 때였다.

회의가 열린 지도 한참이었기에 전직 집정관들은 대부분 의견을 피력한 터였다. 그렇다고 해도 키케로는 연설 초반에 피소와 가비니우스, 마케도니아와 시리아의 총독들을 하나하나 비난하는 식으로 긴장감을 다소 길게 이어갔다. 그러자 집정관 마르키우스 필리푸스가 연설을 끊고는 "왜 꼭두각시 둘을 비판하면서 시간을 낭비하느냐, 정쟁을 부추겨 당신을 망명하게 한 당사자는 카이사르가 아니더냐?"며 항의했다. 필리푸스는 카이사르의 조카사위이며 다른 사람들처럼 성미가 급했다. 하지만 키케로에게는 그야말로 포구를 열 기회였다.

"굳이 이유를 들자면, 내 자신의 불만보다 공공복지가 더 소중하기 때문이라 하리다. 바로 이놈의 낡고 집요한 충정 때문에 가이우스 카이사르와 화해하고 우정을 회복하고 강화해나가고 있는 겁니다."

의원들의 야유가 커지자 키케로 역시 목소리를 높였다.

"국가에 이바지한다면 난 누구와도 친구가 될 수 있습니다. 우리는 카이사르의 지휘 아래 갈리아에서 전쟁을 벌였습니다. 그전에는 간신히 공격을 막았을 뿐이죠. 선임자들과 달리 카이사르는 갈리아 전체가 우리 통치하에 있어야 한다고 생각할 뿐 아니라, 게르마니아와 헬베티에서도 가장 악랄하고 강력한 부족들과 싸워 처절하게 궤멸시켰습니다. 남은 자들은 겁을 주고 통제하고 진압하고 가르쳐 로마 시민의 통치에 굴하게 만들었죠. 하지만 아직 끝나지 않았습니다. 카이사르가 없으면 불씨는 터져 다시 활활 타오르겠죠. 따라서 국가의 원로로서, 그의 정적으로서, 국가를 위해 개인의 불만은 접기로 했습니다. 솔직히 말해서 어떻게 그의 적이 될 수 있겠습니까? 그의 파견대가, 그의 명성이, 그의 사절이 달려와 매일매일 새로운 인종과 민족과 부족의 이름으로 우리 귀를 채우는데요?"

그다지 설득력 있는 연설은 아니었다. 끝날 무렵에는 말이 꼬이기까지 했다. 실제로 카이사르와 자신이 정적이 아닌 척하려 들었기 때문인데 결국 궤변은 비웃음만 사고 말았다. 어쨌든 연설은 마쳤다. 카이사르 소환 법안은 폐기되고, 회의 후반에는 반카이사르파의 강성 아헤노바르부스와 비불루스 같은 자가 키케로를 비웃으며 등을 돌렸다. 키케로는 그래도 고개를 똑바로 들고 출구를 향해 걸어갔다. 카토가 붙잡은 것은 바로 그때였다. 나는 문가에 대기하며 두 사람의 대화를 모두 엿들었다.

카토: 마르쿠스 툴리우스, 실망스럽기 그지없군요. 오늘 배신 덕분에 독재자를 막을 마지막 기회마저 빼앗기고 말았습니다.

키케로: 승리에 승리를 이어가는 위인이오. 내가 왜 막아야 한단 말이오?

카토: 하지만 누구를 위한 승리죠? 공화국인가요? 아니면 자기 자신인가요? 어쨌든 언제부터 갈리아 정복이 국가 정책이 되었습니까? 원로원이나 시민이 이 전쟁을 언제 승인이라도 했단 말입니까?

키케로: 그럼 당신이 법안을 내서 말리지 그러오?

카토: 그렇게 할 겁니다.

키케로: 그래… 그래서 어떻게 되나 봅시다. 아무튼 귀국을 환영하오.

카토는 잡담을 나눌 기분이 아니었기에 곧바로 비불루스와 아헤노바르부스에게 갔다. 그때부터 그가 카이사르 반대파를 이끌었다. 키케로는 팔라티네의 집으로 물러나 은거했다.

키케로의 처신은 전혀 영웅적이지 못했다. 그도 모멸감을 모를 리 없었다. 원칙, 진실, 명예여, 잘 가거라! 아티쿠스에게도 편지를 보냈다. 내용을 요약하자면 그렇다.

하지만 이렇게 오랜 세월을 보내고 뒤늦게 깨닫긴 했지만 사실 지금 생각해도 그에게 달리 방법이 있었을 것 같지는 않다. 카토라면야 카이사르를 충분히 도발할 수 있었다. 부유한 권력자 가문 출신이 아닌가. 게다가 클로디우스의 위협도 전혀 두려워할 필요가 없었다.

이제 상황은 정확히 삼두가 계획한 대로 이루어졌다. 설령 키케로가 목숨을 걸었다 해도 막을 수는 없었으리라. 우선 클로디우스 패거리들이 집정관 선거를 방해한 탓에 결국 일정을 중단했다. 그 다음엔 다른 후보자들을 협박해 포기하게 했고 선거는 무기한 연기될 수밖에 없었다. 기껏 아헤노바르부스가 카토의 지원하에 폼페이우스와 카이사르에게 반대하는 정도였다. 원로들도 저항의 표시로 상당수가 상복을 입었다.

그해 겨울 처음으로 카이사르의 고참병들이 도시를 메웠다. 놈들은 술을 마시고 여자를 겁탈했으며, 지도자의 조상을 교차로마다 세워놓고는 누구든 절을 거부하면 폭력을 휘둘렀다. 투표를 재개하기 전날 카토와 아헤노바르부스는 횃불을 들고 투표장으로 내려갔다. 선거운동을 위해 자리를 선점하려고 했지만 가는 도중 습격을 당하고 말았다. 클로디우스 또는 카이사르의 패거리 짓이 분명했다. 횃불 노예는 살해를 당하고 카토도 오른팔을 칼에 찔렸다. 그래도 어떻게든 자리를 지키려 했으나 결국 후보자는 집으로 달아나 문을 걸고 끝내 밖으로 나오지 않았다. 다음 날 폼페이우스와 크라수스가 집정관으로 당선됐다. 얼마 후에는 루카에서 합의한 대로, 임기 말에 통치하고자 하는 속령 배분까지 마무리 지었다. 폼페이우스는 스페인, 크라수스는 시리아. 임기도 1년이 아니라 5년으로 늘리고 카이사르 역시 갈리아 총독 임기를 5년 더 연장했다. 폼페이우스는 심지어 로마를 떠나지 않고 대리인들을 통해 스페인을 통치했다.

그동안 키케로는 정치와 거리를 두었다. 재판이 없는 날이면 집에서 머물며 아들과 조카의 문법, 그리스어, 수사학 공부를 도왔다. 저녁이면 대부분 테렌티아와 조용히 식사를 했다. 시를 짓고 역사책을 쓰고 웅변을 연습했다.

"난 여전히 유배자야. 유배지가 로마일 뿐이지." 그가 투덜댔다.

카이사르도 키케로의 전향 소식을 듣고 즉시 감사 인사를 보냈다. 편지를 받고 키케로도 크게 놀랐다. 카이사르는 밀사 중에서도 제일 빠르고 믿을 만한 자를 보내기까지 했다. 전에도 얘기했듯 그 이후 두 사람의 서신은 모두 압수당했으나 도입부는 아직 기억한다. 늘 똑같았기 때문이다.

발신 : G. 임페라토르 카이사르

수신 : M. 키케로

그간 안녕하셨습니까?

저와 제 부대도 잘…

다만 이 특별한 편지의 어느 글귀만큼은 영원히 잊히지가 않았다. 제가 아직 원로님 마음에 남아 있다니 기쁘기 그지없습니다. 로마에서 원로님의 견해보다 더 귀히 여기는 말은 어디에도 없습니다. 뭐든 호의에 보답하겠습니다. 키케로는 고마움과 굴욕, 안심과 절망 사이에서 갈가리 찢겨야 했다. 얼마 전 퀸투스가 사르디니아에서 귀국해 집에 와 있었다. 그가 편지를 보여주자 퀸투스는 이렇게 대답했다.

"형님은 옳은 일을 했습니다. 폼페이우스는 늘 이랬다 저랬다지만 카이사르라면 정말 친구가 될 수 있을 겁니다. 솔직히 말해서, 나가 있는 동안 폼페이우스가 함부로 대하기에 차라리 카이사르한테 미래를 맡길까 고민도 했는걸요."

"그게 어떻게 가능하지?"

"음, 난 군인이잖습니까. 내가 보직을 청할 수도 있고 형님이 대신 자리를 부탁할 수도 있고."

키케로는 처음엔 시큰둥했다. 카이사르한테 도움을 청하고 싶지 않았겠지만 그러다가 문득 퀸투스가 로마에 돌아온 후 크게 의기소침해한다는 생각이 떠올랐다. 폼포니아와의 결혼이 최악으로 치달은 탓도 있겠지만 그 이유만은 아니었다. 그는 형과 달리 변호사나 웅변가와 거리가 멀었다. 법정이나 원로원도 별로 관심이 없었다. 정치라면 집정관 등극이 남았으나 운이 좋아 엄청난 재산이나 후원을 얻지 못하는 한 그도 불가능에 가까웠다. 돈이든 후원이든 그런 행운이 가능하려면 다시 전쟁터에 나가….

가능성은 희박해 보였다. 하지만 생각이 거기에 미치자 어쨌든 형제는 카이사르한테 미래를 걸어야겠다고 마음을 다잡았다. 키케로는 카이사르한테 편지를 보내 보직을 요청하고 카이사르는 곧바로 신세를 갚겠다고 답신을 보내왔다. 카이사르의 요구도 있었다. 폼페이우스의 대공사에 필적하는 대규모 재건공사를 계획 중인데 키케로가 감독을 맡아주었으면 한다는 것이다. 도시 한가운데 새 포룸을 조성하고 마르스 광장에 2킬로미터에 달하는 지붕 통로를 만드는 공사였기에 규모가 수억 세스테르티우스에 달했다. 그 대가로 카이사르는 8억 세스테르티우스를 2.25퍼센트 이자로 대출해주었다. 보통 이자의 절반에 불과했다.

카이사르는 그런 사람이었다. 돌개바람. 그는 특유의 에너지와 권력으로 사람들을 빨아들였고 로마는 온통 그의 최면에 걸리고 말았다. 그의《갈리아 전쟁기》가 레기아 밖에 게시될 때마다 사람들이 몰려들어 하루 종일 그의 공적을 읽고 또 읽었다. 그해 카이사르의 젊은 제자 데키무스가 대서양 해전에서 켈트 족을 무찔렀다. 그후 카이사르는 국민을 모두 노예로 팔고 지도자들을 처형했다. 브르타뉴도 침략하고 피레네 산맥을 정복하고 플랑드르를 진압했다. 갈리아 부족은 예외 없이 세금을 징수했다. 마을 하나하나 탈탈 털어 고대의 보물을 모조리 수레에 실어간 후에도 착취는 가차가 없었다. 평화로운 부족 우시페테스와 텡크테리의 43만 명이 라인 강을 건너왔을 때 카이사르는 거짓으로 조약에 합의하고 안전을 약속해놓고도 기어이 씨를 말리고 말았다. 기술자들을 불러 라인 강에 다리를 설치한 뒤 군단을 이끌고 8일간 게르마니아를 쑥대밭으로 만들고는 다시 갈리아로 철수하고 다리는 해체해버렸다. 결국은 그것도 부족했는지, 2개 군단을 전함에 태우고 야만족 브리튼 해안에 상륙해 마을 몇 곳을 불태우고 노예를 포획한 뒤 겨울바람에 갇히기 전에 돌아왔다. 브리튼은 로마 사람들 대부분이 존재조차 믿지 않은 데다 분명 알려진 세상 저 밖에 존재하던 곳이었다.

폼페이우스는 원로 회의를 소집해 장인의 대승을 축하하고 20일간의 기도주간을 추가했다. 그 바람에 결코 잊지 못할 광경이 벌어지고 말았다. 키케로를 포함해 원로들이 하나씩 일어나 카이사르를 찬양하는 바람에 폼페이우스가 부를 사람이 카토밖에 없었다.

"여러분, 또다시 모두 상식을 잃었군요. 카이사르 자신의 설명이 맞는다면 자그마치 남자와 여자, 아이들을 40만이나 죽인 겁니다. 우리와 불화도 없는 사람들이에요. 그 사람들과 싸운 적도 없는데, 여기 원로원이나 로마 시민들의 허락도 받지 않고 닥치는 대로 학살했다는 말입니다. 예, 두 가지 반대되는 제안을 할 테니 한 번 생각해보시죠. 우선 축제를 여는 대신, 먼저 신들께 제물부터 바쳐야 합니다. 그래서 카이사르의 어리석음과 광기에 대한 책임을 로마와 로마군에 묻지 않도록 기원해야 해요. 그리고 두 번째 카이사르는 스스로 전범임을 증명했으니 게르마니아 부족들에게 넘겨 운명을 결정하게 해야 합니다."

연설이 끝나자 분노의 함성이 생지옥의 아우성처럼 들렸다.

"반역자!", "갈리아 첩자!", "게르마니아 야만인!"

원로 몇이 달려가 이리저리 밀치는 바람에 카토는 비틀비틀 뒷걸음질 치기도 했다. 그래도 강하고 강단도 있는 사람이었다. 곧바로 균형을 되찾고 입지를 굳히더니 독수리처럼 원로들을 노려보았다. 누군가 그를 카이사르한테 끌고 가 사죄할 때까지 가둬놓아야 한다며 안건을 상정했다. 하지만 폼페이우스도 예리한 구석이 있어 그의 순교를 허락하지 않았다.

"카토는 자신의 말로 스스로 벌을 받았소. 누가 있어 그보다 더 큰 벌을 내리겠소? 그냥 놔둬요. 상관없으니까. 저토록 마음이 꼬인 사람이라면 로마 시민들이 영원히 용서하지 못할 게요."

내 생각도 그랬다. 카토는 절제와 합리성을 잃고 크게 자해를 한 격이었다. 집으로 돌아오는 길에 키케로한테도 그렇게 말을 했다. 솔직히 카이사르와 가깝게 된 터라 당연히 동의하리라 생각했건만 놀랍게도 그가 고개를 저었다.

"아니, 큰 오산이다. 카토는 예지자야. 아이나 광인 같지만 그래도 분명하게 진실을 말했다. 로마는 오늘 카이사르에게 운명을 맡겼지만, 곧 후회하게 될 게다. 나도 그렇고."

철학자가 될 생각은 없다. 하지만 이 정도는 경험상 이해할 수 있다. 무엇이든 정점에 오르는 순간 이미 파멸은 시작한다.

삼두정치도 마찬가지였다. 삼두정치는 화강암 기둥처럼 정치지형 위에 우뚝 섰다. 하지만 비록 아무도 보지 못했다 해도 본질적으로 약점을 내재하고 있으며 그 약점은 시간이 흐르면서 드러날 수밖에 없었다. 그중 가장 위협적인 요인이 크라수스의 과도한 야망이었다.

몇 년 동안 그는 로마 최고의 갑부로 칭송을 받았다. 재산은 8,000달란트, 또는 2억 세스테르티우스 정도. 하지만 최근 폼페이우스와 카이사르에 비하면 보잘 것 없는 데다 두 사람은 각각 몇 개 나라를 주무르고 있었다. 크라수스가 어떻게든 시리아에 가려는 이유도 통치와는 거리가 멀었다. 그는 시리아를 파르티아 제국과 전쟁을 하기 위한 전초기지로 보았다. 허나 아라비아 사막은 위험하고 사람들은 잔인했다. 그 사실을 아는 사람들에게 그 계획은 그야말로 어불성설이었다. 적어도 폼페이우스는 알았겠지만 크라수스를 너무도 싫어한 탓에 말릴 생각 따위는 없었다. 카이사르는 오히려 부추겼다. 그는 크라수스의 아들 푸블리우스(무티나에서 만난 적이 있다)에게 잘 훈련한 기병 1,000명을 딸려 보내 부사령관으로서 아버지를 돕게 했다.

키케로는 로마의 그 누구보다 크라수스를 경멸했다. 클로디우스라면 드물게나마 존경심을 유발했지만 크라수스는 늘 남을 헐뜯고 욕심은 끝 간 데를 모르고 배신을 일삼았으며, 그런 기질은 모호하고도 거짓된 호방함으로 감추었다. 두 사람은 그 즈음 원로원에서 격렬하게 논쟁을 벌이곤 했다. 시리아 총독 가비니우스가 물러나며 프톨레마이우스를 이집트 파라오에 복위하려 들었을 때였다. 키케로는 그가 뇌물에 넘어갔다며 격렬하게 비난했다. 크라수스가 그를 변호하자 키케로는 크라수스가 공화국보다 자기 이득을 더 중시한다고 몰아붙였다. 크라수스는 키케로의 추방 경력을 조롱했다. "망나니 절도범보다야 영예로운 망명객이 자랑스럽지." 키케로가 조롱하자, 크라수스가 달려가 키케로에게 가슴을 불쑥 디밀었다. 원로들이 말리지 않았다면 노년의 두 정치가는 주먹까지 교환했을 터였다.

폼페이우스는 키케로를 옆으로 데려가더니 동료 집정관을 그런 식으로 대하면 가만두지 않겠다고 위협했다. 카이사르도 크라수스를 공격하면 자신을 향한 모독이라 여기겠다며 편지까지 보냈다. 내가 보기에 삼두의 걱정은 크라수스의 원정에 반대할 경우, 자신들의 권위를 훼손한다는 데 있었다. 카토와 지지자들은 공화국과 우호조약까지 맺은 나라와 전쟁을 벌인다면 이는 당연히 불법이자 죄악이라며 비난했다. 그들은 점괘까지 내보이며 전쟁은 신성 모독이며 결국 로마를 멸망에 이르게 한다고 으름장을 놓았다.

크라수스도 불안했는지 키케로와의 화해를 모색했다. 중매자는 그의 친구이자 키케로의 사위 푸르우스 크라시페스였다. 크라시페스는 크라수스가 떠나는 날 두 사람을 저녁 식사에 초대했다. 초대를 거부하면 폼페이우스와 카이사르가 불충하다며 역정을 낼 것이기에 키케로로서도 도리가 없었다.

"어쨌든 네가 증인이 되어야겠다. 그 사기꾼은 하지도 않은 말을 지어내며 내가 지지했다고 거짓말을 하려 들 게야."

당연히 식사에는 동참하지 못했으나 그날 풍경만은 아주 선명하게 기억한다. 크라시페스의 고급 별장은 도시에서 2킬로미터쯤 떨어진 공원 중앙이자 티베르 강 제방 위에 있었다. 키케로와 테렌티아는 제일 먼저 도착해 툴리아와 잠깐 시간을 보냈다. 툴리아는 최근에 유산을 한 탓에 안색이 창백하고 여위어 보였다. 더군다나 남편까지 그녀를 냉대했다. 심지어 화병의 꽃들이 시들고 싸구려 카나페를 준비하고 집안일을 등한시한다며 바가지까지 긁어댔다. 크라수스는 한 시간 늦게 도착했다. 이번에는 아예 대규모 마차 호송대를 이끌고 덜거덕거리며 안마당으로 들어섰다. 노파 아내 테르툴라도 함께였는데 아주 인상이 더럽고 남편만큼이나 머리가 벗어졌다. 아들 푸블리우스와 새 며느리 코르넬리아도 보였다. 코르넬리아는 스키피오 나시카의 열일곱 살짜리 딸이며 매우 우아한 데다 로마에서 가장 유력한 여성 상속자로 알려졌다. 크라수스는 그 밖에도 부관들과 비서들을 잔뜩 달고 다녔으나 내가 보기엔 메시지와 자료를 들고 오락가락하며 뭔가 중요한 일을 하는 시늉만 하는 것 같았다. 우두머리들이 식사를 위해 들어가고 해변이 조용해지자, 수행원들은 크라시페스의 집 주위를 어슬렁거리며 와인을 마셨다. 솔직히 이 민간인 아마추어들과 카이사르의 부관들, 즉 전투로 다져진 베테랑 부하들은 달라도 너무나 달랐다.

식사 후, 남자들은 타블리눔으로 건너가 군사전력을 논했다. 아니, 정확히는 크라수스 혼자 떠들고 다른 사람은 듣기만 했다. 이미 나이가 예순에 거의 귀머거리 지경이라 목소리까지 너무 컸다. 그 바람에 아들 푸블리우스가 내내 쩔쩔매야 했다.

"이해했습니다, 아버지. 소리치실 필요는 없어요. 옆방에서 다 듣습니다."

그는 한두 번 키케로를 향해 눈썹을 치켜뜨는 식으로 조용히 사과를 표했다. 크라수스는 마케도니아를 거쳐 트라키아, 헬레스폰트 해협, 갈라티아, 시리아 북부로 갔다가 메소포타미아 사막을 가로지르고 유프라테스를 건너 파르티아 깊이 들어가겠다고 선언했다.

"집정관께서 간다는 소식은 그곳에서도 들었을 겁니다. 뭔가 충격요법이 필요하지 않겠습니까?"

키케로의 지적에 크라수스가 코웃음을 쳤다.

"충격 따위보다는 확실한 게 좋아요. 가는 곳마다 벌벌 떨게 만들 겁니다."

원정길을 따라 보물을 알아보는 능력이라면 크라수스를 당할 자가 없으리라. 히에라폴리스의 데르케토 신전, 예루살렘의 여호와 신전, 키그라오케르타의 아폴로 조각상을 장식한 보석들, 니케포리움의 황금 제우스, 셀레우키아의 보물집들… 그가 나열한 목표들이다. 키케로는 원정 전쟁이 아니라 원정 쇼핑 같다고 조롱했지만 크라수스는 귀가 먼 탓에 듣지 못했다.

밤이 깊어 두 정적은 따뜻하게 악수를 나누고 사소한 오해들도 모두 풀었다며 덕담을 했다. 키케로도 손가락을 돌리며 이렇게 덧붙였다.

"말 그대로 상상의 나래였습니다. 그마저 완전히 기억에서 몰아내야죠. 원로님과 저야 이제 정치 기반이 같아졌으니, 동맹과 우의를 통해 서로 신뢰할 수 있기를 기대합니다. 원로께서 떠나 있는 동안, 신경 쓰이는 일이 있으시면 뭐든 말씀만 하십시오. 제 힘과 영향력이 닿는 대로 도와드리겠습니다."

마차를 타고 집으로 돌아오며 키케로가 투덜댔다. "날강도 같은 놈."

하루 이틀 후, 아직 집정관 임기가 두 달이나 남았지만 크라수스는 결국 참지 못하고 로마를 떠났다. 의복도 현역 장군답게 붉은 망토와 군복 차림이었다. 동료 집정관 폼페이우스도 원로원에서 나와 배웅했다. 호민관 아테이우스 카피토는 불법 개전 혐의로 그를 포룸에서 체포하려 했다. 하지만 크라수스의 부관들에게 저지당하자 곧바로 성문으로 달려가 화로를 설치하고 크라수스가 지나갈 때를 기다려 향과 헌주를 불길 안으로 던지며 그의 원정을 저주하고 기이한 악신들의 이름을 외어댔다. 미신에 약한 로마인들이 놀라 가지 말라고 외쳤지만 크라수스는 그들마저 비웃고는 가볍게 손을 흔들며 도시를 등지고 말에 박차를 가했다.

그 즈음 키케로의 삶은 그런 식이었다. 세 거장 사이를 까치발로 오가며 그들 모두와 좋은 관계를 유지하고 시키는 대로 따르려 애를 썼다. 속으로는 공화국의 미래를 우려하면서도 더 나은 시절을 기대하고 기다린 것이다.

책 속에 숨어 지내기도 했다. 그는 특히 철학과 역사를 많이 읽었다. 퀸투스가 카이사르와 합류하기 위해 갈리아로 떠난 후에는 자기 일을 만들겠다고 선언했다. 위험 때문에라도 로마의 현 정국을 노골적으로 공격하기는 어렵지만 다른 방식으로 접근할 수는 있었다. 그는 플라톤의 《공화국》을 개편해 이상적인 국가가 어떤 모습이어야 할지 보여줄 생각이었다.

"그럼 반대할 사람 없잖아?" 그는 그렇게 되물었다.

내 생각은 '수많은 사람이 반대한다'였으나 그냥 입을 다물었다.

당시의 저술과정을 되짚어보자. 작업은 3년 가까이 걸렸으나 나로서는 평생 가장 만족스러운 시기라 하겠다. 문학 저술이 대개 그렇듯, 상심도 많고 오류도 적지 않았다. 당초 두루마리 아홉 권으로 계획했으나 후에 여섯 권으로 줄였다. 역사가들을 등장시켜 가상의 대화를 이어가는 식으로 형식을 풀어가고, 대표 인물 중에 카르타고의 정복자이자 그의 영웅 스키피오 아이밀리우스가 있었다. 등장인물들은 종교축일에 별장에 모여 정치의 본성과 사회 구성 방안을 논한다. 키케로의 생각으로는 로마 역사의 전설적 인물들을 통해 얘기하면 아무리 위험한 개념이라도 개의치 않을 것이다.

구술 작업은 원로원이 쉬는 날 쿠마이의 새 별장에서 진행했다. 옛 자료들을 참고하고, 특별한 기념일에는 마차를 타고 파우스투스 코르넬리우스 술라의 별장으로 달려갔다. 그는 과거 딕타토르의 아들로 해변에 살고 있었다. 키케로의 동지 밀로가 요즘 정치적으로 부각한 덕에 얼마 전 술라의 쌍둥이 여동생 파우스타와 결혼까지 했다. 예식에 참석했을 때 술라는 키케로에게 언제든 서재를 사용해도 좋다고 허락했다. 술라의 서재는 로마에서도 가장 귀중한 장서였다. 장서는 30년 전 아테네에서 딕타토르 술라가 직접 수레로 실어 날랐는데 놀랍게도 아리스토텔레스가 300년 전 직접 쓴, 친필 원고가 대부분 들어 있었다. 그때 우리는 아리스토텔레스의《정치학》여덟 권을 하나하나 풀어냈다. 그 기분은 내가 살아 있는 한 영원히 잊지 못할 것이다. 그리스 소활자를 담은 작은 원통들. 오랜 세월 소아시아 동굴에 숨어 지낸 탓에 끄트머리가 습기로 살짝 파손이 되기는 했으나, 그야말로 세월을 거슬러 신의 얼굴을 어루만지는 기분이 아니던가.

어쨌든 주제에서 많이 벗어났다. 핵심은 키케로가 처음으로 자신의 정치관을 출간했다는 것이다. 난 그 내용을 몇 문장으로 요약할 수 있다. 정치는 가장 고귀한 소명이며("인간의 미덕으로 신의 존엄한 기능에 더 가까이 다가갈 직업은 오로지 정치뿐이다"), 사악한 자들에게 지배당하지 않으려는 의지야말로 공직 생활에 입문하려는 가장 고귀한 동기다. 어떤 개인이나 무리에게 지나친 권력을 부여하지 않아야 하며, 정치는 아마추어의 도락이 아니라 전문 직업이므로 정치가는 목숨을 다해 정치학을 연구하여("교활한 시인들의 통치는 최악이다"), 미래에 사용할 수 있도록 그에게 필요한 지식을 모두 습득해야 한다. 국가 권력은 반드시 분권해야 한다. 기존 정부 형태들, 즉 군주와 귀족, 민중 중에서 최선은 셋 모두를 더한 형태이며, 어느 한쪽을 택할 경우 그 자체로 재앙이 될 수 있다. 왕은 제멋대로이고, 귀족은 욕심이 많으며, "고삐 풀린 다수가 무소불위의 권력을 휘두를 경우는 대화재나 들끓는 바다보다 끔찍하다."

요즈음도 종종《공화국에 대해서》를 읽지만 그때마다 감동을 받는다. 특히 6권 말미에서 스키피오가 말하는 단원이 그렇다. 조부가 꿈에 나타나 그를 천국으로 데려가서는 거대한 은하수와 비교해 지구가 얼마나 미미한지를 보여준다. 은하수에는 죽은 정치가들의 영혼이 별로 승화해 살고 있다. 책의 묘사는 나폴리 만의 광활하고 선명한 밤하늘에 영향을 받았다.

> 어느 곳을 보아도 놀랍도록 아름다웠다. 지구에서는 볼 수 없는 별도 많지만 어느 별이든 우리가 상상했던 것보다 컸다. 별의 왕국도 지구보다 훨씬 넓었다. 실제로 우리 제국은 너무 작아서 우스울 정도였다. 왕국이라 봐야 기껏 표면에 찍은 점 하나에 불과하지 않는가.

"이따금 고개를 들어 저 하늘 위 영원의 집과 휴식처를 제대로 볼 수 있다면 저 미천한 무리들의 추문에 시달리거나, 네 공덕의 가치를 인간의 보상에 의지하지 않으리라. 그 누구의 평판도 오래가지 않는다. 사람의 말이란 그와 함께 죽고 후대의 망각에 묻히기 때문이다." 노인은 스키피오에게 그렇게 말해준다.

그런 구절들을 지어내며 키케로는 혹독하고 쓸쓸한 나날들 속에서도 크게 위로를 받았다. 언젠가 자신의 원칙들을 실행할 기회가 다시 돌아올까? 기대는 그저 요원하기만 했다.

키케로가《공화국에 대해서》를 쓰기 시작하고 몇 개월 후, 로마의 700년째 여름, 폼페이우스의 아내 율리아가 사내아이를 낳았다. 키케로는 아침 알현식에서 소식을 듣자마자 황급히 달려가 부부를 만났다. 두 사람은 행복한 표정으로 하늘의 선물을 안고 있었다. 폼페이우스의 아들이자 카이사르의 손자가 아닌가. 당연히 미래 시대의 위인이기에, 키케로 역시 제일 먼저 축하하는 무리에 끼고 싶었다.

이제 막 동이 텄건만 날씨는 벌써부터 더웠다. 폼페이우스 저택 아래 계곡에는 얼마 전 새로 지은 극장이 어렴풋이 모습을 드러냈다. 사원과 정원, 주랑현관, 하얀 대리석들도 햇빛에 눈이 부셨다. 불과 몇 개월 전 키케로도 헌정 축제에 참가했다. 사자 500마리, 표범 400마리, 코끼리 18마리, 그리고 로마 최초로 무소가 등장해 싸움을 벌였는데 그야말로 장관이었다. 물론 키케로한테는 역겹기만 했다. 코끼리들을 살해할 때는 노골적으로 불만을 드러내기도 했다.

"무자비한 야수가 나약한 인간을 갈기갈기 찢어버리거나, 고귀한 종족이 사냥창에 꿴다고 생각해봐. 문화인이 그런 광경을 보고 어떻게 좋아할 수 있겠나?"

그렇다고 불만을 공론화 할 수는 없었다.

대저택에 들어가는 순간 뭔가 잘못되었다는 사실을 눈치챘다. 원로들과 폼페이우스의 의뢰인들이 여기저기 모여 있었는데 하나같이 근심 어린 표정이었다. 누군가 키케로에게 속삭여준 얘기에 따르면, 아직 발표는 없었지만 폼페이우스는 나타나지도 않고 율리아의 하녀 몇이 훌쩍거리며 안뜰을 분주히 오갔단다. 아무래도 최악의 상황이겠다. 갑자기 실내에서 동요가 일더니 커튼이 열리고 폼페이우스가 노예들과 함께 모습을 드러냈다. 그는 사람들을 보고 놀란 듯 우뚝 멈추더니 낯익은 얼굴을 찾다가 키케로와 시선을 맞추었다. 그가 손을 들고 그에게 다가왔다. 사람들이 모두 지켜보았다. 처음에는 지극히 차분하고 침착해 보였으나 옛 동료에게 다가오면서 갑자기 통제력을 잃고 말았다. 장군의 몸과 얼굴 모두가 축 늘어지더니 이내 훌쩍훌쩍 흐느끼며 이렇게 외쳤다.

"아내가 죽었어!"

거대한 탄식이 방 안을 가득 채웠다. 충격과 슬픔이 그만큼 컸겠지만, 내가 보기엔 두려움도 못지않았다. 이들은 정치인들이다. 이 사건은 한 젊은 여인의 죽음으로 끝나지 않을 것임을 직감했다. 키케로는 눈물을 흘리며 폼페이우스를 끌어안고 위로를 해주었다. 잠시 후 폼페이우스가 그에게 들어와 시신을 봐주길 청했다. 키케로가 죽음을 얼마나 끔찍해하는 줄 알기에 거절할 줄 알았으나 아무래도 그럴 자리가 아니었다. 국사에 준하는 사건이 아닌가. 따라서 친구가 아니라 원로원을 대신해서라도 현장을 목격해둘 필요가 있었다. 그는 폼페이우스의 손을 잡고 들어갔다가 잠시 뒤에 나왔다. 사람들이 주변에 몰려들었다.

"아이를 낳자마자 다시 피를 흘리기 시작했는데 멈출 수가 없었다더이다. 예, 죽음은 평화롭고 부인은 가문에 걸맞게 용감했소."

"아이는요?"

"아이도 오늘을 넘기지 못할 것이오."

그 말에 다시 탄식이 터져 나왔다. 사람들은 이내 도시에 소식을 알리기 위해 자리를 떴다.

"불쌍한 율리아, 시트로 둘둘 감았는데 그보다 더 새하얗더군. 아이는 눈이 안 보이고 한쪽 발도 온전치 못했어. 카이사르가 불쌍하구나. 무남독녀였는데. 신들이 분노한다고 카토가 예언했었는데 정말로 그 말이 실현되는 것만 같구나."

집에 돌아간 후 키케로는 카이사르에게 위로 편지를 썼다. 불운이 다 그렇듯, 카이사르는 그 어느 때보다 접근이 어려운 곳, 즉 브리튼에 들어가 있었다. 이번에는 퀸투스를 비롯해 침략군 규모가 2만 7,000명이나 되었다. 그 후 몇 달 후 갈리아에 돌아와 편지 꾸러미를 열고 나서야 딸의 죽음을 알았으나 감정의 동요를 전혀 보이지 않았다. 숙소로 돌아간 뒤에도 그 얘기는 일절 거론하지 않았으며, 3일간 공식 애도 기간을 마친 후에는 그대로 일상 업무에 복귀했다. 내가 생각하기엔, 그의 성공 비밀은 분명 죽음에 대한 무관심이었다. 적과 친구, 무남독녀는 물론 자신의 죽음조차 그는 개의치 않았다. 사람들에게 알려진 매력 이면에 그렇듯 차가운 본성을 감추고 있었던 것이다.

폼페이우스는 인간 범주의 극단에 위치했다. 그는 속과 겉이 완전히 똑같았다. 아내가 많았지만 모두 다 지극하게(혹자는 지나치게라고 했다) 사랑했으며 그중 율리아가 으뜸이었다. 장례식은 카토의 반대에도 포룸에서 국장으로 진행했다. 폼페이우스는 눈물을 흘리느라 제대로 비가를 읊지도 못하고, 마치 영혼이 산산조각 난 사람처럼 내내 궁상을 떨었다. 시신은 화장을 한 뒤 마르스 광장에서도 그의 사원 경내에 능묘를 만들어 매장했다.

두 달쯤 후였을 것이다. 폼페이우스가 키케로를 부르더니 지금 막 받았다며 카이사르의 편지를 보여주었다. 카이사르는 율리아를 잃은 데 대해 폼페이우스를 위로하고 애도에 감사한 끝에, 새로운 군사 동맹을 제안했다. 그런데 위력이 두 배였다. 카이사르는 여동생의 손녀 옥타비아를 폼페이우스한테 주고 폼페이우스는 카이사르에게 딸 폼페이아를 맡겨달라는 주문이었다.

"어떻게 생각해? 아무래도 브리튼의 야만적 공기에 머리가 오염된 것 같은데 말이야! 무엇보다 내 딸은 이미 파우스투스 술라와 약혼한 몸이잖아? 그런데 내가 그 친구한테 뭐라고 하겠어? '미안해서 어쩌냐, 술라? 더 중요한 사람이 막 나타났네.' 게다가 옥타비아도 유부녀잖아. 그것도 남편이 자그마치 카이우스 마르켈루스야. 내가 아내를 빼앗으면 기분이 어떻겠어? 빌어먹을, 그러고 보니 카이사르도 유부남이로군. 여편네가 걸레 칼푸르니아라고! 그 사람들의 삶을 몽땅 뒤집겠다는 얘기야? 율리아의 침대가 아직 식지도 않았는데! 당신 알아? 난 아직 가슴이 아파서 아내 머리카락 하나 치우지 못한다니까."

키케로는 자신도 모르게 카이사르를 옹호하고 나섰다. "오로지 공화국의 안정만 생각해서일 겁니다."

하지만 폼페이우스는 인정하지 않았다. "이런, 아무튼 싫어. 다섯 번째 결혼이라면 여자는 내가 고르겠어. 카이사르도 그래. 직접 다른 여자를 골라야 할 거야."

키케로는 뒷담화를 좋아했기에 카이사르의 편지 내용을 친구들에게 전했다. 물론 비밀 엄수라는 단서를 달기는 했지만, 친구들도 당연히 맹세를 하고 얘기를 다시 주변에 전했다. 소문은 그런 식으로 번져 카이사르의 제안은 로마의 추문으로 굳어졌다. 특히 마르켈루스가 분개했다. 카이사르가 아내를 마치 자기 소유물처럼 얘기했기 때문이었다. 카이사르는 그 얘기를 전해 듣고 크게 당황해 폼페이우스가 자기 계획을 떠벌렸다며 몰아붙였다. 폼페이우스도 사과할 마음이 없었다. 그는 카이사르가 선불리 짝짓기를 강요했다며 카이사르를 비난했다. 삼두 연합에 다시 균열이 나타난 것이다.

07
일곱 번째 두루마리

이듬해 원로원 휴회 기간 중 키케로는 언제나처럼 가족과 함께 쿠마이로 떠났다. 정치학 저술 작업을 계속하기 위해서였다. 물론 나도 함께였으나 이미 50번째 생일이 얼마 남지 않았다.

지금껏 살아오면서 대체로 건강이 좋았다. 그런데 잠시 휴식을 위해 아르피눔의 혹독한 산정에 이르렀을 때 온몸이 떨리더니 다음 날 아침엔 아예 수족을 움직일 수 없었다. 다른 사람들과 함께 떠나고 싶었지만 의식을 잃는 통에 사람들한테 들려 침대에 눕고 말았다. 키케로는 더 없이 친절했다. 여행도 늦추고 회복을 기대했으나 증세는 점점 나빠지기만 했다. 나중에 듣기로 키케로가 오랫동안 침대를 지켰다지만 결국 나를 남겨두고 떠날 수밖에 없었다. 노예들한테는 주인을 대하듯 돌보라며 엄중하게 지시를 내렸다. 이틀 후 쿠마이에서 그가 그리스 주치의 안드리쿠스와 요리사를 보냈다는 편지를 보냈다. '나를 생각해서라도 부디 건강해져라. 완

전히 건강을 회복한 다음에 이곳으로 오면 된다. 부디 건강히.'

안드리쿠스는 나를 씻기고 피를 뽑았다. 요리사는 맛난 음식을 준비했지만 난 너무 아파서 먹을 수가 없었다. 키케로는 내내 편지를 보냈다.

> 네 건강을 얼마나 걱정하는지 상상도 못 할 게다. 이 문제에 대해 내 마음을 편케 해준다면 나도 네 걱정을 덜어줄 참이다. 편지도 네가 기쁘게 읽는다면 얼마든지 쓰겠다. 네 좋은 머리를 우리 둘을 위해 네 자신을 지키는 일에 쓰도록 하거라.

일주일 후 열이 가라앉았으나 그때쯤 쿠마이로 가기엔 너무 늦었다. 키케로는 대신 로마로 돌아가는 길에 포르미아이에서 만나자고 편지를 보냈다.

> 친애하는 티로, 건강한 모습은 그곳에서 보도록 하자꾸나. 내 (우리) 문학적 상상력은 너를 그리워하며 그저 고개만 떨구고 있다. 아티쿠스도 함께 있는데 아주 즐겁게 잘 지낸다. 내 글을 읽고 싶어 한다만 네가 없는 동안에는 내 저술의 혀도 완전히 묶여 있다고 얘기해주었다. 네가 어서 뮤즈들께 봉사할 수 있었으면 좋겠구나. 약속은 약속한 바로 그날 이행할 터이니, 이제 건강에만 신경 쓰도록 해라. 곧 만나기를 빈다. 안녕.

나도 네 걱정을 덜어줄 참이다… 약속은 약속한 바로 그날 이행할 터이니… 두 편지를 읽고 또 읽으며 두 문장을 이해하려 애를 써

보았다. 혼수상태일 때 무슨 말인가 했나 본데 정작 난 전혀 기억이 없었다.

지시대로 나는 50번째 생일, 4월 28일 오후에 포르미아이 별장에 도착했다. 날씨는 차고 바람이 거셌다. 바다에서 무자비하게 돌풍까지 휘몰아쳤다. 난 여전히 온전치가 않아 비를 피해 황급히 집에 들어가는데 현기증이 났다. 별장은 황량해 보였다. 맙소사, 지시를 잘못 알아들은 걸까? 이름을 부르며 방마다 돌아다니는데 식당에서 사내아이가 킥킥 웃는 소리가 새어나왔다. 커튼을 젖히니 식당이 온통 사람들로 가득했다. 다들 조용히 숨어 있었던 것이다. 키케로, 테렌티아, 툴리아, 마르쿠스, 어린 퀸투스 키케로, 가솔들, 그리고 (더욱 놀랍게는) 법무관 카이우스 마르켈루스와 그의 릭토르들까지 모두! (카이사르가 마르켈루스에게서 아내를 빼앗아 폼페이우스한테 주려 하지 않았던가!) 사람들은 내 놀란 얼굴을 보며 일제히 웃음을 터뜨렸다. 키케로가 내 손을 잡고 방 한가운데로 이끌자 다른 사람들이 공간을 내주었다. 무릎이 덜덜 떨렸다.

마르켈루스가 물었다. "오늘 이 노예에게 자유를 주려는 이가 누구입니까?"

키케로가 대답했다. "내가 원합니다."

"그대가 법적 소유자입니까?"

"그렇습니다."

"어떤 연유로 그에게 자유를 주고자 합니까?"

"노예의 몸으로 태어난 이후 지금껏 내 가족, 특히 나와 로마에 충성과 봉사를 다했습니다. 정신도 건강해 능히 자유를 누릴 자격이 있습니다."

마르켈루스가 고개를 끄덕였다. "진행하라."

릭토르가 권장(權杖)으로 내 머리를 가볍게 건드리자, 키케로가 다가와 양 어깨를 잡고 간단한 법조문을 외었다.

"이 사람에게 자유를 허하노라."

그의 두 눈에 눈물이 고였다. 나도 울었다. 그가 부드럽게 내 몸을 돌려 등지게 하고는 살짝 떠밀었다. 마치 아버지가 아이의 첫 걸음마를 재촉하기라도 하듯.

자유를 얻은 기분을 어찌 말로 다 할 수 있단 말인가? 퀸투스는 갈리아에서 편지를 보내 그 마음을 제일 잘 표현해주었다. '이보다 더 기쁜 일이 어디 있겠는가, 친애하는 티로. 전에는 노예였으나 이제는 친구가 아닌가.' 외적으로는 아무것도 변하지 않았다. 나는 여전히 키케로의 집에 살며 전처럼 의무를 수행했다. 하지만 마음속에서는 이미 다른 사람이었다. 튜닉도 토가로 바꾸었다. 의복은 거추장스럽고 글을 쓸 때도 편치 않았으나 자부심만은 대단했다. 처음으로 내 자신을 위해 계획을 세우기도 했다. 우선 속기 시스템에 사용하는 기호와 약자들을 모으고 사용법을 소개해 종합사전을 편집하기 시작했다. 라틴어 문법책도 기획하고, 시간이 날 때마다 메모 상자들을 뒤져 그간 키케로가 던진 말 중에서 특별히 흥미롭고 영리한 구문들을 필사도 했다. 그의 재치와 지혜를 모아 책을 만들겠다고 하자 키케로도 크게 기뻐했다. 이따금 괜찮은 언급을 하고 나면, 말을 끊고 이렇게 얘기했다. "그 말 적어놔, 티로. 네 책에 써먹어도 되겠다." 조금씩 암묵적인 동의도 생겼다. 즉, 내가 더 오래 살면 키케로의 전기를 쓸 것이다.

언젠가 그렇게 물어본 적이 있다. 자유를 주기까지 왜 그렇게 오래 걸렸으며 왜 하필 그 순간에 결행하기로 했는지. 그의 대답은 이랬다.

"음, 너도 알다시피 난 이기적이다. 너한테 뭐든지 의지하기도 하고. 솔직히 이렇게 생각했어. '이 친구를 풀어주면 훌쩍 떠나지 않을까? 그럼 어떡하지? 카이사르나 크라수스한테 충성을 바치겠다고 나서도 막을 방법이 없잖아? 나에 대해 아는 것만으로 그 인간들 얼마든지 돈을 내려고 할 텐데? 그런데 아르피눔에서 몸져누웠을 때 그런 생각이 들더라. 이러다가 정말 노예 신분으로 죽으면 얼마나 억울할까? 그래서 맹세한 거야. 넌 열이 높아 이해하지 못했다지만 말이다. 이 세상에서 단 한 사람을 자유인으로 만들라고 한다면 바로 너야, 티로. 게다가… 요즘엔 나한테 돈이 될 만한 비밀도 없잖아?" 그는 마지막 말을 덧붙이며 윙크를 했다.

키케로를 사랑하지만 그래도 내 집에서 숨을 거두고 싶었다. 내게는 저축도 조금 있고 지금은 봉급도 받는다. 쿠마이 근처에 작은 농지를 살까 꿈도 꾸었다. 그곳에서 염소와 닭도 키우고 포도와 올리브도 심고 싶었다. 문제는 외로움이었다. 노예 시장에 내려가 동반자를 살 수도 있겠으나 그야말로 역겨운 생각이 아닐 수 없었다. 이 미래의 꿈을 누구와 함께 하고 싶은지는 잘 알고 있었다. 아가테. 루쿨루스의 집에서 만난 그리스 노예 소녀. 키케로와 망명길에 나서기 전, 아티쿠스에게 대신 그녀의 자유를 사달라고 부탁도 했고, 아티쿠스도 부탁대로 했다고 확인해주었다. 다만 그 후 로마에 들어올 때마다 수소문도 하고 주의 깊게 살펴도 보았으나 아가테는 이미 이탈리아의 혼잡한 인파 속으로 사라진 후였다.

느긋하게 자유를 즐길 시간은 별로 없었다. 누구나 그렇겠지만 보잘 것 없는 계획들도 끊임없이 밀려드는 사건들로 조롱을 받을 참이었다. 그 점에서 플라우투스의 말은 적절하다.

마음이야 바라는 바가 많겠으나
미래는 신들의 손에 달려 있다.

자유인이 되고 몇 주일이 지났다. 7월, 지금이야 줄라이지만 당시만 해도 퀸틸리스라고 불렀다. 새 토가를 밟지 않으려 애쓰며 사크라 도로를 따라 걸음을 재촉하고 있었다. 그런데 앞에 사람들이 모여 있건만 이상하게도 쥐 죽은 듯 고요했다. 카이사르 승전보가 방으로 붙을 때와는 사뭇 분위기가 달랐다. 그 순간 내 생각은 카이사르가 대패했나 보다였다. 나는 무리 뒤에 붙어 앞사람한테 무슨 일인지 물었다. 그가 머뭇머뭇 어깨 너머를 보더니 심란한 얼굴로 이렇게 중얼거렸다.

"크라수스가 죽었답니다."

나는 한참을 머물며 닥치는 대로 정보를 모아 황급히 집으로 돌아왔다. 키케로는 서재에서 작업 중이었다. 내가 숨을 몰아쉬며 소식을 전하자 그런 심각한 얘기를 앉아서 들을 수 없기라도 하듯 벌떡 자리에서 일어났다.

"어떻게 죽었다더냐?"

"전사라고 들었습니다. 메소포타미아의 마을 근처인데 카레 사막이라더군요."

"그래서 군대는?"

"패했습니다. 전멸이죠."

키케로는 잠시 나를 보더니, 큰 소리로 노예를 불러 구두를 가져오고 가마를 준비하게 했다. 나는 어디로 가는지 물었다.

"당연히 폼페이우스지. 함께 가자."

폼페이우스가 워낙에 거물인 탓에 국가에 커다란 위기가 닥칠 때마다 사람들은 늘 그의 집으로 몰려들었다. 일반 시민들은 주변 거리에 나와 말없이 지켜보기만 했고, 고위 원로들이 가마를 타고 도착하면 폼페이우스의 부하들이 재빨리 내실로 안내했다. 세상사가 다 그렇듯 선출 집정관 칼비누스와 메살라는 둘 다 뇌물죄로 기소된 터라 업무 수행이 불가능했다. 원로원은 덕분에 비대위 체제로 움직였으며 코타, 호르텐시우스, 쿠리오 등 전직 집정관과 아헤노바르부스, 스키피오 나시카, M. 아이밀리우스 레피두스처럼 탁월한 젊은이들이 임시로 지도력을 발휘했다. 폼페이우스가 회의를 주재했다. 동로마 제국을 그보다 잘 아는 자는 없었다. 대부분 그가 정복한 곳이 아니던가. 그는 크라수스 군단에서 사람이 찾아왔다고 전했다. G. 카시우스 롱기누스는 간신히 적진에서 탈출해 시리아로 돌아왔다. 이제부터 다들 동의한다면 그의 보고서를 읽을 것이다.

카시우스는 냉혹하고 냉철한 사내인지라(카이사르가 후에 투덜댄 바에 따르면 '핼쑥하고 깡말랐다') 절대 과장이나 거짓말을 늘어놓지 않았다. 그의 진술은 다들 존중해주었다. 침략 전날 파르티아 왕, 오로데스 2세는 크라수스에게 사절을 보내, 노년의 나이를 긍휼히 여겨 안전하게 로마로 돌아갈 수 있게 허락하겠다는 뜻을 전했다. 크라수스는 그에 대한 대답은 파르티아 수도 셀레우키아에서 하겠다고 거드름을 피웠다. 그러자 사절이 웃음을 터뜨리고 손을 뒤집으며 이렇게 덧붙였다. "크라수스, 귀하가 셀레우키아를 보기 전에 이 손등에서 털이 자랄 거외다!"

로마 7개 군단에 8,000명의 기병과 궁사들이 제우그마에서 유프라테스 강 다리를 건넜다. 때마침 뇌우가 몰아쳤다. 사실 그 자체로 징조가 좋지 않았다. 그래서 신들을 진정시키기 위해 전통 의식을 치르는데 크라수스가 제물의 내장을 모래 위에 떨어뜨리고 말았다. 황급히 농담으로 얼버무리기는 했으나("너희들도 늙으면 이 꼴이다. 그래도 칼만은 단단히 쥘 수 있어!") 병사들은 로마를 떠날 때 카토의 저주까지 기억해내며 신음을 흘렸다. '이미 병사들은 파멸을 예감하고 있었다.' 카시우스는 이렇게 썼다.

유프라테스 강에서 점점 더 사막 깊이 들어갔다. 물도 부족하고 길이나 목표에 대해서도 정확히 알지 못한 채였다. 어디에도 길은 없고 평평했다. 나무 그늘 하나 없었다. 완전군장으로 모래 폭풍을 맞으며 푹푹 꺼지는 사막을 80킬로미터 행군한 끝에 병사 수백이 갈증과 열기에 쓰러졌다. 그리고 마침내 발리수스라는 이름의 강에 도달했고 이곳 맞은편 강둑에서 처음으로 적군의 흔적을 목격했다. 우리는 크라수스의 명령에 따라 정오에 강을 건너 적을 추적했다. 그렇게 몇 시간을 쫓다 보니 어느새 황무지 한가운데였다. 잠시 후 사방에서 양철북 두드리는 소리가 들리더니 마치 사막에서 튀어 오르듯 엄청난 수의 기마 궁사들이 나타났다. 그 뒤로 파르티아의 사령관 실라케스의 비단 깃발이 나부꼈다.

M. 크라수스는 고참 장교들의 고언도 무시하고 병사들을 거대한 정사각 대형으로 만들었다. 12개 보병대가 서로 엇갈린 형태였다. 이윽고 궁사들을 내보내 적군과 싸우게 했으나 여의치 않아 이내 후퇴해야 했다. 파르티아 군은 수적으로 우세한 데다 행동도 빨랐다. 병사들이 한데 몰린 탓에 화살에도 쉽게 당할 수밖에 없었다. 죽음마저 쉽지도 빠르지도 않았다. 부상병들은 끔찍한 고통 속에서도 화살이 날아올 때마다 몸부림을 쳐야 했다. 그들은 몸에 박힌 화살대를 끊고 혈관과 근육에 박힌 화살촉을 뽑기 위해 살갗을 찢었으며 그 과정에서 수없이 숨을 거두었다. 생존자들도 싸울 상황이 되지 못했다. 두 손은 방패에 묶이고 두 발은 모래바닥에 박힌 터라 달아날 수도 방어를 할 수도 없었다. 이 참혹한 살상의 폭우도 결국 소진하리라 기대도 해봤으나 적진에는 낙타부대가 연신 화살을 가득 실어 날랐다.

아군이 전멸할지도 모르겠다는 판단에 P. 크라수스는 아버지의 승인하에 기병대와 보병과 궁사 일부를 데리고 나가 포위선을 뚫었고 M. 크라수스도 계획을 뒷받침해주었다. 6,000명의 돌파대가 전진하자 파르티아 군은 재빨리 물러났다. 하지만 푸블리우스가 적군을 추적하지 말라고 애원했음에도 그는 끝내 병사들을 이끌고 주력군의 시야 밖까지 돌진했다. 그러자 파르티아 군이 후방에서 다시 나타났다. 순식간에 포위당하자 푸블리우스는 병사들을 이끌고 협곡으로 후퇴시켰으나 그곳은 병사들이 쉬운 먹잇감일 수밖에 없었다. 적국 궁사들이 다시 한 번 살상을 시작했다. 상황은 이미 돌이킬 수 없는 지경이었다. 푸블리우스는 적들에게 잡힐까 두려워 부하들에게 작별을 고하고 각자 도생을 주문했다. 그도 손에 화살이 박힌 터라 결국 방패지기에게 옆구리를 내밀며 칼로 찌를 것을 주문했다. 동료 장교들도 대부분 그를 따라 자결했다.

파르티아 군은 로마군의 요지를 장악한 뒤 푸블리우스의 머리를 잘라 창에 꽂은 후, 로마 주력군이 있는 곳으로 돌아갔다. 그러고는 전선을 따라 오르내리며 M. 크라수스한테 아들을 보고 싶으면 가까이 오라며 조롱했다. M. 크라수스는 상황을 파악하고 부하들에게 다음과 같이 연설했다. "로마군이여, 이 슬픔은 내 사적인 슬픔이다. 하지만 귀관들은 안전하고 건강하니 로마의 위대한 미래와 영광을 만끽하라. 지금 나는 이 세상 누구보다 귀한 아들을 잃었노라. 이런 내게 연민을 느낀다면 귀관들은 분노로써 적과 맞서 싸우라!"

유감스럽게도 병사들은 수장의 말을 듣지 않았다. 오히려 지금껏 일어난 저 끔찍한 참사보다도 더 끔찍한 광경이 그들의 영혼을 찢고 전력을 마비시켰다. 하늘의 살상이 재개된 것이다. 행여 어두워지지 않았던들 전군이 괴멸했을 터였다. 파르티아 군은 크라수스에게 실컷 아들의 죽음을 슬퍼할 시간을 주겠다며 물러났지만 대신 내일 아침 돌아와 모조리 끝내주겠다며 소리쳤다.

우리에겐 기회였다. M. 크라수스는 슬픔과 절망에 빠져 더 이상 지시를 할 수 없었다. 나는 아군의 전열을 정비한 다음 야음을 틈타 이동 가능한 병사들을 이끌고 카레 마을로 빠져 나왔다. 4,000명 정도의 병사들을 처절한 비명과 애원 속에 남겨두어야 했으니, 그다음 날 모두 파르티아 군에게 학살당하거나 노예가 되었을 것이다.

카레에서 병력이 나뉘었다. 나는 500명을 이끌고 시리아 쪽으로 향했다. M. 크라수스는 대다수의 생존병을 데리고 아르메니아 산악지대로 떠났다. 정보에 따르면, M. 크라수스는 신나카 요새 밖에서 파르티아 왕의 수하가 이끄는 군대와 맞닥뜨렸다. 파르티아 군은 화의를 청했다. M. 크라수스도 함정이라고 직감했으나 군단병들의 분노와 반란 때문에 어쩔 수 없이 제안을 받아들였다. 그가 돌아서서 이렇게 말했다. "로마 장교들이여, 똑바로 보아라. 난 네 놈들 때문에 어쩔 수 없이 이 길을 간다. 너희들이야말로 이 굴욕적이고 폭력적 처사의 목격자들이다. 하지만 이곳에서 탈출해 안전하게 귀국한다면 모두에게 이렇게 전하라. 크라수스가 죽은 이유는 적에게 속았기 때문이라고. 절대 내 동포가 파르티아 군에게 팔아넘겼기 때문은 아니라고."

그 말은 결국 마지막 유언이 되었다. 그는 군단 지휘자들과 함께 살해당했다. 나중에 듣기로는 바쿠스 축제 동안 실라케스가 직접 그의 머리를 파르티아 왕에게 전달해 무대 위 소도구로 활용하게 했다. 그 후 왕은 금을 녹여 크라수스의 입에 채우며 이렇게 말했다. "자 실컷 즐겨라. 평생 그렇게 이 금붙이를 갈망했으니."

부디 원로원의 지시가 있기를….

폼페이우스가 편지를 읽은 후 정적이 깊어졌다.

먼저 입을 연 사람은 키케로였다. "얼마나 많이 죽었죠? 정보가 있습니까?"

"3만 정도라더군."

원로들의 입에서 탄식이 터져 나왔다. 그 말이 사실이라면, 150년 전 한니발이 칸나이에서 원로원 군대를 전멸한 이후 최악의 패배요. 누군가 그렇게 중얼거렸다.

"이 자료는 절대 이 방을 넘어가지 않아야 한다." 폼페이우스가 카시우스의 보고서를 흔들며 경고했다.

"동의합니다. 카시우스의 솔직함이야 개인적으로 존중하지만 시민들에게야 좀 더 순화하는 편이 좋겠죠. 이왕이면 우리 군단병들과 사령관들의 용맹성을 강조해서." 키케로가 말했다.

"예, 모두 영웅으로 죽었습니다. 사람들은 그렇게 알아야 해요. 내 딸한테도 그렇게 말하겠습니다. 불쌍한 놈, 열아홉에 벌써 과부라니." 스키피오는 푸블리우스의 장인이었다.

"따님께 위로를 전해주시게." 폼페이우스가 말했다.

그때 호르텐시우스가 일어났다. 전임 집정관은 이미 60대의 나이라 거의 은거 수준이지만 여전히 사람들은 그의 말을 경청했다.

"다음엔 어떻게 되는 게요? 내가 보기엔 파르티아가 이대로 끝내지는 않을 것 같은데. 우리 약점을 알았으니 보복으로 시리아를 침략하지 않겠소? 방어를 하려 해도 기껏 1개 군단밖에 모으지 못하고 총독도 없는데?"

"카시우스를 총독으로 임명하면 어떨까요? 강하고 냉엄한 사내요. 지금의 비상사태에 꼭 필요한… 병력이라면, 음, 그곳에서 새로이 군단을 모집해야겠지만."

그때 아헤노바르부스가 나섰다. 기회만 있으면 카이사르를 헐뜯는 사내였다.

"사상 최고의 싸움꾼들이 갈리아에 있죠. 카이사르한테 10개 군단이 있지 않습니까? 엄청난 대군이죠. 두세 군단 정도 시리아에 보내 약점을 보완하라고 지시하시죠?"

카이사르의 이름이 거론되자 사람들의 반감으로 실내 공기가 파도처럼 꿈틀거렸다.

"그 양반이 직접 모은 군단이야. 동로마에 더 쓸모가 있기는 하겠지만 아무튼 자기 군대라고 생각하니까."

"음, 이참에 사병 조직이 아님을 직시할 필요가 있습니다. 군인은 개인이 아니라 공화국을 위해 존재합니다."

원로들을 돌아보니 모두 열심히 고개를 끄덕이며 동의를 표했다. 키케로가 후에 언급한 바에 따르면, 크라수스의 죽음이 얼마나 중요한지 깨달은 것도 바로 그 순간이었다.

"이봐 티로, 《공화국에 대해서》를 쓰면서 우리가 뭘 배웠지? 국가의 권력을 3분하면 긴장은 균형을 이룬다, 권력을 2분하면 조만간 한쪽이 상대를 지배하려 한다… 바로 자연법이야. 크라수스가 아무리 한심하다 해도 적어도 지금까지 폼페이우스와 카이사르 간에 균형을 잡아줬지. 하지만 그가 떠났으니 이제 누가 그 일을 하지?"

그렇게 우리는 재앙을 향해 표류했다. 그나마 키케로는 냉철하게 상황을 꿰뚫어보았다.

"지금 헌법은 몇 세기 전 군주국가를 대체할 때 시민군을 기반으로 만들어졌어. 그런데 어떻게 제국을 운영하겠나? 제헌자들은 이런 규모를 상상조차 해보지 못했을 텐데? 더욱이 정기군의 존재와 엄청난 재원 유입 때문에라도 현재의 민주주의 시스템은 붕괴될 수밖에 없어?"

그러다가도 한 번은 그런 식의 묵시론적 예견을 지나치게 비관적이라고 진단하고는 공화국은 과거에도 침략, 혁명, 내전 등 온갖 시련을 겪었지만 그때마다 이겨냈다고 주장했다. 그런데 왜 이번이라고 달라야 하지?

아니, 이번은 달랐다.

그해 선거는 두 사람이 지배했다. 클로디우스와 밀로가 동시에 집정관에 도전한 것이다. 선거 폭력과 부정은 그 어느 때보다 극심해 투표일도 다시 미뤄야 했다. 공화국이 합법적으로 집정관을 선출한 지도 1년이 넘었다. 원로원은 5일 임기로 번갈아 섭정을 했는데 덕분에 무자격자도 적지 않았다. 집정관들의 군표는 상징적으로 리비티나, 즉 죽음의 여신 신전에 놓았다. '어서 로마에 돌아오구려. 와서 옛 로마공화국의 텅 빈 껍질을 봐야겠소. 이 생소한 모습을.' 키케로는 아티쿠스에게 이렇게 편지를 보냈다. 아티쿠스는 또다시 사업여행을 떠난 터였다.

키케로가 밀로에게 마지막 희망을 걸었다는 사실만 보더라도 상황이 얼마나 절박한지 알 수 있었다. 사실 키케로와 밀로는 상극이었다. 밀로는 무지하고 야만적이고 말재간도 부족했다. 정치수완도 바닥이라 검투사 경기를 통해 유권자를 모으는 통에 그 비용 때문에 파산 지경이기도 했다. 폼페이우스에게도 이미 용도 폐기라 더 이상은 아는 척도 하지 않았다. 아예, 밀로의 정적인 스키피오 나시카와 플라우티우스 히프사이우스를 지지하고 있지 않은가. 다만 키케로한테는 여전히 그가 필요했다.

"나는 밀로를 집정관으로 만들기 위해 죽을힘을 다했다. 시간, 신경, 노력… 한마디로 혼신을 다했어."

결국 가장 두려운 결과, 즉 클로디우스의 집정관 당선을 막기 위한 최후의 보루로 여겼던 것이다.

선거 기간 중 키케로는 밀로를 위해 나한테도 이런저런 일을 부탁했다. 예를 들어, 파일을 뒤져 옛 지지자 목록을 찾아 선거운동도 도와주고, 부족회의를 찾아 그가 키케로의 의뢰인들과 만나게 주선도 했다. 심지어 키케로가 부자들한테서 선거자금을 모으면 돈가방을 건네주기도 했다.

새해 어느 날, 키케로는 내게 잠시라도 직접 밀로의 선거운동을 지켜봐달라고 부탁했다. "까놓고 말해서 아무래도 질 것 같아. 너는 나만큼 선거를 잘 아니까 유권자들과의 관계를 살펴보고, 개선할 점이 있는지 찾아봐. 행여 그가 지고 클로디우스가 이기면 나한테 어떤 재앙이 될지는 더 이상 말할 필요도 없겠지?"

그 임무가 즐겁다고 할 수는 없지만 그래도 부탁은 들어주었다. 정월 18일, 밀로의 집을 찾았다. 사투르누스 신전 뒤, 팔라티네에서도 제일 비탈진 지역인데 사람들이 여럿 밖에 모여 있었지만 집정관 후보자는 보이지 않았다. 밀로의 출마에 문제가 생겼다는 사실을 안 것도 그때였다. 선거에 출마하고 승리 가능성이 있다면 당연히 쉬지 않고 뛰어야 한다. 그런데 밀로는 늦은 오후에나 모습을 드러냈다. 그는 나타나자마자 나를 한쪽으로 데려가더니 폼페이우스 욕을 하기 시작했다. 폼페이우스가 그날 아침 알반 언덕 저택에서 클로디우스를 불러 대접했다는 얘기였다.

"어떻게 그렇게 배은망덕할 수가 있나, 응? 자네도 기억하지? 옛

날에는 클로디우스 일당이 무서워서 문 밖에도 나오지 못했어. 그래서 내가 검투사들을 데려가 거리를 청소해줬지. 그런데 그 개새끼를 집 안에 들여? 나한테는 아침 인사도 하지 않으면서?"

동감이 갔다. 우리 모두 폼페이우스가 어떤 인물인지 알고 있었다. 위인이되 자기밖에 모르는 사람. 나는 조심스레 대화의 주제를 밀로의 선거운동으로 바꿨다. 선거일까지는 얼마 남지 않았다.

"이 소중한 시간을 도대체 어떻게 쓸 생각이십니까?"

"오늘은 라누비움에 갈 걸세. 수양아버지 고향이지." 그가 말했다.

도무지 믿을 수가 없었다.

"로마를 떠난단 말입니까? 선거가 코앞인데?"

"35킬로미터밖에 안 되는걸? 구세주 유노 사원에 신임 사제가 임명되었다네. 그곳 공식 신인이라 의식도 거창할 걸세. 자네도 알겠지만 유권자 수백 명이 그곳에 갈 거야."

"그렇다 해도, 그곳 유권자들이야 이미 원로님 편이겠죠, 부모님 연고를 고려해보면. 그보다는 아직 결정 못 한 유권자들을 쫓는 편이 낫지 않겠습니까?"

밀로는 고집을 꺾지 않았다. 돌이켜보면, 그렇게 고집스럽게 제안을 거부한 점으로 보아, 이미 선거로는 가망이 없다고 판단하고 대신 말썽을 일으키려고 결심했을 수도 있다. 결국 라누비움 역시 알반 언덕에 있으며 그 길은 실제로 폼페이우스의 대문을 지나간다. 가는 도중에 클로디우스를 만날 확률이 크다고 판단했을 것이다. 싸움을 하기에 외나무다리보다 더 좋은 곳이 어디 있겠는가.

그날 오후 우리가 출발할 때쯤 밀로는 대규모의 짐마차와 노예들을 꾸리고 자신의 사병조직 노예들과 검투사들도 평소처럼 칼과 창으로 무장하게 했다. 밀로는 아내 파우스타와 함께 선두마차를 타고 이 위협적인 행렬을 이끌었다. 나도 함께 타자고 했으나 그 둘과 함께 마차에 타느니 차라리 불편한 말 등이 나았다. 두 사람의 관계도 나쁘기로 악명이 높았다. 우리는 덜커덕거리며 아피아 도로를 내려가면서도 다른 마차들은 모조리 길에서 물러나게 만들었다. 역시 선거 전략으로는 최악이었다. 아무튼 두 시간 정도 길을 가는데 아니나 다를까 보빌라이 변경에서 클로디우스를 만났다. 그는 반대로 로마로 돌아가는 중이었다.

클로디우스는 말을 타고 있었다. 수행원이 서른가량이었는데 밀로 일당에 비하면 무장도 숫자도 열세였다. 그가 지나가며 내 눈을 보았다. 내가 키케로의 비서라는 사실은 그도 잘 아는 바였기에 당연히 인상을 찡그렸다.

수행원들도 그를 따라갔다. 나는 문제를 원치 않았기에 시선을 피했다. 그런데 잠시 후 뒤쪽에서 고함과 쇠 부딪는 소리가 연이어 들려왔다. 돌아보니 후미의 검투사들과 클로디우스 일당 사이에 싸움이 벌어졌다. 클로디우스 자신은 이미 어느 정도 앞선 터라 고삐를 잡고 돌아서야 했다. 그 순간 검투사 비리아(가끔 키케로의 경호원으로 활동했다)가 그에게 창을 던졌다. 창이 정면으로 맞지는 않았다. 다만 막 돌아서는 도중에 옆구리를 때린 터라 그 충격에 클로디우스는 말에서 떨어질 뻔했고 창끝의 미늘도 살갗 깊숙이 박혔다. 그는 놀라 창을 보다가 비명을 지르며 두 손으로 창대를 움켜잡았다. 하얀 토가가 선홍빛 피로 물들었다.

그의 부하들이 박차를 가해 달려가 비리아를 에워쌌다. 우리 호위대들이 움찔했다. 가까운 곳에 선술집이 보였다. 기이하게도 키케로가 로마에서 달아나던 밤 말을 구하기 위해 들른 곳이다. 밀로는 칼을 빼들고 마차에서 내린 뒤 길가로 내려가 상황을 확인했다. 대열을 따라 사병들이 모두 말에서 내리고 있었다. 그때쯤 클로디우스의 수행원들이 갈빗대에서 창을 뽑아낸 뒤 그를 부축해 주막으로 향하고 있었다. 그도 동료들한테 의지했지만 그래도 비틀비틀 걸음을 옮길 정도의 의식은 있었다. 그 와중에 도로와 들판 여기저기 삼삼오오 육박전이 벌어졌다. 필사적이고도 맹목적인 싸움. 말을 탄 자도, 그렇지 못한 자도 있었다. 싸움이 얼마나 혼란스러운지 처음에는 적과의 구별조차 불가능했다. 나중에 보니 우리 편이 조금씩 이기고 있기는 했다. 일단 우리가 3 대 1로 수가 많았다. 클로디우스의 부하 일부가 승부를 깨닫고는 두 손을 들어 항복하거나 무릎을 꿇었다. 나머지는 무기를 버리고 줄행랑을 쳤으나 뒤를 쫓는 이는 아무도 없었다.

싸움이 끝났다. 밀로는 두 손을 허리춤에 대고 전세를 살핀 뒤, 비리아와 몇 명을 보내 선술집에서 클로디우스를 끌어내왔다.

나도 말에서 내렸다. 앞으로 어떻게 될지 도통 가늠이 어려웠다. 밀로를 향해 걷는데 때마침 술집에서 고함, 아니 비명이 들리고 클로디우스가 검투사들에게 끌려나왔다. 검투사들은 각각 팔과 다리 하나씩을 들고 있었다. 밀로도 계산이 복잡했다. 클로디우스를 살리고 대가를 받느냐? 아니면 죽이고 끝장을 보느냐? 검투사들이 클로디우스를 길에 세웠다. 밀로는 옆에 선 부하에게서 창을 빼앗아 엄지로 창끝을 살피더니 그대로 클로디우스의 가슴 한가운데에 박았다. 그러고는 창대까지 고쳐 잡고 있는 힘껏 밀어 넣었다. 클로디우스의 입에서 피가 분수처럼 터져나왔다. 일행은 돌아가며 시체들을 난자하기 시작했는데 도저히 볼 수가 없어 난 황급히 고개를 돌렸다.

승마 솜씨는 없지만 아마도 기마병 못지않은 속도로 황급히 로마에 돌아왔을 것이다. 나는 지친 말을 몰아 팔라티네로 향했다. 키케로에게 더듬거리며 소식을 전한 것도 그해만 벌써 두 번째였다. 드디어 인생 최대의 적이 죽었습니다.

키케로는 전혀 기쁜 표정이 아니었다. 그보다는 얼음 같은 표정으로 생각에 잠겼다. 그가 손가락으로 책상을 두드리다 다시 물었다.

"밀로는 지금 어디 있지?"

"계획대로 축제에 참가하려 라누비움으로 향한 것 같습니다."

"클로디우스의 시신은?"

"마지막으로 봤을 때 길가에 있었죠."

"밀로가 숨길 생각도 하지 않았다고?"

"예, 소용없다고 하더군요. 증인이 너무 많았습니다."

"그럴 수도 있겠지. 혼잡한 곳이니까. 사람들이 너도 알아보더냐?"

"그렇지는 않을 겁니다. 클로디우스는 몰라도 다른 사람들은 아니에요."

그가 미소를 지었지만 지극히 딱딱했다.

"적어도 클로디우스는 신경 쓸 필요가 없다." 그가 다시 한 번 생각해보곤 고개를 끄덕였다. "너를 알아보지 못한 것도 다행이야. 다만 네가 오후 내내 나와 함께 있었다고 해준다면 더 좋을 것 같구나."

"왜죠?"

"아무리 간접적이라지만 이런 일에 내가 연루되어봐야 좋을 게 없어."

"이 일이 원로님께 문제가 될 것 같습니까?"

"당연하지, 문제는… 얼마나 크냐야."

우리는 사건 소식이 로마에 당도하기를 기다리기로 했다. 오후 늦게 해가 기우는데, 클로디우스가 돼지처럼 창에 꿴 채 죽어가는 모습이 자꾸만 떠올라 괴로웠다. 전에도 죽음을 목격했지만 사람이 눈앞에서 죽는 경우는 처음이었다.

어두워지기 한 시간 전, 가까운 곳에서 한 여인이 목이 터져라 비명을 질렀다. 비명은 계속 이어졌는데 목소리가 너무도 끔찍하고 참담했다.

키케로가 테라스 문을 열고 귀를 기울였다. "풀비아야. 자기가 과부가 되었다는 소식을 들은 모양이군."

그는 하인을 언덕 위로 보내 어떻게 된 일인지 알아보게 했다. 하인이 돌아와 클로디우스의 시신이 로마에 도착했다고 보고했다. 원로 섹스투스 테디우스의 가마에 실려 왔는데 그가 아피아 도로를 지나다가 발견했다는 얘기였다. 시신은 클로디우스의 집에서 풀비아가 인수했다. 풀비아는 절망과 분노 속에서도, 남편을 가죽신만 남기고 옷을 모두 벗긴 뒤, 거리 횃불 아래 앉혀놓고 남편이 어떻게 되었는지 누구나 와서 보게 했다.

"폭도들을 선동하려는 속셈이야." 키케로는 그렇게 진단하고 경비를 두 배로 강화했다.

다음 날 아침 상황이 지극히 험악해져 키케로든 누구든 고위급 원로든 집 밖으로 나갈 수가 없었다. 테라스에서 보니, 풀비아가 대규모 군중과 함께 시신을 관가에 싣고 가 포룸 연단 위에 놓았다. 클로디우스의 부관들이 평민들을 선동하는 소리도 들렸다. 연설이 끝나자 폭도들은 원로원을 부수고 클로디우스의 시신을 안으로 데려갔다. 잠시 후에는 다시 나와 포룸을 가로질러 아르길레툼 거리로 향하더니, 책방에서 벤치와 탁자와 책 상자들을 닥치는 대로 끌어내기 시작했다. 그렇다. 바로 화장용 장작더미를 세우려는 것이다!

정오 무렵, 원로원 작은 창마다 연기가 새어나오기 시작했다. 오렌지색 불꽃과 까맣게 탄 종잇조각들이 하늘을 가득 메웠다. 원로원 안에서는 끔찍한 괴성들이 쉴 새 없이 터져 나왔는데 마치 지옥의 문이 열리기라도 한 것만 같았다. 한 시간 후 지붕이 끝에서 끝까지 갈라지고 불에 탄 재목들이 소리도 없이 시야에서 사라졌다. 잠시 기이한 정적이 이어졌다. 그리고 순간 붕괴의 굉음이 열풍처럼 우리를 휩쓸었다.

연기와 먼지와 재가 솟구쳐 며칠 동안 로마의 하늘을 수의처럼 뒤덮었다. 연기는 비가 온 뒤에야 씻겨나갔다. 이렇게 푸블리우스 클로디우스 풀케르는 물론, 그가 평생을 저주했던 고대 원로원 건물이 동시에 지상에서 소멸해버렸다.

08
여덟 번째 두루마리

원로원 파괴는 키케로에게 적잖이 충격을 주었다. 그는 다음 날 경호를 잔뜩 달고 곤봉까지 움켜쥐고는 포룸에 내려가 검게 타버린 폐허를 둘러보았다. 벽돌은 새까맣게 탔고 아직까지도 따뜻했다. 균열마다 바람이 거세게 들이닥쳤다. 이따금 머리 위 파편 조각이 잿더미 위로 떨어졌다. 이 건물은 600년 동안 이 자리에 서 있었다. 그렇게 로마와 원로원의 소중한 순간들을 지켜왔건만 한나절도 채 안 되는 시간에 사라지다니.

밀로가 알아서 망명길에 오르거나 그게 아니더라도 로마에서 완전히 사라진다. 키케로를 포함해 다들 그렇게 생각했지만 그야말로 그 사내의 허세를 과소평가한 격이 되었다. 밀로는 숨어 지내기는커녕 그날 오후 검투사 병력을 늘려 이끌고 들어와 집을 요새로 만든 뒤 그 안에 은둔했다. 클로디우스 지지자들이 즉시 집을 포위했으나 밀로는 화살을 쏘아 쉽게 물리쳤다. 지지자들은 화풀이를 위해 좀 더 손쉬운 상대를 원했다. 그리하여 드디어 희생양을 선택했다. 섭정, 마르쿠스 아이밀리우스 레피두스.

이제 겨우 서른여섯에 아직 법무관도 되지 못했지만 레피두스는 그래도 대사제 대학의 일원이었다. 따라서 선출 집정관 부재시 임시행정관으로서 집정관 대행을 할 자격이 있었다. 사실 그의 집이 크게 피해를 보지는 않았다. 아내의 혼수인 카우치가 까지고 바느질을 망친 정도였지만 그 사건은 원로원의 공분을 사기에 충분했다.

레피두스는 자신의 존엄성을 잃지 않고 사건을 적절하게 활용했다. 실제로 그 덕분에 시민들의 인기를 얻기도 했다. (레피두스는 누구보다 운이 좋은 정치가였다. 일을 엉망으로 할 때마다 행운이 우수수 떨어지곤 했다. 키케로의 표현에 따르면 '평범한 천재'였건만.) 젊은 섭정은 원로원 모임을 도시 밖에서 소집했다. 정확히는 마르스 광장 폼페이우스의 새 극장이었다. 그는 단지 내에 커다란 강당을 빌려 봉헌하고 폼페이우스한테도 참석을 요청했다.

원로원이 불타고 3일째 되는 날이었다.

폼페이우스도 기꺼이 응해 완전군장한 군단병 200명의 호위를 받으며 언덕에서 내려왔다. 스페인의 총독이자 군사 임페리움으로서 당연한 세력 과시였으나, 술라의 시대 이후로 그런 광경은 처음이었다. 그는 군단병들에게 극장 주랑현관을 지키게 하고 안에 들어가 지지자들의 주장을 경청했다. 말인즉슨 그를 6개월간 딕타토르로 임명해, 질서 회복에 필요한 조치를 취하고, 이탈리아에서 예비군을 소집하고, 로마에 소등령을 실시하고, 선거를 연기하고, 클로디우스를 살해한 자들을 심판하자는 주장이었다.

키케로는 곧바로 위험을 직감하고 자리에서 일어났다.

"나야말로 누구보다 폼페이우스를 존경합니다만 그래도 적들을 이롭게 하지 않도록 신중해야 합니다. 자유를 지키기 위해 자유를 제한한다? 선거를 안전하게 보호하려고 선거를 취소한다? 독재를 막기 위해 독재관을 임명한다? 도대체 무슨 논리가 이렇습니까? 우리한테는 선거가 예정되어 있고 투표할 후보자들도 있습니다. 선거운동도 끝났죠. 우리 제도에 신뢰를 보여주려면, 그 제도가 정상적으로 기능하고 그로써 행정관들을 선출하는 게 최선의 도리입니다. 옛날 조상님들의 가르침이죠."

폼페이우스가 자신의 입장을 적절하게 대변이라도 해주었다는 듯 고개를 끄덕였다. 회의가 끝난 후엔 키케로가 헌법 수호에 단호한 의지를 보여주었다며 칭찬까지 했으나 키케로도 바보는 아니었다. 그는 폼페이우스의 꿍꿍이를 정확히 파악했다.

그날 밤, 밀로가 찾아와 전략회의를 요청했다. 배석자는 카일리우스 루푸스, 현직 호민관으로 밀로의 오랜 지지자이자 절친이었다. 계곡 저 아래에서 요란한 소리가 들리더니, 개들이 짖고 이따금 고함도 터졌다. 사람들이 횃불을 들고 포룸을 가로질러 달려갔다. 그래도 시민 대부분은 무서워 밖에 나오지 못한 채 빗장까지 걸어 잠그고 틀어박혔다. 밀로는 당연히 자신이 집정관이 될 거라고 생각하는 듯했다. 결국 클로디우스를 죽이지 않았는가. 그에 대해서라면 의식 있는 사람들은 대부분 고마워했다. 게다가 그 후 원로원 파괴와 거리의 폭력에 유권자들이 학을 떼기도 했다.

"내일 선거가 있다면 가능하오, 밀로. 당신이 이길 수도 있겠지. 하지만 선거는 없을 거요. 폼페이우스가 지켜보는 한은."

"폼페이우스가요?"

"선거 운동을 이용해 공포 분위기를 조성할 것 같소. 그래서 원로원과 시민들이 찾아와 선거를 연기하도록 만들겠지."

"허풍입니다. 아무리 폼페이우스라도 그럴 권한은 없어요." 루푸스였다.

"오, 당연히 있소. 그도 그 사실을 알고 있지. 그저 가만히 앉아 상황이 유리해질 때를 기다리면 그만이니까."

밀로와 루푸스는 둘 다 키케로의 두려움을 노인의 기우로 치부하고 다음 날 씩씩하게 선거운동을 재개했다. 하지만 키케로의 말이 옳았다. 로마의 분위기는 선거를 정상으로 치르기엔 지나치게 위태로웠다. 결국 밀로는 곧바로 폼페이우스의 덫에 걸렸다. 며칠 후 어느 날 아침, 폼페이우스가 키케로에게 급히 만나야겠다는 전갈을 보냈다. 대장군의 집은 병사들이 에워싸고 폼페이우스 자신도 정원의 높은 곳에 올라가 있었다. 경호원도 평소보다 두 배였다. 그 옆에 누군가 있었는데 폼페이우스가 리키니우스라고 소개했다. 막시무스 원형 경기장 주변의 식장 주인이었다. 폼페이우스가 다시 얘기하라고 하자, 카운터에서 엿들었다며 그가 고자질을 늘어놓았다. 밀로의 검투사들이 폼페이우스 암살을 공모했는데, 그가 엿듣고 있다는 사실을 알고 입을 막겠다며 칼로 찌르기까지 했다는 얘기였다. 놈은 증거까지 있다며 갈빗대 바로 아래 작은 상처를 보여주었다.

물론 후에 키케로가 얘기했듯 모두 지어낸 얘기였다. "우선, 그렇게 허접한 검투사가 어디 있겠나? 검투사가 입을 막으려 했으면 이미 죽은 목숨이야."

아무튼 상관은 없었다. 음모가 알려지는 순간 현재 밀로에 대해 떠도는 온갖 소문과 맞물릴 수밖에 없었다. 자기 집을 무기고로 바꿔서 칼, 방패, 창을 엄청나게 쌓아두었다. 도시 전체에 횃불을 숨겨놓고 도시 전체를 불태우려 한다. 티베르 강에서 오크리쿨룸 별장까지 무기를 실어 날랐다. 선거를 진행할 경우 클로디우스 암살범들을 풀어 정적들을 죽이려 한다 등등….

다음 원로원이 열리자, 과거 카이사르의 동료 집정관이자 해묵은 정적, 마르쿠스 비불루스가 직접 나서서, 비상사태에 준해 폼페이우스를 단일 집정관으로 봉하자고 제안했다. 그것으로 충분하고도 남았다. 다만 카토의 반응만큼은 아무도 예상하지 못했다. 그가 일어나자 원로들이 웅성거리기 시작했다.

"이 법안을 내가 직접 제안이야 하지 못하겠지만, 상황을 보아하니 합리적인 타협안으로 보아야겠군요. 어떠한 정부도 무정부보다는 낫습니다. 단일 집정관도 당연히 독재보다 낫겠죠. 게다가 폼페이우스니까 누구보다 현명하게 통치하지 않겠습니까?"

카토 입에서 그런 말이 나오다니 믿을 수 없었다. 평생 처음으로 '타협'이라는 단어까지 꺼냈다. 폼페이우스야말로 그 누구보다 어안이 벙벙했다. 소문을 듣자 하니, 후에 폼페이우스는 카토를 집으로 초대해 직접 사의를 표하고 향후 개인 고문으로서 국정을 논하자고 청했는데 카토는 이렇게 대답했다.

"나한테 고마워할 필요 없습니다. 그저 공화국을 위해 최선이라고 믿는 대로 행했을 뿐이니까요. 나와 독대를 원하시면 언제든 좋습니다만 다른 곳에서 하지 않은 말을 할 생각은 절대 없습니다. 더욱이 대장군의 비위를 사기 위해 대중 앞에서 말을 참지도 않을 것입니다."

키케로는 두 사람의 밀약을 심각한 전조로 받아들였다.

"카토와 비불루스 같은 사람들이 왜 갑자기 폼페이우스한테 운명을 걸었을까? 저 양반들이 폼페이우스 암살 같은 개소리를 정말로 믿었을 것 같아? 폼페이우스에 대한 선입견이 하루아침에 바뀌었다고? 절대 아니야. 폼페이우스에게 권력을 집중하는 이유는 카이사르의 야망을 통제할 유일한 대안이라고 봤기 때문이다. 당연히 폼페이우스도 그 정도는 알고 또 자신이 할 수 있다고 믿고 있지. 하지만 아니야, 그렇지 않아. 난 폼페이우스를 안다. 허영이 곧 약점이야. 아무리 아첨을 떨고 권력과 명예를 잔뜩 떠안겨도, 폼페이우스는 그 사람들이 무슨 짓을 하는지도 몰라. 그러다가 어느 날, 배는 떠나가고 말겠지. 저들은 그가 카이사르와 충돌하도록 몰아갈 거야. 그때는 도저히 전쟁을 피할 수 없어."

키케로는 원로원을 나와 곧바로 밀로를 찾았다. 그리고 당장 집정관 선거운동을 포기하라며 단호하게 몰아붙였다.

"해가 지기 전에 폼페이우스한테 메시지를 보내 국론 통일을 위해 후보직을 사퇴한다고 선언해요. 그럼 간신히 기소를 면하겠지만 그렇지 않으면 끝장이오."

"내가 기소되면 원로님이 변호해주실 거죠?" 밀로가 교활하게 되물었다.

키케로가 불가능하다고 대답할 줄 알았다. 대신 그는 한숨을 내쉬며 손가락으로 머리카락을 헤집었다.

"잘 들어요, 밀로. 똑똑히 들어야 하오. 6년 전 내가 테살로니카에서 비탄에 빠져 있을 때 당신이 희망을 준 유일한 인물이었소. 그러니 그 점은 안심하시오. 어떤 일이 있더라도 당신한테 등을 돌리지는 않으리다. 그렇다고 해도 제발 그 지경까지 가지는 마시오. 오늘 당장 폼페이우스한테 편지를 쓰란 말이오."

밀로는 고민해보겠다고 했지만 당연히 사퇴할 생각은 없었다. 지난 6년간 야심으로 버텨온 사람이다. 검투사 학교 이사장에서 집정관 문턱까지 올라왔건만 이 마지막 단계에서 신중이니 상식이니 하는 개소리가 귀에 들어올 리 없다. 더욱이 선거운동 빚도 엄청나 (7,000만 세스테르티우스라는 소문도 들었다) 어떻게 하든 추방을 면치 못할 것이다. 즉 지금 포기해도 얻을 게 하나도 없다는 뜻이다. 그래서 그는 계속 선거운동을 하고 폼페이우스는 그를 무너뜨리기 위해 움직이기 시작했다. 그는 도미티우스 아헤노바르부스의 주재하에 클로디우스 살해, 원로원 방화, 레피두스의 집 공격 등, 정월 18일과 19일 사건을 캐묻기 시작했다. 밀로와 클로디우스의 노예들을 고문해 사실을 확인하기도 했다. 누군가 나를 기억하기라도 하면 키케로에게 크게 해가 될 일이었지만 다행히 이목을 끄는 외모가 아닌지라 아무도 내 이름을 거론하지 않았다. 그렇지 않았다면 지금까지 살아서 이 글을 쓰지도 못했을 것이다.

4월 초, 밀로의 취조는 살인죄 재판으로 이어지고 키케로는 변호 약속을 지켜야 했다. 키케로가 신경과민으로 고생하는 것도 그때가 처음이었다. 폼페이우스는 도시 중심부에 군인들을 배치해 질서를 확보하겠다고 했지만 결과는 그 반대였다. 군인들은 포룸 입구를 모두 봉쇄하고 주요 공공건물을 장악했다. 가게들도 모두 문을 닫고 공포와 긴장감이 도시를 뒤덮었다. 폼페이우스 자신도 사투르누스 사원 계단 위에 자리를 잡고 경과를 지켜보았는데 역시 군인들이 잔뜩 에워쌌다. 하지만 무력시위에도 클로디우스 지지자들은 멋대로 법원에 들어와 분위기를 험악하게 만들었다. 밀로와 키케로가 변론을 할 때마다 조롱을 해대는 통에 하나도 들리지 않았다. 분노와 감정도 모두 그쪽 편이었다. 야만적인 살인, 흐느끼는 미망인, 아버지를 잃은 아이들… 정치가가 한창때에 죽을 경우 아무리 무가치한 인간이라도 미화가 덧씌워질 수밖에 없다.

특정법에 따라 선임변호사는 변론 시간이 두 시간으로 제한되지만 키케로로서는 거의 불가능한 수임이었다. 밀로는 노골적으로 자신의 행위를 자랑했지만 그렇다고 무죄를 주장할 수도 없었다. 루푸스를 비롯해 밀로의 지지자들은 키케로가 그 가치를 이해하고 클로디우스 살해가 범죄가 아니라 공익이라고 주장해야 한다고 여겼다. 키케로는 그런 식의 논리에 식겁했다.

"무슨 말이오? 그 누구도 재판 없이 사형에 처할 수 없고 정적에게 약식처형 당해서도 안 되오. 그건 깡패들의 규칙이오, 루푸스. 바로 클로디우스가 신봉한 법이기도 하고. 로마 법정에서 그런 변론을 할 수는 없소."

실행 가능한 대안이 있다면 정당방어임을 증명하는 것이나 그 역시 클로디우스를 선술집에서 끌고 와 냉혹하게 처단했기 때문에 마뜩지가 않았다. 그렇다 해도 완전히 불가능하지는 않았다. 불리한 입장에서 시작해 승소한 것도 한두 번이 아니었다. 재판이 있는 날 아침, 키케로는 깨어나면서부터 극심한 불안증에 시달렸다. 처음에는 나도 눈치채지 못했다. 이따금 중요한 연설을 앞두고 가벼운 설사와 구토를 호소하기도 했으나 그날 아침은 확연히 달랐다. 두려움과는 또 달랐다. 그는 두려움을 '냉혹한 힘'이라 불렀고, 또 어떻게 통제할지도 알고 있었다. 그보다는 그저 공포에 휘말린 쪽이었다. 그 바람에 준비한 변론을 단어 하나도 기억하지 못했다.

밀로는 키케로에게 변론할 때까지 밀폐식 가마를 타고 어딘가에 들어가 마음을 가라앉히도록 하라고 제안했고 우리도 그 말을 따랐다. 키케로는 폼페이우스한테 요청해 재판이 끝날 때까지 경호원 한 명을 제공받았다. 그리고 베스타 숲 한 곳을 봉쇄하고 사람들의 접근을 막은 뒤, 화려한 장식의 차양 아래 숨어 연설을 암기했다. 이따금 신성한 땅에 구토를 하기도 했다. 하지만 군중을 보지 못한다 해도, 인근에서 구호를 외치고 고함을 지르는 소리는 들린 탓에 상황은 그다지 좋지 못했다. 법무관 서기가 데리러 왔을 때 키케로는 거의 서 있지도 못할 지경이었다. 포룸으로 들어가는데 소음도 끔찍했지만, 햇빛이 병사들의 갑옷과 무기를 때리는 통에 눈까지 어지러웠다.

클로디우스 일당은 키케로가 나타나자 조롱하기 시작하고 변론에 들자 더 큰 소리로 야유를 보냈다. 키케로는 불안감이 극에 달해 실제로 변론 초기에 이를 고백하기까지 했다.

"배심원 여러분, 제가 상황이 좋지 않아 이 용자 중의 용자를 변호할 상황은 아니지만 어쨌든 이렇게 법정에 섰습니다." 열악한 심리 환경에 대해서도 솔직하게 두려움을 고백했다. "낯익은 심리 환경을 찾고 또 찾았지만 이곳엔 없군요. 전통적인 법 절차도 더 이상 보이지 않는 듯합니다."

불행하게도 경쟁 규칙에 대한 불평은 언제나 패소를 인정하는 사람의 징후다. 키케로의 지적이 어느 정도 효과가 있기도 했지만 변론은 그저 변론일 뿐이다. ("생각해보십시오, 배심 여러분. 여러분께 밀로의 무죄를 주장할 수는 있지만 조건이 하나 있습니다. 그 경우 클로디우스가 다시 살아 돌아와야 합니다… 그런데 왜 다들 그렇게 겁먹은 표정들이죠?") 38 대 13. 배심은 밀로의 유죄를 선고했고 밀로는 평생 추방령을 선고받았다. 그의 재산은 경매를 통해 신속하게 채권자들에게 헐값에 넘어갔다. 키케로는 테렌티아의 집사 필로티무스를 시켜 익명으로 상당량을 사들였다. 물론 후일 처분해 이익금을 밀로의 아내 파우스타에게 전해줄 생각이었다. 파우스타는 남편과 함께 망명하지 않겠다고 확실하게 선을 그은 터였다. 하루 이틀 후, 남부 갈리아의 마실리아로 떠날 때 밀로는 의외로 쾌활했다. 그러니까 시합에 졌지만 그래도 살아남았다는 사실에 감사하는 검투사의 마음이랄까? 키케로는 미리 써놓은 변론(신경증이 심하지 않았다면 원고대로 변론을 마쳤을 것이다)을 출판하는 식으로 밀로에게 보상했다. 밀로에게도 한 권을 보냈는데 몇 달 후 그가 기막힌 답변을 보내왔다. '그대로 변론하지 않아 다행입니다. 그랬다면 마살리아의 기막힌 숭어 요리를 맛도 못 봤을 테니까요.'

⌘

밀로가 로마를 떠난 직후, 폼페이우스는 키케로를 저녁 식사에 초대해 악감정이 없음을 보여주었다. 키케로는 투덜거리며 떠났다가 비틀거리며 귀가했다. 그가 집에 돌아와 나를 깨우더니 기가 막힌 얘기를 들려주었다. 식탁에 푸블리우스 크라수스의 미망인 코르넬리아가 앉아 있었는데, 폼페이우스가 그녀와 결혼했단다. 이제 겨우 10대의 소녀와.

"물론, 나도 축하를 했지. 손녀뻘이기는 해도 아름답고 세련된 여자니까. 지나가는 말로 카이사르가 이 결혼을 어떻게 생각하는지 물었더니 나를 경멸스러운 눈으로 쏘아보더군. 아직 카이사르한테는 얘기하지 않았대. '카이사르가 이 일과 무슨 상관이지? 난 올해 쉰셋이고 원하면 누구와도 결혼할 수 있어.'

난 최대한 공손하게 카이사르는 생각이 다를 수 있다고 대답해 주었어. 카이사르도 결혼 동맹을 원했다가 거부당했는데, 게다가 신부의 아버지가 딱히 카이사르의 우군이라고 볼 수도 없잖아? 그랬더니 폼페이우스가 이렇게 말하더군. '오, 스키피오 걱정은 말아. 완전히 우리 편이니까. 그 친구를 내 남은 임기 동안 동료 집정관으로 임명할 생각이거든!' 그 양반 완전히 미쳤어! 카이사르가 로마를 보면 나라가 온통 귀족들한테 넘어가고 폼페이우스가 그 우두머리라고 생각할 것 아닌가?"

키케로는 신음을 토하며 두 눈을 질끈 감았다. 그날은 다소 취하기도 했다.

"이럴 줄 알았다고 얘기했지? 난 카산드라야. 미래를 보지만 아무도 믿지 않는 저주를 받았지."

카산드라인지 아닌지는 몰라도, 폼페이우스의 특별 집정관 등극에는 키케로조차 예견하지 못한 결과가 하나 있었다. 선거 부정을 종식한답시고 폼페이우스가 법을 개정한 것이다. 특히 14개의 속령 통치와 관련한 조항인데 그때까지 집정관과 법무관은 임기가 끝나면 그 즉시 속령을 배정받고 로마를 떠났다. 그런데 속령 통치에서 얼마든지 착취를 할 수 있기에 선거운동 자금을 대기 위해 후보자들은 수입 이상으로 자금을 끌어당겼다. 그 제도를 크게 악용한 당사자로서는 터무니없는 위작이지만 아무튼 폼페이우스는 그 모두를 끝장내기로 했다. 그에 따라 로마에서 공직을 마치고 해외 총독직을 수행하기까지 5년의 유예 기간이 필요했다. 그사이 공석을 채우기 위해, 총독 경험이 없는 법무관급 원로는 누구나 제비 추첨으로 공석 속령을 배정받게 되었다.

키케로가 질색한 까닭은, 어쩌면 지금껏 피하려 했던 일을 하게 될 수도 있기 때문이었다. 제국의 어느 오지에서 원주민들을 통솔하면서 진을 빼야 한다니. 그는 폼페이우스를 찾아가 예외로 해줄 것을 호소했다. 건강도 좋지 않고 이제 나이도 많다고 호소하고, 심지어 오랫동안 망명생활을 했으니 임기를 대신할 수 있지 않느냐고 제안도 했다.

폼페이우스는 듣지 않았다. 오히려 신이라도 난 듯 키케로에게 맡길 속령 후보지를 훑어보기까지 했는데 주로 단점이 많은 구역들이었다. 로마에서 아주 먼 거리, 원주민들의 반발, 야만적인 관습, 끔찍한 기후, 맹수들, 형편없는 도로, 불치의 지역병 등등. 원로원은 폼페이우스 주재하에 특별 회의를 열어 누가 어느 곳으로 갈지 결정하기 위한 제비뽑기를 실행했다. 키케로도 단지에서 제비를 뽑아 폼페이우스한테 건넸다. 폼페이우스는 미소를 지으며 결과를 큰 소리로 낭독했다.

"마르쿠스 툴리우스, 킬리키아 당첨."

킬리키아! 키케로는 절망감을 감출 수가 없었다. 지중해 극동에 위치한 원시 산악지대, 산적들의 고향이 아닌가! 관할 구역 내에는 심지어 키프러스 섬까지 들어 있었다. 로마에서 제일 먼 데다 시리아와 국경을 접했기에 파르티아 군대의 표적이기도 했다. 더욱이 궁극적으로 키케로의 절망에 불도장을 찍는 문제가 있었다. 현 총독이 다름 아닌 클로디우스의 형, 아피우스 클로디우스 풀케르였다! 그 자라면 후임의 삶을 최악으로 만들기 위해 무슨 짓이든 마다하지 않을 것이다.

물론 나도 데리고 가려 할 것이다. 나 또한 어떻게 하면 로마에 남을지 핑계를 생각하느라 머리에 쥐가 날 지경이었다. 《공화국에 대해서》를 막 탈고한 터라 로마에 남아 출간을 감독하는 쪽이 더 도움이 될 것 같다고 말했다.

"헛소리. 아티쿠스가 인쇄와 배포를 맡아 도와줄 거야." 그가 말했다.

"건강도 문제입니다. 아르피눔에서의 열병이 완전히 쾌유가 되지 못했어요." 나도 포기하지 않았다.

"그 병에는 바닷바람이 제격이다."

계속 그런 식이었다. 아무리 변명해도 그에겐 답변이 있었다. 감정이 조금 상한 것도 같았으나 이번 여정은 어딘가 크게 불길했다. 키케로는 불과 1년이라고 못을 박았지만 내 느낌은 그 이상이었던 것이다. 로마의 운명도 머지않았다는 불안감도 있었다. 화재로 껍데기만 남은 원로원을 매일 지나가야 했기 때문일 수도 있고, 아니면 폼페이우스와 카이사르 간에 균열이 점점 벌어지기 때문일 수도 있었다. 이유가 뭐든, 이곳을 떠나면 다시는 돌아오지 못할 것만 같았다. 아니, 돌아온다고 해도 로마는 완전히 다른 모습으로 변해 있을 것이다.

결국 키케로가 종지부를 찍고 말았다. "그래, 강제로 끌고 갈 수야 없겠지. 너도 이제 자유인이니까. 하지만 이번 한 번만 날 위해 일해다오. 보답은 하마. 우리가 돌아오면 늘 바라던 대로 농장을 사주마. 그리고 더 이상 함께 있어달라고 강요하지도 않겠다. 네 여생은 네 마음대로 할 수 있어."

그 제안은 도무지 뿌리칠 수 없었다. 그래서 불길한 마음을 억누르고 그가 총독 임무를 수행하도록 준비를 시작했다.

킬리키아 총독으로서 키케로는 1만 4,000명의 정기군을 통솔하고 언제든 싸울 각오를 해야 한다. 따라서 군사 경험이 많은 군단장 둘이 필요했다. 하나는 옛 동료 카이우스 폼프티누스, 그 옛날 법무관 시절 카틸리나의 공모자들을 끌어모으는 데 도움을 준 인물이다. 두 번째는 동생 퀸투스를 불렀다. 이미 갈리아를 떠나고 싶다고 의사를 표한 터였다. 카이사르 휘하에서의 복무는 일단 큰 성공이었다. 브리튼 침략에 참가하고 돌아오는 길에 카이사르가 1개 군단을 맡겼는데 그 직후, 갈리아의 대규모 병력이 겨울 진지를 공격했다. 전투는 격렬했다. 로마 병사 10분의 9가 부상을 당했지만 퀸투스는 질환과 탈진에도 냉철한 머리로 포위를 이겨냈고, 마침내 카이사르가 도착해 구조를 받았다. 그 바람에 카이사르는 자신의《전쟁기》에서 퀸투스의 이름을 거론하며 칭찬해주었다.

이듬해 여름, 카이사르는 14군단을 새로 창설해 퀸투스를 사령관으로 위촉했다. 하지만 이번에는 병사들을 진지에 묶어두라는 카이사르의 지시에 불복하고 신병 몇 백을 식량 확보를 위해 밖으로 내보냈다. 병사들은 게르마니아 침략군한테 고립되고 말았다. 하필 탁 트인 평원인지라 병사들은 멍하니 선 채 지휘관들을 바라보기만 했다. 결국 걸음아 나 살려라 하고 달아나려다가 절반이 학살당했다. 퀸투스는 슬픈 목소리로 형에게 편지를 썼다. '카이사르에게 얻은 점수도 모두 잃었소. 그래도 면전에서야 공손히 대하지만 어딘가 차가운 것만은 사실이라오. 이제는 내 뒤에서 수하 장교들과 얘기하기까지 하더이다. 더 이상 신뢰를 되찾기는 어려울 듯싶소.'

키케로는 카이사르한테 편지를 보내 동생을 킬리키아에 데려가고 싶다고 청했다. 카이사르도 기꺼이 동의해, 두 달 후 퀸투스는 로마에 돌아왔다.

내가 아는 한 키케로는 한 번도 동생을 야단치지 않았다. 하지만 이번에는 두 사람 관계가 달라졌다. 퀸투스는 실패에 대한 좌절이 컸다. 갈리아에서 명예와 부와 독립을 찾고자 했으나 그 대신 빈털터리에 낙오자 신세인 데다 유명인 형한테 의존도만 더욱 깊어졌기 때문이었다. 결혼 생활은 여전히 참혹했으며 술도 많이 마셨다. 어린 독자 퀸투스는 매혹적인 나이 열다섯이 되었지만 늘 시무룩하고 음흉하고 무례하고 거짓말도 잘했다. 키케로가 보기에도 아버지의 관심이 더 필요할 것 같았다. 그래서 아들 마르쿠스와 함께 조카 퀸투스도 함께 동행할 것을 제안했다. 나로서는 덕분에 여행의 기대감만 한껏 떨어져 나간 셈이었다.

원로원 휴정 첫날 로마를 떠날 때 우리는 대규모 행렬이었다. 키케로는 임페리움 신분인지라 릭토르 여섯이 함께 여행을 하고 대규모 노예 수행원들이 해외여행에 필요한 짐을 운반했다. 테렌티아와 툴리아도 키케로를 배웅할 셈으로 가볍게 동행을 결정했다. 툴리아는 얼마 전 크라시페스한테 이혼당한 후 아버지와 더욱 가까워졌다. 여행 중에는 아버지에게 시를 읽어주기도 했다. 툴리아가 없을 때면 키케로는 나를 상대로 그녀의 미래를 걱정했다. 스물다섯 살. 아이도 남편도 없는 이혼녀라니… 투스쿨룸에 들러 아티쿠스에게 작별 인사를 하면서 키케로는 툴리아를 부탁했다. 자신이 떠나 있는 동안 새 짝을 찾아달라는 부탁도 덧붙였다.

"그러지. 그리고 자네도 보답으로 내 부탁 좀 들어주겠나? 퀸투스가 여동생한테 좀 더 자상하게 대하도록 얘기 좀 해주게. 폼포니아가 까탈스럽다는 건 알지만, 퀸투스가 갈리아에 있으면서 성격이 더 나빠진 듯하군그래. 부부 싸움이 심해 아이한테도 피해가 커."

키케로도 동의했다. 아르피눔에서 퀸투스와 가족을 만났을 때 키케로는 동생한테 아티쿠스의 부탁을 전했다. 퀸투스는 그나마 노력해보겠다고 대답했으나 폼포니아는 내가 보기에도 완전히 가망이 없었다. 그리하여 머지않아 부부는 각방을 쓸 뿐 아니라 더 이상 대화도 하지 않았다. 골이 더더욱 깊어진 것이다.

테렌티아와 키케로 사이는 보다 원만했으나 두 사람을 반목하게 하는 골칫거리는 항상 있었다. 돈. 남편과 달리 테렌티아는 총독 임명을 환영했다. 부축적의 호기로 여긴 것이다. 심지어 집사 필로티무스까지 딸려 보내 여행 도중에 키케로에게 돈을 끌어모으는 온갖 비법까지 전수하게 했다. 키케로는 어떻게든 대화를 피했으나 테렌티아가 하도 보채는 바람에 결국 마지막 날에는 자제력을 완전히 잃고 말았다.

"돈에 대한 당신의 집착은 정말 끔찍하구려."

"당신이 돈을 쓰려고만 하니 나도 어쩔 수 없잖아요."

키케로는 잠시 말을 끊고 흥분을 가라앉힌 뒤 차분하게 문제를 설명하려 했다.

"아무래도 이해 못 하는 것 같소. 이 위치에 오르면 사사로운 부정도 용납이 되지 않아요. 정적들이 기회만 노리고 있다가 부패 혐의로 기소할 테니 말이오."

"그럼 역사상 처음으로 고국을 떠날 때보다 더 가난해져서 돌아오는 총독이 될 생각인가요?"

"사랑하는 아내여, 내 글을 읽으면 내가 이제 막 좋은 정부에 대해 논문을 출간한다는 사실을 알 게요. 그런 내가 공무원이 아니라 도둑으로 이름을 날리란 말이오?"

"그놈의 책! 책을 내면 돈이 나와요, 금이 나와요?" 테렌티아가 경멸스럽게 쏘아붙였다.

부부 싸움은 그날 밤 식사를 하면서 끝이 났다. 키케로도 아내의 기분을 위해 내년에는 적어도 필로티무스의 사업 제안을 경청하겠다고 동의했다. 물론 합법적이어야 한다는 전제가 붙기는 했다.

다음 날 아침, 가족은 눈물과 포옹을 한껏 나누며 헤어졌다. 키케로와 열네 살의 마르쿠스는 나란히 말을 타고 길을 떠났다. 테렌티아와 툴리아는 가족 농장 입구에 서서 손을 흔들어 부자를 배웅했다. 지금 기억으로도 마지막으로 어깨 너머를 돌아보았을 때 테렌티아는 이미 들어갔고 툴리아는 여전히 그 자리에 서서 우리를 지켜보았다. 거대한 산을 배경으로 선 나약한 그림자 하나.

킬리키아까지의 첫 여정은 브룬디시움에서 시작했다. 키케로가 폼페이우스의 초대를 받은 건 그곳 베누시아 도로를 지날 때였다. 거인은 타렌툼의 별장에서 겨울 일광욕을 즐기고 있었다. 키케로한테는 이틀 정도 머물며 '정치 현안'을 논하자고 얘기했다. 타렌툼이 브룬디시움에서 70킬로미터 정도이고 우리 행로가 실제로 그 집을 지나치며, 또 폼페이우스야말로 쉽게 거절할 상대가 아니기에 키케로 역시 어쩔 수 없이 받아들였다.

폼페이우스는 이번에도 어린 신부와 지극히 행복하게 살고 있었다. 둘은 정말로 장난삼아 결혼한 사람 같았다. 집도 놀랍도록 검소했다. 스페인 총독으로서 무려 50개 군단이 그를 보호했으며, 모두 인근 대지에 진을 쳤다. 그렇지 않았던들, 집정관직을 포기했기에 당연히 행정 권한도 잃었을 것이다. 사람들이 그의 지혜를 찬양하기는 했다. 사실, 당시는 인기도 최정상이었다. 지역민들이 그를 한 번이라도 보기 위해 담벼락을 에워싸기에 그도 하루에 한두 번은 밖에 나가 악수를 하고 아이들 머리를 다독여주었다. 지금은 비만이 심한 탓에 숨을 몰아쉬고 피부도 병자처럼 보랏빛을 띠었다. 코르넬리아는 어린 엄마처럼 호들갑을 떨며 그의 식탐을 나무라고 해변이라도 산책하라며 내몰았다. 경호원들은 적당히 거리를 두고 따라다녔다. 폼페이우스는 게으르고 잠이 많고 아내한테 잡혀 살았다. 키케로가 《공화국에 대해서》를 한 권 선물했지만 크게 칭찬만 하고는 곧바로 옆으로 치워버렸다. 그 후 책을 여는 모습은 한 번도 보지 못했다.

당시 사흘간의 막간극을 돌아볼 때마다, 흡사 어두운 밀림 한가운데에서 햇살 무성한 빈터를 만난 기분이 든다. 두 노회한 정치가가 마르쿠스에게 공을 던지고, 토가까지 치켜 올리고 바닷가에서 물수제비를 뜨는 모습을 지켜보노라면, 도무지 끔찍한 위기가 임박했다는 사실을 도저히 믿을 수 없었다. 아니, 위기가 온다고 해도 절대 심각할 수가 없었다. 폼페이우스의 자신감은 말 그대로 절대적이었다.

후에 키케로가 얘기해주기는 했지만 두 사람 사이에 어떤 얘기가 오갔는지 모두 알지는 못한다. 정치 상황의 핵심은 다음과 같았다. 카이사르가 갈리아 정복을 마쳤다. 갈리아 지도자 베르킨게토릭스는 항복 후 구속되었다. 적군은 전멸했다. (마지막 전투에서 산정 요새 욱셀로두눔을 정복하고 2,000명의 갈리아 수비대를 체포했다. 《전쟁기》에 따르면, 카이사르는 적군의 두 손을 모두 잘라낸 후 고향으로 돌려보냈다. 로마의 통치에 저항하면 어떻게 되는지 똑똑히 보여준 덕에 그 이후로는 아무런 문제가 없었다.)

이런 상황이고 보니 카이사르를 어떻게 할 것인지, 질문이 자연스럽게 드러났다. 그는 존재만으로 당연히 두 번째로 궐석 집정관이 되기에, 첫 번째 집정관 시절 범했던 범죄와 비행들은 로마에 들어오는 순간 모두 사면된다. 통치기간 연장을 원했기에 여전히 갈리아의 통치자로 남을 수도 있었다. 카토를 위시해 정적들은 그가 로마에 돌아오면 다른 시민들과 마찬가지로 선거를 치러야 한다고 주장했는데, 행여 선거에 질 경우 군대도 포기할 수밖에 없다. 11개 군단을 거느린 사내가 이탈리아 국경에 걸터앉아 원로원을 마구 주무르려 하는데 어찌 지켜만 본단 말인가.

"폼페이우스 생각은요?" 내가 물었다.

"물어볼 때마다 달라. 아침에는 카이사르의 업적이 예사롭지 않으니, 당연히 로마에 들어오지 않더라도 집정관으로 임명해야 마땅하다고 말하더니, 점심 식사를 마친 다음엔 한숨을 내쉬며 카이사르가 왜 다른 사람들처럼 직접 선거운동을 하지 않는지 모르겠다며 탄식하더군…. '내가 카이사르라면 그렇게 했을 거야. 도대체 선거운동이 뭐가 창피해서 그러지?' 코르넬리아가 그렇게 열심히 말렸건만 저녁나절엔 결국 와인에 취해 목소리까지 높아졌어. '빌어먹을 카이사르! 카이사르 얘기도 지겨워! 그놈의 살인마 군단들을 데리고 이탈리아에 한 발짝만 들여놔봐라. 절대 가만두지 않을 테니까! 내가 발 한 번 구르면 10만 대군이 일어나 원로원을 수호할 거야!'"

"그래서 어떻게 될 것 같습니까?"

"내가 여기 있다면야, 어떻게든 폼페이우스를 설득해 내전을 피할 수 있겠지. 내전이 일어나면 로마는 끝장이건만 유감스럽게도 난 로마에서 수천 킬로미터 떨어진 곳에 있구나."

09
아홉 번째 두루마리

키케로가 킬리키아 총독으로 재직하던 때를 상세히 나열할 생각은 없다. 전체적으로 볼 때 역사도 당시를 사소한 에피소드로 취급할 것이며 키케로 역시 내내 하찮은 임무로 여겼다.

우리는 봄에 아테네에 도착해 아카데미 교장 아리스투스 집에서 열흘을 머물렀다. 아리스투스는 그때 에피쿠로스학파에서도 현존하는 가장 위대한 대표자였다. 아티쿠스도 에피쿠로스 철학에 심취했지만 아리스투스는 어떻게 하면 삶이 행복해지느냐와 같이, 보다 실제적이고 물질적인 문제에 관심이 있었다. 건강한 식사, 가벼운 운동, 쾌적한 환경, 진정한 친구, 스트레스 없는 환경 조성. 키케로에게 신은 플라톤이고 삶은 스트레스로 충만하니 그 이론이 마음에 들 리 없었다. 그는 에피쿠로스주의가 일종의 반철학에 가깝다고 여겼다.

“행복이 신체의 안녕에 달렸다고 하지만, 지속적인 신체복지는 우리 통제를 초월합니다. 예를 들어 끔찍한 질병으로 고통 받거나 고문을 당한다면 당신 철학에선 결코 행복하지 못하겠죠."

"지고의 행복이야 누리지 못하겠죠. 그래도 어떤 형식으로든 행복은 그곳에 있습니다." 아리스투스가 반박했다.

"아니, 절대 행복하지 못해요. 그에게 행복은 오로지 신체에 달려 있으니까. 철학사상 가장 위대하고 유용한 약속은 아주 단순한 격언입니다. '도덕적 선만이 선하다.' 이 명제로부터 '도덕적 선이 그 자체로 행복한 삶을 만들어내기에 충분하다'는 사실을 증명할 수 있어요. 그리하여 세 번째 명제를 도출해내죠. '도덕적 선은 존재하는 유일한 선이다.'"

아리스투스도 물러나지 않고 답답한 소리를 한다는 듯 너털웃음을 흘렸다. "하오나 제가 총독을 고문한다면 총독께서도 저만큼이나 불행할 것이옵니다."

키케로는 아주 심각했다. "아니, 아닙니다. 물론 쉽지야 않겠죠. 내가 그 경지에 올랐다는 뜻도 아니고요. 허나, 도덕적으로 선하다면 고통이 아무리 크다 해도 행복할 수 있습니다. 고문하는 자가 제 풀에 나가떨어진다 해도 신체의 한계를 넘어서 결코 건드리지 못할 뭔가가 있으니까요."

물론 논쟁은 이보다 훨씬 더 길고 복잡했다. 게다가 며칠간 아테네의 건물과 유적들을 돌아보는 내내 토론이 이어졌으나, 핵심은 이 정도로 요약할 수 있겠다. 키케로는 철학서를 쓸 생각을 품기 시작했다. 그 책은 고고한 관념이 아니라, 선한 삶에 이르기 위한 실용서에 가까울 것이다.

아테네에서는 배를 타고 해안을 따라 내려가다가 에게 해를 가로질러 이 섬 저 섬을 드나들었다. 선박은 모두 열두 대였다. 로도스 선박들은 크고 거추장스럽고 속도도 느렸으며 파도가 잔잔했을 때도 위아래로 요동을 치고, 날씨 변화에도 민감했다. 델로스를 지나면서는 폭풍에 어찌나 떨었던지 지금도 끔찍하기만 하다. 델로스는 음울한 바위섬이었다. 단 하루에 노예 1만 명이 팔려나간 적도 있다. 섬 어디나 엄청난 군중이 모여 키케로를 구경했다. 로마인 중에서는 폼페이우스와 카이사르, 어쩌면 카토 정도가 그보다 유명했을 것이다. 에페수스에서 우리는 대규모의 사절, 재무관, 릭토르, 군사 호민관은 물론 노예와 짐까지 모두 우마차와 노새로 갈아탄 뒤, 흙먼지 자욱한 산길을 따라 소아시아 내륙으로 출발했다.

이탈리아를 떠나고 52일이 지나서야 라오디케아, 속령 킬리키아의 첫 번째 도시에 도착했다. 키케로는 도착하자마자 심리 사건을 주재해야 했다. 일반인들의 가난과 무력감, 어두운 공회당으로 끊임없이 밀려드는 청원자들, 이글거리는 백색의 대리석 광장, 징세원과 인두세에서 비롯한 끝도 없는 신음과 한탄, 사소한 부패, 파리, 더위, 이질병, 대기를 가득 채운 염소와 양의 지독한 똥 냄새, 끔찍한 맛의 와인, 기름지고 매운 음식, 비좁기만 한 도시, 볼거리도 들을 얘기도 맛난 음식도 없이 황량하기만 한 거리… 아, 이탈리아에서는 세상의 운명이 결정되는 시국이건만, 이런 곳에 처박혀 있자니 키케로가 얼마나 답답했겠는가! 미처 잉크와 첨필을 꺼내기도 전에 그는 로마 지인들에게 닥치는 대로 편지를 구술하며 임기를 1년으로 끝내게 해달라고 호소하기 시작했다.

어차피 오래 머물 수도 없었다. 카시우스의 급사가 달려와 파르티아 왕자가 시리아를 침략했다고 보고했기 때문이다. 엄청난 대

군인지라 카시우스는 요새도시 안티오케이아까지 군단 병력을 철수했다. 말인즉슨, 키케로가 즉시 출발해 타우루스 산기슭에서 자기 군대와 합류해야 한다는 뜻이었다. 타우루스 산맥은 거대한 천연장벽으로 킬리키아와 시리아를 양분했다. 퀸투스는 크게 흥분했다. 키케로도 향후 한 달간은 제국의 동쪽 측면 전체를 수호하라고 지시할 것 같았다. 그러던 중 카시우스로부터 다시 소식이 왔다. 파르티아 군이 난공불락의 요새 안티오케이아 바로 앞에서 후퇴했다. 그래서 그가 쫓아가 모두 물리쳤으며 왕자는 죽고 위협은 끝이났다.

키케로가 안심했을지 실망했을지는 모르겠다. 아무튼 그렇다고 전쟁을 완전히 피할 수는 없었다. 일부 부족들이 파르티아 위기를 틈타 로마법에 반기를 들곤 했다. 특히 핀데시움이라는 요새가 지독했다. 그곳에 반란군이 집결해 키케로가 포위를 지시했다.

우리는 두 달간 산속 군사기지에서 생활했다. 퀸투스는 신이 나서 길을 닦고 건물을 짓고, 해자를 파고 포를 구축했다. 내게는 전 과정이 혐오스럽기만 했다. 내가 보기엔 키케로도 다르지 않았다. 애초에 반란은 성공 가능성이 없었다. 우리는 화살과 불화살을 매일 마을에 쏟아부었다. 결국 반란군은 항복하고 우리 군단병들이 들어가 약탈을 시작했다. 퀸투스가 우두머리들을 처형했다. 나머지는 사슬로 묶은 뒤 배에 실어 노예로 팔아버렸다. 키케로는 우울한 표정으로 그 광경을 지켜보았다.

"내가 카이사르처럼 위대한 군인이라면 저 손을 모두 절단했을까? 그래야 사람들이 평화로워지지 않나? 하지만 문명의 이기를 모두 끌어들여 야만인들의 오두막집 몇 개를 잿더미로 만든다고 무슨 만족이 있단 말이더냐?"

병사들은 여전히 그를 야전의 임페라토르라고 부르며 환영했다. 후에 내가 받아쓴 편지만도 무려 600통이었다. 즉 원로 한 명에 하나라는 얘기인데 내용은 개선식을 보장해달라는 것이었다. 군사기지는 상황이 저열한 데다 나로서도 끔찍한 노동이었기에 결국 탈진해 쓰러지고 말았다.

겨울이 되자 키케로는 퀸투스에게 군을 맡기고 라오디케아에 돌아갔다. 반란군을 진압하는 동안 동생이 그렇게 신이 나고, 또 아랫사람들을 함부로 대한다는 사실에 다소 충격을 받았다. (그가 아티쿠스에게 설명한 바에 따르면 퀸투스는 신경질적이고 무례하고 부주의했다.) 조카 또한 별로 탐탁지 못했다. 자기 자신을 과대평가하는 아이. 퀸투스 2세는 누구에게나 자신이 누구인지 각인하려 들고(사람들은 그의 이름만 들어도 학을 뗐다) 지역민들을 멸시했다. 키케로는 자애로운 삼촌으로서 임무를 다하려 했다. 그해 봄 리베랄리아 축제 때였다. 퀸투스가 부재중이라 키케로는 축제를 주관하고 어린 퀸투스의 성인식을 도와 그가 면도를 하고 처음으로 토가를 입게 해주었다.

어린 마르쿠스도 방식은 다르나 역시 근심거리였다. 아이는 상냥하고 느긋했으며 스포츠를 좋아했으나, 학교에 가면 이해가 느렸다. 그리스와 라틴어를 배우기보다 군장교들과 어울리며 칼을 부리고 창을 던졌다.

"아들을 정말로 사랑한다. 마음이 따뜻한 아이잖아? 그런데 솔직히 도대체 어디에서 튀어나왔는지 모를 때가 많아. 도대체 나를 닮은 구석이 하나도 없잖아."

가족의 근심은 거기에서 끝나지 않았다. 툴리아의 새 남편을 부인과 딸에게 고르게 하고 자신은 선호하는 조건만 간단하게 언급했다. 그가 선호하는 쪽은, 티베리우스 네로나 옛 친구 세르비우스 술피키우스의 아들처럼 점잖고 예의 바른 귀족이었다. 여자들은 대신 푸블리우스 코르넬리우스 돌라벨라를 마음에 두었는데 키케로가 보기엔 더없이 어울리지 않는 결합이었다. 악명 높은 난봉꾼에 기껏 열아홉이 아닌가. 툴리아보다 일곱 살이나 어렸지만 한 번 결혼한 이력까지 있었다. 역시 자신보다 훨씬 나이가 많은 여자였다.

편지로 통보를 받았을 때는 이미 늦어 개입도 불가능했다. 답장이 로마에 도착하기 전에 결혼식도 끝나고 말 터였다. 모녀도 분명 그 사실을 알았을 것이다.

"어쩌겠어? 이런 게 인생인데. 신들께서 굽어보시기를 바랄 수밖에. 툴리아가 왜 그놈을 원했는지는 이해할 수 있어. 잘생기고 매력적이겠지. 그래, 누군가 삶을 즐길 자격이 있다면 마땅히 툴리아여야 해. 하지만 테렌티아는? 도대체 무슨 생각이지? 그 여자도 그 놈팡이한테 반쯤 사랑에 빠진 것처럼 얘기하잖아. 이젠 도무지 어떤 여자인지도 모르겠군그래."

이제부터 키케로 개인에게 가장 심각한 걱정거리를 얘기해야겠다. 테렌티아에게 분명 뭔가 문제가 생겼다. 최근 망명한 밀로한테서 비난의 편지가 왔다. 키케로가 경매에서 밀로의 재산을 값싸게 사들인 바 있는데, 밀로의 아내 파우스타가 단 한 푼도 받지 못했다며 어떻게 됐는지 따져 물은 것이다. 당시 테렌티아의 집사 필로티무스가 키케로의 대리인 역할을 했다. 그 사건이 있었을 때도 뭔가 의뭉스러운 사업 계획을 설명한답시고 라오디케아에 찾아오기로 했다.

키케로는 그를 맞이하고는, 다짜고짜 필로티무스 자신이든 가족이든 누군가 음흉한 거래에 가담한 게 틀림없다며 몰아붙였다.

"정말 그렇다면 변명은 집어치우고, 밀로의 재산이 어떻게 되었는지부터 말하거라. 네놈도 기억할 게다. 경매가가 정해졌기에 네놈이 거의 모두 공짜로 사들이지 않았더냐? 그다음에는 재산을 팔아 그 이익분을 파우스타한테 넘기기로 했고?"

필로티무스는 전보다 뚱뚱해져 여름 햇볕에 땀을 잔뜩 흘렸건만 이제 얼굴까지 붉히며 자세한 내용은 잘 기억이 나지 않는다며 얼버무렸다. 벌써 1년 전 일이라 확인이 필요한데 장부가 로마에 있다는 핑계였다.

키케로가 두 손을 허공으로 던졌다.

"이런 놈을 봤나. 분명히 기억하고 있을 게다. 그렇게 오래된 일도 아니고 나도 수만 번이나 얘기했다. 자, 그 물건이 모두 어디로 갔지?"

필로티무스는 같은 얘기만 계속 뇌까렸다. 죄송하고 또 죄송하오나 기억이 나지 않습니다. 확인을 해야겠습니다요.

"분명 네놈이 그 돈을 가로챘으렷다."

필로티무스는 절대 아니라며 손사래를 쳤다.

"마님도 이 얘기를 아느냐?" 키케로가 불쑥 물었다.

테렌티아 얘기가 나오자 필로티무스의 태도가 갑자기 바뀌었다. 더듬거리는 대신 완전히 입을 닫은 것이다. 그다음부터는 키케로가 아무리 몰아붙여도 절대 아무 말도 하지 않았다. 할 수 없이 키케로는 당장 꺼지라고 소리치고는 놈이 떠나자 이렇게 하소연을 했다.

"너도 눈치챘겠지만 뭐가 기가 막힌 줄 알아? 주인마님의 명예를 지키겠다는 충정이다. 그러니까 나보고 '네가 감히 주인마님을 거론해?' 하는 꼴이 아니더냐."

나도 그렇게 느꼈다고 대답했다.

"느꼈다… 그래, 그렇게 말할 수도 있겠지. 둘은 늘 지나칠 정도로 가까웠어. 그런데 내가 추방당한 이후로는 내내…."

그는 말을 끝내지 못하고 고개만 저었다. 나도 대답하지 않았다. 내가 끼어들 상황이 아니었다. 오늘날까지 그의 의심이 정확한지는 알지 못한다. 다만 키케로는 그 사건에 크게 상처를 받고 곧바로 아티쿠스에게 편지를 보내 즉시 상황을 조사하라고 요청했다. '내 두려움을 도무지 일설로 다할 수 없구려.'

총독 임기가 끝나기 한 달 전, 키케로는 나와 두 아이, 그리고 릭토르들을 이끌고 먼저 로마로 돌아왔다. 속령 통치는 재무관에게 일임했다.

근무지를 조기에 버리고, 기껏 원로가 된 지 1년밖에 되지 않은 풋내기한테 킬리키아를 맡겼으니, 비난을 면하기 어렵다는 정도는 그도 알았다. 하지만 그의 계산으로 카이사르의 갈리아 통치가 끝나가는 마당이라, 사람들도 그런 사소한 일까지 왈가왈부할 처지가 못 되리라는 것이었다. 우리는 로도스를 경유했다. 키케로는 퀸투스와 마르쿠스에게 그곳을 보여주고, 또 위대한 웅변 스승 아폴로니우스 몰론의 무덤도 방문하고 싶었다. 30년 전 그의 가르침 덕분에 키케로가 정치적으로 성공할 수 있었다. 무덤은 갑 위에 있어 카르파티아 해협을 내다볼 수 있었다. 소박한 백색 대리석에 웅변가의 이름이 적혀 있고 그 아래 그리스어로 그의 유명한 경구 하나가 새겨 있었다.

'눈물보다 빨리 마르는 것은 아무것도 없다.'

키케로는 한참 동안 글귀를 내려다보았다.

불행하게도 로도스 여행 덕분에 귀국은 많이 늦어졌다. 그해 여름엔 평소보다 거센 계절풍이 하루도 쉬지 않고 북쪽에서 밀어닥쳤다. 배는 3주간이나 부두에 발이 묶였다. 그동안 로마의 정치 상황도 크게 나빠져, 에페수스에 도착할 때쯤엔 불길한 소식이 한 보따리나 키케로를 기다렸다. 루푸스의 편지는 다음과 같았다.

'갈등이 표면화할수록 위험도 점점 분명해집니다. 폼페이우스는 이미 마음을 굳힌 듯합니다. 카이사르가 군대와 속령을 포기하지 않는 한 절대 집정관을 허락하지 않겠답니다. 카이사르도 군을 포기하는 순간 목숨 부지가 어렵다고 믿는 듯합니다. 두 양반의 연애와 추악한 동거는 이렇게 끝나는군요. 몰래 물어뜯는 식이 아니라 노골적인 전쟁 말입니다.'

일주일 후, 키케로는 아테네에서 편지 몇 장을 더 받았다. 그중에 폼페이우스와 카이사르도 있었는데, 둘 다 상대를 비난하며 키케로의 충성 서약을 들먹였다.

폼페이우스의 편지는 이랬다. '내 입장이라면 그 친구가 집정관이 되든 군단을 지키든 상관없어. 하지만 둘 다는 곤란하잖아? 물론 당신이야 늘 그렇듯, 내 정책에 동의하고 나와 원로원의 든든한 원군이 되어주리라 믿네.'

그리고 카이사르. '폼페이우스는 귀족 출신인지라 역시 근시안입니다. 분명 나를 위해하려는 자들이 있건만 그들의 흑심을 전혀 보지 못하는군요. 친애하는 키케로, 부디 그에게 전해주세요. 무장 해제는 불가합니다. 해서도 안 되고 하지도 않겠습니다.'

이 편지 두 장 덕분에 키케로의 불안감은 극에 달했다. 그는 아리스투스의 서재에서 두 장을 책상 위에 나란히 두고 앉아 번갈아 읽고 또 읽었다. 아티쿠스한테도 편지를 보냈다.

'아무래도 역사상 최악의 갈등을 보는 듯하오. 두 사람이 가공할 전쟁을 벼르고 있건만 둘 다 나를 자기편으로 안다오. 그러니 난들 어쩌란 말이오? 어떻게든 나를 끌어들이려 할 텐데. 이런 말 하면 웃겠지만 차라리 속령에서 돌아오지 말 걸 그랬소.'

그날 밤 나는 아테네의 폭염에 몸져눕고 말았다. 오한에 온몸이 떨리고 이가 딱딱거리며 부딪치고 내내 키케로 편지를 받아 적는 환각에 시달렸다. 폼페이우스와 카이사르 각자한테 지원을 약속하는 내용이었다. 그런데 늘 한 구절이 문제였다. 한쪽이 마음에 들면 다른 쪽은 크게 분노할 내용인지라, 내내 온몸을 떨면서 중립적인 문장들을 만들고 만들어냈지만 마침내 완성했다고 생각하는 순간 단어들이 머릿속에서 흩어져 처음부터 다시 시작해야 했다. 완전히 미친 짓이었건만 한편으로는 완전히 실제처럼 보였다. 그리고 아침 동이 텄을 때 비몽사몽간에도 결국 또 열병에 걸렸음을 깨달았다. 아르피눔에서도 그렇게 고생했건만.

그날 배를 타고 코린트로 출발하기로 되어 있었다. 나도 평소처럼 행동하려 애를 썼으나 창백한 얼굴과 퀭한 두 눈까지 감출 수는 없었다. 키케로는 어떻게든 식사를 하라고 다그쳤으나 도무지 음식을 씹을 수가 없었다. 간신히 혼자 힘으로 배에 타기는 했는데 그날 여행은 거의 혼수상태로 지냈다. 그날 저녁 코린트에 상륙했을 때는 결국 사람들한테 들려 침대에 누워야 했다.

이제 문제는 나를 어떻게 하느냐였다. 나는 어떻게든 남지 않으려 했고 키케로 또한 두고 가고 싶어 하지 않았다. 어떻게든 로마에 돌아가야 했다. 임박한 내전도 막고 개선식을 위해 로비도 필요했다. 개선식 얘기라면 신기하게도 실낱같은 희망을 품고 있었기에 비서가 회복할 때까지 그리스에 며칠씩 지체할 수가 없었다. 돌이켜보면 코린트에 머물렀어야 했다. 난 파트라이까지 이틀 정도는 버틸 수 있다고 믿었다. 그곳에 가면 배를 타고 이탈리아로 건너갈 수 있다고. 아니, 멍청한 생각이었다. 나는 담요로 감싼 후 마차 뒤에 누웠다. 해변도로는 불편하기 짝이 없었다. 결국 파트라이에 도착했을 때는 일행에게 나를 두고 떠나라고 애원할 수밖에 없었다. 배를 오래 타면 아무래도 죽을 것만 같았다. 키케로는 머뭇거렸지만 끝내 포기했다. 나는 부두 근처, 그리스 상인 리소의 별장에 누웠다. 키케로, 마르쿠스, 어린 퀸투스가 침대에 모여 작별 인사를 하고 악수도 했다. 키케로는 흐느껴 울었다. 나는 우리 이별이 마치 소크라테스의 임종을 닮았다는 둥 너스레를 떨었다. 마침내 사람들이 떠났다.

키케로는 그다음 날 편지를 써서 마리오에게 들려 보냈다. 마리오는 그가 가장 신뢰하는 노예였다.

> 네가 없어도 크게 불편할 일 없으리라 생각했는데 막상 지내고 보니 솔직히 너무 힘들구나. 널 떠나지 말았어야 했다. 식사

가 가능하고 일행을 따라잡을 수 있다 해도 결정은 네게 맡기겠다. 똑똑하니까 잘 생각해보거라. 네가 아쉽구나. 사랑한다. 너를 사랑하기에 건강해졌으면 좋겠고 아쉽기에 어떻게든 빨리 만나고 싶다. 아무튼 전자가 우선이니 무엇보다 건강부터 챙기려무나. 지금껏 너한테 지나칠 정도로 많은 도움을 받았다. 그 점에 대해서만큼은 고마움을 이루 다 헤아릴 수 없구나.

내가 누워 있는 동안 키케로는 편지를 여러 차례 보냈다. 하루에 세 통을 보낸 적도 있다. 당연히 나도 못지않게 그가 보고 싶었으나 건강이 말이 아니라 여행은 언감생심이었다. 그를 다시 본 것은 8개월이나 지나서였다. 그리고 그때쯤 그의 세상, 우리의 세상은 완전히 바뀌어 있었다.

리소는 자상한 주인이었다. 아스클라포라는 그리스 주치의까지 불러 나를 돌보게 했다. 의사는 나를 씻기고 땀을 빼고 굶기고 물을 먹였다. 무엇보다 휴식이 필요할 때였건만 그는 온갖 표준 치료법을 끌어들여 삼일열을 치료하려 들었다. 키케로는 리소가 다소 '부주의하다'며 초조해했다. 그에게 '그리스인은 하나같이 부주의'했다. 그래서 며칠 후에는 시끄러운 부둣가가 아니라 언덕 위 더 크고 더 안락한 집으로 나를 옮기도록 조치해주었다. 키케로의 어릴 적 친구 마니우스 쿠리우스의 집이었다.

'네가 제대로 치료와 배려를 받도록 하려면 아무래도 쿠리우스가 최고겠다. 지극히 자상한 사람인 데다 나를 끔찍이도 사랑하니까, 너도 안심하고 건강에만 힘써다오.'

쿠리우스는 홀아비 은행가였는데 정말로 자상하고 섬세하며 나도 잘 돌봐주었다. 내 방은 테라스가 있어 서쪽 바다가 내려다보였다. 후에 어느 정도 좋아졌을 때는 오후에 한 시간씩 그곳에 앉아 항구에서 상선이 드나드는 모습을 지켜보았다. 쿠리우스는 로마의 온갖 지인들과도 계속 연락을 주고받았다. 원로, 곡마사, 세금징수 청부업자, 선주 등등. 그리스 관문으로서 파트라이의 지정학적 상황과 맞물려, 그의 편지와 내 편지를 통해 우리는 그 지역 누구보다 정치 소식을 빨리 접할 수 있었다.

정월 말경 어느 날이었다. 키케로가 떠나고 3개월쯤 지났는데 쿠리우스가 어두운 표정으로 내 방에 들어오더니 나쁜 소식을 들을 정도로 건강한지 물었다. 내가 고개를 끄덕이자 그가 이렇게 말했다.

"카이사르가 이탈리아를 침공했네."

몇 년 후, 키케로는 종종 이렇게 탄식하곤 했다. 로도스에서 우리가 3주를 지체하지 않았던들 전쟁과 평화가 달라졌을까? 한 달만 일찍 로마에 도착했다면? 양 진영이 공히 눈치 보는 사람이 몇 명 있는데 키케로도 그중 한 사람이었다. 로마 변경에 도착한 뒤 초기에는 그나마 그가 갈등을 중재하기도 했다. 카이사르는 갈리아를 포기하고 군단은 하나만 남기며 대신 궐석 집정관 취임을 허용한다는 운운. 하지만 상황을 되돌리기엔 어차피 역부족이었다. 폼페이우스는 거래를 의심하고 원로원은 중재안을 부결했다. 키케로의 짐작으로는 카이사르 역시 승산이 있다고 판단하고 이미 공격을 결정한 터였다.

"요컨대, 전쟁에 굶주린 두 미친 놈 사이를 오간 거야."

카이사르가 침략했다는 얘기를 듣는 순간, 키케로는 폼페이우스에게 지지공약을 하겠다며 곧바로 핀키안 언덕으로 달려갔다. 그의 집은 호전파 지도자들로 가득했다. 카토, 아헤노바르부스, 집정관 마르켈리누스와 렌툴루스 등 모두 15~20명이었다. 폼페이우스는 진노하고 당혹스러워했다. 오해도 있었다. 카이사르가 5만 병력을 총동원해 쳐들어오고 있다고 생각한 것이다. 사실 집념의 도박사 카이사르가 루비콘 강을 건넜을 때 병력은 기껏 5,000명에 불과했으며, 공격보다는 충격에 무게중심을 두었다. 하지만 폼페이우스는 그 사실을 몰랐기에 도시를 포기하고 원로들에게는 모두 로마를 떠나라고 지시했다. 물론 떠나지 않을 경우 반역자로 여기겠다는 협박도 덧붙였다. 키케로가 난색을 표하며 그러면 안 된다고 항변하자, 폼페이우스는 그를 노려보며 말했다. "당신도 마찬가지야, 키케로!" 로마는 물론 이탈리아에서 전쟁을 치를 생각은 없다. 카이사르의 손에 놀아나는 격이기 때문이다. 이 전쟁은 세계 전쟁이다. 싸움은 스페인, 아프리카, 지중해 동부, 그중에서도 특히 해전으로 치를 것이다. 이탈리아를 봉쇄해 적군을 굶주려 항복하게 만들리라. 카이사르는 기껏 납골당을 다스리는 격이 되리라. 폼페이우스의 선언은 이런 식이었다.

'저런 전쟁을 하겠다니 소름끼치는구려. 인간이 어찌 저렇듯 야만적이고 무지막지하단 말이오.' 키케로는 아티쿠스에게 이렇게 편지를 썼다. 키케로를 향한 폼페이우스의 개인적인 감정도 충격이었다. 키케로는 지시대로 로마를 떠나 포르미아이에 묵으며 앞으로 어떻게 할지 궁리했다. 공식적으로는 해상 수호와 북부 캄파니아의 모병을 책임졌지만 실제로는 아무 일도 하지 않았다. 폼페이우스가 경고를 보내고 임무를 상기시켰다. '강력하게 촉구하겠

소. 굳건한 애국심으로 흔들림 없이 우리와 함께 고통받는 조국을 수호합시다.'

그때쯤 키케로가 내게 편지를 보냈다. 편지를 받은 것은 전쟁 발발 소식을 듣고 나서 3주일 후였다.

친애하는 티로에게 안부를 전한다.

나를 비롯해 정직한 사람들과 공화국의 안위가 모두 백척간두다. 우리가 집을 떠나고 약탈과 방화가 로마를 휩쓴다는 얘기는 들었으리라 믿는다. 카이사르는 고귀한 가문도, 어렵게 성취한 명예도 잊은 채 어리석은 귀신에 홀려 아리미니움, 피사우룸, 안코나, 아레티움을 장악했다. 우리는 로마를 버렸다. 그 일이 얼마나 현명하고 얼마나 과감했는지 따져본들 무슨 소용이겠느냐? 이미 신이나 우연이 구원의 손길을 내밀지 않는 한 생존 자체가 불가능한 지경에 이르렀으니. 그것만도 당혹스럽거늘, 사위라는 돌라벨라 놈은 카이사르한테 붙었더구나.

부디 이 사실들을 염두에 두기 바란다. 그렇다고 그 때문에 회복에 지장이 있으면 안 되겠지. 도움과 충성이 가장 필요할 때 어차피 함께 있지 못했으니 이제 굳이 서두를 필요도 없다. 회복하지 않은 상태이든, 겨울이든, 무리해서 여행할 생각은 절대 하지 말고.

키케로의 지시에 따랐더니 결국 병실에서 로마 공화국의 붕괴를 따라가야 했다. 내 기억으로는 내 질병과 이탈리아의 광기가 영원히 혼수상태의 악몽 속에 혼재해 있다. 폼페이우스와 그의 급조된 군대는 세계 대전을 위해 브룬디시움에서 배를 타고 마케도니아로 향했다. 카이사르도 그를 막기 위해 추적했으나, 항구 봉쇄에 실패하는 바람에 폼페이우스 함대가 멀리 사라지는 광경을 지켜보아야 했다. 그 후 기수를 돌려 왔던 길을 따라 로마로 돌아왔는데, 아피아 길을 선택했기에 포르미아이에 있는 키케로의 집을 지나쳐야 했다.

3월 29일, 포르미아이

친애하는 티로에게 안부 전한다.

마침내 광인을 만났다, 그것도 9년 만에! 기가 막히더구나. 그 친구는 하나도 변하지 않았어. 조금 더 강인해지고 마르고 머리가 센 정도였지. 아, 주름도 늘었을까? 아무튼 약탈 인생이 어울린다는 생각은 드는구나. 테렌티아, 툴리아, 마르쿠스도 이곳에서 함께 지낸다. (그래, 가족들도 너한테 안부를 전한다.)

상황은 이렇다. 어제 하루 종일 그의 군단이 집 앞을 지나갔다. 험악한 상황이었지만 나를 건드리지는 않았다. 우리도 차분하게 앉아 저녁 식사를 하는데 갑자기 대문 앞이 소란스러워지기에 나가 봤더니 기병 중대가 도착했더구나. 대단한 수행원에 대단한 위용이었지! 그렇게 악랄한 범죄자 무리는 상상도 못했을 게다! 그 인간은(정말 인간이기는 한 걸까? 그마저 확신하기가 쉽지 않구나) 날렵하고 대담하고 또 어딘가 서두르는 듯 보였다. 그가 정말로 로마의 장군일까? 아니면 한니발일까? "때마침 근처를 지나는 길이라 잠시 뵐까 들렀습니다." 세상에, 마치 이웃 사람이라도 되는 듯이! 테렌티아와 툴리아에게도 너무도 공손하고 적대감이라고는 전혀 보이지 않았어. ("부디 헤아려주시기를.") 그래서 우리는 서재에 들어가 얘기를 나누었다. 오로지 둘이서. 그는 곧바로 본론을 꺼냈단다. 4일간의 원로원 개정.

"내게 그럴 권한이 있어야죠."

그가 자기 칼을 건드리며 이렇게 말했다.

"권한은 충분합니다. 평화를 위해 함께하시죠."

"내 재량으로?"

"물론입니다. 제가 감히 어떻게 원로님께 이래라저래라 하겠습니까?"

"그럼, 스페인이나 그리스에 병력을 보내 공화국 군대와 싸울 생각이라면 절대 동의하지 말라고 얘기할 수도 있습니다. 폼페이우스 편에서 할 얘기도 많을 겁니다."

그 말에 카이사르는 그런 얘기를 원치는 않는다고 하더군.

"그러리라 생각했습니다. 내가 참석하고 싶지 않은 이유도 그래서죠. 처음부터 발을 빼거나 아니면 원치 않는 얘기를 해야 하니까요… 만일 참석한다면 어쩌면 참지 못하고 할 얘기가 많을 겁니다."

그가 인상을 찡그리더군. 내가 자기한테 날부터 세우고 있다는 거야. 내가 이해하지 않으면 다른 사람들도 마찬가지라며 그 문제를 잘 생각해보고 연락해달라더군. 그리고 떠나기 전에 이렇게 말하더구나.

"한마디만 더 말씀드리죠. 물론 원로님의 조언을 원합니다. 하지만 꼭 원로님이 아니더라도 조언은 어디에나 있습니다. 나도 포기할 생각은 없으니까."

우리는 그렇게 헤어졌다. 그 만남 때문에라도 나를 곱게 보지 않겠지. 요컨대, 내가 이곳에 더 머무를 수 없다는 얘기겠다. 도무지 불행의 끝이 보이지 않는구나.

나도 할 말이 없었지만 누군가 편지를 가로챌까 두렵기도 했다. 키케로 역시 카이사르의 스파이들한테 감시당하고 있다지 않는가. 예를 들어 아이들의 선생 디오니시우스도 우리와 함께 킬리키아에 갔는데 결국 정보원으로 드러났다. 키케로가 더 놀란 사실은 조카 퀸투스가 포르미아이를 방문한 후 곧바로 카이사르를 만나 삼촌이 변절해 폼페이우스한테 붙기로 했다고 고자질까지 했다.

카이사르는 그 즈음 로마에 있었다. 키케로에게 예고한 대로 계획을 밀어붙여 원로원도 개정했다. 물론 원로는 거의 참석하지 못했다. 대개는 이탈리아를 버리고 마케도니아에 가서 폼페이우스와 합류한 때문이었다. 문제는 애초에 무신경하기도 했지만 그저 달아나는 데만 신경 쓰느라 폼페이우스가 사투르누스 신전의 보고를 비우지 못한 것이다. 카이사르는 병력을 이끌고 압류에 나섰다. 호민관 L. 카이킬리우스가 문을 걸어 잠그고 신성한 법 운운하며 저항했으나 카이사르는 이렇게 응대했다.

"법의 시기가 있고 무력의 시기가 있다. 현재의 상황이 마음에 들지 않으면, 개소리 집어치우고 당장 꺼져라."

메텔루스는 그래도 꿈쩍하지 않았다.

"당장 비키지 않으면 네놈을 죽이겠다. 당연히 들었겠지만 난 죽이겠다고 떠드는 것보다 죽이는 걸 더 좋아해."

메텔루스는 그 말을 듣고 재빨리 달아났다.

퀸투스는 그런 사내한테 삼촌을 고발했다. 키케로가 처음 조카의 배신을 눈치챈 것은 며칠 후 카이사르한테서 편지가 한 통 날아왔기 때문이다. 카이사르는 폼페이우스와 싸우기 위해 스페인으로 가는 도중이었다.

마실리아 가는 길, 4월 16일
발신 : 임페라토르 카이사르
수신 : 임페라토르 키케로

보고서를 받았는데 당혹스럽군요. 상호의 선의를 위해서라도 이렇게 편지라도 보내 호소합니다. 부디 섣불리, 경솔하게 행동하지는 마시죠. 우리 관계를 위해서라도. 내전에서 한발 물러서 계시는 편이, 평화를 사랑하는 선인이자 현명한 시민으로서 가장 적절한 태도라고 믿습니다. 그렇게 살고 싶어도 목숨을 부지하기 위해 샛길로 빠진 사람들이 적지 않습니다. 원로께서는 제가 어떻게 살아왔는지도 아시고 우리 관계를 위해 어떤 판단을 내렸는지도 아십니다. 부디 잘 생각하시기를. 지금의 갈등에서 초연하시는 것보다 안전하고 명예로운 선택은 없습니다.

카이사르.

키케로가 후에 말하기를, 배를 타고('필요하면 빌려서라도') 폼페이우스한테 붙어야겠다고 판단한 이유도 그 편지 때문이었다. 어떻게 그렇게 조잡하고 악의적인 협박에 굴복할 수 있단 말인가. 그는 조카 퀸투스를 포르미아이에 불러 호되게 꾸짖었다. 아니, 한편으로는 고맙기도 해서 동생한테는 아들을 너무 야단치지 말라고 당부도 했다.

"결국 내 마음속 진심을 대신 전해준 셈이야. 카이사르 앞에서라면 나도 무서워서 하지 못했을 얘기들이잖아? 다른 사람들이 공화국을 위해 죽어가는 동안 나보고 어디 구석에 처박혀서 목숨이나 부지하라고 했을 때, 문득 앞으로 어떻게 해야 할지 알겠더구나."

키케로는 아티쿠스와 쿠리우스를 통해 암호 메시지를 보내왔다.

'그곳으로 가겠다. 밀로와 검투사들 덕분에 너와 내가 처음 갔던 곳, 건강이 허락한다면 그곳에서 만나자꾸나. 그보다 기쁜 일은 어디에도 없겠구나.'

물론 테살로니카였다. 지금은 폼페이우스 군대도 그곳에 집결하고 있었다. 솔직히 내전에 끼어들 생각은 없었다. 일단 위험하기 때문인데 그렇다고 해도 키케로에게 충성을 하고 그의 결정도 존중하고 싶었다. 폼페이우스가 온갖 잘못을 저질렀지만 그래도 막판에는 법을 지키겠다며 의지를 다졌으며 클로디우스가 죽은 뒤 절대 권력을 얻고도 얼마 후 반환하기도 했다. 지금은 법이 그의 편이었다. 결국 이탈리아를 침공하고 공화국을 파괴한 당사자는 그가 아니라 카이사르였다.

나는 열병에서 회복하고 건강도 되찾았다. 어떻게 해야 할지는 알고 있었다. 그리하여 6월 말, 쿠리우스에게 작별을 고하고(나와도 친한 친구가 되었다) 전쟁에 미래를 걸기 위해 출발했다.

10
열 번째 두루마리

나는 주로 배를 이용해, 동쪽 코린트 만을 가로지르고 에게 해안을 따라 북쪽으로 향했다. 쿠리우스는 남자 노예를 하인으로 주겠다고 했으나 난 혼자 여행하고 싶었다. 더욱이 예전에 누군가의 재산이었던 터라 새삼 주인 노릇 하기도 불편했다. 고대의 고요한 풍경과 올리브 숲, 양치기, 사원과 어부들을 보노라면, 지금 전 세계에 엄청난 참극이 일어나고 있다는 사실은 상상도 못 할 일이다. 마침내 갑을 돌아 테살로니카 부두에 접어들자 세상이 달라 보였다. 부두 입구는 어디나 수백 척의 전함과 보급선들로 빽빽했다. 만 이쪽에서 저쪽까지 걸어서 건널 수 있을 정도였다. 부두 안쪽으로도 어디를 보나 전쟁의 징후가 역력했다. 군인, 군마, 무기. 갑옷과 막사를 가득 실은 마차, 공성 전차. 게다가 엄청난 인파가 대전에 참여하려고 모여들고 있었다.

이 난국에 어디로 가야 키케로를 찾을지 난감했는데 문득 알 만한 사람이 떠올랐다. 에피파네스는 처음에 나를 알아보지 못했다. 토가를 입은 데다 내가 로마 시민이라고는 그도 상상 못 했기 때문일 것이다. 하지만 옛날 얘기를 해주자 곧바로 비명을 지르더니 내 손을 잡아 자기 심장에 댔다. 손에는 보석반지를 주렁주렁 매달았는데, 적갈색 피부의 노예 소녀가 그의 카우치에 누운 채 입을 뿌루퉁해대는 것으로 보아 전쟁통에 크게 수지를 보는 모양이었다. 내 앞에서야 전쟁을 비난하기는 했다. 그의 말에 따르면 10년 전쯤 키케로가 별장을 하나 마련했는데 지금 그곳에 머물고 있었다.

"전쟁이 조속히 승전으로 끝나기를 비네만 그래도 우리가 한 밑천 잡고 난 후가 좋겠지?" 그가 등 뒤에 대고 외쳤다.

늘 다니던 길을 따라 하나도 달라지지 않은 집에 들어가자니 기분이 참으로 묘했다. 키케로는 잔뜩 못마땅한 표정으로 언제나처럼 안뜰 돌의자에 앉아 있다가, 나를 보고는 벌떡 일어나더니 두 팔을 벌려 와락 끌어안았다.

"그런데 왜 이렇게 야윈 것이냐?" 키케로는 투덜대며 내 마른 어깨와 갈비뼈를 이리저리 만졌다. "이러다가 또 아프겠다. 우선 살부터 찌워야겠어."

키케로는 큰 소리로 가족들을 부르고는 누가 왔는지 보라고 했다. 그러자 여기저기서 아들 마르쿠스, 조카 퀸투스, 마지막으로 퀸투스가 나왔다. 마르쿠스는 열여섯 살의 키 큰 더벅머리 총각이 되어 어른 토가를 입었다. 조카 퀸투스는 뻴쭘한 표정이었는데 삼촌이 자신의 사악한 고자질을 내게 말했다는 사실을 알기 때문이리라. 그리고 퀸투스, 역시 나를 보고 미소를 지었으나 표정은 곧바로 일그러졌다. 어린 마르쿠스를 제외하면 누가 봐도 불행한 가족이었다. 마르쿠스는 대개는 기병 훈련을 받고 병사들과 어울려 다닌다고 했다.

"우리 전략은 완전히 실패했어. 카이사르가 스페인을 쑥밭으로 만들고 다니는데 그냥 멍하니 앉아만 있잖아. 내가 보기엔 점괘에 지나치게 의존하고 있어. 새와 짐승 내장이 평상시에야 의미가 있다손 쳐도 그런 식으로 군대를 통솔할 수는 없지. 천재 지휘관이라고 큰소리는 치는데 솔직히 요즘은 갸우뚱한다니까." 그날 저녁 식사를 하면서 투덜댄 얘기다.

키케로는 키케로였다. 그 얘기를 집에서만 하지 않고 테살로니카를 돌아다니며 아무한테나 떠벌린 탓에, 결국 머지않아 패배주의자로 낙인찍히고 폼페이우스도 그를 기피하기 시작했다. 문득 그런 생각도 들었다. 너무 먼 곳까지 와서 군단병들을 훈련하기 때문이 아닐까? 내가 도착할 때쯤 200에 가까운 원로와 수행원들이 도시를 가득 메웠는데 상당수가 노인인지라 하릴 없이 아폴로 사원 주변을 어슬렁거리며 서로 시비를 걸었다. 전쟁은 끔찍하지만 내전은 더 참혹하다. 카일리우스 루푸스처럼 키케로가 아끼는 젊은이들은 카이사르와 싸우고, 사위 돌라벨라는 아드리아 해에서 카이사르 함대를 지휘했다.

키케로가 왔을 때 폼페이우스의 말투도 곱지만은 않았다. "당신 사위는 어떻게 된 거야?"

그 말에 키케로도 한마디 쏘아붙였다. "장군님 옛 장인은요?"

폼페이우스는 끙 하고 신음을 흘리며 자리를 피했다.

돌라벨라가 어떤 사람인지 묻자 키케로가 눈을 굴렸다.

"어느 모로 보나 카이사르 부하야. 용병 기질이라 잔인하고 거칠고 완전히 동물적이야. 나도 좋아하는 편이네만, 오, 불쌍한 툴리아. 이번엔 또 어떤 남편을 만났단 말이더냐? 내가 떠나오기 직전 그 애가 쿠마이에서 조산을 했는데 결국 하루도 살지 못했다네. 다시 임신을 하면 죽을지도 몰라. 게다가 돌라벨라가 아내 건강을 걱정할수록(툴리아가 나이가 더 많잖아) 툴리아는 절박하게 남편한테 매달리는 거야. 게다가 지참금 잔금도 아직 지불하지 못했어. 60만 세스테르티우스! 내가 여기 잡혀 있는데 그런 거금을 어떻게 마련하겠느냐?"

여름은 키케로가 유배 생활을 할 때보다 훨씬 뜨거웠다. 그런데 지금은 로마의 절반이 그와 함께 유배 중이었다. 우리는 혼잡하고 습한 도시에서 익어갔다. 키케로가 카이사르 문제를 경고했을 때 외면한 사람도 적지 않았지만 그들을 보며 꼴좋다고 흡족해할 여유조차 찾기가 힘들었다. 키케로가 로마에서 쫓겨날 때는 자기들만 편히 살겠다며 외면했건만 지금은 고향에서 쫓겨난 신세로 미래를 걱정하며 전전긍긍했다.

카이사르를 미리 막았더라면! 다들 입버릇처럼 한탄했으나 때는 늦었다. 이제 전쟁 가능성은 모두 그에게 달렸다. 여름의 폭염이 절정에 이를 때쯤 테살로니카에 사신들이 당도했다. 스페인의 원로원 군대가 불과 40일간의 전투 끝에 카이사르에게 항복했다. 그 소식에는 사람들도 크게 동요했다. 머지않아 패배 사령관들이 도착했다. 루키우스 아프라니우스, 폼페이우스 군에서도 가장 충성스러운 장교였다. 그리고 마르쿠스 페트레이우스. 14년 전 카틸리나와 싸워 무찌른 노장이었다. 원로원 망명정부는 둘의 등장에 어리둥절했다.

카토가 모두를 대변해 물었다. "왜 죽거나 포로가 되지 않았소?"

아프라니우스는 다소 멋쩍어하며 카이사르가 사면해주었다고 대답했다. 원로원 병사들도 모두 집으로 돌려보냈다는 얘기였다.

"사면? 사면이라니, 그게 무슨 뜻이오? 그 자가 왕이라도 된다는 말인가? 당신은 합법적 군대의 합법적 지휘관들이오. 그 자는 반역자고. 반역자의 자비를 받느니 차라리 자결했어야 마땅하지 않소? 명예를 잃고 어찌 목숨을 부지한단 말이오? 그렇게 벽에 똥칠하며 오래 산들 무슨 의미가 있다고."

아프라니우스는 검을 뽑고는 아무리 카토라도 자신을 모욕하면 용서하지 않겠다며 으르렁거렸다. 두 사람을 말리지 않았더라면 심각한 유혈 사태가 벌어졌을 것이다.

후에 키케로도 말했지만, 카이사르는 패를 잘 돌렸지만 최고는 단연코 당시의 관용정책이었다. 묘하게도 욱셀로두눔에서 수비대의 두 손을 자른 채 고향으로 돌려보낸 경우와 닮지 않았던가. 키케로도 공식적으로는 여전히 킬리키아 총독이었다. 따라서 당연히 참석해야 했기에 릭토르들의 호위를 받으며 사원으로 향했다. 퀸투스도 따라가려 했으나 폼페이우스 야전 보좌관들이 문 앞에서 가로막는 바람에 결국 분통을 터뜨리며 나와 함께 밖에서 대기해야 했다. 들어간 사람 중에는 아프라니우스도 있었다. 폼페이우스는 그의 스페인 굴욕을 확실하게 변호했다. 도미티우스 아헤노바르부스도 카이사르가 마실리아를 포위했을 때 간신히 탈출한 터라 지금은 어디를 보나 반역자들투성이였다. 티투스 라비에누스는 폼페이우스의 옛 동맹이었다. 갈리아에서 카이사르의 2인자로 활약했으나 상관과 달리 루비콘 강을 건너지 않았다. 마르쿠스 비불루스는 과거 카이사르의 집정관 파트너였지만 지금은 원로원 전함 500척을 이끄는 장군으로 돌변했다. 사실 함대는 카토한테 주기로 했다가 폼페이우스가 거부하는 바람에 틀어지고 말았다. 성질 더러운 양반한테 지나치게 권력이 많다는 이유였다. 그리고 카토의 조카 마르쿠스 유니우스 브루투스가 있었다. 이제 겨우 서른여섯이건만 그가 도착하자 폼페이우스는 누구보다도 기뻐했다. 과거 술라 시대에 폼페이우스가 브루투스의 부친을 죽인 탓에 그 이후로 불화가 끊이지 않았던 것이다.

키케로에 따르면 폼페이우스한테서는 자신감이 배어나왔다. 다시 체육관을 찾아 체중을 줄인 덕에 이탈리아에 있을 때보다 10년은 젊어 보였다. 스페인 패전도 사소한 사건으로 치부했다.

"여러분, 늘 얘기하지 않았소이까? 이번 전쟁은 바다에서 승부가 날 것이오."

브룬디시움의 스파이도 카이사르의 전함이 원로원의 절반에도 미치지 못한다고 전해왔다. 사실 순전히 산술 문제였다. 카이사르가 이탈리아를 빠져나오려 해도 수송선이 충분하지 못했으며 폼페이우스 군단과 맞서 싸울 힘도 부족했다.

"우리가 원하는 곳으로 그 자를 끌어낸 다음 치리다. 지금부터 전쟁의 칼자루는 이 손안에 있으니."

그 후 3개월쯤 지났을까? 한밤중에 문 두드리는 소리가 나서 가족들이 모두 잠을 깨고 말았다. 졸린 눈으로 바블리눔에 갔더니 릭토르들이 폼페이우스 본부 소속 장교와 함께 기다리고 있었다. 카이사르 군대가 4일 전 일리리쿰 해변, 디라키움 근처에 상륙했다.

그래서 폼페이우스는 전군에 명령을 내려 새벽에 출정을 개시하기로 했다. 무려 500킬로미터에 달하는 장거리였다.

"카이사르도 함께 상륙했더냐?" 키케로가 물었다.

"그렇게 알고 있습니다."

"스페인에 있다고 생각했는데?" 퀸투스가 물었다.

"그래, 스페인에 있었지. 어쨌든 지금은 분명 이곳에 있다. 기이하군. 배가 부족해서 절대 불가능하다고 하지 않았던가?"

더 자세한 정보를 위해 새벽에 에그나티아 성문으로 올라갔다. 군인들의 행군으로 도로가 들썩거렸다. 엄청난 병력이 마을을 관통하고 있었는데, 모두 4만 대군이었다. 듣기로는 그 길이가 50킬로미터에 달했지만 물론 우리는 일부만 볼 수 있었다. 군단병들은 무거운 군장을 짊어지고 기마병들의 창은 번쩍거리고 숲을 가득 메운 깃발과 군기에는 온통 'SPQR', 즉 '로마 원로원과 시민'의 제명이 장엄하게 휘날렸다. 코넷 연주자들, 궁사, 투석병, 포병, 노예, 요리사, 필경사, 의사, 짐으로 가득한 마차, 텐트와 연장과 식량과 무기를 가득 실은 노새, 석궁과 노포를 끄는 말과 소들.

우리는 해가 중천에 이를 무렵 행렬과 합류했다. 나야 군대와 아무 상관이 없지만 대단한 위용이었다. 키케로도 곧바로 자신감으로 충만해졌다. 어린 마르쿠스한테는 그야말로 천국이라 우리와 기병대를 오가면서 즐거워했다. 우리는 말을 타고 움직였다. 릭토르들이 선두를 지켰는데 군장(軍杖)마다 월계수 가지로 장식했다. 도로는 들판을 가로질러 산악지대로 향했다. 이윽고 내리막에 이르자 저 멀리 앞쪽으로 적갈색의 먼지가 구름처럼 일어났다. 군인들이 끝도 없이 이어지고 투구와 창에 햇빛이 걸리며 눈부시게 번

득였다.

석양 무렵 우리는 제1캠프에 도착했다. 참호와 토벽과 울짱 뒤로, 미리 준비한 텐트와 화톳불들이 보였다. 어두운 하늘 가득 향기로운 음식 냄새가 가득했다. 특히 기억나는 장면은, 어둠 속에서 대장장이들의 망치 소리가 땅땅 울리고 말들이 우리 안에서 히히힝거리며 부산하게 움직이던 모습들이다. 수십 채의 막사에서 시큼한 가죽 냄새가 배어나왔는데 그중 제일 넓은 곳은 진지 중앙의 교차로에 서 있었다. 바로 키케로가 사용할 곳이었다. 그 옆으로 군기와 연단이 있었다. 그곳에서 키케로가 마르스를 위해 전통 의식을 주재했다. 신에게 제물을 바친 후에는 목욕을 하고 성유를 바르고 맛있게 식사를 하고 시원한 바람을 맞으며 숙면을 취한 뒤 다음 날 행군을 재개했다.

우리는 그런 식으로 보름 동안 마케도니아 산맥을 관통하고 일리리쿰 경계를 향해 행진했다. 키케로는 할 얘기가 있다며 폼페이우스의 호출을 기다렸으나 깜깜 무소식이었다. 사실 사령관이 어디에 있는지조차 몰랐다. 그나마 이따금 급사를 통해 간신히 전체적인 상황을 짐작하기는 했다. 카이사르는 이미 정월 4일 몇 개 군단, 총 1만 5,000명의 병력을 이끌고 상륙해 기습공격으로 아폴로니아 부두를 포위했다. 디라키움에서 남쪽으로 50킬로미터 떨어진 곳이었다. 그에게는 절반에 불과한 인원이었다. 그가 교두보를 마련하는 동안 전함들은 이탈리아로 돌아가 남은 병력을 수송했다. (적군이 대담하게 두 번에 걸쳐 바다를 건너오리라고는 폼페이우스조차 계산하지 못했다.) 다행히 그 시점에서 카이사르의 천운도 기울기 시작했다. 우리 측의 비불루스 장군이 수송함 서른 척을 가로챈 것이다.

그는 배를 모조리 불태우고 적군들도 산 채로 화장한 뒤, 함대를 배치해 카이사르의 해군을 원천 봉쇄했다.

카이사르의 입지는 위태로워졌다. 바다를 등진 채 옴짝달싹할 수가 없는 데다 보급 줄까지 막힌 것이다. 이제 겨울도 머지않았건만 엄청난 대군과 싸워야 할 운명이었다.

행군이 막바지에 이를 무렵 폼페이우스에게서 편지가 왔다.

발신 : 임페라토르 폼페이우스

수신 : 임페라토르 키케로

카이사르로부터 제안이 들어왔구려. 즉시 평화회담을 열고 3일 안에 양측 군을 모두 무장해제하고 우호관계를 회복한 뒤 함께 이탈리아로 돌아가자더군. 내가 보기엔 우호관계가 목적이 아니라 현재의 입지가 불안하기 때문이야. 아무리 봐도 승산이 없다는 얘기겠지. 당신도 당연히 동의하리라 믿고 제안을 거부했소. 아무리 봐도 속임수가 분명하잖아?

"정말입니까? 동의하셨어요?" 내가 물었다.

"아니, 폼페이우스도 잘 알아. 내가 절대 동의하지 않으리라는 것 정도는. 어떻게든 전쟁을 막으려 들 테니 아예 의사조차 묻지 않은 거야. 아아, 이제 어쩔 수 없이 학살과 파괴만이 남은 모양이구나."

그 당시 키케로는 그답지 않게 지나치게 패배의식에 젖어 있었다. 폼페이우스는 디라키움 안팎에 대군을 배치했으나, 기대와 다르게 이번에도 자리를 잡고 기다리기만 했다. 최고 전쟁위원회에서도 그의 주장에 시비를 걸 위인은 하나도 없었다. 요컨대 시간이 흐를수록 카이사르의 전력은 약해지고 굶주림에 지쳐 항복한다. 따라서 싸울 필요도 없다는 논지였다. 어차피 공격한다고 해도 봄까지 기다려야 했다. 겨울은 기후가 지나치게 혹독하다.

키케로 진영은 디라키움 외곽에 진지를 구축하고 그는 별장에 자리를 잡았다. 높은 곳이라 바다가 훤히 내려다보였다. 카이사르가 불과 50킬로미터 거리에 진을 치고 있다니 기분이 묘했다. 이따금 테라스에 나와 목을 길게 빼보기도 했다. 행여 카이사르 진영이 보일까 싶었으나 당연히 불가능한 얘기다.

마침내 4월 초, 기막힌 일이 일어났다. 며칠간 날씨가 잠잠하더니 갑자기 남쪽에서 폭우가 밀어닥친 것이다. 우리 본부는 노출된 위치라 바람 소리가 끔찍하고 빗소리도 지붕을 사정없이 두드려댔다. 키케로는 아티쿠스에게 답장을 쓰는 중이었다. 아티쿠스는 툴리아가 돈 때문에 크게 고생 중이라는 얘기를 썼다. 첫 번째 지참금 지불분에서 6만 세스테르티우스가 부족했기 때문인데 키케로는 이번에도 필로티무스를 의심했다. '툴리아가 여러모로 어렵겠지만 부디 형이 살펴서 더 이상은…'이라고 쓰는데 마르쿠스가 황급히 들어오더니, 바다에 대규모 전함이 보이는데 아무래도 교전 중인 것 같다고 보고했다.

우리는 외투를 걸치고 부랴부랴 정원으로 나갔다. 실제로 2킬로미터 거리에 수백 척의 함대가 거친 파도에 요동치고 바람에 이리저리 휩쓸렸다. 그 장면을 보니 키케로의 유배 초기에 디라키움을 건널 때 거의 난파할 뻔한 일이 기억이 났다. 한 시간 정도 지켜보니 전함들이 모두 시야에서 사라지고 다시 두 번째 함대가 나타났다. 이번에는 규모가 보다 작았고 소형 전함들인 탓에 악천후에 더 고생스러워 보였다. 한눈에도 먼저 떠난 함대를 따라잡으려 하고 있었다. 사실 정확히 어떤 상황인지는 아무도 알지 못했다. 저 음울한 잿빛 배들이 아군일까? 아니면 적군일까? 정말로 전투가 있기는 한 걸까? 그렇다면 우세일까, 열세일까?

다음 날 아침 키케로는 마르쿠스를 폼페이우스 사령부에 보내 상황을 살피게 했다. 마르쿠스는 어스름에 돌아왔는데 기대감에 잔뜩 들떠 있었다. 새벽에 군사캠프를 해체한다는 얘기였다. 상황은 당혹스러웠지만 카이사르의 남은 병력이 이탈리아에서 배를 타고 건너온 것만은 분명했다. 물론 그렇다 해도 카이사르가 아폴로니아 캠프에 상륙할 수는 없었다. 부분적으로는 우리가 봉쇄했기 때문이지만 폭풍우도 문제였다. 그 바람에 동쪽으로 무려 100킬로미터나 밀려났다는 얘기도 들렸다. 우리 해군이 뒤를 쫓았으나 성공하지는 못했다. 보고에 따르면, 병사들과 물자도 리수스 인근 해안에 상륙했기에, 폼페이우스는 그들이 카이사르와 합세하기 전에 섬멸하려 했다.

다음 날 아침 우리는 군대와 합류해 북쪽으로 떠났다. 소문으로는 우리가 맞서 싸워야 할 신임 장군이 카이사르의 부관, 마르쿠스 안토니우스라고 했다. 키케로의 말에 따르면 성격이 거칠고 제멋대로라지만 카이사르만큼 위협적인 전술가는 못 되었다. 안토니우스가 리수스에서 기다릴 줄 알았건만 우리가 접근했을 때 캠프는 이미 텅 비어 있었다. 운반이 불가능한 군수물품도 모두 태워 여기저기 타다 남은 불덩이투성이였다. 군대를 동쪽 산악지대로 끌고 간 것이다.

우리는 부랴부랴 남쪽으로 돌아왔다. 디라키움으로 돌아가나 했는데 계속 남쪽으로 내려가더니 4일 후 아프소스라는 작은 마을 주변에 대규모 캠프를 구축했다. 비로소 카이사르 장군이 얼마나 교활한지 깨달을 수 있었다. 어떻게 가능했는지 모르겠지만 카이사르는 이미 안토니우스의 전력과 합류했다. 안토니우스가 산길을 통해 병력을 이동한 덕분이리라. 카이사르의 연합세력이 여전히 열세라 해도 이제는 무기력한 입지를 떨쳐내고 공세로 전환했다. 그는 우리 후방의 부락을 점거해 디라키움을 봉쇄했다. 아직 치명적인 재앙까지는 아니었다. 폼페이우스 해군이 해안을 장악하고 있기에 날씨만 최악이 아니라면 바다와 해변을 통해 보급품을 받을 수 있다. 다만 궁지에 몰린 기분이 얼마나 끔찍한지 실감이 나기는 했다. 이따금 카이사르 군이 멀리 산악 비탈길을 따라 움직이는 것도 보였다. 우리보다 먼저 고지를 장악했다는 뜻이다. 이윽고 그가 대규모 공사에 착수하더니 나무를 베고 나무요새를 세우고는 참호와 수로를 파고 누벽을 쌓았다.

당연히 사령관들이 공사를 막으려 들면서 소규모 충돌이 이어졌다. 하루에 4~5차례 정도. 그래도 공사는 꾸준히 진행되어 몇 개월 후 카이사르는 25킬로미터에 달하는 장벽을 완성해 우리 캠프를 커다랗게 에워싸고 말았다. 해변에서 북쪽으로는 우리 기지, 남쪽으로는 암벽까지였다. 이 원 안에 우리도 나름 참호를 구축해 적과 대치했다. 양 진영 사이엔 50~100미터 정도의 완충지대가 만들어졌다. 공성 전차들이 자리를 잡고 포병들은 바위와 화염무기들을 번갈아 날린다. 기습공격 팀들이 야음을 틈타 전선을 넘나들며 상대 참호병들의 목을 끊는다. 바람 소리가 잦아들면 적진의 목소리도 들렸다. 욕을 하면 우리도 욕으로 대응했다. 지금 기억에도 늘 긴장이 흘렀다. 긴장은 신경을 갉아먹고 산다.

키케로는 이질에 걸려 대부분 막사에서 책을 읽거나 편지를 썼다. 솔직히 '막사'는 잘못된 이름이었다. 그와 고급 원로들은 자기 숙소를 제일 화려하게 만들기 위해 경쟁하는 것만 같았다. 카펫, 카우치, 테이블, 조각상, 가재도구들까지 이탈리아에서 실어 나르고, 잔디와 나무그늘 따위로 벽을 장식했으며, 팔라티네에서처럼 연회와 목욕을 즐겼다. 키케로는 특히 카토의 조카 브루투스와 가까웠다. 막사도 바로 옆이었다. 브루투스는 늘 손에 철학서를 끼고 살았다. 두 사람은 밤이 깊도록 앉아 대화를 나누었다. 키케로는 브루투스의 고귀한 본성과 학식을 좋아했지만 머릿속이 정말 철학으로 빽빽해 실용적으로 활용하지 못한다며 걱정했다.

"아무래도 교육이 상상력을 망친 본보기 같아."

이런 유형의 참호 전쟁이 독특한 까닭은, 적과 매우 친근하게 접촉할 수 있기 때문이었다. 일반 병사들은 종종 완충지대에서 만나 수다를 떨거나 노름을 했다. 장교들이 중벌을 내려도 소용이 없었다. 이 진영에서 저 진영으로 편지가 오가기도 해 키케로 역시 로마의 루푸스는 물론, 심지어 10킬로미터 밖 카이사르 진영의 돌라벨라로부터 여러 번 메시지를 받았다. 돌라벨라는 밀사에게 휴전 깃발을 들려 보내기도 했다.

장인께서 잘 지내신다니 기쁩니다. 저도 툴리아도 잘 있습니다. 장모님은 다소 몸이 좋지 않으셨으나 지금은 완전히 회복하셨을 것입니다. 그밖에는 처가에 별 문제는 없습니다.

폼페이우스 상황은 잘 아시겠죠? 이탈리아에서 쫓겨나고 스페인에서는 패하고, 무엇보다 지금은 캠프에 갇혀 지내는 신세입니다. 그런 굴욕은 과거 그 어느 로마 장군도 당한 바가 없죠. 부탁 하나만 드린다면… 폼페이우스가 간신히 위기를 벗어나 함대와 함께 피신한다 해도 무엇보다 부디 장인어르신의 안위를 챙기시고, 어느 누구도 아닌 어르신 자신의 친구가 되시옵소서.

폼페이우스가 다른 곳으로 쫓겨날 경우에도 아테네같이 어디든 평화로운 세상으로 물러나시길 비옵니다. 장인의 체면 문제라면, 카이사르는 친절한 분이시니 얼마든지 정상을 참작하실 것입니다. 부디 제가 보낸 밀사에게 명예롭고 자애로운 답신을 들려 보내주시기 앙망하옵니다.

이 특별한 편지를 읽고 키케로의 속내도 혼란스럽기가 그지없었으리라. 툴리아가 잘 있다니 그보다 기쁜 일도 없겠지만 사위 놈의 뻔뻔함에는 열불이 났을 것이다. 카이사르의 포용정책이 유효하다니 수치스러우면서도 안도가 되었을 테고 아헤노바르부스 같은 미친놈 손에 편지가 들어갈까 두렵기도 했을 테니 왜 아니겠는가. 그자라면 이 편지만으로 키케로에게 반란죄를 뒤집어씌울 수도 있었다.

그는 재빨리 자신은 잘 있으며 다만 끝까지 원로원 명분을 지지하겠다는 내용으로 쪽지를 휘갈긴 다음, 밀사를 전선 너머까지 배웅하게 해주었다.

날씨가 점점 더워지면서 생활도 점점 고달팠다. 카이사르는 개울을 막고 물길을 돌리는 데도 수완이 좋았는데 지금은 우리에게 그 전략을 이용했다. 기술자들을 보내 산에서 내려오는 강과 개울을 막은 것이다. 풀은 갈색으로 타들어가고 물은 배로 실어와 물지게를 이용해 나른 다음 배급해주었다. 원로들의 일상적인 목욕도 폼페이우스의 지시로 금지되었다. 더 심각한 일은, 말들이 탈수와 영양 부족으로 쓰러지기 시작한 것이다. 물론 카이사르의 부하들은 상황이 더 심각했다. 우리와 달리 해로를 통해 식량을 공급할 수도 없고 그리스와 마케도니아 양쪽 모두 막혔기 때문이다. 이제는 빵도 뿌리를 파서 만들었다. 하지만 카이사르의 고참병들은 전투로 다져진 터라 우리 병사들보다 강했기에 전혀 기가 죽지 않았다.

이런 식으로 얼마나 버틸지 솔직히 자신이 없었다. 그러던 중 디라키움에 도착하고 4개월 만에 돌파구가 생겼다. 캠프 중앙의 대형 막사에 폼페이우스의 임시 전쟁위원회가 있는데 어느 날 호출 명령이 떨어졌다. 몇 시간 후 돌아왔을 때 키케로는 표정이 더없이 밝았다. 카이사르 군대에 복무 중인 갈리아 용병 둘이 군단 동료에게 뭔가를 훔치려다 걸려 채찍사형 선고를 받고는 용케 탈출에 성공해 우리 편으로 넘어왔다. 용병들 말에 따르면, 카이사르의 요새 바닷가 쪽에 약 150미터가량의 균열이 있었다. 외부는 튼튼해 보여도 안쪽에 2차 방책이 없다는 얘기였다. 폼페이우스는 그 말이 거짓일 경우 가장 끔찍하게 죽게 해주겠다고 엄포를 놓았다. 둘은 사실이라고 주장하면서 그 틈을 막기 전에 서두르라고 애원까지 했다. 폼페이우스로서는 믿지 않을 이유가 없었기에 다음 날 새벽 공격하기로 결정했다.

우리 군대는 야음을 틈타 작전 위치로 이동했다. 어린 마르쿠스도 기병장교로서 함께 작전에 참여했다. 키케로는 잠도 못 이룬 채 아들의 안위를 걱정하며 초조해했다. 새벽 동녘이 뜨자 키케로와 나는 릭토르들과 퀸투스를 동행하고 전투를 지켜보기 위해 그쪽으로 건너갔다. 폼페이우스는 대군을 이끌고 왔다. 접근이 어려운 탓에 상황을 정확히 파악하기는 어려웠다. 키케로는 말에서 내려 우리와 함께 해변을 따라 걸었다. 파도가 발목까지 찰랑거렸다. 우리 함대는 1킬로미터 해상에 나란히 정박해 대기했다. 위쪽에서 싸우는 소리가 바다의 포효와 시끄럽게 섞여들었다. 대기는 화살 구름으로 어둡다가도 이따금 화염탄들이 환히 밝혀주곤 했다. 해변에만 병력이 5,000명은 되는 듯했다. 더 이상 가면 위험하다며 호민관들이 우리를 제재했다. 그래서 도금양 아래 앉자 수하들이 먹거리를 내왔다.

정오경, 군단이 떠나기에 우리도 조심스레 따라갔다. 카이사르 군이 모래 언덕 지대에 지은 요새는 우리 수중에 들어오고 그 너머 평지도 수천의 병력이 전진 중이었다. 날씨는 무덥고 시체들은 사방에 넘쳐났다. 화살과 창에 꿰고 칼에 잘린 시체들. 오른쪽으로 기병대들이 전선을 향해 질주해 들어왔다. 키케로가 마르쿠스를 본 것 같다고 얘기해 우리도 모두 큰 소리로 환호했다. 그런데 그때 퀸투스가 군복을 알아보고 카이사르 군이라 지적해주었다. 그 시점에서 릭토르들이 키케로를 전장에서 빼냈다. 우리도 캠프로 돌아왔다.

디라키움 전투는 알려진 대로 대승이었다. 카이사르 전선은 회복 불능 지경으로 패하고 상황은 위기에 빠졌다. 겹겹이 쌓인 참호들이 추적을 방해한 데다, 그날 밤은 우리도 대비를 위해 참호를 파야 했다. 그렇지 않았다면 바로 그날 카이사르 군을 괴멸할 수도 있었다. 폼페이우스가 나타나자 병사들이 그를 환호했다. 그는 전차를 타고 경호원들과 함께 캠프를 질주하고 횃불 밝힌 막사 거리들을 오르내리며 군단병들의 박수갈채를 받았다.

다음 날, 해가 중천에 뜰 때쯤 저 멀리 카이사르 진지에서 봉화들이 연이어 평원 위로 피어오르기 시작했다. 동시에 전선마다 보고가 밀려들었다. 반대편 참호가 비어 있다는 얘기였다. 병사들은 처음에는 조심스레 접근했으나 이내 적의 요새를 자유롭게 활보하기 시작했다. 그렇게 여러 달을 고생해 요새를 만들었건만 그리 쉽게 포기하다니 신기했다. 의심의 여지는 없었다. 카이사르의 군단병들은 에그나티아 길을 따라 동쪽으로 이동하고 있었다. 우리 눈에도 거대한 먼지구름이 보였다. 다만 운반이 불가능한 장비는 뭐든지 불태웠다. 포위는 끝이 났다.

폼페이우스는 오후 늦게 망명 원로회의를 소집해 향후의 계획을 논했다. 키케로는 나와 퀸투스에게 동행을 청했다. 결정사항을 기록으로 보존하고 싶다는 이유였다. 폼페이우스 막사 경비들은 내게 고개인사를 하고는 그냥 통과시켜주었고, 나는 조심스럽게 측면에 자리를 잡고 섰다. 다른 비서들과 캠프 보좌관들도 모두 그곳에 있었다. 원로들도 100명 가까이 참석해 벤치에 앉았다. 폼페이우스는 하루 종일 카이사르의 동태를 살피다가 제일 늦게 도착해 기립박수를 받았다. 그도 지휘봉을 특유의 곱슬머리 옆에 대는 식으로 화답했다.

그는 전투가 끝난 후 양측 전황에 대해 보고했다. 적군은 1,000명이 죽고 300명이 포로로 잡혔다. 라비에누스가 즉시 포로들도 처형해야 한다고 주장했다.

"놈들을 살려두면 불경한 사상으로 시민들을 꼬드길 겁니다. 놈들에게는 살 권리가 없습니다."

키케로는 인상을 쓰며 일어나 극구 반대했다.

"우리는 대승을 거두었고 전쟁도 끝이 보이오. 이제 도량을 베풀 때가 아니겠소?"

"아뇨, 본때를 보여줘야 합니다." 라비에누스가 반발했다.

"항복했는데도 가혹하게 죽인다면 카이사르 군대는 더욱더 가열차게 싸우려들 게요. 본때를 보이는 건 도움이 안 되오."

"그러라죠. 카이사르의 포용 정책은 우리 측 사기에도 도움이 안 됩니다." 그가 아프라니우스를 돌아보았지만 당사자는 고개를 푹 숙였다. "우리가 포로를 처리한다면 카이사르도 어쩔 수 없이 따라할 겁니다."

폼페이우스는 단호한 목소리로 그 문제를 마무리했다. "라비에누스 말이 맞아. 아무튼 반역자들이잖아. 법을 어기고 동포를 향해 무기를 들이댔어. 우리 군하고는 범주가 다른 종자들이야. 자, 움직이자고."

하지만 키케로는 포기하지 않았다. "잠깐만, 지금 우리가 문명의 가치를 위해 싸우는 겁니까? 아니면 그냥 야수들인가요? 그 사람들도 우리와 같은 로마인들입니다. 전 이 결정에 반대했다고 기록해주시길 요청합니다."

"저도 이렇게 기록해주시기를 바랍니다. 반역자로 취급해야 할 자들은 단지 공개적으로 카이사르 편에서 싸운 자들만이 아니라, 중립을 지키려고 하거나 평화를 주장한 자들, 그리고 적과 내통한 자들도 마찬가지입니다."

아헤노바르부스는 사람들의 박수갈채를 받고 키케로는 얼굴이 벌게져 주저앉고 말았다.

"그럼, 결정됐어. 내 생각은 이래. 보병대 15개 대대만 디라키움에 남겨 지키게 하고, 나머지 병력은 모두 카이사르를 추적한다. 목표는 첫 번째 기회에 교전을 벌이는 것으로."

이 운명의 선언에 원로들이 큰 소리로 동의를 표했다.

키케로는 쭈뼛쭈뼛 주변을 보다가 다시 일어났다. "죄송합니다, 아무래도 제가 만년 반대파 역을 맡은 듯합니다만… 카이사르를 쫓아 동쪽으로 가는 것보다, 이 기회에 로마를 수복하는 편이 낫지 않겠습니까? 결국 로마의 복원이 전쟁의 목적이었다고 생각합니다만."

폼페이우스가 고개를 저었다. "아니, 말도 안 돼. 이탈리아로 돌아가면 카이사르가 마케도니아와 그리스를 점령해도 막을 수가 없잖아."

"그러라고 하죠. 저라면 마케도니아와 그리스를 포기하고 이탈리아와 로마를 선택하겠습니다. 그리고 그곳에도 스키피오의 군대가 있지 않습니까."

"스키피오는 카이사르를 당하지 못해. 오로지 나만이 가능하지. 게다가 로마에 돌아간다고 전쟁이 끝나지는 않아. 오직 카이사르가 죽어야 끝이 난다."

회의가 끝나자, 키케로는 폼페이우스한테 다가가 부디 디라키움에 남게 해달라고 요청했다. 폼페이우스는 그의 집요한 반대에 기가 질린 표정이었다. 그가 키케로를 위아래로 훑어보다가 마침내 고개를 끄덕였다.

“그래, 차라리 그게 낫겠어.” 그러고는 꼴도 보기 싫다는 듯 곧바로 등을 돌리며 부관에게 내일 아침 출발할 테니 준비해두라고 지시를 내렸다. 키케로는 대화가 끝나기를 기다렸다. 폼페이우스한테 행운을 빌어주고 싶었으나 폼페이우스는 전투 준비만으로도 너무나 바빴다. 아니, 어쩌면 바쁜 척했는지도 모르겠다. 결국 키케로도 포기하고 막사를 나왔다.

막사로 돌아가는 길에 퀸투스가 왜 군대와 함께하지 않는지 물었다.

“폼페이우스의 세계전쟁을 따르면 이곳에 몇 년 동안 묶여 있어야 한다. 더 이상은 나도 지지 못 해. 솔직히 말해서 저 빌어먹을 산악을 헤집고 다닐 자신도 없다.”

“사람들은 형님이 겁이 나서 그렇다고 여길 게요.”

“그래, 난 두렵다. 너도 두려워해야 해. 네가 이긴다면 선한 로마인들이 대학살을 당할 테니까. 라비에누스 얘기 들었지? 게다가 행여 지기라도 하는 날엔….” 키케로는 말을 맺지 못했다.

막사로 돌아간 뒤, 행여 하는 마음에 아들한테도 가지 말라고 권했지만 사실 별 기대는 없었다. 마르쿠스는 디라키움에서도 무척이나 용맹했다. 그 공으로 젊은 나이임에도 기병 대대장으로 임명되지 않았던가. 그는 전투에 목말라 했다. 퀸투스의 아들도 싸우겠다는 결기가 대단했다.

“좋다, 그럼. 굳이 가겠다면 네 결정을 존중한다. 하지만 난 이곳에 있겠어.” 키케로도 결국 단념하고 말았다.

“하지만 아버지, 이 위대한 전투는 앞으로 1,000년은 사람들 입에 회자될 것입니다." 마르쿠스가 항변했다.

"늙어서 싸우지도 못하지만 마음이 약해 지켜보기도 어렵구나. 가문에서 군인은 너희 셋이면 충분해. 카이사르의 머리를 장대에 꿰어 가져오거라, 사랑하는 아들아."

키케로는 마르쿠스의 머리카락을 헤집고 뺨을 꼬집고는 조금 쉬어야겠다며 곧바로 돌아섰다. 그가 울고 있다는 사실은 아무도 눈치채지 못했다.

기상나팔은 동 트기 한 시간 전에 울리기로 했다. 불면증 때문에 거의 잠을 이루지 못했건만 어느덧 전쟁나팔 소리가 지옥의 악귀처럼 울기 시작했다. 군단 노예들이 들어와 텐트를 해체했다. 일정은 계획대로 정확하게 진행되었다. 아직 태양은 산마루를 넘어오지 못했으며 산들은 어디나 새까맣게 보였다. 그 위로 청색과 적색의 하늘이 구름 한 점 없이 밝아오기 시작했다.

정찰병들은 새벽에 먼저 떠나고 30분 후 비티니아 기병대가 뒤를 이었다. 그리고 다시 30분 후, 폼페이우스가 크게 하품을 하며 참모진과 경호원들을 대동하고 떠났다. 우리 군단은 행군의 선두로 선정되었기에 그다음 순서였다. 키케로는 성문 옆에 서고 동생과 아들과 조카가 떠날 때 손을 흔들고 차례로 이름을 부르며 작별을 고했다. 이번에는 그도 눈물을 감추려 하지 않았다. 두 시간 후 막사가 모두 철거되었다. 잔재들은 모조리 불에 태우고 마지막으로 짐노예들이 뒤뚱거리며 황량한 캠프를 떠났다.

군대가 떠나고 우리도 릭토르들의 호위를 받으며 50킬로미터 거리의 디라키움을 향해 말을 몰았다. 돌아오는 길에 카이사르의 방어선을 지나자 곧바로. 라비에누스가 포로들을 학살한 지점이었다. 시신들은 모두 목이 잘렸다. 노예들이 참호 하나를 골라 시체들을 쓸어 넣고 불로 태우고 있었다. 여름 폭염에 썩어가는 살 냄새와 독수리들이 창공을 선회하는 광경은, 전쟁의 참혹한 기억 속에서도 여전히 제일 집요하게 나를 괴롭힌다. 우리는 박차를 가해 얼른 자리를 피했다. 디라키움에는 해가 지기 전에 도착했다.

이번에는 안전 문제로 암벽이 아니라 성벽 내 어느 집에 숙소를 정했다. 상급 집정관 출신에 총독으로서 임페리움 직위가 있기에 원칙대로라면 키케로가 당연히 수비대장을 맡아야 했으나, 폼페이우스는 불신의 표시로 그 지위를 카토에게 주어버렸다. 법무관 이상 올라가본 적도 없는 자였으나 키케로는 개의치 않았다. 오히려, 책임감을 덜 수 있다며 좋아하기까지 했다. 폼페이우스가 남겨둔 군대 또한 믿을 수 없었기 때문이었다. 전쟁 속에서 저들이 충성을 다하리라고 어떻게 자신한단 말인가.

하루하루가 느리게 흘러갔다. 키케로처럼 참전하지 않은 원로들은 이미 전쟁에 승리한 것처럼 굴었다. 예를 들어 로마에 남은 원로들, 귀국길에 처형해야 할 자들, 전쟁 비용으로 재산을 몰수해야 할 부자들 명단을 만들기도 했다. 그들이 선정한 부자 중에는 아티쿠스도 들어 있었다. 그다음엔 누가 어느 집을 차지할지를 놓고 티격태격했다. 다른 원로들은 카이사르 일당을 제거한 뒤 공석이 될 공직과 지위를 두고 후안무치한 싸움을 벌였다. 내 기억에 따르면 스핀테르는 대사제가 되겠다며 전의를 다졌다.

키케로는 이렇게 한탄했다. "이놈의 전쟁은 질 때보다 이긴 후가 더 참담할 거야."

키케로의 마음은 늘 걱정과 조바심으로 가득했다. 툴리아는 언제나 돈이 부족하고, 테렌티아에게 재산을 일부 처분하라고 했건만 지참금 잔액은 여전히 미불 상태였다. 필로티무스와 아내의 관계는 물론, 두 사람이 검은 돈에 공히 혈안이 되어 있다는 사실도 또다시 심기를 흔들었다. 그는 분노와 의심을 달래기 위해, 산발적으로 짧고 차가운 편지를 써 보냈는데 이번에는 심지어 아내 이름을 부르지도 않았다.

제일 큰 걱정은 어쨌거나 마르쿠스와 퀸투스였다. 떠난 지 벌써 두 달, 여전히 폼페이우스와 함께 어딘가로 행군 중이리라. 원로원 군대는 산악지대를 지나 테살로니카 평야까지 카이사르를 추적했다가 남쪽으로 기수를 돌렸다. 소식은 거기까지였다. 지금 어디에 있는지조차 정확히 아는 사람이 없었다. 카이사르가 디라키움에서 멀리 끌어낼수록 행방은 점점 더 오리무중이었다. 수비대의 분위기도 뒤숭숭해졌다.

함대 사령관 카이우스 코포니우스는 영리하지만 쉽게 흥분하는 자였다. 징후와 징조를 맹신하기도 했다. 특히 심란한 꿈을 잘 믿는 탓에 툭하면 부하들을 시켜 장교들한테 꿈 얘기를 전했다. 어느 날, 폼페이우스로부터 소식이 없자 식사를 핑계로 키케로를 찾아왔다. 식탁에는 카토, 위대한 학자이자 시인, M. 테렌티우스 바로도 동석했다. 바로는 스페인에서 군단을 지휘했으나, 아프라니우스처럼 카이사르한테 사면을 받은 인물이다.

코포니우스가 먼저 얘기를 꺼냈다. "이곳으로 오기 직전에 기이한 일을 겪었습니다. 로도스의 대형 노예선 '유로파'가 앞바다에 정박해 있다는 사실은 아시죠? 노꾼 하나를 데려오라고 했더니 꿈 얘기를 하더군요. 꿈속에서 그리스 어느 고원에서 심각한 전투가 있었는데 피가 대지를 적시고 사람들은 수족이 끊긴 채 신음하며, 도시는 포위당하고 우리 군은 선박으로 달아나더랍니다. 군인들이 뒤를 돌아보니 도시 전체가 불길에 휩싸였고요."

대개의 경우라면 이런 식의 암울한 예언은 키케로의 비웃음 대상이었지만 이번은 달랐다. 카토와 바로도 심각한 표정이었다.

"그래서 그 꿈이 어떻게 끝났다던가요?" 카토가 물었다.

"그놈한테야 해피엔딩이었겠죠. 재빨리 로도스로 달아났으니까. 아무튼 그래도 희망은 있다고 봅니다."

다시 정적이 식탁을 뒤덮었다. 마침내 키케로도 나섰다.

"불행하게도, 로도스 동맹국들이 우리를 버린다는 뜻으로 들리는군."

뭔가 끔찍한 참사가 일어났다는 암시는 부두에서부터 들려오기 시작했다. 코르키라 섬 어부들이 이틀간 배를 몰아 남쪽으로 왔는데, 오는 길에 본토 해변에 사람들이 야영을 하고 있었다. 그런데 그 사람들이 폼페이우스 군의 생존자들이라며 소리쳤다는 얘기였다. 같은 날 다른 상선도 비슷한 얘기를 했다. 굶주린 사내들이 작은 어촌에 들어오더니 군인들에게 쫓기고 있다며 어떻게든 탈출할 방법을 찾으려 했단다.

키케로는 전쟁이야 원래 소문이 무성하지만 대개는 거짓으로 드러난다며 자위했다. 그에게 그 유령들은 전면전이 아니라 국지전에서 이탈하거나 생존한 자들이었다. 다른 사람들보다 자신을 위한 주문이었지만, 내가 보기에, 그는 분명 전쟁의 신들이 카이사르 편이라고 확신했다. 이미 예언한 바가 아니던가. 폼페이우스와 함께 가지 않은 것도 그 때문이었다.

소문은 사실로 굳어졌다. 다음 날 그는 카토의 본부로부터 급히 와달라는 전갈을 받고 나를 데리고 갔다. 그곳은 이미 두려움과 절망의 분위기였다. 마당에 들어서자 비서들이 서신과 회계자료들을 태우고 있었다. 물론 적의 수중에 들어가지 않도록 하기 위한 조처였다. 안으로 들어서자 카토, 바로, 코포니우스를 비롯해 상급 원로들이 어두운 표정으로 모여 있고 한가운데 지저분하고 턱수염이 덥수룩한 사내가 보였다. 얼굴에 크고 작은 상처가 가득했다. 바로 한때 오만방자했던 티투스 라비에누스였다. 폼페이우스 기병의 사령관이자 포로들을 학살한 당사자. 하지만 열흘 동안 부하 몇 명과 함께 쉬지도 않고 산악지대를 달려온 탓에 지금은 완전히 탈진한 상태였다. 심지어 자신이 누군지도 잘 기억하지 못했다. 이따금 꾸벅꾸벅 졸거나 했던 얘기를 또 하고, 한 번은 완전히 의식을 잃기까지 하는 바람에 내 속기도 일관성이 없다. 그때 어떤 일이 있었는지 차라리 내가 직접 얘기하는 쪽이 나을 수도 있겠다.

소위 파르살루스 전투 얘기다. 라비에누스에 따르면 결코 패할 수 없는 싸움이었다. 폼페이우스의 통솔력에 대해서도 카이사르 발밑에도 미치지 못한다며 혹평했다. (후에 들은 얘기로는 라비에누스 자신한테도 어느 정도 책임이 있었다.) 폼페이우스는 우세한 지형을 점유하고 병력도 최대였으며(카이사르보다 7배나 많았다) 공격 시기를 선택할 수도 있었다. 그럼에도 그는 계속 교전을 주저하다가, 아헤노바르부스를 위시해, 지휘관들이 노골적으로 겁쟁이라고 비난한 후에야 간신히 군대를 움직이기 시작했다.

라비에누스는 이렇게 말했다. "그때 알았죠. 그 인간, 전혀 싸울 마음이 없더군요. 우리한테야 큰소리를 쳤지만 카이사르를 이길 자신이 없었던 겁니다."

그리하여 양측 군대는 광활한 들판을 사이로 대치하고 적군은 마침내 기회를 잡고 공격을 감행했다.

카이사르는 분명 처음부터 아군의 최대 약점이 기병이라 판단하고 교활하게 최정예 보병 2,000명을 그 뒤에 감춰두었다. 그리하여 라비에누스 기병대가 적의 공세를 깨뜨리고 측면을 공략하려 했을 때 느닷없이 군단병 횡대가 벽처럼 막고는 전진해 들어왔다. 노련한 고참병들의 방패와 창 앞에 기병은 무력해지고 마침내 라비에누스의 절규도 뿌리친 채 달아나기 시작했다. (그가 얘기하는 내내 난 마르쿠스 생각을 했다. 무모한 성격이라 도망가지 않았을 텐데….) 기병대가 달아나자 카이사르 병사들이 폼페이우스 궁사들을 전멸시켰다. 그 후는 일방적 도살에 가까웠다. 폼페이우스의 병사들은 공황 상태인 데다 역전의 카이사르 병사들한테는 상대도 되지 못했다.

"그래서 얼마나 죽은 겁니까?" 카토가 물었다.

"글쎄요… 수천 명은 되겠죠."

"그동안 폼페이우스는 도대체 어디에 있었단 말이오?"

"상황을 목격한 뒤엔 그냥 마비된 것처럼 보였습니다. 말도 간신히 했지만 지시도 뒤죽박죽이었죠. 그러다가 경호원들을 데리고 캠프로 돌아갔는데 그 이후로는 보지도 못했어요." 라비에누스는 두 손으로 얼굴을 가렸다.

우리는 기다렸다.

그가 마침내 두 손을 내리고 말을 이어갔다. "듣기로는 막사에 누워 있다가, 카이사르 군대가 방어벽을 뚫자 간신히 몇 명을 이끌고 달아났다더군요. 마지막으로는 북쪽 라리사를 향해 달아나는 모습을 누군가 봤다고 했습니다."

"그래서… 카이사르는?"

"모르죠. 소규모 병력만 이끌고 폼페이우스를 쫓아갔다는 얘기도 있고, 병력을 이끌고 이곳으로 온다는 얘기도 있으니까요."

"이쪽으로 온다고?"

그렇잖아도 카이사르의 무리한 행군과 이동 속도는 유명했기에, 카토는 당장 디라키움을 빠져나갈 것을 제안했다. 카토는 매우 침착했다. 키케로가 놀란 사실은, 그가 이럴 경우에 대비해 폼페이우스와 논의했다는 사실이다. 패할 경우 원로원 지휘 그룹은 당장 코르키라로 피신할 것. 그곳은 섬인지라 함대가 봉쇄하고 방어할 수도 있었다.

그때쯤 폼페이우스가 패했다는 소문은 수비대 전체에 퍼졌다. 회의도 중단해야 했다. 병사들이 지시에 반발한다는 보고 때문이었다. 이미 약탈도 발생했다. 우리는 내일 승선하기로 합의했다. 집에 돌아오기 전 키케로는 라비에누스의 어깨에 손을 얹고 마르쿠스나 퀸투스가 어떻게 되었는지 물었다. 라비에누스는 고개를 들고 마치 무슨 말 같지도 않은 질문이냐는 듯 그를 보았다. 수천 명의 학살 장면이 저 충혈된 눈 속에서 연기처럼 소용돌이치는 것 같았다.

"내가 어떻게 알겠습니까? 예, 시체를 보지는 못했다고 말씀드릴 수 있겠군요." 키케로가 돌아서려고 할 때 그게 이렇게 덧붙였다. "임페라토르 말씀이 옳았습니다. 그때 로마로 돌아가야 했어요."

11
열한 번째 두루마리

로도스 노꾼의 예언은 그렇게 실현되고 우리는 다음 날 디라키움에서 피신했다. 식량 창고가 털린 탓에 소중한 곡물들이 거리에 널브러지고 발밑에서 부서졌다. 릭토르들이 혼란에 빠진 군중들을 곤봉으로 때리며 간신히 길을 열어주었다. 부둣가에 도착해보니 거리에서보다 사람이 많았다. 안전지대로 빠져나려는 사람들이 항해가 가능한 선박 선장들마다 붙잡고 흥정을 하고 있었다. 참혹한 광경들도 많았다. 가족들은 개와 앵무새를 포함해 최대한 가재도구를 챙겨와 어떻게든 배에 오르려고 안간힘을 썼다. 부인들은 보잘 것 없는 놋배라도 얻어야 한다며 손가락에서 반지를 빼고 가보를 내밀었다. 수면 위에 아기의 시체 하나가 하얀 인형처럼 떠다녔다. 아마도 엄마가 겁에 질린 채 트랩을 건너다 실수로 떨어뜨린 모양이었다.

배들이 어찌나 많은지 거룻배를 타고 전함으로 향하는 데만도 몇 시간이 걸렸다. 그때쯤 이미 어두워지기 시작했다. 로도스의 대형 노예선은 보이지 않았다. 키케로의 예견처럼 로도스도 원로원에 등을 돌린 것이다. 카토도 다른 원로들과 함께 배에 오르고 우리는 부랴부랴 닻을 올렸다. 선장도 이곳에 남기보다 위험을 무릅쓰고라도 야반도주하고 싶어 했다. 2~3킬로미터 지난 후 돌아보니 붉은 빛이 하늘을 가득 메웠다. 나중에 들은 얘기로는 병사들이 폭동을 일으켜 부두의 배를 모조리 불태웠다고 했다. 코르키라로 달아나는 대신 계속 싸우기로 작정한 것이다.

우리는 밤새도록 노를 저었다. 잔잔한 바다와 험준한 해안선은 달빛을 받아 은색으로 빛났다. 소리라고는 노가 물살을 가르는 소리와 어둠 속에서 사람들이 웅성대는 소리뿐이었다. 키케로는 오랫동안 카토와 얘기했다. 나중에 들은 얘기로는 카토는 지극히 냉정하고 차분했단다.

"평생을 스토아철학에 헌신한 덕이야. 그로서야 양심에 따라 행한 일일 테니 평온할 수 있겠지. 이제는 완전히 죽음에 순응했더구나. 어떤 점에서는 카이사르나 폼페이우스만큼이나 위험한 사람이지."

나는 무슨 뜻인지 물었다. 그는 잠시 뜸을 들이다가 대답했다.

"정치학 소책자를 만들 때 내가 뭐라고 썼는지 기억하나? 그것도 참 오래된 얘기 같구나! '선장의 의무가 배를 안전하게 운전하고, 의사가 환자를 건강하게 만드는 데 있듯이, 정치가의 목표는 조국의 행복에 있다.' 카이사르도 폼페이우스도 그런 식으로 자기 역할을 생각한 적이 없었어. 그저 개인적 영예뿐이었지. 카토도 마찬가지다. 장담컨대, 그저 자신이 옳았다는 것만으로 만족할 수 있으니까. 그놈의 원칙 때문에 우리가 이 지경이 되었지만… 달밤에 허름한 배를 타고 낯선 해안을 따라 표류하고 있지 않느냐."

키케로는 완전히 환멸에 빠졌다. 사실 부주의한 측면도 있었다. 코르키라에 상륙해보니, 아름다운 섬은 파르살루스 학살을 피해 피난 온 사람들로 혼잡했다. 들리는 소문은 하나같이 끔찍했다. 혼란과 무기력. 폼페이우스의 소식은 그곳에도 없었다. 살아 있으면 소식을 전하고 죽었으면 누군가 시신이라도 봐야 했건만 어느 쪽도 아니었다. 그냥 이 땅에서 사라진 것이다. 총사령관이 부재한 터라 카토가 제우스 신전에서 원로원을 소집했다. 신전은 갑 위에 위치해서 바다가 내려다보였다. 이제 어떻게 할 것인가? 회의 주제는 단 하나였다. 원로도 이제 겨우 50명밖에 남지 않았다. 키케로는 아들, 동생과 재회하기를 바랐으나 역시 어디에도 없었다. 다른 생존자들은 만날 수 있었다. 메텔루스 스키피오, 아프라니우스, 폼페이우스의 아들 그나이우스… 그는 아버지의 파멸이 배신 탓이라고 굳건히 믿으며 연신 키케로만 노려보았다. 내가 보기엔 그나이우스도 위험인물이었다. 카시우스도 나타났지만 아헤노바르부스는 보이지 않았다. 결국 다른 원로들과 함께 처형당했다는 소문이 들려왔다. 바깥 날씨는 덥고 눈부셨으나, 안쪽은 해를 피할 수 있어 어느 정도 시원했다. 인간 두 배 크기의 제우스 상이 무관심한 표정으로 우리 패배자들의 고민을 내려다보았다.

카토는 폼페이우스가 부재하므로 원로원이 총사령관을 새로 임명해야 한다는 말로 회의를 시작했다.

"고대의 관습에 따라, 우리 중 제일 서열이 높은 집정관 출신이어야 합니다. 따라서 키케로를 추천합니다."

키케로는 웃음을 터뜨렸다. 사람들이 일제히 고개를 돌려 그를 보았다. 키케로는 도저히 믿을 수 없다는 표정이었다.

"농담이죠? 그걸 말이라고 합니까? 지금껏 돌아가는 형국을 보고서도 나보고 마무리하라고요? 여러분이 내 지도력을 원했다면, 더 일찍 조언에 귀를 기울여야 했소. 그랬다면 이렇게 처참한 꼬락서니가 되지는 않았겠지. 총사령관의 명예는 단호히 거부하겠소이다."

사실 그렇게 매몰차게 말할 것까지는 없었다. 물론 지치고 긴장도 했겠지만 그때는 다들 마찬가지였다. 심지어 부상자도 있었다. 항변과 불만의 목소리가 여기저기 터져 나왔지만 카토가 조용히 시켰다.

"말씀을 들어보면 키케로 원로님은 현 상황을 절망적으로 보시는 듯합니다. 화의를 청해야 한다는 뜻입니까?"

"당연하지 않습니까? 당신 철학을 충족하기 위해 죄 없는 사람들이 죽었어요. 그 정도면 충분하지 않나요?"

"후퇴를 하기는 했지만 그렇다고 패배까지는 아닙니다. 전 세계에 여전히 맹방이 있으니까. 예를 들어 아프리카의 유바 왕이 있으니까요."

"그 정도로 망가졌다는 얘기 아닙니까? 누미디아 야만인들과 함께 우리 동포 로마를 상대로 싸우겠다?"

"그렇다고 해도 우리한테는 여전히 일곱 마리의 독수리가 있습니다."

"일곱 마리 독수리는 까마귀와 싸울 때나 유용하겠죠."

그때 폼페이우스의 아들 그나이우스가 나섰다. "영감탱이가 전투에 대해 뭘 알아? 더러운 겁쟁이 영감 같으니."

그는 그 말과 함께 검을 꺼내 키케로한테 달려들었다. 난 키케로가 죽는다고 확신했다. 하지만 그나이우스는 노련한 검객처럼 마지막 순간에 검을 멈추고, 칼날은 키케로의 목을 살짝 건드리기만 했다.

"이 반역자를 사형에 처해야 합니다. 그것도 지금 당장 하도록 원로원의 승인을 요청합니다."

그가 칼날을 좀 더 깊이 들이밀어 키케로도 고개를 뒤로 젖혀야 했다. 그렇지 않으면 성대가 끊길 판국이었다.

"그만, 그나이우스. 네 아버지를 욕되게 할 참이냐? 키케로는 아버지 친구가 아니더냐? 네가 부친의 친구를 이런 식으로 모욕하면 뭐라 하시겠느냐? 본분을 깨닫고 어서 검을 치우지 못할까?"

그나이우스가 흥분했을 때 카토가 아니면 과연 누가 막을 수 있었을까? 젊은 맹수는 잠시 망설이다가 검을 거두고 저주를 뱉으며 자리로 돌아갔다. 키케로는 자세를 바로 하고 곧바로 앞만 노려보았다. 핏방울이 목을 따라 흘러 토가 앞자락을 적셨다.

카토가 말을 이어갔다. "여러분, 여러분은 내 생각을 아십니다. 공화국이 위험에 처하면, 선인이든 악인이든 시민 모두를 일깨워 우리 명분을 지지하고 국가를 수호하도록 하는 게 바로 우리의 권리이자 의무입니다. 하지만 이제 공화국은 더 이상 없습니다…."

그가 잠시 말을 끊고 좌중을 둘러보았다. 아무도 그의 단언에 토를 달지 못했다.

그가 조용히 그 말을 되뇌었다. "공화국을 빼앗긴 이상… 어느 개인에게 그 폐허 속에서 함께 고생하자고 강요한다면 그야말로 가혹하고 무의미한 일이 될 것입니다. 그러니 계속 싸울 사람들은 이 곳에 남아 향후 전략을 논하고, 싸움을 원치 않는 사람들은 지금 이 모임에서 빠져주시길 바랍니다. 그렇다 해도 그분들에게 위해를 가하는 일은 없어야 합니다."

처음에는 아무도 움직이지 않았다. 그러다가 아주 천천히 키케로가 자리에서 일어났다. 그는 카토에게 목례를 해 목숨을 구해준 데 사례하고 곧바로 돌아서서 사원을 빠져나갔다. 키케로는 그렇게 원로원의 명분은 물론, 전쟁과 공직에서도 떠났다.

키케로는 섬에 머물다가 살해당할까 봐 불안해했다. 그나이우스는 아니더라도 그의 수하들 때문에라도 우리는 그날 바로 섬을 빠져나왔다. 해변이 적의 수중에 들어갔다면 북쪽으로 돌아가는 것도 불가능했다. 그렇게 남쪽으로 어정쩡하게 표류하다가 며칠 후 파트라이에 도착했다. 내가 아팠을 때 머물던 항구 도시. 배가 상륙하자마자 키케로는 릭토르를 친구 쿠리우스에게 보내 우리가 와 있다고 알리게 한 다음 대답도 기다리지 않고 가마와 짐꾼을 사서 그의 집으로 향했다.

릭토르는 길을 잃거나 아니면 파트라이 술집의 유혹에 빠진 모양이었다. 킬리키아를 떠난 후 릭토르 여섯은 습관적으로 폭주를 했다. 아무튼 급사보다 먼저 별장에 도착했으나 쿠리우스가 이틀간 일 때문에 집에 없다는 얘기만 들었다. 그런데 집 안에서 남자 목소리가 들렸다. 익숙한 목소리. 우리는 서로를 보았다. 세상에, 어떻게 이런 일이? 우리는 곧바로 집사를 지나쳐 타블리움으로 들어갔다. 맙소사, 그곳에 퀸투스, 마르쿠스, 퀸투스 2세가 옹기종기 모여 있는 게 아닌가! 세 사람도 우리를 돌아보곤 아연했다. 아니, 분명 당황한 눈치였다. 틀림없이 우리, 아니 키케로를 욕하고 있었던 것이다. 하지만 당혹감은 순간이었고 키케로는 눈치채지 못했다. 우리는 서로 끌어안고 볼에 키스하고 애정에 겨운 포옹도 했다. 무엇보다 세 사람이 너무도 추레한 데 놀랐다. 뭔가 불안해하는 눈치이기도 했다. 비록 드러내지 않으려 했지만 파르살루스의 생존자들도 대체로 그런 느낌이었다.

"맙소사, 이런 행운이 세상에 또 어디 있겠소! 그렇잖아도 배 한 척을 섭외해 내일 코르키라로 출발할 참이었구려. 그곳에 임시 원로원이 있다고 얘기를 들었어요. 하마터면 형님을 보지 못했을 수도 있었겠네요! 어떻게 된 일이오? 회의가 예상보다 일찍 끝났소?" 퀸투스가 물었다.

"아니다, 내가 아는 한 회의는 여전히 진행 중이야."

"그런데 왜 함께 있지 않고…?"

"그 얘기는 나중에 하자. 우선 어찌 된 일인지 먼저 듣고 싶구나."

세 사람은 계주에서 바통을 넘겨주듯 서로 돌아가며 얘기를 했다. 처음에는 카이사르를 추적하던 한 달간의 긴 행군과 그 과정에서의 사소한 접전, 그리고 마침내 파르살루스에서의 대혈전. 전투 전야에 폼페이우스는 로마에 돌아가 승리의 여신 비너스께 전리품을 바치는 꿈을 꾸었다. 병사들이 환호를 보냈다. 좋은 징조라 여기고 기분 좋게 자리에서 일어났건만 누군가 카이사르가 비너스의 직계라고 지적하자, 폼페이우스는 그 즉시 꿈의 의미가 자신의 바람과 완전히 반대라고 단언했다.

"그 순간부터 패배감에 휩싸이고 행동도 그랬어요."

퀸투스 부자는 2진에 속했기에 최악의 싸움은 면할 수 있었다. 다만 마르쿠스는 전투의 와중에서 적어도 넷은 죽였다고 주장했다. 하나는 창으로, 셋은 검으로. 나름대로 승리를 확신했는데 갑자기 카이사르의 제10군단이 저 앞에서 솟아오르는 것처럼 보였단다.

"우리 진영은 대형을 잃었죠. 그야말로 학살이었습니다, 아버지."

서해안으로 피신하는 데 한 달 가까이 걸렸다. 대부분 간신히 연명을 하고 카이사르의 추적대도 어렵사리 따돌렸다.

"그런데 폼페이우스는? 소식이 있더냐?" 키케로가 물었다.

"아뇨, 그래도 어디로 갔는지 짐작은 가요. 동쪽 레스보스. 승리 소식을 기다리라며 코르넬리아를 그곳으로 보냈으니까. 패배한 후 아내한테 위로를 받고 싶었을 게요. 아내들만큼은 끔찍하게 챙기잖소. 그 정도는 카이사르도 알 테니, 현상금 사냥꾼이 도망 노예를 쫓듯 추적하겠지. 전 카이사르가 이긴다에 걸겠소. 아무튼 카이사르가 폼페이우스를 잡으면 전쟁은 어떻게 될 것 같소?" 퀸투스가 물었다.

"어찌 됐든 전쟁은 계속되겠지만 이제 나와는 상관이 없어."

그리고 그는 코르키라에서 어떤 일이 있었는지 얘기해주었다. 경박하게 보일 생각은 없었으리라 믿지만 아무래도 가족의 생존을 확인하고 기분이 좋았을 테고 당연히 그 기분이 말투에 배어났으리라. 독수리와 까마귀 비유를 들려주며 이미 '끝장난 대의명분'을 떠넘기려는 터무니없는 계획을 비웃고 그나이우스 폼페이우스야말로 돌대가리라고 조롱하는데("그놈은 제 아비보다도 멍청하더구나") 퀸투스가 초조해하며 턱을 흔들었다. 심지어 마르쿠스의 표정까지 잔뜩 일그러졌다.

"그럼, 끝입니까? 우리 가족만 괜찮으면 아무래도 좋다?" 퀸투스의 목소리는 무미건조하고 차가웠다.

"그럼 아니란 말이냐?"

"진작에 그렇게 말씀하시지 그랬소?"

"내가 어떻게 말하겠느냐? 넌 거기 있지도 않았어."

"그래, 없었소. 제가 어떻게 있겠습니까? 형님이 참전하라고 말해서 지금까지 죽어라 싸웠고 그다음엔 살기 위해 아등바등했는데. 형님 아들과 형님 조카를 살리려고!"

키케로도 경솔했음을 깨달았지만 이미 때는 늦었다.

"동생아, 믿어다오. 내 마음은 오로지 네 안녕… 너희 모두의 안녕뿐이야."

"내 궤변을 용서한다면, 마르쿠스, 너한테는 네 자신이 제일 중요하단다. 네 명예, 네 경력, 네 관심… 그러니 다른 사람들이 죽으러 가더라도 너는 노인과 여자들하고 피신해서 웅변 실력과 헛된 재치를 갈고닦으려무나." 퀸투스가 이죽거렸다.

"이런, 퀸투스, 나중에 후회할 말은 하지 말아라."

"예, 몇 년 전에 말하지 못해 후회되니 지금이라도 해야겠소. 그러니 이번 한 번이라도 조용히 앉아 내 말 좀 들어보시오. 난 평생 형님 부속물처럼 살았소. 형님한테야 여기 티로만큼도 의미가 없겠죠. 티로가 아프면 형님 업무에도 지장이 있으니까. 아니, 실제로는, 더 하찮겠군. 받아쓰는 기술도 없으니 왜 아니겠소! 아시아 총독으로 가 있을 때도 형님은 나를 꼬드겨 1년이 아니라 2년을 머물게 했소. 그런 식으로 번 돈으로 형님 빚을 갚으셨지. 형님 유배 시기에는 로마 거리에서 클로디우스와 싸우다 죽을 뻔도 했지만 형님이 귀국한 후 보상이라고는 다시 짐을 싸서 사르디니아로 쫓는 것뿐이었소. 그것도 폼페이우스한테 잘 보이기 위해서. 예, 그래서 지금 여기까지 왔구려. 주로 형님 덕분에 이렇게 내전의 패전 팀에 들어 있는 거요. 카이사르 옆에 서 있었으면 얼마나 자랑스러웠을까? 그분은 갈리아에서 나를 군단장으로…."

얘기는 이런 식으로 이어졌다. 키케로는 한마디 말도 없이 가만히 듣기만 했다. 그저 의자 팔걸이에서 두 손을 쥐었다 폈다 했을 뿐이다. 마르쿠스는 충격에 얼굴이 백지장이 되어 바라보고 조카는 능글거리며 고개를 끄덕였다. 나로서도 자리를 벗어나고 싶었지만 그럴 수 없었다. 어떤 힘이 발을 묶어놓은 것만 같았다.

퀸투스는 분노가 절정을 때렸는지 마침내 숨을 몰아쉬기 시작했다. 가슴이 무거운 짐을 옮기기라도 한 듯 거칠게 오르내렸다.

"원로원을 등졌다 했소? 내 입장은 생각도 않고 나한테 한마디 상의도 없이? 그야말로 마지막까지 이기적이로군. 기억하오? 내 입장은 형님처럼 모호하지 않소. 난 파르살루스에서 싸웠소. 이미 찍힌 놈이니 선택의 여지도 없더이다. 예, 카이사르를 찾아가리다. 어디에 있든지. 그래서 용서를 빌고 기필코 형님에 대해 할 말을 하고야 말겠소."

그 말을 끝으로 퀸투스는 방을 나갔다. 그의 아들도 나갔다. 그리고 잠시 머뭇거리다가 마르쿠스 역시 떠나고 말았다. 키케로는 충격과 정적 속에서 미동도 않고 앉아만 있었다. 마침내 난 혹시 필요한 게 없는지 물었다. 그는 여전히 대답이 없었다. 그래서 행여 심장발작에라도 걸렸을까 불안할 정도였다. 그러던 중 발소리가 들렸다. 마르쿠스가 돌아온 것이다. 그가 의자 옆에 무릎을 꿇었다.

"작별 인사를 하고 왔습니다, 아버지. 전 아버지와 함께 있겠습니다."

키케로는 대답 대신 아들의 손을 잡았다. 난 두 사람이 얘기하도록 물러나왔다.

키케로는 침실에 들어가 며칠간 두문불출했다. 의사도 거부했다.

"나는 마음을 다쳤으니 그리스 돌팔이가 어찌 고치겠느냐?"

문도 걸어 잠갔다. 퀸투스가 돌아와 불화를 해소했으면 하고 바랐건만 정말로 도시를 떠나고 말았다. 쿠리우스가 여행에서 돌아온 후 최대한 조심스럽게 무슨 일이 있었는지 설명해주었다. 나와 마르쿠스가 지금 최선은 아직 날씨가 좋을 때 배를 빌려 이탈리아로 돌아가는 길뿐이라고 하자 쿠리우스도 동의했다. 결국 기이한 역설에 봉착하고 만 것이다. 키케로는 그리스보다 카이사르의 수중에 있을 때 더 안전하다는 것. 그리스에서는 공화국파 무장 폭도들이 반역자들을 찍어 처단하겠다고 혈안이 되어 있었다.

어느 정도 우울증에서 벗어난 후 키케로도 계획에 동의했다. "이곳보다 차라리 이탈리아에서 죽겠다."

그리하여 남동풍이 부드럽게 불어올 무렵 우리는 배에 올랐다. 항해는 순조로웠고 나흘째 되는 날 브룬디시움의 거대한 등대가 보였다. 축복의 광경이었다. 키케로는 1년 반 만에 조국에 돌아왔다. 나로서는 무려 3년이 넘게 걸렸다.

키케로는 시선을 피하기 위해 갑판 아래 선실에 남고 나는 마르쿠스와 함께 상륙해 머물 곳을 수배했다. 첫날 밤 최선의 선택은 선창가 여인숙이었다. 키케로는 어두워진 후 일반 토가를 입고 상륙하기로 했는데 물론 보라색 줄무늬의 원로용 토가보다는 마르쿠스의 옷이 제격이었다. 다음 문제는 비극의 합창단과도 같은 릭토르들의 존재였다. 우스꽝스럽게도 권력을 완전히 잃었건만 기술적으로 그는 킬리키아 총독이자 임페리움의 권한을 보유했으며 그렇기 때문에 그들을 보내면 법을 어기는 격이었다. 릭토르들 역시 보수를 받을 때까지 떠날 생각이 없었기에, 마찬가지로 변장을 하고 얼굴을 삼베로 감추고 방도 빌려주었다.

키케로는 이런 절차를 무척이나 수치스러워했다. 그래서 밤을 꼬박 새우더니 다음 날 이렇게 선언했다. 카이사르의 진영에서 제일 신분이 높은 자한테 자신의 존재를 알려라, 어떤 운명이든 정해진 대로 감수하겠다. 나한테는 돌라벨라의 편지를 찾아보게 했다. 그가 장인의 안전을 보장한 적이 있었다. '장인의 체면 문제라면, 카이사르는 친절한 분이시니 얼마든지 정상을 참작하실 것입니다.' 그래서 군사령부에 갈 때 편지를 단단히 챙겼다.

신임 군단 사령관은 푸블리우스 바티니우스였다. 로마 최고의 추남으로 유명하며 키케로에게는 옛 정적이었다. 카이사르에게 갈리아 속령과 5년간의 군사 통치권을 모두 부여하자며 제일 먼저 법안을 제출한 자가 바로 호민관 시절의 바티니우스였다. 그는 디라키움에서 과거의 상관과 싸운 후 돌아와 남부 이탈리아를 통치하기 시작했다. 그나마 운이 좋았던지 몇 년 전 키케로는 바티니우스와 화해를 했다. 그가 뇌물죄로 법정에 섰을 때 카이사르의 요구에 따라 변호한 적이 있었다. 내가 왔다는 얘기를 듣고는 곧바로 불러 너무도 친절하게 맞아주었다.

맙소사, 정말로 추물이었다. 눈은 짝짝이에 얼굴과 목은 모반 같은 연주창으로 덮여 있었다. 하지만 외모가 무슨 상관이겠는가? 그는 돌라벨라의 편지는 거의 보지도 않고 키케로가 다시 이탈리아에 돌아와 영광이라며, 자신이 책임지고 그의 존엄성을 지켜주겠다고 단언했다… 카이사르도 이렇게 하기를 원할 걸세. 더욱이 로마의 지시를 기다리는 동안 묵을 곳도 마련하겠다고 약속까지 했다.

로마의 지시라는 말이 마음에 걸렸다.

"어느 분이 지시를 내리는지 여쭤도 되겠습니까?"

"아, 물론. 좋은 질문이야. 우리는 여전히 정부를 조정 중이라네. 원로원… 그러니까 우리 원로원은 카이사르를 1년간 딕타토르로 임명했네만 지금 자네 옛 사령관을 쫓느라 멀리 나가 계시지. 그래서 그분의 부재중에 권력은 '말의 주인'에게 위임하셨다네."

"그분이 누구시죠?"

"마르쿠스 안토니우스."

난 가슴이 철렁 내려앉았다.

그날 바티니우스는 군단 1개 소대를 보내 우리를 호위하고 조용한 집으로 옮겨주었다. 키케로는 내내 밀폐형 가마를 타고 이동했기에 그의 귀국은 여전히 비밀이었다.

낡고 작은 별장이었다. 벽이 두껍고 창은 모두 작았다. 밖에는 초병까지 세워두었다. 키케로도 처음에는 이탈리아로 돌아왔다며 안도했으나 실제로는 연금 상태라는 사실을 조금씩 깨달아야 했다. 물리적으로 별장을 떠날 수 없기 때문은 아니었다. 스스로 문밖에 나갈 생각이 없었기에 초병들이 어떤 지시를 받았는지 알지도 못했다. 그보다는 바티니우스가 찾아와 키케로가 어떻게 지내는지 살펴보며 암시했듯, 밖으로 나가는 것 자체가 위험했다. 그건 카이사르의 자비에 대한 배은망덕을 뜻했기 때문이었다. 우리는 처음으로 독재하의 삶을 맛보았다. 더 이상의 자유는 없었다. 행정도 사법도 없다. 오직 통치자의 변덕뿐이었다.

키케로는 마르쿠스 안토니우스에게 편지를 보내 로마로 돌아가도록 허락을 구했지만 별로 기대는 하지 않았다. 그와 안토니우스가 서로 공손했다고는 해도 둘 사이에 해묵은 원한은 있었다. 안토니우스의 계부 P. 렌툴루스 수라가 카틸리나의 반역자 5인방에 속했고 때문에 키케로에게 처형당했다. 따라서 안토니우스가 요청을 거절했을 때도 별로 충격은 없었다. 안토니우스의 말에 따르면, 키케로의 운명은 카이사르의 문제이며, 카이사르가 집권할 때까지는 브룬디시움에 머물러야 했다.

향후 몇 개월은 키케로에게 최악의 시기였다. 테살로니카 유배는 사실 아무것도 아니었다. 그때는 적어도 공화국이 명분이 되어주었기에 명예롭게 싸울 수 있었고 가족들도 한마음이었다. 지금은 아무것도 남지 않았다. 오로지 죽음, 불명예, 불화뿐. 게다가 죽음이 너무도 많았다. 옛 친구들이 너무도 많이 죽었다! 바람에서도 죽음의 냄새가 진동했다. 브룬디시움에서 지낸 지 며칠, C. 마티우스 칼베나가 찾아왔다. 그는 부유한 기사계급으로 카이사르의 최측근이었다. 그는 밀로와 카일리우스 루푸스가 캄파니아에서 함께 폭동을 일으키려다 죽었다며 소식을 전해주었다. 밀로는 옛 검투사들로 군대를 일으켰지만 카이사르의 부관과 싸우다 죽고, 루푸스는 스페인과 갈리아 기병들을 매수하려다가 현장에서 처형당했다. 루푸스의 죽음은 키케로에게도 큰 충격이었다. 겨우 서른넷이 아니던가. 키케로가 소식을 듣고 흐느껴 울었는데 폼페이우스의 운명을 전해 들었을 때도 그 정도는 아니었다.

바티니우스가 직접 소식을 들고 왔다. 여전히 추물이었으되 그 날은 그래도 슬퍼하는 모양새를 취했다.

“의심의 여지도 없소?” 키케로가 물었다.

“전혀 없습니다. 카이사르께서 급서를 보냈는데 폼페이우스의 잘린 목을 보셨답니다.”

키케로는 얼굴이 창백해지더니 그 자리에 주저앉았다. 나는 그 거대한 머리와 두터운 갈기, 그리고 황소처럼 두터운 목을 떠올렸다. 잘라내기도 쉽지 않았을 텐데… 사실 카이사르가 보기에도 기가 막힌 장관이었으리라.

“카이사르도 보시고는 우셨습니다.” 바티니우스가 내 마음을 읽기라도 한 듯 덧붙였다.

“언제 이렇게 됐던가요?” 키케로가 물었다.

“두 달 전입니다.”

바티니우스는 카이사르의 전언을 큰 소리로 읽었다. 폼페이우스는 정확히 퀸투스의 예견대로 움직였다. 파르살루스에서 달아나 코르넬리아한테 위안을 얻기 위해 레스보스로 갔다. 막내아들 섹스투스가 아내와 함께 있었다. 가족은 함께 갤리선을 타고 이집트로 갔다. 파라오가 자신의 명분을 지지해주기를 바랐던 것이다. 다만 펠루시움 해안에 닻을 내리고 그가 왔음을 알렸으나 이집트인들은 파르살루스의 참극을 전해 듣고 이미 승자의 편에 붙기로 한 터였다. 그런데 그냥 폼페이우스를 쫓아내는 것보다는 카이사르의 환심을 살 기회라 여기고는 대신 처치하기로 했다. 그들은 대화를 핑계로 폼페이우스를 뭍으로 불러들였다. 거룻배를 보내 폼페이우스를 데려올 때에는 이집트 장군 아킬라스를 위시해 로마의 상급 장교 몇 명이 동승했다. 한때 폼페이우스 밑에서 복무하다 지금은 로마군을 통솔해 파라오를 보호하는 임무를 맡고 있었다.

아내와 아들의 간원에도 폼페이우스는 배에 탔다. 암살단은 그가 상륙할 때까지 기다렸다가 군사 호민관 루키우스 셉티미우스가 검으로 등을 꿰뚫었다. 아킬라스는 단검을 꺼내 찌르고 뒤이어 두 번째 로마 장교 살비우스가 숨통을 끊었다.

'카이사르는 폼페이우스가 용감하게 죽음을 맞이했다고 알리고 싶어 한다. 증인들에 따르면 그는 두 손으로 토가를 잡고 얼굴을 가린 채 백사장에 쓰러졌다. 죽어가면서도 사정이나 애원은 하지 않고 다만 신음을 흘렸을 뿐이다. 코르넬리아도 살인을 목격하고 비명을 질렀는데 그 소리가 해변에까지 들렸다.

카이사르는 3일 후에 알렉산드리아에 도착해 머리와 폼페이우스의 인장반지를 보았다. 도장에는 사자가 검을 든 모습이 새겨 있었는데, 이 얘기가 사실임을 증명코자 이 편지에 도장을 동봉한다. 시신은 쓰러진 지점에서 불에 태웠으며 카이사르의 지시에 따라 그 재를 폼페이우스의 미망인에게 보냈다.'

바티니우스는 편지를 접어 조수에게 건넸다.

"심심한 위로를. 훌륭한 군인이었죠." 그가 예를 차렸다.

바티니우스가 떠난 후 키케로가 중얼거렸다. "아니, 그렇게 훌륭하지는 못했어."

다음은 그가 아티쿠스에게 보낸 편지다.

폼페이우스가 죽었다는 사실이라면 절대 의심하지 않소. 통치자, 시민, 할 것 없이 그에게 희망이 없다고 이미 판정을 내린 터라 어디를 가든 이렇게 될 수밖에 없었으니까. 비극적인 운명을 애도하리다. 성격도 괜찮았고 삶도 깨끗하고 원칙도 있던 사람이었지.

키케로는 이렇게만 언급했다. 그가 죽었다고 울거나 하지는 않았으며, 그 이후 폼페이우스를 거론하는 경우도 거의 없었다.

테렌티아는 키케로를 찾아올 의사가 없었다. 키케로도 요구하지 않았다.

'지금은 당신이 집을 떠날 이유는 없소. 길고도 위험한 여행인 데다, 온다 해도 그다지 도움이 될 것 같지도 않구려.' 오히려 그는 이렇게 편지를 썼다.

그해 겨울에는 화롯가에 앉아 가족 문제를 고심했다. 동생과 조카는 아직 그리스에 남아 글과 말로 키케로를 혹독하게 비난했다. 바티니우스와 아티쿠스가 공히 그에게 편지 사본을 보여주었다. 테렌티아를 만날 생각은 없었지만, 그녀도 아예 생계비조차 보내지 않았다. 결국 아티쿠스에게 부탁해 지역 은행가에게 약간의 현찰을 인출했지만 테렌티아가 잔고의 3분의 2를 개인 용도로 사용했다는 사실만 확인했다. 아들은 군인들과 술만 마시고 공부는 거들떠보지도 않았다. 전쟁을 갈망했기에 이따금 아버지의 처지를 노골적으로 비난하기까지 했다.

하지만 키케로는 대부분 딸 생각을 했다. 아티쿠스가 전한 바에 따르면, 돌라벨라는 평민 호민관으로 로마에 돌아왔다. 이제는 툴리아를 완전히 무시해, 집에는 돌아오지 않고 도시 여기저기에서 계집질을 해댔다. 그중 최악이 안토니아, 즉 마르쿠스 안토니우스의 아내였다. (이로 인해 안토니우스도 화를 냈지만 사실 그도 정부인 누드배우 볼룸니아 키테리스와 노골적으로 밀회를 즐겼다. 후에는 안토니아와 이혼하고 클로디우스의 미망인 풀비아와 결혼했다.) 돌라벨라는 툴리아에게 생계비를 한 푼도 주지 않았다. 게다가 키케로가 거듭 애원했음에도 테렌티아도 딸의 빚을 갚지 않고 사위한테 책임을 돌렸다. 키케로는 공적 삶과 사적 삶이 모조리 망가졌다며 크게 자책했다. 아티쿠스에게 쓴 편지는 이랬다.

'내 역경은 우연이 아니오. 그러니 모두 내 책임이라오. 하지만 내 온갖 고통보다 가슴 아픈 일은 그 불쌍한 아이가 아비와 유산을 비롯해, 자신의 권리를 모두 빼앗긴 채 고통받는다는 사실이라오.'

봄이 왔으나 카이사르한테서는 여전히 소식이 없었다. 소문으로는 최근에 만난 정부 클레오파트라 여왕과 함께 이집트에 있었다. 툴리아한테서는 편지를 받았는데 브룬디시움에서 아버지와 함께 있고 싶다는 내용이었다. 키케로는 딸이 그렇게 위험한 여행을 한다는 사실에 아연했으나 말릴 수도 없었다. 툴리아가 이미 여행길에 나섰다고 선언했기 때문이었다. 그리고 마침내 툴리아가 도착했을 때 그의 공포를 잊을 수는 없으리라. 한 달간의 여행. 수행이라고는 하녀 하나와 늙은 남자 노예가 전부였으니.

"얘야, 설마 이들이 동행의 전부는 아니겠지? …네 엄마는 어떻게 허락을 했단 말이냐? 자칫 강도를 당할 수도 있었어. 더 심한 것도."

"이제 걱정하셔봐야 소용없어요, 아버지. 안전하게 왔잖아요? 아버지를 뵐 수 있다면 이런 위험이나 불편쯤은 아무것도 아니랍니다."

툴리아는 자신의 가냘픈 육신 내에 영혼의 힘이 얼마나 강렬한지 여실히 보여주었다. 그녀가 오면서 가족 분위기도 밝아졌다. 겨우내 닫아두었던 방도 깨끗해지고 하나둘 장식도 늘어났다. 꽃도 보이고 음식도 좋아졌다. 마르쿠스조차 누나와 함께 있으면 공손한 척을 했다. 하지만 이런 식의 집안 분위기보다 더 중요한 것은 키케로의 영혼도 다시 살아난 데 있었다. 툴리아는 영리한 여인이었다. 남자로 태어났다면 훌륭한 변호사가 되었을 것이다. 그녀는 시와 철학을 읽었을 뿐 아니라, 아버지와 토론하면 견해를 제시할 정도로 이해력도 남달랐다. 불평은 절대 하지 않고 자신의 문제는 가볍게 웃어넘겼다.

"툴리아 같은 아이는 세계 어디에도 없을 게요." 키케로는 아티쿠스한테 그렇게 얘기했다.

딸에게 탄복할수록 당연히 테렌티아를 용서할 수 없었다. 제 딸을 그런 식으로 취급하다니. 이따금 이렇게 중얼거리기도 했다. "어떻게 엄마라는 여자가 경호도 없이 딸을 수백 킬로미터나 여행하게 하지? 옆에 있으면서도 장사치들한테 굴욕이나 당하게 만들고 말이야."

어느 날 식사를 하는데 키케로가 툴리아에게 직접 물었다. 너는 엄마의 행동을 어떻게 이해하느냐, 라고.

"돈이죠." 딸아이의 대답은 간단했다.

"맙소사, 말도 안 돼. 돈이라니… 이유가 너무 천박하잖아."

"카이사르가 전쟁 비용을 충당하려면 엄청나게 돈이 많이 필요할 것이다, 그게 바로 어머니 생각이에요. 물론 그 돈을 마련하려면 정적들의 재산을 몰수해야 하는데… 그중에 아버지가 최우선이겠죠."

"그럼, 너를 가난하게 살게 한 이유는? 그럴 이유가 없잖아?"

툴리아는 잠시 망설이다가 대답을 했다. "전, 정말로 아버지께 걱정거리를 더해드리고 싶지 않아요. 그래서 지금까지 아무 말 하지 않았죠. 하지만 이제 기운도 차리신 것 같으니 아무래도 제가 왜 여기 왔는지, 어머니께서 왜 막으려 했는지 이유를 아셔야 할 것 같네요. 어머니와 필로티무스는 몇 달 동안, 아니 어쩌면 몇 년 동안 아버지 재산을 빼돌렸어요. 그냥 세를 떼어낸 정도가 아니라 물건들 얘기예요. 지금도 몇몇 집은 거의 알아보지 못할 겁니다. 텅 비다시피 할 테니까."

키케로의 첫 반응은 믿을 수 없다였다.

"설마 그럴 리가? 어떻게, 어떻게 그런 일이 가능하지?"

"어머니 말씀을 그대로 전해드리자면 '그 인간은 멍청해서 결국 망하고 말 거야, 절대 나까지 따라서 무너질 순 없다'예요…." 툴리아는 잠시 머뭇거리다 마지막 말을 덧붙였다. "솔직하게 말씀드리면 어머니 지참금도 회수하는 것 같아요."

이제 키케로도 상황을 실감하기 시작했다. "그러니까 이혼을 하겠다는 얘기냐?"

"결심이 완전하지는 않은 듯하지만 대비를 하시는 것만은 분명

해요. 아버지가 직접 갚지 못하실 수도 있으니까." 툴리아가 상체를 숙이고 아버지의 손을 잡았다. "어머니께 너무 화내지는 마세요, 아버지. 어머니한테 돈은 유일한 독립 수단이에요. 지금도 아버지를 사랑하세요. 전 알아요."

키케로는 감정을 주체 못 하고 정원으로 나가버렸다.

최근 몇 년간 수도 없이 재앙과 배신을 겪었건만 이번이 최악이었다. 재산은 완전히 바닥나고 키케로는 완전히 무기력해졌다. 설상가상으로 툴리아는 어머니와 직접 대면할 때까지 그 일에 대해 한마디도 하지 말라고 애원했다. 그랬다간 툴리아가 고자질했음을 테렌티아도 알 것이다. 그렇다고 아내를 만나는 일도 요원하기만 했다. 여름의 폭염이 절정을 향해 치달을 때쯤 느닷없이 편지가 한 통 도착했다.

발신 : 딕타토르 카이사르
수신 : 임페라토르 키케로

원로님 아우로부터 서한을 많이 받았습니다. 내게 불충을 드러내셨다며 형이 강요하지 않았다면 절대 나를 상대로 싸우지 않았을 것이라 주장하더군요. 편지들은 발부스를 통해 원로께 보냈으니, 마음대로 처리하세요. 퀸투스와 그의 아들은 용서했습니다. 어디든 원하는 곳에서 살게 해주었지만 다시 관계를 맺을 생각은 없습니다. 원로님을 대하는 태도로 보아 아직 정신을 차리지 못한 듯 보입니다. 갈리아에서 이미 크게 실망을 한 바 있었죠.

지금 군보다 먼저 출발해 다음 달 생각보다 빨리 이탈리아, 타렌툼에 상륙할 것 같습니다. 가능하다면 그때 만나서 원로님의 미래를 포함해 이런저런 문제를 한꺼번에 처리하고 싶습니다.

툴리아는 편지를 읽고는 '멋진 편지'라며 크게 좋아했으나, 키케로는 크게 혼란에 빠지고 말았다. 그의 바람은 로마에 돌아가는 것뿐이었다. 조용히. 분란 없이. 그런데 실제로 카이사르를 만나야 한다니 심란하기가 그지없었다. 물론 주변 사람들이 아무리 못마땅하고 무례하게 굴어도 딕타토르 카이사르만큼은 틀림없이 친절하게 대해줄 것이다. 하지만 아무리 공손하다 한들 기본적인 사실을 감출 수는 없다. 키케로는 분명 나라를 강탈한 정복자에게 목숨을 구걸하고 있었다. 아프리카에서도 거의 매일 소식이 들어오고 있었다. 카토는 다시 대군을 일으켜 여전히 공화국의 명분을 지켜나갔다.

툴리아 앞에서는 애써 밝은 표정을 지었으나 일단 그녀가 잠자리에 들면 양심의 고통에 괴로워했다.

"너도 알다시피 항상 올바른 길을 가고자 했다. 역사가 내 행동을 어떻게 평가할지 늘 고민도 했고. 음, 이번에는 확실하게 평가할 수 있겠다. 키케로가 카토의 명분에 동조하지 않은 이유는 결국 겁쟁이였기 때문이었어. 오, 온통 엉망이로구나, 티로! 테렌티아가 맞았다. 이 파국에서 자기만이라도 살아남아야겠지. 이혼은 당연한 선택이야."

얼마 후 바티니우스가 소식을 들고 왔다. 카이사르는 타렌툼에 도착해 3일 후 키케로를 만나고 싶어 했다.

"정확히 어디로 가야 합니까?" 키케로가 물었다.

"지금은 바닷가 폼페이우스의 옛 별장에 머물러 계십니다. 어딘지 아시죠?"

키케로가 고개를 끄덕였다. 마지막으로 그곳에 갔을 때 폼페이우스와 함께 물수제비를 뜨기도 했다.

"알아요."

키케로는 조용히 여행하고 싶다며 거부했으나 바티니우스는 끝내 호위를 붙이겠다고 고집을 부렸다.

"아뇨, 말도 안 됩니다. 시골길은 너무 위험합니다. 좀 더 사정이 좋아졌을 때 다시 만나야죠. 행운을 빕니다. 카이사르는 좋은 분이세요."

내가 배웅을 나가자 바티니우스가 이렇게 말했다.

"별로 기쁜 표정이 아니시군그래."

"수치심 때문입니다. 옛 주군의 집에서 무릎을 꿇어야 하는데 어찌 마음이 편하기만 하겠습니까?"

"카이사르한테 그 점을 언급하겠네."

우리는 다음 날 아침 출발했다. 기병 열 명이 앞장서고 그 뒤를 릭토르 여섯이 따랐다. 키케로, 툴리아, 나는 마차에 오르고 마르쿠스는 말을 탔다. 노새와 노예들이 길게 짐을 나르고 마지막으로 기병 열 명이 후미를 지켰다. 이따금 목동이나 올리브 농부들이 눈에 띄기는 했지만 그밖에는 아무도 없었다. 문득 이런 식의 호위가 보호와 상관없다는 사실을 깨달았다. 그저 키케로가 달아나지 못하도록 묶어두기 위해서였을 뿐이다. 우리는 우리아에서 하룻밤을 보내고 다음 날 계속 행군을 이어갔다. 3~4시쯤 타렌툼까지 4~5킬로미터 남은 지점에 다다랐는데, 멀리 기병들이 길게 줄지어 우리를 향해 다가오고 있었다.

점점 더워지는 날씨와 먼지 속이라 행렬은 마치 신기루처럼 보였다. 덕분에 투구의 붉은 볏과 중앙의 문장을 본 것은 불과 몇 백 미터 앞까지 왔을 때였다. 군인들. 우리가 걸음을 멈추자 책임 장교가 말에서 내려 부랴부랴 다가오더니 군인들이 카이사르의 개인 깃발을 들고 있다고 전했다. 즉 군인들은 근위대이며 딕타토르가 함께 있다는 얘기였다.

"맙소사, 결국 나를 길가에서 처리하겠다는 얘기로군." 하지만 문득 툴리아의 겁먹은 표정을 보고 이렇게 덧붙였다. "아니다, 얘야. 농담이었어. 나를 죽일 생각이었다면 벌써 오래전에 했겠지. 어찌된 일인지 부딪혀보기로 하자. 티로, 너도 같이 가야겠다. 네 책에도 큰 도움이 될 게야."

그는 마차에서 내리며 마르쿠스를 불러 함께 가기로 했다.

카이사르 부대는 100미터 정도 거리에서 전투라도 벌일 듯 대형을 이루었다. 대단한 규모였다. 병사들 수만도 400~500 정도. 우리는 그쪽으로 걸어갔다. 키케로는 마르쿠스와 내 사이에서 걸었다. 처음에는 누가 카이사르인지 구분이 가지 않았지만 어느 순간 키 큰 사내가 안장에서 내리더니 투구를 벗어 부관에게 넘기고 우리를 향해 다가오기 시작했다. 그가 머리카락을 쓸어 넘겼다.

거인의 접근을 지켜보는 기분은 실로 기이했다. 그렇게도 오랜 세월 만인의 사고를 지배했던 이가 아니던가. 저 이는 나라를 수도 없이 정복하고 사람들의 생사를 결정하고 수천의 병사들을 이리저리 움직였다. 무엇보다 낡고 금간 화분을 다루듯 고대의 공화국을 박살냈다. 그를 보고, 그를 만나고… 결국, 그 역시 숨을 쉬는 인간에 불과했던 것이다. 카이사르는 잰 걸음으로 빠르게 걸었는데 어쩐지 새 같다는 생각도 들었다. 그러고 보니 난 항상 그렇게 생각했다. 좁다란 머리, 저 반짝거리는 눈. 그가 바로 우리 앞에 섰다. 우리도 멈춰 섰다. 피부는 놀랍도록 부드럽고 창백했다. 거리가 어찌나 가까운지 살에 박힌 투구 자국까지 알아볼 수 있었다.

그는 키케로를 위아래로 보더니 인사부터 챙겼다. 여전히 거슬리는 목소리.

"상처 하나 없군요. 기대했던 대로입니다! 그래, 내, 네 놈하고 따질 문제가 하나 있다." 그가 말하면서 갑자기 손가락으로 나를 찔렀는데, 순간 내장이 녹아내리는 기분이었다. "10년 전에 네 놈 주인이 사경이었다고 했지? 그때 내 대답은 그 양반 나보다 오래 살 것이다였어."

"딕타토르의 예언을 들으니 기쁩니다. 그렇다면 딕타토르께서 예언을 현실로 만들 위치이신 덕분일 것입니다." 키케로가 대신 대답했다.

카이사르는 고개를 젖히며 웃었다. "아, 그래요, 그런 재치가 얼마나 간절했던지! 보시죠, 원로님을 뵈러 제가 직접 나오지 않았습니까? 존경심을 증명하기 위해서랍니다. 자, 함께 걸으며 잠시 대화나 하실까요?"

그렇게 두 사람은 타렌툼을 향해 1킬로미터 정도를 함께 걸었다. 카이사르의 군대가 양쪽으로 갈라지며 길을 내주었다. 경호원 몇 명이 뒤를 따르고 한 사람이 카이사르의 말을 이끌었다. 마르쿠스와 나도 뒤를 쫓았다. 두 사람의 말은 들리지 않았지만, 카이사르는 이따금 키케로의 팔을 잡고 다른 손으로 손짓을 했다. 후에 키케로는 대화가 무척 화목했다고 술회하며 나를 위해 요약까지 해주었다.

카이사르: 그래서 뭘 하고 싶으신 겁니까?

키케로: 허락하신다면, 로마로 돌아가고 싶습니다.

카이사르: 그럼 더 이상 나를 괴롭히지 않겠다고 약속할 수 있겠습니까?

키케로: 맹세합니다.

카이사르: 그곳에서는 뭘 하시렵니까? 솔직히 원로원에서 연설을 허락해야 할지 자신이 서지 않습니다. 법정이 모두 문을 닫기는 했지만.

키케로: …제 정치 인생은 끝났습니다. 공직에서도 물러날 생각입니다.

카이사르: 그러고는 뭘 하시게요?

키케로: 철학서를 쓸까 생각 중입니다.

카이사르: 좋군요. 정치가가 철학서를 집필하는 건 얼마든지 좋습니다. 권력을 완전히 포기했다는 뜻이니까요. 로마에 오셔도 좋습니다. 철학을 쓰시는 것 말고 가르치기도 하시겠습니까? 그러시다면 유능한 애들을 몇 명 보내 배우게 하고 싶습니다.

키케로: 그 친구들을 오염시키면 어쩌시게요?

카이사르: 그 문제라면 전혀 걱정하지 않습니다. 또 다른 부탁은 없습니까?

키케로: 음, 이 릭토르들한테서 벗어나고 싶습니다.

카이사르: 그러죠.

키케로: 그러려면 원로원 투표가 필요하지 않습니까?

카이사르: 제가 원로원 투표입니다.

키케로: 아! 그 말씀은 공화국을 복원할 의향이 없으시다는…?

카이사르: 썩은 재목을 재건에 사용할 수는 없겠죠.

키케로: 그럼… 처음부터 이럴 계획이셨습니까? 절대권력자?

카이사르: 당연히 아니죠! 그저 지위와 성취에 걸맞은 대접을 원했을 뿐입니다. 나머지는 상황이 흐르는 대로 따랐죠.

키케로: 가끔 궁금합니다. 그 옛날 고맙게도 특사 제안을 하셨죠? 제가 그 자격으로 갈리아에 갔다면 이런 사태를 막을 수 있었을까요?

카이사르: 친애하는 키케로, 그야 어떻게 알겠습니까?

키케로는 회상했다. "너무도 친절했지만 저 끔찍한 내면은 손톱만큼도 드러내지 않더군. 내가 본 것은 잔잔하고 반짝거리는 수면뿐이야."

대화가 끝난 뒤 카이사르는 키케로와 악수를 나누고 다시 말을 타고 폼페이우스의 별장을 향해 달려갔다. 그의 갑작스러운 행보에 근위대원들도 당황했는지 부랴부랴 그 뒤를 쫓았다. 우리도 말발굽에 밟히지 않기 위해 피하려다 도랑에 빠져야 했다. 키케로 마저.

기병대들이 움직이자 엄청난 먼지 구름이 일었다. 우리는 목이 메여 쿨럭쿨럭 기침을 토했다. 기병대가 모두 지나간 후 우리도 다시 도로에 올라가 옷을 털었다. 그리고 한참을 카이사르와 수하들이 아지랑이 속으로 사라질 때까지 서서 지켜보다가, 로마를 향해 발걸음을 재촉했다.

제2부

귀환

서기전 47~서기전 43

"Defendi rem publicam adulescens; non deseram senex."

"젊은 시절 공화국을 수호했다.
비록 늙었으되 공화국을 버리지 않을지니."

– 키케로, 두 번째 연설, 서기전 44년

REDUX
47~43 BC

12
열두 번째 두루마리

이번에는 아무도 키케로의 귀향을 환영해주지 않았다. 남자들이 대부분 전쟁에 나간 터라 들판은 어디나 엉망이고 마을은 황폐한 데다 절반은 비어 있었다. 우리를 바라보면서도 하나같이 표정이 심드렁하거나 아예 고개를 돌렸다.

우리는 베누시아에서 처음 묵기로 했는데, 키케로는 그곳에서 테렌티아에게 섬뜩한 편지를 보냈다.

> 투스쿨룸으로 가게 될 것 같소. 부디 준비를 해주시오. 동행이 많은데 그곳에서 오랫동안 머무를 것 같소. 욕실에 욕조가 없으면 새로 설치하고, 그런 식으로 뭐든 건강과 생활에 부족함이 없도록 부탁하리다. 안녕.

애정을 드러내는 표현도, 기대가 크다는 말도 없고 심지어 마중 나왔으면 좋겠다는 언급조차 없었다. 테렌티아가 어떻게 나오든 간에, 이미 이혼하기로 마음을 굳혔다는 뜻이다.

쿠마이에서는 이틀 밤을 머물렀다. 별장은 문을 닫고 노예도 대부분 팔려나갔다. 키케로는 방마다 돌아다니며 어떤 물건이 사라졌는지 확인했다. 방은 어디나 통풍이 되지 않아 답답했다. 식당의 감귤나무 식탁, 타블리눔의 미네르바 흉상, 서재의 상아 의자. 키케로는 테렌티아의 침실에 들어가 텅 빈 선반과 벽감들을 물끄러미 바라보았다. 포르미아이도 다르지 않을 것이다. 옷, 빗, 향수, 부채, 양산… 자기 물건은 모두 가져간 것이다.

"귀신이 되어 옛 삶을 찾아온 기분이로군." 그가 중얼거렸다.

테렌티아는 투스쿨룸에서 우리를 기다렸다. 그녀가 안에 있다는 사실을 안 것도 하녀 하나가 대문 옆에서 우리가 오나 지켜보았기 때문이었다.

이번에도 민망한 상황을 보게 될까 움찔했다. 키케로와 동생 사이에도 그런 일이 있었기 때문인데 결국 테렌티아는 그 어느 때보다 자상했다. 아무래도 오랜 이별과 근심 끝에 다시 아들을 만났기 때문이겠다. 그녀는 제일 먼저 아들한테 달려가 꼭 끌어안았다. 그녀가 우는 모습도 30년 만에 처음이었다. 그리고 툴리아도 안아준 다음에야 남편을 보았다. 후일 키케로의 술회로는, 아내가 다가오는 순간 너무도 나이 들어 보이는 바람에 그간의 유감과 불만이 모래알처럼 빠져나갔다고 했다. 얼굴은 근심으로 잔뜩 일그러지고 머리카락도 여기저기 새치가 가득했다. 그렇게나 거만해 보이던 어깨도 살짝 굽은 터였다.

"그 순간 아내가 카이사르의 로마에서 사느라 얼마나 고통을 겪었는지 알겠더군. 더 이상 아내를 사랑한다고 말은 못 하겠다. 그렇지만 불쌍하고 또 불쌍하더구나. 그 순간 결심했지. 절대로 돈이나 재산 얘기는 하지 않겠다고. 내 문제라면 이제 아무 상관없었어."

두 사람은 흡사 난파선에서 생존한 이방인처럼 잠깐 안았다가 떨어졌다. 그리고 내가 아는 한, 그 후로 서로를 안은 적은 한 번도 없었다.

테렌티아는 다음 날 아침 로마로 돌아갔다. 둘은 이혼을 했다. 의식이나 법적 자료 하나 없이 그렇게 쉽게 이혼이 가능하다는 사실에 대해, 일반 윤리의 위협으로 여길 수 있겠지만 어쨌거나 옛날 관습이다. 더욱이 둘은 부부관계를 청산하기로 합의한 경우에 속했다. 물론 두 삶의 내밀한 대화에 참석할 수는 없었으나, 키케로에 따르면 테렌티아도 무척 우호적이었다.

"너무 많이 떨어져 있었어. 사회 상황이 요동치는 가운데 과거 공동 관심사들 또한 사라져버렸지."

테렌티아가 자기 집을 마련할 때까지는 로마 집에 거주하기로 했다. 그동안 키케로는 투스쿨룸에 기거하고 마르쿠스는 어머니와 함께 돌아갔으며 툴리아는 아버지와 함께 머물렀다. 불성실한 남편 돌라벨라는 카토와 싸우기 위해 카이사르와 함께 아프리카로 떠날 참이었다.

인간이 불행한 이유 중 하나는 언제든 행복을 빼앗길 수 있기 때문이다. 반대로 기쁘다면 마찬가지로 뜻하지 않게 되돌려 받는다는 데 있다. 키케로는 한참 동안 평온한 삶을 만끽하며 프라스카티 언덕의 집 분위기를 바꾼 덕에 이제 온전히 누구의 방해도 없이 사랑하는 딸과 은거 생활을 즐길 수 있었다. 그 이후로 주요 거주지가 되므로 아무래도 조금 더 자세히 묘사할 필요가 있겠다. 조금 높은 지대에 체육관이 있고 그곳을 지나면 서재가 나오는데 키케로는 아리스토텔레스를 기려 리케움이라 이름 지었다. 아침마다 산책을 하고 서재에 도착하면 편지를 쓰거나 손님과 대화를 나누었다. 예전에는 연설을 연습하기도 했다. 서재에서 내려다보면 30킬로미터쯤 멀리 로마의 일곱 언덕이 울퉁불퉁 파동을 그렸다. 하지만 로마의 상황과 완전히 무관한 삶이기에 더 이상 초조해하지 않고 온전히 저술에 집중할 수 있었다. 역설적으로 독재 덕분에 자유를 찾은 셈이었다. 테라스 아래 정원이 있었다. 역시 플라톤의 정원처럼 응달 산책로가 있다는 이유로 아카데미라고 이름을 붙였다. 리케움과 아카데미, 이 지역은 둘 다 그리스의 아름다운 대리석상과 청동상으로 장식했다. 그중 키케로가 제일 좋아하는 조상은 헤르마테나, 즉 헤르메스와 아테나의 야누스 같은 흉상이었다. 아티쿠스의 선물인데 둘은 서로 다른 방향을 바라보았다. 여기저기 분수에서 졸졸 물 흐르는 소리가 마치 달콤한 음악 같았다. 물소리는 새 울음소리, 꽃향기와 어울려 엘리시움의 고요를 만들어냈다. 그렇지 않다 해도 언덕은 아주 조용했다. 이웃 별장 주인들이 대부분 달아나거나 죽었기 때문이었다.

이따금 로마를 방문하기는 했어도 키케로와 툴리아는 다음 해에도 내내 그곳에 기거했다. 그가 술회한 바에 따르면 당시의 막간극은 평생 가장 집중도가 높았을 뿐 아니라 가장 창조적인 시기이기도 했다. 오로지 글쓰기에 집중함으로써 카이사르와의 약속도 충실하게 지켜냈다. 법이나 정치에 한눈팔지도 않고 온 힘을 오로지

창작에만 집중한 덕에 철학과 수사학 책을 여러 권 발표했다. 다른 학자들이라면 평생을 써야 할 분량이다. 그는 쉬지도 않고 글을 썼다. 목표는 그리스 철학의 주요 쟁점들을 모두 라틴어로 요약하는 데 있었다. 글을 쓰는 속도도 놀랍도록 빨랐다. 새벽에 일어나면 곧바로 서재로 건너가 닥치는 대로 참고도서를 검토하고 메모를 휘갈겨 내려갔다. 키케로는 워낙에 악필인지라 내가 아니면 거의 아무도 해독하지 못했다. 한두 시간 후 내가 합류하면 그때부터는 리케움을 어슬렁거리며 구술을 시작했다. 이따금 내게 인용을 확인하도록 짬을 주기도 하고, 아니면 그가 마련한 구도에 따라 내가 직접 몇 문단을 쓰기도 했는데, 그의 문체를 어떻게 흉내 내는지 잘 알기에 키케로는 굳이 수정하려 들지도 않았다.

그해 처음 완성한 책이 웅변의 역사였다. 키케로는 마르쿠스 유니우스 브루투스의 이름을 따서 《브루투스》라고 짓고 또 헌정도 그에게 했다. 디라키움의 군사기지에서 나란히 막사를 쓴 이후로는 젊은이를 만나지 못했다. 웅변 같은 주제를 선택한 것 역시 도발적이었다. 선거와 원로원과 법정이 독재자의 손에서 놀아나는 나라에서라면 웅변술은 더 이상 가치가 없기 때문이었다.

삶의 길에 너무 늦게 접어들었다는 사실이 안타까울 이유는 충분하다. 미처 여행을 끝내기도 전에 그날 밤 공화국을 덮친 어둠이 나마저 집어삼켰기 때문이다. 하지만 그보다 더 슬픈 일은 그대 브루투스 때문이었다. 그 찬란한 젊음만으로도 사람들의 환호를 받으며 승승장구해야 하건만, 사악한 미래로부터 공격을 받고 주저앉았으니.

사악한 미래… 솔직히 놀랄 수밖에 없었다. 정말로 저런 위험한 문구를 그대로 출간하겠다고? 더욱이 브루투스야말로 카이사르 행정부에서도 핵심 관료가 아니던가. 파르살루스에서 사면한 이후 딕타토르는 최근 그를 갈리아 키살피나 총독으로 임명했다. 사실 브루투스는 법무관은커녕 집정관을 해본 적도 없었다. 사람들은 그가 카이사르의 옛 정부 세르빌리아의 아들이기에 그녀에게 보답하기 위해 진급시켰다고 말했으나 키케로는 그런 소문을 일축했다.

"카이사르는 절대 감상으로 일할 친구가 아니야. 브루투스에게 일을 맡긴 이유는 재능이 있기 때문이지만, 그보다는 카토의 조카라서 그래. 카이사르는 그런 식으로 정적을 이간질하거든."

브루투스는 고상한 이상주의자였다. 숙부의 고집과 완고함도 그대로 닮았다. 키케로는《브루투스》직후에《오라토르》를 집필해 그에게 헌정했지만, 정작 당사자는 자기 이름을 딴 저서도 자매서인《오라토르》도 좋아하지 않았다. 브루투스는 갈리아에서 편지를 보내 키케로의 웅변 스타일이 과거에는 훌륭했으나 지나치게 장엄하기에 현대 시대와 기호에 어울리지 않는다고 못을 박았다. 비아냥과 농담이 너무 많고 목소리에도 감정이 너무 많이 실렸다, 현대에는 그보다 단조로워야 한다, 물론 감정도 배제하고 진중해야 한다. 나는 그 편지를 브루투스의 전형적인 오만이라고 보았다. 감히 당대 최고의 웅변가에게 연설하는 법을 가르치려 들다니! …그래도 키케로는 브루투스의 솔직함을 존중했기에 담담하게 받아들였다.

기이할 정도로 편안했다. 실로 안빈낙도가 따로 없었다. 이웃의 루쿨루스 집도 오랫동안 비었다가 새 주인이 들었는데 바로 아울루스 히르티우스였다. 카이사르의 젊은 측근으로 2년 전 갈리아에서 만난 적이 있었다. 지금은 법무관 신분이나 법정이 개점휴업 상태라 대부분 집에서 누나와 함께 지냈다. 어느 날 아침 그가 찾아와 키케로를 저녁 식사에 초대했다. 유명한 미식가인 탓에 백조와 공작 같은 진미를 먹고 지금은 몸집도 아주 통통해졌다. 카이사르의 최측근이 대개 그렇듯 기껏 30대의 나이였으나 태도는 흠 잡을 데 없고 문학적 취향도 고상했다. 소문에 따르면 카이사르의《전쟁기》도 여러 번 대필했다. 그 글에 대해서라면 키케로가 샛길로 빠져《브루투스》에서 칭찬한 바가 있었다. '누드모델처럼 당당하고 아름다웠다. 실로 옷을 벗어 던지듯 장식을 완전히 제거하지 않았던가.' 키케로는 구술을 마친 뒤 다음과 같이 덧붙였으나 물론 출판에 들어갈 말은 아니었다. ("그래, 애들이 모래 위에 작대기 모양으로 사람을 그리듯 개성이 없기도 하고.") 키케로는 히르티우스의 호의를 거부할 이유가 없었기에 그날 저녁 툴리아와 함께 찾아갔다. 그리고 그렇게 비현실적이고 목가적인 우정이 시작되었다. 가끔은 나도 초대를 받았다.

어느 날, 키케로는 매일 귀한 음식을 얻어먹었으니 뭐든 보답하고 싶다고 했다. 이에 히르티우스는 당연하다는 듯, 방법이 있다고 대답했다. 그렇지 않아도 카이사르한테서 얘기를 들었다며, 기회가 있으면 대가로부터 철학과 수사학을 배우고 싶으니 가르침을 주실 수 있겠느냐는 것이었다. 키케로는 좋다고 대답하고 히르티우스에게 강의를 시작했다. 젊었을 때 그를 가르쳤던 아폴로니우스 몰론만큼이나 장광설의 강의였다. 강의는 물시계 옆 아카데미아에서 진행했다. 키케로는 연설을 기억하는 법, 호흡하는 법, 목소리를 조절하는 법, 손과 팔짓을 활용해 의미를 정확히 전달하는 법들을 가르쳤다. 히르티우스는 자신의 새 기술을 친구 가이우스 비비우스 판사에게 자랑했다. 판사는 역시 젊은 장교이자 카이사르의 갈리아 측근이며, 그해 말 브루투스 대신 갈리아 키살피나 총독으로 부임하기로 되어 있었다. 마침내 판사도 키케로의 별장을 자주 찾으며 대중 앞에서 연설하는 법을 배우기 시작했다.

이 비공식 학교의 세 번째 학생은 카시우스 롱기누스였다. 전쟁 영웅으로 크라수스가 파르티아 원정을 떠났을 때 동행했으며 시리아의 총독을 역임했다. 키케로도 코르키라 섬의 전쟁 회의에서 마지막으로 본 적이 있다. 처남 브루투스처럼 그 역시 카이사르한테 항복하고 사면을 받았으며, 지금은 초조하게 원로 임명을 기다리고 있었다. 내가 보기에는 성격이 까다롭고 말수가 적으며 야심이 컸다. 키케로도 그의 철학을 별로 내켜하지 않았다. 극단적 에피쿠로스주의자인지라 식성도 까다로웠다. 와인은 절대 입에 대지 않으며 미친 듯이 운동에 집착했다. 한 번은 키케로한테 고백하기를 평생 가장 후회되는 일이 있다면 바로 카이사르에게 사면을 구걸한 일이라 했다. 결국 처음부터 가책이 영혼을 갉아 먹은 탓에, 사면을 받은 지 6개월 후에 폼페이우스가 죽자 카이사르가 이집트에서 돌아올 때는 암살을 시도하기도 했다. 카이사르가 키드누스 강에서 카시우스의 갤리선들과 같은 쪽에서 정박했다면 그날 밤 정말 성공했을 수도 있다. 하지만 뜻밖에도 반대편 강둑을 선택했고 그때쯤 이미 밤이 깊어 카이사르한테 접근해 가기에도 너무 거리가 멀었다. 키케로가 쉽게 놀라는 사람은 아니었다. 허나 카시우스의 경솔함에는 식겁해 다시는 그런 얘기 하지 말라 충고했다. 적어도 자신의 집에서는 아니다. 히르티우스와 판사가 들을 수도 있지 않는가.

마침내 네 번째 방문객을 언급해야겠다. 사실 어느 모로 보나 그곳에 어울리지 않을 것 같은 위인이었다. 바로 돌라벨라, 툴리아의 불성실한 남편이었다. 툴리아는 남편이 아프리카에서 카이사르와 함께 카토와 스키피오를 상대로 싸우고 있다고 믿었다. 하지만 이른 봄, 히르티우스가 보고서를 받았는데, 전쟁이 끝나고 카이사르가 대승을 거두었다는 소식이었다. 히르티우스는 강의를 조퇴하고 황급히 로마로 돌아갔다. 그리고 며칠 후, 아침 일찍이 급사가 키케로에게 편지를 가져왔다.

발신 : 돌라벨라
수신 : 친애하는 장인, 키케로

카이사르께서 적을 무찌르고 카토는 자결했습니다. 장인어르신께 기쁜 마음으로 이 소식부터 전합니다. 저는 오늘 아침 로마에 도착해 원로원에 보고하였습니다. 집에 갔더니 툴리아가 장인어르신과 함께 지낸다고 하더군요. 제가 투스쿨룸에 가서 이 세상 그 누구보다도 소중한 두 분을 뵈어도 되겠죠?

"놀랍고 놀랍고 또 놀랍도다. 공화국이 패하고 카토가 죽고 사위놈이 여편네를 찾는다고? 맙소사, 카토 없는 세상이라니 도무지 상상이 가지 않는군." 키케로가 혀를 내두르며, 망연자실하며 먼 곳을 바라보았다.

로마의 아련한 언덕들이 이른 봄볕에 푸른빛을 발했다.

그는 노예를 시켜 툴리아를 부른 뒤 편지를 보여주었다. 돌라벨라가 얼마나 자신을 학대했는지 종종 얘기한 터라, 키케로는 물론 나도 그녀가 남편을 보고 싶지 않다고 할 줄 알았다. 그런데 그녀는 아버지한테 선택을 미루며 어느 쪽이든 상관없다고 대답했다.

"그 말이 진심이라면 허락하련다. 그래서 놈이 너를 왜 그렇게 취급했는지 따질 생각이다." 키케로가 말했다.

"아니에요, 아버지. 제발, 그러지 마세요. 자존심이 강한 사람이라 꾸지람을 받아들이지 못합니다. 게다가 제 잘못이 큰걸요. 결혼하기 전에 그가 어떤 사람인지 다들 제게 경고했으니까요." 툴리아가 황급히 반박했다.

키케로는 어떻게 할지 난감했으나 결국 카토에게 무슨 일이 있었는지 듣고 싶었기에 개자식을 집에 들이기로 마음을 정했다. 사실 남편으로서도 개자식이지만, 카틸리나와 클로디우스가 부채 탕감을 주장할 때 그들 편에서 민중을 선동한 바도 있었다. 키케로는 곧바로 내게 초대장을 들려 로마에 보냈다. 내가 떠나기 직전 툴리아가 부르더니 남편 편지를 받을 수 있는지 물었다. 물론 나는 편지를 주었다. 그 후 안 사실은 답장을 쓰기 위해서가 아니라 간직하기 위해서였다.

나는 정오쯤 로마에 도착했다. 도시를 떠난 지 만 5년 만이었다. 망명의 악몽 속에서도 내가 그린 그림은 넓은 도로, 화려한 사원, 대리석과 금으로 치장한 주랑현관, 우아하고 세련된 시민들이었다. 그런데 실제로는 지저분한 건물과 연기, 바퀴자국 깊이 팬 진창길, 기억보다 훨씬 좁은 도로, 허물어져만 가는 건물들, 그리고 포룸에서 구걸하는 불구의 상이용사들이었다. 원로원 건물은 여전히 까맣게 불탄 껍데기뿐이었다. 사원 앞, 법정이 열렸던 공간들은 어디나 황폐했다. 무엇보다 사람들이 보이지 않았다. 그 후 호구조사를 했을 때 로마 인구는 내전 이전에 비해 절반에도 미치지 못했다.

원로원에 가면 돌라벨라를 만날까 했으나 원로원이 어디에 있는지, 지금 개원했는지조차 아는 사람이 하나도 없었다. 결국 툴리아에게 받은 주소를 찾아보기로 했다. 팔라티네는 툴리아가 남편과 살던 곳이었지만 지금은 화려한 차림을 한 우아한 여성이 함께 있었다. 후에 알았지만 그녀는 메텔라, 바로 클로디아의 딸이었다. 여자는 마치 여주인처럼 굴며 내게 마실 것과 의자를 대령하게 했다. 한눈에도 툴리아에게는 희망이 없었다.

돌라벨라는 세 가지가 눈에 띄었다. 지나칠 정도로 잘생기고 체격이 좋았으나, 반대로 키가 정말 작았다. (키케로는 언젠가 이런 농담을 했다. "도대체 누가 내 사위를 저 검에 묶어둔 거야?") 솔직히 이 난쟁이 똥자루 아도니스라면 지금껏 한 번도 보지 않았음에도 싫어할 수밖에 없었다. 무엇보다 툴리아를 그런 식으로 취급했다는 사실 때문이었다. 그는 키케로의 초대장을 받고 즉시 나와 함께 떠나겠다고 선언했다.

"장인께서 여기 이렇게 쓰셨군. 이 메시지는 가장 신뢰하는 친구, 티로가 가져간다. 그러니까, 그 유명한 속기 시스템을 창안했다는 티로 말인가? 와, 만나서 정말 반갑네. 아내도 늘 자네를 좋게 얘기했지. 두 번째 아버지와 다름없다고. 혹시 악수를 해도 되겠나?"

세상에 그렇게 매력적인 건달이라니! 그 순간 적대감도 눈 녹듯 사라지고 말았다.

그는 메텔라한테 노예들을 시켜 짐을 챙겨 보내라 지시하고는 나와 함께 마차를 타고 투스쿨룸으로 떠났다. 가는 동안은 대부분 잠을 잤다. 우리가 도착했을 때 노예들이 저녁 준비를 하고 있었다. 키케로는 여분의 장소를 준비하게 했다. 돌라벨라는 곧바로 툴리아의 카우치로 가서 그녀의 무릎에 머리를 기댔다. 한참 후 툴리아가 남편의 머리카락을 어루만지기 시작했다.

아름다운 봄 저녁, 나이팅게일이 지저귀었다. 하지만 석양은 매혹적인 반면 돌라벨라가 풀어내는 이야기들이 어찌나 끔찍한지, 그 부조화 때문에라도 분위기는 심란하기만 했다. 우선 이른바 타프수스 전투 자체가 있었다. 스키피아는 누미디아 왕 유바와 동맹하에 7만의 공화국 군을 이끌었다. 코끼리 기병대를 앞세워 카이사르 전선을 뚫고자 했으나 노포에서 화살과 화염 무기를 폭우처럼 쏘아대자 오히려 코끼리들이 놀라 방향을 돌리더니 아군 보병들을 짓밟았다. 그 이후로는 파르살루스와 비슷했다. 공화국 대형은 카이사르의 철혈 군단병들에게 뚫리고 말았다. 이번에는 어떤 포로도 허용하지 않겠다고 선언한 터라 수만의 병력이 항복했으나 모두 학살했다.

"그래서 카토는?" 키케로가 물었다.

"카토는 전투에 가담하지 않고 3일 거리의 우티카에서 수비대를 지휘했죠. 카이사르는 곧바로 그곳으로 갔습니다. 저도 선두에서 함께 말을 달렸는데 카이사르는 카토를 생포한 후 사면하고 싶어 했습니다."

"부질없는 바람이야. 그 말을 해줬어야 했는데… 카토는 절대 카이사르의 사면을 받을 인물이 아냐."

"카이사르는 확신했습니다. 어쨌든 언제나처럼 장인 말씀이 옳습니다. 카토는 우리가 도착하기 전날 자결했으니까요."
"어떤 식으로 자결했지?"
돌라벨라가 인상을 찌푸렸다. "정말 원하시면 말씀이야 드리겠지만 여인 앞에서 할 얘기는 아닌 듯합니다."
"고맙지만, 나도 약한 여자는 아니에요." 툴리아가 단호하게 선언했다.
"그렇다 해도, 당신은 잠시 자리를 피하는 게 좋겠소."
"아뇨, 그럴 수 없어요."
"장인어른 생각은 어떠십니까?"
"툴리아는 보기보다 강하다네. 그럴 수밖에 없었으니까." 키케로는 일부러 뒷말을 덧붙였다.
"정 그렇다면야. 카토의 노예들한테 전해 들은 얘기입니다. 카이사르가 이튿날 도착한다는 얘기를 듣고 카토는 목욕과 식사를 하고 친구들과 플라톤 논쟁을 한 뒤 침실에 들었습니다. 그리고 혼자 남자 검을 꺼내 그 자리에서 자결을 했죠." 돌라벨라는 손을 들어 툴리아의 흉골 아래를 그었다. "내장이 모두 쏟아져 나왔더군요."
키케로는 겁이 많아 움찔했지만 툴리아는 그 반대였다.
"그렇게 나쁘지는 않네요."
"아, 얘기는 아직 끝나지 않았습니다. 그런데도 검은 목숨 줄을 끊지 못한 채 피투성이 손에서 떨어져 나갔습니다. 수행원들이 신음을 듣고 달려가고 의사도 불렀습니다. 의사가 도착해 내장을 제자리로 넣고 상처를 꿰맸죠. 아, 카토는 내내 의식이 또렷했다더군요. 다시는 자살 시도를 하지 않겠다고 약속하고 식솔들도 그 말을 믿었습니다. 물론 만약에 대비해 검을 치우기는 했죠. 그리고 사람들이 떠나자 손가락으로 다시 상처를 뜯고 내장을 꺼냈다더군요. 카토는 그렇게 죽었습니다."

카토의 죽음은 키케로에게 큰 충격으로 다가왔다. 구체적인 내용들이 알려지자 바로 카토가 정신병자라는 증거라고 주장하는 자들도 생겼다. 히르티우스의 견해가 바로 그랬다. 키케로는 반대였다.

"더 쉽게 죽을 수도 있었네. 건물에서 뛰어내리거나 따뜻한 욕조에서 동맥을 끊고, 아니면 독약을 먹으면 그만이야. 그런데도 그 방법을 택했지. 인간 제물처럼 내장을 드러낸 이유는 자신의 의지는 물론 카이사르를 향한 적의까지 보여주고 싶어서였겠지. 철학 용어로 말하자면 선의의 죽음이라네. 두려움 없는 사나이의 죽음이지. 그가 행복하게 죽었다고 말하고 싶군. 카이사르를 포함해 어느 누구도 그를 이길 수는 없었어."

브루투스와 카시우스의 충격은 훨씬 더 컸으리라. 출생이든 혼인 관계이든 둘 다 가족이었기 때문이다. 브루투스는 갈리아에서 편지를 보내 키케로에게 송가를 써달라고 부탁했다. 편지가 당도했을 때 때마침 카토의 유언에 따라 키케로가 아들의 후견인 중 한 사람으로 지목됐다는 사실을 전해 들었다. 카이사르의 사면을 받은 사람들이 다 그렇듯, 키케로도 카토의 자살에 부끄러워하던 터였다. 때문에 딕타토르의 기분을 상하게 할 수 있음에도 브루투스의 요청을 받아들여, 일주일 동안 짧은 글 〈카토〉를 구술했다.

힘찬 사상과 인격. 그는 타인들의 입방아에 무심하고, 명예, 직위, 서훈은 물론, 출세 지향적 속물들을 경멸하였노라. 법과 자유의 수호자여, 언제나 시민의 안녕을 지키고 독재자들의 야비함과 오만을 두려워하지 않았노라. 완고하고 까다롭고 준엄하고 독선적인 이여, 그대는 몽상가이자 맹신자이며 신비론자이자 군인이었도다. 정복자에게 굴복하지 않고 기꺼이 내장을 찢어 최후를 맞이하나니, 오로지 로마 공화국만이 카토 같은 영웅을 낳을 수 있었으리라. 오로지 로마 공화국에서만이 카토 같은 영웅이 살아가기를 바랐노라.

그 즈음 카이사르가 아프리카에서 돌아와, 폭서의 절정에도 곧바로 연일 네 차례의 개선식을 열었다. 갈리아, 흑해, 아프리카, 나일의 승리를 기념하겠다지만 그런 식의 엄청난 자기 찬양은 일찍이 로마에서 보지 못한 일이었다. 키케로는 개선식에 참석하기 위해 팔라티네의 집으로 돌아갔다. 그가 원하던 바는 아니었다. 옛 친구 술피키우스에게도 썼듯이, '내전의 승리는 예외 없이 추악하다.' 야수 사냥이 다섯 번, 코끼리가 등장한 모의 전투가 한 번 원형 극장에서 열리고, 티베르 강 근처에는 인공 호수까지 파서 해전을 연출했으며 도시 여기저기 연극 공연도 활발했다. 마르스 광장에서는 체조 경기, 전차 경주를 개최하고, 딕타토르의 딸 율리아를 추모해 투기 시합을 열고 도시 전체에 연회를 열어 제물로 바친 고기들을 제공했다. 돈을 뿌리고 빵을 배급하고, 병사들, 보물, 죄수들이 쉴 새 없이 퍼레이드를 벌이며 이 거리 저 거리를 누볐다. 갈리아의 귀족 지도자 베르킹게토릭스는 6개월간의 구금 끝에 카르케르에서 교수형을 당했다. 군단병들의 음탕한 노래가 날마다 테라스까지 들려왔다.

우리는 조국에 대머리 난봉꾼을 불러오네
로마인들이여, 문을 잠그고 여편네를 감추라
당신들이 그 자에게 빌려준 금궤는 모조리
갈리아 창녀 화대로 날아갔노라

하지만 그들의 허풍에도, 아니 오히려 그 때문에 카토의 서슬 퍼런 유령은 그 와중에도 구천을 떠도는 듯했다. 아프리카 개선식에서는 그가 배를 뜯고 내장을 끄집어냈다는 소문이 돌자 관중이 크게 신음을 흘렸다. 카토의 죽음은 특히 종교적 의미까지 더해졌다. 즉, 카토가 그렇게 한 이유는 신들의 분노를 카이사르에게 내리기 위해서라는 얘기였다. 같은 날 딕타토르의 개선식 전차 굴대가 부러져 카이사르가 바닥에 곤두박질쳤다. 사람들은 그 역시 신의 저주로 여기고 카이사르도 대중의 불안을 심각하게 받아들이면서 지극히 특별한 장관을 연출했다. 그날 밤 양쪽에 40마리의 코끼리를 대동하고 기수들에게 횃불을 들린 다음, 엉금엉금 카티톨 언덕을 기어 올라가 유피테르에게 자신의 불경을 속죄한 것이다.

주인의 죽음을 받아들이지 못하면 충견들은 무덤가를 떠나지 않는다 했다. 마찬가지로 로마에도 여전히 옛 공화국이 부활하리라는 희망에 집착하는 이들이 있었다. 키케로조차 잠깐 동안 이런 망상에 빠지기도 했다. 개선식이 모두 끝난 뒤 그는 원로원 모임에 참석했다. 연설할 의사는 없었다. 그저 옛 생각도 나고 또 카이사르가 신임 원로 수백 명을 임명했다기에 어떤 사람들인지 보고 싶었을 뿐이었다.

"경내가 모르는 사람들뿐이더군. 심지어 외국인도 여럿이고 선거 절차도 거의 없었어… 물론 그렇다 해도 원로원은 원로원이겠지?" 키케로는 후에 이렇게 말했다.

원로회의는 마르스 광장에서 열렸다. 폼페이우스 극장 내에 있는 강당으로 과거 옛 원로원이 불탄 후 그곳에서 비상회의가 열리기도 했었다. 카이사르는 심지어 폼페이우스의 대리석 상을 원래 위치에 있도록 허용해주었다. 어쩌면 뱃부리연단에서 딕타토르가 회의를 주재하는 모습 뒤로 폼페이우스의 조상이 서 있었기에 키케로도 미래에 희망을 걸 수 있었을 것이다. 토론 주제는 전 집정관 M. 마르켈루스 문제였다. 카이사르의 정적 중에서도 가장 집요한 인물로서, 파르살루스 이후 유배당해 지금은 레보스에 살고 있었다. 지금은 그가 로마에 돌아오도록 허용할지 여부를 논의 중이었다. 그의 동생 카이우스는 행정관 시절 내 해방을 재가한 사람인데 주로 관용 의견들을 이끌었다. 그런데 그가 막 연설을 마칠 때였다. 어디선가 새 한 마리가 날아들더니 그의 머리 위에서 퍼덕대다가 문 밖으로 사라졌다. 카이사르의 장인 L. 칼푸르니우스 피소가 즉시 일어나 그 일을 징조라고 주장했다. 신들께서도 마르켈루스가 자유를 얻어 집으로 날아가게 하라고 말씀하셨다는 얘기였다. 그러자 키케로를 포함해 원로들이 하나같이 일어나 카이사르에게 관용을 요청했다. 카이우스 마르켈루스와 피소는 실제로 독재자의 발밑에 무릎을 꿇기까지 했다.

카이사르는 손짓으로 원로들을 물리고는 이렇게 말했다. "여러분이 관용을 청한 자는 그 누구보다 나를 철저하게 모욕했습니다. 그래도 여러분의 간청에 감동도 했고 또 새의 등장이 특별히 길조로 보이기도 했답니다. 원로원이 만장일치로 결정한 사항에 굳이 제동을 걸 이유야 없겠죠. 자연이나 명예를 알 나이는 되었으니까요. 자, 마르켈루스는 귀국해서 고명한 선조들의 도시에서 평화롭게 살도록 해줍시다."

사람들은 박수갈채로 카이사르의 말을 환영했다. 그러자 주변 원로들이 키케로에게 원로원을 대신해 감사 연설 한마디만 해달라고 부추겼다. 키케로 역시 상황이 감동적이었기에 카이사르의 불법 원로원에서 연설하지 않겠다는 맹세마저 잊고 카이사르의 면전에서 최고의 찬사를 늘어놓기 시작했다.

"승리의 여신이 획득한 전리품도 모두 피정복자에게 돌려주셨으니 딕타토르께서는 이제 승리의 여신마저 정복한 듯합니다. 진실로 무적이 된 분이시여!"

키케로는 문득 카이사르가 독재자라기보다 '동등 신분의 대표'로서 통치할 수 있겠다는 생각을 했다.

'헌법상의 자유가 부활할 가능성을 봤습니다.' 그는 술피키우스에게 이렇게 편지를 보냈다. 다음 달, 키케로는 또 다른 추방자 퀸투스 리가리우스의 사면을 탄원했다. 카이사르에게는 마르켈루스만큼이나 역겨운 인물이지만 이번에도 그는 의견을 수렴하고 관용의 방향으로 결정을 내렸다.

하지만 그런 식으로 공화국을 복원하겠다는 바람은 결국 착시에 불과했다. 며칠 후 딕타토르는 급히 스페인으로 돌아갔다. 폼페이우스의 두 아들 그나이우스와 섹스투스가 반란을 일으킨 것이다. 히르티우스 얘기로는 딕타토르가 크게 화를 냈단다. 대부분 다시는 무기를 들지 않겠다는 조건을 붙여 사면해준 자들이건만 카이사르의 관용을 배신한 것이다. 더 이상은 관용도 자비도 없다는 게 히르티우스의 경고였다. 키케로에게도 쥐 죽은 듯 물러나 철학에나 매진하라는 충고가 떨어졌다.

"이번에는 죽을 때까지 싸울 것 같습니다."

※

툴리아는 다시 돌라벨라의 아이를 임신했다. 그녀의 말에 따르면 남편이 투스쿨룸에 찾아왔을 때였다. 처음에는 임신 사실을 알고 결혼생활을 되돌릴 수 있다는 생각에 그녀도 기뻐했다. 돌라벨라도 행복한 표정이었다. 하지만 키케로와 함께 로마에 가서 카이사르의 개선식들을 모두 보고 돌아왔을 때 자기 침대에 메텔라가 잠들어 있었다. 툴리아한테는 끔찍한 충격이었다. 나도 오늘날까지 크게 아쉬운 사건이다. 내가 먼저 돌아와 상황을 파악하고서도 툴리아에게 경고하지 못했던 것이다.

그녀가 조언을 청하기에 난 당장 이혼하라고 했다. 출산까지는 4개월이 남았는데 그때까지 이혼하지 않을 경우 아기는 법에 따라 돌라벨라가 데리고 가게 된다. 이혼하게 되면 상황은 훨씬 복잡해진다. 돌라벨라는 소송을 걸어 자신이 부친임을 증명해야 하는데 툴리아로서는 아버지 덕분에 변호사 걱정은 할 필요가 없었다. 그녀의 선택에 키케로도 동의했다. 그에게 아기는 하나밖에 없는 손주였다. 돌라벨라와 클로디아의 딸에게 손자를 빼앗기는 참극은 상상도 하기 싫었다.

어느 날 아침, 돌라벨라가 카이사르와 함께 스페인 전쟁으로 떠날 때 툴리아가 키케로를 대동하고 그의 집을 찾아가 결혼은 끝났으며 아기는 자신이 돌보겠다고 선언했다. 키케로는 돌라벨라의 반응을 이렇게 전했다.

"그 개자식은 어깨를 으쓱하더니 아기와 함께 잘 지내라고 하더군. 아기야 당연히 엄마와 함께 있어야 한다면서. 게다가 나를 옆으로 데려가더니 뭐라고 했는지 알아? 당장은 지참금을 돌려줄 수가 없다는 거야. 이혼 때문에 우리 관계를 망치고 싶지 않다는 얘기까지 하더군. 내가 무슨 말을 하겠나? 카이사르의 최측근을 적으로 돌릴 여력도 없는데? 솔직히 말하면 지금도 그 친구를 완전히 싫어할 수가 없어."

키케로는 괴로워했다. 사실 이런 혼란도 결국 자기 탓이었다.

"그 인간이 놀아나는 꼬락서니를 알았을 때 이혼하라고 했어야 해. 이제 툴리아가 어떻게 하겠어? 서른한 살의 이혼녀에 몸은 허약하고 지참금은 없는 데다 애까지 딸렸는데? 더 이상 좋은 혼수 자리는 기대도 못 할 거야."

그도 인정했지만 결혼이 필요한 사람은 누구보다 키케로 자신이었다. 아니, 너무도 간절했다. 그도 현재의 독신 생활을 좋아했다. 아내보다는 책과 사는 편이 훨씬 더 좋았다. 나이가 벌써 예순, 여전히 잘생긴 편이지만 성욕은 줄어들고 있었다. 아니, 젊었을 때조차 성적 매력이 강점이지는 못했다. 그렇다 해도 나이가 들어갈수록 여자들과 자주 시시덕거리고 디너파티도 예쁜 처자들이 있으면 더 좋아했다. 심지어 마르쿠스 안토니우스의 정부인, 누드 배우 볼룸니아 키테리스와 동석한 적도 있었다. 과거라면 절대 허용하지 않았을 일이건만 그때는 카우치에서 찬사를 늘어놓기도 하고 다음 날 아침 급사에게 연시를 들려 보내기까지 했다.

다만 돈 때문에라도 더 이상 결혼을 늦출 수는 없었다. 테렌티아가 지참금을 회수해간 뒤 재정 상황은 그야말로 바닥이었다. 돌라벨라도 빚을 갚을 놈이 절대 아니었다. 재산이 아주 없지는 않았다. 안티움 인근의 아스투라 해변과 나폴리 만 푸테올리에도 새로 부동산을 늘렸지만 지금으로서는 운용할 여력이 거의 없었다.

"음, 일부라도 팔아버리지그래요?"

당연한 질문이지만 키케로 생각은 달랐다. 그의 좌우명은 언제나 '수입은 지출에 맞추어야 한다, 그 반대가 아니라'였다. 이제 더 이상 변호사 수입을 기대할 상황이 아닌 이상, 현실적인 대안은 다시 한 번 돈 많은 여자를 아내로 들이는 것뿐이었다.

우울한 이야기다. 그렇지만 처음부터 진실을 얘기하겠다고 서약했으므로 그대로 행할 것이다. 신부 후보는 셋으로 정해졌다. 우선 히르티아, 히르티우스의 누나였다. 히르티우스는 갈리아에서 엄청난 부자가 되어 돌아오더니 이 귀찮은 여자를 키케로에게 떠넘기고 싶어 했다. 지참금은 200만 세스테르티우스. 키케로가 편지로 그 사실을 알리자 아티쿠스는 그녀가 엄청난 추녀라고 알려주었다. 결국 아름다운 집을 지키기 위해 추물 아내를 들인다는 사실이 마음에 들지 않았다.

그다음이 폼페이아, 폼페이우스의 딸이다. 아리스토텔레스의 원고 주인, 파우스투스 술라가 남편이었으나, 최근 원로원 명분을 위해 아프리카에서 싸우다가 목숨을 잃었다. 문제는 그녀와 결혼한다면 그나이우스가 처남이 되는데, 코르키라에서 그를 죽이겠다고 협박한 자가 아니던가. 더욱이 폼페이아는 아버지의 얼굴을 그대로 빼다 박았다. 그가 몸서리를 치며 투덜댔다.

"말도 안 돼. 매일 아침 폼페이우스 옆에서 잠을 깬다고?"

이제 절대 어울릴 수 없는 여자가 남았다. 푸블릴리아는 겨우 열다섯 살이었다. 부친 M. 푸블릴리우스는 아티쿠스의 부자 친구였으나, 딸이 결혼할 때까지 재산을 모두 그녀 앞으로 위탁해놓고 세상을 떠났다. 키케로가 대표 수탁자였다. 결혼은 아티쿠스의 생각이며 이를 '깔끔한 해결책'이라고 불렀다. 키케로가 푸블릴리아와 결혼하면 그녀의 재산에 쉽게 접근할 수 있다. 완전히 합법적으로. 여자의 엄마와 외삼촌은 대찬성이었다. 그렇게 유명한 사람과 친척이 된다는 사실에 홀딱 빠진 것이다. 키케로가 쭈뼛쭈뼛 얘기를 꺼냈을 때 푸블릴리아도 그의 아내가 되면 좋겠다고 동의했다.

"정말이냐? 난 너보다 마흔다섯 살이나 많아. 네 할아버지만큼이나 늙었다는 얘기다. 사람들이 뭐라고 할 텐데… 그래도 괜찮겠느냐?" 그가 물었다.

그녀가 노인을 말끄러미 바라보았다. "예."

여자가 떠난 후 키케로는 이렇게 말했다. "아무튼 진심으로 보여. 나한테 거부감을 보였다면 절대 꿈도 꾸지 않았을 거야." 그가 한숨을 내쉬며 고개를 저었다. "아무래도 감당해야겠지만 사람들은 아주 못마땅해하겠지?"

"어쨌든 사람들 생각도 고려해야 하지 않겠습니까?" 아무래도 그냥 넘어갈 수는 없었다.

"구체적으로 누구 얘기냐?"

"물론 툴리아죠. 툴리아가 어떻게 생각할 것 같습니까?" 내 대답은 그랬다.

키케로가 딸을 고려하지 않았다는 사실이 놀라울 뿐이었다. 키케로는 나를 노려보는데 크게 당혹스러운 표정이었다.

"툴리아가 왜 반대하겠느냐? 결혼을 하는 이유도 다 그 애를 위해서야. 나도 문제가 있기는 하지만."

"제가 보기엔 툴리아가 좋아하진 않을 겁니다." 내가 조심스레 덧붙였다.

당연하다. 키케로의 말에 의하면, 그 얘기를 듣자 툴리아는 곧바로 기절하고 말았다. 키케로는 딸과 아기의 건강을 걱정했다. 그녀는 정신을 차린 다음 어떻게 그런 생각을 할 수 있느냐며 아버지한테 따져 물었다. 나보고 그 애를 어머니라 부르라고요? 어떻게 한 지붕 아래서 함께 살죠? 툴리아가 어찌나 반발하든지 키케로도 당혹스러웠으나 물리기엔 이미 때가 늦었다. 지참금을 빌미로 고리대금업자한테 돈을 빌린 것이다. 마르쿠스도 툴리아도 결혼 조찬에 참석하지 않았다. 툴리아는 임신 말기라 어머니한테 가서 지내고 마르쿠스도 스페인으로 떠나 카이사르의 군에 합류하겠다며 허락을 구했다. 키케로는 과거 전우들에게 욕이 된다며 난색을 표했고 마르쿠스는 대신 여비를 두둑이 챙겨 아테네로 떠났다. 저 아둔한 머리에 철학을 욱여넣어보겠다는 구실까지 붙였다.

나는 결혼식에 참석했다. 예식은 신부의 집에서 치르고 신랑 측 하객이라고는 아티쿠스와 그의 아내 필리아가 전부였다. 필리아도 남편보다 서른 살이나 어렸으나 자그마한 푸블릴리아 옆에 서니 차라리 엄마처럼 보였다. 신부는 머리에서 발끝까지 흰색으로 치장하고 머리는 쪽을 졌다. 신성의 허리띠까지 매니 차라리 인간보다는 아주 정교한 인형처럼 보였다. 물론 이런 일쯤은 아무렇지 않게 치를 사내들도 있을 것이다. 폼페이우스라면 너무도 느긋했겠으나 키케로로서는 불편하기 짝이 없었다. 덕분에 간단한 서약을 하면서도("그대가 가이아라면, 나는 가이우스요") 이름을 바꾸어 부르고 말았다. 불길한 징조가 아닌가.

길고도 지루한 피로연이 끝나고 하객들은 어스름 속에서 키케로의 집으로 걸어갔다. 결혼을 비밀로 하고 싶었던 터라 거리를 지날 때면 행인들의 시선을 피해 아예 달아나다시피 했다. 그 바람에 신부의 손을 잡고 끌어당기는 모습이 너무나 절박해 보이기까지 했다. 어쨌거나 결혼 행렬은 시선을 끌게 마련이다. 더욱이 모르는 척하기엔 키케로가 너무 유명했다. 결국 팔라티네에 다다를 때쯤 50여 명이 꼬리에 붙고 다시 그 정도의 인파가 집 밖에서 기다리다가 신혼부부를 향해 환호를 보내고 꽃을 던졌다. 신부를 안고 문지방을 건너다가 허리를 다칠까 걱정했지만 키케로는 신부를 가볍게 들어 재빨리 안으로 달아났다. 어깨 너머로 나를 돌아보며 빨리 대문을 닫으라며 으르렁거리기도 했다. 신부는 곧바로 2층 테렌티아의 거소로 올라갔다. 하녀들이 물건을 정리하고 결혼 초야 준비를 해두었다. 키케로는 함께 와인이라도 하자며 조금 더 있으라고 애원했으나, 난 피곤하다는 핑계로 후다닥 자리를 피했다.

결혼은 처음부터 재앙이었다. 키케로는 어린 신부를 어떻게 대할지조차 몰랐다. 이거야 친구 딸이 와서 사는 기분이 아닌가. 이따금 자상한 삼촌이 되어 신부가 리라를 연주하면 기뻐하고 자수를 완성하면 축하해주었다. 그렇지 않으면 성질 나쁜 선생이었다. 역사와 문학에 대한 아내의 무지는 경악할 지경이었다. 하지만 대개는 애써 피해 다녔다. 언젠가 내게 실토도 했는데 관계를 유지하려면 욕망이라도 있어야겠지만 정작 자신은 전혀 느낌이 없었다. 불쌍한 푸블릴리아… 명성 높은 남편이 외면할수록 그녀는 더 집착하고 그럴수록 그의 짜증도 늘었다.

마침내 키케로는 툴리아를 찾아가 함께 지내자고 애원했다. 출산이 임박했으니 아기도 집에서 낳으면 좋겠다는 말도 덧붙였다. 푸블릴리아는 멀리 쫓아 보낼 심산인데, 그 얘기는 아티쿠스한테 맡기기로 했다. 키케로는 너무도 당혹스러운 상황에 도무지 어찌할 바를 몰랐다. 툴리아도 아버지가 그 지경이 되자 안쓰러웠던지 그렇게 하기로 했다. 아티쿠스도 채근을 이기지 못해 결국 푸블릴리아의 모친과 삼촌을 찾아가 왜 푸블릴리아가 결혼한 지 한 달도 채 되지 않아 친정에 돌아와야 하는지 설명했다. 아기가 태어나면 부부관계를 재개할 수 있으니 지금 당장은 툴리아의 출산이 우선이라는 핑계를 대자 두 사람도 어쩔 수 없이 동의했다.

툴리아가 정월에 돌아왔다. 대문 밖까지는 가마를 이용했으나 집에 들어갈 때도 부축이 필요했다. 지금도 당시 추운 겨울날이 떠오른다. 너무도 맑고 밝고 추위가 살을 에던 날. 툴리아는 거동이 불편했다. 키케로는 조바심이 나서 어쩔 줄을 몰랐다. 짐꾼에게 대문을 걸고 장작불을 더 넣으라고 시키거나 산모가 감기 걸린다며 호들갑을 떨기도 했다. 툴리아는 방에 들어가 눕고 싶다고 했다. 키케로가 의사를 불렀는데, 얼마 후 진찰을 마치고 나오더니 이미 진통에 들었다고 보고했다. 테렌티아도 산파와 수행원들을 데리고 달려와 모두 툴리아의 방으로 들어갔다.

산고의 고통이 집 안을 쩌렁쩌렁 울렸다. 평소의 툴리아와도 거리가 멀었지만 솔직히 사람 목소리 같지도 않았다. 숨이 끊어지기 직전에 짐승의 비명이 그럴까? 특유의 고상한 성격도 고통에 흔적도 없이 사라졌다. 도대체 저 비명들이 키케로의 철학 체계와는 어떻게 부합할까? 행복과 저 고통이 어떻게 병행한단 말인가? 어쨌든 그도 비명과 울부짖음을 견디지 못하고 정원으로 달아나더니 추위도 잊은 채 몇 시간씩 주변을 어슬렁거렸다. 마침내 조용해지자 그가 다시 들어왔다. 잠시 후 발소리가 나고 테렌티아가 나왔다. 얼굴은 지치고 창백했으나 목소리만은 씩씩했다.

"사내아이예요. 건강한 아이. 산모도 무사해요." 그녀가 말했다.

툴리아가 무사해! 키케로한테는 그것만이 중요했다. 손자는 튼튼했다. 이름은 돌라벨라의 수양아버지 이름을 따서 푸블리우스 렌툴루스라 지었다. 툴리아는 젖을 물릴 수가 없어 아기는 유모에게 맡겼다. 산고 이후 건강을 회복할 기미도 보이지 않았다. 그해 겨울 로마는 너무도 춥고 매연도 많고 포룸은 소음이 심했다. 툴리아는 제대로 잠을 이루지 못했다. 결국 키케로는 툴리아와 투스쿨룸으로 돌아가기로 했다. 둘이 행복하게 지내던 곳이었다. 툴리아는 조용한 프라스키티 언덕에서 몸을 추스르고 그동안 키케로와 나는 철학 집필에 매진하기로 했다. 의사도 함께 갔다. 아이는 유모는 물론, 노예들도 잔뜩 데려가 돌보게 했다.

다만 툴리아에게는 버거운 여행이었다. 그녀는 호흡도 가빴고 열이 올라 얼굴까지 벌게졌다. 그래도 두 눈만은 크고 차분해, 우리한테는 괜찮다며 안심시키기도 했다. 아프지는 않은데 조금 피곤해서 그래요. 별장에 도착하자 의사는 황급히 툴리아를 침대에 옮기게 했다. 잠시 후 그가 나를 한쪽으로 데려가더니 툴리아가 폐결핵 말기이며 그날 밤을 넘기기 힘들겠다고 일러주었다. 부친께 내가 알려야겠소? 아니면 당신이 하는 게 나을까?

내가 하겠다고 대답했다. 나는 마음을 다잡고 키케로의 서재로 찾아갔다. 그는 책 두루마리를 몇 권 꺼냈지만 풀 생각은 하지 않았다. 그저 멍하니 앉아 앞만 바라볼 뿐, 심지어 나를 돌아보지도 않았다.

"죽는다더냐?" 그가 물었다.

"슬프게도 그렇답니다."

"그 애도 알고 있나?"

"의사가 얘기는 안 했지만 워낙에 영민하니까 알지 않겠습니까?"

그가 끄덕이며 눈시울을 적셨다.

"이곳에 오고 싶었던 것도 그 때문이야. 여기에서 제일 행복했으니까 이곳에서 죽고 싶었겠지. 이제 그 애 옆을 지켜야겠구나." 키케로는 눈물을 닦았다.

나는 리케움에서 기다리기로 했다. 로마의 언덕 너머로 해가 저물고 있었다. 몇 시간 후, 완전히 어두워졌을 때 툴리아의 하녀가 나를 부르더니 촛불을 들고 툴리아의 방으로 안내했다. 툴리아는 의식을 잃은 채 침대에 누워 있었다. 머리카락은 풀어 베개를 완전히 덮었다. 키케로는 딸의 손을 잡고 한쪽에 앉았고 다른 쪽에는 아기가 잠들어 있었다. 툴리아는 호흡이 얕고 가빴다. 방에는 사람이 많았다. 하녀들, 유모, 의사… 모두 어둠 속이라 얼굴은 전혀 기억나지 않는다.

키케로가 나를 보더니 손짓으로 가까이 불렀다. 나는 상체를 숙여 툴리아의 촉촉한 이마에 입을 맞추고 다른 사람들처럼 물러나와 어둠 속에서 기다렸다. 잠시 후 그녀는 호흡이 느리고 간격도 넓어졌다. 마침내 숨을 거두었다고 생각할 때쯤 툴리아가 다시 허겁지겁 공기를 들이마셨다. 죽음은 그런 모습이 아니었다. 기다란 한숨에 이어 가벼운 전율. 이윽고 깊은 정적이 이어졌다. 툴리아는 그렇게 불후의 세계로 올라갔다.

13
열세 번째 두루마리

장례는 로마에서 치렀다. 덕분에 좋은 일이 하나 있기는 했다. 우리가 돌아가자마자 키케로의 동생 퀸투스가 다가와 위로를 전한 것이다. 파트라이에서 크게 싸운 후 계속 소원한 상태였다. 두 남자는 아무 말 없이 서로의 손을 잡고 관 옆에 나란히 앉아 있었다. 키케로가 화해의 표시로 퀸투스에게 송가를 부탁했다. 자신은 끝까지 해낼 자신이 없었기 때문이었다.

그밖에는 평생 가장 우울한 날이었다. 혹한의 겨울 어스름에도 문상객이 에스퀼리네 광장까지 이어졌다. 음악가들의 구슬픈 만가가 신성의 숲 리비티나의 까마귀 울음과 뒤섞이고 작은 주검은 수의를 입은 채 관대에 누워 있었다. 테렌티아의 표정이 어찌나 공허하던지 흡사 니오베가 슬픔을 못 이겨 돌이 된 것처럼 보였다. 키케로는 아티쿠스의 부축을 받으며 장작더미에 횃불을 댔다. 마침내 거대한 불길이 솟구치며 사람들을 이글거리는 붉은 열기로 휘감자, 그의 굳은 표정이 말 그대로 그리스 비극의 가면처럼 보였다.

다음 날, 푸블릴리아가 어머니, 외삼촌과 함께 찾아왔다. 그녀는 장례식에조차 초대를 받지 못했다며 다시 집으로 돌아오겠다고 고집을 부렸다. 짧게 연설도 했지만 그마저 누군가 대신 써주었을 것이다.

"여보, 당신 딸이 나를 불편해했다는 정도는 압니다. 이제 방해가 걷혔으니 부디 부부생활을 재개해야죠. 당신 슬픔을 잊게 해드릴 수 있어요."

하지만 키케로는 슬픔을 잊기는커녕 오히려 그 속에 숨고 싶었다. 그날 밤 그는 어디로 간다는 말도 없이 툴리아의 화장 단지만 들고 집을 떠났다. 퀴리날의 아티쿠스 집. 그는 그곳에서 서재에 틀어박힌 채 아무도 만나지 않고 걸작을 편집했다. 그간 철학자들과 시인들이 어떻게 슬픔과 죽음을 대했는지, 그 기록을 모두 모은 것으로, 제목은 '위로'였다. 그가 일하는 동안 아티쿠스의 다섯 살배기 딸이 바로 옆 놀이방에서 노는 소리가 들리곤 했는데, 키케로가 젊었을 때 툴리아도 그렇게 놀았다.

"그 소리가 빨갛게 달군 바늘처럼 찌르더구나. 그래서 계속 일을 할 수 있었어."

푸블릴리아가 남편의 행방을 알아내고는 아티쿠스를 괴롭히기 시작해, 키케로는 다시 달아났다. 그의 집 중에서도 가장 새롭고 가장 외진 곳이었다. 강어귀에 위치한 작은 아스투라 섬의 별장. 안티움 해안에서 불과 100미터 거리였다. 섬은 아무도 없이 나무와 숲으로 뒤덮였으며 진입로라야 어두운 산책길들뿐이었다. 그는 이 외로운 별장에 숨어 사람들을 모두 피했다. 아침 일찍이 울창한 가

시투성이 숲으로 숨어들었는데 그곳이라면 명상을 방해하는 상대는 새 울음소리뿐이었다. 그는 저녁이 되어서야 숲에서 나왔다. 영혼이란 무엇이냐. 그는《위로》에서 이렇게 묻는다. 습기도 공기도 불도 아니며 흙으로 빚지도 않았다. 이 요소들 중 어느 것도 기억, 정신, 사고의 위력을 설명하지 못한다. 과거를 회상하거나 미래를 예견하고, 현재를 이해하지도 못한다. 따라서 영혼은 제5의 원소로 설명해야 한다. 신성하기에 영원한 요소.

나는 로마에 남아 뒤치다꺼리를 했다. 돈, 가정사, 문학, 결혼 문제까지… 어디에 있는지 모른다고 발뺌하는 식으로 불운한 푸블릴리아 가족을 따돌리는 일도 나에게 떨어졌다. 몇 주일이 지나자 아내는 물론 의뢰인과 친구들까지 그의 부재를 설명하기가 점점 어려워졌다. 명성도 나락으로 떨어지기 시작했다. 슬픔 따위에 무너지다니, 사나이답지 않다고 생각한 것이다. 위문편지도 수없이 날아들었다. 스페인의 카이사르도 짧게나마 위로를 보내 키케로에게 전해주었다.

결국 푸블릴리아도 은신처를 알아내고는 편지를 보냈다. 장모와 함께 방문하겠다는 내용이었다. 그는 난감한 조우를 피하기 위해 손에 유골을 들고 섬을 빠져나왔다. 그리고 마침내 용기를 내어 이혼 의사를 편지로 보냈다. 직접 만나서 얘기하지 않은 건 겁쟁이다운 처신이었으나, 툴리아의 죽음에 대한 아내의 몰이해 때문에라도 두 사람의 잘못된 만남은 완전히 회복 불능 상태였다. 그는 재정 문제를 아티쿠스한테 맡겼다. 집도 한 채 팔아달라고 부탁한 다음 논의하고 싶은 프로젝트가 있다며 나를 투스쿨룸으로 불러들였다.

내가 도착할 때는 이미 5월 중순을 향하고 있었다. 그를 본 것도 석 달 만이었다. 그는 아카데미에 앉아 독서를 하다가 나를 돌아보며 슬프게 미소를 지었다. 외모는 가히 충격적이었다. 머리는 봉두난발이 따로 없고 하얗게 세기까지 했다. 하지만 진짜 변화는 더 깊은 곳에 있었다. 체념과 달관이랄까? 마치 죽었다가 살아난 사람 같지 않은가.

저녁 식사를 하면서 키케로에게 이곳에 돌아오기가 힘들지 않았는지 물었다. 툴리아와 그렇게 오랫동안 함께 지냈던 곳이기 때문이었다.

"당연히 끔찍했지. 그런데 막상 오니까 그렇게 나쁘지는 않더구나. 슬픔을 다스리는 방법도 서로 다른 것 같다. 생각을 멀리 할 수도 있고 내내 생각만 할 수도 있겠지만 난 후자를 택했어. 이곳은 적어도 툴리아의 추억에 둘러싸여 있다. 유골도 정원에 묻었다. 친구들도 친절하더구나. 특히 처지가 비슷한 사람들이 그랬어. 술피키우스가 보낸 편지가 있는데 읽지 못했지?"

그가 탁자 너머로 편지를 건네주었다.

내 얘기 하나 들려주리다. 나한테야 전혀 위로가 되지 않겠지만 바라건대 그대의 슬픔을 조금이라도 덜어줄 수 있다면 좋겠구려. 아시아에서 돌아오는 길이었소. 아이기나에서 배를 타고 메가라를 향하는 도중에 주변 경관을 바라봤지. 등 뒤로는 아이기나, 앞에는 메가라. 오른쪽은 피라이우스, 왼쪽은 코린트. 한때 그렇게나 번성하던 도시들이건만 지금은 폐허뿐이구려. 그러다가 문득 이런 생각이 들었소. '아, 저렇듯 많은 도시에서 시체들이 한 장소에 버려진 채 누워 있거늘, 누군가 죽거나 살해당한다고 우리가 어찌 분개할 수 있다는 말인가? 어차피 덧없는 존재에 불과하거늘. 네 자신을 돌아보라, 세르비우스. 그리고 잊지 말자. 어차피 단명한 존재가 아니겠더냐.' 그렇게 생각하니 적잖이 위로가 되더군. 키케로, 정말로 한 여인의 나약한 영혼을 잃었다 해서 그렇게 크게 상처를 받을 수 있겠소? 툴리아가 아직 살아 있다 해도 어차피 머지않아 죽을 운명이었을 거요. 인간이니까.

"술피키우스가 이렇게 글을 잘 쓰는지 몰랐습니다." 내가 말했다.

"나도 마찬가지야. 우리 미천한 존재가 어떻게 죽음을 이해하려 애쓰는지 알겠지? 이렇듯 노회한 법학자들까지? 그래서 생각해봤다. 사람들이 죽음의 두려움에서 조금이라도 벗어날 수 있도록 철학서를 하나 만들어내면 어떨까?"

"대단한 위업이 되겠는데요."

"《위로》는 사랑하는 사람의 죽음과 화해하는 방법을 모색하지. 이제 우리가 우리 자신의 죽음을 극복할 수 있는지 보자. 성공할 수 있다면… 그래, 인간에게 그보다 더 큰 위안이 어디 있겠느냐?"

나는 대답하지 않았다. 제안은 저항 불가였다. 솔직히 그가 할 수 있는지 지켜보고 싶기도 했다. 그렇게 태어난 책이《투스쿨룸의 논쟁》이다. 우리는 다음 날 작업을 시작했다. 처음부터 키케로는 다섯 권짜리 책으로 기획했다.

1. 죽음의 두려움에 대해
2. 고통의 인내에 대해

3. 불안의 완화에 대해
4. 영혼의 혼란에 대해
5. 행복한 삶의 가치에 대해

다시 한 번 우리는 예전처럼 매일 창작에 몰두했다. 키케로의 영웅 데모스테네스는 그 어느 노동자보다 더 일찍 일어났다. 키케로 또한 아직 어두울 때 잠에서 깨어 서재의 램프불 아래 동이 틀 때까지 책을 읽고 아침에는 그동안 어떤 생각을 했는지 내게 설명했다. 그러면 나는 이런저런 질문으로 그의 논리를 규명하고, 오후에 그가 잠깐 낮잠을 자는 동안 속기 메모를 초안으로 옮겨 적었다. 초안은 그가 후에 교정을 보았다. 우리는 저녁 식사를 하면서 그날의 작업을 논의하고 수정했으며, 마지막으로 물러나기 전에는 다음 날 아침 주제를 결정했다.

그해 여름은 길고 책은 순조롭게 진행되었다. 키케로는 철학자와 학생 간의 대화 형식으로 집필 방식을 정했다. 주로 내가 학생 역을 맡고 키케로가 철학자였으나 이따금 역할을 바꾸기도 했다.

우리의 '논쟁'은 지금도 찾는 사람이 많기에 세세하게 설명할 필요는 없으리라 믿는다. 최근 몇 년 고통을 겪은 후, 키케로가 깨달은 신념들을 총정리한 책들이다. 요컨대 영혼은 육신과 달리 신성한 기운을 보유하며 따라서 불후다. 영혼이 불후가 아니고 우리 앞에 오로지 망각뿐이라 해도, 인간은 감각이 없기에 두려워할 필요가 없다. 더 이상 고통도 불행도 없기 때문이다(고로 죽은 자가 아니라 산 자가 불쌍하다). 우리는 지속적으로 죽음을 고민하고 죽음의 도래에 순응해야 한다. (소크라테스 왈, 철학자의 생애는 죽음을 위한 준비다.)

우리가 강하다면 훈련을 통해 직업 검투사들처럼 죽음과 고통에 의연할 수 있다.

검투사라면 아무리 평범하다 해도 신음을 내거나 표정을 바꾸지 않는다. 패배 후 죽음의 형벌에 처해진다 한들 그 어느 검투사가 목을 움츠리며 치욕적인 모습을 보인단 말인가? 검투사의 기개는 훈련, 연습, 습관의 힘이다. 명문가 자손이 영혼이 허약한 탓에 아무리 체계적으로 준비해도 죽음을 두려워한다면 어찌 일개 검투사가 가능하다는 말인가?

제5권에서 키케로는 실용적인 제안을 했다. 인간이 죽음에 대비하는 방법은 도덕적으로 선한 삶을 사는 것뿐이다. 과욕을 버리고 현재의 소유에 만족하고 내면을 완전히 충족시키면, 상실감이 아무리 크다 해도 그럭저럭 버텨낼 수 있다. 누구에게도 해를 입히지 않고, 타인에게 해를 입히느니 스스로 고통받는 쪽이 나으며, 삶이란 자연이 만기일을 정하지 않고 빌려준 빚이라 언제든 변제를 요구할 수 있음을 깨닫는다. 세상에서 가장 비극적인 인물을 들라면 이 교훈을 모조리 어긴 독재자다.

키케로는 예순둘 평생을 살면서 이런 교훈들을 깨달았다. 그리고 그해 여름에 세상과 나누고 싶어 했다.

6월 중순, 그러니까 '논쟁'에 착수하고 한 달 후 돌라벨라가 방문했다. 스페인에서 카이사르와 함께 싸우고 로마로 돌아가는 길이었다. 딕타토르는 이번에도 승리를 거두고 폼페이우스 진영은 완전히 괴멸당했다. 돌라벨라도 문다 전투에서 부상을 당해 귀에서 쇄골까지 검상을 입고 걸음걸이도 절름거렸다. 애마가 창에 맞아 죽으며 그를 내동댕이치고 덮치기까지 했다는데 그래도 여전히 야성적 생기로 가득했다. 그 즈음 키케로는 손자와 함께 살았는데 돌라벨라는 아들도 만나고 툴리아의 묘지에도 참배하고 싶어 했다.

아기 렌툴루스는 생후 4개월에 몸집이 컸다. 어머니와 달리 매우 건강해 보였는데 마치 어머니한테서 생명을 모조리 빨아먹은 것만 같았다. 키케로가 아기를 안거나 관심을 주지 않는 이유도 그 때문이었다. 엄마를 죽이고 살아 있는 것만으로도 쉽게 용서가 되지 않았다. 돌라벨라는 유모한테서 아기를 받아 화분처럼 이리저리 돌리며 살펴보더니 로마로 데려가고 싶다고 했다. 키케로도 반대하지 않았다.

"내 유서에 아기를 위한 조항도 들어 있네. 교육 때문에 논의가 필요하다면 언제든 찾아오게나."

둘은 천천히 걸으며 툴리아의 무덤 주변을 돌아보았다. 아카데미에서도 양지바른 곳인데, 무덤 옆 분수는 툴리아가 생전에 무척이나 아꼈다. 키케로의 전언에 따르면, 돌라벨라는 무덤가에 무릎을 꿇고 꽃을 바치며 흐느껴 울었단다.

"눈물을 보이니 더 이상 놈에게 화도 내지 못하겠더라."

돌라벨라는 저녁 식사를 하며 스페인 전쟁 얘기를 들려주었다. 부상으로 상체를 굽히지 못하는 탓에 식사도 야만인처럼 상체를 꼿꼿이 세우고 했다. 전투는 재앙에 가까웠다. 한 번은 방어선이 깨지기까지 했다. 그때 카이사르는 말에서 내려 방패를 잡고는 달아나는 군단병들을 다시 불러 모았다.

“싸움이 끝난 후 이렇게 말씀하시더군요. ‘처음으로 목숨을 걸고 싸웠다’고. 우리는 적군 3만 명을 죽이고 포로는 잡지 않았습니다. 카이사르의 지시에 따라 그나이우스 폼페이우스의 머리는 장대에 꽂아 세워놓고 다들 보게 만들었죠. 끔찍한 일이었습니다. 아무래도 귀국하시면 전처럼 너그러운 모습은 보기 힘드실 것 같군요.”

“나를 건드리지 않고 책을 쓰도록 허락해준다면 내가 괴롭힐 일도 없을 걸세.”

“장인어른이야말로 걱정할 필요 없으십니다. 카이사르께서는 장인어른을 좋아하십니다. 당신과 함께 마지막까지 남을 두 사람이라고 늘 말씀하시는걸요.”

그해 늦여름, 카이사르가 이탈리아로 돌아왔다. 당연히 야심가들이 잔뜩 몰려들어 그를 환영했다. 키케로와 나는 마침내 ‘논쟁’을 마무리 지었다. 키케로는 책을 아티쿠스에 보내고 아티쿠스는 노예들에게 필사를 시켜 배포했다. 키케로는 한 부를 반드시 카이사르한테 보내도록 당부도 해두었다. 그 후에는 논문 두 편을 쓰기 시작했다.《신들의 본성에 대해》와《예언에 대해》. 슬픔이 봇물처럼 터지면 키케로는 몇 시간씩 골방에 숨어 지냈지만 조금씩 일상을 회복해나갔다.

“범인들과 어울리지만 않아도 이렇듯 고민과 갈등이 줄어들건만! 직업을 버리고 평생을 집필에 몰두하는 삶이야말로 천하제일이지.”

하지만 투스쿨룸에 있으면서도, 마치 멀리서 다가올 폭풍을 예감하듯 딕타토르의 복귀를 의식했다. 카이사르는 스페인으로 떠날 때와 돌아온 후가 완전히 달랐다. 단순히 편협한 판단 때문만은 아니었다. 너무도 안전한 세상에 돌아오자 현실감이 느슨해지고 만 것이다. 처음에는 키케로가 카토에게 바친 만가를 읽고는 반박 글을 지어 배포했다. 소위 〈반카토〉라는 글로 카토가 술주정뱅이에 개망나니라는 식의 속된 조롱으로 가득했다. 로마 사람 거의 모두가 어느 정도씩은 카토를 존중하는 편인지라 속 좁은 책자는 카토보다 딕타토르의 명예에 큰 타격을 주었다. ("도무지 왜 이토록 초조하게 모두를 지배하려고 하지? 맙소사, 죽은 자의 유골까지 짓밟는 격이잖아?" 키케로는 카이사르의 글을 읽고 이렇게 투덜댔다.) 또다시 개선식을 치르겠다는 욕심도 문제였다. 게다가 스페인 승전을 축하하겠다니! 폼페이우스의 아들을 포함해, 로마 동포를 수천 명이나 학살한 전쟁이 아니던가. 도무지 누가 보아도 영예로운 업적은 되지 못했다. 당시 카이사르는 클레오파트라에게 푹 빠져 있었다. 그녀를 티베르 강 옆, 공원이 딸린 아방궁에 불러들인 행위만으로도 용납이 어려웠건만, 비너스 신전에 외국 정부의 황금상을 세움으로써 신도는 물론 애국자들까지 모욕했다. 심지어 스스로를 신으로 선언하기까지 했다. '신성 율리우스.' 자신의 성직, 사원, 조각상을 내세워 정말로 신처럼 사사로운 일상까지 개입하려 들었다. 원로들의 해외여행을 제한하고 사치스러운 요리와 물건을 금했는데, 어느 정도냐 하면 시장에 스파이들을 심고 저녁 식사 중에 시민의 집에 들이닥쳐 수색하고 압수하고 체포까지 자행했다.

그러던 중 최근 몇 년의 학살에도 여전히 피가 부족했던지, 봄에 또다시 전쟁에 나서겠다고 선언했다. 36개 군단이라는 엄청난 병력을 이끌고, 크라수스를 죽인 책임을 물어 먼저 파르티아를 처단하고, 다시 북해 깊숙이 들어가 히르카니아, 카스피아 해와 카우카수스, 스키티아를 비롯해 게르마니아 접경의 소국들, 궁극적으로는 게르마니아까지 점령한 뒤 갈리아를 경유해 이탈리아로 돌아오겠다는 얘기였다. 그렇게 3년을 외유하겠다는 데도 원로원에서는 아무도 반박하지 못했다. 파라오를 위해 피라미드를 세웠듯, 원로들 역시 주인의 장대한 계획 앞에서는 그저 말 잘 듣는 노예에 불과했다.

12월 키케로는 더 따뜻한 곳으로 내려가 일하자고 제안했다. 나폴리 만의 부유한 의뢰인, M. 클루비우스가 최근 세상을 떠나며 푸테올리에 상당한 재산을 물려주었다. 우리는 사투르날리아 전야에 그곳에 도착했다. 일주일간의 여행을 마친 후였다. 해변 별장은 넓고 호화로웠으며, 키케로의 쿠마이 별장보다 훨씬 아름다웠다. 유산에는 별장 말고도 읍내에 상업용 건물들이 다수 속해 있고 교외 농장도 하나 딸려 있었다. 키케로는 새로 생긴 재산에 아이처럼 기뻐했다. 그래서 도착하는 순간 구두를 벗고 토가를 들어 올린 채 백사장 너머 바다까지 내려가 발을 씻었다.

다음 날 아침, 노예들 모두에게 사투르날리아 기념선물을 나눠 준 뒤 나를 서재로 부르더니 예쁘장한 백단상자를 건넸다. 나는 선물이라고 생각하고 감사 인사를 했다. 그런데 지시대로 상자를 열었더니 그 안에 푸테올리 인근의 농장 증서가 들어 있었다. 그것도 내 이름으로 명의 이전된… 당연히 자유를 얻은 그날만큼이나 놀랄 수밖에 없었다.

“친애하는 친구여, 더 많이, 더 일찍 주고 싶었다만… 마침내 소원이 이루어졌구나. 네가 그렇게나 원하던 농장이다. 지난 세월 내게 선물한 기쁨과 위로에 조금이나마 보답이 되었으면 좋겠구나.”

그가 말했다.

키케로는 휴일에도 일했다. 식구들도 죽거나 이혼하거나 흩어졌기에 함께 기뻐할 사람도 없었다. 내가 보기엔 집필이 외로움을 달래주었지만 그렇다고 우울한 성격도 못 되었다. 벌써 새 책도 잡았다. 노년에 대한 철학적 고찰인데 그도 주제를 맘에 들어 했다. ("오, 죽음이 느닷없이 찾아온다는 사실조차 깨닫지 못하다니 그런 노인들은 얼마나 불쌍하단 말인가?") 아무튼 억지로 하루 휴가를 내준 덕에 나는 해변을 따라 산책하며 생각에 잠겼다. 재산이 생기고 농부도 되니 기분이 참으로 묘했다. 그러니까 삶의 1부가 끝나도 2부가 시작된 기분이었다. 이제 키케로와의 작업도 거의 끝나니 곧 헤어질 날이 오리라.

해안을 따라 걷다 보면 대형 별장들이 나타나는데, 하나같이 서쪽 만을 넘어 미제눔 돌기를 마주 보았다. 키케로 옆집 주인은 L. 마르키우스 필리푸스, 집정관 출신으로 키케로보다 몇 살 어렸다. 카토의 장인이자, 카이사르의 조카 아티아의 남편인 탓에 내전 중에는 입장이 난처했다. 결국 양측으로부터 싸움에 개입하지 않아도 좋다고 허락을 받아 이곳에 내려와 정착했는데, 원래 조바심 많은 성격이라 조심스러운 중도가 기질에도 잘 맞았다.

그 집으로 다가가는데 병사들이 해변을 봉쇄하고 집 앞을 통제했다. 도대체 무슨 일일까? 나는 곧 상황을 파악하고는 곧바로 집으로 돌아갔으나 키케로는 이미 메시지를 받은 터였다.

발신 : 딕타토르 카이사르

수신 : M. 키케로

캄파니아에서 병사들을 시찰하고 사투르날리아 기간에는 L. 필리푸스 별장에서 조카 아티아와 며칠 지낼 생각입니다. 괜찮다면 축제 사흘째 일행과 함께 원로님을 방문코자 합니다. 가능 여부를 장교에게 알려주세요.

“뭐라고 답하셨습니까?” 내가 물었다.

“신한테 뭐라고 답하겠나? 당연히 좋다고 했지.”

그는 괴로운 척했으나 한편으로는 자랑스러운 눈치였다. 다만 카이사르 일행이 어느 정도 규모인지 듣고 후회하기는 했다. 무려 2,000명… 역시 그가 대접해야 했다. 식구들은 모두 휴가를 반납하고 그날은 물론 다음 날도 하루 종일 미친 듯이 준비를 했다. 푸테올리 시장을 싹쓸이하고 이웃 별장들에서 카우치와 테이블을 있는 대로 빌렸다. 집 뒤쪽 들판에 진지를 구축하고 초병도 세웠다. 마침 내 집에서 함께 식사를 할 인원 20명의 명단도 접수했는데, 카이사르를 필두로, 필리푸스, L. 코르넬리우스 갈바, C. 오피우스의 이름이 보였다. 마지막 둘은 카이사르의 최측근이며, 나머지 장교들은 오래전 이름을 잊었다. 접대는 엄격한 일정에 따라 군사작전처럼 조직되었다. 정오 직후까지 필리푸스의 집에서 비서들과 함께 일하고, 한 시간 동안 해변에서 운동을 할 예정이니 저녁 식사 전에 목욕을 할 수 있으면 고맙겠다는 내용도 있었다. 메뉴에 대해서도, 딕타토르는 구토 코스를 따를 것이며 따라서 어떤 음식이든 잘 먹겠으나 가능하다면 굴과 메추라기가 있으면 좋겠다는 의사를 전했다.

그때쯤 키케로는 진심으로 후회하기 시작했다. "12월에 도대체 어디에서 메추리를 구한단 말이냐? 내가 루쿨루스라도 되는 줄 아나?" 그럼에도 "어떻게 살아야 하는지 알고 있다"는 사실을 반드시 보여주겠다며 욕실용 향유에서, 팔레르노 와인까지 모두 최고급으로 준비했다. 그런데 딕타토르가 문지방을 넘어오기 직전, 인상파 필리푸스가 허겁지겁 달려오더니 카이사르의 수석 엔지니어, M. 마무라가 졸중으로 죽었다고 알려주었다. 마무라는 놀라운 업적을 많이 남겼지만 그중에서도 라인 강을 가로지르는 다리가 유명했다. 그 바람에 행사가 취소될 것처럼 보였다. 그리고 얼마 후 카이사르가 고된 행군에 상기된 얼굴로 나타나고 키케로가 소식을 전했다. 그렇지만 카이사르는 눈 하나 깜빡하지 않았다.

"안됐군요. 욕실은 어디 있습니까?"

마무라 얘기는 더 이상 나오지 않았다. 키케로도 알고 있듯이, 벌써 10년 이상 최측근으로 지내던 인물이 아닌가. 그날 방문 중에서도 카이사르의 차가운 성품이야말로 지금도 생생하게 기억하는 순간이다. 그러고는 곧 어수선한 집 분위기에 정신이 하나도 없었다. 군인들이 식당 세 곳을 완전히 점령했다. 당연한 얘기지만 그날은 딕타토르와 같은 식탁에 앉지도 못했고 내 방은 군인들에게 빼앗겼다. 군인들도 처음에는 공손했다. 그러다가 술에 취하고부터는 식사 중에 구토를 하겠다며 떼를 지어 해변을 오갔다. 대화는 온통 임박한 파르티아 전쟁 얘기였다. 후에 키케로한테 둘이 어떤 얘기를 나누었는지 물어보았다.

"신기할 정도로 즐거웠다. 정치는 피하고 주로 문학 얘기를 했지. 우리 《논쟁》을 읽었다며 온갖 칭찬을 아끼지 않더구나. '다만, 나야말로 원로님의 주요 논점에 대해 살아 있는 반론이랍니다.' 그가 그렇게 주장하기에 '왜 그렇죠?'라고 물었더니 이렇게 대답하더라. '선한 삶을 살아야 죽음의 두려움을 정복할 수 있다고 말씀하셨죠? 음, 그 주장에 따르면 절대 불가능하겠지만 그래도 난 죽음을 두려워하지 않습니다. 어떻게 생각하십니까?' 그 질문에 난 죽음을 두려워하지 않는 사람치고는 경호원들이 너무 많다고 대답해주었지."

"그랬더니 웃던가요?"

"아니, 웃지 않았어! 오히려 모욕이라도 당한 것처럼 얼굴이 갑자기 굳어지더니 이렇게 대답하더군. '나라의 수장으로서 당연히 조심할 책임이 있습니다. 나한테 무슨 일이 있으면 혼란이 일어나기 때문이죠, 죽음이 두려워서는 아닙니다.' 그래서 그 주제를 조금 더 밀어붙이기로 하고, 왜 그렇게 두려움이 없는지 물어보았어. 영혼이 영원하다고 믿기 때문입니까? 아니면 우리 모두 육신과 함께 죽는다고 여기기 때문인가요?"

"그랬더니 뭐라고 대답하던가요?"

"구체적으로 생각해본 적은 없지만 자기가 신이기에 육체와 함께 죽지 않는다고 대답했다. 마치 농담하듯 말했지만, 아니, 그 친구는 진심이었어. 그 순간, 맹세컨대, 더 이상 그 친구 권력과 영예가 전혀 부럽지 않았다. 그 때문에 결국 미치고 말았으니까."

그날 밤 다시 카이사르를 본 것은 그가 떠날 때였다. 식당을 나오면서 키케로를 보며 웃었는데 그때 막 키케로에게 농담을 던진 모양이었다. 와인 때문인지 얼굴은 다소 상기된 채였다. 술을 하지 않거나 살짝 입만 대는 정도라고 들었기에 조금은 의외였다. 병사들이 의장대처럼 줄을 서고 그는 필리푸스의 부축을 받으며 어두운 밤 속으로 사라졌다. 장교들이 그 뒤를 따랐다.

다음 날 아침, 키케로는 아티쿠스에게 편지를 보내 그 일을 설명했다. '그토록 불편한 손님이었건만 기억은 별로 불쾌하지 않더이다. 어쨌든 한 번으로 족하오. 아무래도, '근처를 지나시면 언제든 편안하게 들르세요'라고 말할 만한 손님은 아니니까.'

로마로 돌아가기 전날, 나는 말을 타고 가서 농장을 구경했다. 해변도로에서 거의 보이지도 않는 데다 언덕으로 이어지는 기다란 샛길 끝이라 찾기도 어려웠다. 낡은 건물 하나가 아이비덩굴로 덮여 있었는데, 그곳에서 보니 카프리 섬이 장관처럼 펼쳐졌다. 낮은 돌담 안에 올리브나무 숲과 작은 포도밭이 있고, 들판과 주변 비탈에는 염소와 양들이 풀을 뜯었다. 목에 걸린 방울들이 바람에 흔들리며 딸랑거렸다. 그밖에는 너무도 조용했다.

농장은 소박하면서도 부족함이 없어 보였다. 주랑현관이 딸린 안뜰, 올리브 연자방아와 마구간, 구유를 설치한 헛간들, 물고기 연못, 채소와 허브 밭, 비둘기장, 닭, 해시계. 안으로 들어가 돌계단을 오르니, 테라코타 지붕 바로 아래 넓은 더그매 공간이 나타났다. 이곳이라면 책을 보관하고 글도 쓸 수 있겠다. 나는 관리자를 불러 책장을 여러 개 만들어놓으라고 지시했다. 노예 여섯이 농장을 관리했는데 다행히 모두 건강하고 자유롭고 영양 상태도 좋아 보였다. 관리자 부부는 농장 내에서 살았으며 아이도 하나 있었다. 남자는 책을 읽고 쓸 수도 있었다. 로마와 제국은 잊자. 이곳이라면 충분하고도 남는다. 당연히 이곳에 남기로 하고 키케로한테는 혼자 도시에 돌아가라고 말할 참이었다. 그 순간에도 확신할 수 있었다. 하지만 그렇게 하면 배은망덕일 뿐 아니라, 그에게는 아직 마무리 지어야 할 책들이 있었다. 당연히 내 도움이 필요했다. 결국 내 작은 보금자리에 작별을 고하고 말을 돌려 언덕을 내려갔다. 최대한 빨리 돌아올 것이다. 반드시.

스파르타의 정치가 리쿠르구스는 700년 전에 이미 이렇게 경고한 바 있다.

> 신들의 분노가 닥칠 때
> 인간은 마음으로부터 이해를 거부한다.

카이사르의 운명이 그랬다. 키케로의 판단은 정확했다. 카이사르는 미쳤다. 성공 때문에 허영에 빠지고 허영이 이성을 삼켜버린 것이다.

그가 자신을 기려 한 해의 일곱 번째 달을 'July'라고 개명한 것도 그 즈음이었다. 이미 자신을 신으로 선언하고, 종교 행사가 있으면 자기 조각상을 특수 화차로 운반해 설치하며, 공식서약 시에는 로마의 유피테르와 페나테스의 이름 옆에 자신의 이름을 더하라는 칙령도 내렸다. 영구 딕타토르의 영예도 따낸 뒤에는, 자신을 황제이자 국부로 봉하고 황금왕좌에 앉아 원로회의를 주재했다. 특별히 보라색과 황금색의 토가를 입고, 카피톨의 고대 로마 7대 왕 조각상 옆에 여덟 번째를 더하고(카이사르 자신), 왕의 특권을 이용해 동전에 자기 얼굴도 새겨 넣었다.

이제 헌법상의 자유에 대해서는 아무도 말하지 않았다. 실제로 절대군주가 되는 것도 시간문제였다. 2월 루페르칼리아 축제 당시 포룸에서 군중들이 지켜보는 가운데 마르쿠스 안토니우스가 정말로 그의 머리에 왕관을 씌우기도 했지만, 장난인지 진심이었는지는 아무도 알지 못했다. 어쨌든 상황은 기이하게 흐르고 사람들은 반발했다. 로마의 왕들을 몰아내고 집정관 제도를 도입한 브루투스(현 브루투스의 먼 선조) 조각상에 누군가 이렇게 낙서를 했다. '그대가 지금 살아 있으면 좋으련만!' 카이사르의 조각상에도 누군가 낙서를 휘갈겨놓았다.

브루투스는 왕들을 내쫓고
집정관으로 등극했다.
카이사르는 집정관들을 내몰고
오늘날 우리의 왕이 되었노라.

카이사르는 5월 18일 세계 정복전쟁을 위해 로마를 떠날 예정이었다. 떠나기 전, 향후 3년간 공직을 맡을 선거 결과를 발표하기로 되어 있었다. 마침내 목록이 나왔다. 마르쿠스 안토니우스가 돌라벨라와 함께 잔여 임기 동안 집정관을 맡고 그 뒤는 히르티우스와 판사가 잇는다. 데키무스 브루투스(이제부터 브루투스와 구분하기 위해 그를 데키무스라 부르기로 한다)와 L. 무나티우스 플랑쿠스는 그 후 1년을 담당하기로 했다. 브루투스 자신은 도시법무관에 이어 마케도니아 총독 자리를 맡았으며 카시우스는 법무관을 거쳐 시리아 총독으로 예정되었다. 그밖에도 수백 명의 이름이 있었는데, 목록은 말 그대로 전투명령서처럼 보였다.

키케로는 목록을 보자마자 어찌 이렇게 오만할 수 있느냐며 혀를 내둘렀다. "신 율리우스께서 절대 하지 않을 짓들만 골라서 정치가 율리우스가 하는군! 공직을 임명할 때마다 한 명을 기쁘게 하고 열 명을 분노하게 만드니 하는 말이다."

카이사르가 떠나기 전 며칠간, 로마는 원로들의 분노와 절망으로 들끓었다. 예를 들어 카시우스는 파르티아 전쟁에서 빠져 이미 모욕을 당했건만 이번에는 하룻강아지 브루투스가 그보다 높은 법무관 자리를 꿰차고 말았다. 하지만 누구보다 화가 난 사람은 마르쿠스 안토니우스였다. 맙소사, 돌라벨라가 집정관 파트너라고? 아내와 밀통을 저지른 자가 아닌가! 아직 용서도 하지 않은 데다 신분이나 지위도 터무니없이 차이가 났다. 실제로도 질투가 폭발 지경이라 복점관 지위를 이용해 점괘가 좋지 않다는 식으로 어떻게든 지명을 막으려 했다. 15일, 그러니까 카이사르가 떠나기 3일 전, 폼페이우스의 주랑현관에서 원로회의를 소집해 문제를 한꺼번에 해결하기로 했다. 소문에 따르면 딕타토르 역시 회의 중에 왕의 지위를 인정하라고 요구할 것이다.

키케로는 최대한 원로원을 피했다. 보기조차 괴로웠기 때문이었다.

"카이사르가 갈리아와 스페인 졸부 놈들을 원로석에 앉혔는데, 세상에, 라틴어도 할 줄 모르더라니까."

키케로는 자신은 이제 늙어서 아무도 거들떠보지 않는다며 투덜댔다. 눈도 잘 보이지 않았지만, 그럼에도 15일은 참석하기로 했다. 참석뿐 아니라 돌라벨라를 위해, 그리고 마르쿠스 안토니우스에 반대하기 위해 연설까지 할 심산이었다. 안토니우스를 잠재적 독재자로 여겼기 때문이다. 그는 예전처럼 나보고도 함께 가자고 제안했다. "신성 율리우스가 우리 미친한 인간 공화국을 어떻게 박살 냈는지 봐야 하잖아?"

우리는 동이 트고 두 시간 후에 가마를 타고 출발했다. 마침 공휴일이라 오후에는 검투사 시합이 있으며, 때문에 시합이 열리는 폼페이우스 극장 주변 거리는 벌써부터 구경꾼들로 북적였다. 레피두스는, 과거 카이사르의 평가에 따르면 나약하기에 오히려 대리인으로 적합한 인물이었다. 때문에 지금은 신임 '말의 주인'으로서 티베르 섬에 1개 군단을 주둔하고 스페인 총독으로 부임하기 위해 출항할 준비를 하던 참이고, 그의 부하들은 마지막으로 시합을 보기 위해 경기장으로 달려갔다.

주랑현관 내부엔 갈리아 키살피나 총독 데키무스의 검투사 100여 명이 헐벗은 플라타너스 나무 그늘에서 찌르기와 속이기를 연습 중이라, 주인은 물론 군중까지 구경하고 있었다. 데키무스는 갈리아에서 딕타토르의 가장 총명한 부관으로 근무했으며, 그래서 카이사르도 자식처럼 대했다고 전해졌다. 하지만 로마에서는 거의 이름이 알려지지 않아 나도 본 적이 없다. 전체적으로는 땅딸하고 어깨가 넓어 검투사를 해도 어울릴 법했다. 지금도 기억나지만, 당시에도 그가 왜 이런 사소한 시합에 검투사들을 동원했는지 의아했다. 유개통로 아래로 카시우스와 브루투스를 포함해 법무관 몇이 휘하의 호민관들을 세워두고(포룸보다 원로원에 더 가까운 위치였다) 연설을 청취하고 있었다. 키케로는 상체를 내밀고는 가마꾼들에게 봄 햇살을 잠시 즐길 터이니 따뜻한 곳에 가마를 내리라고 지시했다. 가마꾼들은 시키는 대로 했다. 그리고 그가 쿠션에 기대 연설문을 검토하는 동안 나는 봄볕이 얼굴에 닿는 기분을 만끽했다.

눈을 반쯤 감고 있는데, 잠시 후 카이사르의 황금 옥좌를 주랑현관을 거쳐 원로원 강당으로 운반하고 있었다. 키케로에게 알리자 그도 두루마리를 접고 노예 두 명의 도움을 받아 일어났다. 우리는 원로들과 함께 줄을 서서 입장을 기다렸다. 원로가 300명은 되었을 것이다. 한때는 원로 하나하나 이름을 알고 부족과 가문을 맞히고 개개의 관심사를 꿰었으나, 내가 알던 원로원은 파르살루스, 타프수스, 문다 전투에서 피를 흘리며 죽었다.

우리는 경내로 들어갔다. 옛 원로원에 비해 현대적이고 밝고 통풍도 좋았다. 중앙 통로는 흑백 모자이크 타일로 덮었다. 양쪽으로 세 단짜리 낮고 넓은 계단이 있고 계단을 따라 벤치가 층을 이르며 서로 마주한 채 이어져 있었다. 제일 끝 상단에 카이사르의 왕좌가 놓여 있었다. 바로 옆에서 폼페이우스가 내려다보았다. 어느 불경한 자인지는 모르겠지만 그의 머리 위에 누군가 월계관을 씌워놓았다. 카이사르의 노예가 연신 깡충거리며 떼어내려 했으나 손이 닿지 않은 탓에 원로들의 웃음거리가 되고 말았다. 결국 노예도 의자를 가져와 불경한 상징을 제거하고 대신 원로들의 조롱 섞인 찬사를 보답으로 얻었다. 키케로는 원로원의 소란에 고개를 저으며 눈을 돌렸다. 그는 자기 자리를 찾아 들어가고 나는 구경꾼들과 함께 문가에 머물렀다.

그 후 시간이 한참 지났다. 한 시간 정도? 마침내 카이사르의 수행원 넷이 들어오더니 낑낑거리며 옥좌를 어깨에 짊어지고(순금으로 만들었으니 오죽 무거우랴) 다시 밖으로 나갔다. 짜증 섞인 신음이 장내를 가득 채웠다. 여기저기 원로들이 일어나 기지개를 켜고 자리를 뜨는 사람도 있었다. 어떻게 된 영문인지는 아무도 알지 못했다.

키케로는 통로를 따라 내려와 내게 말했다. "연설할 마음도 사라졌다. 집에 가는 게 낫겠구나. 어쨌든 회의가 정말 취소되었는지 알아는 봐라."

나는 주랑현관으로 나갔다. 검투사들은 여전히 그곳에 있었으나 데키무스는 보이지 않았다. 브루투스와 카시우스는 청원자들의 하소연을 듣다가 포기하고 둘이 잡담을 나누었다. 두 사람은 나도 잘 알기에 그쪽으로 걸어갔다. 브루투스는 고상한 철학자로서 마흔의 나이에도 여전히 젊어 보였다. 카시우스도 동갑이었으나 반백에 인상도 더 강인했다. 그밖에 원로 10여 명이 주변을 어슬렁거리며 눈치를 살폈다. 카스카 형제, 틸리우스 킴버, 미누키우스 바실루스, 그리고 가이우스 트레보니우스. 트레보니우스는 카이사르가 아시아 총독으로 임명한 바 있다. 퀸투스 리가리우스는 키케로가 딕타토르를 설득한 덕에 귀국한 유배자였다. 마르쿠스 루브리우스 루가도 기억이 난다. 역시 사면을 받은 노병이나 아직 상황을 극복하지 못한 터였다. 내가 다가가자 원로들이 돌아보더니 하나같이 입을 닫았다.

"방해해서 죄송합니다, 원로 여러분. 키케로께서 어떻게 된 일인지 알고 싶다고 하셔서요."

원로들은 서로 눈치를 보았다.

카시우스가 의뭉스러운 표정을 하며 이렇게 물었다. "'어떻게 된 일'이라니. 그게 무슨 뜻이더냐?"

난 당혹스러웠다. "그저 오늘 회의가 있는지 알고 싶다셨습니다."

대답은 브루투스가 했다. "징조가 상서롭지 못해 카이사르께서 집을 나서지 않으시려 한다. 데키무스가 설득하러 갔으니, 좀 더 기다리시라 일러라."

"예, 그렇게 말씀드리겠습니다만, 키케로께서는 댁에 돌아가겠다 하셨습니다."

카시우스가 단호하게 말했다. "그래도 계시라고 말씀드려."

기이한 주문이었지만 나는 돌아가 키케로에게 상황을 전했다. 그가 어깻짓을 했다.

"좋아, 좀 더 기다려보기로 하자."

그는 자리에 돌아가 다시 연설문을 검토했다. 원로들이 다가와 그에게 무슨 말인가를 하고 물러났다. 키케로는 돌라벨라에게 자신이 무슨 말을 할 것인지 설명했다. 다시 기다림이 이어졌다. 그러다 결국 한 시간이 더 흐르고 나서야 카이사르의 옥좌가 돌아와 상단에 자리를 잡았다. 데키무스가 설득에 성공한 것이다. 주변에서 속닥거리던 원로들도 자리에 돌아오고 장내는 다시 기대감으로 숙연해졌다.

밖에서 환호성이 들렸다. 열린 문으로 보니 사람들이 주랑현관으로 몰려들고 있었다. 군중들 사이로 카이사르의 릭토르 24인이, 마치 전투 깃발 같은 표정으로 등장하고 그 위로 딕타토르 가마의 황금닫집이 흔들리며 다가왔다. 놀랍게도 군 경호단은 보이지 않았다. 나중에 듣기로 카이사르는 함께 여행하던 병사 수백 명을 모조리 해고했다.

"평생 배신을 두려워하며 사느니 단 한 번 배신으로 죽는 게 낫다." 그가 한 말이었다.

지금도 종종 자문해보지만, 석 달 전 키케로와의 대화가 어떤 식으로든 그런 허세를 자극했을까? 아무튼 가마가 열린 공간을 지나 원로원 밖에 안착했다. 그가 릭토르들의 도움을 받으며 가마에서 나올 때는 군중들도 아주 가까이 접근이 가능했다. 사람들이 그의 손에 청원서를 안기자 그가 곧바로 조수에게 넘겼다. 여전히 황금 자수의 특별한 토가 차림이었다. 당연히 원로원에서도 카이사르 혼자만 입도록 허용된 옷이었다. 카이사르는 왕관만 쓰지 않았을 뿐 정말로 왕처럼 보였으나 한눈에도 어딘가 크게 불안한 표정이었다. 습관적으로 고개를 까딱거리고, 뭔가 숨기라도 한 것처럼 연신 잡목 숲 주변을 두리번거렸다. 원로원 문을 보고는 정말로 움찔하기까지 했다. 데키무스가 손을 잡을 때는 얼떨결에 앞으로 걸음을 옮겼는데 행여 그 자리에서 집으로 돌아갔다면 단단히 체면을 구겼을 터였다. 이미 정상이 아니라는 소문이 돌지 않았던가.

릭토르들이 길을 열고 그가 안으로 들어왔다. 나와도 불과 세 걸음 거리라 달콤하고 매콤한 향유와 연고 냄새까지 맡을 수 있었다. 목욕한 지 얼마 되지 않았다는 얘기다. 데키무스도 미끄러지듯 들어왔다. 마르쿠스 안토니우스는 데키무스 바로 뒤를 따랐다. 역시 입정하려던 참이었으나 트레보니우스가 갑자기 막아서더니 한쪽으로 데려갔다.

원로들이 모두 일어났다. 카이사르는 정적 속에서 중앙 통로를 내려갔다. 잔뜩 인상을 찡그리고 오른손으로는 첨필을 빙글빙글 돌렸다. 필경사 둘이 서류 상자를 들고 쫓아다녔다. 키케로는 전임 집정관용의 앞줄에 있었으나, 카이사르는 아는 척도 하지 않았다. 아니, 아무도 그의 눈에 들어오지 않았다. 그저 앞뒤, 위아래를 훔쳐보며 손으로는 연신 첨필을 돌릴 뿐이었다. 그가 상단에 올라가 원로들을 보며 앉으라고 손짓하곤 자신도 옥좌에 자리를 잡았다.

곧바로 원로들이 다가가 청원을 올렸다. 원로원 논의가 무용지물이 된 터라 지금은 늘 저런 식이었다. 원로회의는 딕타토르에게 뭐든 직접 전할 소중한 기회가 되었다. 첫 번째가 틸리우스 킴베르. 그는 왼쪽에서 나와 두 손으로 청원서를 들고 내밀었다. 듣기로는 망명 중인 동생의 사면을 위해 뛰어다닌다 했다. 그런데 카이사르의 토가 자락을 잡고 입을 맞추는가 했더니 갑자기 두터운 옷자락으로 카이사르의 목을 감고는 힘껏 잡아당기는 것이 아닌가! 카이사르는 옆으로 기울인 탓에 효과적으로 결박당한 셈이 되었다. 그가 황급히 비명을 질렀으나 목이 반쯤 막힌 탓에 뭐라고 했는지는 잘 들리지 않았다. 필경 '반란이다!' 같은 뜻이었으리라. 곧이어 카스카 형제 중, 형 푸블리우스가 다른 쪽에서 성큼 다가서더니 카이사르의 드러난 목에 단검을 갖다 댔다. 도무지 믿을 수 없는 광경이었다. 너무도 비현실적이 아닌가. 연극? 아니면 꿈?

"카스카, 이 나쁜 놈. 무슨 짓이냐!"

쉰다섯의 나이에도 딕타토르는 여전히 힘이 셌다. 그는 왼손으로 카스카의 단검 날을 움켜잡고 킴베르의 손아귀에서 벗어났다. 그 와중에 손가락이 갈가리 찢겨나갔을 것이다. 카이사르는 몸을 돌려 첨필로 카스카의 팔을 찔렀다.

카스카가 그리스어로 외쳤다. "도와줘, 가이우스!"

그 순간 동생 가이우스가 카이사르의 옆구리를 찔렀다. 딕타토르의 비명이 원로원에 울려 퍼졌다. 그가 무릎을 꿇었다. 이제 20여 명의 원로들이 상단으로 올라가 그를 둘러쌌다. 원로들이 무슨 일인지 보기 위해 자리에서 일어났다. 사람들은 지금도 가끔 이렇게 묻는다. 카이사르 덕분에 재물을 얻고, 덕분에 지위가 오른 사람이 수백이건만, 왜 아무도 도우려 하지 않았을까? 나로서도 대답할 말은 없었다. 다만 상황이 너무나도 급작스럽고 너무도 폭력적이고 너무도 의외라, 감각이 마비되었을 수도 있겠다.

카이사르는 암살자 무리에 갇혀 더 이상 보이지 않았다. 그날 키케로는 나보다 더 가까운 곳에 있었다. 후에 듣기로는 카이사르가 한순간 초인적인 힘을 발휘해 일어나려 했으나, 암살자들도 그만큼 절박한 터라 탈출은 애초부터 불가능했다. 암살자들은 서로 부상을 입히기도 했다. 카시우스는 브루투스의 손을 베고 미누키우스 바실루스는 루브리우스의 허벅지를 찔렀다. 소문에 따르면, 딕타토르의 마지막 말은 데키무스를 향한 비난이었다. 그에게 속아 이곳에 왔기 때문이었다. "너마저?" 아마도 사실이리라. 하지만 그때쯤 과연 말을 할 수나 있었을까? 나중에 의사들이 세어본 결과 찔린 흔적만도 스물세 곳이었다.

암살자들은 일을 마치고 뒤로 물러났다. 조금 전 제왕의 심장이 뛰던 곳에는 이제 난도질당한 살덩어리만 남았다. 암살자들의 손도 피로 흥건했다. 그들이 영광의 단검들을 높이 쳐들고 구호를 외치기 시작했다. "자유 만세!", "평화 만세!", "공화국 만세!" 브루투스는 심지어 "키케로 만세"까지 들먹였다. 그러고는 일제히 통로를 달려와 주랑현관으로 달려 나갔다. 눈은 흥분에 들떠 번들거리고 토가는 망나니 앞치마처럼 펄럭였다.

암살자들이 떠난 순간은 마치 마법이 깨진 것만 같았다. 아비규환이 열렸다. 원로들은 공포에 질린 채 벤치를 타넘어 빠져나가려 했다. 동료 원로를 밟기도 했다. 나도 혼란스러운 와중에 짓밟힐 뻔했으나 키케로를 버리고 달아날 수는 없었다. 나는 빠져나오는 원로들 사이를 밀치고 비집으며 마침내 그에게 도달했다. 그는 아직 자리에 앉아 카이사르의 시체를 멍하니 바라보고 있었다. 딕타토르는 완전히 버려진 채(노예들도 모두 달아났다) 똑바로 누워 있었다. 두 발은 폼페이우스 조각상 아래쪽을 향하고 머리는 연단 가장자리 밖으로 늘어진 채 문을 노려보았다.

어서 빠져나가야 한다고 말했으나 키케로는 그 소리마저 못 듣는 것 같았다. 그저 얼어붙은 채 시체만 바라보았다.

그가 중얼거렸다. "아무도 감히 가까이 가지 못하네. 저기 좀 봐."

딕타토르의 구두 한 짝이 벗겨져 나갔다. 토가로 감쌌던 허벅지가 드러나고 보라색 토가는 찢기고 피범벅이었다. 찢어진 볼 살 사이로 허연 뼈가 드러났다. 검은 눈은 분노에 젖은 채 텅 빈 원로원을 위아래로 노려보는 것 같았다. 피가 이마를 대각선으로 가로지르더니 하얀 대리석 바닥을 적셨다.

40년이 지난 지금도 당시의 장면 하나하나를 생생하게 기억한다. 한순간 여자 무당의 예언이 떠오르기도 했다. 로마는 셋이 지배하고, 그다음은 둘, 하나가 지배하며, 궁극에는 아무도 지배하지 않으리라. 나는 애써 시선을 거둔 뒤 키케로의 팔을 잡고 일으켜 세웠다. 결국 그도 몽유병자처럼 내게 이끌려 원로원을 빠져나왔다. 우리는 함께 밝은 세상으로 빠져나왔다.

14
열네 번째 두루마리

주랑현관은 난장판이었다. 암살자들은 데키무스의 검투사들 호위를 받으며 사라졌다. 그들이 어디로 갔는지는 아무도 몰랐다. 사람들은 이리저리 뛰어다니며 상황을 파악하느라 분주했다. 딕타토르의 릭토르들은 권위의 상징까지 내팽개친 채 걸음아 나 살려라 줄행랑을 쳤다. 남은 원로들도 황급히 자리를 뜨는 참이었다. 심지어 토가를 벗어 신분을 감추고 군중 사이에 숨은 자들도 있었다. 그동안 주랑현관 인근 극장에서 검투사 시합을 구경하던 사람들이 비명을 듣고는 무슨 일인가 궁금해하며 쏟아져 나왔다.

나는 키케로의 목숨도 위험하다고 판단했다. 음모에 대해 아무것도 몰랐다 해도 브루투스가 그의 이름을 불렀고 다들 그 소리를 들었다. 결국 복수의 표적이 된 것이다. 카이사르 지지자들은 키케로가 암살단 지도자라고 여길 수도 있었다. 피는 피를 부르는 법.

"어서 이곳에서 빠져나가야겠습니다."

다행히 그도 고개를 끄덕였다. 너무도 놀라 대꾸할 여력도 없었다. 가마꾼들도 가마를 버리고 달아난 터였다. 우리는 걸어서 주랑현관을 빠져나왔다. 검투사 시합은 여전히 진행 중인지 폼페이우스 극장에서 박수갈채와 환호가 터져 나왔다. 지금 밖에서 어떤 일이 일어났는지 상상도 못 할 것이다. 그 때문인지 주랑현관에서 멀리 달아날수록 풍경은 점점 일상으로 돌아갔다. 카르멘타 성문에 다다르고 도시에 들어갈 때쯤엔 너무도 평범한 휴일처럼 보였다. 암살은 말 그대로 끔찍한 악몽에 불과했다.

하지만 비록 보이지 않았다 해도 뒷골목에서, 시장통에서 소식은 달아나는 발에 실리고 놀란 귀로 전해져 번져나갔으며, 그리하여 우리보다 먼저 팔라티네의 집에 도착했다. 키케로의 동생 퀸투스와 아티쿠스가 각기 엉뚱한 소문을 듣고 달려와 기다리고 있었다. 그들도 제대로 알지는 못했다. 원로원에서 사건이 있었고 카이사르가 다쳤다. 그것이 두 사람이 아는 전부였다.

"카이사르는 죽었어." 키케로는 목격한 대로 설명해주었다.

얘기는 실제보다 회상이 훨씬 더 극적이다. 두 사람은 처음에는 믿으려 하지 않다가 결국 딕타토르의 죽음을 기뻐했다. 아티쿠스도 평소에는 점잖던 사람이 심지어 가볍게 춤을 추기까지 했다.

"그런데 형은 이렇게 될 줄 정말로 모르셨소?" 퀸투스가 물었다.

"전혀. 일부러 나한테 숨긴 모양이다. 기분이 나빠야겠지만 솔직히 덕분에 걱정을 덜었으니 그만하면 됐다. 모르긴 몰라도 난 불안해서 죽고 말았을 거야. 칼을 숨긴 채 원로원에 들어가고, 그 오랜 시간을 기다리며 두근거리는 가슴을 달래고, 카이사르 지지자들에게 학살당할까 초조해하고, 마침내 독재자의 눈을 보며 단검으로 찌른다고? …아니, 아니, 난 절대 못한다." 키케로가 말했다.

"난 할 수 있소."

퀸투스의 호언에 키케로가 웃었다.

"그래, 너야 나보다 피에 익숙하니까."

"그런데, 카이사르의 죽음을 애도하지는 않으십니까? 인간으로서라도? 결국 불과 석 달 전에 식사도 하며 웃기까지 하셨는데요." 내가 키케로를 보며 물었다.

키케로는 믿을 수 없다는 듯 나를 보았다. "그렇게 묻다니 놀랍구나. 내 기분 얘기라면, 네가 자유를 얻었을 때 기분과 비슷할 게다. 카이사르라는 주인이 친절하냐 잔인하냐는 중요한 문제가 아니야. 어차피 그는 주인이고 우리는 노예로 전락했으니까. 그런데 비로소 자유를 얻었다. 그러니 애도 따위는 개나 주라지."

키케로는 비서를 보내 브루투스를 비롯해 반역자들이 어디 있는지 알아보게 했다. 비서는 잠시 후 돌아와 그들이 카피톨 고지를 점령했다고 보고했다.

"그래 당장 가서 지지하겠다고 알려야겠구나." 그가 말했다.

"그게 현명하겠습니까? 아직까지는 암살에 아무 책임이 없으십니다. 하지만 그곳에 가서 공공연하게 연대를 선언하신다면 카이사르 지지자들이 카시우스, 브루투스와 공모했다고 보지 않을까요?"

"그러라지. 내게 자유를 선물한 사람들이다. 당연히 감사해야지."

다른 사람들도 동의해 우리는 곧바로 집을 나섰다. 넷 모두. 그밖에는 경호용의 노예 몇 명뿐이었다. 팔라티네 비탈길을 내려가 계단 아래 계곡에 들어선 뒤 유가리우스 도로를 가로질러 타르페이아 절벽 아래 도착했다. 바람은 폭풍 전야처럼 기이할 정도로 고요하고 잠잠했다. 거리 또한 평소라면 우마차들이 혼잡할 시간인데도 기껏 몇 사람만이 포룸 방향에서 우왕좌왕할 뿐이었다. 표정은 분명 당혹스럽고 난감하고 또 두려웠다. 조짐을 원한다면 그저 하늘을 보기만 해도 충분했다. 두터운 먹구름이 정말로 사원 지붕마다 짓누르는 것 같았으니 왜 아니겠는가? 가파른 계단을 오를 때는 번개와 천둥까지 치기 시작했다. 차가운 비가 휘몰아치면서 돌계단도 미끄러워졌다. 우리는 계단 중간에서 호흡을 골라야 했다. 저 아래 물줄기가 초록의 바위 아래로 흐르더니 이내 폭포로 변했다. 구불구불한 티베르 강, 도시 성벽들, 마르스 광장들도 한눈에 내려다보였다. 암살자들이 거사를 치르고 곧바로 카피톨로 후퇴한 것이 얼마나 기발한 착상인지 깨달을 수 있었다. 깎아지른 벼랑 덕분에라도 이곳은 난공불락의 천연요새가 분명했다.

우리는 행군을 강행해 정상 성문에 다다랐다. 성문은 검투사들이 지켰다. 갈리아 키살피나 출신의 험상궂은 괴물들. 검투사들과 함께 브루투스의 장교도 한 명 있었는데, 그가 키케로를 알아보고 일행을 통과하게 해주었다. 아니, 직접 안내해 성안으로 데려가기까지 했다. 야간에 성을 지키는 개들을 지나자 유피테르 사원이었다. 그곳에 적어도 100명 이상이 모여 어둠 속에서 비를 피하고 있었다.

키케로가 들어가자 다들 박수갈채로 환영했다. 그는 암살자들과 돌아가며 악수를 했다. 브루투스는 카시우스의 칼에 손을 다쳤기에 악수를 할 수 없었다. 암살자들은 피 묻은 옷을 깨끗한 토가로 갈아입었는데 무척이나 침착해 보였다. 다소 어두운 분위기는 살인 직후의 도취감이 가신 뒤였기 때문이겠다. 놀랍게도 카이사르의 최측근이 많이 보였다. 예를 들어 L. 코르넬리우스 키나는 카이사르 조강지처의 동생이자 율리아의 외삼촌이며, 카이사르 덕분에 최근 법무관으로 등극까지 했다. 그런데 여기 전 처남이 살인자들과 함께 있었다. 돌라벨라도 보였다. 배은망덕의 표상 돌라벨라. 원로원에서 카이사르를 보호하지 않더니, 이제 주군을 파멸로 이끈 데키무스의 어깨를 감싸 안고 있지 않는가. 키케로가 브루투스, 카시우스와 대화를 하는데 그도 참견을 하려는지 그쪽으로 다가갔다.

"우리 거사에 찬성하십니까?" 브루투스가 물었다.

"찬성? 이건 공화국 역사상 가장 위대한 업적이야. 그런데, 이상하구먼. 도대체 왜 죄 지은 사람들처럼 숨어 있는 겐가? 포룸에 내려가 사람들에게 당위성을 알리지 않고?"

"우리는 애국자입니다. 선동가가 아니라. 목적은 오로지 하나, 독재자의 제거뿐이었죠."

키케로가 놀라 그를 바라보았다. "그럼, 누가 나라를 다스리지?"

"이 순간은 아무도 없죠. 이제 새 정부를 수립할 생각입니다." 브루투스가 대답했다.

"당신들이 직접 나서지 않고?"

"그건 불법입니다. 독재자를 제거하고 다시 독재자로 군림할 수는 없어요."

"당장 원로원을 소집하게. 자네는 법무관이니 권한이 있지 않는가. 원로원이 비상사태를 선포하고 선거를 치러야 하네. 그럼 완전히 합법적이니까."

"마르쿠스가 집정관이니 그가 원로원을 소집해야 보다 합법적이겠죠."

키케로는 놀라움을 넘어서 아연실색했다. "마르쿠스 안토니우스? 그 자는 절대 이 일에 들이지 말게. 카이사르의 단점만 배우고 장점은 모조리 내버린 자야."

그는 카시우스를 보며 지지를 애원했다.

"맞는 말씀입니다. 카이사르를 죽일 때 함께 처단하려 했지만 브루투스가 허락하지 않더군요. 그래서 크레보니우스가 원로원 입구를 지키고 있다가 다른 곳으로 빼돌렸죠."

"그래서 지금 그 자는 어디 있소?"

"집에 있겠죠?"

"그럴 리 없습니다. 그 자를 잘 아는데 지금 한창 도시를 휘젓고 다닐 거예요." 돌라벨라였다.

그렇게 공방이 벌어지는 가운데 데키무스가 검투사 둘과 무슨 얘기인가 나누더니 황급히 이쪽으로 다가왔다. 표정이 무척이나 어두웠다.

"레피두스가 자기 군단을 티베르 섬에서 빼내고 있답니다."

"이곳에서도 보일 거야." 카시우스가 지적했다.

우리는 카시우스와 데키무스를 따라 나가 대형 사원을 돌아갔다. 북쪽에 시멘트로 단을 만들었는데 그곳에서 마르스 광장 너머까지 수 킬로미터가 내려다보였다. 사실이었다. 군단병들이 다리를 건너 도시 근처 강둑에 집결하고 있었다.

브루투스는 계속 발로 땅바닥을 두드리는 식으로 불안감을 드러냈다.

"몇 시간 전에 레피두스에게 급사를 보냈는데 아직 답이 없습니다."

"그게 답이오." 카시우스가 지적했다.

"브루투스, 내 사정하겠네. 아니, 여러분 모두에게 애원하리다. 제발 포룸으로 내려가 여러분이 어떤 일을 했고 그 의미가 무엇인지 사람들한테 설명해야 하오. 옛 공화국의 정신을 불어넣으란 말이오. 그렇지 않으면 레피두스가 여러분을 함정에 빠뜨리고 안토니우스가 도시를 장악할 것이오."

브루투스도 이제 상황을 깨달았다. 그래서 암살자(반역자, 자유투사, 자유주의자일 수도 있다, 어차피 자신들도 어느 쪽인지 헷갈릴 테니)들은 사투르누스 사원 뒤쪽의 굽잇길을 통해 포룸에 진입했다. 키케로의 제안에 검투사 경호원들은 데려오지 않았다.

"우리가 무장 없이 가야 사람들이 진심을 믿어줄 게요. 문제가 생기더라도 후퇴할 시간은 충분하니까."

비는 그쳤다. 시민 300~400명이 포룸의 진창 여기저기 서 있었는데 뭔가 낌새를 맡은 것이다. 사람들은 우리를 보자 멀리에서부터 몰려들었다. 저들이 어떻게 나올지는 전혀 예상할 수 없었다. 카이사르는 언제나 폭도들의 우상이었으나 최근 왕처럼 구는 탓에 조금 질리기는 했으리라. 그의 전쟁도 끔찍하고 이따금 옛 시절의 선거가 그립기도 했을 것이다. 그때는 후보자들이 아첨도 하고 뇌물도 주고 비위라도 맞춰주려 했건만… 그런데 저들이 우리를 환영할까? 아니면 갈가리 찢어 죽이려 들까? 결국 둘 다 아니었다. 사람들은 우리가 포룸에 들 때까지 물끄러미 바라보다가 길을 열어주었다. 법무관 브루투스, 카시우스, 킨나가 연설을 위해 연단에 오르고 키케로를 비롯해 다른 사람들은 옆에 서서 지켜보았다.

브루투스가 먼저 연설했다. 사실 지금은 차분한 서두만 기억하고 나머지는 모두 잊었다.

"저 옛날 친애하는 선조 브루투스께서 독재자 타르퀴니우스를 도시에서 몰아냈듯, 오늘 저도 독재자 카이사르를 제거했습니다."

어쨌든 연설이 문제였다. 며칠 동안 검토를 했을 테니 독재의 사악함에 대한 논문이라면 아무 문제가 없었다. 다만 키케로가 오래전부터 주장했듯, 연설은 철학 논쟁이 아니라 연기다. 지성이 아니라 감성에 호소해야 한다는 뜻이다. 그 순간 브루투스가 피가 나도록 열변을 토했다면 상황이 달라졌을 수도 있었다. 군중들이 감응해 마르스 광장의 군인들한테서 포룸과 자유를 지키려 했을 것이다. 브루투스는 사람들을 가르치려 들었다. 4분의 3은 역사, 4분의 1은 정치 이론. 옆에서 키케로가 나지막이 욕설을 뇌까렸다. 연설하는 동안 브루투스의 상처에서 붕대 사이로 피가 흐르기 시작했지만 그마저 도움이 되지 못했다. 사람들은 그의 연설이 아니라 영광의 상처에 더 관심을 두었다.

지루한 시간 끝에 브루투스는 예의상 박수를 받으며 연설을 마치고 카시우스가 뒤를 이었다. 역시 나쁘지는 않았다. 적어도 투스쿨룸에서 키케로에게 웅변 지도를 받은 사람이 아닌가. 다만 직업 군인으로 대부분 로마를 떠나 있었기에 그를 아는 사람이 별로 없었다. 때문에 박수 소리는 브루투스보다 훨씬 작았다. 킨나는 완전히 재앙이었다. 애초에 구시대 웅변가가 아니던가. 신파조를 즐기는 탓에 연설에 어떻게든 격정을 담으려 했고, 급기야는 연설을 하다 말고 법무관복을 벗어 집어던지며 독재자의 선물은 입을 수 없다는 둥 억지를 부리기까지 했다. 그의 위선은 정말로 목불인견이었다.

누군가 이렇게 소리쳤다. "어제는 잘만 입고 다니더라!"

그 말에 사람들이 환호를 보내자 옆 사람도 용기를 얻었다.

"이 영감탱이야, 당신은 카이사르가 없었으면 그냥 쓰레기였어!"

결국 군중들이 일제히 조롱을 보내면서 킨나의 목소리는 묻히고 집회도 끝장이 났다.

"이런 대참변을 봤나." 키케로가 중얼거렸다.

"키케로 님도 웅변가이십니다. 부디 이 상황을 바로 잡아주십시오." 데키무스가 제안했다.

끔찍하게도 키케로도 정말로 나설 것처럼 보였는데, 그 순간 누군가 데키무스에게 새로운 소식을 건넸다. 레피두스의 군단이 도시를 향해 진군해오는 중이었다. 그는 황급히 법무관들을 연단에서 내려오게 했다. 결국 우리는 남은 신념까지 잃은 채 카피톨로 돌아와야 했다.

브루투스는 마지막 순간까지 레피두스가 법을 어기면서까지 신성의 경계를 넘어 도시에 진입하지는 않으리라 믿었다. 그만큼 비현실적인 인물이었다. 키케로한테도 '말의 주인'을 잘 안다고 큰소리까지 쳤는데, 레피두스가 여동생 유니아 세쿤다와 결혼했다는 이유였다. (그렇게 따지면 카시우스도 이복동생 유니아 테르티아와 결혼했다.)

"믿어도 좋습니다. 뼛속 깊이 애국자라 절대 불법을 저지르지 않습니다. 만나면 품위와 예를 다하라고 잔소리를 하는걸요."

처음에는 그나마 그 말이 맞는 듯했다. 군단병들은 다리를 건넌 뒤 성벽으로 접근했다가 마르스 광장에 캠프를 준비했다. 1킬로미터 정도 거리였다. 그러더니 해가 지고 얼마 되지 않아 진군나팔 소리가 요란하게 들렸다. 군인들은 사원 경내에 맹견들을 풀었다. 우리도 무슨 일인가 싶어 황급히 달려갔다. 짙은 먹구름이 달과 별을 가렸지만 멀리 군단의 화톳불이 여기저기 어둠을 선명하게 밝혀주었다. 불빛이 흩어지고 다시 모이며 마치 불뱀이 꿈틀거리는 것처럼 보였다.

"횃불을 들고 들어오고 있군." 카시우스가 말했다.

불빛이 구불구불 줄을 지어 카르멘타 성문에 접근하고 있었다. 잠시 후 습한 밤공기를 뚫고 쿵쿵 군단병들의 군홧발 소리가 들렸다. 성문은 바로 아래인지라 노두에 가려 잘 보이지 않았다. 레피두스 전위대는 성문이 잠겨 있자 문을 두드리고 큰 소리로 초병을 불렀다. 초병은 달아났을 것이다. 그리고 한동안 조용하다가 마침내 공성망치가 등장했다. 쿵쿵 육중한 소리에 이어 나무 쪼개지는 소리가 들렸다. 군인들의 환호성. 난간 너머 내려다보니 군단병들이 깨진 문틈으로 재빨리 미끄러져 들어와 카피톨 아래에서 포룸을 가로질러 산개해나갔다. 주요 공공건물들을 확보하기 위한 대형이었다.

"오늘 밤 공격하려는 걸까?" 카시우스가 물었다.

"그럴 이유가 없습니다. 밝을 때라도 얼마든지 끌어내릴 수 있는 걸요." 데키무스가 씁쓸하게 대답했다.

목소리에 화가 가득한 걸 보니 다른 사람들 탓으로 하고 싶은 모양이었다. 요컨대 자신은 멍청이들 덕분에 망한 경우겠다.

"당신 처남 브루투스를 보니, 당신 얘기보다 야심도 많고 무모하더군요."

브루투스는 발로 땅바닥을 두드릴 뿐 대답은 하지 않았다.

"제 생각도 그렇습니다. 야간 기습은 위험의 소지가 크죠. 아무래도 내일 움직일 겁니다." 돌라벨라도 동의했다.

"문제는 레피두스가 안토니우스와 연합했는지 여부요. 그 인간 지시라면 우리는 가망이 없어요. 그렇지 않다면, 레피두스가 카이사르의 암살자들을 혼자 처단한다는 뜻인데… 그 경우 안토니우스가 양보할 리 없소. 예, 우리한테 희망이 있다면 그 경우뿐이오."

키케로는 이제 그들과 운명을 함께할 수밖에 없었다. 특히 어둠 속에서, 이곳을 떠나는 것도 위험하기 짝이 없었다. 군인들이 노릴 수도 있고, 더욱이 안토니우스가 도시를 활보하고 다니는 와중이 아닌가. 결국 밤새 자리를 지킬 수밖에 없었다. 카피톨에 오르는 길이 네 곳뿐이라는 사실이 그나마 다행이기는 했다. 북동쪽의 모네타 계단, 남서쪽 헌드레드 계단(그날 오후 우리가 그곳으로 올라왔다), 그밖에 두 곳은 포룸과 이어졌으며 하나는 계단, 하나는 가파른 경사였다. 데키무스는 각 통로 입구에 검투사들을 추가 배치하고 우리는 모두 유피테르 신전으로 물러났다.

다들 편히 잠을 이룰 수가 없었다. 사원은 습하고 추웠으며, 벤치는 딱딱하고 그날 사건들도 기억이 너무도 생생했다. 흐린 램프와 촛불이 신들의 엄중한 얼굴 위에서 어른거렸다. 어두운 지붕에서는 나무로 만든 독수리들이 한심하다는 듯 내려다보았다. 키케로는 퀸투스, 아티쿠스와 한참을 속닥거렸다. 목소리를 크게 낮춘 탓에 다른 사람들이 엿들을 수는 없었다. 키케로로서는 그렇게 아무 대책 없이 암살을 거행했다는 사실이 믿기지 않았다.

"어찌 그렇게 영웅적인 행위를 실천하면서 판단이 이다지도 유치할 수가 있지? 차라리 나를 반란에 끼워주기만 했던들! 적어도 이렇게 말해줄 수는 있었어. 악마를 죽이려면 악마의 도제 또한 절대 살려두지 말 것. 레피두스 군단을 계산에 넣지 않은 것도 우습고 하루 종일 정부를 통제할 시도조차 하지 않은 것도 말이 안 돼!"

엿듣지는 못했겠으나 그의 좌절감이 브루투스와 카시우스에게도 전해졌을 것이다. 둘은 가까이 앉아 있다가 키케로를 건너다보며 인상을 찌푸렸다. 키케로도 두 사람을 의식하고 입을 닫고 기둥에 기대앉아 토가로 몸을 감쌌다. 필경 지금까지 진행된 상황, 하지 않은 일, 아직 남은 가능성들을 저울질하고 있으리라.

새벽 동이 트면서 밤새 무슨 일이 있었는지 알 수 있었다. 레피두스는 병사 1,000명을 도시로 이동시켰다. 식사 준비를 하는지 화톳불 연기가 포룸을 가득 채웠다. 3,000명 이상의 병력도 여전히 마르스 광장에 진을 치고 있었다.

카시우스, 브루투스, 데키무스는 회의를 소집해 향후의 대책을 모색했다. 그 전날 키케로의 제안은 카피톨에서 원로회의를 소집해야 한다는 것이었지만 아무래도 불가능해 보였다. 대신 집정관 출신 중에서 암살에 개입하지 않은 사람을 마르쿠스 안토니우스 집으로 보내, 원로원 소집을 공식 요청하자고 의견을 모았다. 세르비우스 술피키우스, C. 마르켈루스, 그리고 레피두스의 형, L. 아이밀리우스 파울루스가 모두 자원했으나 키케로만은 거부했다. 그의 주장은, 차라리 레피두스를 직접 만나라는 것이었다.

"안토니우스는 믿을 수 없소. 게다가 그 자하고 아무리 얘기해봐야 결국 레피두스가 승인을 해야 하오. 지금 이 순간, 권력자는 레피두스니까. 그러니 그와 거래하고 안토니우스는 배제하는 게 어떻겠소?"

이번에도 브루투스가 문제였다. 안토니우스가 군사 문제는 아니더라도 법적 임무를 훌륭하게 소화해냈다는 이유였다. 그리하여 해가 중천에 떠오를 때쯤 전임 집정관 사절단들이 하얀색 휴전기를 앞세우고 길을 나섰다.

우리로서는 기다리며 포룸의 진행상황을 지켜볼 수밖에 없었다. 정말로 그랬다. 공공기록 사무실 지붕에 기어 내려가면 과정을 한눈에 내려다볼 수도 있었다. 포룸은 병사들, 시민들이 모여 연설을 듣고 있었다. 사람들은 신전 계단을 메우고 열주마다 매달렸으며, 사크라 길과 아르길레툼에서 여전히 사람들이 몰려들고 있었다. 인파는 저 멀리까지 이어졌다. 불행하게 거리가 먼 탓에 무슨 말인지는 들리지 않았다. 정오 무렵, 한 사람이 군복에 장군을 상징하는 붉은 망토를 걸치고 나타나 한 시간 이상 연설을 했다. 관중들도 열렬하게 박수를 보냈다. 바로 레피두스였다. 잠시 후 다른 군인이 연단에 올랐다. 헤라클레스 같은 걸음걸이에 숱 많은 흑발, 턱수염 등으로 보아 틀림없이 마르쿠스 안토니우스였다. 이번에도 듣지는 못했지만 그가 등장했다는 사실만으로도 큰 사건이었다. 나는 키케로에게 돌아가 레피두스와 안토니우스가 동맹을 맺은 것 같다고 보고했다.

그때쯤 카피톨의 긴장감은 숨이 막힐 정도였다. 하루 종일 거의 아무것도 먹지 못하고 잠도 자지 못했다. 브루투스와 카시우스는 당장이라도 군인들이 진입하리라 확신했다. 우리 운명은 이미 우리 손을 떠난 후였다. 반면에 키케로는 기이할 정도로 차분했다. 옳은 일을 한다고 믿기에 얼마든지 결과를 감수할 수 있다. 키케로는 그렇게 얘기했다.

티베르 강 위로 태양이 저물기 시작할 때쯤 사절단이 돌아왔다.

술피키우스가 대표로 보고했다.

"내일 새벽 7시경 원로회의를 열기로 동의했습니다. 장소는 텔루스 사원입니다."

사람들은 첫 문장에 기뻐했지만 두 번째에는 신음을 흘렸다. 사원은 광장 맞은편, 에스퀼리네 언덕에 있었으며 안토니우스의 집과 가까웠다. 카시우스가 의도를 간파했다.

"함정입니다. 우릴 요새에서 빼내려는 거예요. 모두 죽일 겁니다."

"그럴지도 모르지. 그럼 다들 남고 나 혼자 가리다. 나를 죽이기야 하겠소? 설령 죽인다 한들… 무슨 대수겠나? 난 늙은 데다, 또 자유를 수호하다 죽으니 그보다 영예로운 죽음이 어디 있겠소?"

키케로의 말에 다들 감동했다. 우리가 왜 이곳에 있는지 상기시켰던 것이다. 그래서 진짜 암살자들은 카피톨에 남고 키케로가 사절단과 함께 원로원에 가서 대변하기로 했다. 사원에서 또 하룻밤을 보내는 대신, 애초에 음모에 가담하지 않은 사람들만이라도 집에 돌아가 휴식을 취하자는 데도 의견을 모았다. 그에 따라 우리는 작별을 고한 후 휴전 깃발을 내세운 채 헌드레드 계단을 내려갔다. 저녁 어스름이 몰려들고 있었다. 계단 아래에 이르자 검문소 초병들이 키케로에게 모습을 드러내라고 했다. 다행히 키케로를 알아보았다. 그가 다른 사람들을 보증하자 초병들은 모두 통과시켰다.

키케로는 밤늦게까지 연설문을 작성했다. 내가 잠자리에 들기 전에는 다음 날 함께 원로원에 동행해 연설을 속기로 적어달라고 부탁했다. 아무래도 마지막 연설일 것 같으니 후손을 위해 기록했으면 좋겠다는 얘기였다. 그는 자유와 공화국, 정치가의 치유 역할,

독재자 살해의 도덕적 정당성에 대해 믿는 바를 총정리했다. 임무가 달갑지는 않았으나 그렇다고 거부할 수도 없었다.

지난 30년 동안 수백 차례 논쟁에 참여했지만 어느 경우도 이번보다 긴박하지 못했다. 회의는 새벽에 시작하기에 우리는 어둠 속에 집을 나와 덧문 닫힌 거리들을 통과해야 했다. 물론 그 자체로도 신경이 쓰였다. 장소는 지금껏 한 번도 원로회의를 개최한 적이 없는 곳이었다. 게다가 병사들이 사원을 포위했는데 그것도 레피두스가 아니라 카이사르의 거친 고참병들이 대부분이었다. 옛 주군이 살해당했다는 소식을 듣고 다시 무장을 한 것이다. 그들은 자신들의 권리를 수호하고 암살자들에게 복수하겠다며 도시로 몰려들었다. 가까스로 비난과 저주의 집중포화를 뚫고 사원에 들어갔지만 그곳 역시 인파 때문에 발 디딜 틈이 없었다. 지금껏 서로를 증오하고 불신하던 이들이 한 공간에 모였기에 자칫 한마디만 어긋나도 상황은 피바다가 되고 말 것이다.

하지만 안토니우스가 연설을 위해 일어나는 순간 토론은 키케로의 예상과 달리 어긋나기 시작했다. 안토니우스는 채 마흔이 되지 않았다. 외모는 잘생기고 가무잡잡했으며 체구는 레슬러 같고 토가보다 군복이 잘 어울렸다. 반면에 목소리는 깊고 섬세했으며 연설은 호소력이 컸다.

"국부들께서는 역사를 돌이킬 수 없다 하셨지만 제 심정은 그 반대입니다. 카이사르는 저와 가장 가까운 분이셨습니다. 하지만, 전 카이사르보다 조국을 더 사랑합니다. 가능하다면 당연히 나라를 위해 최선의 길을 선택해야겠죠. 어젯밤 카이사르의 미망인 칼푸르니아를 뵈었는데, 눈물과 고통 속에서도 이렇게 말씀하시더군요. '원로원에 이렇게 전하세요. 비록 슬프고 고통스럽지만 제 바람은 두 가지뿐입니다. 그간의 명예에 걸맞게 남편 장례를 준비할 것, 더 이상 유혈사태를 일으키지 말 것'이라고."

연설은 엄청난 감동과 환호를 이끌어냈다. 덕분에 놀랍게도 분위기는 복수보다 타협 쪽으로 흘러갔다.

"브루투스, 카시우스, 데키무스도 우리와 마찬가지로 애국자이자 로마 최고의 명문가 출신이죠. 비록 야만적인 방식에 치를 떤다 해도 숭고한 목적의식에는 고개를 숙일 수 있습니다. 제가 보기에 지난 5년간 피는 충분히 흘렸습니다. 그에 따라 저는 카이사르가 생전에 보여주셨던 바로 그 관용의 정치로 암살자들을 대하자고 제안합니다. 국가의 평화를 위해서라도 용서하고 안전을 보장할 테니, 그들도 카피톨에서 내려와 당장 토론에 참여해야 합니다."

탁월한 연극이었다. 하지만 물론 키케로도 인정하듯 안토니우스의 조부가 로마 최고의 웅변가였다. 조부의 재능이 그대로 이어져 안토니우스는 목소리마저 고상하고 적절하게 절제되어 있었다. 덕분에 그다음 주자인 키케로는 걸음이 꼬이고 말았다. 결국 안토니우스의 지혜와 아량을 칭찬할 수밖에 없었으니 왜 아니겠는가. 다만 하나 걸리는 게 있다면 '용서'라는 어휘였다.

"내 생각에 관용은 용서를 뜻하고 용서는 범죄를 암시합니다. 독재자의 살해를 어떻게 해석해도 좋지만 적어도 범죄는 아니었습니다. 저라면 다르게 얘기하고 싶군요. 여러분도 트라시불루스를 기억하시죠? 300년도 더 전에 30인 위원회의 독재로부터 아테네를 구한 분입니다. 그 후 그는 정적들에 대해 이른바 특사를 단행했죠. 사면은 그리스 단어 '망각'에서 차용한 개념입니다. 바로 지금 우리에게 필요한 조치죠. 용서가 아니라 망각이라는 위대한 국가적 조치 말입니다. 그래야 우리는 과거의 원한을 씻고 화의와 평화 속에서 공화국을 새롭게 건설할 것입니다."

키케로도 안토니우스만큼 크게 박수갈채를 받았다. 즉시 돌라벨라가 법안을 발의했다. 암살에 개입한 사람들의 행위에 대해 책임을 묻지 아니하니 모두 내려와 원로회의에 참여하라는 내용이었다. 반대는 레피두스뿐이었으나, 내가 보기엔 원칙 때문이 아니라 권력을 쟁취할 기회가 빠져나가기 때문이었다. 레피두스는 절대 원칙 운운할 인물이 아니었다. 법안은 통과하고 카피톨에 급사를 파견했다. 그동안 원로회의는 휴정했는데 그 틈을 타서 키케로가 나를 찾아왔다. 내가 그의 연설을 축하했지만 그는 오히려 난색을 표했다.

"이곳에 왔을 때는 갈가리 찢길 각오까지 했는데 오히려 꿀통에 빠진 기분이구나. 안토니우스의 꿍꿍이는 도대체 뭐지?"

"없을 수도 있지 않습니까? 진심으로 보이던데요."

키케로가 고개를 저었다. "아니, 뭔가 음모가 있어. 그런데도 패를 드러내지 않으니 문제다. 내가 생각했던 것보다 훨씬 교활한 놈이야."

원로회의는 토론보다 협상의 장으로 변했다. 우선 안토니우스의 경고가 있었다.

"암살 소식이 속령, 특히 갈리아에 이르는 순간, 로마 통치에 대해 걷잡을 수 없는 반란이 일어날 것입니다. 비상시에 강력한 정부를 유지하기 위해 카이사르께서 공포한 법령은 물론 3월 15일 이전에 임명한 집정관, 법무관, 총독직을 원로원에서 추인할 것을 제안합니다."

그때 키케로가 일어났다. "물론 자네 보직까지 포함해서겠지?"

안토니우스가 대답했는데 처음으로 얼핏 악의를 드러냈다. "예, 당연히 제 보직도 포함하겠죠… 그러니까, 물론… 반대하지 않으신다면."

"돌라벨라도 해당하는가? 자네 동료 집정관으로? 역시 카이사르의 바람이었지. 내 기억이 맞는다면 자네가 점괘로 막으려 하기는 했지만."

나는 사원 저편의 돌라벨라를 훔쳐보았다. 그가 갑자기 상체를 기울였다.

안토니우스로서도 삼키기 싫은 약이겠으나… 도리는 없었다.

"예, 통합이 우선이니까요. 원로원의 뜻이라면 돌라벨라의 보직도 유지해야겠죠."

키케로는 계속 몰아붙였다. "그렇다면 브루투스와 카시우스도 법무관직을 계속 수행하고, 후에는 갈리아 키살피나와 시리아의 총독이 되어야 하네. 데키무스 또한 그사이에 그에게 할당된 2개 군단을 거느리고 갈리아 키살피나를 통치해야겠지?"

"예, 예, 예."

그의 대답에 장내가 술렁거렸다. 신음을 흘리는 자도 있고 박수를 치는 자도 있었다.

안토니우스가 계속 이어갔다. "이제 원로님 측도 동의하십니까? 카이사르가 죽기 전 발효한 법령과 보직을 원로원 이름으로 추인하기로?"

후에 키케로의 술회에 따르면, 그는 대답하기 전에 카토라면 어떻게 했을까 고민했다.

'물론 카토라면 이렇게 말했겠지? 카이사르의 통치가 불법이므로 당연히 그의 법도 불법이다. 따라서 새로 선거를 해야 한다. 하지만 그때 난 문밖의 병사들을 보고, 이런 상황에서 재선거를 한다면 어쩔 수 없이 피를 부를 수밖에 없다고 판단했어.'

키케로가 천천히 일어났다. "브루투스, 카시우스, 데키무스 대신 내가 결정할 수는 없네. 하지만 내 입장이라면 국가의 이익을 위해, 그리고 제안이 모두에게 동일하다는 조건으로… 동의하겠네. 딕타토르의 지명은 여전히 유효해."

'후회는 하지 않는다. 어차피 선택의 여지가 없었어.' 그가 후에 내게 한 말이다.

원로원은 하루 종일 심의를 이어갔다. 안토니우스와 레피두스는 또 카이사르의 보조금을 병사들에게 지급하는 법안을 내고 원로원이 승인해줄 것을 요구했다. 밖에서 대기 중인 수백의 병사들 때문에라도 키케로는 이번에도 거부할 수 없었다. 그 대신 안토니우스는 딕타토르의 직위와 권한을 영구 폐기하자고 제안하고 법안은 반발 없이 통과했다. 해가 지기 한 시간 전쯤 속령 총독들에게 이런저런 칙령을 발효한 후 원로원은 정회를 선포하고, 원로들은 수부라 길의 연기와 쓰레기를 뚫고 포룸으로 나갔다. 안토니우스와 레피두스가 군중들에게 합의사항을 설명하자 사람들도 크게 안도하며 환호를 보냈다. 원로원과 시민들이 이렇게 화합하는 모습을 보면 정말로 옛 공화국을 복원할 것처럼 보였다. 안토니우스는 심지어 키케로를 뱃부리연단으로 부르기도 했다. 유배에서 복귀한 후 시민들 앞에서 연설한 이후 사람들 앞에 나서기는 처음이었다. 한동안 가슴이 벅차서 말도 잇지 못했다.

"로마인들이여, 고통과 폭력은 지난 며칠이 아니라 벌써 몇 년째 우리를 괴롭혔소이다. 이제 불만과 반발은 잠시 제쳐둡시다."

그 순간 햇빛 한 줄기가 구름을 뚫고 유피테르 신전의 황동 지붕을 비추고 암살자들의 하얀 토가가 선명하게 드러났다.

키케로는 순간을 놓치지 않았다. "보라, 자유의 태양을! 햇살이 다시 한 번 로마 포룸을 비추고 있소. 이제 우리도 햇볕을 만끽합시다. 저 치유의 햇살과 함께 인류를 따뜻하게 합시다!"

잠시 후 브루투스와 카시우스가 안토니우스에게 서한을 보내 원로원 결정에 대해 견해를 밝혔다. 그들도 요새를 떠나고 싶으나 조건이 있었다. 안전 보장을 위해 안토니우스와 레피두스가 볼모를 몇 명 보내 하룻밤을 카피톨에서 지내게 하라는 요구였다. 안토니우스가 연단에 올라 큰 소리로 편지를 읽자 사람들이 환호를 보냈다.

"신뢰의 징표로 기꺼이 내 아들을 보내겠소. 이제 겨우 세 살밖에 되지 않았지만 신들께서 아시다시피 이 세상 누구보다 사랑한다오. 레피두스, 당신도 아들을 보내지 그러오?"

안토니우스가 손으로 바로 옆 레피두스를 가리켰다. 레피두스도 울며 겨자 먹기로 동의했다. 그리하여 두 아이(세 살배기와 십대 아이)를 집에서 데려와 수행원들과 함께 카피톨에 올려 보냈다. 해가 저물 무렵, 브루투스와 카시우스가 호위 없이 계단을 내려왔다. 군중들도 다시 한 번 환호를 보냈다. 특히 두 사람이 안토니우스, 레피두스와 악수를 나누고 화해의 징표로 함께 저녁 식사를 하자는 제안을 받아들였을 때 포효는 절정에 이르렀다. 키케로도 초대를 받았으나 거절했다. 지난 이틀간 무리한 덕에 완전히 탈진한 상태였다. 그는 잠을 자야겠다며 집으로 향했다.

다음 날 새벽, 다시 텔루스 사원에서 원로회의가 열리고 나도 키케로와 참석했다.

들어가서 보니 놀랍게도 브루투스와 카시우스가 안토니우스, 레피두스와 불과 몇 걸음 되지 않는 곳에 앉아 있었다. 심지어 카이사르의 장인 L. 칼푸르니우스 피소도 그리 멀지 않은 자리였다. 입구 주변에 군인들도 몇 되지 않았고 분위기도 화기애애했다. 실제로 은밀한 농담이 오가기도 했다. 예를 들어 안토니우스가 일어나 개회를 알릴 때였다. 특히 카시우스의 복귀를 환영하며 부디 이번에는 단검을 숨기지 않았기를 바란다고 하자, 카시우스는 지금은 없지만 안토니우스가 행여 독재자가 되려 한다면 반드시 더 큰 칼을 들여오겠다고 대답해 모두 웃기도 했다.

다양한 사업계획이 오갔다. 키케로는 집정관 안토니우스 덕분에 내전을 막았다며 축제를 열어 그의 지도력에 감사하자고 제안했다. 법안은 만장일치로 통과했다. 안토니우스도 브루투스와 카시우스가 평화를 유지하는 데 이바지했다며 법안을 제안했고 이번에도 반대는 없었다. 마지막에 피소가 일어나 안토니우스에게 감사를 표했다. 암살이 있던 날 경호원들을 보내 딸 칼푸르니아와 카이사르의 재산을 보호해주었다는 얘기였다.

그가 계속 말을 이어갔다. "아직 카이사르의 시신과 유서를 어떻게 처리할지 결정해야 하오. 시신은 지금 수석 사제의 주재하에 마르스 광장으로 옮겨와 향유를 바르고 화장을 준비 중이오. 유서라면 카이사르가 6개월 전 새로 작성했다고 알려드리는 바요. 9월 15일 바리쿰 근처 자기 별장에 있는데 베스타 신녀장이 봉인해두었지. 내용은 아무도 모르오. 서로 신뢰도 쌓았으니 그 정신을 기려 두 사건 모두, 그러니까 장례와 유서 개봉을 공개리에 처리해야 한다고 주장하는 바요."

안토니우스는 제안을 강력히 찬성했다. 유일하게 반대한 원로는 카시우스였다.

"내가 보기엔 위험합니다. 지난번 살해당한 지도자 장례식에서 어떤 일이 있었는지 잊었습니까? 클로디우스의 졸개들이 원로원을 불태웠죠. 어렵사리 평화를 찾았는데 다시 위기에 몰아넣겠다니 말도 안 됩니다."

"들은 바에 따르면 클로디우스의 장례는 누군가의 어리석음 때문에 난장판이 되었다더군요." 안토니우스는 잠시 말을 끊고 웃음을 유도했다. 그가 지금 클로디우스의 미망인 풀비아와 결혼했다는 사실을 모르는 사람은 없었다. "집정관으로서 제가 직접 카이사르의 장례를 주재하겠습니다. 질서 유지도 약속하죠."

카시우스는 버럭 화를 내며 그래도 반대라고 주장하는 통에 자칫 휴전마저 깨질 것만 같았다.

그때 브루투스가 일어났다. "카이사르의 병사들이 아직 도시에 있습니다. 만일 옛 사령관 장례식에 참석도 못 한다면 이해하지 못할 겁니다. 게다가 정복자의 주검을 티베르 강에 내버린다면 갈리아인들이 어떤 생각을 하겠습니까? 이미 반란을 모의 중이라던데. 카시우스도 불편이야 하겠지만 솔직히 대안이 없습니다. 평화와 우호를 위해 저도 제안에 찬성합니다."

키케로는 아무 말 하지 않았지만 법안은 통과됐다.

카이사르의 유서 공개는 다음 날 안토니우스의 언덕 집에서 진행했다. 키케로도 잘 아는 곳이었다. 폼페이우스가 마르스 광장을 굽어보겠다며 성으로 이사하기 전 본가로 사용했던 곳이기 때문이었다. 안토니우스는 카이사르의 정적들로부터 재산을 몰수하고 경매에 붙이는 과정에서 그 집을 헐값에 사들였다. 그 이후로 크게 손댄 것 같지는 않았다. 해적선의 공성 망치들을 포함해 폼페이우스의 해전 전리품들도 여전히 외벽 안에 놓여 있었다. 호화로운 실내장식 또한 거인의 전성기 이후 거의 변하지 않았다.

막상 와보니 키케로는 마음이 편치 않았다. 특히 별장 여주인 풀비아의 찡그린 얼굴을 보고서는 더욱 그랬다. 그녀는 클로디우스와 결혼한 후 내내 그를 증오했다. 안토니우스와 재혼하고 나서 증오는 더욱 커졌건만 더 이상 감출 생각도 하지 않았다. 키케로를 보는 순간 등을 돌리더니 다른 사람과 얘기하는 척했으니 말이다.

"뻔뻔하기 짝이 없는 부부 도굴범 같으니. 이곳에 등장한 것도 저 마녀이기에 가능하겠지. 솔직히, 왜 저 여자가 여기 있지? 미망인도 오지 않았는데? 풀비아가 카이사르 유서와 무슨 상관이란 말이더냐?" 키케로가 귓속말로 투덜댔다.

풀비아는 그런 여자였다. 카이사르의 미망인 세르빌리아도 막후에서 실력행사를 하기는 했지만, 풀비아는 아예 노골적으로 정치에 끼어들었다. 그녀가 이 손님, 저 손님 맞이하면서 유서를 공개할 방으로 안내하는 모습을 보자니 나도 갑자기 불편하기가 짝이 없었다. 만일 안토니우스의 노련한 화해 정치를 만들어낸 장본인이라면? 그럼 상황은 완전히 다른 시각으로 들여다보아야 한다.

피소는 모두가 볼 수 있도록 낮은 테이블 위에 섰다. 한쪽에는 안토니우스, 반대편은 베스타 신녀장이 자리하고, 공화국 최고의 명망가들이 청중으로 자리했다. 피소가 먼저 밀봉을 들어 아무도 건드리지 않았음을 보여준 다음 유서를 개봉하고 읽기 시작했다.

처음에는 법적 전문용어에 묻혀 유서가 완전히 무의미한 것 같았다. 카이사르는 부동산 전부를 유서를 작성한 후에 태어날지 모를 아들에게 상속했다. 하지만 아들이 없을 경우 재산은 죽은 누이의 세 자손에게 돌아간다. 말하자면, 루키우스 피나리우스, 퀸투스 페디우스, 가이우스 옥타비우스인데 비율은 피나리우스와 페디우스 각각에게 8분의 1, 옥타비우스에게 4분의 3이었다. 옥타비우스는 얼마 전 카이사르의 아들로 입양되었으며 이제부터 가이우스 율리우스 카이사르 옥타비아누스로 불리게 될 것이다.

피소는 유서를 읽다가 멈추고 인상을 찌푸렸다. 지금 발표한 내용을 믿을 수 없다는 눈치였다. 양자? 키케로도 나를 보며 미간을 좁혔는데 기억이 잘 나지 않을 때의 표정이었다.

“옥타비우스?” 안토니우스 역시 면상을 한 대 얻어맞은 것처럼 보였다.

키케로와 달리 안토니우스는 옥타비우스가 누군지 알고 있었다. 카이사르의 조카 아티아의 아들, 열여덟 살 소년… 안토니우스한테는 분명 혹독한 실망이자 충격이었을 것이다. 딕타토르의 주 상속자로 자기 이름이 오르기를 바랐겠으나 기껏 2차 상속자로 이름이 올랐을 뿐이었다. 말하자면 1차 상속자들이 죽거나 상속을 거부할 경우인데, 그것도 암살자 데키무스와 등급이 같았다. 더욱이 카이사르는 로마 시민 전부에게 300세스테르티우스를 현찰로 지급하라고 하고 티베르 강 옆 부동산도 시민들을 위해 공원으로 조성하라고 유언했다.

모임이 끝나고 사람들은 당혹감에 휩싸였다.

키케로는 집으로 돌아오면서 위기의식을 느꼈다. "이 유서는 판도라의 상자야. 카이사르는 사후에마저 세상에 독배를 남겼다. 이제부터 로마에 온갖 악들이 판을 치게 될 게야."

사실 키케로는 미지의 옥타비우스나, 이제 재조명을 받게 될 옥타비우스 가문을 생각하고 있지 않았다. 어차피 멋모르고 죽게 될 운명이 아닌가. 오히려 그를 심란하게 만든 것은 유산과 관련해 데키무스가 한 언급이었다.

그날, 그리고 다음 날 내내 포룸은 카이사르의 장례 준비로 바빴다. 키케로도 테라스에서 그 장면을 지켜보았다. 승리의 여신 베누스 사원 비슷하게 황금 가건물을 연단 위치에 지어 시신을 안치하고 울타리로 사람들의 접근을 막았다. 배우와 연주자들도 연습하느라 바빴다. 카이사르의 고참병 수백이 거리에 나타났는데 모두 무기를 소지했다. 장례를 보기 위해 수백 킬로미터를 달려온 자들도 있었다. 아티쿠스가 다가오더니 이런 대형 행사를 허용했다며 키케로를 나무랐다.

"자네와 브루투스를 포함해서 모두 다 미쳤어."

"말은 쉽소만 우리라고 어떻게 막는단 말이오? 도시도 원로원도 장악하지 못했는데. 치명적인 실수는 암살 후가 아니라 그전에 있었다오. 카이사르를 제거하고 방치하면 어떻게 될지 아무리 멍청이라도 알아야 했건만… 이제 다시 딕타토르의 유서와 싸워야 하다니."

브루투스와 카시우스는 메시지를 보내 장례식 당일 집에서 나오지 않겠다고 전했다. 그들은 경호원을 고용하고 키케로한테도 칩거를 권했다. 데키무스는 검투사들을 내세워 집을 봉쇄해 요새로 만들었다. 키케로는 그렇게까지는 아니지만 만일을 대비해 대중 앞에는 나서지 않기로 했다. 대신 나보고 장례식에 참석 후 보고하면 좋겠다고 부탁은 했다.

내가 못 갈 이유는 없었다. 나를 알아보는 사람도 없거니와 장례식을 보고 싶기도 했다. 카이사르한테는 솔직히 애틋함이 남아 있었다. 나한테야 늘 친절했던 사람이 아니던가. 나는 동이 트기 전 포룸으로 내려갔다. (암살 5일째 되는 날이었으나, 워낙에 격변의 시기라 시간을 정확히 짚어내기가 쉽지는 않았다.) 도시 중심가는 이미 남자뿐 아니라 여자들까지 시민 수천이 운집해 있었다. 문제는 버젓한 시민들보다 대부분 노병, 도시 빈민, 노예, 유대인들이었다. 유대인들은 카이사르의 도움으로 예루살렘 벽을 재건했기에 그를 무조건 숭배했다. 나는 군중들을 비집고 들어가 사크라 길 귀퉁이에 자리를 잡고 장례 행렬을 기다렸다. 그리고 동이 트고 몇 시간 후 행렬이 수석 사제관을 떠나기 시작했다.

행렬은 바로 내 앞을 지났다. 장례식은 공이 많이 들었다. 안토니우스와 내가 보기에, 풀비아는 감정에 불을 붙일 빌미를 하나도 남겨두지 않았다. 제일 먼저 연주자들이 언제나처럼 구슬픈 만가를 연주하고 무희들은 지하 정령들처럼 옷을 입고는 슬퍼하고 두려워하는 사람들 앞에서 비명을 지르며 뛰어다녔다. 그다음 가노와 자유인들이 카이사르의 흉상을 들고 나타났다. 뒤이어 배우 다섯이 각각 하나씩 카이사르의 개선식을 시연하며 지나갔다. 다들 딕타토르의 밀랍 가면을 썼는데 어찌나 생생한지 마치 다섯 겹의 죽음으로부터 영광스레 부활한 것처럼 보였다. 이윽고 실제 크기의 시신 인형이 개방형 들것에 실려 나타났다. 옷은 허리감개뿐이라 얼굴을 포함해 상흔이 하나하나 드러났는데 하얀 밀랍 살갗이라 상흔은 더 깊고 붉기만 했다. 그 광경에 구경꾼들이 헉 하고 숨을 삼키며 울음을 터뜨렸다. 여인 몇 명은 의식을 잃고 쓰러졌다. 마침내 시신이 등장했다. 시신은 상아 카우치에 실린 채 원로들과 병사들이 어깨에 이고 운반했으나 보라색과 황금색 천으로 덮은 탓에 볼 수는 없었다. 그 뒤로 카이사르의 미망인 칼푸르니아와 조카 아티아가 검은 베일을 쓰고 나타났다. 둘은 손을 꼭 잡고 있었다. 그다음이 친척들, 그리고 마지막으로 안토니우스와 피소, 돌라벨라, 히르티우스, 판사, 발부스, 오피우스 등 측근들이 뒤를 쫓았다.

장례 행렬이 지나고 시신을 연단 뒤쪽 계단으로 데려가는데 갑자기 묘한 정적이 일었다. 그전에도 그 후에도 백주 대낮에 로마 중심가에서 그렇듯 지독한 정적을 경험한 적은 맹세코 한 번도 없었다. 이렇듯 불길한 정적 속에서 선두 상주들이 플랫폼에 모이고 마침내 시체가 등장했다. 카이사르의 고참병들이 마치 전쟁에라도 나설 듯 검으로 방패를 두드리기 시작했다. 끔찍하고도 위협적인 소음. 시체는 조심스레 황금 관 안으로 들였다. 안토니우스가 앞으로 나서더니 찬가를 바치고 손을 들어 정숙을 요했다.

"우리가 독재자가 아니라, 위대한 영웅께 작별을 고하기 위해 이곳에 왔습니다. 그에게 사면 받고 출세한 자들이 신성한 장소에서 추악하게 살해한 바로 그분이십니다!" 안토니우스의 선언이었다.

까랑까랑한 목소리가 사원과 조각상 사이로 울려 퍼졌다.

원로원에는 과격한 얘기는 피하겠다고 다짐했건만 그는 화두부터 약속을 어겼다. 그다음 한 시간 동안 그는 좌중을 비애와 분노의 정점으로 이끌었다. 그렇잖아도 장례 행렬을 보고 이미 격해질 대로 격해진 무리들이다. 안토니우스는 그런 사람들을 향해 두 손을 휘젓고, 무릎을 꿇고 가슴을 치고 하늘을 가리키며 카이사르의 업적을 나열했다. 카이사르의 유서 얘기도 했다. 시민 모두에게 주는 선물, 시민 공원, 데키무스를 향한 애정과 그의 혹독한 배신.

"데키무스는 그분께 아들이나 다름없었습니다. 브루투스와 카시우스, 킨나 등등… 다들 서약을 한 자들이 아닌가요? 카이사르를 충실하게 섬기고 보호하겠다고 성스러운 맹세를 했다 이 말입니다! 원로원은 그들을 사면해주었지만, 유피테르께 맹세코, 운명이 말리지 않았던들 난 그 어떤 복수라도 하고 말았을 것입니다!"

엄격주의자 브루투스라면 거부했겠으나 안토니우스는 반대로 웅변이 갖는 온갖 기교를 과감히 활용했다. 그리고 마침내 최후의 일격을 날렸다. 아니, 풀비아의 사주였을까? 무대 위로 배우 한 명을 불러들인 것이다. 배우는 카이사르의 가면을 하고는 군중을 향해 사포 같은 목소리로 파쿠비우스의 비극, 〈무기의 심판〉에 나오는 유명한 연설을 낭독했다.

아, 어찌도 이리 불행하단 말이더냐.
비참한 자들을 구했더니 나를 무덤으로 이끌었도다!

배우의 흉내는 끔찍할 정도로 효과가 좋았다. 마치 저승에서의 메시지 같지 않은가. 그리고 그때 놀랍게도 카이사르의 시신 모형이 일어나더니(미리 기계장치를 설치한 것이다!) 제자리에서 한 바퀴 돌며 사람들에게 상처들을 보여주었다.

그 순간부터 카이사르 장례식은 클로디우스의 패턴을 그대로 따라갔다. 시신은 화장하기로 해 마르스 광장에 이미 장작더미도 준비해두었다. 하지만 사람들은 연단에서 시신을 끌어내리며, 화장은 폼페이우스의 원로원이나 카피톨에서 거행하겠다고 소리를 질렀다. 원로원은 살인을 저지른 곳이며 카피톨은 암살자들이 피신처로 사용했기 때문이었다. 그러다가 갑자기 집단 충동에 따라 마음을 바꾸고 바로 그 자리에서 거행하겠다고 결정했다. 안토니우스는 소요를 막을 생각은 않고 가만히 지켜보기만 했다. 폭도들은 다시 한 번 아그릴레툼의 책방들을 헤집고, 법원 의자들도 닥치는 대로 포룸 한가운데로 끌고 나와 쌓기 시작했다. 마침내 카이사르의 관대도 화톳불 위에 놓고 불을 붙였다. 배우들과 무희들, 음악가들이 옷과 가면을 벗어 불길 속으로 던져 넣자 폭도들도 따라서 했다. 사람들은 미친 듯이 자기 옷을 찢었다. 그밖에도 불붙는 물건이라면 닥치는 대로 불속으로 집어던졌다. 폭도들이 횃불을 들고 거리를 뛰어다니며 암살자들의 집을 찾기 시작했다. 나도 겁이 나 황급히 팔라티네로 발길을 돌렸다. 귀갓길에 시인이자 호민관 헬비우스 킨나를 지나쳤다. 안토니우스가 연설에서 거론한 사람은 법무관 코르넬리우스 킨나였건만 이름 때문에 오해를 받은 것이다. 폭도들은 그의 목에 올가미를 걸고 질질 끌고 다녔는데 나중에는 머리를 장대에 꽂고 포룸 주변을 사열하기까지 했다.

집에 돌아가 상황을 설명하자 키케로는 두 손으로 얼굴을 감쌌다. 그날 밤 파괴의 소음이 끊이지 않고 여기저기 건물이 불타며 하늘을 밝혔다. 다음 날, 안토니우스는 데키무스에게 메시지를 보내, 암살자들의 생명을 더 이상 보호할 수 없으니 어서 로마를 탈출하라고 경고했다. 데키무스는 키케로에게 안토니우스의 지시를 따르라고 조언해주었다. 목숨이라도 부지해야 명분을 지키지 않겠느냐는 얘기였다. 데키무스는 제 몫의 속령이라도 지키겠다며 갈리아 키살피나로 떠났고, 트레보니우스 역시 같은 생각으로 우회로를 통해 아시아로 달아났다. 브루투스와 카시우스는 안티움 해안으로 피신하고 키케로는 남쪽으로 내려갔다.

15
열다섯 번째 두루마리

이제 정치는 그만하련다. 그가 말했다. 이탈리아도 신물이 났으니, 아들과 함께 그리스로 떠나 아테네에 머물며 철학서를 쓰고 싶다고도 했다.

우리는 로마와 투스쿨룸 서재에서 필요한 책들을 챙겨 길을 떠났다. 비서 둘, 요리사, 의사, 릭토르 여섯을 포함한 대규모 식솔이었다. 암살 이후로 날씨는 때아니게 춥고 습했는데, 물론 사람들은 카이사르를 살해한 탓에 신들이 노했다는 또 다른 징조로 받아들였다. 당시의 여행 중에서 제일 크게 기억이 남는 장면은 당연히 키케로였다. 비가 끊임없이 나무지붕을 두드리는 동안에도 그는 마차 안에서 무릎에 담요를 덮은 채 철학서를 집필했다. 우리는 기사 계급 마티우스 칼베나의 집에서 하룻밤을 묵었다. 그도 나라의 미래에 대해 걱정이 많았다.

“카이사르 같은 천재도 해결책을 찾지 못했는데 누가 가능하겠습니까?"

하지만 그런 사람도 있고 로마 상황도 일촉즉발이었지만, 그래도 딕타토르가 사라졌다는 사실만큼은 누구나 기뻐했다.

"그 사람들은 군단 하나 통솔하지 못해." 키케로가 일침을 놓았다.

그는 일 속에서 피난처를 찾았다. 그리하여 4월 15일 푸테올리에 도착할 때쯤 책을 하나 완성하고(《점괘에 대해》), 절반을 집필하고(《운명에 대해》), 세 번째 책(《영광에 대해》)을 시작했다. 모두 그의 천재성이 낳은 결실이자 인간이 읽을 수 있는 한 영원히 살아남을 명저들이다. 해변을 지나다가 마차에서 내려 기지개를 펴는 순간에도 키케로는 네 번째 책의 윤곽을 잡아냈다. 《우정에 대해》('지혜를 예외로 한다면 난 우정이야말로 신들께서 인류에게 내려준 가장 위대한 능력이라 부르고 싶다')는 아티쿠스에게 헌정할 계획이었다. 물리세계는 그에게 적대적이고 위태로운 곳이지만 마음만은 언제나 자유롭고 평온했다.

안토니우스는 6월 1일까지 원로원을 폐회했다. 나폴리 만 주변의 대형 별장들은 점점 로마의 지도자들이 모여들기 시작했다. 히르티우스와 판사처럼 새로 온 사람들 대부분은 여전히 카이사르의 죽음과 그 충격에서 벗어나지 못했다. 두 사람은 그해 말, 집정관으로 예정되었기에 키케로에게 웅변을 가르쳐달라고 요청했다. 키케로는 그다지 내켜하지 않았다. 글을 쓰는데도 방해가 되지만 카이사르를 애도하는 것도 짜증이 났다. 어쨌든 거절하기엔 그도 너무 너그러웠다. 키케로는 두 사람을 해변으로 데려가 입에 데몬스테네스처럼 자갈을 잔뜩 물고 똑바로 발음하거나, 목소리 투사를 활용해 부딪히는 파도를 향해 연설하게 했다. 저녁 식사에는 언제나 안토니우스의 오만함을 질타했다. 암살이 있던 날 밤, 칼푸르니아를 속여 죽은 남편의 개인 서류와 재산을 관리하기 시작했다. 그러고는 기록들에 포함된 이런저런 포고령에 법적 효력이 있는 것처럼 굴었지만 실제로는 엄청난 뇌물을 대가로 내용들을 위조한 것이다.

"그 돈을 모두 수중에 넣었다는 말인가? 카이사르의 재산 중 4분의 3은 옥타비우스라는 아이한테 넘기지 않았던가?"

히르티우스가 눈을 굴렸다. "받기 쉽지 않을 겁니다."

"직접 와서 재빨리 챙겨야 할 텐데 제가 보기엔 가능성이 별로 없습니다." 판사가 덧붙였다.

대화가 있고 이틀 후 주랑현관에서 비를 피하며 카토의 영농 관련 논문을 읽고 있었다. 그런데 집사가 다가오더니 L. 코르넬리우스 발부스가 찾아와 키케로를 만나고 싶어 한다고 알려주었다.

"그럼 주인께 손님이 오셨다고 알리면 되잖느냐?"

"자신이 없어서요. 누가 찾아오든 절대 방해하지 말라고 엄히 지시하셨거든요."

나는 한숨을 내쉬며 책을 미뤄두었다. 발부스는 반드시 만나야 할 사람이다. 스페인 출신으로 로마에서 카이사르의 사업을 도맡기도 했지만 그의 시민권을 박탈하려고 했을 때 키케로가 나서서 변호한 터라 서로 잘 알고 있었다. 발부스는 이제 50대 중반의 나이로 인근에 대형 별장이 있었다. 나는 그를 타블리눔에서 만났는데 토가 차림의 아이와 함께였다. 나는 처음에 아들이나 손자라고만 생각했는데 자세히 보니 불가능한 얘기였다. 발부스는 얼굴 자체가 거무스레했다. 그에 반해 소년은 다소 키가 작고 말랐으며 예뺀장하지만 핏기 없는 얼굴엔 여드름투성이였다. 촉촉한 금발을 대접 모양으로 깎은 것도 인상적이었다.

"티로, 자네가 키케로를 서재에서 좀 빼내주겠나? 그저 카이사르의 수양아들, 가이우스 율리우스 카이사르 옥타비아누스가 뵙고 싶다 해서 데려왔다고만 전하게. 꼭 뵈어야 한다네."

젊은이가 나를 보며 수줍게 미소 지었는데 치열은 고르지 못했다.

당연히 키케로는 곧바로 나왔다. 호기심 때문에라도 이 기묘한 존재를 외면할 수는 없었다. 느닷없이 로마 정치의 소용돌이 속으로 뚝 떨어진 아이가 아닌가. 발부스가 소개하자 젊은이가 고개를 숙여 인사했다.

"원로님을 뵈어 일생일대의 영광이옵니다. 연설문은 물론 철학서들까지 모두 읽고 오늘 이 순간을 몇 년 전부터 고대하였습니다." 목소리는 경쾌했다. 부드러우면서도 교양 있는 태도.

키케로도 칭찬에 매우 기분이 좋았다. "그렇게 말해주니 고맙군. 아무튼 얘기하기 전에, 그래 내가 자네를 어떻게 부르면 좋겠나?"

"대중 앞에서야 카이사르를 고집하지만 친구와 가족들에겐 옥타비우스입니다."

"이 나이에 카이사르를 다시 만나려니 영 익숙해질 것 같지 않군. 괜찮다면 나도 옥타비우스라 부르고 싶네."

젊은이가 다시 절을 했다. "영광이옵니다."

그렇게 해서 이들간의 교류가 시작되었다. 대화는 의외로 우호적이었다. 옥타비우스는 어머니 아티아, 계부 필리푸스와 함께 이웃집에 머물렀기에 자유롭게 두 집을 오갔다. 이따금 혼자 나타났지만, 일리리쿰에서 친구들과 병사들이 따라오고 나폴리에서는 추종자들이 더 많이 합류했다. 두 사람은 별장에서는 물론, 소나기가 그치면 함께 해변을 산책하며 대화를 나누었다. 두 사람을 보면 키케로의 논문 중에서 노년을 다룬 장면이 떠오른다. '젊은이 중에서 연륜이 묻어나는 이를 좋아하듯, 노년에도 젊음을 향유하는 이를 환영하노라….' 기이하게도 이따금 옥타비우스가 더 나이가 들어 보였다. 신중하고 공손하고 사려 깊으면서도 예민한 청년. 오히려 농담을 하거나 물수제비를 뜨는 사람은 키케로였다. 키케로에 따르면 옥타비우스는 군말을 하지 않고 오로지 정치적 조언만을 구했다. 옥타비우스에 관한 한, 키케로가 수양아버지 살인자들과 공공연하게 연합했다는 사실은 전혀 문제가 되지 않는 듯했다. 로마에는 언제 들어가야 할까요? 안토니우스는 어떻게 상대해야 합니까? 카이사르의 고참병들한테는 무슨 말을 해야 하죠? 저렇게들 집주변에 모여 있는데? 내전을 피하려면 어떻게 해야 합니까?

키케로는 감동했다. "카이사르가 왜 그 친구를 선택했는지 알겠더군. 나이답지 않게 아주 냉정해. 살아남는다면 위대한 정치가가 될 게야."

주변 사람들은 별개의 문제였다. 그중에는 카이사르의 과거 군사령관도 둘이 있었다. 비인간적인 눈빛의 전문 살인마들. 오만한 젊은 친구들도 있었는데 특히 둘이 눈에 띄었다. 마르쿠스 비프사니우스 아그리파는 채 스물이 되지 않았건만 벌써 전쟁에 닳고 닳은 탓에, 말수가 적고 휴식할 때조차 위협적이었다. 가이우스 클리니우스 마이케나스는 좀 더 나이가 많았다. 아그리파보다는 여성적이고 냉소적이며 웃을 때도 키득거렸다.

"그 애들은 전혀 맘에 들지 않아." 키케로의 평은 그랬다.

언젠가 지근거리에서 오랫동안 옥타비우스를 지켜볼 기회가 있었다. 그가 떠나기 바로 전날이었는데, 그날 저녁 식사에는 모친과 계부, 아그리파와 마이케나스가 함께 등장했고 키케로는 히르티우스와 판사를 초대했다. 나도 아홉 번째 손님으로 참석했다. 젊은이는 와인에 손도 대지 않았다. 말은 거의 하지 않았지만, 사람들이 얘기할 때는 모조리 기억하기라도 하려는 듯 회색 눈을 끔벅거리며 귀를 기울였다. 아티아는 로마의 이상적인 어머니상으로 보였다. 예의도 바른 터라 사람들 앞에서는 정치적 견해를 전혀 드러내지 않았다. 반대로 필리푸스는 술이 몇 순배 돌자 말이 많아져 식사가 끝날 때쯤엔 이렇게 선언하기도 했다.

"굳이 견해를 밝힌다면 난 옥타비우스가 유산을 거부해야 한다고 생각합니다."

"누가 묻기라도 했나?" 마이케나스가 내게 속삭이고는 냅킨을 씹으며 간신히 웃음을 참았다.

옥타비우스가 공손히 되물었다. "무슨 연유로 그렇게 생각하셨습니까, 아버님."

"솔직히 말해도 된다면, 네가 카이사르를 자칭할 수는 있지만 그렇다고 카이사르가 될 수는 없단다. 게다가 로마에 가까이 갈수록 위험도 클 수밖에 없어. 안토니우스가 정말 저 수백만의 재산을 넘겨줄 것 같더냐? 카이사르의 고참병들이 안토니우스가 아니라 너를 따를 이유는 또 어디 있단 말이냐? 파르살루스에서 누가 군대를 이끌었지? 카이사르라는 이름은 그저 네 등을 노리는 표적일 뿐이다. 100킬로미터도 가기 전에 살해당하고 말 거야."

히르티우스와 판사가 고개를 끄덕여 동의를 표했다.

그때 아그리파가 조용히 나섰다. "아닙니다. 로마에는 얼마든지 안전하게 갈 수 있습니다."

옥타비우스가 키케로를 돌아보았다. "어떻게 생각하십니까?"

키케로는 조심스레 냅킨으로 입을 닦은 후에야 대답했다. "4개월 전, 자네 양부께서 정확히 지금 자네 자리에서 식사를 하셨네. 그때 말씀하시기를 죽음을 두려워하지 않는다시더군. 우리 삶은 늘 위태로운 법이야. 어디도 안전하지 않고 어떤 일이 일어날지 아무도 예측할 수가 없네. 내가 자네 나이 때는 오로지 영예만 생각했다네. 지금 자네라면 뭔들 두렵겠는가!"

"원로님이라면 로마에 가시겠습니까?"

"가겠네."

"가서 뭘 하실 겁니까?"

"선거에 입후보할 걸세."

필리푸스가 나섰다. "하지만 이 아이는 겨우 열여덟입니다. 심지어 투표권도 없는 나이예요."

"우연히도, 호민관이 공석입니다. 카이사르 장례식에서 킨나가 폭도들에게 살해당했죠. 불쌍하게도 사람을 오인한 탓에. 자네가 공석을 채우겠다고 직접 제안하게나." 키케로가 말했다.

"안토니우스가 허락하지 않을 겁니다." 옥타비우스가 단정했다.

"상관없네. 그렇게 나서면 사람들은 자네가 카이사르의 정책을 잇겠다는 결의로 받아들일 거야. 물론 평민을 대변하셨으니 평민들이 좋아하겠지. 안토니우스야 당연히 반대하겠지만, 그렇게 하면 평민들은 자신들한테 반대한다고 여길 걸세."

옥타비우스가 천천히 고개를 끄덕였다. "좋은 생각이십니다. 혹시 저와 함께 가시겠습니까?"

키케로가 웃었다. "아닐세, 난 그리스에 가서 철학을 연구할 생각이네."

"아, 아쉽군요."

식사가 끝난 후 손님들이 떠날 채비를 할 때 옥타비우스가 키케로한테 하는 얘기가 얼핏 들려왔다.

"진심입니다. 원로님의 지혜를 중히 여기겠습니다."

키케로가 고개를 저었다. "유감스럽게도 내 충성심은 다른 쪽에 있다네. 자네 양부를 쓰러뜨린 사람들과 명분이 같아. 하지만 자네가 그 사람들과 화해할 생각이 있다면 나라를 위해서라도 최선을 다해 자네를 돕겠네."

"저도 화해를 거부하지 않습니다. 제가 원하는 건 유산이지 복수가 아닙니다."

"사람들한테 그렇게 말해도 되겠나?"

"물론입니다. 그래서 말씀드렸으니까요. 안녕히 계십시오. 곧 편지 올리겠습니다."

두 사람은 악수를 나누고 옥타비우스는 키케로의 집을 나섰다. 봄날 저녁시간, 아직 완전히 어둡지는 않았다. 비도 그쳤으나 대기는 여전히 습했다. 그런데 놀랍게도 거리 맞은편 검푸른 어둠 속에 100명도 넘는 군인들이 조용히 서 있었다. 군인들은 옥타비우스를 보더니 카이사르의 장례식에서와 마찬가지로 검으로 방패를 두드리기 시작했다. 나중에 알았지만 갈리아 전쟁에서 딕타토르와 함께 싸운 고참병들로 인근 캄파니아에 정착해 살고 있었다. 옥타비우스는 아그리파와 함께 그쪽으로 다가가 대화를 나누었다. 키케로도 잠시 지켜보다가 군인들의 눈을 피해 안으로 들어갔다.

나는 문을 닫고 이렇게 물었다. "왜 로마에 가라고 하셨습니까? 제2의 카이사르를 원하실 줄은 몰랐습니다."

"저 아이가 로마에 가면 안토니우스도 골치가 아플 거야. 파벌이 쪼개질 테니까."

"만일 도전이 성공한다면요?"

"아니, 그럴 리 없어. 필리푸스 말이 맞다. 착한 친구고 나도 살아 남기를 바라지만 그렇다고 카이사르는 되지 못해. 우리는 그저 지켜보기만 하면 된다."

그럼에도 키케로는 옥타비우스의 앞날이 궁금하다며 아테네 출발까지 연기했다. 오히려 안토니우스가 6월 1일 소집한 원로회의에 참석할 생각까지 하는 듯 보였다. 하지만 5월 말 투스쿨룸에 도착했을 때 다들 참석하지 말 것을 권유했다. 바로는 편지를 보내 그날 그곳에서 살상 행위가 있을 거라며 경고했다.

히르티우스도 동의했다. "저도 가지 않는걸요. 카이사르한테 불충했다는 이유로 비난한 사람은 없지만 거리에 노병들이 너무나 많습니다. 아무한테나 칼을 들이대는 놈들이죠. 킨나가 그런 식으로 당하지 않았습니까?"

그동안 옥타비우스는 무사히 도시에 도착해 키케로에게 편지를 보냈다.

발신 : G. 율리우스 카이사르 옥타비아누스

수신 : M. 툴리우스 키케로

안녕하십니까.

어제 마침내 안토니우스가 집으로 불렀습니다. 예전 폼페이우스가 살았던 바로 그 집이었는데, 한 시간 이상 기다리게 하더군요. 솔직히 말씀드리면 제가 아니라 자기 약점만 드러내는 어리석은 전술이었습니다. 우선 양부의 재산을 대신 관리해주셔서 감사하다는 인사부터 했습니다. 그리고 재산관리인으로서 원하는 물건이 있으면 얼마든지 가져가도 좋다고 전하고 유산은 곧바로 돌려주면 좋겠다고 요청했죠. 양부의 유지에 따라 30만 시민에게 현금으로 지불하고, 나머지 비용은 공공자금으로 충당하면 좋겠다고 의사도 전했습니다. 공석인 호민관에 출마하겠다는 의사도 밝혔습니다. 또한 양부의 서류에서 다양한 칙령을 찾았다고 말씀하셨는데 그 증거를 보여달라고도 했죠.

크게 화를 내더군요. 카이사르가 왕은 아니었다. 따라서 나라를 통치할 자격을 물려준 것도 아니니 내게 카이사르의 공적 행동을 일일이 설명할 필요가 없다는 얘기였습니다. 돈 얘기라면, 양부의 영향력이 그렇게 크지도 않았지만 무엇보다 국고를 파산하게 만들었기에 인출할 돈도 없다 했습니다. 호민관 얘기도 거절하더군요. 내 입후보 자체가 불법이니 더 이상 거론할 가치가 없다고 했습니다.

어리다는 이유로 위협할 수 있다고 생각하는 모양인데 착각입니다. 결국 그와는 적이 되고 말았군요. 하지만 안토니우스가 냉대한 반면 시민과 양부의 병사들은 나를 따뜻하게 환영해주었습니다.

키케로는 안토니우스와 옥타비우스의 불화를 환영하며 편지를 여러 사람에게 보여주었다.

"하룻강아지가 어떻게 늙은 사자의 꼬리를 비트는지 봤지?"

키케로는 6월 1일에도 나보고 대신 로마에 갔다가 원로회의에서 어떤 일이 있었는지 보고해달라고 부탁했다.

다들 경고했듯이 로마는 병사들로 북적였다. 안토니우스는 카이사르의 고참병들을 사병으로 쓰기 위해 도시로 불러들였다. 군인들은 굶주리고 화도 난 터라, 길모퉁이마다 어슬렁거리며 부자로 보이면 누구나 닥치는 대로 붙잡고 협박을 일삼았다. 원로원도 참석률이 바닥이었지만 어차피 안토니우스의 뻔뻔한 제안들에 반대할 용기도 없었다. 그에 따라 데키무스는 갈리아 키살피나 총독에서 물러나고 안토니우스 자신이 향후 5년간 갈리아 키살피나와 트란살피나 총독뿐 아니라 양쪽 군단까지 모두 차지했다. 카이사르를 딕타토르로 만들었던 과정과 정확히 동일한 행보이자 권력 집중이었다. 안토니우스는 그마저 충분치 않다는 듯 카이사르가 파르티아 전쟁에 쓰기 위해 마케도니아에 주둔해두었던 3개 군단을 고국으로 불러들여 자기 휘하에 두었다. 돌라벨라는 예상대로 반대하지 않았는데, 5년간 시리아를 통치하기로 했기 때문이었다. 레피두스 역시 카이사르의 최고 대신관 자리에 매수당했다. 이런 조치에 따라 브루투스와 카시우스는 예정된 속령을 빼앗기고 그 대신 과거 폼페이우스의 곡물위원회직을 제공받았다. 하나는 아시아, 또 하나는 시칠리아. 권한이 전혀 없는 보직이기에 그 자체로도 굴욕이었으니, 화해 또한 물 건너간 셈이다.

법안은 텅 빈 원로회의를 통과하고 안토니우스는 다음 날 포룸에 나가 시민들에게 찬반을 물었다. 날씨는 여전히 궂고 간간이 뇌우까지 으르렁거렸다. 징후가 좋지 않으니 투표는 당장 연기해야 했으나 안토니우스가 바로 복점관이었다. 그는 번개가 나타나지 않았다고 우기며 투표를 밀어붙였고 땅거미가 질 때쯤 원하는 바를 얻었다. 옥타비우스는 보이지 않았다. 내가 돌아가려는데 문득 풀비아가 눈에 띄었다. 그녀도 가마에 앉아 투표를 지켜보고 있었다. 비에 흠뻑 젖었건만 전혀 깨닫지 못하는 사람 같았다. 그 정도로 남편의 신격화에 몰두한 것이다. 나는 키케로에게 경고해야겠다고 마음을 먹었다. 지금껏 그저 귀찮은 존재에 지나지 않았다면 이제 그 여인은 훨씬 위험한 정적이 되었다.

다음 날 아침 돌라벨라를 찾아갔다. 그는 나를 육아실로 데려가 키케로의 손자를 보여주었다. 영아 렌툴루스, 이제 막 아장아장 첫 걸음을 뗀 터였다. 툴리아가 죽은 후 15개월도 더 지났건만 돌라벨라는 아직 지참금을 반환하지 않았다. 키케로의 요청에 따라 그 문제를 꺼냈으나("부디 공손하게 얘기해, 지금 그놈하고 싸울 여력이 없잖아") 돌라벨라는 일언지하에 거절했다.

"이런, 말도 안 되는 소리. 대신 이걸 전해드리게. 이 정도면 충분히 해결이 될 거야. 돈보다 훨씬 가치가 있으니까."

그는 탁자 너머로 공문서를 한 통 던져주었다. 검은 리본과 빨간 인장이 인상적이었다.

"장인어른을 시리아 공식사절로 임명했다. 걱정 말고 가서 전해라. 아무것도 하실 필요 없다고. 이제 이 나라를 명예롭게 떠나실 수도 있고 5년간 면책권도 있다. 나라면 최대한 빨리 빠져나가겠어. 하루가 멀다 하고 상황이 나빠지는데 우리도 더 이상은 장인의 안전을 책임질 수 없으니까."

나는 투스쿨룸으로 돌아가 그의 얘기를 단어 하나 바꾸지 않고 키케로에게 전했다.

"그래서 종이 한 장으로 100만 세스테르티우스를 대신하겠다고? 어느 무식한 주정뱅이 군단병 면전에서 그냥 흔들기만 해도 내 목에 칼을 쑤셔 넣지 않는다고 서약이라도 했다는 얘기냐?"

원로원과 대중집회에서 어떤 일이 있었는지는 그도 들어서 알고 있었으나 내게 연설들을 요약해주기를 바랐다.

마침내 그가 말했다. "그런데도 반대가 없었다고?"

"예."

"옥타비우스도 보지 못하고?"

"예."

"그래, 당연히 못 봤겠지… 왜 거기 나타나겠어? 안토니우스는 집정관인 데다 돈과 군단도 엄청나게 많지만 옥타비우스는 기껏 이름뿐인데. 우리는 심지어 로마에 얼굴도 디밀지 못했잖아." 키케로는 절망감에 벽에 기대 주저앉고 말았다. "너니까 하는 얘기지만, 티로… 차라리 3월 15일이 없었으면 할 때가 있구나."

6월 7일, 안티움에서 브루투스, 카시우스와 비상회의를 열고 다음 계획을 세우기로 했다. 키케로도 초대를 받았는데 이번에도 내게 동행을 부탁했다.

우리는 해가 뜨자마자 출발해 언덕을 내려가고 습지를 지났다. 안개가 짙고, 어디선가 황소개구리가 꾸르륵거렸다. 갈매기 울음소리도 기억이 난다. 키케로는 거의 말을 하지 않았다. 해가 중천에 떠오를 때쯤 우리는 브루투스의 별장에 도착했다. 해안선 바로 위의 집은 고급스럽고 예스러웠다. 바위를 깎아 만든 계단이 저 아래 바다로 이어졌다. 검투사들이 대문을 단단히 지키거나 영내를 순찰했다. 해변에도 여러 명이 보였다. 언뜻 보기에도 무장한 사람이 100명은 족히 되었다. 브루투스는 그리스 조각상이 가득한 개랑(開廊)에서 다른 사람들과 함께 기다렸다. 잔뜩 긴장한 표정에, 특유의 초조한 발 버릇은 어느 때보다 심했다. 지금까지 두 달 동안 집 밖에도 나가지 못했다고 투덜댔는데, 도시법무관으로 연간 열흘 이상 도시 밖을 떠나지 못한다는 점을 감안하면 놀라운 일이 아닐 수 없었다. 테이블 상석에는 그의 모친 세르빌리아가 앉아 있었다. 아내 포르키아, 그리고 여동생이자 카시우스의 아내 테르티아도 참석했다. 마지막으로 M. 파보니우스가 있었다. 법무관 출신으로 브루투스의 숙부와 가깝다는 의미로 카토의 원숭이로 알려진 인물이다. 테르티아는 카시우스도 오고 있다고 전했다.

키케로는 기다리는 동안, 나보고 최근 원로원과 대중집회에서의 논쟁을 자세히 설명하라고 요구했다. 그때 세르빌리아가 고개를 돌리더니 나를 노려보았다. 그때까지는 완전히 무시하고 있던 터였다.

"오, 그러니까 이 자가 당신의 유명한 첩자로군요."

세르빌리아는 여자 카이사르였다. 지금으로서는 그렇게밖에 설명할 수 없겠다. 머리가 좋고 오만하고 차갑기 그지없는 미인. 딕타토르는 그녀에게 엄청난 선물 공세를 했다. 적에게 빼앗은 부동산, 정복지에서 수탈한 고급 보석들… 하지만 아들이 살인을 모의하고 또 그 소식을 접했을 때 그녀의 눈은 카이사르한테 받은 보석만큼이나 차가웠다. 이런 점에서도 역시 카이사르와 같았다. 키케로도 살짝 그녀를 무서워했다.

속기록을 뒤적이면서는 나도 모르게 더듬거렸는데 내내 세르빌리아의 눈길을 의식했기 때문이었다.

마침내 그녀가 역겹다는 듯 내뱉었다. "아시아 곡물위원회! 그 일 때문에 카이사르가 암살당하지 않았나? 그런데 내 아들 보고 곡물 상인이나 하라고?"

"그래도 받아들여야 합니다. 쫓겨나는 것보다 나으니까요. 이곳에 남는 것보다 안전하고." 키케로가 조언했다.

"마지막 지적에는 저도 동의합니다. 더 이상 숨어 살 수는 없으니까요. 하루하루 체면도 말이 아니고… 그런데 아시아라고요? 아뇨, 저한테 필요한 일은 오로지 로마에 들어가 도시법무관답게 일상 업무를 처리하는 것뿐입니다. 아폴로 대회를 주관하고 로마 시민에게 당당히 나서야죠." 브루투스의 예민한 얼굴이 고통으로 일그러졌다.

"로마에 갈 수는 없네. 너무 위험해. 내 말 잘 듣게. 우리야 어느 정도는 소모품이지만 자네는 아니야. 브루투스 아닌가. 그 이름과 명예 때문에라도 자유의 위대한 등불이어야 하네. 보직을 받아들이게. 이탈리아 밖에 나가 안전하고 명예롭게 공무를 수행하며 때를 기다리게나. 상황은 바뀔 거야. 정치는 늘 변하니까."

때마침 카시우스가 도착했다. 세르빌리아는 키케로에게 지금 그 말을 다시 부탁했다. 하지만 브루투스가 역경을 맞아 고통스러워한 반면, 카시우스는 역정을 내며 테이블을 두드렸다.

"난 카레의 대학살에서도 살아남고 시리아를 파르티아로부터 구해내기도 했어. 그런데 기껏 시리아에서 곡물이나 수집하라고? 이건 모욕이야!"

"그럼, 뭘 할 생각이오?" 키케로가 물었다.

"이탈리아를 떠나 외국으로 가겠습니다. 그리스요."

"그리스라… 그곳도 곧 북적거릴 게요. 반면에 일단 시칠리아가 안전하오. 둘째, 당신은 훌륭한 관료답게 임무를 수행하면서 기회가 생기면 어떻게 해서라도 이탈리아 근처로 와요. 우리 군사를 이끌 대장군이 되어야 하니까."

"어떤 기회를 말씀하시는 겁니까?"

"예를 들어, 옥타비우스가 안토니우스를 상대로 문제를 일으킬 수 있소."

"옥타비우스? 지금 농담하십니까? 안토니우스와 싸우기보다 우리를 죽이려고 쫓아오기 십상일 텐데요?"

"전혀. 그 아이를 나폴리 만에서 본 적이 있소. 생각과 달리 우리한테 악감정이 있지는 않더군. '내가 원하는 건 유산이지 복수가 아닙니다.' 그 아이 말이오. 진짜 적은 안토니우스야."

"어차피 안토니우스한테 깨질 겁니다."

"안토니우스는 데키무스부터 처리해야 할 게요. 전쟁은 그때부터요. 안토니우스가 그에게서 갈리아 키살피나를 빼앗으려 할 때."

"데키무스야말로 그 누구보다 우리를 망친 장본인입니다. 생각해보세요. 지난 3월, 그 친구가 2개 군단을 끌고 남하했다면 우리도 이렇게 되지는 않았을 겁니다! 이제 어차피 늦었어요. 안토니우스의 마케도니아 군단이 그보다 두 배는 더 수가 많으니까."

데키무스를 거론하자 마치 댐이라도 터진 것 같았다. 사람들이 저마다 한마디씩 규탄하기 시작했다. 특히 파보니우스가 심했다.

데키무스는 카이사르의 유서에 들어 있으면서도 우리한테 시치미를 뗐다는 얘기도 언급했다.

"사람들이 우리에게 등을 돌린 이유도 다 그래서입니다."

그런 얘기를 들으면서 키케로는 점점 당혹스러웠다. 그래서 중간에 끼어들어 과거의 잘못을 따져봐야 무슨 소용이냐며 말렸지만 결국 자신도 한마디 덧붙이고 말았다.

"실수 얘기라면 데키무스는 아무것도 아니야. 지금 이렇게 곤궁에 빠진 이유는 근본적으로 원로회의를 소집해서 사람들을 우리 쪽으로 끌어들이지 못했기 때문이오. 그때 공화국을 확실하게 장악했어야 했소."

"세상에 맙소사! 믿을 수가 없군요. 다른 사람도 아니고 당신이 우유부단 운운하다니!" 세르빌리아가 외쳤다.

키케로는 그녀를 노려보다가 곧바로 고개를 돌렸다. 두 뺨이 분노와 당혹감으로 새빨개졌다. 얼마 후 모임도 끝이 났다. 속기 기록에는 결론이 단 두 가지였다. 브루투스와 카시우스는 마지못해 곡물위원회 자리를 받아들이기로 했다. 그것도 원로원 결정 사항을 조금 더 표현을 순화해 재작성하게 하겠다며 세르빌리아가 나선 덕분이었다. 브루투스는 또한 자신이 로마에 갈 상황이 못 되며 따라서 법무관 대회 역시 부재하에 치러야 한다는 사실에도 동의했다. 그 둘을 빼면 회합은 완전히 실패였고 결정된 바도 없었다. 집에 오는 길에 키케로는 편지를 받아 적게 해 아티쿠스한테 보냈다. '이른바 '각자도생'의 시기요. 배는 산산조각 나고 파편은 뿔뿔이 흩어졌구려. 계획도 생각도 방법도 없이. 전에는 한 번도 의심한 바 없건만 지금은 더욱더 이곳을 탈출할 결심만 굳었소. 최대한 빨리.'

주사위는 던져졌다. 키케로는 그리스로 가기로 했다.

나로 말하자면, 이미 예순을 앞둔 나이라 마음속으로는 드디어 키케로를 떠날 때가 되었다고 판단했다. 다만 말하는 태도로 보아 키케로는 이별을 고려하지 않았다. 오히려 아테네 별장에서 함께 지내며 둘 중 하나가 죽을 때까지 철학 책을 쓰겠다는 쪽이었다. 문제는 난 다시는 이탈리아를 떠나고 싶지 않다는 거였다. 건강도 좋지 않았다. 비록 그를 사랑하나 더 이상 그의 두뇌에 부속품처럼 따라다니지 못할 정도로 일에도 지쳤다.

다만 말하기가 두려워 운명의 순간을 계속 미루기는 했다. 키케로는 작별 여행으로 이탈리아 남부를 돌아다니며 자신의 재산과 작별하고 옛 기억을 더듬고, 마침내 7월 초 푸테올리에 도착했다. (키케로는 여전히 고집스럽게 7월을 줄라이가 아니라 퀸틸리스라고 불렀다.) 마지막으로 폼페이우스의 나폴리 만 별장을 보고 그곳에서 해외여행의 첫발을 떼기로 마음을 정했기 때문이었다. 그 후에는 해안을 따라 시칠리아로 넘어가 시라쿠스에서 상선을 타기로 했다. 브룬디시움은 위험했다. 마케도니아 군단이 언제라도 도착할 수 있기 때문이다. 책과 재산, 식솔까지 모두 데려가기 위해 나는 노 열 개짜리 배 세 척을 빌렸다. 키케로는 여행을 두려워한 터라, 항해 중에 함께 어떤 작업을 할지 고민하는 식으로 여행 생각을 멀리했다. 그는 동시에 논문 세 편을 집필하고 있었는데 어느 책을 읽고 마음이 어느 쪽으로 향하느냐에 따라 《우정에 대해》, 《의무에 대해》, 《미덕에 대해》 중 하나를 선택했다. 그 세 편이면 그리스 철학을 라틴에 도입하며, 그 과정에서 추상적인 개념들을 삶의 원칙으로 승화하는 위대한 여정을 완성할 것이다.

"아리스토텔레스의 《변증론》을 우리 식으로 개작하면 어떨까? 좋은 기회가 될 것도 같은데? 그래, 한 번 해보자. 사람들에게 변증법을 활용해 합리적 논쟁을 벌이도록 가르치면 이 혼돈의 시대에 더 유용하겠지? 역시 《논쟁》처럼 대화 형식으로 할 수 있을 거야. 너와 내가 대화하는 방식으로, 어때?"

"아아, 드릴 말씀이 있습니다. 오래전부터 생각했지만 어떻게 말씀드려야 할지 자신이 없었습니다."

"목소리가 불안하구나! 어서 얘기해보거라. 다시 어디 아프기라도 한 게냐?"

"아닙니다. 다만 그리스는 따라가지 않기로 마음을 정했습니다. 늦게 말씀드려 죄송합니다."

"아." 키케로가 물끄러미 나를 보았는데 그 시간이 영겁처럼 길게 느껴졌다. 어떻게 얘기할지 모를 때 늘 그러듯 턱을 가볍게 씰룩이기도 했다. 마침내 그가 말했다. "그래서… 어디로 갈 생각이더냐?"

"제게 주신 농장으로 갈까 합니다."

"그렇구나. 그래, 언제 가기로 했느냐?" 키케로의 목소리는 차분했다.

"괜찮으시다면 전 언제라도 좋습니다."

"빠를수록 좋겠지?"

"언제든 상관없습니다."

"내일?"

"괜찮으시다면 내일도 좋지만 꼭 그럴 필요는 없습니다. 불편하게 해드리고 싶지는 않습니다."

"그럼 내일 떠나도록 해라."

그 말을 끝으로 키케로는 다시 아리스토텔레스한테 돌아갔다.

나는 잠시 머뭇거렸다. "죄송하지만 마구간에서 에로스와 작은 마차를 빌려가도 되겠습니까? 제 짐을 옮기려면 아무래도."

"물론이다. 필요한 건 뭐든 가져가거라." 그가 고개를 들지도 않고 대답했다.

나는 그를 뒤로하고 해질녘까지 짐을 꾸린 다음 마당으로 운반했다. 키케로는 저녁 식사 때 나타나지 않았다. 다음 날 아침에도 모습을 볼 수가 없었다. 대신 어린 퀸투스가 찾아왔다. 브루투스 밑에서 일하고 싶다며, 삼촌이 소개장을 써줄 때까지 우리와 함께 지내던 참이었다. 그의 말에 따르면, 키케로는 루쿨루스의 옛집에 가겠다며 새벽 일찍이 네시스 섬으로 떠났단다. 퀸투스가 내 어깨에 손을 얹으며 위로했다.

"잘 가라고 전해달라고 하셨어."

"그뿐입니까? 그냥 잘 가라고?"

"삼촌이 어떤 분인지 잘 알잖아."

"예, 잘 알죠. 그럼 하루이틀 후에 돌아와 제대로 인사하겠다고 전해주시겠습니까?"

마음이 편치 않았지만 그렇다고 포기할 수는 없었다. 결심은 확고했다. 나는 에로스를 타고 농장으로 향했다. 멀지는 않았다. 겨우 4~5킬로미터 정도. 그런데도 마치 한 세상에서 다른 세상으로 가는 것만 같았다.

관리자 부부는 내가 그렇게 빨리 올 줄 몰랐다면서도 크게 반겨주며, 헛간에서 노예 하나를 불러 짐을 농가로 들이게 했다. 책과 자료를 담은 상자들은 곧바로 2층 서까래 방으로 옮겼다. 애초부터 내 서재로 정한 곳이었다. 지시한 대로 책장들도 준비해두었다. 거칠고 촌스러웠지만 상관은 없었다. 나는 곧바로 짐을 풀기 시작했다. 키케로가 아티쿠스한테 보내는 편지에 멋진 구절이 있다. 어느 집으로 이사할 때 감상을 적은 글이다. '책들을 꺼내니 이제 집에도 영혼이 생겼다오.' 상자를 비울 때 내 기분이 그랬다. 그리고 놀랍게도 상자 하나에서 《우정에 대해》 원고가 들어 있었다. 나는 화들짝 놀라 두루마리를 펼쳐보았다. 실수로 가져온 모양이라고 생각했는데 그 위에 키케로가 떨리는 손으로 인용한 구문을 보고, 두루마리가 작별 선물임을 알 수 있었다. 친구가 얼마나 소중한지에 대한 글귀였다.

> 인간이 천국에 올라 우주의 위업과 별들의 아름다움을 바라본다 한들, 그 순간을 혼자 독차지한다면 아무리 기막힌 장관인들 무슨 재미가 있겠는가? 그에 반해 곁에 누군가 있어 그 광경을 묘사할 수 있다면 기쁘기 그지없을지어다. 자연은 고독을 싫어한다.

⁂

나는 이틀을 보낸 후 푸테올리 별장으로 돌아갔다. 제대로 작별 인사를 하고 싶었다. 설득에 넘어가지 않을 만큼 결심이 굳은지도 확인하고 싶었으나 키케로는 이미 폼페이로 떠났다는 얘기만 들어야 했다. 나는 곧바로 농장으로 돌아왔다. 방 테라스에서 바다가 훤히 내려다보였는데 어떨 때는 나도 모르게 그곳에 선 채 카프리의 아련한 수평선을 바라보고 있었다. 미제눔의 돌기까지 저 수많은 배들 중 키케로는 어느 배에 타고 있을까? 그러고는 어느덧 농가의 일상에 젖어들었다. 때마침 포도와 올리브를 수확할 시기였다. 농사일도 처음이고 무릎도 좋지 않았지만 그래도 튜닉과 넓은 밀짚모자로 무장하고 밖으로 나가 사람들과 함께 일했다. 해가 뜨면 일어나 저물녘에야 침실에 들었기에 너무 지쳐서 복잡한 생각은 엄두도 내지 못했다. 햇볕에 바랜 카펫처럼 과거의 삶도 조금씩 표백되어갔다. 적어도 내 생각에는 그랬다.

집을 떠날 이유가 있다면 단 하나였다. 목욕탕. 키케로와의 대화를 빼면, 따뜻한 목욕이 제일 그리웠다. 차가운 샘물에 목욕을 할 수는 없었다. 헛간 하나를 골라 목욕탕을 만들 생각이었으나, 그것도 추수가 지나야 착공이 가능했다. 그래서 2~3일마다 말을 타고 나가 대중목욕탕을 이용할 수밖에 없었다. 당시에는 해안을 따라 여기저기 대중목욕탕이 있었는데 나는 매번 다른 시설을 이용했다. 푸테올리, 바울리, 바이아이… 그리고 마침내 바이아이를 단골로 정했다. 이유는 천연 유황온수로 유명하기 때문이었다. 손님들도 교양이 있었다. 인근에 별장이 있는 자유민 원로들도 찾아왔는데 일부는 나도 아는 사람들이었다. 덕분에 의도치 않게 로마의 최근 소식도 얻어들을 수 있었다.

브루투스의 대회는 무사히 끝났다. 법무관은 참석하지 못했지만 돈도 많이 들어갔다. 브루투스는 행사를 위해 맹수를 수백 수 들여와, 마지막 하나까지 싸움과 사냥으로 활용하라며 지시까지 해둔 터였다. 대중의 갈채가 그만큼 절실했을 것이다. 연주와 연극도 풍부했다. 그중에 아티쿠스의 작품 〈테레우스〉도 있었다. 독재자의 범죄를 주로 다룬 터라 공감의 박수갈채도 많이 받았다. 브루투스로서는 불행이었다. 돈을 많이 쓰기는 했으되, 곧바로 옥타비우스가 카이사르를 기려 훨씬 더 화려한 대회를 연 탓에 곧바로 잊히고 만 것이다. 때마침 혜성이 나타나기도 했다. 매일 정오 한 시간 전에 털복숭이별이 나타나자(캄파니아의 맑은 대낮에도 혜성이 보였다) 옥타비우스는 카이사르가 하늘에 승천하는 모습이라고 주장했다. 카이사르의 고참병들이 그 주장에 크게 감동하면서, 젊은 옥타비우스의 명성과 인기도 혜성과 함께 치솟기 시작했다.

어느 날 오후 테라스 온탕에 누워 바다를 내려다보는데 몇 사람이 탕 안으로 들어왔다. 대화 내용으로 보아 칼푸르니우스 피소의 부하들이었다. 피소는 30킬로미터 거리의 헤르쿨라네움에 화려한 별장이 있는데 그들 얘기로는 로마에서의 여행을 끝내고 다음 날 여행을 마무리할 생각이었다. 일부러 들을 생각은 아니었으나 내가 눈을 감은 탓에 다들 내가 잠을 잔다고 여긴 모양이었다. 덕분에 매우 놀라운 정보를 얻기는 했다. 카이사르의 옛 장인 피소가 원로원에서 안토니우스를 강도, 날조, 반역 등의 용어를 사용하며 원색적으로 비난했다. 안토니우스가 또다시 딕타토르를 노리며 국가를 내전으로 몰아가고 있다는 것이었다.

"솔직히 그래, 로마에 그 정도로 용기가 있는 사람이 어디 있나. 그 잘난 자유주의자들도 숨거나 외국으로 달아났잖아."

그 말을 듣고 문득 키케로 생각을 했다. 다른 사람도 아니고, 피소한테마저 자유의 수호자 역할을 빼앗겼다니, 그 사실을 알면 얼마나 억울해할까?

나는 그들이 떠날 때까지 기다렸다가 욕조에서 빠져나왔다. 지금 기억으로는, 마사지를 받으며 그 얘기를 곰곰이 따져보자고 생각했던 듯싶다. 그래서 테이블이 놓인 응달로 자리를 옮기는데 한 여자가 깨끗하게 세탁한 수건들을 한 다발 들고 나타났다. 나도 곧바로 알아보지는 못했다. 마지막으로 본 지도 벌써 15년이 흐르지 않았던가. 그렇게 서로 스쳐 지나가고 몇 걸음, 난 우뚝 멈춰 서서 돌아보았다. 그녀도 돌아보았다. 순간 알 수 있었다. 키케로와 망명을 떠나기 전 자유를 사준 여인, 바로 노예 소녀 아가테가 아닌가.

이 책은 키케로의 이야기다. 나도 아니고 물론 아가테도 아니다. 그럼에도 우리 셋의 삶은 복잡하게 얽혀 있었다. 이야기가 핵심으로 넘어가기 전 그녀의 얘기도 조금은 해야겠다. 그녀도 충분히 자격이 있다고 믿는다.

처음 만났을 때 그녀는 열일곱 살의 노예였으며 루쿨루스의 미세눔 별장 목욕실에서 일했다. 그녀의 가족은(그때 부모는 이미 죽었다) 그리스에서 잡혀 노예가 되었으며, 루쿨루스의 전리품으로 이탈리아에 끌려왔다. 나는 그녀의 미모, 상냥함, 곤경에 모두 매료되었다. 다음에 만났을 때는 로마였다. 클로디우스 재판에서 노예 여섯이 증인으로 나왔는데 그중 하나였다. 당시 클로디우스는 루쿨루스의 처남이었는데, 루쿨루스는 그가 미세눔에서 자기 처와 근친상간을 저질렀다고 주장했다. 그 이후 언뜻 한 번 더 보기는 했다. 키케로가 망명길에 오르기 전 루쿨루스를 만났을 때였다. 그때쯤에는 이미 영혼이 망가지고 반쯤 죽은 사람처럼 보였다. 로마를 떠나기 전, 난 약간의 저축을 떼어 아티쿠스한테 주며, 부디 그녀에게 자유를 사줄 것을 부탁했다. 나중에 로마에 돌아온 후 계속 그녀를 찾았으나 도무지 행방이 묘연했다.

벌써 서른여섯이지만 내게는 여전히 아름다웠다. 주름살과 거친 손으로 보아 여전히 고된 일에 시달리고 있는 듯했다. 그녀도 나를 보고 당황했는지 손등으로 연신 하얗게 센 머리카락을 쓸어 넘겼다. 몇 마디 어색한 인사를 건넨 후 난감한 정적이 이어졌다.

그러다가 내가 이렇게 말했다. "미안하오. 내가 일을 못하게 했군. 이러다가 주인한테 야단맞겠소."

"그 문제라면 걱정하지 않으셔도 돼요. 제가 주인이니까요." 그녀가 대답하며 처음으로 웃었다.

그 후로는 보다 자유롭게 대화를 시작했다. 그녀도 자유를 얻은 후 나를 열심히 찾았다고 했다. 물론 그때쯤 나는 테살로니카에 있었다. 그녀는 다시 나폴리 만으로 돌아왔는데, 제일 잘 아는 곳이기도 하고 그리스 생각도 났기 때문이었다. 다행히 루쿨루스 저택에서의 경험 덕분에 지역 온천에서도 관리자로 일할 수 있었다. 그렇게 10년 후, 푸테올리의 부유한 상인들이 그녀를 이 목욕탕으로 스카우트했는데 지금은 그녀의 소유가 되었다.

"이 모두가 당신 덕분이에요. 제가 이 은혜를 어찌 다 갚을 수 있겠어요?"

선하게 살아라. 미덕만이 행복을 위한 유일한 길이라는 사실을 명심하라. 키케로는 그렇게 말했다. 벤치에 앉아 따뜻한 햇볕을 받으며 그의 철학 중에서 적어도 이 명제만큼은 증인이 될 수 있다고 생각했다.

농장에서 지낸 지도 40일이 지났다.

41일째 불칸 축제 전날, 늦은 오후에 포도밭에서 일하는데 노예가 나를 부르더니 저 아래 도로를 가리켰다. 마차 한 대가 바큇자국을 따라 덜컹거리며 달려오고 있었다. 말 탄 남자들이 무려 스무 명이 수행했다. 어찌나 먼지를 많이 일으키는지 여름 햇살 속에서 마치 황금 구름 위를 달리는 것처럼 보였다. 마차는 별장 가까이 다가오더니 그 안에서 키케로가 내렸다. 막연하나마 언젠가 찾아오리라 믿고 있었다. 탈출은 영원히 불가능하단 말인가? 나는 밀짚모자를 벗고 그에게 다가가면서도 절대로 함께 로마로 돌아가지 않겠다고 맹세했다.

"절대로 안 가… 절대로 안 가… 절대로…."

양 어깨를 크게 흔들며 어기적어기적 다가오는 모습이 기분은 무척이나 좋아 보였다. 우울했던 모습은 어디에도 없었다. 그가 두 손을 엉덩이에 대고는 나를 보며 큰 소리로 웃었다.

"한 달 동안 내버려두었더니 꼴 좀 봐라! 완전히 카토 영감 유령이로구나!"

나는 수행원들이 쉴 수 있도록 안배하고는 키케로와 함께 그늘진 테라스에 앉아 지난해 수확한 와인을 조금 마셨다. 키케로도 맛이 좋다고 칭찬해주었다.

"경치도 기가 막히는구나. 말년을 보내기에 더없이 좋은 곳이야. 직접 만든 와인, 직접 키운 올리브…."

"예. 저도 크게 만족합니다. 떠날 생각은 없어요. 어떻게 지내십니까? 그리스에 무슨 일이 있나요?"

"아, 사실은 시칠리아까지 갔다. 그곳에 있는데 남풍이 거세게 불어 우리를 항구에 묶어두더구나. 그래서 신들이 무슨 얘기를 하려나 보다고 생각했지. 레기움에 갇힌 채 기상이 좋아지기를 기다리는데 피소가 안토니우스를 가차 없이 비난했다는 소식이 들렸어. 한바탕 난리였으니 당연히 이곳에서도 들었겠지? 그 이후 브루투스와 카시우스가 계속 편지를 보내더군. 안토니우스가 눈에 띄게 약해지고 있다면서 덕분에 두 사람도 속령을 확보했다고 했다. 그 대가로 안토니우스는 둘에게 편지를 보내 빨리 로마에 돌아왔으면 좋겠다고 요구했어. 9월 초에 원로회의를 소집했더군. 브루투스도 전직 집정관과 법무관 모두에게도 편지를 보내 참석을 요청했어. 그래서 스스로 자문해보았지. 이 절체절명의 순간에 내내 달아나기만 할 텐가? 기회가 남아 있는데? 겁쟁이로 역사에 기록되고 싶은가? 티로, 정말이다. 그 순간 몇 개월 동안 나를 감싸던 안개가 걷히고 뚜렷하게 내 할 일을 보았구나. 나는 곧바로 돌아서서 그대로 귀국길에 올랐어. 때마침 브루투스가 베일라에서 항해를 준비하고 있었는데 말 그대로 무릎까지 꿇고 고맙다고 인사를 했다. 속령으로 크레테를 받았다고 했다. 카시우스는 키레네를 얻고."

두 사람이 할당 받은 속령은 원래 마케도니아와 시리아였다. 결국 나도 모르게 적절한 보상과는 거리가 멀다고 지적하고 말았다.

"당연히 멀지. 두 사람이 안토니우스의 치졸한 헛소리를 무시하고 곧바로 원래의 속령으로 가기로 결심한 것도 그래서야. 브루투스는 마케도니아에 추종자들이 많고 카시우스는 시리아의 영웅이니까. 그래서 군단을 모으고 공화국을 위해 강도 안토니우스와 싸울 준비를 하고 있었다. 우리도 새로이 기운을 얻었다. 순수하고 숭고한 불꽃이지."

"그래서 로마에 가실 생각이십니까?"

"그래. 9일 원로회의에 참석한다."

"제가 보기엔 셋 중에서 제일 위험천만한 임무 같은데요."

그가 상관없다는 듯 손을 저었다. "그래봐야 무슨 일이 있겠느냐? 죽기밖에 더 하겠어? 난 벌써 예순이 넘었고 더 이상 여한도 없다. 적어도 의로운 죽음은 되지 않겠느냐. 너도 알다시피 선한 삶이 지향해야 할 지고지순한 목표야." 그가 상체를 기울였다. "그래, 말해봐라. 내가 행복해 보이지 않는단 말이더냐?"

"행복해 보이십니다." 내가 인정했다.

"레기움에 붙들려 있는 동안 마침내 죽음의 공포를 극복했기 때문이다. 이제 알 수 있어. 우리가 함께 만든 철학 덕분이야. 오, 너와 아티쿠스가 내 말을 믿지 않는다는 것도 안다. 마음속으로는 언제나처럼 소심한 겁쟁이라고 여길 테니까. 하지만 정말이야."

"음… 저를 데리고 가실 참이신가요?"

"아니, 아니다! 오히려 그 반대야! 네겐 농장과 서재가 있다. 더 이상 위험에 노출시키고 싶지 않아. 그저 지난날 너와의 이별이 썩 좋지 못했잖아? 그래서 지나는 김에 바로잡고 싶었다." 그가 두 팔을 활짝 벌렸다. "잘 있게, 친구여. 고마움을 어떻게 표현해야 할지 모르겠다만, 다시 만날 수 있기를 빈다."

그가 나를 꽉 끌어안고 한참을 그렇게 있었다. 그의 심장이 쿵쿵 힘차게 뛰었다. 이윽고 그가 나를 밀어내더니 마지막으로 손을 젓고 마차와 경호원들한테 돌아갔다.

그가 떠나는 모습, 익숙한 동작들을 지켜보았다. 그는 어깨를 활짝 펴고 튜닉 주름을 매만지고, 무심코 누군가의 손을 잡고 마차에 올라탔다. 나는 포도밭과 올리브 숲, 염소와 닭, 돌담, 양떼들을 둘러보았다. 불현듯 내 왕국이 너무나 작아 보였다. 이 협소하고 답답한 세계.

나는 그를 불렀다. "잠깐만요!"

16
열여섯 번째 두루마리

함께 로마에 돌아가자고 졸랐다면 필경 거절했을 것이다. 오히려 나 없이 삶의 마지막 대모험에 맞서겠다 나서니 솔직히 자존심이 상해 결국 따라나서고 말았다. 그도 내 심경 변화에 놀라지는 않았다. 그러기엔 나를 너무도 잘 알았다. 키케로는 그저 고개만 끄덕이더니 여행에 필요한 물건들을 챙기라고 지시했다.

"서둘러라. 해가 지기 전에 부지런히 움직여야 하니까."

나는 식구들을 마당에 불러 추수를 잘하라고 당부하고 가급적 빨리 돌아오겠다고 약속했다. 노비들은 정치도 키케로도 알지 못했다. 하나같이 당혹스러운 표정으로 줄을 서서 내가 떠나는 모습을 지켜보기만 했다. 잠시 후 집이 보일락 말락 할 즈음에 손을 흔들어주려고 돌아보았더니 이미 벌써 들판으로 사라진 뒤였다.

로마까지는 8일이 걸렸다. 브루투스가 경호를 붙여주기는 했지만 여행은 구석구석 위험으로 가득했다. 상대는 늘 한결 같았다. 카이사르의 노병들. 암살 관련자들을 모조리 사냥하겠다고 맹세한 자들이다. 키케로가 암살 음모를 사전에 알지 못했다고 해도 개의치 않았다. 사후에 암살을 옹호한 것만으로도 죄를 묻기에 충분했다. 카이사르가 고참병들에게 하사한 농장을 가로지르기도 했다. 덕분에 적어도 두 차례는(한 번은 아퀴눔 마을을 통과할 때, 그리고 그 직후 프레겔라이에서) 매복 경고를 받고 안전을 확보할 때까지 기다려야 했다.

불에 탄 별장들도 많았다. 들판은 불에 그슬리고 가축은 난도질당했다. 한 번은 나무에 시체가 매달려 있었는데 목에 '반역자'라고 꼬리표가 붙어 있었다. 부대 해산 후 카이사르의 군단병들은 삼삼오오 무리를 지어 이탈리아를 돌아다니며 갈리아 정복군처럼 행패를 부렸다. 약탈, 강간, 잔혹 행위의 소문들은 얼마든지 들을 수 있었다. 일반 시민들이 키케로를 알아보고는 몰려와 손과 옷에 입을 맞춘 후 제발 공포에서 벗어나게 해달라고 애원했다. 우리는 원로회의가 열리기 바로 전날 로마 성문에 도착했다. 시민들의 바람은 그 어느 곳보다 간절하고 절실했다. 사람들의 환대도 망명에서 돌아왔을 때보다 따뜻했다. 대표단, 청원, 인사, 악수, 신에게 바치는 감사의 제물이 어찌나 많은지 도시를 지나 집으로 돌아가는 데만도 한나절이 지났다.

명성과 명예라면 현재 로마에서도 저명인사에 속했다. 그의 위대한 정적들과 동시대인들, 폼페이우스, 카이사르, 카토, 크라수스, 클로디우스 등이 모두 끔찍하게 살해당했다.

마침내 집 안으로 들어가자 키케로가 이렇게 말했다. "사람들이 나를 환영하는 이유는 좋아서가 아니라 내가 공화국의 기억이기 때문이야. 우쭐할 생각은 없다. 기껏 최후까지 살아남은 덕이니까. 물론 시민들이 나를 지지하고 나서면 안토니우스도 함부로 대하지 못할 테니 다행이기는 하다. 오늘 상황을 어떻게 받아들일지 궁금하군. 분명 박살내고 싶을 텐데."

안토니우스 반대파 지도자들이 하나씩 비탈길을 올라와 경의를 표했다. 그리 많지는 않아도 어쨌든 특별히 둘은 언급을 해야겠다. 첫 번째는 P. 세르빌리우스 바티아 이사우리쿠스, 최근 아흔의 나이로 죽은 옛 집정관의 아들이었다. 카이사르를 적극 지지했으며 얼마 전에 아시아를 통치하다 귀국했다. 까다롭고 오만한 사람이라 안토니우스가 나라를 좌지우지하자 크게 못마땅해하고 있었다. 두 번째 정적은 이미 언급한 바 있다. 루키우스 칼푸르니우스 피소, 카이사르의 장인으로 새 왕국을 반대하는 데 제일 먼저 목소리를 높인 장본인이었다. 지금은 고령의 나이 탓에 혈색도 좋지 않고 허리도 굽고 머리는 세고 이도 다 썩었다. 키케로가 망명길에 오를 당시 집정관인지라 한때는 서로를 증오한 적도 있었다. 지금은 둘 다 안토니우스를 싫어한다는 이유만으로 동석이 가능했다. 정치가 다 그렇지 않은가. 다른 사람들도 있었으나 제일 중요한 인물은 그 둘이며 한목소리로 그다음 날 원로회의에 나타나지 말라고 키케로에게 경고했다.

"안토니우스가 당신을 잡으려고 함정을 파놨소. 내일 또 카이사르를 추념한다는 핑계로 새로 영예를 수여하자며 법안을 제출할 게요." 피소가 그렇게 말했다.

"새로 영예를 준다고? 이미 신인데 또 무슨 영예가 필요하답니까?" 키케로가 외쳤다.

"추수감사절 민간행사마다 카이사르를 기려 제물을 바쳐야 한다는 내용이 들어간다더군. 안토니우스가 당신 의견을 물을 텐데 원로원은 카이사르의 고참병들이 에워싸고 있어요. 당신이 제안을 지지한다면 공직 복귀는 시작도 하기 전에 깨지겠지. 오늘 당신을 환영한 사람들도 모조리 변절자로 몰아갈 테고. 물론 반대한다면 살아서 집에 돌아가기는 틀렸다는 얘기요."

"하지만 참석하지 않으면 겁쟁이로 보일 겁니다. 지도자가 할 짓이 못 돼요."

"여행 때문에 너무 지쳤다고 해요. 그럼 몇 년 동안 잘 지낼 테고 사람들도 이해할 겁니다." 이사우리쿠스였다.

"우리도 가지 않소. 놈을 아무도 복종하지 않는 멍청한 독재자로 만드는 게요." 피소가 덧붙였다.

키케로의 의도와 달리 영웅적인 공직 복귀하고는 거리가 멀었으나, 어쩔 수 없이 집에 갇혀 지내야 했다. 아무튼 그들의 얘기가 일리가 있었기에 다음 날 안토니우스한테 메시지를 보내 피곤한 탓에 회의에 참석하지 못한다는 뜻을 전했다. 안토니우스는 길길이 날뛰었다. 세르비우스 술피키우스가 자세히 보고를 했는데, 안토니우스는 원로원 앞에 나와 으르렁거리며 잡역부들과 군인들을 보내 문을 부수고 영감을 회의에 끌고 나오겠다며 난리까지 부렸단다. 그가 극단적인 행동을 참은 이유는 돌라벨라의 보고 때문이었다. 피소, 이사우리쿠스를 포함해 다른 사람들도 참석하지 않았던 것이다. 아무리 안토니우스라도 그 모두를 끌어낼 수는 없었다. 어쨌든 토론을 벌이고 안토니우스의 제안은 통과했으나, 순전히 강압 때문이었다.

안토니우스의 말을 전해 듣고 키케로는 크게 화를 냈다. 그러더니 아무리 말려도 다음 날 원로원에 나가 연설을 하겠다며 고집을 부렸다.

"담요를 뒤집어쓴 채 달달 떨 생각이었다면 로마에 돌아오지도 않았어."

그와 사람들 간에 메시지들이 오가고 마침내 다들 참석하는 데 동의했다. 아무리 안토니우스라도 모두 학살하지는 못하리라는 확신도 있었다. 이튿날 아침, 원로들은 함께 경호원들의 보호를 받으며 팔라티네에서 내려가(히르티우스는 정말로 아픈 탓에 합류하지 못했다) 환영 인파를 뚫고 곧바로 포룸 맞은편, 콘코르디아 신전으로 향했다. 이번 원로회의가 개최될 장소였다. 돌라벨라가 계단 위 대관 의자에 앉아 기다리다가 키케로에게 다가오더니 안토니우스가 아파 자신이 회의를 주재하게 되었다고 알렸다.

키케로가 웃음을 터뜨렸다. "요즘 여기저기 환자들투성이구나. 나라 전체가 끙끙 앓고 있어! 아무리 봐도 안토니우스는 깡패들의 특성을 모조리 갖춘 듯싶다. 남들은 얼마든지 괴롭히되 자기 자신은 손톱만큼도 당하지 않으려 드니 말이다."

"오늘 어떤 말씀을 하실지 모르겠지만 우리 관계를 위기로 몰아넣지는 않으시리라 믿겠습니다. 전 안토니우스와 화해를 했습니다. 당연히 그 양반을 비난하면 저를 능욕했다 여겨야겠죠. 그리고 잊지 마세요. 제가 장인을 시리아 특사로 임명했다는 사실 말입니다." 돌라벨라가 차갑게 밀어붙였다.

"말 잘했다. 솔직히 말하면 그보다 내 딸 툴리아의 지참금을 돌려줬으면 좋겠다. 그리고 시리아 얘기가 나와 하는 얘기다만… 나라면 서둘러 그곳에 가겠다. 카시우스가 너보다 먼저 안티오케이아에 도착할지 모르니까."

돌라벨라가 키케로를 노려보았다. "아무래도 예전의 붙임성마저 잃으신 모양입니다. 네, 좋습니다. 아무튼 조심하시죠. 경기는 더 거칠어질 테니까."

돌라벨라가 어기적거리면서 자리를 떴다. 키케로는 만족스러운 표정으로 그의 뒷모습을 바라보았다.

"오래전부터 저놈한테 이 얘기를 하고 싶었다."

문득 키케로가 카이사르 같다는 생각이 들었다. 싸우기 전에 자기 말부터 뒤로 물리던 카이사르. 지금 서 있는 자리에서 이기거나 아니면 장엄하게 죽기.

콘코르디아 신전은 오래전 키케로가 집정관으로서 원로회의를 개최해, 카틸리나 반역자들을 어떻게 처리할지 논한 곳이다. 바로 여기에서 반역자들을 감옥에 끌고 가 처형했다. 그 이후로는 한 번도 신전에 발을 들이지 않았는데, 지금도 사방에서 귀신들이 몰려와 목을 조르는 기분이었다. 키케로는 그런 기억들마저 개의치 않는 듯 보였다. 그는 앞자리, 피소와 이사우리쿠스 사이에 앉아 돌라벨라가 불러주기를 끈기 있게 기다렸다. 돌라벨라도 어쩔 수 없이 부르기는 했지만 최대한 뒤로 미룬 데다 노골적으로 모욕을 가하기까지 했다.

키케로는 언제나처럼 조용히 시작했다.

"사회문제를 거론하기 전에 어제 안토니우스의 무례부터 간단하게 설명하겠습니다. 내가 왜 그렇게 심한 욕을 들어야 하죠? 도대체 얼마나 중차대한 문제이기에 아픈 사람들까지 원로원으로 불러

들입니까? 한니발이라도 쳐들어왔답니까? 세상에 추수감사절 논하는 자리에 나타나지 못했다고 해서 원로 집을 습격하겠다니… 세상에 그런 터무니없는 협박이 어디 있습니까!

그렇다고 내가 참석했다 한들 그의 제안을 지지했을 것 같습니까? 난 이렇게 말하겠습니다. 행여 추수감사절을 고인에게 바친다면 당사자는 당연히 브루투스 어른이어야 합니다. 국가를 전제 왕조로부터 구하고 덕분에 500년 후, 후손들이 비슷한 목적을 위해 비슷한 미덕을 보여줄 수 있으니까요!"

순간 사람들이 헉 하고 숨을 삼켰다. 나이가 들면 목소리도 늙어야 하건만 적어도 그날의 키케로는 그렇지 않았다.

"나는 진실을 두려워하지 않습니다. 죽음도 두렵지 않습니다. 지난 6월 집정관 출신 원로들이 루키우스 피소를 지지하지 않았다는 사실이 애석하기만 하군요. 피소는 로마에 만연한 악덕을 미리 꿰뚫고 호소했죠. 그런데 전직 집정관들 그 누구도 지지를 표방한 적이 없습니다. 심지어 동조하는 표정 한 번 보여주지 않았죠. 왜 이렇게 노예가 된 거죠? 도대체 그러고도 집정관 자격이 있다고 말할 수 있습니까?"

그가 두 손을 엉덩이에 대고는 주변을 노려보았다. 원로들 대부분이 그의 시선을 피했다.

"3월에는 나도 카이사르의 법률을 합법이라고 인정은 했지만, 사실 동의해서가 아니라 타협과 사회 질서를 위해서였습니다. 하지만 안토니우스가 반대하기만 하면, 속령통치를 2년으로 제한하는 법안까지 모두 폐지되더군요. 심지어 딕타토르의 다른 법안들마저 사후에 나타나 게시되고 범죄자들이 망명에서 돌아오기 시작합니다. 예, 죽은 자의 망령 탓이에요. 망령이 종족과 속령을 가리지 않고 시민권을 남발하고 망령이 세금을 때리는 나라가 된 겁니다.

마르쿠스 안토니우스도 이 자리에 나와 자기변호라도 했으면 좋겠으나, 예, 지금은 아프시다는군요. 어제 내가 아플 때만 해도 그런 특권 따위는 안중에도 없었겠죠. 듣기로는 나한테 화가 많이 났다더이다. 좋아요, 이번에는 내가 제안 하나 하죠. 공정하게. 내가 그의 삶과 성격을 조금이라도 비난한다면 스스로 내 최악의 정적이라고 선포해도 좋습니다. 필요하다면 무장 경호원을 잔뜩 세워 자신을 지키게 하라죠. 하지만 나라를 위해 견해를 밝힌다고 해서 경호원들을 보내 징벌하려고는 하지 말아야죠. 그보다 더 어떻게 공정하겠습니까?"

그때야 사람들이 중얼거리며 동의를 표했다.

"원로 여러분, 이렇게 몇 마디 떠드는 것만으로도 난 이미 정치 복귀의 보상을 얻었습니다. 아무리 고통스럽다 해도, 지금껏 신념을 지켜왔으니까요. 안전만 보장이 된다면 당연히 말을 해야겠죠. 그렇지 못하면 국가가 다시 부를 때까지 준비하며 기다려야 할 겁니다. 난 이미 살 만큼 살고 명예도 충분히 누렸습니다. 살날이 얼마나 남았는지 모르겠지만 이미 그 시간은 내 시간이 아닙니다. 따라서 우리 공화국을 위해 헌신하고자 합니다."

키케로가 앉자 여기저기서 나지막이 환호를 보냈다. 일부는 발을 구르고 옆 사람들은 그의 어깨를 다독여주었다.

회의가 끝나자 돌라벨라는 릭토르들을 데리고 사라졌다. 틀림없이 안토니우스의 집으로 달려가 고자질을 할 것이다. 키케로와 나는 집으로 돌아왔다.

그 후 몇 주간 원로회의가 없기에 키케로는 팔라티네의 집에 방어벽을 치고 칩거했다. 경호원도 더 고용하고 맹견도 새로 들이고 별장은 철제 덧문과 문으로 요새화 했다. 아티쿠스가 필경사 몇 명을 빌려주어 나는 그들과 함께 키케로의 도발적인 연설을 복사했다. 키케로는 생각나는 사람 모두에게 연설문을 보냈다. 마케도니아의 브루투스, 시리아의 카시우스, 갈리아 키살피나의 데키무스, 갈리아 트란살피나의 사령관 둘, 레피두스, L. 무나티우스 플란쿠스 등등. 키케로는 진담 반, 농담 반으로 그 연설을 자신의 필리픽이라고 불렀는데, 요컨대 데모스테네스가 마케도니아의 독재자 필리포스 2세를 공격하면서 행한 12연설을 지칭한 것이다. 아무튼 그중 한 장이 안토니우스에게 들어갔을 것이다. 그래서 그도 원로원에서 대답하겠다고 의사를 밝히며 9월 19일에 회의를 소집했다.

키케로가 직접 참석할 까닭은 없었다. 죽음을 두려워하지 않는 것과 자살행위는 별개의 문제다. 그 대신 나를 보내 안토니우스의 연설을 기록하게 했다. 나도 동의했다. 고참병들은 나를 모르니 위험할 것 같지도 않았다.

포룸에 드는 순간, 키케로가 나오지 않아 다행이라는 생각뿐이었다. 안토니우스는 모퉁이마다 사병들로 채웠다. 심지어 콘코르디아 신전 계단에는 이투리아 궁사 부대까지 진을 쳤다. 시리아 변경 부족으로 외모와 행동이 야만스럽기로 정평이 나 있었다. 놈들은 원로들이 신전에 들 때마다 지켜보며 이따금 시위에 화살을 먹이고 쏘는 시늉까지 했다.

가까스로 뒤쪽으로 비집고 들어가 첨필과 서판을 꺼내는데 그때 막 안토니우스가 도착했다. 로마의 폼페이우스 저택에 더해 티부르에 있는 메텔루스 스키피오의 부동산까지 징발해 바로 그곳에서 연설문을 작성했다고 들었다. 바로 앞을 지나가는데 술 냄새가 진동했다. 상단에 도착해서는 상체를 구부려 통로에 질펀하게 토악질까지 했다. 지지자들이 웃기도 하고 박수를 보내기도 했다. 그는 대중들 앞에서 토하는 것으로도 악명이 높았다. 등 뒤에서 노예들이 문을 잠그고 봉쇄했다. 물론 이런 식으로 원로들을 볼모로 잡고 협박하는 것은 관습에 어긋났다.

키케로를 겨냥한 장광설이라고 해야 근본적으로 토악질의 연장에 불과했다. 그는 4년 동안 쌓아둔 담즙을 토해냈다. 손으로는 신전 주변을 가리키며 키케로가 로마 시민 5인을 불법적으로 처형한 곳이 바로 여기였음을 상기시켰다. 그중에 P. 렌툴루스 수라는 안토니우스 자신의 계부였으나 키케로가 가족에게 시신을 돌려주지 않아 제대로 장례도 치르지 못했다. 안토니우스는 연신 키케로를 비난했다. ("타인을 시켜 살상을 자행하는 살인마 망나니.") 키케로는 클로디우스뿐 아니라 카이사르의 암살을 주도했다. 교활하게 폼페이우스와 카이사르를 이간질해 내전을 초래한 장본인 또한 키케로였다 등등…. 나야 비난이 모두 거짓임을 알지만 그렇다고 타격이 없을 수는 없었다. 특히 사적인 비난을 할 때가 그랬다. 키케로는 신체적·도덕적 겁쟁이이며, 허영심과 자만심이 강하고 무엇보다 지독한 위선자다. 줄기차게 간에 붙거나 쓸개에 붙으며 이 파벌, 저 파벌을 주무르는 바람에, 동생과 조카도 그를 등지고 카이사르에게 비난을 할 정도였다. 심지어 키케로가 브룬디시움에 갇혔을 때 카이사르한테 보낸 비밀편지를 인용하기도 했다.

"언제든 열과 성을 다해, 총독의 바람과 관심에 따라 무엇이든 행할 것입니다."

사원은 비웃음으로 가득했다. 안토니우스는 그가 테렌티아와 이혼하고 푸블릴리아와 재혼한 사실까지 끄집어냈다.

"저 고매하신 철학자께서 첫날 밤 열다섯 살 소녀의 옷을 벗기면서 얼마나 손이 떨리고 침을 흘렸으며, 또 얼마나 변변찮게 사내구실을 했겠습니까? 결국 불쌍한 소녀는 곧바로 달아나고 말았죠. 또 철학자의 딸은 얼마나 쪽팔렸기에 죽음을 선택했을까요?"

연설은 끔찍할 정도로 효과가 있었다. 마침내 문이 열려 건물에서 풀려났지만 돌아가 그 연설을 읽어주자니 암담하기만 했다. 그런데도 키케로는 단어 하나까지 다 듣겠다고 고집을 부렸다. 행여 문단 하나 구문 하나 빼먹으려 하면, 곧바로 알아채고 처음부터 다시 읽게 만들었다. 연설문을 다 읽자 그의 표정이 완전히 일그러지고 말았다. "정치란 그런 것이다." 그는 그렇게 말하며 떨쳐내려 했으나, 당연히 크게 흔들린 모습이었다. 똑같은 방식으로 보복하거나 아니면 수치스럽게 물러나야 한다는 정도는 그도 알고 있었다. 다만 안토니우스와 돌라벨라가 원로원을 장악했기에 직접 나서는 것은 너무도 위험했다. 그리하여 보복 수단은 글이 될 것이며, 글을 쓰는 순간 되담을 방법은 어디에도 없다. 상대가 안토니우스 같은 망나니라면 결국 목숨을 건 싸움이 될 수밖에 없다는 뜻이다.

10월 초, 안토니우스는 로마를 떠나 브룬디시움에 갔다. 마케도니아에서 군단을 모두 불러들여 성 밖에 주둔하게 했는데 이제 군단병들의 충성을 확보할 필요가 있었다. 안토니우스가 떠나자 키케로 역시 몇 주간 로마를 떠나 반박문, 즉 제2의 필리픽을 쓰기로 결심했다. 그가 나폴리 만을 떠나고 나는 뒤에 남아 그의 관심사들을 챙겼다.

우울한 계절이었다. 늦여름이 늘 그렇듯 북쪽에서 찌르레기 떼들이 날아와 로마의 하늘을 까맣게 덮었다. 짹짹거리는 새소리는 말 그대로 재앙이 임박했다고 떠들어대는 것 같았다. 옥타비우스는 캄파니아에 있었다. 키케로가 머무는 곳과는 지근거리였다. 그가 카실리눔과 칼라티아를 떠돌며 카이사르의 고참병들을 불러들이는 동안 안토니우스는 브룬디시움의 병사들을 매수하려 들었다. 데키무스는 이미 갈리아 키살피나에서 새 군단을 모집했으며, 레피두스와 플란쿠스는 알프스 뒤에 병력을 대기시켰다. 브루투스와 카시우스는 마케도니아와 시리아에 각각 깃발을 올렸으니, 군대는 총 7군이 진영을 갖추거나 갖춰가고 있었다. 이제 누가 먼저 칠 것이냐의 문제만 남은 셈이었다.

결국 그 영예(그것도 영예라고 할 수 있을까?)는 옥타비우스가 차지했다. 그는 고참병들에게 두당 2,000세스테르티우스라는 거액(그 돈은 발부스가 보장했다)을 약속하는 식으로 최고의 정예군을 모집하고 키케로에게 편지를 보내 조언을 구했다. 키케로는 그 놀라운 소식을 내게 알리고 아티쿠스에게도 전하게 했다.

그의 목적은 분명하오. 자신이 사령관이 되어 안토니우스와 전쟁을 벌이는 것. 아무래도 며칠 내로 전화에 휩쓸릴 것 같소. 그런데 어느 쪽을 지지하죠? 저 친구 성을 봐요. 나이를 봐요. 나한테 조언을 구하더군요. 3,000명의 정예군을 이끌고 로마로 진격할 것이냐? 아니면 카푸아를 장악해 안토니우스의 진로를 봉쇄할 것이냐, 그도 아니면 마케도니아의 군단 셋과 힘을 합칠 것이냐? 현재 마케도니아 군단이 아드리아 해안을 따라 이동 중인데 옥타비우스는 그 병력을 자기편으로 들이고 싶어 하더이다. 그 친구 주장이 맞는다면, 마케도니아 진영은 안토니우스의 포상금도 거부하고 그가 연설을 하려 들자 야유를 퍼부으며 자리를 떴다고 합니다. 요컨대, 옥타비우스는 우리 지도자를 자청하며 내 지원을 기대하고 있다오. 그 친구한테는 로마로 가라고 조언했구려. 아무래도 도시 어중이떠중이들이 달라붙겠지만 진심을 보여준다면 정직한 사람들도 지지해줄 게요.

옥타비우스는 키케로의 조언에 따라 11월 10일 로마에 입성했다. 군인들은 포룸과 도시 중심가를 장악하고 신전과 공공건물을 징발했는데, 그날 밤은 물론 다음 날까지 위치를 지켰다. 그동안 옥타비우스는 발부스의 집에 본부를 마련하고 원로회의를 소집하려 했다. 문제는 원로원 행정관들이 아무도 남아 있지 않았다. 안토니우스는 마케도니아 군단을 손에 넣으려 혈안이고 돌라벨라도 시리아를 향해 떠났다. 브루투스와 카시우스를 비롯해 법무관들도 절반이나 이탈리아 밖에 있었다. 말 그대로 도시는 지도자 부재 상태였던 것이다. 옥타비우스가 하루가 멀다 하고 키케로에게 편지를 보내 자신의 도전에 합류하라고 사정하는 까닭도 알 만했다. 키케로 혼자로도 원로회의를 소집할 도덕적 권위가 있다고 판단한 것이다. 하지만 키케로는 그의 휘하에 들 생각은 추호도 없었다. 기껏 무장폭도들을 이끌고 위험천만한 모험을 노리는 꼬마 아이가 아니던가. 그는 끝내 앞으로 나서지 않았다.

나는 키케로의 눈과 귀 역할로서 12일 포룸으로 내려갔다. 옥타비우스의 연설을 듣기 위해서였다. 그때쯤 그는 원로회의 소집을 포기하고 대신 호민관 티 칸누티우스를 끌어들여 민중회의를 소집했다. 흐린 날이었다. 옥타비우스는 연단 위에 서서 자기 호명을 기다렸다. 금발에 갈대처럼 마르고 창백했으며 어딘가 신경질적으로 보였다. 난 당시의 인상을 이렇게 키케로에게 서면 보고했다.

'마치 전설의 한 장면인 양 우스꽝스러우면서도 묘하게 흥미롭더군요.'

연설을 들어보니 그렇게 형편없는 웅변가는 아니었다. 키케로는 그가 안토니우스를 공격했다는 얘기에 기뻐했다. ("법령을 위조한 자, 헌법 파괴자, 정당한 상속의 강탈자, 나라 전체를 상대로 전쟁을 벌이려는 반역자….") 하지만 옥타비우스가 상단의 카이사르 조각상을 가리키며 "역사상 가장 위대한 로마인입니다, 그를 살해한 자들에게 기어이 복수를 하고 나한테 건 기대를 맹세코 실현하겠습니다"라고 했다고 전할 때에는 별로 기쁜 표정이 아니었다. 연설을 마친 후 옥타비우스는 박수갈채를 받으며 연단에서 내려와 병사들을 이끌고 곧바로 도시를 빠져나갔다. 안토니우스가 엄청난 대군을 이끌고 접근한다는 소식을 접했기 때문이었다.

상황은 이제 급변 일로였다. 안토니우스는 로마에서 불과 20킬로미터 거리의 티부르에 병력을 대기시키고(그중에는 카이사르의 유명한 제4군단 '종다리부대'도 있다) 1,000명의 경호대만 이끌고 입성했다. 그리고 24일에 원로회의를 개최하고 원로들이 옥타비우스를 공적으로 선언하기를 기대한다고 선포했다. 참석하지 않는 자는 옥타비우스의 반역을 용인하는 것으로 인정하고 죽음으로 다스릴 것이며, 의지가 관철되지 않을 경우 군대가 로마 시내로 들어와 유혈극을 피할 수 없게 될 것이다.

마침내 24일이 되고 원로원이 개정했다. 그런데 안토니우스는 나타나지 않았다. 마케도니아 군단 소속의 마르티안 부대가 100킬로미터 거리의 알바 푸켄스에 진을 치고 있었는데, 갑자기 입장을 바꿔 옥타비우스를 지지하고 나선 것이다. 옥타비우스는 안토니우스보다 다섯 배의 보상금을 제안했다. 안토니우스는 부대를 돌려받기 위해 황급히 달려갔지만 자린고비라며 모욕을 당했을 뿐이다. 그는 로마에 돌아와 28일 원로회의를 소집했는데 이번에는 비상시기라는 이유로 한밤중이었다. 내 살아생전 원로원이 어두워진 후 문을 연 적은 결단코 없었다. 관습은 물론 신성법에도 어긋나는 처사였다. 키케로에게 보고할 거리를 위해 포룸에 내려가니 거리는 횃불을 밝히고 군단병들이 구석구석 장악했다. 그 광경이 어찌나 섬뜩하든지 난 더럭 겁이 나 신전에 들어가지 못하고 바깥에 군중들과 함께 서 있었다. 마침내 안토니우스가 도착했다. 알바 푸켄스에서 동생 루키우스도 함께 부리나케 돌아온 참이었다. 루키우스는 형보다 훨씬 야만인같이 생겼는데 아시아에서 검투사로 싸우다가 친구 목을 자른 전력도 있었다. 한 시간 후 형제는 또다시 황급히 자리를 떴다. 안토니우스가 신전 계단을 달려 내려갈 때 저 겁에 질린 눈빛을 난 영원히 잊지 못할 것이다. 이번에는 제4군단이 마르티안 부대를 쫓아 옥타비우스 지지를 선언하는 통에, 마침내 수적으로도 불리한 지경에 처하고 말았다. 안토니우스는 그날 밤 티부르로 빠져나가 병력을 재편하고 새로 모병을 시작했다.

상황이 돌변하는 가운데 키케로도 소위 제2의 필리픽을 마무리

해 내게 넘겼다. 아티쿠스한테서 필경사 스물을 빌려 최대한 많이 필사한 후 신속히 배포하라는 지시도 함께였다. 장문이었기에 만약 연설을 했으면 족히 두 시간은 걸렸을 터였다. 나는 필경사 한 사람이 하나를 필사하기보다 두루마리를 스무 조각으로 잘라 나눠주는 방식을 택했다. 그런 식으로 필사를 해서 모두 취합하면 하루에 4~5두루마리를 완성할 수 있었다. 두루마리는 친구와 동맹들에게 보내면서 직접 필사를 하거나, 아니면 사람들을 모아 낭독하도록 부탁을 곁들였다.

소식은 천리마와 같다. 안토니우스가 도시에서 떠난 다음 날 반박문이 포룸에 게시되었다. 모두가 그 글을 읽고자 했는데 대부분 너무도 악독한 추문으로 가득했기 때문이었다. 예를 들어, 안토니우스는 젊은 시절 동성 남창이었으며, 늘 술에 곯아떨어지고 누드 여배우를 정부로 데리고 살았다. 하지만 내가 보기에 반박문이 인기를 얻은 보다 근본적인 이유는, 과거 아무도 고발하지 못한 얘기들을 매우 상세하게 언급했기 때문이었다. 즉, 안토니우스는 오프스 신전에서 무려 7억 세스테르티우스를 훔쳐 그 일부로 개인 빚 4,000만을 갚았으며, 풀비아와 함께 카이사르의 법령들을 위조해 갈라티아 왕으로부터 1,000만 세스테르티우스를 강탈하고, 보석, 가구, 별장, 농장, 현찰 등을 포획해 배우, 검투사, 점쟁이, 돌팔이 의사 등 측근들에게 분배하기도 했다.

12월 9일, 키케로는 마침내 로마로 돌아왔다. 나도 예상치 못한 행보였다. 개가 짖어 나가보니 집주인이 아티쿠스와 함께 통로에서 있는 것이 아닌가! 거의 두 달 만인데도 신기할 정도로 건강하고 기운도 좋아 보였다. 키케로는 외투와 모자도 벗지 않고 내게 편지부터 건넸다. 그 전날 옥타비우스한테서 받았다고 했다.

두 번째 필리픽을 읽었습니다. 아주 대단하더군요. 데모스테네스 빰을 칠 정도였습니다. 작금의 필리포스가 그 글을 읽고 어떤 표정이었을지 보고 싶을 따름이군요. 듣기로는 나를 이곳에서 공격하지 않기로 결정했답니다. 아무래도 카이사르의 아들과 싸우자고 하면 부하들이 거부할까 불안했을 테죠. 대신 병력을 이끌고 갈리아 키살피나로 가는 모양입니다. 원로님 친구 데키무스한테 속령을 빼앗을 생각이겠죠.

친애하는 키케로, 이제 제 위상을 인정하셔야 합니다. 푸테올리의 댁에서 처음 뵈었을 때 우리가 상상했던 것보다 훨씬 강해졌으니까요. 전 이곳 에트루리아에서 새로 병력을 모집 중이지만 엄청나게 몰려들고 있답니다. 그렇지만 여전히 원로님의 현명한 조언이 간절히 필요합니다. 한 번 더 뵐 수 있겠죠? 이 세상 누구보다 빨리 만나고 싶은 분이십니다.

"그래, 어떻게 생각하느냐?" 키케로가 씩 웃으며 물었다.

"기분 좋으시겠습니다." 내가 대답했다.

"겨우 기분이야? 이런… 상상력 좀 발휘해봐라. 겨우 기분 좋은 정도겠어? 편지를 받은 이후 내내 그 생각만 했단 말이다!"

키케로는 노예의 도움으로 외출복을 벗은 후 나와 아티쿠스를 데리고 서재로 자리를 옮겼다. 내게는 문까지 닫으라고 일렀다.

"내가 보는 상황은 이렇소. 옥타비우스가 아니라면 안토니우스는 로마를 장악하고 지금쯤 우리 명분도 끝이 났을 거요. 하지만 늑대는 옥타비우스한테 겁먹고 마지막 순간 전리품을 놓고 북쪽으로 달아나죠. 갈리아 키살피나라도 챙길 속셈으로. 이번 겨울에 안토니우스가 데키무스를 이기고 속령을 차지한다면(당연히 그렇겠지만) 그럼 자금과 병력을 확보할 테고 봄에는 우리를 처단하기 위해 로마로 기수를 돌릴 거요. 그런데 그를 막아줄 위인은 옥타비우스뿐이라오."

아티쿠스는 믿을 수 없다는 표정이었다. "옥타비우스가 군대를 일으킨 이유가 공화국을 수호하기 위해서라는 얘긴가?"

"아니, 하지만 그 친구 입장에서 안토니우스한테 로마를 넘기고 싶겠소? 당연히 아니지. 이 시점에서라면 안토니우스가 진짜 적이오. 자기 유산을 훔치고 권리를 부정하는 자니까. 옥타비우스에게 이 점을 설득할 수 있다면 재앙은 피할 수 있을 거요."

"어쩌면… 하지만 그래봐야 로마를 독재자한테 빼내 다른 독재자에게 넘겨주는 꼴이야. 그것도 카이사르를 자청하는 자한테."

"오, 그 아이가 독재자인 줄은 몰랐구려… 내 영향력을 잘 활용하면 정의의 편에 묶어둘 수 있소. 안토니우스를 제거할 때까지만이라도."

"편지를 보면 분명 자네 말에 귀를 기울일 것 같긴 한데…."

"예, 잘 보셨소. 아티쿠스, 그런 편지라면 30통은 보여줄 수 있다오. 지난 4월부터 지금까지 보냈으니까. 도대체 그 아이는 왜 그렇게 내 조언을 필요로 할까요? 아버지 상이 필요해서가 아니겠소? 생부는 죽고 계부는 멍청이니까 말이오. 게다가 양부는 역사상 가장 거대한 유산을 남겼지만 그 재산을 어떻게 손에 넣을지도 암담할 테고. 어쩌다 보니 아버지 역할을 맡게 된 모양인데… 오히려 다행이오. 나보다는 공화국을 위해서."

"그래서 어떻게 할 참인가?" 아티쿠스가 물었다.

"가서 만나봐야죠."

"에트루리아에? 이 한겨울에? 그것도 자네 나이에? 200킬로미터나 되는 거리야. 제정신인가?"

"그렇다고 옥타비우스가 로마에 올 가능성도 거의 없습니다." 내가 대신 대답했다.

키케로는 우리 반대를 일거에 물리쳤다. "그럼 중간에 만나면 되지. 아티쿠스, 지난해 형이 사놓은 별장 있잖소. 볼시니 호수에 있는, 그곳이 딱 좋을 듯하오. 아직 아무도 살지 않죠?"

"아무도 없기는 하지만 그다지 지낼 만한 곳이 못 될 거야."

"상관없어요. 티로, 우선 옥타비우스한테 편지부터 보내자. 최대한 빨리 볼시니에서 만나자고."

"원로원은 어떻게 하지? 집정관 자격은? 아무리 자네라도 공화국을 대신해 누군가와 협상할 권한은 없네. 게다가 상대는 반란군 수장이 아닌가."

"지금은 공화국에 지배 권력이 아무도 없소. 그게 핵심이에요. 누구든 그 권한을 진흙탕에서 꺼내 사용해야 하는데 당사자가 나인들 무슨 문제가 있단 말이오?"

아티쿠스는 그 말에 아무 대답도 하지 못했다. 마침내 한 시간도 채 되지 않아 키케로는 옥타비우스에게 초대장을 보냈다. 그리고 초조하게 기다린 지 사흘째 드디어 답장이 도착했다.

원로님을 다시 뵙는 것보다 더 기쁜 일이 세상에 어디 있겠습니까? 원로님 제안대로 16일에 볼시니에서 뵙겠습니다. 혹시 상황이 여의치 않으시면 언제든 말씀해주십시오. 다만 만남은 비밀로 하는 편이 좋겠습니다.

아무도 눈치채지 못하게 하겠다며 우리는 12월 14일 새벽 동 트기 전에 떠나기로 했다. 그래서 나는 초병을 매수해 폰티날리아 성문을 열어두게 했다.

당시 무장강도들이 판치는 무법 천국으로 들어간다는 사실 정도는 알고 있었다. 그래서 마차도 단단히 무장하고 경호원과 수행원들도 대규모로 꾸렸다.

물비안 다리를 건넌 뒤 좌회전, 티부르 강둑을 따라가다가 카시아 도로에 접어들었는데, 전에는 한 번도 온 적이 없었다. 정오경에는 언덕지대를 올라갔다. 아티쿠스 얘기로는 경치가 기가 막힐 터이나 카이사르 암살 이후로 최악의 날씨가 계속 우리를 괴롭혔다. 저 멀리 소나무로 덮인 산 정상도 완전히 안개로 둘러싸여 이틀을 꼬박 길을 걸어도 거의 빛을 볼 수가 없었다.

키케로의 열정도 기세가 꺾였는지 오랫동안 아무 말이 없었다. 공화국의 미래가 향후의 회동에 달려 있다고 확신했기에 그만큼 부담도 컸으리라. 이틀째 오후, 호수 가장자리에 이르렀다. 목적지가 시야에 들어오자 그때야 키케로도 춥다고 투덜대며 두 손에 입김을 불었다. 그래서 담요로 무릎을 덮어주었지만 오히려 버르장머리 없는 아이처럼 차내고는 비록 나이는 들었지만 그 정도로 나약하지는 않다고 짜증을 냈다.

별장을 투자 목적으로 사들였기에 아티쿠스가 와본 것도 딱 한 번이었다. 돈 문제라면 아무리 사소한 것도 잊지 않는 사람이었기에 당연히 별장이 어디 있는지도 단번에 기억해냈다. 넓고 황폐한 건물… 건물 일부는 에트루리아 시대까지 거슬러 올라갔다. 별장은 볼시니 성벽 바로 바깥 호수 변에 서 있었다. 철문은 열려 있었다. 죽은 낙엽들이 습한 안뜰에서 썩어가고 검은 곰팡이와 이끼가 테라코타 지붕을 완전히 덮었다. 그나마 굴뚝에서 연기 한 자락이 가늘게 피어올라 사람이 살고 있음을 말해주기는 했다. 마당에 사람이 없기에 옥타비우스가 아직 도착하지 않은 줄 알았다. 그런데 마차에서 내리는데 집사가 황급히 달려 나오더니 어떤 젊은이가 안에서 기다리고 있다고 전해주었다.

옥타비우스는 친구 아그리파와 함께 타블리눔에 앉아 있다가 우리가 들어가자 자리에서 일어났다. 지위의 급격한 변화가 태도는 물론 겉모습에도 배어나기는 했지만 사람만큼은 전과 다를 바 없었다. 조용하고 겸손하고 신중했으며, 머리카락은 산발이고 여드름도 줄지 않았다. 에스코트도 없이 전차 마부 둘만 데리고 왔지만, 지금은 그 둘마저 말을 먹이고 쉬게 하려 마을로 보냈단다. ("제가 어떻게 생겼는지는 아무도 모릅니다. 이목을 모을 필요가 없다고 생각했죠. 평범함 속에 숨는 게 좋지 않겠습니까?") 그는 매우 친근하게 키케로와 두 손을 맞잡았다.

서로 소개가 끝난 후 키케로가 말했다. "여기 티로가 우리 합의 사항을 기록하고 그다음 양측이 필사본을 한 장씩 보관하는 게 좋겠네."

"원로님께 협상 권한이 있으신가요?" 옥타비우스가 물었다.

"아니, 그래도 원로원 지도자들에게 뭔가 보여주면 도움이 되지 않겠나?"

"괜찮으시다면, 아무것도 기록하지 않았으면 합니다. 그냥 자유롭게 대화를 나누시죠."

때문에 두 사람의 대화를 그대로 기록할 수는 없었지만 그래도 키케로를 위해 회담 직후에 기억나는 대로 정리를 해두기는 했다. 처음에 옥타비우스는 자신이 이해하는 대로 전황을 요약해주었다. 현재 4개 군단이 있거나 곧 손에 들어올 것이다. 캄파니아 고참병들이 휘하에 들어오고, 에트루리아에서 병력을 징집 중이며, 마르티안과 제4군단이 지지를 선언했다. 안토니우스는 종달새 부대를 포함해 3개 군단이 있으나 나머지는 오합지졸이다. 지금은 데키무스를 압박하고 있는데, 정보원 보고에 따르면 데키무스는 무티나시로 후퇴해 소들을 도살하고 염장하며 장기전을 준비 중이었다. 키케로는 원로원의 군대는 갈리아 트란살피나에 11개 군단, 레피두스 휘하에 7개 군단, 플란쿠스에게 4개 군단이 있다고 대답했다.

"예, 하지만 모두 알프스 너머에 있는 데다 갈리아 진압 때문에 움직일 수도 없죠. 게다가 아시겠지만 지휘관들을 믿을 수 없습니다. 특히 레피두스가." 옥타비우스가 지적했다.

"자네와 논박할 생각은 없네. 핵심은 하나야. 자네는 병사가 있으나 정통성이 없고 원로원은 병사 대신 정통성이 있네. 문제는 우리에게 공적 안토니우스가 있다는 사실일세. 내가 보기엔 그 조합 어딘가에 합의의 기반이 있을 듯싶구먼."

"조금 전에 말씀하지 않으셨던가요? 원로께도 합의를 이끌 권한이 없으시다고?" 아그리파가 지적했다.

"젊은이, 내 말을 믿게나. 원로원과 거래를 하고 싶다면 내가 최선의 희망이야. 한마디만 함세. 아무리 나라도 원로들을 설득하기가 만만치는 않네. 이렇게 말하는 사람도 많을 거야. '또 다른 카이사르와 동맹을 맺으려고 카이사르를 제거했단 말인가?'라고."

"예, 우리 편에도 이렇게 말하는 사람들이 있죠. '왜 우리가 카이사르를 살해한 자들을 위해 싸워야 하지? 속임수야. 이런 식으로 매수해놓고 스스로 힘을 키우고 나면 우리를 죽이려 들겠지." 아그리파가 비꼬았다.

키케로는 두 손으로 의자 팔걸이를 때렸다. "자네들 생각이 그렇다면 이번 만남은 없었던 것으로 하지."

키케로가 일어나려는데 옥타비우스가 상체를 숙이더니 그의 어깨를 눌렀다.

"고정하세요. 서두르실 필요 없습니다. 저도 원로님 분석에 동의합니다. 제 목표는 오로지 안토니우스를 처단하는 것뿐입니다. 당연히 원로원의 정통성을 얻을 수 있다면야 훨씬 좋겠죠."

"분명하게 말하지. 자네가 데키무스를 구하러 가야 하네. 그래도 좋겠나? 자네 양부를 죽음으로 유혹한 바로 장본인인데?"

옥타비우스는 차가운 눈으로 키케로를 노려보았다. "아무 문제 없습니다."

그때부터 키케로와 옥타비우스가 거래를 성사하리라는 데는 의심의 여지가 없었다. 아그리파조차 다소 안도하는 것 같았다. 합의사항은 다음과 같았다. 키케로는 원로회의를 소집해, 옥타비우스의 나이를 불문하고 임페리움의 자격을 부여, 안토니우스를 상대로 싸울 수 있도록 법적 권한을 인정한다. 그 대신 옥타비우스는 집정관들의 지시에 따른다… 다만 안토니우스를 처리한 후, 장기적으로 어떻게 할 것인지는 논의하지 않았다. 또한 협상 내용도 기록하지 않았다.

“연설문을 보내줄 테니, 읽어보면 내가 거래를 충실히 이행했는지 알게 되겠지. 원로원이 어떤 결의안을 통과했는지도 알 테고. 자네가 약속을 지켰는지야 군단의 이동경로를 보면 알 수 있을 걸세.”

“그 점이라면 염려 놓으셔도 좋습니다.” 옥타비우스가 대답했다.

아티쿠스는 집사를 찾으러 나갔다가 토스카나 와인 한 단지와 은잔 다섯 개를 들고 돌아왔다. 그가 술잔을 돌렸다.

키케로가 가볍게 연설을 했다. “오늘 젊음과 경륜이, 무기와 토가가 모여 공화국을 구원할 경건한 합의를 도출했도다. 이제 제 위치로 돌아가 공화국을 위해 최선을 다하기로 맹세하노라.”

“공화국을 위하여!” 옥타비우스가 잔을 들며 외쳤다.

“공화국을 위하여!” 우리 모두 따라한 뒤 와인을 마셨다.

옥타비우스와 아그리파에게 하룻밤 묵고 가라고 했지만 어두워지기 전에 인근 진지로 돌아가야 한다며 공손히 거절했다. 다음 날이 사투르날리아였기에 부하들에게 선물을 나눠주어야 한다는 얘기였다. 그렇게 한참 서로 등을 다독여주고 서로의 애정을 과시한 뒤 키케로와 옥타비우스는 작별을 고했다. 젊은이의 작별 인사는 지금도 기억한다.

“원로님의 연설과 제 검은 무적의 동맹이 될 것입니다.”

젊은이들이 떠난 후 키케로는 테라스에 나가 빗속을 거닐며 흥분을 가라앉혔다. 나는 습관적으로 와인 잔을 치웠는데, 옥타비우스는 단 한 방울도 마시지 않았다.

17
열일곱 번째 두루마리

애초에는 정월 초하루 이후에 연설할 생각이었다. 그때면 히르티우스와 판사가 집정관으로 등극하기 때문이었다. 그런데 돌아오는 길에 호민관들이 안토니우스와 데키무스의 전쟁 문제를 논의하겠다며 이틀 후 비상회의를 소집했다는 얘기를 들었다. 키케로는 옥타비우스와의 약속을 앞당길 필요가 있겠다고 판단하고 아침 일찍 콘코르디아 신전에 내려가 연설 의사를 밝혔다. 언제나처럼 나도 따라가 문가에 서서 그의 논평을 기록하기로 했다.

키케로가 연설한다는 소문이 퍼지자 사람들이 포룸으로 쏟아져 나오기 시작했다. 원로들은 불참하려 했다가 키케로가 무슨 말을 하는지 들어봐야겠다며 마음을 바꾸었고, 그리하여 벤치는 한 시간도 채 되지 않아 가득 찼다. 그중에는 집정관 당선자 히르티우스도 있었다. 몇 주일 만에 처음 병상에서 일어난 탓에 그가 신전에 들어올 때 사람들이 보고는 헉 하고 탄성을 흘렸다. 카이사르가

《갈리아 전쟁기》를 쓸 때 도움을 주고, 키케로를 불러 백조와 공작 요리를 대접하던 젊은 미식가가 아니던가. 그런데 지금은 거의 해골밖에 남지 않았다. 그가 앓는 병은, 그리스 의학의 아버지 히포크라테스의 이른바 '암'이었다. 최근에 부종을 제거한 터라 목에 흉터까지 커다랗게 잡혀 있었다.

회의를 주재하는 호민관은 아풀레이우스로, 키케로의 친구였다. 그는 데키무스의 포고를 낭독하는 것으로 회의를 시작했다. 안토니우스는 갈리아 키살피나에 입성하겠다고 요구했지만 데키무스는 요청을 거절했다. 그리고 원로원을 대신해 속령을 수호하기로 결심하고 지금은 병력을 무티나로 옮긴 상태였다. 오래전 카이사르에게 키케로의 편지를 배달했던 바로 그 도시였기에, 그곳의 튼튼한 벽과 육중한 성문들은 나도 기억이 난다. 핵심은 안토니우스의 대군에게 포위되었을 경우 얼마나 오래 버틸 수 있느냐였다. 호민관은 편지를 읽고 키케로를 호출했다.

"며칠 내에… 아니, 이미 시작했을지도 모르겠군요. 어쨌든 공화국은 다시 한 번 내전에 휩싸일 것입니다. 문제는 우리가 어떻게 대처할 것이냐겠죠. 키케로 원로를 모시고 의견을 여쭤봅니다."

키케로가 일어서자 수백 명의 사람들이 기대감에 상체를 앞으로 수그렸다.

"존경하옵는 신사 여러분, 이 모임은 자칫 늦을 수도 있었습니다. 이미 방자하고 방탕한 사내가 사악한 전쟁을 준비하고 전투를 벌임으로써 우리의 평화와 안정, 삶과 재산을 노리고 있으니까요. 정월 초하루까지 기다렸다가 행동에 나선다면 당연히 때는 늦을 수밖에 없었겠죠. 안토니우스는 기다리지 않습니다. 벌써 우리의 저명하고 고귀한 데키무스를 공격하지 않았습니까? 더욱이 지금이야 갈리아 키살피나에 있지만 언제든 남하해 로마를 위협할 것입니다. 아니, 한 젊은이가 아니었다면 실제로 이미 로마를 약탈하고 있겠군요. 아직은 한참 어린 나이지만, 신에 맞먹는 가공할 지력과 용기로 군대를 일으키고 국가를 구한 위인이 있습니다."

그는 잠시 멈추고 사람들이 자기 말을 소화하기를 기다렸다. 원로들은 옆 사람들을 돌아보며 자신이 제대로 들었는지 확인했다. 신전은 금세 왁자지껄해졌다. 놀란 사람도 있고 분노와 흥분을 토로하는 이들도 있었다. 그 아이가 국가를 구했다고 말한 건가? 키케로도 한참을 기다린 후에야 연설을 재개했다.

"예, 여러분, 내 신념은 그렇습니다. 판단도 그와 다르지 않습니다. 젊은이가 망나니와 맞서지 않았던들 우리 국가는 완전히 멸망했을 것입니다. 그가 아니었으면, 우리가 오늘 이곳에 나와 자유롭게 견해를 밝힐 수 있었을까요? 그래서 제안하오니, 오늘 그에게 권한을 주어 공화국을 수호하게 해야 합니다. 그의 자의적 선택이 아니라, 바로 우리가 임무를 맡기는 식으로 말입니다."

안토니우스의 지지자 몇몇이 "안 돼!", "키케로가 매수당했다!"라고 소리쳤지만 다른 사람들의 박수갈채에 묻히고 말았다.

키케로는 문을 가리켰다. "포룸을 가득 채운 사람들이 보이지 않습니까? 로마인들이 얼마나 자유 수복을 갈망하는지 모르시겠습니까? 오랜 공백 끝에 여기 이렇게 다시 모였습니다. 그런데 우리가 자유인 신분이 아니라면 저들이 얼마나 실망하겠습니까?"

이렇게 해서 이른바 제3의 필리픽이 포문을 열었다. 연설은 로마 정치를 축으로 삼고 아낌없이 옥타비우스에게 찬사를 퍼부었다.

심지어 처음으로 그를 카이사르라고 부르기도 했다. ("과연 누가 있어 이 젊은이보다 순수하겠습니까? 누가 더 겸손합니까? 우리 구세대의 젊은이 중에서 이 친구보다 더 총명한 예가 있었던가요?") 키케로는 공화국의 회생을 바란다며 새로운 전력을 제시하기도 했다. ("불후의 신들께서 비로소 안전망을 하사하셨습니다. 이 도시는 카이사르, 갈리아는 데키무스.") 하지만 무엇보다 중요한 점은, 수개월, 수년에 걸쳐 예속과 굴종에 지치고 불안한 원로들에게 전투의지를 심어주었다는 데 있었다.

"오랜 공백 끝에 오늘 처음으로 자유의 쟁취를 위해 첫발을 내디뎠습니다. 우리는 영광과 자유를 위해 태어났습니다. 우리 공화국의 장구한 역사가 마지막 국면에 이르렀다면 적어도 최고의 검투사처럼 행동합시다. 영예롭게 죽음을 맞이합시다. 우리가 누굽니까? 지구상 가장 위대한 나라를 세운 위대한 민족이 아니던가요? 그러니 굴욕의 노예로 사느니 고귀하게 목숨을 걸고 싸웁시다."

연설은 엄청난 반향을 불러일으켰다. 키케로가 자리에 앉자마자 원로들이 우르르 몰려오더니 한마디씩 축하를 건넸다. 분명한 것은 당분간 키케로가 주도권을 행사할 수 있게 되었다는 사실이었다. 키케로의 제안에 따라, 데키무스가 갈리아 키살피나를 지켜준 데 대해 감사하고, 옥타비우스에게도 그의 '도움과 용기, 배려'에 감사하자는 법안을 마련하고, 신년 집정관 당선자들이 원로원을 개최하자마자 서훈하기로 약속도 했다. 법안은 압도적인 표차로 통과했다. 그리고 매우 이례적으로 호민관들은 주재 집정관이 아니라 키케로를 포룸으로 초대해 원로원의 결정 사항을 보고하도록 했다.

옥타비우스를 만나러 가기 전, 키케로는 이렇게 말한 바 있다. 로마의 권력은 땅바닥에 내동댕이쳐진 상태라 누구든 줍기만 하면 그만이라고. 그날 얘기도 마찬가지였다. 그는 원로들이 지켜보는 가운데 연단에 올라가 수천의 시민들을 둘러보았다.

"로마 시민 여러분, 이렇게 많은 사람들이 이 자리에 모인 것만으로도 공화국은 반드시 지켜야 합니다. 전 여러분한테서 재건의 희망을 봅니다. 가이우스 카이사르는 국가와 여러분의 자유를 수호했으며 지금도 지키고 있습니다. 따라서 우리 원로원은 그의 노력에 감사하는 바입니다."

군중들로부터 엄청난 환호가 터져 나왔다. 키케로는 목소리를 한 단계 더 높였다.

"여러분께 부탁하오니, 부디 저 고귀한 젊은이의 이름을 따뜻한 박수갈채로 환영해주세요. 고귀하고 신성한 봉사는 당연히 고귀하고 신성한 영예로 보상해야 합니다. 로마 시민 여러분, 여러분은 지금 그 어떠한 평화조약도 거부하는 적과 싸우고 있습니다. 안토니우스는 사악한 죄인입니다. 극악무도하고 야만적인 짐승입니다. 문제는 우리가 어떻게 살 것인가가 아니라 과연 살아남을 수 있는지, 아니면 고통과 불명예 속에서 멸망할지입니다! 전 여러분을 위해 어떠한 노력도 아끼지 않겠습니다. 오랜 공백 끝에 처음으로 오늘 우리는 제 조언과 실례를 바탕으로 자유와 희망의 불씨를 보았습니다!"

그 말을 끝으로 키케로는 한 발짝 물러나 연설이 끝났음을 알렸다. 군중들은 고함을 지르고 발을 구르며 동의를 표했다. 그리하여 키케로의 공직 생활 중 마지막이자 가장 영예로운 단계가 이제 막 시작되었다.

나는 속기를 풀어 두 연설을 모두 원고로 만들었다. 그리고 다시 한 번 필경팀이 교대로 일하며 필사본을 만들어 포룸에 게시하고, 브루투스, 카시우스, 데키무스를 비롯해 공화국파의 유력자들에게 배포했다. 물론 옥타비우스한테도 보냈다. 옥타비우스는 곧바로 읽고 일주일도 되지 않아 답장을 보냈다.

> G. 카이사르가 친구이자 스승 M. 키케로께
>
> 감사합니다!
>
> 최근의 필리픽들은 정말 기가 막힙니다. "순수… 겸손… 총명… 신에 맞먹는 지력…." 세상에, 제 귀가 호사를 누립니다! 하오나 부디 지나친 찬사는 거두어주시옵소서. 오히려 실망만 안겨드릴까 두렵습니다. 언젠가 원로님을 뵙고 세련된 웅변 기술에 대해 말씀 나누고 싶습니다. 웅변뿐 아니라 여타 문제에 대해서도 많은 가르침이 있으리라 믿습니다. 부디… 제 부대가 법적 지위를 얻고 제게 전쟁 수행 권한이 생긴다면 그 즉시 곧바로 군단을 북쪽으로 진군해 안토니우스를 치겠습니다.

이제 모두가 초조하게 정월 초하루로 예정된 다음 원로회의를 기다렸다.

키케로는 원로원이 시간을 낭비한다며 투덜댔다. "정치에서 제일 중요한 원칙은 끊임없이 움직이는 거야."

그는 히르티우스와 판사를 만나 원로원 개정을 앞당기라고 재촉했으나 둘은 법적 권한이 없다는 핑계로 거절했다. 키케로는 여전히 두 사람이 그를 신뢰하며 셋이 연합전선을 구축했다고 믿었다.

하지만 새해가 밝고 전통에 따라 카피톨에 제물을 바치면서 얘기가 달라졌다. 원로원이 유피테르 신전으로 옮겨 국가현안을 토론하던 중 황당한 얘기를 듣고 만 것이다. 판사가 주재 집정관으로 개회연설을 하고, 히르티우스가 그 뒤를 이었는데, 연이어 기가 막힌 헛소리를 하지 않는가! 상황이 어렵기는 해도 아직 안토니우스와 평화적인 해결이 가능하다고 주장했는데, 당연히 키케로가 듣고자 하는 얘기와는 거리가 멀었다.

선임 집정관 역임자로서 키케로는 당연히 다음 차례라 생각하고 자리에서 일어났다. 그런데 판사는 그를 무시하고 자신의 장인 퀸투스 칼레누스를 호명했다. 과거 클로디우스의 지지자이자 안토니우스의 친구였다. 집정관도 선거가 아니라 예전에 딕타토르가 낙점한 덕에 역임했다. 대장장이처럼 체구가 건장하고 땅딸했으며 연설은 변변치 못했으나 성품이 우직해 사람들도 그를 좋아했다.

"고명하고 저명하신 키케로께서 이번 위기를 한 편에 공화국, 다른 편에 안토니우스가 벌이는 전쟁으로 규정하셨습니다만, 신사 여러분, 이는 사실과 다릅니다. 이는 서로 다른 세 당파의 싸움입니다. 안토니우스, 데키무스, 그리고 철없는 꼬마 아이죠. 안토니우스는 원로원과 시민들이 직접 갈리아 키살피나의 총독으로 임명했습니다. 데키무스는 그의 지시를 거부하고 철부지는 사병을 모으고는 사욕만 챙기느라 혈안입니다. 셋 중에서 내가 아는 사람은 안토니우스이며 개인적으로 지지도 합니다. 타협안으로 그에게 갈리아 트란살피나 총독을 맡길 수는 없을까요? 여러분 생각에 보상이 과하다 싶으면 적어도 중립을 유지할 것을 제안합니다."

그가 자리에 앉고 키케로가 다시 일어났지만 이번에도 판사는 그를 무시하고 루키우스 피소, 카이사르의 옛 장인을 호명했다. 키케로도 당연히 같은 편으로 여기는 인물이었다. 피소는 장광설을 늘어놓았으나 핵심은 하나였다. 여태껏 안토니우스를 국가의 위협으로 여겼고 지금도 마찬가지지만 내전은 한 번으로 충분하다. 그러니 원로원이 안토니우스한테 특사를 보내 마지막으로 화의를 제안했으면 좋겠다.

"우선 원로원과 시민의 의지에 따라, 무티나 공격을 철회하고 군대를 루비콘 강, 이탈리아 진영으로 물러나게 해야 합니다. 물론 로마에서 300킬로미터 이내로 들어오지 말아야겠죠. 그렇게만 한다면 이 절체절명의 순간이나마 전쟁을 피할 수 있습니다. 그가 거부한다면 전쟁은 불가피하겠지만, 그럼 세상은 누굴 비난해야 할지 알게 되겠죠."

피소가 연설을 마쳤지만 키케로는 일어날 생각도 않고 그저 턱을 가슴에 괸 채 바닥만 노려보았다. 다음 연사 역시 키케로는 동맹으로 생각했다. P. 세르빌리우스 바티아 이사우리쿠스. 브루투스, 카시우스와는 혼인관계로 맺어진 친척이었는데, 진부한 표현들을 잔뜩 섞어 안토니우스를 비난했으나 옥타비우스를 더 몰아붙였다. 그가 많은 사람들이 궁금해하던 질문을 하나 제기했다.

"옥타비우스는 이탈리아에 들어온 이후 폭력적이기 짝이 없는 연설만 했죠. 양부의 복수를 다짐하며 살인자들에게 정의의 심판을 받게 하겠다고 했는데 그 과정에서 저명한 분들을 위협하기도 했습니다. 그런데 그분들이 카이사르의 양아들 때문에 지금 명예가 도마에 올라 있다고 상상이나 해봤을까요? 키케로의 제안대로 만일 이 미숙한 야심가이자 사이비 전사를 '국가의 검이자 방패'로

삼는다면, 그가 돌아와 우리에게 칼을 겨누지 않는다고 누가 장담할 수 있죠?"

개회 연설에 이어 다섯 원로의 연설은 짧은 정월의 하루를 모두 잡아먹었다. 키케로는 결국 준비한 연설도 발표하지 못하고 집으로 돌아왔다.

"평화?" 그가 그 단어를 뱉어냈다.

과거에는 늘 평화를 옹호했지만 지금은 아니다. 그가 도발적으로 턱을 내밀고 집정관들을 비난했다.

"줏대 없는 쓰레기들 같으니! 지금껏 내내 놈들에게 말하는 법을 가르치며 살았어! 그런데 결과가 이거야? 차라리 제대로 생각하는 법부터 가르쳐야 했어."

킬레누스, 피소, 이사우리쿠스는 모두 '머리가 썩어빠진 유화주의자들'이자 '밴댕이 원로'이자 '덜 떨어진 정치꾼'이었다. 한참 후 나는 욕설을 받아 적는 것도 포기했다. 그는 서재로 돌아가 연설을 다시 썼다. 그리고 다음 날 아침 전쟁 준비를 마친 전함처럼 의기양양하게 두 번째 날을 향해 달려갔다.

키케로는 개회 순간부터 자리에서 일어나 다음 순번에 호명되기를 기다렸다. 거절은 절대 용납할 생각이 없었다. 등 뒤에서도 지지자들이 그의 이름을 연호하는 터라 판사도 도리 없이 뱃부리연단을 넘기고 말았다.

"원로 여러분, 새해 시작과 원로원 개회를 그 어느 때보다 간절히 기다렸습니다. 우리는 기다렸지만 나라를 상대로 전쟁을 벌이는 자들은 그렇지 않았습니다. 마르쿠스 안토니우스가 평화를 원한다고 했나요? 그럼 그에게 무기를 내려놓으라고 하시죠. 휴전을 선언하고 자비를 구하라고 전하세요. 그런데 13일 전 여러분은 그 자에게 사절을 보내겠다고 했습니다. 농담도 그런 농담이 없군요. 아니, 솔직하게 말해도 좋다면, 그야말로 미친 개소리입니다!"

마치 강력한 노포로 화구를 쏘아대듯, 키케로는 하나씩 정적의 논리를 파괴해나갔다. 안토니우스는 법적 지위가 없기에 갈리아 키살피나 총독이 될 수 없다. 그 법은 뇌우가 휘몰아치는 날 불법 의회에서 강제로 통과했다. 그는 날조자에 절도범이며 반역자다. 그에게 갈리아 트란살피나를 넘기는 행위는 '전쟁의 힘줄, 즉 무제한의 돈'을 제공하는 것과 다를 바 없다. 그야말로 터무니없는 망상이다.

"그런데 사절을 보낸다고 했습니까? 사절이 누구든 절대 고집을 꺾을 인간이 못 됩니다. 난 그 자의 광기와 오만을 압니다. 시간 낭비라는 말입니다. 이미 지체되고 연기된 덕에 우리 진영도 사기가 한차례 꺾였건만 이제는 완전히 가라앉고 말 겁니다. 더 빨리 움직였다면 지금쯤 아예 전쟁 따위는 없었겠죠. 악은 초기에 진압해야 쉬운 법이에요. 자리를 잡고 나면 예외 없이 득세하고 말죠.

원로 여러분, 그래서 제안 드립니다. 절대 사절을 보내면 안 됩니다. 그보다 비상사태를 선포하고 법정은 문을 닫고 군복을 입고 모병을 개시하며 로마와 이탈리아 전군의 제대는 잠정적으로 불허하고 안토니우스는 공적으로 선언해야 합니다!"

박수갈채와 환호, 발 구르는 소리가 일제히 터져 나와 마지막 말이 묻혔지만 그래도 그는 연설을 멈추지 않았다.

"…그렇게 하면 그 자도 국가를 상대로 전쟁을 벌이고 있음을 깨닫겠죠. 원로원이 한마음이 될 때 그 힘과 위세를 실감할 것입니다.

당파 전쟁이라고 했나요? 어느 파벌이죠? 이 전쟁은 파벌이 아니라 그 자 혼자 일으켰을 뿐입니다!

이제 가이우스 카이사르 얘기를 해보죠. 내 친구 이사우리쿠스가 실컷 조롱하고 의심했더군요. 하지만 그가 아니라면 지금 우리 중 누가 살아남았을까요? 도대체 어느 신께서 로마인들에게 이 천상의 소년을 내려 보내셨죠? 그가 보호해준 덕분에 안토니우스의 독재도 움찔했습니다. 그러니 카이사르에게 지휘권을 부여합시다. 그렇지 않으면 군사작전을 펼칠 수도 없고 군대를 모아 전쟁을 벌이는 것도 불가능합니다. 그를 장군으로 임명하고 합법적으로 최대권한을 부여해야 합니다.

자유의 희망은 그에게 달려 있습니다. 난 이 젊은이를 잘 압니다. 그에게 공화국이야말로 최고의 가치이며, 여러분의 권위를 귀히 여기며, 또한 현인들의 조언에도 귀를 기울입니다. 진정한 영예야말로 보석보다 소중하답니다. 예, 감히 이렇게 약속할 수 있습니다. 여러분, 그리고 로마 시민들 모두에게 서약합니다. 경건하게 맹세합니다. 가이우스 카이사르는 언제나 변치 않는 시민이 될 것입니다. 바로 모두가 간절하게 바라고 기도하는 바로 그 시민상 말입니다."

그 연설, 특히 그의 확신 덕분에 상황은 완전히 바뀌었다. 물론 웅변으로서는 드문 찬사겠으나, 나로서도 믿는 바가 없지는 않았다. 만일 키케로가 다섯 번째 필리픽을 구사하지 않았던들 역사는 완전히 달라졌을 것이다. 원로원의 판세는 거의 백중지세였다. 아니, 키케로가 연설하기 전에는 오히려 안토니우스 쪽으로 기울던 터였다. 이제 그의 연설이 흐름을 바꾸고 표결은 전쟁 불사 쪽으로 역전하기 시작했다. 실제로 살비우스라는 호민관이 거부권을 행사하지 않았던들 키케로는 대승을 거두었을 것이다. 그 자는 토론을 4일로 연기하고, 안토니우스의 아내 풀비아를 신전으로 불러 입장을 밝히도록 기회를 주어야 한다고 주장했다. 풀비아는 어린 아들(카피톨에 볼모로 보냈던 아이다)과 안토니우스의 노모 율리아를 데리고 나왔다. 율리아는 율리우스 카이사르의 사촌이며 고결한 품성으로 사람들에게 인기가 좋았다. 셋은 모두 검은 옷을 입고 최대한 애절한 모습을 연출했다. 원로원 통로를 지날 때는 탄원하듯 두 손까지 모아 잡았다. 만일 안토니우스를 공적으로 지목할 경우 재산은 모두 압수하고 셋은 길거리로 내동댕이쳐질 것이다. 그 사실을 모르는 원로는 아무도 없었다.

"그런 굴욕만은 면하게 해주세요. 간청하옵니다." 풀비아가 호소했다.

안토니우스를 국가의 적으로 선포하는 제안은 파기되고 사절단을 보내 마지막 화의를 제안하자는 법안이 통과했다. 그밖에는 모두 키케로의 승이었다. 옥타비우스의 군대는 합법이며, 원로원의 깃발 아래 데키무스 군과 연합한다. 옥타비우스는 나이에 상관없이 원로로 인정하며 임페리움 권한의 총독으로 봉한다. 집정관 출마 나이 제한을 10세 낮추어 미래를 보장한다. (그렇다 해도 옥타비우스가 입후보하려면 13년을 기다려야 한다.) 플랑쿠스와 레피두스의 충절을 인정해, 전자는 다음 해 집정관으로 임명하며, 후자는 뱃부리연단에 금박 기수상을 세워 공덕을 기린다. 로마는 물론 이탈리아 전역에서 즉시 군대를 모집하고 임전 태세를 갖춘다.

이번에도 호민관들은 집정관이 아니라 키케로를 포룸에 불러 원로원 결정사항을 수천 관중에게 설명하게 했다. 안토니우스에게 평화사절을 보내기로 했다고 하자 비난의 목소리가 커졌다. 키케로는 두 손으로 군중들을 진정시켰다.

"로마인들이여, 나도 마찬가지지만 여러분도 이 절차에 반대할 것입니다. 이유도 충분히 이해합니다만 이 역시 참아야 합니다. 조금 전 원로원에서 했던 얘기를 지금 여러분 앞에 다시 한다면, 마르쿠스 안토니우스는 사절을 거부하고, 나라를 능욕하고 무티나를 포위하고 군대를 일으킬 것입니다. 내가 어떤 말을 했는지 전해 듣고는 나를 곤경에 빠뜨리기 위해 계획을 바꾸고 원로원에 복종할 가능성 따위는 없습니다. 그러기에는 너무 멀리 갔으니까요. 당연히 소중한 시간을 낭비야 하겠지만 그렇다 해도 두려워할 필요는 없습니다. 결국 승리는 우리 몫이니까요. 다른 나라라면 노예 상태도 마다않겠지만 로마인들의 가장 소중한 재산은 자유입니다."

평화사절은 다음 날 포룸에서 출발했다. 내키지는 않았으나 키케로도 배웅하기 위해 나갔다. 사절단은 집정관 출신의 3인이었다. 루키우스 피소는 애초에 사절단 파견을 제안한지라 거절하기가 어려웠을 것이다. 마르키우스 필리푸스는 옥타비우스의 계부였기에 그의 합류를 놓고 키케로는 '역겹고도 추악하다'고 비난했다. 마지막으로는 키케로의 옛 친구 세르비우스 술피키우스였다. 건강이 아주 나쁜 탓에 키케로도 재고를 요청했다.

"한겨울에 400킬로미터야. 폭우와 늑대, 강도들도 출몰할 걸세. 게다가 도착한들 군사기지가 얼마나 불편하겠나? 세르비우스, 제발, 병환을 핑계로 삼더라도 다른 사람을 찾아보게 하게나."

"기억하겠지만 파르살루스에서 난 폼페이우스 진영에 있었네. 국가 최고의 인물들이 학살당하는 데도 그냥 서서 지켜봐야만 했지. 마지막으로 공화국에 이바지할 일이 있다면 다시는 그런 일이 일어나지 않도록 막는 것뿐이라네."

"자네 충정이야 언제나 고귀했네만 현실 감각은 늘 부족했어. 안토니우스는 자네 면전에서 비웃을 걸세. 자네가 아무리 고생해봐야 결국 전쟁을 장기전으로 만들 뿐이네."

세르비우스가 슬픈 표정으로 키케로를 보았다. "군대를 혐오하고 책을 사랑했던 친구는 도대체 어디로 간 건가? 예전의 그가 보고 싶군그래. 군중들을 꼬드겨 피를 부르는 선동가보다는 확실히 그 친구가 좋았어."

그는 그 말을 끝으로 낑낑거리며 가마에 올라탄 뒤 다른 사람들과 함께 먼 길을 떠났다.

전쟁 준비는 당연히 늘쩍지근하기만 했다. 역시 키케로가 경고한 대로였다. 로마인들은 평화사절단의 활약을 기대했다. 4개 군단을 새로 만들기 위해 이탈리아 전역에 징세가 있기는 했지만 즉각적 위협이 사라졌다는 착시현상 때문에 긴박감은 어디에서도 찾아보기 어려웠다. 그동안 원로원이 부릴 수 있는 군대라고는 로마 근처에 주둔한 2개 군단이 전부였다. 바로 옥타비우스 지지를 선언한 마르티안과 제4군단이었다. 이들은 옥타비우스의 지시를 받은 후 집정관 통솔하에 데키무스를 구하기 위해 북쪽으로 떠났다. 사령관직은 법에 따라 주사위를 던져 결정했다. 그런데 신들이 잔인한 농담을 즐긴 탓인지 병자인 히르티우스한테 보직이 떨어졌다. 해골 같은 인물이 붉은 외투를 입고 어렵사리 카피톨 계단을 올라, 전통에 따라 유피테르에게 흰 소를 제물로 바치고 전쟁터를 향해 말을 타고 달려갔다. 그 광경을 지켜보노라니 키케로의 마음도 불안하기 그지없었다.

도시연락관이 사절단의 귀환을 알린 것은 거의 한 달이나 지나서였다. 그날 판사는 원로원을 소집해 보고를 듣기로 했다. 사절 중 둘만 신전으로 들어왔는데 피소와 필리푸스였다. 피소는 심각한 목소리로 용자 세르비우스가 안토니우스의 부대에 도착하자마자 탈진으로 사망했다고 알렸다. 거리도 있고 겨울 여행이라 속도도 느린 탓에 시신은 고향으로 데려오지 못하고 현장에 매장했다.

"여러분, 안타까운 얘기지만, 안토니우스는 매우 철저하게 무티나를 에워쌌습니다. 우리가 지내는 동안에도 연신 불화살로 도시를 공략하더군요. 데키무스와 얘기하고 싶으니 안전하게 전선을 통과하게 해줄 것을 요청했으나 거절했습니다. 여러분께서 제안하신 조건들 역시 거부하고 대신 이렇게 자신의 조건을 내걸더군요." 피소는 편지를 꺼내 읽기 시작했다. "갈리아 키살피나의 총독 자리를 포기하는 대신, 갈리아 트란살피나 통치를 5년간 보장할 것. 데키무스 부대의 통솔을 비롯해 자신의 무력을 6개 군단으로 증강하게 해줄 것. 카이사르 이름으로 선포한 법령을 모두 합법으로 선언하고, 오프스 신전에서 사라진 국고에 대해 더 이상 캐묻지 않으며, 지지자들을 모두 사면한다. 마지막으로 병사들에게 합당한 보수를 지불하고 대지로 보상하여야 한다."

피소는 자료를 말아 자기 소매에 넣었다.

"여러분, 우리는 최선을 다했습니다. 실망했습니다만, 그래도 솔직해지기로 했습니다. 안타깝지만 원로원은 앞으로 공화국과 마르쿠스 안토니우스 간의 전쟁이 실재함을 인정해야 할 것입니다."

키케로가 일어났지만 판사는 이번에도 장인 칼레누스를 불러 먼저 연설하게 해주었다.

"우선 '전쟁'이라는 어휘의 사용에 반대합니다. 여러분, 오히려 우리는 지금 명예로운 평화의 가능성을 보고 있습니다. 애초에 안토니우스에게 갈리아 트란살피나를 넘기자고 제안한 당사자가 바로 저입니다. 안토니우스가 받아들였다니 기쁘군요. 주요 쟁점은 모두 타결되었습니다. 데키무스는 총독으로 남고, 무티나 주민들은 더 이상 피해를 입지 않아도 됩니다. 로마인이 로마인을 상대로 무기를 드는 비극도 일어나지 않습니다. 키케로께서 고개를 젓고 계신데, 물론 내 말이 마음에 들지 않겠죠. 키케로는 증오심으로 똘똘 뭉친 사람입니다. 아니, 증오만 남은 노친네라고 말해야겠군요. 이번 전쟁에서 사람이 죽는다면, 우리 같은 늙은이들이 아니라 그의 아들, 내 아들, 여러분의 아들이라는 사실을 깨닫게 해주고 싶습니다. 바로 여러분 아이들이 죽는 겁니다. 안토니우스와 휴전하고, 우리의 용감한 동지, 피소, 필리푸스, 비운의 세르비우스가 몸소 실천하셨듯 양측의 의견 차이를 평화롭게 해결합시다."

칼레누스의 연설은 호응이 좋았다. 원로원에 여전히 안토니우스 지지자들이 남아 있었다. 그중에 특히 땅꼬마 코틸라는 로마의 분위기를 파악하기 위해 안토니우스가 보낸 자였다. 판사가 연사들을 차례로 호명하는 동안(안토니우스의 삼촌 루키우스 카이사르도 열심히 조카를 변호했다) 코틸라는 노골적으로 원로들의 토론을 메모했다. 물론 주인에게 보고할 내용들이다. 그의 행동은 묘하게 사람을 불안하게 만들어, 폐회 즈음에는 판사를 포함해 원로 대부분이 법안에서 '전쟁'이라는 단어를 삭제하고 '국난'으로 대체하자는 데 동의했다.

판사는 다음 날 아침까지 키케로를 호명하지 않았으니 이번에는 오히려 키케로를 도와준 셈이 되었다. 키케로가 일어났을 때 사람들의 기대감이 절정이었을 뿐 아니라 덕분에 어제 연사들의 논지를 공격할 수도 있었다. 그는 루키우스 카이사르부터 난도질했다.

"그가 망설이는 이유는 가족이기 때문입니다. 삼촌이니까요. 뭐, 당연합니다. 그런데… 여기 다른 사람들도 안토니우스 삼촌인가요?" 키케로는 일단 청중들을 웃겨 분위기를 녹녹하게 녹인 다음, 계속해서 비난과 비웃음을 섞어 반대파들을 박살내기 시작했다. "데키무스는 공격을 받고 있는데… 전쟁은 없답니다. 무티나가 포위당했건만… 역시 전쟁이 아니라네요. 갈리아는 폐허가 되었습니다. 이 얼마나 평화로운 광경입니까? 여러분, 이런 전쟁은 듣도 보도 못했습니다! 우리는 불후의 신들과 신전을 지키고 있습니다. 도시와 집과 로마인들의 인권과 제단을 보호하고, 가족과 조상들의 무덤을 지킵니다. 우리 법을 수호하고, 법정과 자유와 부인과 아이와 이 땅을 수호합니다. 다른 편에서는 안토니우스가 이 모든 가치를 파괴하고 국가를 전복하려 하죠.

이 시점에서 용감하고 용맹한 친구 칼레누스가 내게 평화의 이점들을 일깨워줬습니다. 하지만 하나만 묻겠소, 칼레누스. 도대체 무슨 뜻입니까? 이제는 예속을 자유라고 부릅니까? 지금 전투가 한창입니다. 원로원은 지도자 셋을 보내 조정을 시도했지만 안토니우스는 가차 없이 거부했소이다. 그런데도 그 자의 이익을 지켜

내려는 겁니까?

어제, 우리에게 어떤 치욕을 안겨주었는지는 아십니까? '오, 안토니우스가 휴전할 수만 있다면?' 휴전? 사절단의 면전에서, 사절단이 지켜보는 가운데, 그 자는 무티나를 가차 없이 폭격했어요. 사절단에게 공성포열을 보여주며 위력을 과시했다 이 말입니다. 사절단이 와 있는데도, 단 한순간도 공격을 늦추지 않았단 말이에요. 그런 자한테 사절단을 보내? 그런 자와 화의를 하고?

이 말은 모욕을 주기 위해서가 아니라 슬퍼서 하는 얘기입니다. 우리는 팽 당했습니다. 여러분, 바로 우리 지도자들에게 버림 받은 겁니다. 마르쿠스 안토니우스의 밀사, 코틸라에게 하지 않은 양보가 또 뭐가 있죠? 법적으로 해도 저 자가 도시 성문을 통과할 수는 없었습니다. 그런데도 신전까지 열어주고, 원로원에 들여보내지 않았던가요? 저 자는 수첩에 여러분의 표결과 여러분의 말을 모두 기록했습니다. 최고 지도자들까지 존엄성을 내버리고 비위를 맞추려든 결과입니다. 그대 불후의 신들이시여! 우리 조상의 고대 정신은 도대체 어디로 갔습니까? 코틸라를 주인에게 돌려보냅시다. 단 다시는 로마에 돌아오지 않는다는 조건을 붙여야 합니다."

원로원은 경악했다. 카토 시대 이후로 그렇게 굴욕적인 때는 없었다. 키케로는 새로운 법안을 제시했다. 안토니우스 진영에서 싸우는 자는 지위를 막론하고 3월 15일까지 무기를 내려놓을 것, 그 이후에도 그의 군에 복무하거나 그에게 합류하는 자들은 반역자로 여긴다. 법안은 압도적인 표차로 통과했다. 휴전도 화의도 거래도 없다. 키케로는 자신의 전쟁에서 승리했다.

카이사르 암살 1주년 하루 이틀 후(무덤에 꽃 몇 송이 바치는 것 말고는 별다른 행사 없이 지나갔다) 판사는 동료 히르티우스를 따라 참전했다. 그는 4개 군단을 이끌고 포룸에서 출발했다. 이탈리아 전역에서 긁어모은 2만의 오합지졸들. 키케로도 원로들과 함께 사열을 지켜보았다. 사실 군대라고 하기엔 어딘가 어설프기는 했다. 대부분이 무지한 농부, 마부, 제빵사, 세탁부 출신이라 제대로 줄을 서지도 발을 맞추지도 못했다. 그들의 위력 또한 상징에 불과했다. 공화국이 반역자 안토니우스를 상대로 무기를 들었다는.

집정관 둘이 공석이므로, 도시에 남은 최고위 행정관은 도시법무관 마르쿠스 코르누투스였다. 군인 출신으로 카이사르가 충성과 판단력을 높이 사서 발탁한 인물로 갑자기 원로원을 주재할 막중한 임무를 떠맡아야 했다. 다만 정치 경험은 일천한지라 이내 완전히 키케로의 손아귀에 들어오고 말았다. 덕분에 키케로는 예순셋의 나이에, 20년 전 집정관을 역임한 후 처음으로 로마의 최고 통치자가 되었다. 제국 총독들도 키케로에게 보고했다. 원로원을 언제 열지 결정하는 것도 키케로였고 주요 공직을 임명하는 것도 키케로였다. 그의 집은 하루 종일 청원자들로 북적거렸다.

그는 기쁜 마음으로 자신의 복귀를 옥타비우스에게 설명했다.

> 요즈음 로마는 어떤 일이든 내 승인이 있어야 가능하다고 해서 그 사실을 자랑할 생각은 추호도 없네. 사실 이 권력이 어디에서 시작해 어디에서 끝나는지 아무도 모른다는 점에서 집정관보다 더 낫기도 하다네. 그 바람에 대개는 나를 공격하기보다 의견을 물어본다네. 그쪽이 안전하기 때문이지. 아니, 가만히

생각해보니 딕타로르보다 훨씬 낫겠군. 일이 잘못된다고 욕먹을 일도 없지 않은가! 공직의 거품을 실제 권력으로 오인하지 말아야 할 증거라네. 헌신적인 옛 친구이자 조언자가 자네의 찬란한 미래를 위해 전하는 조언 정도로 여겨주게나.

옥타비우스는 3월 말 편지를 보내, 자신이 약속대로 이행하고 있다고 보고했다. 1만에 가까운 병력이 보노니아 남쪽, 아이밀리아 도로 옆에 진지를 구축하고 히르티우스와 판사의 병력과 합류하기 위해 이동 중이었다. 목표는 무티나를 해방할 것.

현재 두 분 집정관의 통솔을 받고 있습니다. 2주 내에는 안토니우스와 대전을 벌일 듯합니다. 원로님께서 원로원에서 하셨듯 저도 야전에서 용맹하게 싸울 것을 맹세합니다. 스파르타의 전사가 뭐라고 했죠? "나는 방패를 들고 돌아가거나 그렇지 못하면 그 위에 실려 가리라."

그때쯤 동방의 소식이 들어오기 시작했다. 마케도니아의 브루투스로부터는 돌라벨라의 소식을 들었다. 돌라벨라는 소규모 병력을 이끌고 시리아로 향했는데 현재는 에게 해 동쪽 해안, 스미르나에서 아시아 총독 트레보니우스와 만났다. 트레보니우스는 그를 매우 극진히 대접하고 심지어 길까지 내주었다. 그런데 그날 밤 돌라벨라는 몰래 도시에 돌아간 뒤 잠든 트레보니우스를 붙잡고 이틀 밤낮을 채찍, 주리, 인두로 고문한 끝에 결국 보물이 있는 곳을 캐냈다. 돌라벨라는 부하들을 시켜 총독의 목을 부러뜨리고 머리는 잘랐다. 병사들은 그의 머리를 걷어차며 이 거리, 저 거리를 누볐고 몸은 난도질해 사람들이 보도록 매달았다.

전언에 따르면 돌라벨라는 이렇게 선언했다. "이로써 카이사르의 암살자를 처단했노라. 비록 처음이나 결코 마지막은 아니리라."

트레보니우스의 잔해는 배에 실려 로마로 돌아와 사후 부검을 받은 후에야 가족에게 돌아갔다. 그의 참혹한 운명은 키케로를 비롯해 공화국 지도자들에게 커다란 충격을 주었다. 적의 수중에 떨어질 경우 어떻게 될지 정확히 깨달은 것이다. 안토니우스는 집정관들에게 공개서한을 보내, 돌라벨라를 지지하며 트레보니우스의 죽음을 환영한다고 선언까지 했다.

"범죄자들이 대가를 지불해야 정의가 산다."

키케로는 그 편지를 낭독하고 원로원은 절대 굴복하지 않기로 다짐했다. 돌라벨라는 공적으로 규정했다. 과거 사위였던 자가 그토록 잔인하다는 사실만으로도 키케로는 충격이었다. 후에는 이렇게 슬퍼하기도 했다.

"그런 괴물이 내 집에 머물고 불쌍한 딸과 침대를 함께 썼다는 얘기잖아. 그런 놈을 한때나마 좋아하기도 했으니… 우리 주변에 어떤 괴물이 숨어 있는지 누가 알겠느냐?"

4월 초, 무티나의 소식을 기다리며 그가 얼마나 긴장했는지 형언이 어려울 지경이었다. 처음에는 좋은 소식도 있었다. 그러고는 몇 달간 소식이 끊겼다가 마침내 카시우스의 편지를 받았다. 시리아를 완전히 통제했다. 그 덕분에 카이사르파, 공화정파, 폼페이우스 잔류파들이 그에게 몰려들어 지금은 11개 군단에 맞먹는 연합군을 휘하에 두었다.

"원로원을 지키는 분들께 강력한 지지 세력이 존재함을 알려드리고 싶군요. 부디 희망과 용기로 국가를 지켜주시기 바랍니다."

브루투스 또한 성공적으로 합류해 마케도니아에서 5개 군단, 2만 5,000명의 병력을 추가 모병하는 데 성공했다. 어린 마르쿠스도 그와 함께 지내며 기병을 모으고 훈련을 시켰다.

"마르쿠스는 열정적이고 끈기 있고 근면하며 성품도 이타적이라 저도 좋아합니다. 실제로도 모든 면에서 큰 도움이 됩니다."

하지만 암울한 소식도 없지 않았다. 데키무스는 4개월 이상 무티나에 갇힌 터라 상황이 절박했다. 외부세계와의 소통도 전서구로만 가능했지만, 빠져나온 새들이 전한 소식이라고는 굶주림, 질병, 최악의 사기였다. 그동안 레피두스는 군단을 이동해 안토니우스와 일전을 목전에 두었으나 키케로와 원로원에 다시 한 번 평화회담을 고려하라고 재촉했다. 키케로는 나약하고 오만한 제안에 크게 역정을 내고 그날 밤 곧바로 내게 편지를 받아쓰게 했다.

> 키케로가 레피두스에게
>
> 평화를 염원하는 충정은 이해하지만, 평화는 언제나 예속으로부터의 자유를 뜻해야 하오. 지각 있는 사람들은 누구나 노예가 되느니 죽음을 택하겠다고 결의한 터요. 부디 내 판단을 받아들이고 더 이상 그 문제는 거론하지 않기를 바라겠소. 원로원이나 시민은 물론, 정직한 사람이라면 그 누구도 받아들일 수 없는 제안이니까.

키케로는 환상이 전혀 없었다. 도시와 원로원에는 여전히 안토니우스 지지자들이 수백은 남아 있었다. 데키무스가 항복하거나 히르티우스, 판사, 옥타비우스가 패하면, 제일 먼저 잡혀 살해당한다는 사실도 정확히 이해했다. 만약의 경우 로마를 지키기 위해 아프리카 주둔 3개 군단 중 둘을 불러들였으나 병력이 도착하려면 한 여름에나 가능할 것이다.

마침내 위기가 터진 것은 4월 20일이었다. 아침 일찍이 도시법무관 코르누투스가 황급히 언덕을 올라왔다. 6일 전 판사가 급파한 급사와 함께였다. 코르누투스의 표정은 심각했다.

"조금 전에 한 얘기를 직접 말씀드려라." 그가 급사에게 지시했다.

급사가 떨리는 목소리로 소식을 전했다. "비비우스 판사께서 유감스럽게도 대패 소식을 전합니다. 집정관님의 군대는 포룸 갈로룸 정착촌에서 마르쿠스 안토니우스에게 기습을 당했습니다. 병사들의 경험 부족이 금세 드러나, 방어벽은 깨지고 처참한 학살이 이어졌죠. 집정관께서는 간신히 탈출하셨으나 부상이 심각합니다."

키케로의 얼굴이 어두워졌다. "히르티우스와 카이사르는? 그들 소식은 없더냐?"

"없습니다. 판사 집정관이 그리로 가는 중에 공격을 당해 합류가 불가능했습니다." 코르누투스가 대답했다.

키케로가 신음을 흘렸다.

"원로회의를 소집해야 할까요?" 코르누투스가 물었다.

"맙소사, 안 돼!" 키케로는 급사를 보았다. "솔직히 말하거라. 로마에서 누가 또 이 얘기를 알고 있더냐?"

급사가 고개를 숙였다. "먼저 집정관님 댁에 갔습니다. 집정관 장인께서 그곳에 계셨습니다."

"칼레누스!"

"그가 모두 압니다. 하필 그 순간에 폼페이우스의 주랑현관에 있더군요. 카이사르께서 쓰러지셨던 바로 그 자리였죠. 지금도 아무나 만나기만 하면 우리가 불경한 살인으로 대가를 지불하고 있다고 떠들어대고 있어요. 원로님께서 딕타토르 자리를 꿰차려 든다고 비난하는데, 솔깃해하는 자들이 꽤 많습니다." 코르누투스가 시무룩한 표정으로 말했다.

"아무래도 원로님을 로마에서 빼내야겠습니다."

내 제안에 키케로가 단호하게 고개를 저었다.

"아니, 안 돼. 반역자는 그 자들이야, 내가 아니라. 빌어먹을, 절대 도망가지 않겠다. 우선 아풀레이우스부터 찾아." 키케로는 도시법무관을 수석 집사 부리듯 했다. "그에게 대중 집회를 소집하게 하고 그다음 나를 데리러 오게. 내가 사람들한테 말하겠어. 불안감을 가라앉힐 필요가 있겠어. 전쟁 중에는 나쁜 소식이 있게 마련이라는 사실만 인지하게 하면 된다. 그리고 너." 그가 급사를 불렀다. "다른 사람에게는 절대 한마디도 벙긋하지 말거라. 알겠느냐? 아니면 네 놈을 사슬로 묶어버릴 테다."

솔직히 그날 파멸에 정면으로 맞설 때보다 키케로를 존경해본 적은 없다. 그는 서재로 들어가 연설문을 작성했다. 그동안 나는 테라스에 서서 포룸에 사람들이 모여드는 광경을 지켜보았다. 공포는 자체의 패턴이 있다. 오랜 경험 끝에 그 패턴을 알아볼 수 있었다. 사람들은 여기저기 귀를 기울이고, 삼삼오오 모였다 흩어진다. 이따금 광장이 텅 빌 때도 있는데 마치 먼지구름이 일었다가 태풍에 휩쓸려 사라지는 것과도 같았다.

아풀레이우스는 부름을 받고 낑낑거리며 언덕을 올라왔다. 내가 그를 키케로에게 안내했다. 보고에 따르면, 현재 돌아다니는 소문은 키케로가 딕타토르의 권표를 들고 출두해야 한다는 것이었다. 물론 속임수였다. 그를 자극해 살인의 빌미로 삼으려는 것이다. 그렇게 되면 안토니우스 진영은 브루투스와 카시우스의 전술을 흉내 내 카피톨을 장악하고 안토니우스가 돌아와 구해줄 때까지 버티려 들 것이다.

"내가 내려가 사람들에게 연설을 하면 자네가 안전을 보장할 수 있겠나?" 키케로가 아풀레이우스에게 물었다.

"절대적인 보장이야 어렵겠지만 노력은 하겠습니다."

"최대한 경호원을 많이 붙이게. 그동안 나도 준비를 할 테니 한 시간 후에 보세나."

호민관이 떠났다. 놀랍게도 키케로는 갑자기 목욕과 면도를 하고 옷도 새로 갈아입겠다고 나섰다.

"하나도 빠짐없이 모두 받아 적어야 한다. 네 책을 위해서도 크게 도움이 될 테니까." 키케로가 지시했다.

그는 몸종들하고 떠났다. 한 시간 후 돌아올 때쯤 아풀레이우스는 거리에 대군을 집결시켜놓았다. 대개는 검투사들이고 나머지는 동료 호민관들과 수행원들이었다. 키케로는 양 어깨를 추스른 다음 문을 열게 했다. 그리고 막 문지방을 넘어서려는데 도시법무관의 릭토르들이 황급히 도로를 따라 올라와 코르누투스를 위해 길을 열었다. 법무관은 급서를 들고 있었고 얼굴은 눈물로 범벅이었다. 숨도 가쁘고 벅찬 탓에 말하기도 어려워 그저 편지를 키케로의 손에 넘겼다.

발신 : 히르티우스

수신 : 코르누투스

급히 서한을 보냅니다. 신들의 도움으로, 우리는 종전의 재앙에서 회복하고 적에게 대승을 거두었습니다. 정오의 손실을 해질 무렵에 회복한 것입니다. 나는 제4군단을 이끌고 나가 판사를 구하고 안토니우스 부대가 승리에 들떠 있는 틈을 타서 기습공격을 가해 군단 깃발 두 개와 부대기 60개를 빼앗았습니다. 안토니우스와 패잔병들은 기지로 후퇴해 그곳에 갇혀 있습니다. 이제 놈들이 포위의 쓴맛을 볼 차례가 된 것입니다. 안토니우스는 고참병 상당수를 잃고 지금은 오로지 기병들만 남았으며, 무티나도 구했습니다. 전황은 이미 기울어졌습니다. 판사는 부상을 당했으나 곧 회복할 것입니다. 원로원과 로마 시민 만세! 키케로께도 전해주시기를.

18
열여덟 번째 두루마리

이후로는 키케로에게 생애 최고의 시기였다. 베레스와의 싸움보다 더 힘든 승리였고 집정관 당선보다 짜릿했으며 카틸리나를 이긴 것보다 흥겹고 망명에서 돌아온 것보다 역사적이었다. 공화국 수호에 비하면 그런 승리들은 모두 아무것도 아니었다.

'비록 고생도 많이 하고 잠 못 든 밤도 많았지만 그날 가장 풍요로운 보상을 받았네. 로마인들이 모두 내 집으로 몰려와 나를 경호해 카피톨에 데려가더니 연사의 연단에 세우고 엄청난 박수갈채를 보내더군.' 키케로는 브루투스에게 이렇게 썼다.

그렇듯 혹독한 절망을 겪었기에 더욱 감미로운 순간이었다.

"이번 승리는 여러분이 주인입니다!" 그가 연단에서 수천의 군중을 향해 외쳤다.

그러자 시민들은 "아니요! 당신이 승리자입니다!"라고 받아쳤다. 다음 날 그는 원로원에 나가 전대미문의 50일 감사 축제를 열어 판사, 히르티우스, 옥타비우스를 축하하고 전사자들을 위해 기념탑을 세우자고 제안했다.

"자연이 우리에게 준 삶은 짧으나, 고귀하게 희생한 이들을 향한 기억은 영원합니다."

정적들 중 아무도 그에게 대항하지 못했다. 아예, 회의 내내 움츠리고 있다가 얌전히 그가 원하는 대로 투표도 했다. 그가 문을 나설 때마다 사람들이 환호를 보냈다. 이제 그에게 필요한 것이라면 안토니우스가 죽었다는 최종 공식 확인뿐이었다.

일주일 후 옥타비우스가 급서를 보내왔다.

G. 카이사르가 친구 키케로에게

21일 저녁, 기지에서 램프를 밝혀놓고 이 글을 씁니다. 기어이 두 번째 대승을 거두었다는 소식을 원로님께 제일 먼저 알려드리고 싶었습니다. 지난 일주일간, 제 군단은 용자 히르티우스 군단과 긴밀한 연합 작전을 벌였습니다. 안토니우스 기지의 취약점을 조사한 결과 어젯밤 드디어 적절한 공간을 찾아내 오늘 아침 기습공격을 감행했죠. 결투는 처절하고 집요했으며 살상은 끝도 없었습니다. 저도 싸움에 가세했는데 바로 옆 기수가 숨을 거두는 바람에 직접 깃발을 어깨에 메고 다녔죠. 그 덕에 병사들의 사기가 치솟기도 했습니다. 데키무스도 결정적인 시기임을 깨닫고 마침내 병력을 이끌고 무티나에서 나와 전투에 합류했어요. 안토니우스 군은 대부분 괴멸했습니다만, 괴수 자신은 기병들과 함께 달아났습니다. 달아난 방향으로 보아 아무래도 알프스를 넘을 것 같군요.

대단한 위업입니다만, 이제 어려운 말씀을 드려야겠습니다. 히르티우스는 허약한 몸으로 용감하게 적진 중앙까지 진입했습니다만 안토니우스 막사에 이르러 그만 목에 칼을 맞고 쓰러지셨답니다. 그나마 시신은 회수했으니 로마로 운구하겠습니다. 물론 원로님께서 용감한 집정관께 합당한 서훈이 되도록 챙겨주시리라 믿습니다. 여유가 있을 때 저도 편지를 쓰겠습니다만, 집정관님 가족한테는 원로님께서 전해주십시오.

키케로는 편지를 다 읽고 내게 건넨 뒤, 두 주먹을 쥐고는 하늘을 올려다보았다.

"살아서 이 순간을 보다니 그저 신들께 감사할 따름이다."

"그래도 히르티우스 집정관님은 안됐습니다." 내가 덧붙였다.

투스쿨룸의 별빛 아래 그토록 자주 함께 식사를 했건만.

"그래… 불쌍한 사람 같으니. 하지만 병상에서 추하고 추레하고 죽는 것보다야 전쟁터에서 명예롭게 전사하는 쪽이 훨씬 낫다. 이 전쟁은 영웅을 기다리고 있어. 이번 기회에 히르티우스를 비어 있는 초석에 올리고 말겠다."

그날 아침 키케로는 옥타비우스의 편지를 들고 원로원으로 갔다. 편지를 낭독하고 〈역사상 가장 위대한 찬미가〉를 부르며 히르티우스를 위해 국장을 제안할 계획이었다. 다만 한창 기분이 들뜬 탓에 집정관의 죽음을 너무 가볍게 여겼다. 콘코르디아 신전 계단을 오르는데 때마침 도시법무관이 도착했다. 원로들도 몰려 들어와 제각기 자리를 잡고 복점관이 점괘를 살폈다.

코르누투스가 씩 웃으며 말했다. "표정을 보니, 안토니우스가 패했다는 소식을 들으신 모양입니다."

"아주 기쁘군그래. 이제 놈이 달아나지 못하도록 해야겠지."

"오, 어느 노병한테 들었는데… 그 자를 처단할 병력은 얼마든지 있답니다. 다만, 그 바람에 집정관을 잃은 건 비극이죠."

"그래… 참혹한 비극이지." 두 사람은 나란히 입구를 향해 걷기 시작했다. "자네만 괜찮다면, 오늘 찬미가를 하나 낭송할까 하네만."

"물론입니다. 다만 칼레누스가 먼저 연설하고 싶다고 요청했습니다."

"칼레누스! 그 자가 이 일과 무슨 상관이란 말인가?"

코르누투스는 걸음을 멈추고 키케로를 바라보았다. 놀란 표정이었다.

"판사가 그분 사위니까…."

"도대체 무슨 얘긴가? 완전히 오해하고 있구먼. 죽은 사람은 판사가 아니라 히르티우스일세."

"아뇨, 아뇨, 판사입니다. 확실해요. 어젯밤 데키무스한테서 메시지를 받은걸요. 보세요." 그리고 그가 급서를 키케로에게 건넸다. "포위가 풀리자마자 곧바로 보노니아로 갔다더군요. 판사와 만나 안토니우스를 어떻게 추적할지 상의하려 했는데 결국 첫 번째 전투에서 당한 부상을 이겨내지 못한 모양입니다."

키케로는 믿고 싶지 않았으나 데키무스의 편지를 읽고는 결국 수긍해야 했다.

"히르티우스도 죽었네. 안토니우스 진영을 기습하다 당했지. 청년 카이사르의 편지를 받았는데 시신은 수습해두었다고 하더군."

"집정관 둘이 모두 죽었다고요?"

"기가 막힐 노릇이군." 키케로는 그 소식에 무척이나 당혹스러워했다. 행여 계단에서 뒤로 쓰러질까 불안할 정도였다. "공화국 역사상 임기 내에 죽은 사람은 겨우 여덟 명이었어. 500년 역사 중에! 그런데 같은 주에 둘을 잃었다고?"

원로들 몇이 지나가다가 걸음을 멈추고 두 사람을 보았다. 키케로는 엿듣는 이들을 의식해 코르누투스를 한편으로 데려가 조용하면서도 긴박한 목소리로 얘기했다.

"어려운 문제이지만 헤쳐나가야 하네. 그 어느 것도 안토니우스를 추적하고 처단하는 일에 방해가 되어서는 안 돼. 그 일만이 우리 정책의 알파이자 오메가니까. 비극을 이용해 재앙을 만들어낼 사람은 얼마든지 있다네."

"예, 그런데 집정관 부재 시에는 누가 군을 통솔합니까?"

키케로는 신음과 한숨 비슷한 소리를 내뱉고 손으로 이마를 짚었다. 그렇게 조심스럽게 계획하고 아슬아슬하게 힘의 균형을 이끌었건만 이 무슨 난제란 말인가!

"내가 보기엔 데키무스밖에 대안이 없어. 나이와 경험 어느 면에서나 부족함이 없는 데다 갈리아 키살피나의 총독이 아닌가."

"옥타비우스는 어쩌죠?"

"옥타비우스는 내게 맡기게. 아무튼 그 친구를 우리 진영에 묶어두려면 아주 특별한 감사와 영예를 선물해야 할 게야."

"그렇게 막강한 권력을 맡겨도 괜찮겠습니까? 언젠가는 분명 우리를 공격할 텐데."

"그럴지도 모르지. 그래도 나중에 처리할 수 있네. 어린 싹은 틔우고 키우고 치우면 그만이라네."

키케로는 상대방을 설득할 때 종종 이런 식으로 거칠게 표현했으나, 사실은 말장난이자 농지거리에 불과했다.

"그 말 멋집니다. 후에 써먹어야겠어요. 틔우고 키우고 치운다."

코르누투스는 역시 단순한 사람이었다. 그리고 두 사람은 당면한 문제를 논하기 시작했다. 소식을 어떤 식으로 원로들에게 알릴 것인가? 어떤 법안을 제안하고 투표는 어떤 식으로 진행할 것인가? 마침내 두 사람도 신전으로 들어갔다.

"신들은 우리에게 승리와 비극을 동시에 내려주었습니다. 죽음의 위기는 걷혔지만 그 대가로 소중한 생명을 지불해야 했죠. 조금 전 무티나에서 또다시 결정적인 승리를 거두었다는 소식이 들어왔습니다. 안토니우스는 얼마 되지 않는 추종자들과 달아났다는군요. 불행히도 그곳이 어디인지는 아직 모릅니다. 북쪽? 산악지대? 우리 모두가 바라건대, 지옥문이었을까요? (속기를 보면 이 시점에서 박수갈채가 터져 나왔다.) 그런데 원로 여러분, 소식이 하나 더 있습니다. 히르티우스가 운명했습니다. 판사도 유명을 달리했습니다. (탄성, 탄식, 항변.) 최근 몇 개월간, 그리고 몇 년간 우리의 나약함과 어리석음을 용서하는 대신 신들은 제물을 원했고 그래서 용맹한 집정관 두 분이 목숨으로 그 빚을 갚았습니다. 두 분의 시신은 조만간 이곳 로마에 돌아올 것입니다. 그럼 명예로운 서훈과 함께 두 분을 영면에 들게 하고, 거대한 기념탑을 세워 천 년간 사람들이 우러러보게 해야겠죠. 하지만 두 분의 명예에 보답하려면, 무엇보다 이제 고지에 이른 역사를 완성하고 그리하여 안토니우스를 처단하는 일이 될 것입니다. (박수갈채.)

그리하여 제안하는 바입니다. 무티나에서 희생된 두 집정관을 기리고, 기필코 전쟁을 종식해야 한다는 심정으로 데키무스 유니우스 알비누스를 원로원 군단의 총야전사령관으로, 가이우스 율리우스 카이사르 옥타비아누스를 부사령관으로 봉합시다. 또한 두 영웅의 탁월한 지략과 용기, 승전을 축하하여 데키무스 유니우스 알비누스의 이름을 로마력에 더해 그 생일을 영원히 기억하게 할 것이며, 가이우스 율리우스 옥타비아누스는 로마에 돌아오는 대로 소개선식의 영예로 보답하고자 합니다."

그다음 논쟁은 반발로 가득했다.

'그날 원로원에서는 처벌보다 보상이 표를 얻기가 어렵다는 사실을 깨달았네.' 키케로는 브루투스에게 이렇게 편지를 썼다.

이사우리쿠스는 안토니우스에 이어 옥타비우스까지 질투하기 시작해 소개선식은 절대 불가하다며 고집을 부렸다. 그렇게 하면 옥타비우스가 소속 군단을 이끌고 로마 전역을 사열하기 때문이었다. 결국 키케로는 제안을 관철하기 위해 데키무스에게 훨씬 거창한 개선식을 제공하는 데 동의해야 했다. 병사들의 보상을 계산하기 위해 10인 위원회를 설립했는데, 실제로는 병사들을 옥타비우스한테서 떼어놓는 한편, 보상금을 줄이고 원로원의 녹봉으로 묶어두기 위한 농간이었다. 설상가상으로 옥타비우스도 데키무스도 위원회에 들어가지 못했다. 칼레누스는 상복을 입고 나타나더니 사위의 주치의 글리코를 체포해서 필요하다면 고문을 하라고 떼를 썼다. 판사의 죽음이 교살인지 아닌지 밝혀야 한다는 얘기였다.

"분명 부상이 심하지 않았다고 들었소이다. 그런데 사위를 제거함으로써 누가 이득을 얻는지 분명히 드러나지 않았소?" 물론 옥타비우스를 지칭한 얘기였다.

전체적으로는 끔찍한 하루였다. 키케로는 그날 밤 서재에 앉아 옥타비우스에게 편지를 써서 상황을 설명했다.

오늘 원로회의를 통과한 결의안과 함께 이 편지를 보내네. 지금까지 자네가 집정관들의 통솔을 받았듯이, 이번에 자네와 자네 병사를 데키무스의 휘하에 둘 수밖에 없었네. 부디 그 이치를 이해해주기 바라겠네. 10인 위원회는 터무니없는 얘기라네. 나도 폐지를 위해 노력할 테니 시간을 조금 더 주게나. 옥타비우스, 자네가 사람들의 환호를 듣지 못해서 아쉽기 짝이 없네. 자네의 용맹과 충성을 찬양하느라 원로원 건물이 무너질 정도였다네. 그리고 자네가 공화국 역사상 최연소 사령관으로서 소개선식의 영예를 받게 되어 기쁘네. 계속해서 안토니우스를 추적해주게나. 내가 자네를 소중히 여기듯 늘 가슴속에 내 자리를 남겨두기 빌겠네.

그 이후로 답장은 없었다.

전황에 대해서도 오랫동안 소식이 없었다. 특별한 일은 아니었다. 전장이 멀기도 하고 적대적인 땅이 아닌가. 키케로는 안토니우스가 쥐꼬리만 한 추종자들과 함께 좁은 산길을 굽이굽이 쫓겨 다니고 데키무스가 뒤를 쫓는 상상을 하며 마음을 달랬다. 데키무스한테서 소식이 온 것은 5월 17일이나 되어서였다. 이런 경우 대개 그렇지만, 급서는 하나가 아니라 세 통이 한꺼번에 날아들었다. 나는 곧바로 편지를 서재로 들고 갔다. 키케로는 황급히 두루마리 함을 열고 하나씩 큰 소리로 읽어 내려갔다. 첫 번째는 4월 29일, 키케로는 곧바로 긴장했다.

"안토니우스가 절대 이탈리아에 들어가지 못하게 하겠습니다. 곧바로 그를 쫓을 계획입니다."

"곧바로? 도대체 무슨 소리지? 이 편지를 쓴 시기가 안토니우스가 무티나를 탈출하고 8일 후인데…."

다음 편지는 일주일 후였다. 데키무스가 행군을 시작했을 때.

친애하는 키케로, 당장 안토니우스를 쫓지 못한 이유는 다음과 같습니다. 우리에게는 기병도 없고 짐 실을 짐승도 없습니다. 히르티우스의 죽음은 알지 못했고 카이사르는 만나 얘기해보기 전까진 도저히 믿음이 가지 않는군요. 그렇게 첫날이 흘렀죠. 다음 날 일찍 판사가 메시지를 보내 보노니아로 오라 했습니다. 그런데 가는 도중에 비보를 접하고는 핑계를 대고 황급히 기지로 돌아왔습니다. 지금은 병력도 크게 줄었지만 군수품 부족으로 사기가 최악입니다. 안토니우스는 이틀 앞섰지만 추적자인 우리보다 행군이 빠를 수밖에 없습니다. 우리가 보통 속도로 이동하는 반면 그쪽은 사력을 다하기 때문이죠. 게다가 놈들은 가는 곳마다 노예 막사를 공격해 노예들을 끌고 가고, 바다(Vada)에 이를 때까지 전혀 멈춘 기색이 없습니다. 지금은 병력도 꽤 많이 늘었지만 아무래도 레피두스와 합류할 것 같습니다.

카이사르가 내 말을 듣고 아펜니노 산맥을 넘었다면, 안토니우스를 구석에 가두었을 테고 그랬다면 식량 부족으로 벌써 끝장이 났겠으나, 카이사르한테 지시할 방법도 카이사르가 자기 부대를 움직일 방법도 없었습니다. 어느 쪽이나 최악이었죠. 제가 걱정하는 바는 이런 상황을 해결하지 못한다는 데 있습니다. 이제는 제 부하들도 굶주릴 판입니다.

세 번째 편지는 그 이튿날에 썼으며 알프스 언덕에서 급송했다. '안토니우스는 레피두스 진영으로 이동 중입니다. 부디 로마에서 향후를 도모하시길. 나를 향한 세상의 비난도 막아주시리라 믿습니다.'

"그 자를 놓쳤어. 안토니우스가 도망갔어! 옥타비우스는 아예 사령관의 지시를 받을 수 없거나 받기를 거부한다는군. 맙소사, 이 난국을 어이할꼬!" 키케로는 손으로 이마를 짚은 채 편지를 다시 읽어 내려갔다.

그리고 곧바로 편지를 작성해 급사를 데키무스한테 돌려보냈다.

전쟁의 불길이 꺼지기는커녕 더 활활 타오르는 것 같군요. 안토니우스가 더러운 추종자들과 사력을 다해 달아났다는 얘기는 이해했소. 그런 상황이라면 교전이 위험할 수도 있을 게요. 내가 보기에도 그 자가 무티나에서 빠져나간 이후 전쟁이 다른 국면으로 접어든 모양이구려.

다음 날 히르티우스와 판사의 장례 행렬이 로마에 도착했다. 에스코트는 옥타비우스가 보낸 의장대가 맡았다. 저녁 무렵 행렬이 거리를 지나 포룸에 도착할 때까지 군중들이 숨을 죽인 채 지켜보았다. 뱃부리 연단에 이르자, 원로들이 검은 상복을 입고 대기했다가 행렬로부터 운구를 인수했다. 코르누투스가 키케로의 송덕문을 대독한 뒤, 엄청난 군중이 관대를 쫓아 마르스 광장으로 이동했다. 그곳에 화장 장작을 설치해두었다. 장의업자, 배우, 연주가들은 애국자들에 대한 존중의 표현으로 보수를 거부했다. 키케로는 농담도 했다. 장의업자가 돈을 요구하지 않으면 당신이 바로 영웅이다. 하지만 대중 앞에서야 허세를 부린다 해도 마음속으로는 걱정이 클 수밖에 없었다. 장작더미 아래 불을 붙이고 불길이 치솟았다. 불안해서일까? 불빛 속에서 키케로의 얼굴이 더 나이가 들고 허해 보였다.

안토니우스가 탈출했다는 사실만큼이나, 옥타비우스가 데키무스의 지시를 따르지 않거나 따를 수 없는 것도 문제였다. 키케로는 편지를 보내, 부디 원로원의 결정에 따라 군단을 정부 통솔하에 두라고 애원했다.

'승리를 확정한 후에 의견 차이를 조율해보세. 나를 믿어주게나. 국가 최고의 영예를 얻고자 한다면 최대의 공적을 처단하는 방법뿐이라네.'

불길하게도 답신은 없었다. 그리고 다시 데키무스한테서 편지가 당도했다.

라베오 세굴리우스의 얘기를 들었습니다. 옥타비우스와 함께 있었는데 대부분 원로님이 화제였다더군요. 그 친구 말에 따르면, 옥타비우스가 대놓고 비난하지는 않았지만, 원로님이 그 친구를 두고 했다며 이 얘기를 전했죠. "새싹은 틔우고 키우고 치울 수 있다." 그러더니 절대 당하지 않겠다고 덧붙였답니다. 고참병들도 원로님께 불만이 대단하다니까 아무래도 몸조심은 하셔야겠습니다. 정말로 원로님을 처단하고 그 청년을 대신 그 자리에 앉힐 생각이라 들었습니다.

오래전부터 키케로에게 경고했다. 괜한 말장난과 헛소리 때문에 언젠가 곤란을 겪을 수 있다고. 문제는 그도 어쩔 수가 없다는 데 있었다. 그는 언제나 통렬한 재사로서의 명성을 즐겼다. 게다가 나이가 들수록 그가 입을 열면 사람들이 주변으로 몰려들고 기꺼이 웃어주었다. 그는 관심을 먹고 살고 그럴수록 재치 문답과 말장난은 점점 더 늘기만 했다. 심지어 직접 하지 않은 얘기마저 그의 이름으로 돌아다녀 언젠가 그런 외전들을 나도 책으로 묶은 바 있다. 카이사르는 키케로의 독설을 즐겼다. 심지어 자신이 대상이었을 때도 마찬가지였다. 예를 들어 딕타토르로서 달력을 바꾸었을 때 누군가 큰개자리, 시리우스가 여전히 같은 날 뜨느냐 물었을 때, 키케로는 이렇게 대답했다. "개는 원래 시키는 대로 합니다." 전언에 따르면 카이사르는 그 말을 듣고 포복절도했다지만, 그의 양아들은 장점이 무엇이든 간에 유머감각은 크게 떨어지는 편이었다. 때문에 키케로도 내 고언에 따라 사과편지를 썼다.

듣자하니 돌대가리 세굴리우스가 돌아다니며, 내가 했다는 농담 얘기를 아무한테나 지껄이는 모양이더군. 그 바람에 일부가 자네 귀에까지 닿은 듯하네. 솔직히 그런 말을 했는지 기억조차 없네만 애써 부인하지는 않겠네. 내가 들어도 내가 했을 법한 얘기니까. 그저 그 순간을 위해 별 생각 없이 한 얘기일 걸세. 심각한 얘기로 보기에는 여러모로 적합하지도 않고. 내가 자네를 얼마나 사랑하는지는 더 이상 말할 필요도 없을 걸세. 지금도 자네 편에서 자네의 이해관계를 대변하고 향후 자네가 국정을 이끌어야 한다고 굳게 믿고 있다네. 나 때문에 상처를 받았다면 내 진심으로 사과함세.

그 편지에는 답장이 왔다.

원로님을 향한 제 마음은 변하지 않았습니다. 사과도 필요 없지만 그래야 마음이 편하시다면 당연히 수용하겠습니다. 다만 아쉽게도 제 지지자들까지 그렇게 너그럽지는 않군요. 제가 원로님과 원로원을 신뢰한다며 날마다 핀잔을 주니 말입니다. 원로님께서 가볍게 던지신 얘기에도 발끈했지만 그보다는… 원로원의 결의안이 더 독이 된 듯합니다! 양부를 유혹해 죽인 자의 지휘를 받으라니 어떻게 그 지시를 온당타 하겠습니까? 데키무스와 관계가 원만하다고 친구까지 될 수는 없습니다. 부하들도 양부의 병사들이었기에 도저히 따를 수는 없을 것입니다. 부하들 말을 전하자면, 원로원을 위해 주저 없이 싸울 수는 있지만 단 하나 조건이 있습니다. 제가 집정관이 되어야 한다는 얘기죠. 그게 그렇게 불가능합니까? 집정관 둘 다 공석이 아닌가요? 이미 열아홉에 지역 총독이 되었는데 집정관은 왜 안 되는 겁니까?"

그 편지에 키케로는 사색이 되었다. 그는 곧 답신을 보내, 아무리 옥타비우스가 신성하다 해도 원로원으로서는 스물도 안 된 젊은이를 집정관으로 봉할 수 없다고 말했다. 옥타비우스도 곧바로 답장을 보냈다.

전쟁터에서 군대를 지휘할 때는 젊음이 장애가 되지 않지만 집정관은 다르다는 뜻입니까? 나이가 유일한 문제라면, 동료 집정관을 그만큼 연배 있는 분으로 모시면 되겠죠. 제가 부족한 면을 그분의 정치 지식과 경험으로 채우면 되지 않습니까?

키케로는 편지를 아티쿠스에게 보여주었다.

"어떻게 생각해요? 이 친구 요구가 내가 생각하는 그것 맞겠지?"

"내가 봐도 그렇군. 그렇게 할 텐가?"

"솔직히 말해서 그 명예가 의미 없다고 할 수는 없소. 집정관을 두 번 하는 경우는 극히 희박하니까. 당연히 불후의 영광이 되겠죠. 어쨌든 실제 그 일을 하고 있기도 하고. 하지만… 그 대가는? 이미 카이사르가 군대를 등에 업고 불법으로 집정관직을 요구한 적이 있어요. 우리는 그를 막기 위해 전쟁까지 벌였고. 그런데 또다시 카이사르와 맞닥뜨렸는데 이번엔 공손하게 굴복하라고? 원로원이 도대체 뭐라고 생각하겠소? 브루투스와 카시우스는? 도대체 저 어린아이 머리에 누가 이런 생각을 심어준 거지?"

"어쩌면 아무도 아닐 수도 있네. 그런 생각은 늘 저절로 자라나는 법이니까."

키케로는 대답하지 않았다. 그 가능성만으로도 견딜 수 없었다.

2주일 후, 키케로는 레피두스의 편지를 받았다. 그는 당시 7개 군단을 이끌고 갈리아 남부의 아르겐테우스 다리 위에 주둔 중이었다. 편지를 다 읽은 후 키케로는 상체를 숙이고 머리를 책상에 기대더니 한 손으로 편지를 밀어주었다.

우리는 오랫동안 친구였지만 아무래도 작금의 폭력적이고 정치적으로 불안한 시기에 제 정적들이 허무맹랑한 보고서를 남발하여, 원로님의 애국심에 적잖은 파문을 일으킨 듯 보이는군요. 과거 공직을 수행함에 있어서, 삶과 노력, 근면과 신념이 제 이름에 먹칠을 하지 않았다고 여기신다면, 부디 향후에 그에 걸맞거나 더 나은 대접을 기대하겠습니다. 원로님의 자애로움 덕에 늘 이렇게 신세만 집니다.

"잘 모르겠습니다. 왜 그렇게 난감해하십니까?" 내가 물었다.

키케로는 한숨을 내쉬며 똑바로 일어나 앉았다. 놀랍게도 두 눈엔 눈물까지 반짝였다.

"이 인간 안토니우스와 연합하겠다는 얘기야. 미리 연막을 치고 있잖아. 표리부동이 너무도 노골적이라 정말 껴안아주고 싶을 정도로구나."

키케로의 말이 맞았다. 바로 그날, 5월 30일, 키케로가 레피두스의 거짓 다짐을 받는 동안 안토니우스는 레피두스 기지 반대편 강둑에 도착했다. 그는 검은 외투를 걸친 채 가슴 깊이의 강을 건넌 뒤 울짱으로 올라가 군단병들을 상대로 호소했다. 거의 40일간의 도피 끝이라 머리는 장발이고 수염도 많이 자랐다. 그래도 갈리아와 내전 덕분에 병사들 대부분이 그를 알아보고 주변으로 몰려들어 얘기를 경청했다. 다음 날 그는 병력을 모두 이끌고 강을 건넜다. 레피두스의 부하들도 따뜻하게 그들을 맞아주었다. 병사들은 요새를 무너뜨리고 안토니우스는 비무장으로 기지에 들어갔다. 안토니우스는 레피두스를 깍듯이 대하며, 자신과 명분을 함께하면 장군의 지위와 명예를 유지할 수 있다며 설득했다. 병사들은 환호하고 레피두스는 동의했다.

적어도 두 사람이 함께 날조한 이야기는 그랬다. 키케로는 둘이 처음부터 공모자였으며 합류도 미리 계획했다고 확신했다. 불가항력에 굴복한 척하면 반역자 오명을 조금이나마 벗으리라 여겼던 것이다.

레피두스가 급서를 보내 상황 반전을 알리기까지 아흐레가 걸렸으나 실제로 소문은 사신보다 더 빨랐다. 코르누투스가 콘코르디아 신전에서 편지를 낭독했다.

> 신들과 시민들이여, 내 가슴과 머리가 얼마나 국가와 자유만 생각하는지 여러분이 증언하소서. 행운의 신께서 내게서 결정권을 빼앗지 않았던들 어떻게든 증거를 보여주었을 것입니다. 내 군대는 로마인의 삶과 세계의 평화를 위해 늘 충실히 싸웠으나 이번에는 폭동을 일으켜 나 또한 그들의 뜻에 따르지 않을 수 없나이다. 애원하고 간청하오니, 부디 동포 간의 갈등 속에서 나 자신과 병사들이 보여준 인정을 범죄로 여기지 말아주소서.

도시법무관이 낭독을 마치자 여기저기 한숨과 신음이 들렸다. 원로원 전체가 소문이 모두 거짓이기를 바라는 마음에 숨까지 참고 있었던 것이다. 코르누투스는 키케로를 불러 토론을 주도하게 했다. 잇따른 정적 속에서 키케로가 일어났을 때, 이 모두 거짓이기를 바라는 유아적 갈망까지 느꼈으나 아무리 키케로라도 그 갈망까지 채워줄 수는 없었다.

"여러분, 갈리아 소식은 오래전부터 짐작한 터라 특별히 놀랍지는 않습니다. 기가 막힌 일이라면 레피두스가 뻔뻔하게 우리 모두를 멍청이로 만들려 한다는 사실이죠. 감히 애원하고 간청하고 탄원을 하다니… 나쁜 놈! 아뇨, 그럴 수는 없습니다. 저 악독하고 비열한 귀족 놈들은 인간의 탈을 쓴 악마나 다름없습니다! 반역을 범죄로 여기지 말아달라고? 이 겁쟁이 놈! 차라리 당당하고 솔직했다면 조금이나마 존중했을지도 모르겠군요. 놈은 이 기회에 추악한 야심을 채울 생각에 도둑놈 친구를 범죄 파트너로 선택했습니다. 이 자를 공적으로 선언하고 재산과 부동산은 모두 몰수해 새로이 군단을 꾸릴 자금으로 이용할 것을 제안합니다. 놈이 국가로부터 빼앗아간 병력을 보충해야죠."

그의 말에 우레와 같은 박수가 터졌다.

"다만 모병에는 시간이 필요합니다. 고통스럽지만 그때까지는 전세가 극도로 열악하다는 사실을 인정해야 합니다. 갈리아 반역의 불길이 플랑쿠스 4개 군단까지 번져 나간다면(예, 그 가능성에 대해서도 각오를 다져야 합니다) 이제 6만 정예군이 우리를 향해 포진하는 셈이 됩니다."

키케로는 위기 상황을 축소하지 않겠다고 미리 결심한 터였다. 사람들이 불안감으로 중얼거리기 시작했다.

"아직 절망할 필요는 없습니다. 우리한테도 그 정도 전력은 있으니까요. 고귀하고 용맹한 브루투스와 카시우스의 부대… 비록 마케도니아와 시리아에 있기는 합니다만. 라티움에도 1개 군단을 새로 모으고 아프리카 2개 군단이 나라를 수호하기 위해 배를 타고 귀국 중입니다. 게다가 데키무스와 카이사르 군도 있습니다. 다만 전자는 전력이 약하고 후자는 호락호락하지 않을 뿐이죠. 다시 말해서 기회는 많고, 시간은 없다는 뜻입니다. 이에 따라 제안합니다. 브루투스와 카시우스가 즉시 충분한 전력을 이탈리아로 보내 로마를 수호하도록 지시하여야 합니다. 새로 신병을 모집할 수 있도록 징세를 강화해야 합니다. 또한 1퍼센트의 특별재산세를 징수해 무기와 장비를 구입해야 합니다. 그다음 선조들의 영혼과 정의로운 명분으로부터 힘을 도출한다면 자유는 끝내 승리할 것입니다."

평소의 기력과 용기를 있는 대로 끌어내 연설을 마쳤건만 자리에 앉았을 때도 반응은 여전히 시큰둥했다. 패배의 예감이 불에 탄 역청처럼 시큼하게 장내를 뒤덮었다.

이사우리쿠스가 다음 순서였다. 지금껏 이 오만하고 야심만만한 귀족은 원로 중에서도 가장 집요하게 옥타비우스를 반대했다. 옥타비우스가 특별 법무관에 오르는 것도 거부하고, 심지어 상대적으로 빈약한 영예인 소개선식마저 막으려 애를 썼다. 그런데 이번에는 젊은 카이사르에게 찬사를 쏟아내 사람들을 놀라게 했다.

"안토니우스는 레피두스의 지원까지 얻었습니다. 그의 야욕에서 벗어나려면 카이사르야말로 우리가 기댈 유일한 인물이라 믿기로 했습니다. 그에게는 지푸라기로 군대를 만들어 행군하고 싸우게 만들 능력이 있습니다. 특유의 지혜로 평화를 가져다줄 사람입니다. 그를 믿는다는 의지의 표현으로, 원로 여러분, 최근 전 그에게 딸년과의 결혼을 주선했습니다. 그리고 기쁘게도 그가 청혼을 받아들였음을 알려드립니다."

키케로는 순간 투명의 갈고리에 낚이기라도 한 듯 의자에 앉은 채 몸을 비틀었다. 하지만 이사우리쿠스는 아직 끝나지 않았다.

"이 놀라운 젊은이를 우리 편에 더욱 공고히 묶어두고 마르쿠스 안토니우스와 싸우게 하기 위해, 다음과 같이 법안을 제안하는 바입니다. 레피두스의 배반으로 야기된 심각한 전황을 고려하고, 더욱이 가이우스 율리우스 카이사르 옥타비아누스가 지금껏 공화국에 이바지한 공을 기려 궐석 집정관으로 일할 수 있도록 헌법 수정을 요청합니다."

후에 키케로는 일이 이렇게 될 줄 예상하지 못했다며 자책했다. 사실 조금만 생각해봐도 뻔한 일이다. 키케로를 집정관 파트너로 삼는 데 실패한다면 당연히 다른 사람에게 요청하지 않겠는가. 하지만 누구보다 예리한 정치가임에도 키케로는 이따금 명백한 사실을 놓치고 만다. 그리고 덕분에 이제 난감한 입장에 처하고 말았다. 현실을 담담하게 인정할 것인가? 아니면 반대를 할 것인가? 생각할 시간조차 없었다. 주변 벤치는 어디나 저마다 머리를 굴리느라 어수선했다. 이사우리쿠스는 팔짱을 하고 앉았는데, 자신이 초래한 평지풍파에 매우 흡족한 표정이었다. 코르누투스가 키케로에게 제안에 답할 것을 요청했다.

그는 토가를 매만지며 천천히 일어난 뒤에도 주변을 돌아보고 목청을 가다듬었다. 늘 그렇듯 생각할 시간을 벌기 위한 지연 전술인 셈이다.

"무엇보다 방금 말씀하신 대로, 이사우리쿠스의 놀라운 가족 관계를 축하해도 되겠죠? 제가 알기에 그 젊은이는 명예를 알고, 겸손하고 온건하며 냉철합니다. 애국심도 남다르고 전쟁에서도 용감하며 판단력도 물론 훌륭하죠. 요컨대, 최고의 사윗감이라는 얘기입니다. 현재로서는 우리 원로원에 나보다 강력한 지지자는 없을 겁니다. 공화국에서 그의 미래는 찬란하고 탄탄합니다. 물론, 집정관도 가능합니다. 하지만 여러분, 20세 미만에 집정관이 되는 것과, 군을 지휘한다는 이유로 집정관이 되는 것은 완전히 별개의 문제입니다.

신사 여러분, 우리가 안토니우스와 전쟁을 벌인 이유는 단 하나의 원칙 때문입니다. 그 누구도 법 위에 군림할 수 없다, 아무리 재능이 많고 아무리 권력이 강하고 아무리 야심이 커도 안 됩니다. 공직 생활 30년 동안 뼈저리게 느낀 사실이 있습니다. 우리가 유혹에 굴복하고 법을 무시할 때마다 위기를 자초한다는 사실이죠. 이유가 아무리 합당해 보인다 해도 마찬가지입니다. 폼페이우스에게 무소불위의 권력을 제공해 해적과 싸우게 할 때 나도 특별 법안을 통과하는 데 찬성했습니다. 전쟁은 대성공이었으나 결론은 승리가 아니었습니다. 카이사르가 거의 10년간 갈리아를 통치해도, 그 엄청난 권력에 국가도 어찌할 수 없는 선례를 만들어낸 것이죠.

젊은 카이사르가 옛 카이사르와 같다는 얘기가 아닙니다. 다만 그를 집정관으로 선출하면 결과적으로 전군 통솔권을 주게 되겠죠. 그건 우리가 지키고자 하는 원칙에 대한 배신행위입니다. 예, 전 그 원칙을 지키기 위해 그리스로 떠나려다 돌아왔습니다. 로마 공화국은 인류 역사상 가장 위대한 피조물입니다. 권력 분립, 1년 단임제의 행정관 자유선거, 법원과 배심제도, 원로원과 민중의 균형, 표현과 사상의 자유가 있기에 더욱 그렇죠. 난 이 원칙들을 배신하느니 차라리 땅에 쓰러져 내가 흘린 피에 질식하며 죽겠습니다. 최초이자 마지막이며 영원히 지켜야 할 규칙, 바로 법의 지배입니다."

그의 연설은 따뜻한 환호를 받고 다시 원로원을 토론의 장으로 만들었다. 결국 이사우리쿠스도 키케로를 노려보며 정식으로 제안을 철회했으며, 다시는 표결에 붙이지 못했다.

옥타비우스에게 편지로라도 입장을 설명할지 묻자 키케로는 고개를 저었다.

"내 입장은 연설 속에 있고 그 친구도 곧 손에 넣을 거야. 정적들이 잽싸게 갖다 바칠 테니까."

그 후 며칠간은 언제나처럼 바빴다. 브루투스와 카시우스에게 편지를 보내 어서 달려와 이 일촉즉발의 공화국을 도와달라고 애원하고("M. 레피두스의 어리석은 범죄행위 때문에 공화국이 심각한 위기라네"), 증세를 시작하면서는 세금사정관들을 감독하고, 대장간을 돌며 무기 제조를 재촉하고, 신임 군총수 코르누투스와 함께 새로 만든 군단을 감독했다. 하지만 더 이상 가망이 없다는 것 정도는 그도 잘 알고 있었다. 특히 풀비아가 저렇게 대규모 수행원을 거느린 채 가마를 타고 버젓이 광장을 가로지르고 있지 않는가.

"그나마 저 화냥년은 제거했다고 생각했건만 보란 듯이 로마를 활보하고 다니다니. 남편이 로마의 공적 아니야? 로마가 이렇게 백척간두에 서 있는 것도 다 환각인가? 어떻게 저런 일이 가능하지? 재산을 다 몰수하지 않았어?"

잠시 침묵이 흐르다가 아티쿠스가 조용히 입을 열었다. "내가 돈을 조금 빌려줬네."

키케로는 식탁 위로 상체를 기울이더니 마치 처음 낯선 사람이기라도 하다는 듯 빤히 바라보았다.

"아티쿠스 형이? 도대체 왜 그런 짓을?"

"그냥 불쌍해 보여서."

"아니, 그래서가 아냐. 안토니우스를 묶어두고 싶었겠지. 보험용으로. 아무래도 질 것 같으니까."

아티쿠스는 부인하지 않았다. 키케로는 자리에서 일어났다.

그렇게 비운의 7월이 지날 무렵, 옥타비우스 군이 갈리아 키살피나 기지를 치고 루비콘을 건너 로마로 행군하고 있다는 보고가 원로원에 들어왔다. 반쯤은 예상했다 하나 정작 소식을 듣자 키케로는 아연실색하고 말았다. 로마인들을 상대로 '하늘이 내리신 소년'을 임페리움으로 봉하면 모범 시민이 되리라 약속한 적이 있다.

'온갖 불운이 겹치더니 결국 우리를 이 전쟁 속으로 몰아넣었네. 이 글을 쓰면서도 심란하기가 그지없군. 저 젊은이, 아니 소년과의 약속을 지키기가 쉬워 보이지 않기 때문이라네. 그 아이에 대해 사람들에게 그렇게 큰소리를 쳤건만.' 그는 브루투스에게 이렇게 한탄했다.

자결이라도 하면 그나마 영예롭게 보일까? 그렇게 물어본 것도 그 즈음이었다. 나도 직감했지만 그냥 해본 말은 아니었다. 나는 아직 때가 아니라고 대답해주었다.

"그래, 아닐지도 모르지. 하지만 준비는 해야겠어. 카이사르의 고참병들이 트레보니우스를 고문해 죽였잖아. 그렇게 당할 생각은 없다. 칼을 감당할 자신은 솔직히 없지만… 만일 소크라테스처럼 독약을 먹으면 후손들이 우습게 여길까?”

“그렇지는 않을 겁니다.”

독약을 조금 준비해두라고 부탁해 나는 그날 주치의를 만나 작은 단지를 하나 얻어왔다. 왜 독약을 원하는지 묻지는 않았으나 그도 눈치는 챘을 것이다. 단지는 밀봉을 했음에도 쥐똥처럼 냄새가 역했다.

“씨로 만들었습니다. 가장 독성이 강한 부위를 말려 가루를 냈죠. 손톱만큼만 덜어 물과 함께 삼키면 효과가 있을 거예요.” 의사의 설명은 그랬다.

“시간은 얼마나 걸리겠나?”

“세 시간쯤.”

“고통스러운가?”

“천천히 질식하는 느낌이니까요. 어련하겠습니까?”

나는 단지를 내 방 상자에 담아 다시 궤에 넣고 잠갔다. 그렇게 치워버리면 죽음 자체를 유보할 수 있을 것만 같았다.

다음 날 옥타비우스의 군단병들이 포룸에 나타나기 시작했다. 그는 주력군보다 먼저 선발대 400명을 보냈다. 원로원을 협박해 집정관직을 따낼 목적이었다. 노병들은 원로를 만날 때마다 에워싸고 밀치고 검으로 위협했다. 그나마 진짜로 무기를 뽑지는 않았다. 코르누투스는 자신도 노병인지라 그 정도에 겁을 먹지는 않았다. 키케로를 만나기 위해 팔라티네로 향할 때도 군인들을 밀어내자 결국 그들도 길을 내주었다. 키케로한테는 대규모 호위가 아니라면 절대 밖에 나오지 말라고 경고했다.

"놈들은 원로께서 카이사르의 죽음에 책임이 있다고 믿고 있습니다. 데키무스나 브루투스도 마찬가지고요."

"내가 책임을 졌다면, 이미 안토니우스를 처치했을 걸세. 오늘처럼 이런 난장판도 겪지 않았을 테고."

"그나마 좋은 소식도 있기는 합니다. 아프리카 군단들이 어젯밤 도착했는데 배 한 척도 잃지 않았다더군요. 지금 8,000보병과 1,000기병이 오스티아에 상륙 중인데, 그 정도면 브루투스와 카시우스가 올 때까지만이라도 옥타비우스를 저지할 수 있을 겁니다."

"충성심은 확실한가?"

"사령관들이 확인해준 바로는요."

"그럼 최대한 빨리 이곳으로 데려오게."

군단들의 위치는 로마에서 하루 행군 거리였다. 병력이 도시에 접근하자 옥타비우스의 부하들은 인근 교외로 빠져나갔다. 코르누투스는 전위대를 소금창고에서 맞이하며 트리게미나 성문을 통과한 뒤 포룸 보아리움을 가로지르라고 지시를 내렸다. 노출을 최대화 함으로써 군중의 사기를 높이기 위한 조처였다. 그 뒤로는 야니쿨룸에 진을 쳤다. 전략적으로 높은 고지이기에 서쪽 진입로를 통제하고 어떤 침략군이든 신속하게 봉쇄가 가능했다. 코르누투스는 키케로에게 연설을 부탁했다. 병사들의 사기를 위한 것이기에 키케로도 동의했다. 그는 가마를 타고 성문을 빠져나갔다. 군단병 50명이 걸어서 그를 호위했다. 나는 노새를 얻어 탔다.

무더운 날씨, 바람 한 점 없었다. 우리는 수블리키우스 다리를 건너고 터덜터덜 마른 진흙길을 걷고 오두막 촌들을 관통했다. 내가 기억하기 전부터 바티칸눔의 평야를 채운 마을들로, 여름에는 말라리아가 창궐하고 끔찍한 벌레들도 들끓었다. 키케로의 마차는 모기장이 있었으나 난 그렇지 못한 터라 벌레들이 윙윙거리며 양쪽 귀를 괴롭혔다. 어느 곳을 가나 인간의 오물 냄새가 진동했다. 쓰러져가는 오두막 문간마다 아이들이 불안한 표정으로 우리를 지켜보았는데 먹지 못한 탓에 하나같이 아랫배가 볼록했다. 인근 신성의 숲에는 까마귀 수백 마리가 아무렇게나 모여들어 쓰레기를 쪼아 먹었다. 우리는 야니쿨룸 성문을 지나 언덕 위로 올라갔다. 그곳에도 군인 수백 명이 어디든 공간만 있으면 막사를 짓느라 혼잡하기 짝이 없었다.

비탈 위 좀 더 평평한 공간에 코르누투스가 4개 보병대, 약 2,000명을 선발해두었다. 병사들은 무더위를 참고 줄을 서 있었다. 투구의 빛이 태양만큼이나 눈부셔 손으로 두 눈을 가려야 했다. 키케로가 가마에서 내리자 사위가 고요해졌다. 코르누투스는 제단 옆 낮은 플랫폼으로 그를 안내했다. 양을 한 마리 잡아 장복관이 내장을 확인하고는 기운이 상서롭다고 선언했다.

"최종 승리자는 우리가 될 것입니다."

까마귀들이 머리 위를 선회했다. 사제가 기도를 했다. 키케로의 연설은 그다음이었다.

당시의 연설을 정확히 기억은 하지 못한다. 자유, 선조, 신과 조국, 법, 신전 등등 언제나처럼 진부한 어휘들이 이어졌으나, 난 연설을 듣는 대신 군단병들의 얼굴을 살폈다. 햇볕에 그을리고 마르고 넋이 나간 표정들. 몇 명은 유향 껌을 씹고 있었다. 난 그들의 눈으로 그 순간을 보았다. 카이사르 밑에서 유바 왕과 싸우고 카토의 군대와 맞선 고참병들… 이들은 수천을 학살하고 아프리카에 갇혀 있다가 좁디좁은 배에 실려 수백 킬로미터를 실려 왔다. 그러고도 하루 꼬박 강행군을 했건만 이렇게 로마의 더위에 줄을 서 있어야 했다. 그런데 어느 노인이 자유와 선조와 신과 조국에 대해 떠들고 있으니 그 말이 귀에 들어올 리 없었다.

키케로가 연설을 마쳤지만 그저 조용했다. 코르누투스가 만세삼창을 지시해도 반응은 미지근했다. 키케로는 연단에서 내려와 가마로 돌아갔다. 우리는 다시 언덕을 내려갔다. 굶주린 아이들의 접시만 한 눈망울이 끝끝내 우리를 쫓아왔다.

코르누투스는 다음 날 아침 키케로를 찾아와 아프리카 군단이 어젯밤 폭동을 일으켰다고 보고했다. 옥타비우스 부하들이 야음을 틈타 침투해 원로원의 보상금을 두 배로 올려주겠다고 병사들을 꼬드겼단다. 다른 한편 옥타비우스의 주력군은 플라미니아 도로를 따라 남쪽으로 이동 중이었다. 로마와는 불과 하루 거리였다.

"이제 어떻게 할 참인가?" 키케로가 그에게 물었다.

"자결해야죠." 그는 그렇게 대답했다.

그리고 그날 저녁 정말로 검 끝을 배에 대고 그 위에 힘껏 체중을 실었다. 항복보다 죽음을 택한 것이다.

코르누투스는 명예로운 사람으로 기억되어야 한다. 원로원들 중에 자결을 선택한 유일한 사람이라는 사실만으로도 그렇다. 옥타비우스가 도시에 접근했을 때 지도층 귀족 대부분은 도로까지 달려 나가 그를 에스코트했다. 키케로는 덧문을 닫은 채 서재에서 나오지 않았다. 바람이 통하지 않아 숨쉬기도 만만치 않았다. 난 틈틈이 들여다보았으나 그때마다 전혀 미동도 않은 듯 보였다. 머리는 똑바로 세워 앞만 보았는데, 창문으로 보면 희미한 불빛에 실루엣이 마치 버려진 사원의 대리석 흉상 같았다. 마침내 그가 나를 알아보고는 옥타비우스가 어디에 본부를 정했는지 물었다.

나는 그가 퀴리날의, 어머니와 양부의 집에 있다고 대답했다.

"필리푸스한테 메시지를 보내 내가 어떻게 하면 좋을지 물어봐다오."

나는 시키는 대로 했고 급사는 휘갈겨 적은 답을 들고 돌아왔다. 키케로가 직접 옥타비우스와 대화해야 한다는 대답이었다.

'옥타비우스는 얼마든지 용서할 겁니다. 나도 그랬으니까.'

키케로는 비척비척 자리에서 일어났다. 늘 북적거렸던 집이건만 지금은 텅 빈 데다 오랫동안 아무도 살지 않은 것처럼 보였다. 늦여름의 오후 햇살에 조용한 대기실들이 이글이글 불타올랐다.

우리는 나란히 마차를 타고 필리푸스 집으로 향했다. 경호원 몇 명이 동행했다. 초병들이 거리와 대문을 지켰지만 통과시키라는 지시를 받았는지 곧바로 길을 열어주었다. 문지방을 넘는데 옥타비우스의 미래 장인 이사우리쿠스가 막 떠나던 참이었다. 겸양이든 도취감이든 키케로에게 미소라도 보낼 줄 알았건만 그저 인상만 찡그리고는 재빨리 지나갔다.

열린 문을 지나자 옥타비우스가 보였다. 지금은 타블리눔 구석에 서서 비서에게 편지를 구술 중이었다. 그가 손짓으로 우리를 불러들였으나 구술 작업을 중단하지는 않았다. 지금은 검소한 군용 튜닉 차림으로, 갑옷, 투구는 검은색 카우치 위에 아무렇게나 널브러져 있었다. 정말로 나이 어린 신병처럼 보였다. 마침내 그가 용건을 마치고 비서를 내보냈다.

그가 흥미롭다는 듯 키케로를 찬찬히 살폈는데 그때는 정말로 죽은 양부처럼 보였다.

"친구 중에서는 원로님이 마지막으로 찾아오셨습니다."

"음, 자네가 바쁠 줄 알았네."

"아, 정말 그래서입니까?" 옥타비우스가 웃으며 특유의 찬란한 치열을 드러냈다. "제 행동을 찬성하지 않기 때문이라 생각했는데요."

키케로가 어깻짓을 했다. "세상은 돌고 돈다네. 이제 찬성하고 안 하고의 습관도 포기한 지 오래일세. 그게 무슨 소용인가? 내가 어떻게 생각하든 사람들은 자기 원하는 대로 사는데."

"그래서 어떻게 하고 싶으십니까? 집정관이 되고 싶으세요?"

순간 키케로의 얼굴은 기쁨과 안도감으로 환해지는 듯 보였다. 하지만 곧바로 옥타비우스가 농담하고 있음을 깨닫고 빛은 다시 꺼지고 말았다.

그가 투덜댔다. "이젠 놀리기까지 하는군그래."

"예, 농담입니다. 용서하세요. 집정관 동료는 퀸투스 페디우스가 될 겁니다. 먼 친척인데 들어보지 못하셨을 거예요. 그래서 선택했죠."

"이사우리쿠스가 아니던가?"

"아뇨. 그 점은 조금 오해가 있었던 듯싶습니다. 그분 영애와도 결혼할 생각이 없습니다. 그보다 나머지 문제들을 처리하고 곧바로 안토니우스와 레피두스를 처리할 생각입니다. 원하신다면 원로님도 로마를 떠날 수 있으세요."

"내가 떠나도 괜찮다고?"

"예, 얼마든지요. 철학서를 쓰셔도 되고, 이탈리아 어디든 마음대로 다니셔도 됩니다. 다만 제가 없을 때 로마에 돌아오거나 원로원에 참석하시지는 못합니다. 비망록을 포함해 정치적인 글도 쓰실 수 없습니다. 해외로 가셔도 안 되고 브루투스나 카시우스한테 가지도 못하세요. 그 정도면 합당하겠죠? 약속해주시겠습니까? 단언컨대, 부하들은 저만큼 너그럽지 못하답니다."

키케로가 고개를 숙여 절을 했다. "합당하고도 너그럽기 그지없네. 약속하지. 그리고 고맙네."

"과거 우정을 위해서라도 안전은 보장해드리겠습니다." 그가 편지를 집어 접견이 끝났음을 알렸다. 그래서 우리가 떠나려는데 그가 이렇게 덧붙였다. "하나만 더. 의미는 없어졌지만 그래도 알고 싶습니다. 농담이셨나요? 아니면 정말로 저를 치우려 할 셈이셨습니까?"

"지금 자네와 똑같은 마음이라 생각해주게." 키케로가 대답했다.

19
열아홉 번째 두루마리

그 이후, 키케로는 급격히 늙는 듯했다. 이튿날은 투스쿨룸으로 가더니 곧바로 노안이라며 투덜대기 시작했다. 더 이상은 쓰지도 읽지도 않았다. 핑계는 늘 머리가 아프다였다. 정원 일도 위안이 되지 못했다. 사람을 만나지도 않고 동생 말고는 찾는 손님도 없었다. 두 사람은 리케움 벤치에 몇 시간씩 함께 앉았지만 대개는 아무 말도 하지 않았다. 퀸투스가 이따금 얘기를 걸어도 주제는 기껏 먼 옛날 얘기였다. 어렸을 때, 그리고 다 자라 아르피눔에서 함께 지내던 얘기들. 처음으로 부친과 모친 얘기를 아주 길게 하기도 했다. 무엇보다 세상과 단절한 채 지내는 모습을 보기가 힘들었다. 평생 로마의 최근 소식을 알고자 했다. 옥타비우스가 특별법정을 열어 카이사르 암살범들을 재판하기 시작했습니다. 안토니우스와 싸우기 위해 11개 군단을 이끌고 로마를 떠났습니다… 이제는 소식을 전해도 논평은커녕, 더 이상 그런 문제로 고민하고 싶지 않다며 손사래부터 쳤다. 이런 식으로 몇 주일만 보내면 키케로는 죽고 말 것이다.

사람들은 종종 왜 달아나지 않았는지 묻는다. 결국 옥타비우스는 아직 나라를 완전히 장악하지 못했다. 날씨는 여전히 온화하고 항구는 감시가 소홀했다. 얼마든지 이탈리아를 탈출해 마케도니아로 건너가 아들과 만날 수도 있었다. 브루투스라면 기꺼이 은신처를 제공했을 것이다. 문제는 뭐든 단호한 결심을 할 의지가 사라졌다는 데 있었다.

"달아나는 데도 지쳤다." 그가 한숨을 내쉬었다.

사실 나폴리 만까지 내려갈 힘도 없었다. 옥타비우스가 안전을 보장한 것도 한몫했다.

투스쿨룸에 은둔한 지 한 달쯤 되었을까? 어느 날 아침 나를 부르더니 옛 편지들을 검토하고 싶다고 했다.

"퀸투스와 어린 시절 얘기를 하다 보니 잊었던 편린들이 주마등처럼 스치는구나."

지난 30여 년간 사소한 편지까지 포함해, 수신과 발신을 모두 모았을 뿐 아니라, 수신자, 발신자별로 분류하고 두루마리도 연대기별로 진열해두었다. 나는 원통을 모두 서재로 옮겼다. 키케로는 비서가 편지를 읽는 동안 카우치에 누워 있었다. 모두 그 안에 있었다. 그의 삶 전체가. 원로가 되기 위한 투쟁부터, 이름을 알리게 된 수백 건의 법정 소송까지 모두. 경력은 베레스의 역사적 기소에서 정점을 이루고, 그 이후로 조영관, 법무관에 이은 집정관 당선, 카틸리나, 폼페이우스, 카토와의 갈등, 내전, 암살, 복권, 툴리아, 테렌티아와의 재회….

일주일 정도 삶을 되짚어나가면서 마침내 자신감도 어느 정도 회복했다.

"참, 기막힌 모험이었구나. 모두가 기억났어. 좋은 일과 나쁜 일, 고귀한 업적과 비열한 굴욕까지 모두. 오만이 아니라 이 편지들은 가장 완전한 역사 기록물이 될 게다. 이 세상 어느 유력 정치가도 해내지 못한 위업이지. 그래, 대단한 시대였어! 그 누가 나만큼 많이 보고 생생한 기록으로 남겨놓았겠느냐. 그야말로 후일을 위해 가감 하나 없는 역사 그대로의 역사로다. 이것과 견줄 만한 자료가 또 어디 있다더냐?"

"지금부터 1,000년 후 대단한 관심을 불러일으킬 겁니다."

가까스로 얻은 생기 아닌가. 장단을 맞춰주고 싶었다.

"아니, 관심 정도가 아니야. 이 편지들은 미래를 위한 변명인 셈이다. 내가 과거를 잃고 현재를 잃었을지 모르지만, 이 자료만 있으면 미래까지 빼앗길 것 같지는 않구나."

편지 일부는 그에게도 굴욕적이었다. 허영, 식언, 탐욕, 아집… 사실, 가장 수치스러운 편지들을 골라 파기하라고 지시할 줄 알았다. 그런데 어떤 편지를 버리고 싶은지 물었을 때 그의 대답은 이랬다.

"모두 간직해야 해. 후손들에게 비현실적인 모범으로 남고 싶지는 않다. 아무도 믿지 않을 테니까. 이 기록이 진실을 담으려면 역사의 신 앞에 그리스 동상처럼 알몸으로 서야 한다. 미래 세대가 얼마든지 내 어리석음과 거짓을 비웃도록 하자꾸나. 그렇지만 적어도 나를 읽지는 않겠느냐. 내 승리는 거기에 달려 있구나."

키케로의 명언은 수도 없지만 가장 유명하고 인상적인 경구는 바로 '삶이 있는 곳에 희망도 있다'라 하겠다. 키케로에게는 아직 삶이 있었다. 적어도 삶의 흔적은 남았다. 그리하여 이제 아련하나마 희망이 보이기 시작한 것이다.

그날부터는 마지막 힘을 모아 자신의 글이 살아남을 수 있도록 방안을 강구하기 시작했다. 아티쿠스도 돕기로 했으나, 키케로에게 보낸 편지를 모두 돌려달라는 조건을 달았다. 키케로는 그의 소심함을 나무라면서도 결국 동의해주었다.

"역사의 그림자로 남고자 한다면 그게 바로 그 양반 그릇이야."

나도 마지못해 편지를 돌려주었다. 오랜 세월 조심스럽게 모아두었던 자료다. 아티쿠스는 하인도 믿지 못해 직접 화로에 불을 붙인 후 두루마리를 하나씩 집어넣었다. 그는 그다음에야 필경사들을 빌려주었다. 우리는 편지를 모두 세 부씩 만들어, 키케로가 한 부 갖고, 아티쿠스와 내가 나머지를 나눠 보관했다. 내 몫은 속기 상자들과 함께 농장으로 내려 보냈다. 상자에는 그동안 수천 건의 모임, 연설, 대화, 경구, 비판 등을 기록한 문서들, 그리고 키케로의 책 초안들을 넣고 자물쇠를 채웠다. 관리인에게는 자료는 모두 헛간에 보관하고, 행여 나한테 무슨 일이 생기면, 아가테 리키니아, 즉 바이아이의 베누스 비레르티나 목욕탕 주인에게 보내라고 지시했다. 그녀가 어떻게 처리할지 자신은 없으나 그래도 나한테는 이 세상 누구보다 믿을 수 있는 사람이었다.

11월 말경, 키케로는 나보고 로마로 돌아가 서재에서 마지막 자료들을 빼왔는지 마지막으로 꼼꼼하게 확인해보라고 부탁했다. 그 집은 아티쿠스가 키케로 대신 매물로 내놓은 터라, 가구는 대부분 다른 곳으로 옮긴 상태였다. 초겨울이라 아침은 썰렁하고 빛은 어스름했다. 나는 보이지 않는 유령처럼 이 방 저 방을 돌아보았다. 머릿속으로 그 집에 다시 사람들로 채워보기도 했다. 타불리눔에 정치인들이 모여 공화국의 미래를 논하고, 식당에서는 툴리아의 웃음소리가 들렸다. 서재에 들어가자 키케로가 철학책들을 뒤적이며 왜 죽음의 공포가 비논리적인지를 설명하려 들었다… 문득 두 눈에 눈물이 글썽이고 가슴이 아렸다.

갑자기 개가 짖기 시작했다. 어찌나 크고 발작적인지 내 달곰쌉쌀한 공상도 연기처럼 사라졌다. 나는 걸음을 멈추고 귀를 기울였다. 우리 늙은 개는 죽었으니 이웃집일 것이다. 너무도 측은한 울음소리. 이윽고 다른 개들도 따라 짖었다. 나는 테라스로 나갔다. 찌르레기 떼가 까맣게 하늘을 덮고 로마 전역에서 개들이 늑대처럼 울부짖고 있었다. 나중에 들은 바로는, 실제로 늑대 한 마리가 포룸을 가로지르며 달려가고 조각상들이 피를 흘리며 아기가 막 태어나 말을 했단다. 갑자기 발소리가 들리기에 내려다보니 사람들이 기쁨의 환호성을 지르며 달려가고 있었다. 서로 발로 뭔가를 차며 뱃부리연단 쪽으로 향했는데, 처음에는 커다란 공인 줄 알았지만 분명 사람의 머리였다. 여자의 비명도 들렸다. 난 생각할 겨를도 없이 달려 나가 누구인지 확인했다. 바로 이웃집, 카이세티우스 루푸스의 늙은 아내였다. 여자는 넋이 나간 채 엉금엉금 기어 다녔다. 그 뒤로 누군가의 시체 목에서 피가 쏟아져 문지방 너머로 흘러내렸다. 그녀의 집사도 어쩔 줄 모르고 우왕좌왕하고 있었다. 나도 잘 아는 친구라 팔을 잡고 마구 흔들었다. 마침내 그가 상황 설명을 해주었다. 옥타비우스, 안토니우스, 레피두스가 손을 잡은 뒤, 사형에 처하고 재산을 몰수할 원로 수백 명의 명단을 발표했다는 얘기였다. 인간 사냥꾼들에게도 두당 수십만 세스테르티우스의 현상금을 내걸었다. 키케로 형제 둘 다 목록에 이름이 있었다. 아티쿠스도.

"말도 안 돼. 옥타비우스가 굳게 약속도 했다." 내가 그에게 따졌다.

"사실입니다. 제가 직접 확인했어요." 그가 소리쳤다.

나는 집으로 달려갔다. 아트리움에는 얼마 남지 않은 노예들이 겁에 질린 채 모여 있었다.

"다들 달아나라. 너희가 잡히면 고문을 해서라도 주인님 행방을 알아내려 할 테니."

나는 노예들을 보낸 후 키케로에게 메시지를 보냈다.

'원로님과 퀸투스, 아티쿠스도 명단에 있습니다. 옥타비우스가 배신했어요. 사냥꾼들이 찾고 있으니 당장 섬 집으로 달아나셔야 합니다. 제가 배를 섭외하겠습니다.'

나는 쪽지를 마부한테 건네준 뒤 가장 빠른 말을 타고 투스쿨룸의 키케로에게 전하라고 지시했다. 그러고는 마구간에 내려가 마차와 마부를 찾은 다음 황급히 아스투라로 향했다.

언덕을 내려가는 동안에도 검과 창으로 무장한 폭도들이 팔라티네로 몰려들고 있었다. 그곳에 최고 갑부 사냥감들이 많기 때문이리라. 나는 화가 나서 마차 모서리에 머리를 박았다. 기회가 있을 때 이탈리아를 탈출해야 했건만.

내가 다그치자 마부는 두 마리 말 옆구리에 피가 날 정도로 채찍질을 해댔다. 그 덕분에 그나마 해가 지기 전에 아스투라에 도착할 수 있었다. 우리는 오두막에서 사공을 끌어낸 뒤, 파도가 높고 해가 저물었음에도 100미터 거리의 작은 섬으로 노를 저어갔다. 그곳 작은 숲 속에 키케로의 별장이 숨어 있었다. 몇 개월 동안 키케로도 찾지 않은 곳이다. 노예들은 나를 보고 크게 놀랐으나, 투덜대면서도 각 방에 불을 밝히고 군불을 때주었다. 나는 축축한 매트리스에

누워 바람 소리를 들었다. 바람은 지붕을 때리고 나무들을 흔들었다. 파도가 암초에 부딪혀 부서지고 건물이 온통 삐걱거렸다. 난 두려움에 어쩔 줄을 몰랐다. 소음 하나하나가 키케로의 살인자들이 들이닥치는 소리 같았다. 독약 단지를 들고 왔다면 내가 대신 먹었을지도 모를 일이다.

다음 날 아침, 날씨가 많이 가라앉았다. 숲속을 거닐며 저 광활한 회색 바다와 끊임없이 밀려드는 흰 파도를 바라보는데 문득 마음이 황량하기가 그지없었다. 어쩌면 어리석은 계획일 수도 있다. 브룬디시움으로 곧바로 갈 걸 그랬나? 적어도 동쪽으로 탈출하기에 편한 지역이다. 어쨌거나 살생부와 거액의 현상금 소식이 우리보다 빠른 터라 어디도 안전할 수는 없었다. 키케로가 살아서 부두에 다다를 가능성은 전무했다.

나는 키케로에게 두 번째 편지를 쓴 다음 마부에게 주어 투스쿨룸 방향으로 보냈다. 편지에는 그저 '섬에' 와 있다고만 적었는데 편지가 다른 사람의 손에 들어갈 수도 있기 때문이었다. 마부에게는 전속력으로 달려가라고 지시하고 사공을 안티움에 보내 우리를 싣고 해안을 따라 이동할 배가 있는지 알아보도록 했다. 사공은 나를 미친 놈 보듯 했다. 사실 겨울 날씨가 워낙에 들쭉날쭉이라 그런 요구 자체가 무리이긴 했다. 아무튼 사공은 몇 마디 투덜거리다가 떠나고 다음 날 돌아와 노대 10개짜리 돛배를 섭외했다고 보고했다. 안티움에서 이곳까지는 거리가 15킬로미터, 이제는 기다리는 수밖에 달리 할 일이 없었다.

툴리아가 죽은 후 키케로가 은둔했던 곳이다. 자연의 소리 말고는 완전히 고요했다. 당시 키케로에게는 위안의 소리였겠으나 이제 보니 내게는 정반대였다. 새, 벌레들 소리에 귀가 따가워 미칠 지경이었다. 매일매일 무료한 시간도 정말 죽을 맛이었다. 주기적으로 망을 보기는 했지만 5일째 오후 느지막이 해안선에 뭔가 움직이기 시작했다. 가마 두 개가 노예들과 함께 숲을 빠져나왔다. 사공이 나를 태워 그곳으로 갔는데, 가까이 다가가면서 키케로와 퀸투스의 모습을 알아볼 수 있었다. 나는 황급히 백사장을 달려가 두 사람을 맞이했다. 둘의 외관은 실로 충격적이었다. 옷을 갈아입지도 않고 면도도 하지 않았다. 얼마나 울었는지 둘 다 눈이 벌겋게 충혈되었다. 가랑비에 옷까지 흠뻑 젖었으니 말 그대로 거지 영감들이 따로 없었다. 퀸투스는 키케로보다 상태가 좋지 않았다. 엉엉 울며 내 인사를 받고 타고 온 배를 돌아보더니, 다시는 저런 배를 타지 않겠노라고 선언했다. 배는 이미 해변 위로 끌어올린 터였다.

그가 키케로를 보았다. "형님, 이게 다 무슨 소용이겠소. 도대체 왜 이곳까지 따라왔는지 모르겠군. 하긴 내 평생 형이 하라는 대로 하기는 했소만… 우리 꼬락서니를 봐요! 이제는 늙어서 건강도 말이 아니잖소. 날씨는 개판이고 가진 돈도 없어요. 차라리 아티쿠스를 따라갈 걸 그랬소."

"아티쿠스는 어디 있습니까?" 내가 물었다.

"로마 어딘가에 숨었다." 키케로는 그렇게 대답하고는 곧바로 울기 시작했다. 슬픔을 감출 생각도 하지 않았다. 잠시 후 갑자기 울음을 그치더니 언제 울었느냐는 듯 얘기를 시작했다. "미안하다, 퀸투스. 하지만 어느 집 지하실에 숨어서 누군가 문을 두드릴 때마다 식겁하면서 살 수는 없구나. 티로의 계획이 최선이야. 어디까지 갈지 두고 보자꾸나."

"그럼 안됐지만 헤어집시다. 언젠가 다시 만날 수 있기를 빌겠소. 이 생이 아니면 저 생에서라도." 퀸투스가 대답했다.

두 사람은 서로 와락 끌어안고 한참을 그렇게 있었다. 이윽고 퀸투스가 포옹을 풀더니 나를 안았다. 노예들도 지켜보고 있다가 눈물을 흘리고 나도 슬픔을 감추지 못했다. 퀸투스는 다시 가마를 타고 노예들과 함께 숲속으로 사라졌다.

어차피 너무 늦어 출발이 불가능했기에 우리는 다시 배를 타고 별장으로 건너왔다. 키케로는 불에 옷을 말리면서 왜 이틀씩이나 투스쿨룸에서 어슬렁거렸는지 설명했다. 옥타비우스가 배신했다는 사실을 믿을 수 없었다. 뭔가 오해가 있다고 여겼던 것이다. 그도 알아낸 정보는 있었다. 옥타비우스는 강 섬 보노니아에서 안토니우스, 레피두스를 만났다. 오직 셋과 비서 둘. 경호원들은 뒤에 남기고 무기를 감추었는지 서로 몸수색도 했다. 그리고 3일 동안 새벽부터 저녁까지 서로 공화국을 분할해 나눠 갖고, 군비를 지급하기 위해 원로 200명을 포함, 부자 2,000명의 살생부를 작성해 재산을 모두 몰수하기로 했다.

"아티쿠스도 집정관 페디우스한테 들었다는데, 그 악당 놈들은 신뢰의 징표로 서로에게 소중한 사람을 하나씩 사냥하기로 했다더군. 안토니우스는 숙부 루키우스를 포기했어. 원로원에서 그렇게 변호해준 사람이건만. 레피두스는 형 아이밀리우스 파울루스, 옥타비우스는 나를 내놓았어. 페디우스 주장으로는 옥타비우스는 거부했지만 안토니우스가 끝까지 우겼다더군."

"그 말을 믿으십니까?"

"완전히 믿을 수야 없겠지. 그놈의 영혼 없는 회색 눈을 너무 많이 들여다본 거야. 놈은 사람이 아니라 파리 죽음에라도 똑같이 길길이 날뛰었을 게다." 그가 땅이 꺼질 듯 한숨을 내쉬었다. "티로, 피곤하구나. 다른 사람도 아니고, 이제 막 면도를 시작했을 젊은 놈한테 나 키케로가 이렇게 당할 줄이야! 독약은 갖고 왔더냐?"

"투스쿨룸에 두고 왔습니다."

"어쩔 수 없군. 오늘 밤 잠자다가 죽게 해달라고 불후의 신들께 기도할 수밖에."

물론 죽지는 않았다. 다만 의기소침한 채 깨어나기는 했다. 다음날 아침 작은 방파제에 서서 배를 기다리는데, 갑자기 그가 떠나지 않겠다며 고집을 부렸다. 잠시 후 배가 다가오더니 선원 하나가 소리를 질렀다. 이제 막 안티움 도로에서 봤는데, 군사 호민관이 군단병들을 이끌고 이쪽으로 오고 있다는 얘기였다. 그 말에는 키케로도 무기력증에서 빠져나와 손을 내밀었다. 선원들이 그를 붙잡고 배에 실어주었다.

우리 여행은 첫 번째 유배 패턴을 그대로 반복했다. 흡사 모국 이탈리아가 소중한 아들을 떠나보내기 싫어하는 것만 같았다. 5킬로미터 정도를 항해하다 해변 가까이 접근하는데 갑자기 수평선에서 거대한 먹구름이 밀려들기 시작했다. 바람이 강해지고 파도가 요동치면서 작은 배는 정말로 백척간두의 파도 위에서 그대로 곤두박질 칠 것만 같았다. 우리는 소금물을 흠뻑 뒤집어썼다. 사실 선실이 없었기에 예전보다 상황은 더 나빴다. 선원들이 십자형으로 노를 저어 파도를 헤치는 동안 키케로와 나는 후드용 외투를 뒤집어쓴 채 잔뜩 웅크리고 있어야 했다. 선체에 물이 차면서 배가 위태롭게 가라앉았다. 기어이 키케로까지 나서서 물을 퍼내야 했다. 침몰을 막기 위해 할 수 있는 일이라고는 얼음 같은 물을 두 손으로 퍼내는 것뿐이었다. 손과 얼굴에 감각이 하나도 없었다. 소금물도 많이 마셨다. 비바람 때문에 눈을 뜰 수도 없었다. 몇 시간 동안 절박하게 노를 저었지만 결국 선원들도 탈진하고 말았다. 선원들은 휴식을 취하기로 결정하고 암벽을 돌아 작은 만에 들어가 최대한 해변에 접근한 다음 모두 뛰어내려 해변으로 헤엄을 쳤다. 키케로는 선원 넷이 부축해 육지로 데려갔다. 그들은 키케로를 내려놓고 돌아가 동료들과 함께 배를 해변 위로 끌어올렸다. 배는 옆으로 눕힌 다음 인근 도금양 가지를 꺾어 기대놓고, 돛대를 이용해 임시 막사를 만들었다. 심지어 다 젖은 나무로 용케 불까지 피웠지만 바람이 이리저리 부는 통에 다들 콜록거려야 했다. 눈이 매워 뜰 수도 없었다.

곧 날이 어두워졌다. 키케로는 불평 한마디 하지 않았다. 아무래도 잠에 든 모양이다. 12월 5일은 그렇게 끝이 났다.

밤새도록 뒤척이다 6일 새벽에 일어나니 하늘은 보다 잠잠해졌다. 뼈가 욱신거리고 젖은 옷은 소금과 모래로 서걱거렸다. 어렵사리 일어나 주변을 보니 다들 잠을 자고 있었다. 키케로는 예외였다. 어디론가 사라진 것이다.

나는 해변을 훑어보고 바다를 내다보고 다시 돌아서서 숲을 살폈다. 작은 틈이 있어 확인해보니 샛길이었다. 나는 키케로를 부르며 그 길을 따라갔다. 샛길 끝으로 도로가 이어졌는데 키케로가 그 길을 따라 비틀비틀 걷고 있었다. 다시 불렀지만 들은 척도 않고, 우리가 왔던 방향으로 비틀비틀 걸어가기만 했다. 나는 그를 따라잡은 뒤 최대한 차분하게 말을 걸었다.

"배로 돌아가야 합니다. 가노들이 군단병들한테 우리가 어디로

가고 있는지 얘기했을지도 모릅니다. 언제든 쳐들어올 수 있어요. 도대체 어디 가시는 겁니까?"

"로마."

그는 돌아보지도 않고 계속 걷기만 했다.

"뭐하러요?"

"옥타비우스 집 계단에서 자결하겠다. 그럼 그놈도 창피해 죽을 테지."

"그럴 리 없습니다. 창피를 모르는 자입니다. 병사들이 원로님을 트레보니우스처럼 고문하다가 죽일 거예요."

그가 나를 보더니 걸음을 멈추었다. "정말 그럴까?"

"분명합니다."

나는 그의 팔을 가볍게 잡아당겼다. 키케로는 저항하지 않고 고개를 숙인 채 어린아이처럼 끌려왔다. 우리는 숲을 지나 해변으로 돌아갔다.

짐을 모두 내려놓으니 슬프고 또 슬프도다! 그래도 약속대로 그의 생애를 이야기하려면 어쩔 수 없다.

우리는 그를 배에 태우고 다시 물살을 갈랐다. 날은 흐리고 시간의 새벽처럼 광막했다. 선원들도 몇 시간씩 배를 저었지만 이번엔 바람이 도와주었다. 그렇게 오후가 끝날 즈음이었다. 지금 짐작으로도 40킬로미터는 거뜬히 달렸을 것이다. 저 멀리 아폴로 신전이 보였다. 신전은 카이에타 곶 위에 서 있었다. 키케로는 축 늘어진 채 멍하니 해변을 바라보다가 불현듯 신전을 알아보고는 똑바로 일어나 앉았다.

"포르미아이가 이 근처야. 그곳에 집이 있잖아."

"예, 그렇습니다."

"오늘 밤은 거기서 묵자."

"너무 위험합니다. 포르미아이에 별장이 있다는 건 누구나 다 압니다."

"상관없어. 그냥 내 침대에서 자고 싶어." 키케로는 옛날처럼 단호하게 대답했다.

그래서 우리는 해변을 향해 노를 저어 별장 근처 잔교에 정박했다. 배를 묶는 동안 가까운 숲에서 까마귀 떼가 경고라도 하듯 깍깍거리며 날아올랐다. 나는 상륙하기 전에 적들이 숨어 있는지 확인이라도 하게 해달라고 청했다. 키케로도 동의했다. 그래서 선원 둘을 데리고 숲속의 낯익은 길을 올라갔다. 샛길은 아피아 도로로 이어졌다. 그때쯤 이미 땅거미가 지고 있었고 도로에는 아무도 없었다. 쉰 걸음쯤 걸었을까? 철문 뒤로 키케로의 별장이 보였다. 나는 진입로를 따라가 오크나무 문을 세게 두드렸다. 잠시 후 덜컹 굉음과 함께 빗장이 열리고 문지기가 나타나더니 나를 보고 놀라는 표정을 지었다. 나는 문지기 어깨 너머를 살피며 낯선 사람들이 주인님을 찾았는지 물었다. 그는 없다고 대답했다. 친절하고 검소한 친구인 데다 오랫동안 아는 사이라 그를 믿기로 했다.

"그러면 노예 넷한테 가마를 들려 잔교에 보내라. 그곳에서 주인님을 별장으로 모셔. 그동안 목욕물을 데우고 새 옷과 음식도 준비하고. 주인님께서 상황이 좋지 않으시니까 특별히 잘 모셔."

나는 또 노예 둘에게 빠른 말을 타고 나가 아피아 도로를 감시하게 했다. 군단병들이 이쪽으로 오고 있을지도 모를 일이다.

키케로가 별장에 이르자 우리는 대문과 문 모두 걸어 잠갔다.

그 이후로 그를 거의 보지 못했다. 목욕을 한 뒤 자기 방에서 식사와 와인을 조금 하고 잠자리에 들었다.

나도 잠이 들었다. 아주 깊이. 초조하기는 했지만 그만큼 지쳤기 때문이리라. 다음 날 노예 하나가 나를 흔들어 깨웠다. 아피아 길을 지키라고 내보낸 자였는데, 숨을 헐떡이고 무척이나 겁에 질려 있었다. 백부장과 호민관이 말을 타고 군단 보병 30명과 함께 북서쪽에서 접근하고 있다는 얘기였다. 기껏해야 30분도 되지 않는 거리다.

나는 달려가 키케로를 깨웠다. 키케로는 요를 턱까지 끌어올린 채 꿈쩍도 않으려 했다. 난 아예 요를 뜯어내버렸다.

"원로님을 잡으러 옵니다. 곧 들이닥치니까 어서 움직이세요." 내가 상체를 숙이며 호소했다.

키케로가 나를 보며 씩 웃더니 내 뺨에 손을 댔다. "오게 하자꾸나, 친구여. 이제는 무섭지 않아."

난 애원했다. "제발. 원로님이 아니면, 친구분들과 마르쿠스를 위해서라도… 제발 일어나세요!"

아마도 마르쿠스의 이름 때문이겠다. 그가 한숨을 내쉬었다.

"그래, 알았다. 하지만 모두가 부질없구나."

나는 그가 옷을 입는 동안 빠져나와 여기저기 뛰어다니며 지시를 내렸다. 즉시 가마를 대령하고 선원들은 출항 준비를 하며, 우리가 별장을 나서는 순간 대문과 현관문을 걸어 잠가라. 가노들은 집에 남지 말고 어디든 달아나 숨도록 하라.

머릿속에서는 쿵쿵 군단병들의 군홧발 소리가 점점 더 커지고 있었다.

마침내 키케로는 원로원에라도 나가듯 말끔해 보였다. 그는 별장을 나가며 모두에게 작별 인사를 했다. 가노들도 울음바다였다. 그는 사랑하는 건물과 재산에 작별이라도 고하듯 마지막으로 둘러본 뒤 가마에 올랐다. 커튼을 닫았기에 아무도 표정을 볼 수는 없었다. 그렇게 우리는 대문을 빠져나갔다. 그런데 노예들이 목숨아 날 살려라 하고 달아나는 대신 갈퀴, 빗자루, 부지깽이, 부엌칼 등 닥치는 대로 무기를 집어 들고는 우리와 함께 가겠다고 우기더니 어설프나마 가마까지 에워쌌다. 우리는 잠깐 길을 따라 이동하다가 숲길로 들어섰다. 나무들 사이로 바다가 아침 햇살에 반짝였다. 그때만 해도 탈출이 무난해 보였건만, 바로 그때 숲길 아래쪽, 해변으로 이어지는 곳에서 군단병 10여 명이 나타났다.

선두 노예들이 놀라 소리치자 가마꾼들이 주섬주섬 방향을 돌리기 시작했다. 그 바람에 가마가 위험하게 요동치고 키케로는 자칫 바닥에 내동댕이쳐질 뻔했다. 그렇게 왔던 길로 돌아가려는데 위쪽으로 병사들이 더 많이 나타나더니 도로를 완전히 봉쇄했다.

진퇴양난이자 중과부적이었다. 전세는 뻔했으나 그럼에도 우리는 싸우기로 했다. 노예들이 가마를 놓고 주변을 에워쌌다. 키케로도 커튼을 걷고 밖을 살피더니 병사들이 빠른 속도로 달려오는 것을 보고는 이렇게 소리쳤다.

"아무도 싸우지 않는다! 다들 무기를 내려놓거라. 희생은 고맙다만 이곳에서 피 흘릴 사람은 나 하나로 족하다."

군단병들이 검을 뽑았다. 지휘관 격의 군사 호민관은 털이 많고 거친 야수처럼 보였다. 투구 아래 눈썹이 붙어 마치 두텁게 먹선을 그어놓은 듯했다.

그가 소리쳤다. "마르쿠스 툴리우스 키케로. 당신을 처형하라는 명령서가 있소."

키케로는 가마에 턱을 괸 채 담담하게 호민관을 훑어보았다.

"그래, 자네를 아네. 이름이 뭐였지?"

군사 호민관은 순간 움찔했다. "내 이름을 굳이 알아야겠다면… 카이우스 포필리우스 라이나스라고 하오. 예, 우리는 서로 아는 사이오만 그렇다고 원로님을 살려둘 수는 없소이다."

"포필리우스, 그래 맞아. (나를 돌아보며) 이 친구 기억하지, 티로? 의뢰인이었잖아. 아버지를 살해한 열다섯 살짜리 소년. 내 초창기였어. 그때 구해주지 않았다면 존속살해로 사형당했을 거야. 대신 입대한다는 조건을 걸었는데… (그가 웃었다) 맞아, 인생은 돌고 도는 거야."

나는 포필리우스를 보았다. 기억이 났다.

"얘기는 그만하면 됐소. 헌법위원회의 판결은 즉시 사형선고를 집행하라였소." 그가 병사들에게 손짓해 키케로를 가마에서 끌어내리게 했다.

"잠깐. 그냥 이 자리에서 죽여라. 이렇게 죽기로 마음먹었으니까." 그가 패배한 검투사처럼 팔꿈치로 상체를 세우고 고개를 젖혀 목을 드러냈다.

"굳이 원하신다면야." 포필리우스가 중얼거리고는 백부장을 돌아보았다. "어서 끝내거라."

백부장이 위치를 정하고 두 다리에 힘을 준 다음 검을 휘둘렀다. 칼날이 번뜩였다. 그 순간 평생 키케로를 괴롭혔던 미스터리가 풀리고 세상은 자유를 잃었다.

군인들은 키케로의 머리와 손을 잘라 부대에 담았다. 그들은 우리를 꿇어앉히고 끝까지 지켜보게 했다. 마침내 군인들이 떠났다. 후에 듣기로는 안토니우스가 기뻐하며 포필리우스에게 특별상여금 100만 세스테르티우스를 하사했다고 한다. 풀비아가 키케로의 혀를 바늘로 찔렀다는 얘기도 들었지만, 어디까지 사실인지는 모르겠다. 분명한 것은, 필리픽을 구사했던 머리와 필리픽을 썼던 두 손은 안토니우스의 지시에 따라 뱃부리연단에 못을 박아 걸고 삼두에 반항하려는 자들을 향한 경고용으로 활용했다는 것이다. 키케로의 머리와 손은 그 자리에 몇 년 동안 있다가 마침내 썩어 떨어져 나갔다.

살인자들이 떠난 후, 우리는 키케로의 시신을 해변으로 옮겨 장작더미를 쌓고 저녁 무렵에 화장했다. 나는 남쪽 나폴리 만의 농장으로 돌아왔다.

조금씩 그간 어떤 일이 있었는지 알 수 있었다.

퀸투스도 머지않아 아들과 함께 잡혀 사형당했다.

아티쿠스는 은신처에서 나왔지만, 풀비아를 도와주었다는 이유로 사면을 받았다.

그리고 먼 후일, 안토니우스는 옥타비우스한테 패한 후 정부 클레오파트라와 함께 자결했다. 옥타비우스는 지금 아우구스투스 황제가 되었다.

더 이상은 쓰고 싶지 않다.

세월이 많이 흘렀다. 처음에는 키케로의 죽음에서 벗어나지 못하리라 여겼건만 시간은 뭐든 닥치는 대로 씻어준다. 슬픔까지 모두. 아니, 슬픔은 그저 관점의 문제일 수도 있겠다. 처음 몇 년간은 툭하면 한숨을 쉬며 이렇게 생각했다.

"그래, 아직 그분은 60대야." 그러다가 10년 후, 문득 깜짝 놀라고 말았다. "맙소사, 벌써 일흔다섯이시잖아!" 그런다가 요즘은 생각이 또 바뀌었다. "그래, 어차피 오래전에 돌아가셨는데 뭐. 그러니 어떻게 사셨든 또 어떻게 돌아가셨든 그게 무슨 대수람?"

이제 끝났다. 책도 다 썼다. 이제 곧 나도 생을 마감할 것이다.

여름날 저녁이면 나는 아내 아가테와 함께 테라스에 앉는다. 내가 별을 보는 동안 아내는 바느질을 하는데, 그런 순간이면 언제나 스키피오의 꿈을 생각한다. 그의 꿈속에서 죽은 정치인들이《공화국에 대해》를 이렇게 평가한다.

> 어느 곳을 보아도 놀랍도록 아름다웠다. 지구에서는 볼 수 없는 별도 많지만 어느 별이든 우리가 상상했던 것보다 컸다. 별의 왕국도 지구보다 훨씬 넓었다. 우리 제국이 실제로 너무 작아서 우스울 정도였다. 왕국이라고 해봐야 기껏 표면에 찍은 점 하나에 불과하지 않는가.

"이따금 고개를 들어 저 하늘 위 영원의 집과 휴식처를 제대로 볼 수 있다면 저 미천한 무리들의 추문에 시달리거나, 네 공덕의 가치를 인간의 보상에 의지하지 않으리라. 그 누구의 평판도 오래가지 않는다. 사람의 말이란 그와 함께 죽고 후대의 망각에 묻히기 때문이다." 노인은 스키피오에게 그렇게 말해준다.

남는 것은 오로지 기록뿐이다.

〈끝〉

《딕타토르》 주요 등장인물

◈ **아프라니우스, 루키우스**(AFRANIUS, LUCIUS): 폼페이우스의 고향 피케눔 출신의 동맹. 대미트라다테스 전투에서 폼페이우스 군 사령관 역임. 서기전 60년 집정관.

◈ **아그리파, 마르쿠스 비프사니우스**(AGRIPPA, MARCUS VIPSANIUS): 옥타비우스의 최측근. 20세.

◈ **아헤노바르부스, 루키우스 도미티우스**(AGRIPPA, MARCUS VIPSANIUS): 귀족 원로. 서기전 58년 법무관. 카토의 처남이자 카이사르의 정적.

◈ **안토니우스, 마르쿠스**(MARCUS ANTONIUS): 갈리아 시절 카이사르의 휘하에서 용맹하고 진취적인 병사로 명성을 쌓음. 유명한 웅변가이자 집정관의 손자이며, 양부는 키케로에게 처형당한 카틸리나 반란 그룹에 속함.

◈ **아티쿠스, 티투스 폼포니우스**(ATTICUS, TITUS POMPONIUS): 키케로의 절친, 기사 계급. 에피쿠로스학파이며 엄청난 거부다. 퀸투스 키케로의 처남. 키케로는 그의 여동생 폼포니아와 결혼함.

◈ **발부스, 루키우스 코르넬리우스**(BALBUS, LUCIUS CORNELIUS): 스페인 출신의 거부. 처음에는 폼페이우스와 동맹, 후에 카이사르와 연합 후 로마에서 카이사르의 사업을 담당.

◈ **비불루스, 마르쿠스 칼푸르니우스**(BALBUS, LUCIUS CORNELIUS): 서기전 59년 집정관 시절 카이사르의 동료였으나 후에 강력한 정적으로 돌아섬.

◈ **브루투스, 마르쿠스 유니우스**(BRUTUS, MARCUS JUNIUS): 서기전 6세기, 로마 왕들을 축출하고 공화국을 건립한 영웅 브루투스의 직계 후손이자 카토의 조카. 입헌주의자의 상징적 인물.

◈ **카이사르, 가이우스 율리우스**(CAESAR, GAIUS JULIUS): 전임 집정관. 폼페이우스, 크라수스와 함께 '삼두'로 군림. 로마 속령, 갈리아 키살피나, 갈리아 트란살피나, 비티니아의 총독. 키케로보다 여섯 살 연하이며, L. 칼푸르니우스 피소의 사위.

◈ **칼레누스, 퀸투스 푸피우스**(CALENUS, QUINTUS FUFIUS): 클로디우스와 안토니우스의 친구. 카이사르의 지지자이며 키케로의 정적. 판사의 장인.

◈ **카시우스, 가이우스 롱기누스**(CASSIUS, GAIUS LONGINUS): 원로이자 유능한 군인. 세르빌리아의 딸 유니아 테르티아와 결혼해 브루투스의 매제가 됨.

◈ **카토, 마르쿠스 포르키우스**(CATO, MARCUS PORCIUS): 세르빌리아와 의붓남매. 브루투스의 외삼촌. 스토아학파이자 공화국 전통의 굳건한 지지자.

◈ **키케로, 마르쿠스 툴리우스 주니어**(CICERO, MARCUS TULLIUS JUNIOR): 키케로의 아들.

◈ **키케로, 퀸투스 툴리우스**(CICERO, QUINTUS TULLIUS): 키케로의 동생. 원로이자 군인. 아티쿠스의 동생 폼포니아와 결혼. 서기전 61~58년 아시아 총독.

◈ **키케로, 퀸투스 툴리우스 주니어**(CICERO, QUINTUS TULLIUS JUNIOR): 키케로의 조카.

◈ **클로디아**(CLODIA): 로마 최고 명망가, 귀족 아피우스 클라우디우스 가문의 딸. 클로디우스의 누이. 메텔루스 켈레르의 미망인.

◈ **클로디우스 풀케르, 푸블리우스**(CLODIUS PULCHER, PUBLIUS): 대표적인 귀족 왕가, 아피우스 클라우디우스 가문의 자제. L. 루쿨루스의 처남. 클로디아의 동생으로 누나와 근친 관계로 알려짐. 신성모독 재판에서 키케로가 그에게 불리한 증거를 제시. 카이사르의 교사를 받아 평민으로 신분을 바꿔 호민관에 선출.

◈ **코르누투스, 마르쿠스**(CORNUTUS, MARCUS): 카이사르의 부하. 서기전 44년 도시법무관에 임명.

◈ **크라시페스, 푸리우스**(CRASSIPES, FURIUS): 툴리아의 두 번째 남편. 원로이

자 크라수스의 친구.

◈ **크라수스, 마르쿠스 리키니우스**(CRASSUS, MARCUS LICINIUS): 전임 집정관. 삼두의 일원. 스파르타쿠스의 노예 반란을 잔인하게 진압. 로마 최고의 갑부로 폼페이우스와는 철저한 라이벌 관계.

◈ **크라수스, 푸블리우스**(CRASSUS, PUBLIUS): 삼두 크라수스의 아들. 갈리아 카이사르 군의 기병 사령관. 키케로를 숭배함.

◈ **데키무스**(DECIMUS): 정확히는 브루투스, 데키무스 유니우스 알비누스(BRUTUS, DECIMUS JUNIUS ALBINUS), 전술한 브루투스와 혼동하지 말 것. 갈리아의 총명하고 젊은 사령관, 카이사르의 부하.

◈ **풀비아**(FULVIA): 클로디우스의 아내. 후에 마르쿠스 안토니우스와 재혼.

◈ **히르티우스, 아울루스**(HIRTIUS, AULUS): 갈리아 시절 카이사르의 참모, 정치가로 변신. 유명한 미식가, 학자로서는 카이사르의《논평》을 도와줌.

◈ **호르텐시우스 호르탈루스, 퀸투스**(HORTENSIUS HORTALUS, QUINTUS): 전임 집정관, 오랜 세월 로마 법조계의 대표 법조인이었으나 키케로에게 축출당함. 귀족 파벌의 지도자이자 엄청난 갑부. 키케로처럼 군인이 아닌 민간인 정치인.

◈ **이사우리쿠스, 푸블리우스 세르빌리우스 바티아**(ISAURICUS, PUBLIUS SERVILIUS VATIA): 귀족. 거물 원로 가문 출신이나 카이사르를 지지함. 서기전 54년 법무관에 당선.

◈ **라비에누스, 티투스**(LABIENUS, TITUS): 군인이자 전임 호민관. 폼페이우스의 고향 피케눔 출신. 갈리아 시절 최고의 사령관으로 카이사르 군을 통솔함.

◈ **레피두스, 마르쿠스 아이밀리우스**(LEPIDUS, MARCUS AEMILIUS): 귀족 원로. 세르빌리아의 사위, 대사제 대학 일원.

◈ **밀로, 티투스 안니우스**(MILO, TITUS ANNIUS): 거칠고 세속적인 정치가. 검투사들의 주인.

◈ **네포스, 퀸투스 카이킬리우스 메텔루스**(CAECILIUS METELLUS): 키케로가 망명에서 귀향 시 집정관.

◈ **옥타비아누스, 가이우스 율리우스 카이사르**(OCTAVIAN, GAIUS JULIUS CAESAR): 카이사르의 종손이자 상속자.

◈ **판사, 가이우스 비비우스**(PANSA, GAIUS VIBIUS): 갈리아 시절 카이사르의 사령관.

◈ **필리푸스, 루키우스 마르키우스**(PHILIPPUS, LUCIUS MARCIUS): 키케로가 망명에서 돌아온 직후 집정관, 카이사르의 조카 아티아와의 결혼으로 옥타비우스의 양부가 됨. 나폴리 만 키케로 옆집 별장 주인.

◈ **필로티무스**(PHILOTIMUS): 테렌티아의 재산관리인, 정직하지 못한 인물.

◈ **피소, 루키우스 칼푸르니우스**(PISO, LUCIUS CALPURNIUS): 키케로 망명 시절 집정관으로 키케로의 정적. 카이사르의 장인.

◈ **플란키우스, 그나이우스**(PLANCIUS, GNAEUS): 마케도니아의 재무관. 키케로 가문과 동향 출신이자 친구 집안.

◈ **플란쿠스, 루키우스 무나티우스**(PLANCUS, LUCIUS MUNATIUS): 카이사르의 직속 부관. 서기전 44년 트란살피나 갈리아 총독으로 임명.

◈ **폼페이우스, 그나이우스 마그누스**(POMPEY, GNAEUS MAGNUS): 키케로와 동갑. 오랜 세월 로마 세계 최고 권력자로 군림. 전임 집정관이자 개선장군으로 이미 두 차례 개선식의 영예를 차지. 카이사르, 크라수스와 함께 삼두의 일원이며 카이사르의 딸 율리아와 결혼.

◈ **루푸스, 마르쿠스 카일리우스**(RUFUS, MARCUS CAELIUS): 과거 키케로의 학생, 로마 최연소 원로이며, 총명하고 야심도 많으나 신뢰감이 떨어짐.

◈ **세르빌리아**(SERVILIA): 카토의 의붓동생으로 야심적이며 정치 감각이 탁월함. 카이사르의 오랜 정부로 첫 남편과의 사이에 딸 셋과 아들 브루투스가 있음.

◈ **세르비우스 술피키우스 루푸스**(SERVIUS SULPICIUS RUFUS): 키케로의 친

구. 로마사상 가장 위대한 법률가로 유명. 카이사르의 정부 포스투미아와 결혼.

◈ **스핀테르, 푸블리우스 코르넬리우스 렌툴루스**(SPINTHER, PUBLIUS CORNELIUS LENTULUS): 키케로가 망명에서 귀국할 때의 집정관. 클로디우스의 정적이자 키케로의 친구.

◈ **테렌티아**(TERENTIA): 키케로의 아내. 남편보다 열 살 어리나 더 부유하고 가문도 좋다. 종교에 빠지고 교육은 부족하며 정치적으로 보수적. 키케로의 두 자녀, 툴리아와 마르쿠스의 모친.

◈ **티로**(TIRO): 키케로의 헌신적인 개인 비서이자 가노. 주인보다 세 살 어리며 속기 시스템을 개발함.

◈ **바티니우스, 푸블리우스**(VATINIUS, PUBLIUS): 원로이자 군인. 카이사르의 동맹. 추물로 유명함.

용어 해설

◈ **갈리아**(Gaul): 두 개의 지역으로 나뉜다. 갈리아 키살피나는 북이탈리아 루비콘 강에서 알프스 산맥까지 이어지며, 갈리아 트란살피나는 북프랑스의 프로방스와 랑그독 지역에 준한다.

◈ **개선식**(triump): 원로원이 승전 장군을 축하하기 위해 제공하는 화려한 귀국 행사. 개선식을 위해서는, 군사 임페리움을 보유해야 하고 또 지휘권을 보유하는 한 로마 안에 들어오는 게 금지되므로, 개선장군들은 원로원이 개선식을 결정할 때까지 성 밖에서 기다려야 했다.

고관의자(curule chair): 대개 상아로 제작되며 팔걸이가 낮고 등받이가 없다. 주로 임페리움이 있는 집정관과 법무관들이 보유한다.

군단(legion): 로마 군대의 최상위 단위. 5,000명 정도로 구성.

기사단(equestrian order, Order of Knights): 로마 사회에서 원로원 아래 서열 2위의 계급. 기사단은 자체의 공직과 특권이 있으며, 배심의 3분의 1을 구성할 권한이 있다. 이따금 기사들이 원로원들보다 더 부자인 경우도 있으나 공직을 추구할 수는 없었다.

기소인(prosecutions): 로마공화국엔 검사 제도가 없었기 때문에 횡령, 반역, 살인 등, 모든 범죄의 기소는 개인에 의해 이루어졌다.

도시법무관(urban praetor): 사법체계의 수장이자 수석 법무관. 두 집정관 다음으로 로마 서열 3위다.

◈ **독재관**(dictator): 민간 및 군사에 대해 원로원이 절대적 권력을 부여한 정무관. 보통 국가 비상사태에 임명된다.

◈ **릭토르**(lictor): 정무관의 임페리움을 상징하는 속간(붉은 가죽 조각으로 묶은

자작나무 다발)을 운반하는 수행원. 집정관은 12인, 법무관은 6인의 릭토르들이 수행하는데 경호원 역할도 병행한다. 정무관 옆에 가장 가까이 수행하는 최측근 릭토르가 지휘관이다.

◈ **망나니**(carnifex): 공인 사형집행인 겸 고문 담당자.

◈ **민회**(public assemblies): 로마 최고 권위의 입법 주체는 시민 자신이었으며, 민회는 호민관(법안을 투표하고, 전쟁과 평화를 선포하며 호민관을 선출한다)과 백인대회(고급정무관 선출)가 소집한다.

◈ **백인대회**(century): 집정관 및 법무관 선거 시 마르스 광장에서 로마 시민들이 투표하는 단위. 사회의 부유층에 유리한 제도다.

◈ **뱃부리연단**(rostrum): 포룸의 기다란 곡선형 연단. 약 4미터 높이로 둘레를 영웅들의 조상으로 장식했으며, 로마 정무관이나 후보자들이 그곳에서 로마 시민을 향해 연설한다. 이름은 옆면에 포획한 적 전함의 뱃부리(rostrum)를 박아 넣는 데에서 유래되었다.

◈ **법무관**(praetor): 로마공화국 두 번째 서열의 정무관. 매년 7월, 8인의 법무관을 선출, 다음 해 정월에 임기를 시작하며, 그들이 주재해야 할 법정(반역, 횡령, 부패, 중범죄 등)은 제비로 뽑는다. 도시법무관 참조.

◈ **조점**(鳥占, auspices): 초현실적 징후로 주로 새의 비행이나 번개를 조점관이 해석하고 발표한다. 조점이 불길하면 어떤 공무도 집행할 수 없다.

◈ **트리부스**(tribes): 로마 시민들은 법안에 투표하고 호민관을 선출할 목적으로 35개의 트리부스로 나뉘었다. 백인대회에 의한 투표 시스템과 달리 트리부스의 투표는 부자와 빈자가 동등한 효력을 지닌다.

◈ **장복관**(腸卜官, haruspice): 제물을 죽인 후 내장을 조사해 징조를 결정하는 종교인.

◈ **원로원**(senate): 로마공화국의 입법의회는 아니나(법의 통과 여부는 호민관의 민회에서 시민들이 결정한다) 법의 집행을 관장한다. 600명의 구성원이 국사를 논하고, 집정관으로 하여금 군사행동을 취하도록 하거나, 법안을 민회에 제출할 수 있다. 재무관으로 선출되면, 감찰관이 부도덕자로 판정하거나 파산하지 않

을 경우 평생 의원직을 유지할 수 있기 때문에 평균 나이가 많을 수밖에 없다. 원로원의원(senate)은 늙었다는 뜻의 'senex'에서 파생된 단어다.

◈ **임페라토르**(imperator): 승전 후 병사들이 현 지휘관에 부여하는 지위. 개선식을 위해 임페라토르 지위의 획득은 필수적이다.

◈ **임페리움**(imperium): 국가가 개인에게 부여하는 군사 통솔권. 일반적으로 집정관, 법무관, 속령 총독이 이에 속한다.

◈ **재무관**(quaestor): 하급정무관. 매년 20명을 선출하며 그로 인해 원로원에 출입할 권리를 얻는다. 재무관 후보자는 30세 이상으로 100만 세스테르티우스 이상의 재산을 증명해야 한다.

◈ **조영관**(aedile): 선출직 공무원. 매년 네 명을 선출해 1년 임기로 법과 질서, 공공건물, 사업, 로마시의 운영을 담당케 한다.

◈ **집정관**(consul): 로마공화국의 최고급 정무관. 매년 7월, 두 명을 선출해 다음해 정월에 취임하는데 매달 번갈아가며 원로원을 주재한다.

◈ **최고제사장**(chief priest): 폰티펙스 막스무스(pontifex maximis) 참조.

◈ **카르케르**(Carcer): 로마의 감옥. 포룸과 카피톨리누스의 경계, 콘코르디아 신전과 원로원 사이에 위치해 있다.

◈ **코미티움**(comitium): 포룸의 둥근 지역, 직경 약 100미터 크기로 원로원과 뱃부리연단들에 둘러싸여 있다. 전통적으로 시민들이 투표하거나 재판이 열리는 곳이다.

◈ **폰티펙스 막스무스**(pontifex maximus): 로마 종교의 최고제사장. 사제단 15인 멤버의 수장.

◈ **호민관**(trubune): 평민의 대표기관. 매년 여름 10인이 선출되며 12월에 취임한다. 법안을 상정하거나 거부하며 민회를 소집할 권리를 지닌다. 오직 평민만이 출마할 수 있다.

옮긴이의 말

아듀 키케로, 아듀 해리스

로버트 해리스의 키케로 3부작 의뢰를 맡은 때가 2008년 초였다. 그러니까《임페리움》과《루스트룸》을 거쳐, 마지막《딕타토르》까지 10년 가까이 세월이 흘렀다는 얘기다. 그리고 그 세월과 더불어 철모르던 초보 번역가는 어느새 80여 권의 소설을 출간한 중견 번역가로 성장했다.

3부작은 그밖에도 내게 의미가 크다.《임페리움》을 통해 역사소설 번역이 얼마나 조심스러운 작업인지 크게 깨닫기도 했지만(아, 멋모르던 시절의 민망한 실수들이라니!), 그 책의 출간을 계기로 고대사 소설 번역 의뢰가 많아지기도 했다. 무엇보다 아서왕 연대기(《윈터 킹》,《에너미 오브 갓》,《엑스칼리버》)가 있고《딕타토르》와 동시대 인물을 다룬《아우구스투스》가 있다. 그리고 그 소설 중 가장 매력적인 인물을 고르라면 단연코 키케로, 특히《딕타토르》의 키케로라고 대답하련다.

해리스는 키케로 3부작의 주인공 키케로를 각기 다른 모습으로 그려내고 있다.《임페리움》에서는 밑바닥에서 국부의 위치까지 오른 영웅으로서의 키케로를,《루스트룸》에서는 그 반대로 지고의 위치에서 영락하는 비극의 주인공으로 키케로를 그려냈다.《딕타토르》에서 키케로는 우리 범인들과 똑같은 모습으로 등장한다. 우유부단하고 종종 판단을 그르치며 자기만족과 과시욕에 거꾸로 당하는 키케로. 1권과 2권이, 키케로를 매개로 로마 공화국의 역사를 다루고자 했다면, 3권《딕타토르》는 분명 역사 속에서의 키케로에 조명을 맞추고 있다. 처음부터 끝까지 때로는 조마조마해하면서, 때로는 미소를 짓고 눈시울을 적시면서 작업을 할 수 있었던 것도 작가가 만들어낸 키케로의 매력 때문이다……. 총명하나 결함이 많고 겁이 많으면서도 궁극적으로는 그 누구보다 용맹한 히어로.

로버트 해리스는《딕타토르》로써 인류 역사상 가장 위대한 시기를 펼쳐내지만 이 책이 던지는 질문은 결코 그 시대에만 묶여 있지 않다. 개인의 무자비한 야심 앞에서 어떻게 정치적, 개인적 자유를 수호할 것인가? 따라서 궁극적으로 이 책은 '자유'에 관한 책이다.

해리스는 소설 내내 키케로와 함께 '자유의 본질'에 대해 묻고 대답한다.

> "우리는 처음으로 독재하의 삶을 맛보았다. 더 이상 자유는 없었다. 행정도 사법도 없다. 오직 통치자의 변덕뿐이었다." _276쪽

> "카이사르라는 주인이 친절하냐 잔인하냐는 중요한 문제가 아니야. 어차피 그는 주인이고 우리는 노예로 전락했으니까." _350쪽

키케로의 이런 언급들은 현대 대한민국 사회를 살아가는 우리에게도 울림이 크다.

마침내 키케로 3부작을 마무리했다. 로마 공화국은 역사 속으로 사라지고 키케로도 죽었다. (아아, 그의 마지막 장면은, 스스로 제 눈을 찌

른 오이디푸스 왕의 영웅적 선택과도 닿아 있다!) 그리고 나도 이 소설을 마지막으로 로버트 해리스와 작별을 고해야 한다. 2006년 《에니그마》를 시작으로 《아크엔젤》, 《고스트라이터》, 《어느 물리학자의 비행》 등 지금까지 로버트 해리스의 소설을 전담해서 번역했다. (《당신들의 조국》, 《폼페이》는 내가 번역을 시작하기 전에 번역자가 결정되었다.) 말 그대로 소설 번역가로서의 삶을 로버트 해리스와 함께한 것이다. 이제부터 그의 소설은 더 훌륭한 번역가의 손을 거쳐 세상에 나올 것이다. 막상 그렇다고 생각하니 크게 아쉬운 것도 사실이나, 그나마 출판 번역의 마지막을 번역 인생의 동반자 로버트 해리스, 특히 키케로 3부작과 함께 할 수 있어서 다행이다.

아듀 키케로, 아듀 해리스…….

2016년 6월

남양주에서 조영학

딕타토르

1판 1쇄 인쇄 2016년 6월 24일
1판 1쇄 발행 2016년 7월 4일

지은이 로버트 해리스
옮긴이 조영학

발행인 양원석
편집장 김지연
책임편집 정혜경
디자인 RHK 디자인연구소 현애정, 김미선
해외저작권 황지현
제작 문태일
영업마케팅 이영인, 양근모, 박민범, 이주형, 김민수, 장현기
독자교정 이선근, 송창일

펴낸 곳 ㈜알에이치코리아
주소 서울시 금천구 가산디지털2로 53, 20층(가산동, 한라시그마밸리)
편집문의 02-6443-8847 **구입문의** 02-6443-8838
홈페이지 http://rhk.co.kr
등록 2004년 1월 15일 제2-3726호

ISBN 978-89-255-5942-1 (03840)